古典
小说
大字本

褚人获
编撰
◎
侯会
校点

隋唐演义 下

人民文学出版社

第五十一回

真命主南牢身陷　奇女子巧计龙飞

词曰：

　　何事雄心自逞，无端羑里羁囚。君臣瞥见泪交流，甚日放眉头。　　幸遇佳人梦，感群英尽吐良谋。玉鞭骄马赠长游，三叠唱离愁。

　　　　　　　　　　——右调《锦堂春》

哲人虽有前知之术，能趋吉避凶，究竟莫逃乎数。当初卜珝与郭璞皆精通易理，一日郭璞见珝，叹道："吾弗如也，但汝终不免兵厄！"卜珝道："吾年四十一，为卿相，当受祸耳，但子亦未见能令终。"郭璞道："吾祸在江南，素营之未见免兆。"卜珝道："子勿为公吏可免。"郭璞道："吾不能免公吏，犹子不能免卿相也。"后卜珝为刘聪军将，败死晋阳，而郭璞亦以公吏为王敦所杀。故知数之既定，不但古帝王不能免，即精于易者亦难免耳。

　　如今再说夏主窦建德来到乐寿，曹后接入宫中，拜见了，便道："陛下军旅劳神，恭喜逆臣已诛，名分已正，从此声名高于唐、魏多矣。但隋皇泰主尚在东都，未知陛下可曾遣臣奉表去奏闻否？"夏主道："孤已差杨世雄赍表去了。宫中彩币绫锦、宫娥彩女均作四

第五十一回

分,以二分赐与功臣将士,以二分酬唐、魏两家同谋灭贼之功。孤但存其国宝珍器图籍而已。"曹后道:"陛下处分甚当。还有一个活宝在此,未知陛下贮之何地?"夏主道:"御妻勿认孤为化及之流。孤自起兵以来,东征西讨,宇宙至广,未有一隅可为止足之地,何暇计及欢乐之事?孤所以带萧后来者,恐留在中原,又为他人所辱,故与女儿同来,自有所在安放他去。"曹后道:"妾非妒妇,止不过为国家计耳,若如此,则是宗庙之福也。"

过了一宵,夏主即差凌敬送萧后等到突厥义成公主国中去。萧后原是好动不好静的人,宵来受了曹后许多讥辱,已知他不能容物,今听见要送到义成公主那边去,心中甚喜,想道:"到是外国去混他几年好,强如在这里受别人的气。"催促凌敬起身。下了海船,一帆风直到突厥国中。凌敬遣人赍书币去报知义成公主。启民可汗因往贺高昌王麴伯雅寿,不在国中。义成公主即命王义发驼马去接萧后,又差文臣去请凌敬,到驿馆中款待。

萧后在舟中见王义下船来叩见,正是他乡遇故知,不觉满眼流泪,问道:"王义,你为何在此?"王义道:"臣是外国人,受先帝深恩,何忍再事新主?故护持赵王同沙夫人到此。先帝不听臣谏,把一座江山轻轻的弄掷。今娘娘到这里来,原是至亲骨肉,尽可安身过日。公主差臣来接娘娘,快到宫中去相见。"萧后起岸,上了一匹绝好的逍遥骏马,来到宫中。义成公主同沙夫人出来接了进去。行过礼,大家抱头大哭。萧后对沙夫人道:"你们却一窝儿的到了这里,止丢了我受尽苦恼!"沙夫人道:"妾等又闻娘娘仍旧正位昭阳,还指望计除逆贼,异日来宣召我们复归故土,不想又有变中之变。"

真命主南牢身陷　奇女子巧计龙飞

正议时，只见薛冶儿与姜亭亭出来朝见。萧后问沙夫人道："还有几位夫人，想多在这里？"薛冶儿答道："那同出来的狄、秦、李、夏四位夫人已削发空门，作比丘尼矣！"萧后见说，长叹了一声，又对沙夫人道："夫人既在这里，赵王怎么不见？"沙夫人道："他刚才同孩子们打围去了。"萧后道："我到时常想念他。"沙夫人道："少刻回来，见了母后，是必分外欢喜。"一回儿摆上宴来，止不过山禽野兽，鹿脯驼珍。其时王义已为彼国侍郎，姜亭亭已封夫人，薛冶儿做了赵王保母，大家坐定，各诉衷肠。

日色已暮，只见小内侍进来报道："小王爷回来了。"萧后两年不见赵王，今见长得一表人材，身躯高伟，打了许多野兽，喊进来道："母亲，孩儿回来了。"望见里边摆了酒席，忙要退出去。沙夫人道："你大母后在这里，快过来拜见。"赵王站定了脚，薛冶儿与姜亭亭忙下来对赵王说道："此是你父皇的正宫萧娘娘，他是你的大母，自然该去拜见。"赵王见说，只得走上去朝上两揖。

萧后正开言说道："儿两年不见，不觉这等长成了。"只见赵王两揖后，如飞往外就走。沙夫人道："这该行大礼才是，怎么就走了去？"薛冶儿重新要去挽他转来。赵王道："保母你不知，当年在隋宫中，他是我的嫡母，自然该行大礼。今闻他又归许氏，母出与庙绝，母子的恩情已断。况他又是失节之妇，连这两揖，在沙氏母亲面上，不好违逆，算来已过分了。"说完，洒脱了薛保母的手，往外就走。萧后听见，不觉良心发见，放声大恸，回思炀帝旧时，何等恩情，后逢宇文化及，何等疼热，今日弄得东飘西荡，子不认母，节不成节，乐不成乐，自贻伊戚如此。越想越哭，越哭越想，好像华周杞梁之妻，要哭倒长城的一般。幸得义成公主与沙夫人等，百般劝

第五十一回

慰。自此萧后倒息心住在义成公主处。按下不提。

再说秦王回到长安朝见唐主，唐主说三处兵锋利害，秦王道："利害何足为惧？但刘武周与萧铣居于西北，王世充居于中央。臣竟欲差人致书，先结好世充，使不致瞻前顾后，然后进兵专攻刘、萧二处，无有不克之理。未知父皇以为是否？"唐主称善，即修书一封，着杨通、张千到洛阳王世充处。二人领命即行。岂知王世充看了来书大怒，扯碎了书，将杨通斩于阶下，将张千割去两耳放回。张千抱头鼠窜，逃回长安，哭诉唐主。唐主大怒，自欲提兵去剿世充。秦王道："不必父皇动怒，臣儿自有调度在此，差李靖为行军大元帅，领兵十万去扼住刘武周，臣儿领一旅之师，誓必诛灭世充，回来见驾。"唐主大喜，即命秦王领兵十万，前往洛阳进发。

时秦王每一出师，西府宾僚如杜如晦、袁天纲、李淳风、侯君集、姚思廉、皇甫无逸等，秦王平昔以师礼事之，故凡出兵，无不从侍帷幄，筹谟谋画。秦王命殷开山为先锋，史岳、王常为左右护卫，刘弘基为中军正使，段志玄、白显道为左右护卫，自领一军居后，长孙无忌、马三保等保卫船骑。水陆并进，来到洛阳。王世充探知，亦领军于睢水，列阵相迎。秦王屯兵于睢水之北，两军相接，当不起唐家兵精将勇，杀得世充大败进城，坚闭不出。

次日唐营排宴犒赏三军已毕。秦王乘着酒兴，问土人："此地何处好景，可以游玩？"土人答道："城北十里外，有一北邙山，周围百里，古帝王之陵，忠臣烈士之墓，如星罗棋布，其中珍禽怪兽，苍松古柏，无限佳景。"秦王见说，喜道："吾正欲到彼处射猎。"李淳风道："臣晨起演先天一数，殿下该有百日之灾，不可开弓走马玩景，况面带青色，还是不走的是。"秦王道："吾日夕驰骋于弓马之间,觉得气爽神怡,有何利害?"即同马三保软甲轻衣,雕弓利箭,十数骑径往北邙山来。

到了山内,秦王四顾了一回,喟然长叹道:"吾想前代之君,坐镇中华,拥百万之师,有多少英雄豪气,今止得几个石人石马相随。况荆棘丛生,狐兔为侣,宁不可叹。日后唐家天子,亦如此而已。"正嗟叹间,忽见西北上赶出一只白鹿,冲面而来。秦王扣满弓,一箭射去,正中鹿背。那鹿带箭望西而走,秦王纵马追之,紧赶数里,转过山坡,其鹿杳然不见。秦王四下追寻,不觉骤至一处,坦然平川旷野,但见旌旗耀日,戈戟森罗,一座新城门,匾上"金墉城"三字,日光曜目。秦王道:"此非李密所居之城乎?"马三保道:"正是。殿下可急回,若彼知之,便难脱身。"不提防守城军卒看见,忙去报知魏主。李密道:"此必是李世民诱敌之计,不可追之。"程知节踊跃向前道:"主公此时不擒,更待何时?"说了,手提大斧跨青鬃马,如飞出城。秦叔宝恐知节有失,随即赶来。

时秦王正欲回骑,只见一人飞马来追,大叫道:"李世民休走!"秦王横枪立马问道:"你是何人?"知节道:"我便是程咬金,特来捉你。"秦王笑道:"谅你这贼夫,何足为惧?"知节举起双斧,直取秦王。秦王挺枪来迎,斗了三十余合,因马三保被秦叔宝接住,秦王只得败走,三保也抵敌不住,亦自逃去。知节追赶秦王,看看较近,秦王搭上箭,拽满弓,飕的一声,正射中知节盔缨。秦王见射不中,心中甚慌,纵马加鞭复走,恰值面前一座古庙,牌书"老君堂"三字。秦王心下想道:"既有此庙,何不进去躲过片时?"忙进庙门,把门关了,取一条大石条来顶撞了,把马拴在庙廊下,向着老君神像,也不及细祷,作一揖道:"神圣在上,若能救吾李世民脱得

第 五 十 一 回

此难,当重修庙宇,再塑金身。"祝告了,即往神座内躲避。那老君原是灵感的,故受一方香火,今见一个真命之主,紫微有难,岂不显圣?便刮起一阵旋风,把秦王行来的马蹄踪迹,都灭没了,又把蜘蛛絮尘,网定庙门。

程知节追赶秦王到三叉路口,倏然不见,四下一望,只见前面一个大树深林,丛丛茂密,便纵马加鞭,赶进林中,上了山岗,见山背后一座古庙。知节慌忙来至庙前,把门乱推,却推不开,蛛丝网面,四下里尘灰飞絮,像久无人进去的。只得兜转马头,复上山岗。向庙中细看,吃了一惊,只见屋脊中间,一条大黄蟒蛇,盘踞其上。知节看了想道:"吾闻得人说,汉刘邦斩了芒砀山的大蟒蛇,后来做了皇帝。我也是一个汉子,难道除不得此孽畜!"忙下岗,到庙前下了坐骑,将一块大石撞开了庙门,往屋脊上看,却又不见,想道:"孽畜必游进殿内去了。"走到殿前,只见一马系在柱上。知节道:"原来李世民躲在这里!"又看梁柱间蟒蛇,踪迹全无,瞥见神柜上帘幕摇动,恍如蛇尾现出在外。

原来秦王见有人进殿细看,如飞在柜里轻轻拔出剑来。时叔宝亦追赶进殿,见知节把神幕揭起,喝道:"贼子,却躲在这里!"举起巨斧,照着秦王头上砍来。秦叔宝忽见五爪金龙现出来,抓住巨斧。叔宝知是真命之主,如飞抢上前,把双简架住巨斧道:"兄弟,你好莽撞,岂不知唐与魏原是同姓,曾有书礼往来?今若把一死的见驾,是无功而反有罪矣!"知节道:"大哥,你不知吾刚才见他,是一条黄蟒蛇精,今不杀他,他会遁去。"秦叔宝微笑了一笑,轻轻扶秦王出了神柜,叫手下宽松剪了,扶出庙门。

从人牵了秦王的马,程知节、秦叔宝各上了马押后,一行人带

真命主南牢身陷　奇女子巧计龙飞

进金墉城来。那些市井小民，不知好歹，口中啧啧赞道："好一个汉子，生得秀眼浓眉，方面大耳，不知犯着何事，被两位将军解进城来。"有几个跟进城的百姓，便道："你们不要小觑他，这是一位唐家的太子，因偶然在这里过，被我两位将军获住。"众百姓道："怪道相貌迥出寻常，原来是金枝玉叶，可惜，可惜！"秦叔宝在马上听得，却要放脱他，因众耳众目，又不便行，只得解至府门。

魏公令群刀手拿秦王至阶前，责之道："你这个猾贼，却自来送死。汝父镇守长安，坐承大统。吾居金墉，管理万民。前已明取河南，今又想暗袭金墉，是何道理？"秦王道："叔父暂息虎威，侄有言禀上。因洛阳王世充杀我使臣，故侄领兵征讨，败其三军。世充坚闭不出，是以退兵千秋岭下。偶因承醉捕猎，来金墉探望叔父，不意叔父反致见疑。"魏公怒道："你这个猾贼。吾与汝何亲，假称吾叔父！汝本恃勇轻敌而来，探吾虚实，于中取事，却以甜言哄我。"喝令武士，推出斩之。魏征道："主公若斩世民，非安社稷之计，金墉速于受祸矣。"密问："何故？"魏征道："此人东征西荡，争入长安，与其父坐承大统，兵精粮足，手下猛将如云，谋臣如雨。彼若知我主杀其爱子，必起倾国之兵前来复仇，忿死相拼，有何了日？"李密道："如此说，难道竟放了他去？"魏征道："莫若将他监禁在此，使李渊知之，若有降书朝贡之物，放他回还，如若不从，使其子执质在此，终身不敢来侵犯，岂不见好？"魏公道："此论甚通。"即令狱卒带入南牢。

时唐主在长安，因马三保来报知此信，自要亲提人马来讨李密，以救秦王。因刘文静与李密有郎舅之亲，劝唐主修书具礼，来见李密。不意李密绝不认亲，反要把刘文静斩首，幸亏徐世勣劝

第五十一回

免,也送入南牢去了。可怜:

青龙白虎同囚室,难免英雄相对泣。

时魏公发放已完,忽见流星马报到,奏说:"开州凯公校尉杀了刺史傅钞,夺其印绶,会合参军徐云,结连宁陵刺史顾守雍造反,大起人马,犯我境界,说诱洪州刺史何定献了城池。二郡人马,与凯公攻打偃师、孟津地方,诸郡百姓无守,甚是紧急。"魏公闻报大惊道:"偃师乃吾咽喉之地,屯粮之所,倘有亡失,魏之大患。孤当自率大兵讨之。"即命程知节为先锋,单雄信、王伯当为左右护卫,罗士信、王当仁趱运粮草,留徐世勣、魏征、秦琼总权国事。亲自领兵,往开州进发。

却说秦王与刘文静监锁南牢,虽亏秦叔宝时常馈送,不致受苦。更喜那狱官姓徐名立本,字义扶,妻亡,止携一女,名唤惠媖,年已二九,尚未适人。那个徐义扶虽是小官,却也见识高广,眼力颇精。他道刑名过犯,冤抑者多,所以不嫌前程渺小,志愿力行善事,利物济人。秦王初发监禁之日,那夜女儿惠媖,梦见一条黄龙,盘踞囚室之内。惠媖惊骇,走去偷觑,只见那龙飞来,缠绕其身,遂尔惊醒,述与义扶知道。义扶晓得秦王是个真命之主,遂要放他两人还邦,急切间未得其便。惟每日三餐,请秦王与文静到里边精室中去款待。两人甚感他恩德。

一日,秦叔宝与魏玄成在徐懋功府中小饮,说起秦王之事。叔宝大笑起来,徐、魏两人问道:"秦兄有何好笑?"叔宝道:"吾想我们程兄弟,真是个蠢才。"懋功道:"那见他蠢处?"叔宝道:"当日在老君堂,要举斧砍杀秦王之时,忽现出五爪金龙,向斧抓住,因此弟见了,忙把双简架住,不好私放他,只得解将进来。程兄弟竟认秦王是黄蟒蛇精，必要除他，岂不是可笑？"玄成道："吾见秦王，龙姿凤眼，真命世之主。前日主公要杀他，所以力劝监禁南牢。将来数尽归唐，必至玉石俱焚，如何是好？"懋功道："吾们这几个心腹兄弟，如今趁他被难之时，先结识他，日后相逢，也好做一番事业。"叔宝不好说昔日有恩于唐主，今又救了秦王之命，只得点头应道："徐大哥说得是。"玄成道："据我之见，还该趁主公未归，大家携一尊到那里去，与秦王、文静叙一叙，也见我们这几个不是盲目之人。未知二兄以为何如？"叔宝应声道："魏兄说得是，弟正有此心，明日二兄早来同去。"

过了一宵，秦叔宝家中整治二席酒，悄悄叫人抬进南牢。比及玄成、懋功来时，日已晌午了。三人俱换了便服，大家跟了一个小厮，各坐小轿，来到南牢门首。先是小厮去报知，狱官徐立本如飞开门，接了进去。魏玄成三人叫小厮打发轿人回去，义扶引到囚室与秦王、文静相见了。秦王、文静各各拜谢深恩。懋功道："非弟辈俱属矇瞽，不识殿下英明，有屈囹圄，这也是殿下与刘兄，数该有这几日灾厄。今因主公提师讨凯公去了，因此我们进来一候，冀聆教益。"魏玄成道："只是此地怎好坐？"秦叔宝道："酒席已摆设在里边。"刘文静对徐懋功道："狱官徐立本，虽官卑职小，却非寻常之人。承他朝暮殷勤奉侍，实出意外；况他才智识见，另有一种与人不同处。"一头说，众人已到里边，却是三间精室，满壁图书，尽是格言善行。

三人请秦王上坐，刘文静次之，玄成、叔宝、懋功各各坐了。秦王道："承三位先生盛意，世民有何德能，敢劳如此青盼。那狱官徐义扶，虽居击柝之职，定不久于人下者。承他日夕周旋，愚意欲

第五十一回

借花献佛,邀来一坐,未知三位先生肯屑与他同坐否?"徐世勣道:"他原是隋朝科甲出身,当日主公原教他为司马,不知甚意,自愿居刑曹监守。"魏征道:"吾也闻他是乐善好道有意思的人,这样世界的官儿论甚大小,快请出来。"小厮请了徐立本出来,谦让了一番,只得于末席坐下。

酒过三巡,只见徐家一小僮进来,向家主禀道:"有懿旨在外。"徐立本如飞起身出去。玄成等众人尽加惊异,俱在那里揣度。只见徐立本走来坐定,魏玄成忙问道:"宫中怎有甚懿旨到这里来?"徐义扶笑道:"不敢隐瞒,正宫王娘娘实与小女有缘,晓得小女颇识几字,素知音律,幸得禁林清赏,故此常差内侍接进去陪侍。前因分娩太子,进去问候,今日是弥月,叫他进去,不知还有甚事。"徐懋功道:"令爱想是有才貌的了,今年多少贵庚?"徐义扶道:"小女名唤惠媖,年一十九岁了。"徐懋功见秦叔宝、魏玄成与秦王说起袭取河南一段,也就住口不与义扶讲。大家诉说战阵功业之事。

正说得热闹,只见一个小厮向魏玄成禀道:"走役来报王爷差人赍赦诏到快了。"玄成向叔宝、懋功道:"二兄陪殿下宽饮一杯,弟去了就来。"说了起身而去。文静与懋功是旧交,秦王与叔宝彼此有恩心交,四人更说得投机。忽小厮报道:"魏老爷来了。"大家起身。懋功道:"想必主公威降了凯公,复平土地,故有赦诏,为何吾兄反有忧色?"玄成就在袖中取出诏书来道:"请二兄看便知。"前面不过凯公肉袒投降,后又喜生太子,故降赦文。除人命强盗重情外,不赦南牢李世民、刘文静二人,其余咸赦除之。懋功与叔宝读了一遍,双眉频蹙,默然不语,只听见外边人声嘈杂。

魏玄成问道："为何喧闹？"徐义扶道："想必宫侍送小女回来。"又见那小厮出来，请义扶进去。徐懋功道："前日秦大哥要打帐在赦内邀恩，吾度量必不能够，为什么呢？昔日魏公待人，还有情义，近日所为，一味矜骄，恃才自用。目下赦内若肯赦二公，则前日先认了亲，不至如此相待。"叔宝道："除此之外，却怎么商量？"秦王听见他们计议，不好意思，只得说道："承三位先生高谊，或者吾两人灾星未退，且耐心再住在此几时，亦何不可，只是有费三位先生照拂周旋。"魏玄成道："吾有个道理在此。"

正要说时，只见徐义扶走将出来，便缩住了口。刘文静对众人道："义扶兄已属心交，众兄有话不妨直说。"魏玄成对刘文静道："刘兄来看赦书上，那一条不赦南牢的'不'字，只消添上一竖一画，改为'本'字。主公归来，料必无疑，就有他事，这血海干系，总是我三人担待了。"秦叔宝喜道："这却甚妙，须要就烦魏兄大笔，方写得像他亲笔一般。"时众人站在一堆儿，也有说妙的，也有不开口的。徐义扶道："卑职到有一计在此，不知三位大人可容卑职略参末议否？"徐懋功道："兄有良策，快些说出来。"义扶道："以不改本，恐文义念去，有些勉强。况主公非昏暗庸愚眊眼糊涂之主，看他另写一行，下笔之时，何等慎重。今若改了本字，主公回家，必然看出，有许多不妙。莫若竟让卑职把秦殿下与刘大夫放去。主公回来，三位大人尽推在卑职身上，虽尚可饰辞，犹难免守国防犯之愆，然不至有大害了。若明改赦诏，不几视朝廷之敕书，如同儿戏乎？"众人都道："此论不差。"

魏玄成道："义扶持论甚畅，但不知怎样个放法？"徐义扶道："方才王娘娘宣小女进去，因太子弥月，欲草疏到主公处，奈因身

第 五 十 一 回

子尚惮劳顿,故叫小女代为草就,要差人到孟津去。小女有心乘机奏过王娘娘,即讨此差与卑职,明日四鼓就要起身,岂不好是改救的机会?现有懿旨叫卑职到徐大人处拨差官兵守护狱囚的,内票在此,表章是用黄绢封固的,小女藏在里边。"袖中取内票出来,徐懋功取来一看,只见上写着:"仰兵部掌印大堂徐,速拨吏卒二十名,去守南牢监禁,待狱官徐立本公干归,即便交卸,勿得有误施行。"玄成、叔宝大喜道:"这是唐主之福,该使殿下还朝,父子重逢,君臣会合。"徐义扶道:"只是要五匹有鞍辔的好马,方才济事。"魏玄成道:"连兄只消三骑,多此二骑何用?"徐义扶道:"小女与一个小价,亦不可少。"徐懋功道:"既如此,也该请令爱出来见了殿下,好少刻同行。"

徐义扶忙进去,同女儿惠媄出来。众人见时,乃是一个才要改妆不脂不粉的美秀女子。徐义扶道:"匆忙之际,总朝上三叩首就是。"众人皆要还礼,义扶再三不容,只得答以三揖。惠媄如飞进去了。徐懋功道:"我前去会征化及,得二匹骏马,驯良之至,一匹赠与殿下,一匹赠与惠媄令爱。"秦叔宝道:"殿下的追风马,我养好在厩下,并挑选二匹送来。后会有期,我们该大家别过罢!"徐懋功道:"诸公该作速收拾,伺我发兵卫下来,就到我署中来是了。"魏、徐、秦又叮咛了一番。

义扶送了三人出门,如飞进去,收拾了细软,把两套青衣小帽与秦王、文静换了。义扶又添些果菜,叫小厮扛了一坛酒,放在客座里。秦王问义扶道:"添酒增肴,是何缘故?"刘文静道:"我晓得这是义扶的作用,少刻便见。"

正说间,听得叩门声响。义扶如飞叫小厮出来开门,却是一个

真命主南牢身陷　　奇女子巧计龙飞

　　老队长同十来个小兵,到里边来叩见了义扶。义扶对众人道:"里边禁门,刚才徐大老爷差人到来巡察,已封好在那里了。恰好我们两个舅子要同到孟津单将军处公干,故有现成酒肴在此。天气寒冷,酒在坛子里,你们吃了罢,只要收拾好了家伙。"说完了,徐惠媖提了灯笼,秦王与文静负了奏章与报箱,小厮青奴挑了行李,叫一个士兵出来关好了门进去了。

　　徐义扶等五人忙忙走的不多几步,只见秦叔宝家小厮迎上前来,说道:"家老爷坐在堂中,候徐爷去会。"义扶等走进叔宝署中,只见院子里系着五匹马。秦叔宝忙出来接见了,对秦王道:"我晓得殿下归心甚急,此刻也不敢尽情了。"将手指着院子里的马道:"这两匹马是刚才徐大哥叫人牵来的,那匹金串银镶的赠与殿下,那匹绣串雕鞍的赠与惠媖小姐。殿下的马,文静兄坐去。那二匹是我赠与义扶及管家的,多是驯良善走的脚力。"又在袖中取出书札来,对文静道:"此三件烦兄带去,一道表章是叩谢唐王的,两封书启候李药师与柴嗣昌两兄的,代弟一一致意。"文静如飞打开包裹藏好。叔宝叫小厮快牵自己的坐骑来,要送秦王出城。秦王止住道:"承将军辈许多情义,我李世民镂之心版,再不敢劳尊驾送出城,恐惹嫌疑。"叔宝洒泪道:"士为知己死。大丈夫若虑嫌疑,何事可为?"即便先上了马,众人也只得上了马,急赶出城,又叮咛了一番,然后举手相别。这叫做:

　　　　惺惺自古惜惺惺,说与庸愚总不解。

第 五 十 二 回

李世民感恩劫友母　　宁夫人惑计走他乡

词曰：

　　深锁幽窗，遍青山，愁肠满目。甚来由，风风雨雨，乱人心曲。说到情中心无主，行看江上春生谷。正空梁断影泛牙樯，成何局？　　画虎处，人毂觫。笑鹰扬，螳臂促。怎与人无竞，高飞黄鹄。眼底羊肠逢九坂，天边鳄浪愁千斛。甚张罗？叫得子规来，人生足。

——右调《满江红》

流光易过，天地间的事业那有做的完的日子。游子有方，父母爱子之心总有思不了的念头。功名到易处之地，正是富贵逼人来，取之如拾芥。若到难处之地，事齐事楚，流离颠沛，急切间总难收煞。

却说秦王与刘文静、徐义扶、女儿惠媖四五骑马离脱了金墉城，与秦叔宝别了，连夜趱行。秦王在路上念叔宝的为人，因对刘文静道："叔宝恩情备至，何等周匝。所云：'桃花流水深千尺，不及汪伦送我情。'此之谓也。怎得他早归于我，以慰衷怀？"刘文静道："叔宝也巴不能要归唐，无奈魏势方炽，二则几个弟兄多是从瓦岗寨起手干这番事业,三则单雄信是义盟之首,誓同生死,安忍轻抛。如今彼三人,皆有他念者,因前日翟让一诛,故众人咸起离心耳,散则犹未也。"

秦王见说,不胜浩叹道:"若然,则叔宝终不能为我用矣!"徐义扶道:"殿下不必挂念,臣有一计,可使叔宝弃魏归唐。"秦王忙问道:"足下有何良策?"徐义扶道:"叔宝虽是个武弁,然天性至孝。其母太夫人年逼桑榆,与媳张氏俱安顿瓦岗。"秦王道:"魏家将帅俱集金墉,难道各将家眷尚在山寨里?"徐义扶道:"金墉止有魏公家眷,余皆在寨中。一个叫尤俊达,一个叫连巨真,二将管摄在那里。莫若先将秦母赚来归唐,好好供奉着,叔宝一知信息,必为徐庶之奔曹矣。"秦王道:"好便好,作何计赚来?"徐义扶道:"臣当年曾仕幽州,知总管罗艺与秦叔宝中表之亲,极相亲爱。今年恰值秦母七十寿诞,莫若假设是罗老夫人往泰安州进香,路经此地,接秦母到舟中去相会,一叙阔踪。秦母见说,定必欣然就道,若离了山寨,何愁他不到长安?"刘文静道:"要做,事不宜迟,回去就行。"

三人正说得入港,赶到了千秋岭来。只见后面小厮青奴在马上喊道:"姑娘的靴子掉去了一只了!"秦王听见,如飞兜转马头,只见徐惠姎一只窄窄金莲,早已露出。徐惠姎虽是个倜傥女子,此时不觉面红耳赤。徐义扶道:"既掉了一只,何不连那只也除了去?"只见秦王把马加鞭耸上一辔头,向旧路寻去。未及片时,秦王提着一只靴子向徐惠姎笑道:"这不是卿的靴子?"徐惠姎如飞下马来接了,穿扎停当,然后上马。自此一路上,秦王与惠姎虽不能雨觅云踪,然侍奉宵征,早已两情缱绻,魂消默会矣。

第 五 十 二 回

一行人晓行夜宿，不觉早到了霸陵川。秦王对刘文静道："孤偶然出猎闲游，不意遭此大难，若非惠媖、义扶与秦、魏、徐三位同心救援，几乎老死囹圄。"刘文静道："这也是殿下与臣数该有这百日之灾，幸遇义扶，朝夕周全。令爱弃恩施计，殿下不特得一明哲之士，兼得一闺中良佐，岂非祸兮福所倚乎？"

正说时，只见尘头起处望见一队人马前来，乃是大唐旗号。秦王道："难道父皇就知孤归国，预差人来迎接？"话未说完，只见袁天纲、李淳风、李靖三骑马早已飞到面前，口称："殿下，臣等齐来接驾。"秦王道："当初孤不听先生们之谏，致有此难，将来后车之戒，孤当谨之。"那时西府宾僚陆续来到，大家拥入潼关。秦王对徐义扶道："贤卿与令爱乞暂停驿馆，待孤见过父王，然后备车驾来接令爱，方成体统。"义扶点首，忙进驿馆中安歇。

秦王同众公卿进朝见了唐帝，到宫中拜见了窦太后，骨肉相叙，如同再生，不觉涕泗横流。秦王细把被难前情，一一奏明。唐帝道："秦叔宝、徐懋功、魏玄成这三个恩人，目下虽不能归唐，朕当镂之心版，儿亦当佩带书绅。至于义士徐立本与其女惠媖该速给二品冠带，并其女凤冠霞帔，快宣来见朕。"秦王分付左右，在西府内点宫女四名，整顿香车，迎请徐惠媖与其父义扶进朝。唐帝见了，甚加优礼，用义扶以上大夫之职，其女徐惠媖赐名徐惠妃，加一品夫人，与秦王为妃，参赞西府军机事务。

秦王又将叔宝寄来的谢表呈上。唐帝看了说道："叔宝先年与朕陌路相逢，全家亏他救护。今吾儿又赖他保全性命，父子受恩，未知何日得他来少报万一？"秦王道："不必父皇留念，儿自有良策，使他即日归唐。"说了，大家谢恩出朝。未及数日，秦王即差

李世民感恩劫友母　宁夫人惑计走他乡

李靖、徐义扶带领雄兵二千并宫娥数名,拥护徐惠妃夫人,前往瓦岗,计赚秦母出寨。今且按下慢提。

再说魏公李密在偃师收降了凯公,大获全胜,颁赦军民,正该班师回来,复不自谅,徇行河北部,被夏王窦建德首将王琮,相战于甘泉山下。被王琮以流矢射中李密左臂,大败丧气。又接徐世勣日报,说狱官徐立本私放秦王、刘文静归国,自谋宫中差使,不知去向。魏公看报大怒,连夜赶回金墉,魏征、徐世勣、秦琼接见。魏公将三人大肆唾骂,道他们不行觉察,通同徇私,受贿卖放,藐视纪纲,将三人即欲斩首。亏得祖君彦、贾润甫等再三告免,权禁南牢,将来以功赎之。

再说秦母同媳张氏、孙怀玉住在瓦岗,虽叔宝时常差人来询候,然秦母年将七十,反比不得在齐州城外,为子者朝夕定省,依依膝下,寻欢快活。奈儿子功名事大,只好付之浩叹而已。一日,只见一个小厮进来报道:"幽州罗老将军差官到寨,专候秦太夫人起居,要面见的。"秦母见说,对媳张氏道:"罗姑爷处,还是我六十岁时差人来拜寿,后数年来,音信悬隔。今为什么又差人来,莫非又念及我七十的生辰么?"张氏夫人道:"是与不是,还该出去见他,就知分晓。"秦母只得同着怀玉到堂中来,见两个差官,齐跪下去说道:"差官尉迟南、尉迟北,叩见太夫人。先有家太太私礼一副,奉上其寿仪,俟太夫人到舟中去,家太太面致。"秦母连忙叫怀玉拖了两个差官起来,随后又是四个女使,齐整打扮,上前叩头。那差官说道:"这是罗太太差来,迎请太夫人的。"秦母道:"小儿秦琼,在金墉干功,不在寨中,怎好有劳台从枉顾?请尊官外厢坐。怀玉,你去烦连伯伯来奉陪。"怀玉应声去了。

第 五 十 二 回

秦母同四位女使到里边来,见了张氏夫人,叫手下把罗夫人私礼抬了进来,多是奇珍异玩,足值二三千金。寨中这些兵卒多是强盗出身,何曾看见如此礼物,见了个个目呆口哑,连尤俊达与连巨真亦啧啧称羡道:"不是罗家帅府里,也办不出这副礼来。私礼如此,不知寿仪还怎样个盛哩!"那四个女使见过了张氏夫人的礼,又致意道:"家太太多拜上,因进香经过,要请太太夫人与少爷到舟中去一会,方见故旧不遗,叫妾们多多致意。"张氏夫人忙叫手下安排酒筵,款待来使。

婆媳两个私相计议。秦母道:"若说推却儿子不在,礼多不收,也不去会罗姑太太,这门亲就要断了。若说去,琼儿又在金墉,急切间不能去报知。"其时恰好程知节的母亲也在房中,插口道:"这样好亲戚,我们巴不能个扳图一个来往,他们却几千里路,备着厚礼来相认,却有许多疑虑?"张氏夫人道:"当年怀玉父亲犯事到幽州,亏得在姑爷手下认亲解救提拔。十年前婆婆正六十寿诞,我记得姑太太又曾差两员银带前程的官儿前来上寿。如此亲谊,可谓不薄矣。今若遽尔回他,只道是我们薄情,不知大体的了。"秦母道:"便是事出两难。"程母道:"据我见识,既是老亲,你们婆媳两个还该同了孙儿去会一会。人生在世,千里相逢,原不是容易得的事,难道你还有七十岁活么?你们若不放胆,我只算你的老伴奉陪去走走何如?"秦母见他们议论,已有五六分肯去相会的意思了。又见连巨真进来说道:"那两个姓尉迟的差官,多是十年前在历城县来拜过寿的,说起来我还有些认得,怎么伯母就不认得了?"秦母道:"当时堂中挤着许多人,我那里就认得清?既是恁说,今日天色已晚,留他们在寨中歇了,明早一同起身去就是,少不得连伯伯也要烦你护送去的。"连巨真道："这个自然。"

过了一宿，明早大家用过了朝餐，秦母、程母、张氏夫人多是凤冠补服，跟了五六个丫鬟媳妇，连他们四个女使，共是十二三肩山轿。秦怀玉金冠扎额，红锦绣袍，腰悬宝剑，骑了一匹银鬃马。连巨真也换了大服，跨上马，带领了三四十个兵卒，护送下山。

一行人走了十来里，头里先有人去报知。只听得三声大炮，金鼓齐鸣，远望河下，泊着坐船两只，小船不计其数。秦母众人到了船旁，只见舱口四五个宫奴，拥出一个少年宫妆的美妇人出来。你道是谁？就是徐惠媖假装的。秦母与众人停住了轿，便道："这不是罗老太太，又是谁？"那差来的女使答道："这是家老爷的二夫人。"秦母见说，也不便再问。大家逊进官舱，邻舱一将白显道抢将出来观看，被秦怀玉双眉戟竖，牙眦迸裂，大喝一声。白显道一惊，倒进舱里去了。李靖在船楼上望见，骇问来人道："此非叔宝之儿乎？"来人道："正是。"李靖道："年纪不大，英气已足惊人，真虎子也。"快叫人请过船来。

秦母等进舱，一个女使对着禀明道："这个是秦太太，那个是程太太，这是张氏秦夫人。"徐惠妃一一拜见过，便向秦母道："家老太太尚在前船，托妾先以小舟奉迎。承太太夫人们不弃降临，足见亲谊。"分付打发了轿马兵卒回去，后日来接。秦母道："琼儿公干金墉，多蒙太太颁赐厚仪，致承尊从枉顾，实为惶恐。"舟中酒席已摆设停当，即便敬酒安席。李靖请过秦怀玉来，与徐义扶相见了。李靖向秦怀玉说起他父亲前日寄书札来，取出来与怀玉看了。怀玉方知他是李药师，父执相逢，不胜起敬。忽听见又是三声大炮，点鼓开船。秦母在那边舟中，不见了怀玉，放心不下，忙叫人请

第五十二回

了过去,坐在身旁。船头上鼓乐齐鸣,一帆风挂起,齐齐整队而行。连巨真见这许多光景,也觉心上疑惑,亏得夜间宿在徐义扶舟中,义扶向他备细说明,连巨真心上虽放宽了些,但嫌身心两地,只好付之无可如何。

徐惠妃那夜见秦夫人们多是端庄朴实的人,已在舟中,料难插翅飞去,只得将直情备细说与张氏夫人知道。张氏夫人忙去述向婆婆得知。秦母止晓得先前楂树岗秦琼救了李渊之事,后边南牢设计放走李世民一段全然不知,亏得徐惠妃将前事一一提明:"因秦殿下念念不忘令郎将军之德,故此叫妾与父亲陛见后即定计来请太夫人。"此时秦母与张氏夫人晓得相对说话的不是罗二夫人,乃是秦王一位妃子,重新又见起礼来,幸喜程母因多用了几杯酒,瞌睡在桌上。秦母道:"小儿愚劣,有辱殿下垂青。但是那里知我家与罗总管是中表之亲?"徐惠妃道:"家父先朝曾任幽州别驾数年,罗帅府衙门中事并走差之人,无不熟识。"秦母道:"怪道尉迟南弟兄,扮得这般厮像。只是如今魏邦事势未衰,吾家儿子急切间怎能个就得归唐?夫人须先差人送一个信去方好。"徐惠妃道:"这个自然。但程太太跟前,万万不可说明。"

秦母众人在舟中住了两天,那日早起,只听得前哨报道:"头里有贼船三四十只,相近前来。"秦怀玉正睡在那边船楼上听见,如飞披衣起来窥探。只见李靖在中舱,唤一将进来,那将就是前日扮尉迟北的。李靖在案上取一面令旗,付与中军官,递将下来。那将跪下接着,李靖坐在上面分付道:"前哨报有贼船相近,你领兵去看来,不可杀害,好歹捆来见我。"那将应声去了。不一时,只闻得大炮震天,呐喊之声不绝。小船上兵卒,个个弓上弦刀出鞘,把甲胄收束停当。

未及两个时辰,鸣金三响,早见那员武将跪下道:"禀元帅爷缴令,贼船已获,头目现捆缚在船,专候元帅爷钧旨定夺。"李靖收了令箭,便问道:"贼船是何处旗号?"那将答道:"打着魏家旗号。"李靖双眉一蹙道:"既是魏家的人,解进来。"那将应声而去。其时大小船,俱停住不行。船头上众将,排列刀斧手,捆绑手,明晃晃执着站立,好不威武。只见战船里,拖出一个长大汉子来。连巨真在后边船上望见,吃了一惊道:"这是我家贾润甫,为什么撞到这里,却被他们拿住?"忙要去报知秦怀玉,无奈船挤人多,急切间难到那边船上去。徐义扶又不见了,只得趴在船舷上,听他们发落。

只听见李靖问道:"你是那一处人,叫甚名字?"贾润甫答道:"我是魏邦人,叫做贾柳。"李靖道:"既是魏邦人,岂不见我大唐旗号出师在此,擅敢闯入队来!我且问你,你奉李密使令,差往何处去,今从何处来?"贾润甫道:"实因王世充去秋曾向我处借粮二万斛,今秋不意我处歉收,魏公着我去索取。"李靖道:"王世充残忍褊隘之人,刻刻在那里觊觎非望,以收渔人之利。你家李密,却去济应他的粮草,何异虞之假道于晋,因以自弊乎?可知李密真一庸碌之夫矣!"贾润甫道:"六王扰攘,未知鹿死谁手,明公何出此言?"李靖击案喝道:"李密手下多是一班愚庸之夫,所以前日秦王被困于南牢,文静困辱于殿陛,我正要来问罪,你却撞来乱我军律。左右的与我拿去斩讫报来!"众军校吆喝一声,把贾润甫拥绑出来。

连巨真吓得魂飞魄散,如飞要去寻秦怀玉。何知秦怀玉被徐义扶说明,反不着忙。只见中军官又叫刽子手推贾润甫转来,李靖

第 五 十 二 回

起身亲解其缚,喝左右取冠带过来,替贾爷穿好上前相见。贾润甫拜谢道:"不才偶犯元帅虎威,重蒙格外宽宥,足见海涵。"李靖道:"适才不过试君之器量耳,弟辈仰体秦王求贤之心,何敢妄戮一人。且叫足下相会几个朋友。"

话未说完,只见徐义扶、连巨真、秦怀玉多走到面前。贾润甫大骇,对徐义扶道:"你是放走了秦王与刘文静,该在这里的了。"对连巨真、秦怀玉道:"你们是住在瓦岗,为何却在此处?"徐义扶把始末备细说了一遍。贾润甫对徐义扶道:"你却同了秦王高飞远举的来了,累及徐军师、秦大哥、魏记室坐禁南牢。"秦怀玉听见说他父亲囚禁南牢,放声大哭,忙向李靖说道:"乞老伯借二千兵与小侄,待侄打进金墉救取父亲。"秦母在此船闻知这个消息,亦差人来盘问。贾润甫道:"既是秦伯母在此,何不请过船来相见,听我说完,省得停回重新再说。"李靖便向怀玉道:"正是,贤侄去请令祖母过来,听贾兄述完。"

不一时秦母走过船来,众人一一拜见了。秦母向贾润甫道:"小儿为何事逮罪南牢?"贾润甫道:"魏公降服凯公回来,闻报徐兄放走了秦王、刘文静,即迁怒于秦大哥、魏玄成、徐懋功,将他三人监禁南牢。我与罗士信再三苦谏不从,即差我往王世充处讨粮。因去秋王世充差官来要借粮四万斛,彼时我听见,如飞向魏公力止,极言不可借,世充乏食,天绝之也,何反与之?况我家虽有预备,积储几仓,亦当未雨绸缪,要防自己饥馑。况军因粮足,今若借与彼,是藉寇兵以资盗粮也,智者恐不为此。无如魏公总不肯听,竟许其请,开仓斛付二万斛。那开仓之日适值甲申日,有犯甲不开仓之禁忌。嗣后巩洛各仓,仓官呈报鼠虫作耗,背生两翼,遍体鱼鳞,缘壁飞走,蜂涌而出,仓中之粟,十食八九。魏公拜程知节为征猫都尉,下令国中每一户纳猫一只,赴仓交纳,无猫罚米十石。究竟鼠多于猫,未能扑灭,猫与鼠不过同眠逐队而已,鼠患终不能息。魏公正在悔恨,近又萧铣缺饷,亦统兵来要借粮五万斛,如若不允,便要尽力厮拼。因此魏公着了急,将他三人在南牢赦出,即差秦大哥与罗士信,领兵去征萧铣,徐懋功差往黎阳,魏玄成看守洛仓。目下又值禾稼湮没,秋收绝望,因此差我向王世充处,取偿前日之粟。如今伯母既是秦王命李元帅屈驾长安,定必胜是瓦岗,待我报与秦大哥晓得了,他毕竟也就来归唐。"又对连巨真道:"巨真兄你还该回瓦岗去,众弟兄家眷尚多在寨,独剩一个尤员外在那里,倘有疏虞,是谁之咎?我因公干急迫,伯母请便。"即向众人告辞。

  李靖见贾润甫人才议论大是可人,托徐义扶说他归唐。贾润甫道:"弟因愚劣,不能择主于始,今虽时势可知,还当善事于终。若以盛衰为去留,恐非吾辈所宜,后会有期。"即便别去。李靖深加叹服,连巨真因与秦叔宝义气深重,只得同到长安,看了下落,再回瓦岗。正是:

  满地霜华连白草,不易离人义气深。

第五十三回

梦周公王世充绝魏　弃徐勣李玄邃归唐

诗曰：
>　　成败虽由天，良亦本人事。
>　　宣尼惊暴虎，所戒在骄恣。
>　　夫何器小夫，乘高肆其志。
>　　一旦众情移，福兮祸所伺。
>　　蛟螭失所居，遂为蝼蚁制。
>　　噬脐徒空悲，贻笑满青史。

　　事到骑虎之势，家国所关，非真拨乱之才，一代伟人，总难立脚。何况庸碌之夫，小有才名，妄思非分，直到事败无成，才知噬脐无及。

　　今且不说秦母归唐。再说贾润甫别了李靖等来到洛阳，打听王世充大行操练兵马，润甫要进中军去见他。世充早知来意，偏不令润甫相见，也不发回书，叫人传话道："这里自己正在缺饷，那得讨米来清偿你家？直等我们到淮上去收了稻子，就便来当面与魏公交割。"贾润甫见他这样光景，明知他背德不肯清偿，也不等他回札，竟自回金墉来复魏公道："世充举动不但昧心背德，且贼志

梦周公王世充绝魏　弃徐勋李玄邃归唐

反有来攻伐之意，明公不可不预防之。"李密怒道："此贼吾亦不等其来，当自去问其罪矣。"

择日兴师，点程知节、樊文超为前队，单雄信、王当仁为第二队，自与王伯当、裴仁基为后队，望东都进发。那边王世充早有哨马报知，心上要与李密厮拼，只虑他人马众多，急切间不能取胜，闷坐军中。忽一小卒说道："前年借粮军士回来，说李密仓粟，却被鼠耗食尽，升贾润甫补征猫都尉，宫中又有许多灾异。金墉百姓多说是僭了周公的庙基，绝了他的香火，故此周公作祟。"郑主道："只怕此言不真。"小卒道："来人尽说有此怪异，为甚说谎？"郑主笑道："若然，则吾计得矣。但必要一个伶俐的人，会得吾的意思，方为奇妙。"说了，呆看着那小卒，小卒低着头微笑不言。

到了明日，擂鼓聚将，大宴群臣，计议御敌之策。郑主问道："李密金墉之地还是隋时故宫，还是他自己创造的？"张永通答道："魏主宫室原是周公神祠。李密谓周公庙宇当创建于鲁，此地非彼所宜，便撤去庙貌，改为宫阙。周公累次托梦于臣，臣未敢渎奏。"郑主拍案道："怪道孤昨夜三更时分梦见一尊冠冕神人，说：'吾乃周文王之子姬公旦便是，蒙上界赐我为神，庙宇在金墉城内，被李密拆毁了，把基址改为宫殿，木料造了洛口仓，使我虎贲卫从，漂泊无依。今李密气数将尽，运败时衰，东郑王你替我报仇做主。'"众臣道："神人来助，足见明公威德所致，此番魏邦土地，必归于明公矣。"郑主道："富贵当与卿等共之，谅孤非敢独享也。"

正说时，只见三四个小卒走上前来报道："中军右哨旗丁陈龙忽然披发跣足，若狂若痴，口中大叫道：'我要见东郑王。'"郑主见说，笑逐颜开，对众臣道："此卒素称诚朴，何忽有此举动？孤与卿

第五十三回

等同去看他。"说了,齐上马来到教场中。军师桓法嗣纵马先到演武场,只见陈龙闭着双眼,挺挺的睡在桌上,高声朗句的在那里诵《大雅文王》之诗曰:"文王在上,于昭于天。周虽旧邦,其命维新。"见郑主来,忽跳起身,站在桌上,朝着外边道:"东郑王请了,吾周公旦附体在此。前宵所嘱之言,何未举行?勿谓梦寐,或致遗忘。若汝等君臣同心协力,吾还要助汝阴兵三千,去败魏师,幸毋观望,火速进兵为上。吾去也!"说了,跳将下来,满厅舞蹈扬尘。此时王世充与众臣早已齐齐跪拜道:"谨遵大王之命。我等敢不齐心讨贼,以复故宫,重修殿宇峥嵘!"大家忙起身,看那个陈龙面色如灰,手足冰冷,直僵僵横在草地上。郑主叫人负了他回去。

自此郑家兵将个个胸中有个周公旦了。从来兵行诡道,王世充原是个奸狡多谋之人,兼那军师桓法嗣,又是个旁门邪术之徒,恰好在乱离中,逞志求荣,希图宝位,便有许多因邪入邪之事来凑他。郑王回朝,即便传旨,令军师桓法嗣明日下演武场,点选彪形大汉三千,个个身长八尺,脚蹋木橇一丈二尺,面上俱带鬼脸,身穿五色画就衣服。数日之内,演习停当。桓法嗣说:"此计只宜速行,攻其无备。"郑主准奏。

这不过是要收拾完一个李密,成全一个应世之主。若李密是个明哲之士,见国中屡现灾异,便该安守金墉,悔改前愆,优恤臣下,犹可以为善国。

无奈李密自恃才略高强,却忘了昔日死里逃生之苦,刻刻要想似汉高提着三尺剑,无敌于天下。先把一个足智多谋的军师徐世勣调去黎阳,萧铣乃癣疥之疾,又把忠勇全备的秦叔宝、罗士信差他去拒守,贾润甫屡进奇谋不听,而置之洛口,邴元真贪利忘义小

梦周公王世充绝魏　弃徐勣李玄邃归唐

人,反置之左右,止剩单雄信、程知节等一班恃勇好斗之人,自统大兵前来。未及两日,何知王世充也拥着大队人马,在路上遇哨马报知,大家离着三四十里安营驻扎。李密安营于翠屏川东山,王世充结寨于翠屏川西山。

军师桓法嗣带领细作,随身兵马二三百,悄到镇东山顶,瞭望魏营,部伍整齐,如星辰累落,看去杀气冲天,果是人惊鬼哭。桓法嗣心中暗想:"吾虽练彪形高橇神兵,怎能够胜他人强马壮?"蹙着双眉,四下闲看,或见东北方山角下,七八个大汉在那里采樵。桓法嗣看他们运斤弄斧,丁丁伐木。不觉怡然而笑道:"吾更有计矣!"悄悄唤一个家将近前,附耳几句,自己即便上马归营。到了明日,进大营对郑主道:"臣昨夜也梦见周公对臣说道:'桓法嗣听我分付,明日我暗引一人来助你们擒敌,你快去催主公作速进征,以决胜负。'"又附郑主耳上说了几句,郑主大喜。桓法嗣又将木排,多用红绿颜色,画成兽形,列为方城,将兵马尽藏其中。郑主坐中军大寨,看军师桓法嗣调度。只见帐下军士道:"拿着了李密。"

及至解进来时,见缚着的却是一群樵柴的人,为首又是李密。郑主问道:"是那里拿来的?"军士答道:"小人们奉令巡逻,到山坳斜径,路遇这干人,内中却有李密,小人们奋勇拿来请功。"郑主怒问,那为首的喊叫冤枉道:"小人是国子监助教陆德明的家人,城中乏柴,着小人来樵采,说甚李密,现有同伴可证。"巡逻的道:"明是李密,假做采樵,窥探军情。"郑主又向众樵夫细问,果然是乡宦家人,差出来打柴的。郑主叫左右去了那干人的绑缚,对他们说道:"我晓得你们尽是平民,我如今正要用着你们。且问你众人里边,可有熟识北邙山幽僻路径的?"一个樵夫指道:"那个叫做满山飞金勇,那个叫做穿山甲庞元,他两个惯走山径,晓得路数。"郑主道:"妙!"先叫那像李密的前来,赏他一个中军把总,那两个金勇、庞元,赏他做了左右队长,多给衣帽战袍。又叫中军附耳,分付了领去,众樵夫大喜,叩谢出营,编入队伍。看两边:

纷纷战血烟云洒,胜败存亡未可知。

再说李密前队程知节指望遇着了对头,爽利大杀一场,不意王世充兵马反将横木为城,寂然不动。便督军马冲到城边,却又看见了木城上红绿兽形,即便调转马头,逃回转来。那单雄信领着第二队亦凑着了,叫前队架起云梯炮石,向内攻打,竟不能破。魏主在后队结寨,时将举火,传令黑夜须防贼人行劫,各营务要小心,静听更筹。到了三更时分,魏营兵将耳边只闻得四下里炮声隐隐不绝,心中惶惑。

忽有巡逻夜不收,到前营来报道:"王世充木城已开,只是内中灯火俱无,人影不见,敢报老爷知道。"程知节因日间攻打了半天,正在那里心中烦躁,忽闻此报,安能忍耐,自己当先领军马直到郑营。远远望去,只见木城大开,灯火齐举,照耀如同白日,并不见一兵在外。恼得程知节性起,把双斧高举,口中喊道:"有胆气的随我来!"只见郑营寨里一声炮响,闪出一将,杀了十来合,败将下去。程知节趁势追赶,约十来里,又听得郑营中一个轰天大炮,四下里即便接炮连声,忽起一阵怪风,刮地里迎面吹来。

其时金鸡已报,天色已明。程知节正催促军马杀将下去,只见斜刺里赶出七八队,都是面蓝发赤,巨口狼牙,五色长袍,高蹻橛脚,硝黄火药哄满半天,都执着砍刀,从第二队后边杀来,个个喊道:"天兵到了,你们要命的快须投降!"单雄信兵士见了,尽皆惊

梦周公王世充绝魏　弃徐勋李玄邃归唐

惶,要兜转马头,杀奔回去。因那些战马,见了这班鬼脸长人,咆哮乱跳,反向前尽力嘶跑。单雄信只得大着胆,随着前队往前杀去。两队人马接着王世充许多将士,绞作一团的乱杀。程知节正在酣战之时,听得喊道:"捣寨的兵,拿了李密来了!"

只见一簇兵马,拥着李密,锦袍金甲,背剪在马上,喊叫不明道:"快来救我,快来救我!"已被这干人拥进阵里去。程知节看见,吃了一惊,对裨将樊文超道:"如今主公已没了,战也没用,散罢!"樊文超道:"东天也是佛,西天也是佛,散也没处去,倒是投降。"便传主将已没,情愿投降。部下听得,一齐抛戈弃甲跪倒。程知节忆着老母,却在乱军中卸去盔甲,寂然逃走。

单雄信与王当仁在第二队见前边一齐跪倒,不知为甚缘由,却飞报的来说:"魏公已被拿去,前军已尽投降。"单雄信也是个猛夫,再不忖量李密怎样就可以拿得,心下反着了忙,对王当仁道:"魏公既被他们拿去了,我们在此,杀也无益,不如我和你冲出去罢!"王当仁便道:"说得有理。"发一喊,领麾下努力,杀了一里多路。无奈四围郑兵,越杀越多。单雄信回转头来一看,王当仁已不见了。单雄信正要转身去寻,不提防郑将张永通飞马到面前。雄信忙举槊相迎。岂知郑兵中几十托钩镰枪齐举,把雄信坐马拖翻。雄信无奈,亦只得领众投降。

独有魏主还领着精锐心腹之士督战,见前队散乱,忙着裴仁基前来救应,亦被郑阵中镰钩套索捉去。魏主正在惊疑之际,忽见后面山上,连声发喊,二队短刀步兵,赶下山来,已在阵后乱砍。回望寨中,烟焰冲天,守寨军士,四散逃走,投崖坠石。原来王世充着樵夫引导,黑夜领这支兵,各带硝磺引火之物,乘他兵尽出战,焚他大寨。魏主平日却因自恃势盛,只道无人敢来窥伺,到处不立木栅,止设营房,所以这几百人,如入无人之境,烧了他寨,又杀将转来。

此时李密要敌后军,前面王世充人马已到,要敌前军,后边步兵杀来,真是前后夹攻,腹背受敌。无可奈何,只得易服同众逃到洛口仓。贾润甫闻知,远来接见,把善言相慰道:"汉高屡败,终得天下,项羽虽胜,卒遭夷灭,明公安心以图后举。"在洛口仓安息了一夜。次日正欲与众将计议,只见程知节同了十来个小卒逃来相见,魏主大怒道:"我正要问你前面怎么样光景,以至于此?"程知节道:"头里我们被他杀退了下去,已有六七里,何知起一阵怪风,冲出无数阴兵,这还大家尽力混杀,不意他们阵里拥过一个锦袍金甲,与明公面貌无异,背剪在马上。我们军兵只认真是主帅被擒,军士都无心恋战。郑营四下军马如山倒海翻的裹将笼来,裨将樊文超即便领众投降。我不得已卸甲逃走到仓城。岂知邴元真已将全城归降王世充,我故又赶到这里。幸喜明公无恙,多是贼人使的诡计。"

话未说完,只见魏征一骑来到,魏公大骇,忙问道:"为什么你亦离了金墉,莫非亦有甚事么?"魏征道:"昨夜五更时分,有一起人马叫喊开城。郑司马上城看时,只见灯火之下果然是明公坐在马上。郑司马忙开城门,出来迎接,只见喝道:'诸将不行救应!'就叫手下捆缚,裴行俨亦被擒下。我着了急,知中贼人之计,如飞着宫侍报知王娘娘同世子逃出了南门,恰好在路上遇着了王当仁,交付与他送上瓦岗去了,故此我特地寻来,恰好多在这里。刚才我在路上听见逃回兵卒说:'王世充大队人马,又追将下来。'"

正说时,只见贾润甫手下巡逻走卒来报道:"虎牢关也失了。

梦周公王世充绝魏　弃徐勣李玄邃归唐

郑家大兵只离我们洛口三十里地,我们快走罢!"此时连魏征也没了主意。李密见王世充势大,量此洛口一隅,怎能支撑?只得同众进守河阳。河阳乃祖君彦所守地方,未及两日,巡卒又报偃师、洛口俱失。李密叹道:"谁料贼子弄这些诡计,失去这许多地方,又战失了好几员名将,这都是孤自己大意,以至于此。如今方寸已乱,教孤如何是好?"王伯当道:"为今之计,止有南阻河,北守太行,东连黎阳。徐世勣为人忠义,不以成败利钝易心,且足智多谋,堪当一面,着他同守黎阳,移兵食以资河北,虽与世充相近,末将不才,愿为死守。明公身居太行,呼吸两地,身既在此,当时部曲必然来归,力薄则据险而守,力足则相机而战,方是妙策。"李密道:"此计甚善。"问众将,多默默不答。

李密又问,众将只得说道:"前日北邙一战,人心皆惊,雄信投降,仁基、智略就缚,以致河阳疾破,仓城即降,偃师、洛口、虎牢地方接踵而失。将无固守之志,兵无敢死之心,人情趋利,比比皆然。今明公麾下尚有二万,恐再俄延,怕从人日散,公欲拒守,谁人相助?"李密听了,不觉两行泪落道:"孤仗诸君戮力同心,首取洛口,又据黎阳,北抗世充,南破化及。不意今日一战,至于众叛亲离,欲守无人,欲归无地,要此七尺何为?"言罢,拔剑便欲自刎。伯当一把抱定,两泪交流道:"明公,你备经困苦,方能得成大业。今虽失利,安知不能复兴,何作此短见?"两人号哭连声,众将士也齐泪下。

李密哽咽了半日,才出得一声道:"罢,罢,我壮志不甘居人之下,今天丧我,无计可施,黎阳我断不去。诸君若不弃,同到关中归于唐主,诸君谅亦不失富贵。"众将齐声道:"愿随明公同归唐主。"

第五十三回

李密对王伯当道："将军家室，多在瓦岗，今日入关，家室日远，恐必挂念，不若将军且回。"伯当道："昔与明公共誓生死同依，肯至今日相弃？便分身原野，亦所甘心，何况家室哉！"这几句连同行的人都感动，没一个肯离散。

独有程知节跳起身来说道："不是兄弟无情，你们却去得，我却不敢追随。"众人道："这是为什么？"李密道："我晓得了，尊堂尚在瓦岗，不去也罢了。"程知节道："不是这话，老娘在瓦岗，尤大哥与我不比别的弟兄，时刻肯照顾我母亲，我可以放心无忧。当年李世民监禁在南牢百日，多是我程咬金陷他。"众人道："这是公事，岂独罪你一人？"程知节道："当日世民窥探金墉城，众臣只道他诡计，无人敢去拿他，独有我老程，不怕死赶出城外。追至老君堂，见他躲在神柜里。我认他是个蟒蛇精，一斧几乎把他砍死。幸亏秦大哥止住了，说道：'留活的拿去见魏公。'所以他君臣两个，今困陷这几时。如今的人恩则便忘，怨则分明。我今去正中唐家的意，把咬金一刀两段，叫我老娘谁看？不去，不去！"说罢，竟一恭而去了。众人道："此时各从其志，他不去，我们是随明公去便了。"

李密恐怕耽延有变，也不待秦叔宝回来，亦不去知会徐世勣，只带部下的有二万人西行。先差元帅府掾柳燮赍表奏知唐帝，唐帝久知李密才略可用，况他河南、山东，旧时部曲甚多。若收得他，即可以招来为我用，所以不胜大喜。先差将军段志玄来慰劳他，又差司法许敬宗来迎。只是李密想起当日希图作盟主，就是唐帝何等推尊，谁知一旦失利，却俛首为他臣子，心中无限不平，无限怏怏，今事到其间，不得不为人下了，率领王伯当一干人进长安朝见唐帝。

梦周公王世充绝魏　弃徐勣李玄邃归唐

诸将拜舞毕，宣李密上殿。唐帝赐坐道："贤弟，战争劳苦，当俟吾儿世民幽州回来，与贤弟共平东都，以雪弟仇。"就传旨授李密光禄卿上柱国，赐邢国公，王伯当左武卫将军，贾润甫右武卫将军，魏征为西府记室参军。其余将士，各各赐爵。李密等谢恩而出。唐帝又念他无家，将表妹独孤氏与他为妻。官职虽不大，恩礼可谓隆矣。正是：

忆昔为龙彪，今乃作地鼠。

屈身伍绛灌，哽咽不得语。

第五十四回

释前仇程咬金见母受恩　　践死誓王伯当为友捐躯

词曰：

忆昔声名如哄,收拾群英相共。一旦失筹谋,泪洒青山可痛。如梦,如梦,赖有心交断送。

——右调《如梦令》

古人云：知足不辱,苟不知足,辱亦随之。况又有个才字横于胸中,即使真正钟鸣漏尽,遇着老和尚当头棒喝,他亦不肯心死,何况尚在壮年,事在得为之际。

却说魏王李密进长安时,还想当初曾附东都,皇泰主还授我太尉,都督内外诸军事。如今归唐,唐主毕竟不薄待我,若以我为弟,想李神通、李道玄都得封王,或者还与我一个王位,也未可知。不意爵止光禄卿,心中甚是不平。殊不知这正是唐主爱惜他,保全他处,恐遽赐大官,在朝臣子要忌他。又因河南、山东未平,那两处部曲要他招来,如今官爵太盛了,后来无以加他,故暂使居其位,以笼络他,折磨他锐气。李密总不想自己无容人之量,当年秦王到金墉时,何等看待,如今自己归唐,唐主何等情分。还认自己是一个顶天立地的好男子,满怀多少不甘。

释前仇程咬金见母受恩　践死誓王伯当为友捐躯

居未月余,秦王在陇西征平了薛举之子薛仁杲,拔寨奏凯还朝,早有小校飞驰报捷长安。唐主宣李密入朝面谕道:"卿自来此,与世民未曾觌面。朕恐世民怀念往事,不利于卿。卿可远接,以尽人臣之礼。"李密领诺。其时魏征染病西府。李密同王伯当等二十余人离了长安,望北而行,直至豳州,哨马报说秦王人马已近。李密问祖君彦道:"秦王有问,教我如何对答?"君彦道:"不问则已,若问时,只说圣上教臣远接,即不敢加害于明公矣。"

二人正商议间,只见金鼓喧阗,炮声震地,锦衣队队,花帽鲜明,左右总管十人,剑戟排拥,戈矛耀日,前面数声喝道,一派乐官,埙篪迭奏而来。李密只道来的就是世民,忙与众官分班立候。只见马上一将,大声呼道:"吾非秦王,乃是长孙无忌与刘弘基也。殿下尚在后面,汝是什么人,可立待之!"是时李密心中懊恨,明知秦王故意命诸将装作王子来羞辱他,如今若待不接,恐唐王见怪,若再去接,又觉羞辱难堪。

正在悔恨之时,又见一队人马排列而来。前面一对回避金牌,高高擎起,中间旗分五色,剑戟森严,后面吆喝之声渐逼,望见舆从耀目,凤起蛟腾。李密暗思:"是必秦王也。"忙与众将俯躬向地打躬下去。只见马上二人笑道:"吾乃马三保、白显道也,前年我们到金墉来望你,今你亦到吾长安来。若要接殿下,后面保驾帷幔里高坐的便是,可小心向前迎接。"李密听见,满面羞惭,搥胸跌脚,仰天叹道:"大丈夫不能自立,屈于人下,耻辱至此,何面目再立于天地之间?"即欲拔剑自刎。王伯当急向前夺住道:"明公何如此短见,文王囚于羑里,勾践辱于会稽,后来俱成大业。还当忍气耐性,徐图后事。"

第五十四回

正说时，忽有人报道："前面风卷出一面黄旗，绣着'秦王'二字在上，今次来的必是秦王无疑。"李密无奈，只得侍立路侧。骤见一队人马到来，前导五色绣旗。甲士银鬃对对，彤弓壶矢，彩耀生光，宝驾雕鞍，辉煌眩目，力士前引，仪从后随。唐将史岳、陶武钦依队前进，王常、邱士尹按辔徐行。原来四将认得是李密，各各在马上举手道："魏王休怪，俺们失礼了。"李密诸将默然无语，不觉两泪交流。王伯当再三劝慰。

又见殷开山、洛阳史排列左右护卫，犹如天王之状。秦王冠带蟒服，高拱端坐幔中。李密看得真切，如飞向前俯伏道："老拙有失远迎，望殿下恕责。"秦王见了李密，不觉怒发冲冠，手持雕弓，搭上一箭，兜满弓弦。唬得魏将王伯当、贾润甫、祖君彦、柳周臣诸将俯伏在地，面如土色。李密把两手捧住其脸，战栗不已。秦王见众人在地下打作一团儿，犹如宿犬之状，到底是人君度量，即收了箭，以弓梢指定李密道："匹夫也有今日！本待射你一箭，以报缥缁之仇，恐连累了众人，只道我不能容物，暂饶汝性命！"大喝一声而过。这都是秦王晓得李密来接，故意装这十将来羞他。

其时秦王进朝拜见了唐帝。唐帝道："皇儿征伐费心，鞍马劳苦。"秦王道："托赖父王洪福，诸将用命，得以凯还，擒得薛仁杲、罗宗睺等囚在槛车，专候父皇发落。"唐帝大喜，即命武士斩于市曹，悬首示众。因问秦王："曾见李密否？"秦王答道："臣儿曾见来。"唐帝道："当时朕欲拒其降，因刘文静进言道：'郑与魏境接壤，二邦犹如唇齿。'今王世充灭了李密，来有虢亡而虞独存者，我处若不受其降，密必计穷，据兵而复投他国，又增一敌。劳吾心矣，乌乎可！"秦王道："为什么有恩于臣儿的这几个人反不见？"唐帝道:"魏征已在这里,朕知其有可用之才,将他拨在你西府办事。如今闻说他有病,故此想未有来接你。"说完,帝同秦王进宫去朝见了母后,谢恩出朝。他原是个拨乱之主,求贤若渴,况当年有恩于彼,怎不关心?一进西府,即问魏征下榻之处。

魏征原没有病,因李密要他同去接秦王,料必不妥,故此诈称有疾。今闻秦王来问他,如飞赶出来拜伏在地道:"臣偶抱微疴,不能远接,乞殿下恕臣之罪。"秦王一把拖住道:"先生与孤不比他人,何须行此礼?"忙扯来坐定。魏征道:"魏公失势来投,望殿下海涵,勿念前愆。"秦王道:"孤承先生们厚爱,日夜佩德于心,今幸不弃,足慰生平。李密匹夫,孤顷见俯伏在地,几欲手刃之,因见众臣在内而止。然孤总不杀他,少不得有人杀他的日子。"因问:"叔宝、懋功二兄为何不来?"魏征道:"徐懋功尚守黎阳,他是个足智多谋之士。魏公自恃才高,与他言行不合,所以他甘守其地,亦无异志。秦叔宝差往萧铣未回。魏公此来,亦未去知会他。"秦王道:"他的令堂乃郎,孤多膳养在此。"魏征道:"他于今想必也晓得了,但是这人天性至孝,友谊亦要克全其义。单雄信已降王世充,恐还有些逗遛。"秦王又问道:"那个粗莽贼子程知节为什么不见?"魏征道:"他因昔日开罪于殿下,故不敢来,到瓦岗拜母去了,人虽粗鲁,事母甚孝,到是个忠直之士。昨晤徐义扶,方知程母也在此。他还不晓得,若到瓦岗,知其母消息,是必奋不顾身,入长安矣,倘来时,望殿下忘其射钩之仇而包容之。"于是秦王与魏征朝夕谈论,甚相亲爱。

如今且说程知节到了瓦岗,却不见了母亲,忙问尤俊达。尤俊达道:"尊堂陪秦伯母婆媳两个去会亲戚,不想被秦王设计赚入长

第五十四回

安去了。"程知节见说，笑道："尤大哥，你又来耍我。"尤俊达道："程老弟，我几曾说谎来？"便把当时赚去行径一一说出，又道："当时这班人原只要迎请秦伯母去，谁知令堂生生的要奉陪他走走，弟再三阻挡，他必不肯依，因此弟只得叫连巨真兄送去。前日连巨真在长安回来，说尊堂与秦伯母在秦王那里，甚是平安。兄如不信，到黎阳去问连巨真便知详细了。"程知节此时觉得神气沮丧，呆了半晌，喊道："罢了，天杀的入娘贼，下这样绝户计！咱把这条性命丢与他罢！"过了一宿，也不别尤俊达，跟了两个伴当，竟进长安。可怜：

　　只念娘亲不惜躯，愿将遗体报亲恩。

程知节恐怕大路上有人认得，却走小路。晓行夜宿，未及一月，不觉早到长安。进了府城，就在西府左首借了下处。先叫手下把一揭投进，只等帅府开门。秦王知程知节到来，传令将士装束威武，排列森严，粗细鼓乐，迭奏三通。秦王升殿，诸将参见过，捱班站立。只听得头门上守门官报道："魏犯程知节进。"里边武卫接应一声，如春雷一般。

秦王坐在上面，见一个赤条条的长大汉子，背剪着，气昂昂走将进来。到了丹墀，直挺挺的站定。秦王仔细一看，认得是程知节，不觉怒气填胸，须眉直竖，击桌喝道："你这贼子，今日也自来送死了，可记得当年孤逃在老君堂，几乎被你一斧砍死！孤今把你锅烹刀磔，方消此恨。"程知节哈哈大笑道："咱当时但知有魏，不知有唐。大丈夫恩不忘报，怨必求明。咱若怕死，也不进长安来，要砍就砍，何须动气。快快叫咱老娘来见一面，咱就把这颗头颅，结识与你罢。"秦王道："你这贼到这地位，还要口硬，且缓你须臾

释前仇程咬金见母受恩　践死誓王伯当为友捐躯

之死。军士们领他去见了他母亲,然后来受刑!"众军士不由分说,把知节拥出府门。

原来秦老夫人的下处,就在西府东首一所绝大的房子里头,与程母同居。秦母一到长安,秦王即拨一二十名妇女,进来伺候,又拨排军二十名,看守门户。不但供应日逐送进,每月还有许多币帛馈赐。秦母与程母,礼必两副。所以这两个老人家,起居安稳,甚感秦王之恩。当时众武士将程知节拥进秦母寓所,早有人进去报知。秦母与程母如飞走出堂来。程母见儿子这般行径,即上前抱头大哭,口里咿哩呜啰,不知哭许多什么,惹得众武士反笑起来。

程知节焦躁道:"娘,你不要哭,儿子问你,你住在这里,身子可安稳么?可有人伺候么?"程母只是哭,那里对答的出一句,反是秦母替他说道:"一到长安,秦王如何差人来伺候,每日如何供应,月月如何馈送,还要时常差妇女出来候安。我与汝母亲,蒙他恩典,相待一体,总无厚薄。"程知节问母亲道:"娘可是这样的?"程母含着眼泪,点点头儿道:"是这样的。"又将手指身旁两个使女说道:"这两个就是殿下赐来服事我的。"知节见说,便道:"娘,儿子差了。那晓得秦王这样一个好人,儿今去死在他台下,也是甘心的。娘,你不要念我了,你去伴秦伯母终了天年罢!"竟要撒开身子走出来,程母那里肯放。秦母对知节道:"你们不要忙乱,听我说。当时秦王因要我的琼儿归唐,故假作罗家来赚我,不意你母亲一团美意,陪我出寨,竟入长安。如今魏公亦已降唐,吾家琼儿量必早晚亦至。你家母亲岂可因我出门,反作无子之母?"便对伺候的说道:"取我的大衣服出来,待老身自进西府,去见秦王,求他宽宥。"

第五十四回

　　正说时,只见一个差官,跟着三四个校尉,手里托着冠带袍服,口中喝道:"殿下有旨,恕程知节无罪,着即冠带来相见。"说完,校尉如飞将程知节绑缚去了,要替他冠带。程母见说,如飞跪在地上,对天叩首道:"愿殿下太平一统,万寿无疆。"引得众人又笑起来。程知节着了衣服,穿好了袍带,便要拜母亲与秦伯母。程母止住道:"儿且不要拜我,快进西府去叩谢秦王。这样宽恩大度的明主,你须要尽忠去报他,老身就死也瞑目的了。"知节见说,不敢违命,如飞的跟了差官,来进西府。时秦王在集贤堂与众谋士谈兵议论,只见校卫来复命说道,秦叔宝母就要见殿下来,程知节母如何叩首谢祝。秦王笑向魏征与刘文静道:"幸是孤先差人去赦他,若秦母到来,就不见情了。"

　　话未说完,那差官进来禀程知节在帅府门首候旨。秦王道:"叫他到西堂来。"西堂原是西府会宾之所。差官早引程知节站在阶前伺候。只见秦王踱将出来,程知节如飞跪向前垂泪说道:"臣有眼无瞳,以致当年不识英雄之主,获罪难逃。今虽蒙恩赦死,反觉生惭。"秦王自下阶来搀他起来道:"刚才试君之意耳。孤久知卿乃忠直之士,愿卿将来事唐如事魏足矣。"知节道:"臣蒙殿下豢母隆恩,敢不捐躯以报!"秦王问起知节与王世充当日征战之事,知节备细述了一遍。秦王又问:"可曾见叔宝、懋功?"知节道:"臣自战败之后,见魏公降唐,臣即往瓦岗。一闻母信,星夜至此,实未曾会着秦、徐二友。今臣感殿下鸿恩,无由以报,臣有心腹部曲一二千,尚在北邙、偃师,待臣去招徕,并偕秦、徐诸弟兄来归唐,未知殿下可容臣去否?"秦王见说,大喜道:"孤有何不容?如此足见卿之忠贞。但须朝见过了圣上,卿须奏明,看圣上旨意如何。"知节

释前仇程咬金见母受恩　践死誓王伯当为友捐躯

领诺。秦王即命差官引他进朝面圣。

知节即便辞了秦王,出来朝见唐帝。唐帝见他相貌魁梧,言语爽直,即赐他为虎翼大将军,兼西府行军总管,所奏事宜,悉听秦王主裁。知节谢恩出朝,重新又到西府来,谢过了恩,忙到寓所拜见老母,并秦伯母暨张氏夫人。秦怀玉也出来拜见了,一家欢聚。过了一宿,明早知节即便辞了秦王,束装起行。前日进长安时,九死一生,如今出长安,轻裘肥马,仆从随行,比前大不相同,往东都进发。这是:

　　　　为感新知己,来寻旧侣盟。

如今再说李密自被秦王羞辱之后,每日退归邢府,坐卧不安,忧形于色。左右报程知节到来,李密心上指望他来探望,访问一访问东都消息,岂知知节竟不来见。未及三四日,报说唐帝封他爵虎翼将军,又差出长安去了。李密心中气闷,忙对王伯当与同来将士道:"程知节是孤旧臣,他到了两三日,竟不来看孤一面。人情之薄,一至于此。今唐主赐了他官爵,又出长安去了,想必他此去收拾旧时兵卒,以来助唐。我们在此闷坐守死,有何出头日子?"李密诸将士当时攻城掠地,倚着金帛来得易,也用得易,自入关来,也都资用不足,各不相安。

今见李密有去志,大家计议道:"徐世勣现在黎阳,张善相在伊州,叔宝、士信,想已平定萧铣,必归瓦岗,雄信诸人在洛。明公还可有为,何苦在此别人眼下讨气?"王伯当也道:"正当如此。"李密道:"还是奏知唐主,只说要往山东,收故时部曲,还是各人私走到关外取齐?"贾润甫道:"此事不妥。主上待明公甚厚。况国家姓名著在图谶,天下终当一统。明公既已委质,复生异图,盛彦师、

第五十四回

史万宝等雄守关外，此事朝举，彼必夕至。虽或出关，兵岂暇集？一称叛逆，谁复能容？为明公计，不若安守，徐思其便，可以万全。"密怒道："卿乃吾心腹，何言如是！不同心者，当斩而后行。"润甫泣道："自翟司徒被戮之后，人皆为明公弃恩忘本，上下离心。今纵奔亡，谁肯复以所有之兵，拱手委公乎？柳系荷恩殊厚，故敢深言不讳，愿明公熟思之。苟明公有所措身，贾柳亦何辞就戮。"密大怒，拔剑欲击之。王伯当等力劝乃止。祖君彦道："依臣想来，不若通知了公主，潜出长安。秦王即知，差人来阻，公主在那里，谅难加害。此古刘先主赚吴夫人归汉之计，未知明公以为何如？"

大家计议未定，李密含怒进内。独孤公主道："大丈夫当襟怀磊落，妾见君家何多不豫之色？"李密道："我有一言，欲与汝商酌，未知可否？"独孤公主道："夫妇之间，有何避忌？"李密道："吾欲背唐而行，只虑汝牵心，不忍相弃，意欲与汝同行，未知可否？"独孤公主道："是何言欤？吾兄受汝之降，爵君上公，又念君无家，赐妾为婚，宠眷之恩，可谓富贵极矣。今席尚未暖，不思报德，反有异志，苟有人心，恐不至此。"李密道："主上恩宠虽厚，汝侄辱我太甚。今势不两立，且往山东，收拾士卒，再图后举。况妇人之身，从夫为荣。汝心不允，莫非亦有异志么？"

公主见说，即唾其面道："吾以汝为好人，尽心报国，不意如此不忠不义，此生有何倚赖？"李密见说，登时杀气满面，幸喜旁边有个宫奴，善伺人意，忙上前解释道："驸马息怒，此亦吾家公主年轻，不知大义。古人说得好：夫唱妇随，无违夫子，以顺为正者，妾妇之道也。驸马既有此言，还当熟商，徐徐而行，岂可因一言之间，

释前仇程咬金见母受恩　践死誓王伯当为友捐躯

有伤伉俪之情?"李密见这宫奴说了这几句,把气消了一半,走出外来。祖君彦问道:"明公刚才进去,可曾与公主商酌?"李密恨道:"适间我略谈几句,不贤之妇反责我不忠背德,我几欲手刃之,故走出来。"王伯当道:"风声已漏,不好了,祸将至矣!"李密道:"计将安出?"祖君彦道:"要去大家即便起身,如再迟延,即难离长安矣!"

李密见说,忙将内门封锁,叫王伯当唤齐同来诸将,收拾行装器械。共有六十余人,不等天明竟出北门而去。门军忙来报知秦王,秦王大怒,如飞自到邢府中来看,只见内门重重封锁。忙叫人开了,见了独孤公主,公主将夜来之言述了一遍。秦王听见,咬牙切齿,如飞奏知唐帝。唐帝亦怒,即欲遣将追擒。刘文静道:"何必动兵?只消发虎牌传谕各地方总管,倘若李密领众过关,必须生擒解来正法,看他逃到那里去!"唐帝称善,即发出虎牌来,星夜知会各关。

且说李密与王伯当众人,带星而往,马不停驰。不多几日,出了潼关,过了蓝田。李密对众人道:"吾们若要到伊州张善相牢狱处,须走小路便捷,若要往黎阳徐世勣处,须走大路。"贾润甫道:"前途愈加难行,据吾见识,吾们该匀两队走,一队走黎阳,一队走伊州。"李密道:"这也说得是。你与祖君彦走大路,往黎阳,吾与伯当走小路,往伊州。到了,大家差人知会便是。"因此贾润甫同祖君彦一二十人,走大路去了。

李密同王伯当三十余人又走了几日,到了桃林县地方。桃林县县官方正治是个贤能之士,见这行人乘夜要穿城过,心中疑惑,叫军士着实盘驳,必要检看行囊。李密手下裨将与众兵卒原是强

第五十四回

盗出身，野性不改，见这小小一县这般严缉，大家不甘，登时性起，拔出刀来砍杀门军，一拥进城。王伯当忙要止住，那里禁止得住？吓得县官方正治逃入熊州去了。魏家兵将进了城，见无人拦阻，囊资久虚，爽利把仓库劫掠一空，住了一宵，然后起身。方正治一到熊州，把前事述与镇守将军史万宝知道。万宝惊惶无计，总管盛彦师道："不难，我自有策，只须数十人马，自能取他首级。"史万宝再三问时，盛彦师不肯说破。

时李密以为官兵必截洛州，山路无人阻挡，骑着马领这干人缓行。恰到熊耳山南山下，一条路左旁高山，下临深溪。李密与王伯当策马先走，不顾左右。只听得一声炮响，山上树丛里箭如飞雨，进退不能。况身上又无甲胄，山谷里溪中，又有伏兵杀出截住前后，可怜伯当急不能敌，拼命抱住李密之身，百般遮护。二人竟死于乱箭之下，被伏兵枭了首级，收了尸骸，奏捷唐帝。唐帝大喜，命将两颗首级，悬于竿首，市曹示众，携窃者夷三族。正是：

有才不善用，乃为才所使。

不及程与秦，芳名垂青史。

第五十五回

徐世勣一恸成丧礼　唐秦王亲唁服军心

词曰：

淅淅凄风问沙场，何使人英雄气夺？幸遇着知心将帅，忠肝义魄。危涧层峦真骇目，穿骨利镞犹存血。喜片言，挽得天心回，毋庸戚。　　鸟啾啾，山寂寂。心耿耿，情脉脉。看王章炫熠，泉台生色。一杯浇破幽魂享，三军泪尽欢声出。忙收拾，荷恩游帝里，存亡结。

——右调《满江红》

人到世乱，忠贞都丧，廉耻不明，今日臣此，明日就彼，人如旅客，处处可投，身如妓女，人人可事，虽属可羞，亦所不恤。只因世乱，盗贼横行，山林畎亩都不是安身去处。有本领的只得出来从军作将，却不能就遇着真主，或遭威劫势逼，也便改心易向。皆因当日从这人，也只草草相依，就为他死也不见得忠贞，徒与草木同腐，不若留身有为。这也不是为臣正局，只是在英雄不可不委曲以谅其心。

如今再说唐帝将李密与王伯当首级悬竿号令，魏征一见，悲恸不安，垂泪对秦王道："为臣当忠，交友当义，未有能忠于君，而友

第五十五回

非以义也。王伯当始与魏公为刎颈之交,继成君臣之分,不意魏公自矜己能,不从人谏,一败失势,归唐负德,死于锋刃之下。同事者一二十人,惟伯当乃能全忠尽义。臣思昔日魏公亦曾推心致腹于臣,相依三载,岂有生不能事其终,而死不能全其义乎?目今尸骸暴露荒山,魂魄凭依异地,迎风叫月,对雨悲花。臣思至此,实为寒心。臣意欲求殿下宽假一月,到熊州熊耳山去,寻取魏公与伯当尸骸,以安泉壤,庶几生安死慰,皆殿下之鸿慈也。"秦王道:"孤正欲与先生朝夕谈论,岂可为此匹夫,以离左右?"魏征道:"非此之论也。臣将来报殿下之日长,报魏之事止此而已。昔汉高与项羽鏖战数年,项羽一朝乌江自刎,汉高犹以王礼葬之,当时诸侯咸服其德。望殿下勿袭亡秦之法,而以尧舜为心,况今王法已彰,魏之将士正在徘徊观望之际,未有所属。殿下宜奏请朝廷,赦其眷属,恤其余孽。如此不特魏之将帅,倾心来归,即郑、夏之士,亦望风来归矣。臣此行非独完魏之事,实助唐之计也。愿殿下察之。"秦王道:"容孤思之。"次日秦王即将魏征之言奏知唐帝。唐帝称善,即发赦敕一道:凡系李密、王伯当妻孥以及魏之逃亡将士,赦其无罪,悉从其志,地方官毋得查缉。因此魏征得了唐帝赦敕,即便辞了秦王,望熊州进发。

今且说徐世勣在黎阳闻知魏公兵败,带领将士投唐,逆料魏公事唐决不能终,必至败坏,我且死守其地,待秦叔宝回来再作区处。不多几月,叔宝与罗士信杀退了萧铣,奏凯回来。道经黎阳,懋功早差人来接。叔宝同士信进城去相见了懋功,把魏公败北归唐一段说了一遍。叔宝听了,跌足叹恨道:"魏公气满志昏,难道从亡诸臣,皆不知利钝,而不进言,同去投唐?"懋功道:"魏公自恃才

徐世勣一恸成丧礼　唐秦王亲唁服军心

高,臣下或言之总不肯听,将来必有事变。今兄将安归?"叔宝道:"家母处两三月没有信到,今急切要到瓦岗去。"懋功道:"弟正忘了。兄还不知么?尊堂、尊嫂、令郎都被秦王赚入长安去矣。"叔宝见说,神色顿变道:"这是什么话来?"懋公道:"连巨真亲送了去回来的,兄去问他便知明白。"叔宝便对士信道:"兄弟,你把兵马且驻扎在此,我到瓦岗去走遭来。"遂跟了三四个小校,来到瓦岗寨中。

尤俊达、连巨真相见了,叔宝就问:"秦王怎么样赚去老母?"连巨真道:"秦大哥,你且不要问我,且把弟带来的令堂手札与兄看了,然后叙话。"连巨真进内去了。尤俊达便把秦王命徐惠妃假作罗家夫人来赚伯母一段说了一半。只见连巨真取出两封书来,一封是秦母的,一封是刘文静的,多递与叔宝。叔宝接在手,先将老母的手札来看,封面上写"琼儿开拆"。叔宝见了母亲的手迹,不觉两泪交流,从头至尾看了一遍,方才收了泪。又看了刘文静的书,问连巨真道:"兄住在长安几日?"巨真道:"弟在长安住了四五日。秦王隔了一日,即差人到尊堂寓中来问候,徐惠妃夫人亦常差宫奴出来送东西。弟临行时,令堂老伯母再三嘱弟,说兄一回金墉即便收拾归唐,这还是魏公未去之日。今魏公已为唐臣,兄可作速前去。"尤俊达忙将徐惠妃前日送来的礼物,交还叔宝。叔宝又问道:"程知节往何处去了?"巨真道:"他始初不肯随魏公归唐,一到瓦岗闻了母信,他就拼命连夜到长安去了。"

叔宝心中自思道:"若魏公不与诸臣投唐,我为母而去到无他说。如今魏公又在彼,我去,唐主还是独加恩于我好,还是不加恩于我好?若将我如魏臣一般看待,秦王心上又觉不安。若以我为

第五十五回

上卿,魏公心上只道我先有心归唐,故使秦王先赚母入长安。如今事出两难。且到黎阳去与懋功商量,看他如何主张。"忙别了尤俊达与连巨真,如飞又赶到黎阳,见了徐懋功与罗士信,把如何长短说了一番。懋功道:"若论伯母在彼,吾兄该接速而行,若论事势,则又不然。魏公投唐,决不能久,诸臣在彼,谅不相安。况秦王已归,即在早晚必有变故。俟他定局之后,兄去方为万全。"

叔宝见说,深以为是,忙写一封家报与母亲,又写一封回启送刘文静,叫罗士信只带二三家童,悄悄先进长安去安慰母亲。到了次日,士信收拾行装扮了走差的行径,别了懋功,跨上雕鞍。叔宝也骑了马,细细把话又叮咛了一番,送了一二里,然后带转马头回来。到署中对徐懋功道:"懋功兄,单二哥在王世充处,决定不妥,如何是好?弟与他曾誓生死,今各投一主而事,岂不背了前盟?"懋功道:"弟与他同一体也,岂不念及?但是单二哥为性,虽四海多情,不识时势,执而无文,直而易欺,全不肯经权用事。他以唐公杀兄之仇,日夜在心,有苏、张之舌,难挽其志。如今我们投奔,就如妇人再醮一般,一误岂堪再误?若更失计,噬脐无及矣!"叔宝点头称善,虽常要想自己私奔去看雄信,又恐反被雄信留住了,脱不得身,到做了身心两地,因此耐心只得住在黎阳。

恰好贾润甫到来,秦、徐二人见了惊问道:"魏公归唐何如?"润甫道:"不要说起。"把唐主赐爵赠婚一段细细说了一遍。"至后背了公主逃走,因关津严察,魏公叫我同祖君彦走黎阳,他们走伊州。君彦遇见柳周臣,转抄出小路打听去了。刚才弟在路上,遇着单全,他说单二哥要我去一会,万不可迟。我如今且去走遭,若说得他重聚在一处,岂不是好?魏公遣人来知会,乞说知此意。"徐、秦二人道:"我们也在这里念他,兄去一会,大家放心。"过了一宵,贾润甫起身去了。

秦叔宝因心上烦闷,拉徐懋功往郊外打猎。只见一队素车白马的人前来,叔宝定睛一看,见是魏玄成,便对懋功道:"徐大哥,玄成兄来了!"大家下马,就在草地上拜见了。叔宝握手忙问道:"兄为何如此装束?"玄成道:"兄等还不知魏公与伯当兄,俱作故人矣!"叔宝见说,呼天大恸,徐懋功也泪如泉涌。叔宝因问玄成:"魏公与伯当在何处身故的?"玄成蹙着双眉道:"一言难尽。"懋功道:"旷野间岂是久谈之所,快到署中去说。"于是各各上马进城。

到署中,恰好王簿等三四将来问探消息。懋功引秦魏众人到了书室中去坐定,玄成把魏公投唐始末,直至逃到熊州,死于万箭之下,细细述了一遍。叔宝大声浩叹道:"不出懋功兄所料,如今兄为何又来?"玄成道:"弟在秦王西府,一闻魏公之变,寸心如割,因求秦王告假月余,去寻魏、王二公尸骸。秦王准假,亦要弟来敦请二兄。便奏知唐帝,蒙唐帝隆恩,恐途中有阻,赐弟赦敕一道:凡在魏诸臣,谕弟请同归唐,即便擢用。"说了,玄成在报箱中忙取出赦文一道来。徐懋功与秦叔宝看了一遍。

懋功道:"众人肯去不肯去,这且慢讲。只问兄可曾到熊州去寻取李、王二公骸骨?"玄成道:"弟前日到熊州熊耳山,那山高数丈,峭壁层峦,左傍茂林、右临深涧,中有一路,止容二马。弟到此一望,了无踪迹。只得又往上边去探取。幸有一所小庵,庵内住一老僧。弟叩问之,却有一个道人认得小弟,乃是魏公亲随内丁,年纪五十有余,他当时同遇其难,天幸不死,在庵出家。晓得二公尸首所埋之处,引弟认之,却是一个小土堆,即命土人掘开。可怜二

第五十五回

尸拌和泥中，身无寸甲，箭痕满体，一身袍服尽为血裹。英雄至此，令人酸鼻。弟速买二棺，草草入殓，权厝庵中，待会过诸兄，然后好去成礼葬埋。但是两颗首级，尚悬在长安竿首，禁人不许窃携。弟前日即欲请埋，因唐帝盛怒之下，恐反有阻寻觅尸骸之举，故此止请收尸，首级还要设计求之。"懋功道："这个在弟身上。但是如今众弟兄如不想再做一番事业，大家去藁葬了魏公，散伙各从其志了。若有志气，还要干功立业，除秦王外无人。只是要去得好，不要如穷鸟投林，摇尾乞怜，使唐之君臣看魏之臣子，俱是庸庸碌碌之辈，如草芥一般。"

叔宝诸人齐声道："军师说得是。"懋功道："我即今夜治装，明早就起身往长安去。瓦岗山寨弟兄，且莫去通知他。为什么呢？一则我们此去，不知是祸是福，留此一席，以为小小退步；二则单二哥家眷尚在寨中，单兄之意，决不肯归唐。如今众人还是带入长安去好，还是独剩他家眷在寨中好，且待我们定归后，再遣人送到王世充那里去，犹未为晚。"叔宝道："此地作何去留？"懋功道："此地前有世充，后有建德，魏公已亡，谅此弹丸之邑亦难死守。今烦副将军王簿待我们起身之后，即将仓库散之小民，库饷给与军士，一应衣甲旗号都用素缟，限在数日内，率领三千人马，星飞赶到熊州来送葬魏公，也见臣下忠义之心。"众人又齐声道："军师处分得极是。"懋功分付停当，过了一宵，明早起身，又对叔宝、玄成道："二兄作速打点，换了衣甲旗号，如飞到熊耳山来。弟先去了。"便随了三四个家童望长安进发。叔宝连夜叫军士尽将衣甲旗号换了素缟，不多几日料理停当。叔宝又分付王簿，将大队人马作速前来，自与玄成亦望熊州进发。正是：

徐世勣一恸成丧礼　唐秦王亲啥服军心

　　生前念知己，死后尽臣忠。

　　却说徐懋功离了黎阳，宵行夕赶，来到长安。进城下了寓所，装了书生模样，叫家童跟了，走到十字街来，见双竿竖起，悬挂匣中两颗首级。徐懋功见了，心如刀割，望上拜了四拜，将手捧住双竿放声大哭。惊动众军校上前来拿住，拥至朝门。其时因定阳刘武周僭称皇帝，差大将宋金刚发二万人马，差先锋虎将尉迟敬德杀奔并州而来。并州太原是齐王元吉留守，被敬德打翻了元吉手下猛将一二十员，星夜差人到长安来请救兵。唐帝差裴寂领兵一万往太原去救援。

　　是日秦王正在教场中操练人马，唐帝见黄门官奏说有人抱竿而哭，天威大怒，叫绑进朝来。军校即便拥至驾前俯伏。唐帝问道："你是李密手下什么人？这般大胆，不遵号令，抱竿而哭？如不直言，斩讫报来。"徐世勣高声朗奏道："昔先王掩骼埋胔，仁流枯骨。东晋时王经之死，向雄哭于东市，后雄又收葬钟会之尸，文帝未有加罪。董卓既诛，蔡邕伏尸而哭，魏祖信谗加刑，卒至享国不永。此数人者，当时岂先卜其功罪，而后哭葬哉！今李密、王伯当，王诛既加，于法已备，臣感君臣之义，向竿吊哭，谅尧舜之主亦所当容。若陛下仇枯骨而罪臣哭，将来贤者岂肯来归乎？"唐帝见说，龙颜顿转，便道："你姓甚名谁？"徐世勣道："臣姓徐名世勣。"唐帝笑道："原来是世民儿之恩人，何不早说？朕日夜在这里念你们。二卿请起来，衣冠朝见。"即敕旨叫宣卫把李、王二首级放下来。世勣仍旧书生打扮，俯伏丹墀。

　　唐帝即欲以冠带爵加世勣。世勣又奏道："君思畎亩之臣，臣亦思事贤圣之君，未有事魏不忠，而事唐乃能尽节者也。今魏公尸

第 五 十 五 回

首两地,臣见之实为痛心。既蒙皇恩浩荡,求陛下以二首级赐臣,臣将去以礼葬之。如此不特臣徐世勣一人感戴陛下,即魏之诸将士,无不共乐尧天,来事陛下矣。"唐帝大悦,即命中书写敕旨一道,李密仍以原官品级,以礼葬之。又对徐世勣道:"世民儿望卿日久,卿速去速来。"徐世勣便谢恩出朝,将二公首级用两口小棺木盛了,载上车儿,连夜离长安,望熊州进发。未及两三日,魏征亦来复命,说:"黎阳三千人马,副将王簿已经统领到熊州熊耳山驻扎,秦琼臣已偕来,今在熊耳山营葬。臣今复命,尚要起身同他们料理完局,然后来事殿下。"秦王应允。时罗士信到长安,见过了秦母,知叔宝已在熊州,也出长安去了。

再说程知节那日辞了秦王起身,行了几日,不意中途冒了风寒,大病起来,半月后方能行动。先差两个心腹小校,前去知会了屯扎的人马。将到瓦岗,遇见了贾润甫车儿,载了家眷,跟了几个伴当前来。知节只说魏公尚在长安,今接家小去同住,彼此忙下马来相见了。贾润甫就叫车儿住了,忙问知节道:"一路来可曾听见魏公消息么?"知节道:"一路来没有什么消息。"润甫道:"闻得魏公与伯当在熊耳山遇难。军士说秦、徐二兄与诸将都到熊耳去殡葬魏公了。"

知节听说,不觉泪洒征衣道:"魏公迩来志气昏愦,自取灭亡。但是兄辈临事还该切谏他,或不至死。"润甫道:"说甚话来,那夜在邢府要束装之时,弟以为此行必不妥,再三劝止。魏公以弟不与同心,登时变脸,反要加害于弟,幸亏伯当兄一力劝阻。"知节道:"兄来曾会见懋功、叔宝么?"润甫道:"弟曾到黎阳会见。因单二哥要会弟,弟即到东都会了单二哥。我劝他归唐,他必不肯,嘱弟将他家眷同主管单全,送到王世充军前去,会见雄信兄,交割明白,方才放心转来。"知节问道:"兄今投何处去?"润甫道:"弟事魏无成,安望再投他处？求一山水之间,毕此余生,看兄辈奋翼鹏程耳。幸为弟致谢心交,毋以弟为念。"举手一拱,竟上马去了。

知节亦跨上马,心中想道:"大丈夫生此七尺之躯,非忠即孝,须做一个奇男子。吾一生感恩知己,诸弟兄中独尤员外最深,若无此人,吾老程还在斑鸠店卖柴扒地。今滞迹瓦岗山寨,未有显荣,吾如今趁这样好皇帝,弄他去做几年官,也算报他一场。"打算定当,忙赶到寨中与尤俊达、连巨真、王当仁说知魏公、伯当身故。王娘娘与王夫人闻知放声大哭。知节叫他们把仓库粮饷收拾了,各家家眷都撺掇了上路,连部下兵卒共有千余人,齐齐起行。

行了四五日,将到独杨岭,只见一起人马冲将出来。连巨真大惊,忙叫人到后边去报知知节。知节一骑马如飞赶来,望见旗号,知是自己屯扎在那里的二千人马。原来知节生成爽直,素得军心,当初与王世充战败逃走之时,他即收拾这干人马,屯扎在此。他要看魏公投唐安稳,自己打帐寻个所在,仍复旧业,今身心事毕了,便把这干人马带去。因向众军分付:"你们打头站进熊州,到熊耳山下驻扎。"对连巨真道:"这是我的人马,不必惊疑,快趱上前去。"未及半月,已到熊州,祖君彦、柳周臣亦至,同到熊耳山下,早有许多白衣白甲的军马在此。

徐懋功与秦叔宝接见了,徐懋功对尤俊达、连巨真道:"非是我们不来通知你寨中弟兄,撇了来此,因不知事体是祸是福,故此不来知会。"程知节道:"连弟这些事故,那里晓得,幸亏在路遇着贾润甫兄,送了单二哥家眷去了回来。"秦叔宝道:"单二哥家眷,润甫兄送去完聚了？妙极妙极！他如今怎么不见？"知节道："他不肯再事他人，载了自己家小，寻山水之乐去矣。只是如今魏公家眷与伯当兄家眷，弟都带来，未知军师作何计较？"徐懋功喜道："魏、王二公在天有灵，恰好家眷到来，尚未入土，此皆程兄之功也。叔宝兄，墓旁那三间卷棚，甚是宽敞，兄去指引他家眷安顿在内。"

尤俊达与程知节站定，将四围观看，乃是山下一块平阳旷地，后边挑起一个高高土山，山后白烁烁的石砌一条带围，围前搭起绝大五间草轩，轩中用石板凿深，参差二穴。穴上停着二棺，其中拜台甬道飨堂，俱是簇新构成，石人石马，排列如生。古柏苍松，葱葱并茂，外边华表冲天，石碑巍立，四围芦席轩亭，扎成不计其数。尤俊达看了赞叹道："秦、徐二兄来得这几时，亏他们筑成这所坟墓，不愧魏公半世交结英雄。"忙同连巨真到后队来，与雪儿王娘娘母子并伯当家眷说知，叫他们俱换了孝服。魏玄成、徐懋功、秦叔宝率领了众将，前来接入幕中。王娘娘与伯当夫人抚棺大恸，幕外边又是王当仁双手摇着灵座哀号。诸将见此遗雏呱呱而泣，亦俱下泪。

正在伤感之际，只见王娘娘走出幕外来，朝着徐懋功、秦叔宝、魏玄成等拜将下去。秦、魏、徐三位忙亦跪下去说道："娘娘有话请说，不必如此。"王娘娘道："妾今日此来，如在梦中。逢此意外之变，犹幸魏公尚未入土，得以一见，了结三生。既蒙皇恩浩荡，谅此遗孤罪不重科，望三位将军俯念夙昔交情，六尺之孤全赖始终护持。妾从此同归泉壤，虽死犹生。"说罢，竟将身边佩刀向项下一刎。王当仁在旁如飞拉住，众将上前劝慰。正在忙乱之际，幕内王伯当夫人，也向那石上触去，幸亏尤安人与连夫人扶定，得以幸免。程知节见内外忙乱定了，向秦叔宝道："秦大哥，弟进长安去复命，两公家眷，仗你好生照管。"魏玄成对程知节道："兄去复命，弟有一札与徐义扶，兄可带去。如有人来吊祭，兄可作速先来报知。"知节应诺，如飞赶进长安城见了母亲与秦伯母，即到西府要见秦王。

其时秦王因刘武周差宋金刚、尉迟敬德杀败唐将，围了并州，齐王元吉慌了，画了尉迟敬德图像，带了妻孥，偷出北门，逃回长安。秦王正与唐帝同众大臣，在太和殿看齐王带来敬德的画像。知节进朝去见了唐帝、秦王，唐帝问道："卿前去带了多少部曲来归唐？"知节道："臣自己名下，只有二千步兵。瓦岗山寨有二臣，一名尤俊达，一名连明，亦有二三千甲士。徐世勣、秦琼与各将，在黎阳带来马步兵将，有四五千。共有一万多人马，今俱屯扎在熊州熊耳山，伺魏公入土后，诸将即便统众来归陛下。"唐帝大喜，问程知节道："卿还去否？"知节道："臣还要去送葬了，然后即举部曲来归长安。"说了，即便辞朝出来，忙去会着了徐义扶，把魏玄成手札与他看了，书上止不过说李、王家眷如何贞烈，三军如何伤感，叫他令爱惠妃夫人念昔日王娘娘旧谊，撺掇秦王，在朝廷面前讨一坛御祭下来，以安众心。义扶会意，即便进西府去与惠妃夫人说知。

夫人常念王娘娘之情，遂与秦王说了，将魏征与父亲的书与秦王看了。秦王便向朝廷讨下御祭，要在礼部中差一员官去。秦王对众谋士道："魏家兵卒共有准万，今齐赴熊州。那些将士孤晓得尽是能征惯战，若非孤自去慰吊，焉能使众军士心悦诚服？"众谋士诚恐褒尊，皆说未可。秦王道："昔三国时，刘备与孙权共争天下,鏖战数番。后孔明用计气死周瑜,孔明亲往吴郡,慰吊周郎,吴家兵将,为之感泣。今李密系隋之大臣后裔,门第既高,谋略又劲,非草泽英雄类比,只因他好为自用,不肯用人,以致一败,失志来归。今他已死,雠仇已解。孤欲去吊者,为国家计也,岂真吊李密哉!诸君何不识权变,而昧于大义耶!"众谋士齐声道:"此皆殿下宽仁大度,虑出万全。"于是秦王定了旨意,带了西府许多谋臣武士,先命徐义扶赍御祭旨意前行,惠妃夫人亦有私吊礼仪候问王娘娘,托父亲馈送。

徐义扶同程知节连夜兼程,先往熊州来报知。魏之将士见说唐主赐了御祭,秦王又自来吊,各各欢忻。徐懋功把执事派定,魏征、秦琼管待西府谋臣,程知节、王当仁管待西府将士,尤俊达、连明管收来吊礼仪,王簿、柳周臣犒赏唐家兵卒。徐世勣又谕各将士,务须盔甲鲜明,旗号整齐,五里一营,十里一亭。一应各项,分付停当,点骑兵二十名,昼夜打探。

不多几日,秦王到了熊州,听见三声炮响,早有四五百白衣白甲将士来接,手中拿了一揭跪在地上禀道:"左哨千总苗梁迎接千岁而过。"又行了四五里,又是许多白甲兵将,放炮递揭跪接,如此过了七八处。秦王坐在宝辇中,见那些兵马,一个个盔甲鲜明,旗带整齐,心中转道:"魏之将帅经营,可称知礼知义矣!李密无成,真为可惜。"一路缓行,离熊耳山尚有数里,忽听得轰天三声大炮,鼓角齐鸣。徐世勣、魏征、秦琼率领许多将士,齐齐鞠躬站定,将到辇边,尽皆俯伏。

秦王早已看见,忙在辇中站起身来,大声说道:"众位先生请起。"魏之将帅让辇过了,齐上马随着。一路里鼓乐引导,行伍簇拥,将到墓门,又是大炮三声。秦王停辇,众官揖进三间挂彩大卷棚内坐定。秦王问徐义扶道:"朝廷御祭过了未曾?"徐义扶道:"已过了。"秦王即起身更衣,换了暗龙纯素绫袍,腰间束了蓝田碧玉带。徐世勣等忙到轩前,向秦王拜辞。秦王不允,必要进去一祭。众宾僚陪着抬进墓门,魏家兵将又齐齐跪下,迎进墓去。

到了拜亭,秦王站定,举眼一看,见墓外供着一个金字牌位,上写:"唐故光禄卿上柱国驸马邢国公李讳密之位"。侧首一个牌位上写:"唐故右卫大将军王讳勇之位"。左首徐世勣、魏征、秦琼、程知节四五个将帅俱着了麻衣衰绖还礼,右首王当仁扶着三四岁的世子启运,亦是麻衣衰绖,俯伏在地,墓内哭声震天。阴阳赞礼,秦王一头祭,一头想,道:"他当初在金墉时,何等气概,何等威风,多少非望,只此结局!"只见邈邈遗雏未满三尺,墓内哭声哀号凄惨。秦王虽是英雄,睹此情景,禁不住潸然泪下。众官看见秦王如此,亦各哀号伏泣,惹得一军皆哭。

秦王祭毕上辇,回至宾馆棚内更衣。徐世勣拥了世子启运,同众将上前叩谢。秦王扶起懋功等道:"众先生料理完了,作速进长安,以副朝廷悬悬之望。"徐世勣道:"臣等不敢迟延,即在数日内,带领诸将前来面帝。"说了如飞归至墓前。西府文武宾僚,无不备纸行吊。秦王起驾,魏将仍送至十里外转来。秦王祭礼外,又发犒军银五千两,众军无不踊跃欢喜。徐懋功忙叫书记写成两道谢表,命柳周臣赍表随秦王先入长安,即择日将二柩下土安葬完了,料理起身。王娘娘与王伯当夫人愿甘守墓,不肯随去。懋功等无奈,只得拨了三四十名军校,守在墓前,再作区处。大家统领管辖兵卒,陆续起行。

第五十五回

到了长安,先进西府谒了秦王。秦王率领魏家大小臣子朝见唐帝。徐世勣把将士花名册籍呈上,唐帝看了大喜,即授徐世勣为左武卫大将军、秦琼为右武卫大将军、罗士信为马军总管、尤俊达左三统军、连明右四统军、王簿马步总管。王簿奏道:"臣不敢受职。"唐帝道:"为何?"王簿道:"臣此来一觐天颜,识尧舜之君,一叩谢皇恩隆故主之礼。臣冒死尚有一言上渎天听。"唐帝道:"朕不罪汝,快奏来。"王簿道:"臣闻先王之政,敬老慈幼,罪人不孥,鳏寡茕独,时时矜恤。今故主李密怀德来归,蒙圣恩格外施仁,赦其过而隆其礼,以官爵之,以婚赐之,宠眷已极。不意故主一朝失志,自戕其命,众臣皆沐恩泽,独使孱弱之妻,几欲捐生,怀抱之孤,如同朝露。此果死者不足矜,而生者实可恤。若论子民,今则为唐家之子民也;若论伦理,岂非唐家之姻戚耶!今独孤公主尚居邢府,虽或伉俪未深,一经醮庙,即名之夫妇,岂不念彼之子,即伊之子也,忍使置之露宿野处之间,使圣神文武之君,致后世作史者,摇唇鼓舌,何以使四方仰德耶!此臣所以愿为遗民,而不愿为廷臣也。"唐帝听了大喜道:"卿乃武臣,何能辨析大义若此!魏之将帅,何多能也!"即命礼部差官迎接王氏并伊子启运,更名启心,及王勇之妻,到邢府与独孤公主赡养守孤。加赐王簿虎翼大将军,其余祖君彦、柳周臣等各各赐爵。王簿同众人谢恩归班。

正在封赏之时,只见有晋阳浍州文书飞马来报,说刘武周围城紧迫,危在旦夕,伏乞陛下火速拨兵救援。唐帝道:"晋阳乃中原咽喉之所,岂可有失,但急切间,少一个能将耳。"徐世勣奏道:"臣等归唐,骤蒙赐爵,愿竭犬马扫除武周,以报万一。"唐帝道:"朕久知卿足智多谋,有将帅之才。但恨宋金刚部下有一员将,名尉迟恭,骁勇绝伦,难以克敌。"因指壁间图像道:"此即尉迟羯奴之像也,卿等不妨玩之。"

秦王引徐世勣等一班众臣,齐到画像边来细看,果是身长九尺,铁脸圆睛,横唇阔口,满嘴虾须,双鼻高耸,头戴铁幞头,身穿红勒甲,手持一根竹节钢鞭,竟如黑煞天神之状。徐世勣道:"此不过一勇之丑奴,何足怪异?"秦琼对秦王道:"小卒丑奴,何堪图像,以亵大唐殿廷,乞殿下假笔与臣以涂抹之。"秦王即命左右取笔与叔宝,叔宝执笔在手,咬牙怒目,把像从上至下,尽加涂坏,俯伏奏道:"臣愿领兵三千,赶到晋阳,去灭此贼,如若不胜,愿甘法律。"唐帝大喜道:"恩卿肯去,必能奏功,朕何忧焉!"即敕徐世勣为讨虏大元帅、秦琼为讨虏大将军、王簿为正先锋、罗士信为副先锋、程知节为催粮总管,命秦王为监军大使灭虏都招讨,领唐将押后。各各辞帝,连夜领兵起行,望并州而去。正是:

若要攀龙树勋绩,还须血战上沙场。

第五十六回

啖活人朱灿兽心　代从军木兰孝父

词曰：

　　枉自问天心，少女离魂。沙场有路叩迷津，只念劬劳恩切切，岂惜伶仃？　　旗鼓两相侵，拚死轻生。人人有志立功勋，莫笑英雄曾下泪，且看前程。

　　　　　　　　——右调《浪淘沙》

《兵法》云：兵骄必败。盖骄则恃己轻人，骄则逞己失众，失众无以御人，那得不败。隋亡时，据地称王者共有二三十处，总皆草泽奸雄，如齐人乞食墦间，花子唱莲花落，止博片时饱腹，暂时变换行头，原不想做什么事业。怎如李密才干，结识得几十个豪杰，死后犹替他好好收拾。

　　如今再说徐懋功同秦王统领着许多人马出了长安，行了几日，将到汴州。懋功对秦王道："臣等帅师去伐刘武周，只虑王世充在后，倘有举动，急切间难以救援。臣思朱灿近为淮南杨士林所逼，穷困来归，圣上封为楚王，屯驻菊潭。殿下该差人赍书去慰劳他，兼说王世充弑隋皇泰主，擅自夺位，乞足下统一旅之师，为唐讨弑君之贼，雪天下之愤，所得郑地，唐楚共之。朱灿系贪鄙之夫，见此书必然欣允。"秦王道："此贼性好吃人，与隋著作佐郎陆从典、通事舍人颜愍楚为宾客，阖家俱为所啖，凶恶异常，孤久欲击灭之，虽来归附，岂可与他和好？"懋功道："非此之论。若朱灿肯去，殿下可分二三千人马遥为伐郑助他，待郑楚自相践踏起来，我这里好收渔人之利。如若不肯，我发兵去剿朱灿，牵动世充之势。世充知有南患，恐首尾不能相顾，必不敢动兵西向。此假虞灭虢之计，殿下以为何如？"学士段悫道："臣与朱灿有一面之交，待臣持书去陈说利害，叫他起兵，事必谐妥。"秦王道："闻卿贪饮，恐误军机。"段悫道："军情大事，岂同儿戏！臣去即当戒酒。"秦王道："如此孤才放心。"段悫即赍了秦王书礼，来到菊潭。

原来朱灿在隋朝曾为亳州县吏，时与段悫为至交酒友，今闻段悫到此，如飞出来相见，分宾主坐定。朱灿道："阔别数年有余，再不能一会，未知吾兄目下现归何处？"段悫道："弟仕唐朝，滥叨学士之职。"朱灿道："闻得李密被王世充杀败，带了许多将士，前去投唐，未知确否？"段悫道："怎么不确？如今兵马将士，又增了几十万，真正国富兵强。秦王闻知王世充弑隋皇泰主自立，气愤不平，欲与大王永为结好，发兵共讨弑君之贼；如得世充宝玉财物，让君独取，土地人民与君共之。"朱灿道："秦王既有如此美意，又承故友见谕，弟敢不如命？明日即发兵去伐郑，你们只消添助一二千人马就够了。"分付手下摆酒，便问道："兄近来的酒量必定一发大了？"段悫道："弟今已戒酒，有虚胜意。"朱灿道："昔日与君连宵畅饮，今日知己相逢，岂有不饮之理。若说公事，弟已如命，若论交情，也该开怀相叙。"即便举杯坐定，美满香醪斟在面前。大凡贪饮的人如好色的一般，随你嫫母无盐，见了就有些动念。今段悫见

第 五 十 六 回

此杯中之物便觉流涎,举起酒卮一饮而尽。

两人谈笑颇浓,咒觥交错,段恚忘其所戒,吃一个不肯歇手。要知朱灿当初在隋时,因炀帝开浚千里汴河,连遇饥荒之岁,日以人为食,如逢畅饮,即便两目通红。此时俩人俱已沉酣,段恚笑对朱灿道:"大王,你当时喜欢吃人肉,今权重位尊,还常吃么?"朱灿见说,登时怒形于色,心中转道:"这狗才,我如今前非俱改,却在众人面前揭我短处!"便道:"我如今只喜吃读书人,读书人的皮肉细腻,其味不同,况啖醉人,如吃糟猪肉。"段恚怒道:"这就放屁了!你只好吃几个小卒,读书人那得与你吃!"朱灿道:"你道我放屁,我就吃你段学士何妨?"段恚道:"你敢吃我,你这颗头颅,不要想在项上。"朱灿大怒,唤刀斧手快把段恚学士杀了,蒸来与孤下酒。

可怜词翰名流客,如同鸡豕釜中亡。

吓得跟段恚的军士连夜逃回唐营,奏知秦王。秦王大怒,正要起兵到菊潭征灭朱灿,以报段恚之仇,恰好李靖去征林士弘,路经伊州,趁便说张善相带领二三千人马来归唐,晓得秦王统兵到此,忙同张善相进大营中来相见。秦王大喜,即便将朱灿醉烹段学士之事述了一遍。李靖道:"殿下如今作何计较?"秦王道:"如此逆贼,孤欲自去讨之,以雪段恚泉下之忿。"李靖道:"此禽兽之徒,何劳王驾亲征。臣闻并州已失数县,浍州危在旦夕,殿下宜速去救援。菊潭朱灿,臣同张善相领兵去走遭,必擒此贼,来见殿下。"秦王道:"若足下前去,孤何忧焉。"即拨唐将四五员,领精兵一万,加李靖征楚大将军,张善相为马步总管,白显道为先锋。秦王道:"卿此去必得凯旋,当移兵马于河南鸿沟界口。俟孤伐了武周,即便来会，合兵去剿世充。"李靖应诺，随同张善相辞别秦王，拔寨起行。

却说刘武周结连了突厥曷娑那可汗，乃始毕可汗之弟，袭其兄位，而为西突厥，居于北地。见武周有礼来讲好，约他去侵犯中国，曷娑那可汗即便招兵聚众。其时却弄出一个奇女子来，那女子姓花，其父名弧，字乘之，拓跋魏河北人，为千夫长，续娶一妻袁氏，中原人。因外夸移一种木兰树，培养数年，不肯开花，忽其女分娩时，此树忽然开花茂盛，故其父母即名此女曰木兰。后又生一女，名又兰。一男名天郎，尚在襁褓。又兰小木兰四岁，姿色都与那木兰无异。木兰生来眉清目秀，声音洪亮，迥与孩提觉异，花乘之尚未有儿时，将他竟如儿子一般，教他开弓射箭。到了十来岁，不肯去拈针弄线，偏喜识几个字儿，讲究兵法。其时突厥募召兵丁，木兰年已十七岁，长成竟像一个汉子。北方人家，女工有限，弓马是家家备的，木兰时常骑着马到旷野处去顽耍。父母见他长成，要替他配一个对头，木兰只是不允。

一日听见其父回来，对着妻孥说道："目下曷娑那可汗召募军丁，我系军籍，为千夫长，恐怕免不得要去走遭。"妻子袁氏说道："你今年纪已老，怎好去当这个门户？"花乘之道："我又没有大些的儿子可以顶补，怎样可以免得？"袁氏道："拚用几两银子，或可以求免。"花乘之道："多是这样用了银子告退了，军丁从何处来？何况银子无处设法。"袁氏道："不要说你年老难去冲锋破敌，就是家中这一窝儿老小，抛下怎么样过活？"花乘之道："且到其间再处。"过了几日，军牌雪片般下来，催促花弧去点卯。

乘之无奈，只得随众去答应。那晓得军情促迫，即发了行粮，

第五十六回

限三日间即要起身,惹得一家万千忧闷。木兰心中想道:"当初战国时,吴与越交战,孙武子操练女兵,若然兵原可以女为之。吾观史书上边,有绣旗女将,隋初有锦伞夫人,皆称其杀敌捍患,血战成功。难道这些女子俱是没有父母的?当时或者也是逼于王事,勉强从征,反得名标青史。今我木兰之父如此高年,上无哥哥,下有弟妹,今若出门,倚靠何人?倘然战死沙场,骸骨何能载归乡里。莫若我改作男装,替他顶补前去,只要自己乖巧,定不败露,或者一二年之间,还有回乡之日,少报生身父母之恩,岂不是好。但不知我改了男人装束可有些厮像。"忙在房中,把父亲的盔甲行头穿扮起来。幸喜金莲不甚窄窄,靴子里裹了些脚带,行走毫无袅娜之态。便走到水缸边来,对着影儿只一照,叹道:"惭愧,照样看起来,不要说是千夫长,就是做将军也做得过。"正在那里对着影儿摹拟,不提防其母走来,看见吓了一跳,说道:"这丫头好不作怪,为甚装这个形像?"花乘之听见,亦走进来看了笑道:"这是什么缘故?"木兰道:"爹爹,木兰今日这般打扮,可充得去么?"其父道:"这个模样,怎去不得?昨日点名时,军丁共有三千几百,那里有这般相貌身躯,但可惜你……"说了半句,止不住落下几点泪来。

木兰看见,亦下泪问道:"爹爹可惜什么?"花乘之道:"可惜你是个女子,若是个孩儿,做爹妈的何愁,还要想他出去干功立业,光宗耀祖哩!"木兰道:"爹妈不要愁烦,儿立主意,明日就代父亲去顶补。"父母道:"你是个女儿家,说痴呆的话。"木兰道:"闻得人说,乱离之世,多少夫人、公主改妆逃避,无人识破。儿只要自己小心谨慎,包管无人看出破绽。"袁氏抚着木兰连声说道:"使不得,那有未出闺门的黄花女儿到千军万马里头去觅活?"木兰道:"爹妈不要固执。拚我一身,方可保全弟妹;拚我一身,可使爹妈身安。难道忠臣孝子,偏是带头巾的做得来?有志者事竟成,儿此去管教胜过那些脓包男子。只要爹妈放胆,休要啼哭,让孩儿悄然出门,不要使行伍中晓得我是个女子,料不出丑,回来惹人家笑话。"父母见他执意要去,到弄得一家中哭哭啼啼,没有个主意。

过了一宵,到东方发白,忽听见外边叩门声急,在外喊道:"花老大,我们打伙儿去罢。"花乘之开门出来,却是三四个同队的兵,正要开口,只见女儿木兰,改了男装,扎扮停当,抢出来说道:"我父亲年老,我顶替他去。"那些人看见笑道:"花老大,我们不晓得你有这般大儿子,好一个汉子!"花乘之见了这般光景,不好说得别话,只得含着泪道:"正是。"这些人道:"有那样好儿子,正该替你老人家当差,让他去一刀一枪,博得个官儿回来,你一家子就荣耀了。"木兰扯父进去拜别了父母,只说得一声:"爹妈保重,好生照管弟妹,我去了。"背了包裹,携了长枪,把手一摇,长扬的出门。

花乘之只得忍着泪跟了,要送木兰到营中去,反是木兰严词厉色,催逼转来。那些邻里晓得了,多走来埋怨他父母道:"你这两个老人家,好没来由!把这个大女儿干这个道路,倘有些山高水低,如何是好。"还有那没志气的妇人私议道:"偌大一个女儿,不思量去替他寻一个对头完娶,教他自往千万人队里,去拣可意的人儿快活,岂不是差的!"花乘之无奈,只做不听见,心上日夜忧煎。木兰出门之后,不上一年,乘之染成一病,竟呜呼哀哉了。其妻袁氏,拖着幼儿幼女,不能过活,只得改嫁同里一个姓魏的。这是后话。

今且说秦王同徐懋功统兵与刘武周交战,已恢复了五六处郡

第五十六回

县,正在柏壁关,秦叔宝与尉迟恭对垒,战了四五阵,不分胜负。宋金刚因尉迟恭胜不得秦叔宝,疑有私心,着人督战。尉迟恭懊恨,只得又下关来与叔宝战了百余合,杀个平手。秦王在阵前观看,甚爱惜叔宝,又舍不得尉迟。日色已暮,恐怕有失,秦王便叫鸣金,二将各归本寨。秦叔宝杀得性起,那里肯休,便叫军士去点火把,前去夜战。秦王止之,叔宝那里肯听。

只听见刘阵里一声炮响,点得火把如同白昼。敬德在阵前大叫道:"快快出来厮杀!"叔宝听见笑道:"这羯奴到有同心。"快换了马匹,出阵前对敬德说道:"我今夜若杀你不得,誓不回营。"敬德道:"我今夜若不砍你的头颅,亦不还寨。"大家放出精神,各逞武艺,又战了百余合,那个肯输。敬德笑道:"惭愧,你我的手段已见,何足为意,你敢与我斗并力法么?"叔宝道:"何为并力法?"敬德道:"昔时孟贲、夏育,能生拔牛角,伍子胥能举巨鼎,项羽力可拔山。我如今与你两个,明人不做暗事,使乖不足为奇,你先受我几鞭,我亦与你打几锏,以定强弱,此为并力法。"叔宝道:"你老大的人,说该子家的耍话!牛是畜生,鼎是铁器,山是土堆,都是死的,人的皮肉是父母的遗体,不要说死,就是不死,岂可毁伤?宁可一刀一枪,倘有不测,也可扬名于后世。这样作耍的事,我不依你。"

敬德见说,想道:"这话也说得是。不要说这一鞭两锏打得死,就是打不死,也要做了一个残疾的人。"瞥眼见侧边两块大蛮石在旁,约有一二千斤重,因对叔宝道:"两块石头可是一样的,我与你赌,大家用兵器打,如多打一下碎的,就算他输。"叔宝道:"你的兵器多少重?"敬德道:"我的鞭一百二十余斤。"叔宝道:"我的铜一根有六十四斤,两条算来,却也重不多几斤。"敬德道:"我把你的双铜打,你把我的单鞭打,大家交换用力。若是你打输了,你归降我定阳;我若打输了,降顺你唐朝。只打三下,看谁强谁弱。"叔宝道:"就是这般。"两人齐下马来,敬德先把战袍拽起,把鞭递与叔宝。叔宝也把双铜与他。敬德怒目狰狞,用力打去,石上并无孔隙,又尽力一下,石上只陷得二三余寸深。敬德心上有些慌了,第三下用尽平生之力,打将去,只见扑通一声,此石裂开,化为两半。敬德笑道:"何如?今该你打。"叔宝也把袍袖扎起,看着蛮石对天默祷道:"苍天在上,我秦琼与胡奴在此比试,全仗唐天子洪福。秦王得以一统天下,我秦琼该在此建功,不消三下,此石即为分开。"把双手举鞭,尽力打去,石已露痕,又用力一下,石已透底分开。叔宝笑道:"何如?石尚如此,若是人此刻已为肉泥矣!你三下,我只两鞭,还算你输。"敬德道:"我的兵器狠,你的铜轻。"

两人正在那里争论,只见四五个小卒捧着一坛酒、一盘牛肉,跪在面前说道:"殿下恐二位将军用力太过,献此一樽聊接神力。"敬德见了,说道:"谁要吃你家的东西,要厮杀再杀罢了!"两人换转兵器,再上马时,只听见唐阵里金声一响,叔宝只得拨转马头回寨去了。敬德亦自归营。此是秦叔宝与尉迟恭三鞭换两铜之事,实效三国时刘先主与吴大帝试剑砍石之法,何后世作者欲骇人耳目,言叔宝受三鞭,敬德换两铜,不亦谬乎!

今且不说叔宝归寨。再说敬德回营,有几个小卒高兴,把阵前赌赛之事说与宋金刚得知。金刚怒道:"斗战危事,岂可阵前赌胜饮酒,如此戏耍!明系私通怠玩,漏泄军情。"即便奏知刘武周,武周大怒,忙叫左右:"与我把尉迟恭斩讫报来!"众将再三求免,武

第五十六回

周便差寻相去守关,贬敬德到介休去看守粮草。

徐懋功打听得知,心中甚喜。忽见沿路细卒来报:曷娑那可汗起兵来助刘武周。徐懋功即向秦王附耳说了几句,秦王便差总管刘世让赍金珠前往曷娑那可汗营中去,用计止之。徐懋功便点起众将,分头打柏壁关。寻相久已有心归唐,今见唐家兵多将勇,料此关不能守住,只得献关降唐。这些李密手下将士个个要想干功,直杀得宋金刚的人马十停去了八停,止剩二三千人败将下去。刘武周慌了,也只得移兵转北。徐懋功知尉迟敬德差往介休去护持粮草,便差罗士信与王簿用计先往介休,自与秦王大队人马慢慢的来追赶。

却说尉迟敬德饶倖不杀,满面羞惭,带领一队人马离了柏壁关,遥向介休进发。行至安封地方,只见一起人夫押着粮草前来,敬德向前查点,粮计三千石,草有一万余束,车上各插小黄旗为号。时已日暮,即令守车军士将粮草团聚中间,众兵结成野营在外扎住。敬德不解衣甲,坐在营中,忽闻前途吵闹,军人报说:"有贼来劫营了!"敬德遂提鞭跨马,行不上二三里,忽然闻一声炮响,喊杀连天。敬德举头仰视,是夜月色微明,见一起人马为首一将杀奔前来。敬德问道:"你是何处来的?"那将道:"我乃大唐徐元帅手下大将王簿,奉元帅将令,特来取你家的粮草应用。"敬德道:"泼贼,你认得我么?"王簿笑道:"我老爷怎不认得你这个杀不死的贼!"敬德大怒,忙举手中鞭,劈面砍来,王簿举枪来迎住。两个一来一往,战了五六十合,王簿只顾败将下去。

敬德紧赶不放,耳边忽闻得喊声震天,往后一看,只见一派火光,上下通红。敬德撇了王簿,勒回马来一望,惟闻霹雳之声,霎时间大车小车、大束小束、三千粮米、准万稻草，被唐兵烧毁无存。原来烧粮草车的是罗士信。王簿赚了敬德去，他来放火烧毁。敬德见粮草烧尽，心中愈加烦闷，又恐王簿夺了介休城去，如飞连夜赶到介休，正遇见王簿与罗士信，又杀了一阵。他两个那里杀得过敬德，只得让他进介休城去，等待秦王与徐懋功大兵到来，把城池四面用兵围绕。

秦王使寻相进城去说敬德。敬德道："如要我降唐，且看刘武周下落，如若死了，我方再事他人。今若来逼，惟有死战而已！"寻相无奈，只得出城，以敬德之言回复秦王。秦王听了，心中烦闷。忽报总管刘世让回来，秦王大喜，相见了，世让把刘武周与宋金刚的首级献上。秦王又惊又喜道："此物何处得来？"世让道："臣奉命而行，穿过并州，中途遇见曷娑那可汗领兵屯在万峰山下，臣打听得实，即往彼营中去相见，把礼物表章献上，说：'唐王要去伐郑国，讨弑隋皇泰主之罪，乞借大国之力，同往征之。'曷娑那可汗大喜道：'我正在这里恼恨刘武周，他要求我们来杀你家唐朝，不想他自先行。所破郡县，子女玉帛尽被他取去，使我们殿后以为救援。如今既是你家唐主将礼物来和好，我就起兵来会，先去问了刘武周之罪，然后与你们去伐王世充便了。'事恰凑巧，臣住在他营中，未及两日，只听得说刘武周与宋金刚被我这里人马杀败，势穷力尽，来投曷娑那可汗。曷娑那可汗大怒，用计杀了他二人，叫臣赍首级来，献与朝廷。"秦主见说，以手加额道："此天赐我成功也！"即厚赏了刘世让。随差寻相将刘武周、宋金刚二颗首级再进介休城，与敬德看了，好说他来归唐。

寻相奉命进城，敬德看见了两个首级，认得是真的，号天大恸，

第五十六回

备礼祭献,随将首级用棺盛殓,安葬好了,遂开城降唐。秦王一见,爱敬如宾,即飞驰奏章,以报捷音。唐帝大喜,即赐尉迟恭为左府统将军,升刘世让为并州太守。其余将佐,各有升赏。正是:

水穷山未尽,石剖玉方新。

第五十七回

改书柬窦公主辞姻　割袍襟单雄信断义

诗曰：
伊洛汤汤绕帝城，隋家从此废经营。
斧斤未辍干戈起，丹漆方涂篡逆生。
南面井蛙称郑主，西来屯蚁聚唐兵。
兴衰瞬息如云幻，唯有邙山伴月明。

人的功业是天公注定的，再勉强不得。若说做皇帝，真是穷人思食熊掌，俗子想得西施，总不自猜，随你使尽奸谋，用尽诡计，止博得一场热闹，片刻欢娱。直到钟鸣梦醒，霎时间不但瓦解冰消，抑且身首异处，徒使孽鬼啼号，怨家唾骂。

如今再说曷娑那可汗杀了刘武周、宋金刚，把两个首级与刘世让赍了来见，秦王许他助唐伐郑，拔寨要往河南进发。因见花木兰相貌魁伟，做人伶俐，就升他做了后队马军头领。几千人马到盐刚地方，缥缈山前，冲出一队军马来，曷娑那可汗看见，着人去问："你是那里来的人马？"那将答道："吾乃夏王窦建德手下大将范愿便是。"

原来窦建德因勇安公主线娘要到华州西岳进香，差范愿领兵

第五十七回

护驾同行。此时香已进过，转来恰逢这支人马。当时范愿一问，知是曷娑那可汗，便道："你们是西突厥，到我中国来做什么？"曷娑那可汗道："大唐请我们来助他伐郑。"范愿听见大怒道："唐与郑俱是隋朝臣子。你们这些杀不尽的贼，守着北边的疆界罢了，为甚帮别人侵犯起来？"曷娑那可汗闻知怒道："你家窦建德是买私盐的贼子，窝着你们这班真强盗成得什么大事，还要饶舌！"范愿与手下这干将兵真个是做过强盗的，被曷娑那可汗道着了旧病，个个怒目狰狞，将曷娑那可汗的人马一味乱砍，杀得这些蛮兵尽思夺路逃走。

曷娑那可汗正在危急之际，幸亏花木兰后队赶来。木兰看见在那里厮杀，身先士卒冲入阵中，救出曷娑那可汗，败回本阵。木兰叫本队军兵把从人背上的穿云炮，齐齐放起。范愿见那炮打人利害，亦即退去。木兰犹自领兵追赶，不提防斜刺里无数女兵，都是一手执着团牌，一手执着砍刀，见了马兵，尽皆就地一滚，如落叶翻风，花阶蝶舞。木兰忙要叫众兵退后，那些女兵早滚到马前。木兰的坐骑被一兵砍倒，木兰颠翻下来，夏兵挠钩套索拖去。又一个长大将官见了，如飞挺枪来救，只听得弓弦一响，一个金丸把护心镜打得粉碎，忙侧身下去拾起那金丸时，亦被夏兵所获。北兵见拖翻了两个去，大家掉转马头逃去了。

窦线娘带了木兰与那个将官赶上范愿时，已日色西沉，前队已扎住行营。窦线娘亦便歇马，大家举火张灯。窦线娘心中想道："刚才拿住这两个羯奴，留在营中不妥。"叫手下带过来。女兵听见，将木兰与那长大丑汉都拥到面前。那些女兵见木兰好一条汉子，到替他可怜，便对花木兰道："我家公主爷军法最严，你须小心答应。"木兰只做不听见，走进帐房，只见公主坐在上面，众女兵喝道："二囚跪下！"那丑汉睁着一双怪眼，怒目而视。线娘先把木兰一看，问道："你那个白脸汉子，姓甚名谁？看你一貌堂堂，必非小卒终其身的。你若肯降顺我朝，我提拔你做一个将官。"花木兰道："降便降你，只是我父母都在北方，要放我回去安顿了父母，再来替你家出力。"线娘怒道："放屁，你肯降则降，不肯降就砍了，何必饶舌！"木兰道："我就降你，你是个女主，也不足为辱。你就砍我，我也是个女子，亦不足为荣。"线娘道："难道你不是个男儿，到是个女子？"木兰道："也差不多。"公主对着手下女兵道："你们两个押他到后帐房去一验来回报。"两个女兵扯着木兰往后去了。

线娘道："你这个丑汉有何话说？"那汉道："公主在上，我却不是女子，实是个男子，你们容我不得的。若是公主肯放我回去，或者后日见时，相报厚情。"公主听了大怒道："这羯奴一派胡言，与我拿去砍了罢！"五六个女兵如飞拥他转身，那汉口中喊道："我老齐杀是不怕的，只可惜负了罗小将军之托，不曾见得孙安祖一面。"线娘听见，忙叫转来问道："你那汉刚才讲什么？"那汉答道："我没有讲什么。"线娘道："我明明听见你口中说什么罗小将军与孙安祖二人，问你那个孙安祖？"那汉道："孙安祖只有一个，就在你家做官，那里还寻得出第二个来。"线娘便叫去了绑，赐他坐了，又问道："足下姓甚名谁？与我家孙司马是什么相知？"那汉道："我姓齐，号国远，是山西人，与你家主上也是相知，孙司马是好朋友。前年承他有书寄来，叫我们弟兄两个去做官，我因有事没有来会他。"

原来齐国远与李如珪两个当时因李密杀了翟让，遂去投奔柴

第五十七回

嗣昌。正值唐公起义之时，柴郡主就留他两个为护军校卫团练使，嗣昌又带他两个出去帮唐家夺了几处郡县。嗣昌奏知唐帝，唐帝赐他两个为护军校尉，就在鄠县驻扎。为因幽州刺史张公谨五十寿诞，与柴嗣昌昔年曾为八拜之交，故特烦国远去走遭，恰好遇见幽州总管罗公之子罗成，常到公谨署中来饮酒，遂成相知。晓得他与秦叔宝、单雄信契厚，故此写书，附与国远，烦他寄与叔宝。

其时线娘见说，便道："足下既是我家孙司马的好友，又与父皇相聚过的，我这里正缺人才，待我回去奏过父皇，就在我家做官罢了。但是你刚才说什么罗小将军是那里人？"国远道："就是幽州总管罗艺之子。他与山东秦叔宝是中表之亲，他有什么姻事，要秦叔宝转求单雄信在内玉成，故此叫我去会他。不意撞着曷娑那可汗，被他拉来装了马兵，与你们厮杀。"线娘听了，顿了一顿道："没有这事，岂有人的婚姻大事，托朋友千里奔求的。"齐国远道："我老齐一生不会说谎，现有罗小将军书札在此。"站起身来，解开战袍，胸前贴肉挂着一个招文袋，内许多油纸裹着，取出一封书递上。

线娘叫左右接来一看，却用大红纸包好，上面写着两行大字："幽州帅府罗烦寄至山东齐州秦将军字叔宝开拆。"线娘看罢，忙把书向自己靴子内塞了进去，对左右说道："外巡着几个进来。"左右到帐房外去，唤四个男兵进来。线娘分付道："你们点灯，送这位齐爷到前寨范帅爷那里去，说我旨意，叫他好好看待安顿了，不可怠慢。"又对齐国远道："罗小将军的书暂留在此，俟足下到我国会过了孙司马，然后缴还何如？"齐国远此时也没奈何，只得随了巡兵到范愿营中去了。

线娘见齐国远已去,站起身来,只见一个女兵打跪禀道:"那个白脸的人,检验的真是女子,并非虚诳。"线娘道:"带进后帐房来。"坐下,问道:"你既是个女人,甚姓何名,如何从军起来?实对我说。"木兰涕泣道:"妾姓花,名木兰,因父母年高,又无兄长,膝前止有孱弱弟妹,父亲出门,无人倚赖。妾深愧男子中难得有忠臣孝子,故妾不惜此躯,改装以应王命。虽军人莫知,而自顾实所耻也,望公主原情宥之。"说罢,禁不住泪如泉涌。

　　线娘见这般情景,心下恻然道:"若如此说,是个孝女了。不意北方强悍之地,反生此大孝之女,能干这样事,妾当拜下风矣!"请过来宾礼相见。木兰逊谢道:"公主乃金枝玉叶,妾乃裙布愚顽,既蒙宽宥,已出望外,岂敢与公主分庭抗礼。"线娘叹道:"名爵人所易得,纯孝女所难能。我自恨是个女子,不能与日月增光,不意汝具此心胸。我如今正少个闺中良友,竟与你结为姊妹,荣辱共之何如?"木兰道:"这一发不敢当。"线娘道:"我意已定,汝不必过谦,未知尊庚多少?"木兰道:"痴长十七。"线娘道:"妾叨长三年,只得占先了。"大家对天拜了四拜,两人转身又对拜了四拜。军旅之中没有甚大筵席,止不过用些夜膳,线娘就留木兰在自己帐房中同寝。线娘问木兰道:"贤妹曾许配良人否?"木兰摇首答道:"僻处荒隅,实难其人。妾虽承贤姐姐错爱,但恐归府时,驸马在那里,将妾置于何所?"线娘见说,双眉顿蹙,默然不语。木兰道:"姐姐标梅已过,难道尚无吉士,失过好逑?"线娘道:"后母虽贤,主持国政。父王东征西讨,料理军旅,何暇计及此事。"木兰道:"正是人世上可为之事甚多,何必屑屑拘于枕席之间。"又说了些闲话,昏昏的和衣睡去。

第 五 十 七 回

线娘悄悄起身，在靴子里取出罗小将军的书来，心中想道："刚才齐国远说罗郎为什么姻事，要去央烦秦叔宝，不知他属意何人。我且挑开来，看他写什么言语在上。"把小刀子轻轻的弄去封签，将书展开放在桌上，细细的玩读。前边不过通候的套语，念到后边，止不住双泪交流道："哦，原来杨义臣死了。我说道罗郎怎不去求他，到央烦秦叔宝来。"从头至尾看完了，不胜浩叹道："嗳，罗郎，罗郎，你却有心注意于我，不求佳偶，可知我这里事出万难。如杨老将军不死，或者父皇还肯听他说话，今杨义臣已亡，就是单二员外的书来，我父皇如何肯允。我若亲生母亲尚在，还好对他说。如今曹氏晚母虽是贤明，我做女孩儿的怎好启齿？"想到这个地位，免不得呜呜咽咽哭了一场，叹道："罢了，这段姻缘只好结在来生了，何苦为了我误男子汉的青春？我有个主意在此，当初我住在二贤庄，蒙单家爱莲小姐许多情义，我与他亦曾结为姊妹。今罗郎既要去求叔宝，莫若将他书中改了几句，竟叫叔宝去求单小姐的姻，单员外是必应允，一则报了单小姐昔日之情，二则完我之愿，岂不两全其美。"打算停当，忙叫起一个女书记来，将原书改了，誊写一个副启，上照旧封好，仍塞在靴子里头。

不觉晨鸡报晓，木兰醒来，起身梳洗。线娘将他也像自己装束。众军士都用了早膳，正要拔寨起行，只见四五匹报马飞跑到帐前来，对着公主禀道："千岁爷有令，差小将来请公主作速回国。因王世充被唐兵杀败，差人到我家来求救，千岁即欲自去救援，因此差小将前来。"线娘道："我晓得了，你们去罢！"便叫手下唤昨夜送齐爷去的外巡进来。不一时，外巡唤到，线娘在靴内取出书来，又是二十两一封程仪，对外巡道："这书与银子你赍到前寨去，送与昨夜那位齐爷,说我因国中有事,不及再晤。"外巡接书与银子,收好去了。线娘把手下女兵调作前队,范愿做了后队,急急赶回。齐国远晓得夏国也要出兵,亦不去见孙安祖,竟投秦叔宝去了。正是:

　　将军休下马,各自赶前程。

今再说秦王同徐懋功灭了刘武周,降了尉迟敬德,军威甚胜。懋功对秦王道:"王世充自灭了魏公之后,得了许多地方,增了许多人马,声势非比昔日。今殿下若不除之,日后更难收拾。当先差诸将四路先去其爪牙,收其土地,绝其粮饷,然后四方攒逼拢来,使他外无救援,内难守御,方可渐次擒灭。譬如人取巨螯,先断其八足,虽双钳利害,何以横行哉!"秦王称善,把兵符册籍悉付懋功。

懋功便差总管史万宝自宜阳县进兵,取龙门一带地方,将军刘德威自太行山取河内地方,上谷公王君廓自洛口绝王世充粮道,总管黄君汉自河阴攻回洛城,大将屈突通、窦轨驻扎中路埋伏,接应各处缓急,王簿同程知节、尤俊达、连巨真等往黎阳收复故魏土地,罗士信与寻相去取千金堡并虎牢地方,臣同殿下与叔宝、敬德进河南,向鸿沟界口与李靖会合。诸将奉了元帅将令,分头领兵去了。秦王统领一班将士进河南。其时李靖已杀败了朱灿。朱灿势孤力尽,竟把菊潭屠了,拣肥的吃了几日,数骑逃入河南投王世充去了。李靖将兵马屯住在鸿沟界口,专望秦王来进兵。

未及月余,秦王已至,彼此相见了。秦王对李靖道:"朱灿狂奴,赖卿之力,得以去除逃遁,未知世充处声势如何?"李靖道:"臣已差人细细打听,他们已晓得我大唐统兵来征伐,各处分外严备,尽遣弟兄子侄把守。魏王王弘烈守襄阳,荆王王行本守虎牢,宋王

第五十七回

王泰守怀州,齐王王世恽守南城,楚王王世伟守宝城,越王王君度守东城,汉王王玄恕守含嘉城,鲁王王道徇守曜仪城,弄得水泄不通,日夜巡警。"秦王笑道:"愚哉世充也!安有国家功业,止使一门占尽,其子弟岂尽皆贤智哉?吾立见其败矣!"遂督将士直趋洛阳。

王世充晓得了,便点二万人马自方诸门出兵,逼着谷水扎住,与唐兵对阵。唐将因营垒未立,怕他来攻击,各自惊惶。秦王平日惯以寡破众,以奇取胜,全不介意,道:"贼临水结阵,是怕我兵冲突,其志已馁。"即命叔宝、敬德冲入世充前阵,自己带领程知节、罗士信、邱行恭、段志玄抄到世充阵背后去,数十精骑,奋力砍杀。郑将见秦王兵少,把马兵围裹拢来,史岳、王常等虽杀了几百兵卒,毕竟难杀出重围。正酣战时,秦王的坐骑一个前失,把秦王掀将下来。郑阵中二将亡命挺枪刺将进来,史岳看见,大喝一声,把一将砍倒,夺马来与秦王骑时,那一将又被王常一箭射中咽喉,撕下马来。前边敬德、叔宝合着,又混杀了三四个时辰,王世充支撑不住才退,被唐将直追到城下,斩了郑兵七千多首级回兵。

次日,秦王同懋功在寨外闲玩,只见二三十百姓,多是张弓执矢,抬着网罗机械而走。秦王看见,叫手下唤这些人过来问道:"你们是往何处去的?作何勾当?"那些百姓跪下禀道:"有人传说,魏宣武陵上昨日有只凤鸟飞来,站在陵树,故此我们众猎户去拿他。"秦王道:"魏宣武陵有多少路?"猎户道:"只好一二十里地。"秦王道:"你们引我去看,若是真的,我有重赏。"徐懋功道:"不可,魏宣武陵逼近王世充后寨,倘有伏兵奈何?"秦王道:"世充两战大败,心胆俱丧,安敢出来挑战?"遂全身贯甲,引五百铁骑出寨。行至榆窠，到一个平坦战地，周围广阔，山林远照，左有飞来峰，右有瀑涧泉，幽禽怪兽，充牣其中。昔黄帝遗下石室，魏宣武营造皇陵，真是胜地。秦王左顾右盼，称羡不已。

正看时，听得众猎户喊道："那飞来的不是凤鸟么？"秦王定睛一看，只见一只大鸟，后边随着七八十小禽，多站在一棵大树上。那鸟是长颈花冠，五色彩羽，日中耀目，愈觉奇异。秦王道："这是海外的野鸾，错认他是灵凤。"众猎户正要张那网罗起来，只见内中一人把手指道："那边又有兵马来，不好了！"大家一哄而散。懋功如飞催促秦王转身。秦王忙取一枝箭，拽满弓，向那野鸾射去，正中其翅，带箭飞出谷口去了。

秦王纵马亦出谷口，见外边尽是郑国旗号，一将飞马前来，口中喊道："李世民，我郑国大将燕伊来拿你了！"秦王一见，跑进涧去，便带住马，一箭正中燕伊咽喉，应弦而倒。秦王看那野鸾时，还在对涧树上整理羽毛。秦王见前面是断涧，后边是郑国兵马，徐懋功又落在后边，野鸾又在对岸鸣啼，如呼朋引类，只得加鞭纵马跳去，一个三四丈阔的深涧，被他跳过去了。野鸾见秦王来，又飞数十步，占在高枝上。秦王听见对岸金鼓之声鼎沸，心下着忙，对着野鸾说道："灵鸟，灵鸟，你若是救得我难，你须向我啼叫三声。"那鸟便向秦王连叫三声。

秦王看涧旁山路崎岖，便离鞍下马，把马系在树上，随鸟进山，攀藤附葛而行。到了顶上，远望对岸一将凶煞神一般，快马跑来。秦王认得是单雄信。后边又有一将，亦纵马赶来，乃是徐懋功。秦王正呆看时，只听得灵鸟又叫上一声。秦王忙转身想道："灵鸟不去犹鸣，此山毕竟还有出路。"就随着那飞鸟走去。只见一个石

第 五 十 七 回

室,外边立着一僧,光彩满目,相貌端严,把只手向灵鸟一招,那鸟即飞入老僧掌中,老僧便进石室去了。秦王以为奇异,忙走进石室,只见那僧盘膝而坐。秦王问道:"和尚,你刚才取的那只灵鸟,拿来还了我。"那僧道:"灵鸟知是君王此刻有难,从大士前请来,你要看么?"在袖中取出来,箭犹在羽尾上,仔细一认,却变成一只白鹦鹉。那僧忙在尾上取下箭,递与秦王道:"箭归还君王。"鸟向空中一掷,飞去了。秦王把箭收入壶内,知是圣僧,忙问道:"孤今此难得脱去否?"那僧道:"难星只在此刻,君王快躲在贫僧背后稳睡,贫僧自有法退之。"秦王依他藏好,那僧捏成印诀,口里念了几句咒语,只见僧顶上放出一毫白光,就把洞门封住。

郑国单雄信熟识此地,晓得此谷名为五虎谷,前涧名曰断魂涧,总无出路。雄信见燕伊飞赶进去,恐他夺了头功,也赶进谷来,只见一匹空马飞跑出来,燕伊早已射死在地。雄信看了大怒道:"不杀此贼以报燕伊,不为好汉。"因策马绕谷寻来,忽闻后边一骑马飞奔前来,高声叫道:"单二哥勿伤吾主,徐懋功在此。"忙赶向前,扯住雄信衣袂道:"单二哥别来无恙,前在魏公处朝夕相依,多蒙教诲,深感厚谊。今日一见,弟正有要言欲商,幸勿窘迫吾主。"雄信答道:"昔日与君相聚一处,即为兄弟。如今各事其主,即为仇敌。誓必诛灭世民,以报先兄之灵,以尽臣子之道。"懋功道:"兄不记昔日焚香设誓乎,我主即你主也,兄何不情之甚?"雄信道:"此乃国家之事,非雄信所敢私。此刻弟不忍加刃于兄者,尽弟一点同契之情耳,兄何必再为饶舌?"随拔佩刀割断衣襟,加鞭复去找寻。懋功见事势危急,如飞勒马奔回,大叫诸将,主公有难。

时尉迟敬德正在洛水湾中洗马,忽见东北角上一骑马飞奔前来。敬德定睛一看,见是懋功,听他口中喊道:"主公被郑将单雄信追逼至五虎谷口,快快去救!"敬德听说,不及披挂,忙在水中,赤身露体,跨上秃马,执鞭飞赶前去。时雄信四下一望,并无踪迹,看见涧中泥水浮沉,浊泉泛溢,又听得那玉鬃马咆哮乱嘶,只得把坐骑一提,跳过涧来各处寻觅,又无影响,止见树下玉鬃马嘶鸣。

雄信也就下马,走上山顶,往石洞边看去,却是一个斑斓猛虎蹲踞在内,见雄信来长啸一声,涧谷为之震动。雄信吃了一惊,自思道:"这孩子想必被虎吃了,不知还是投在涧内死了,再到下面去看。"跨上自己的马,把秦王的马一手挽着,将到涧边,忽见山坡那边一员大将,面如浑铁,声若巨雷,大叫:"勿伤吾主,尉迟敬德在此!"也跳过涧来。雄信忙放了秦王的马,举槊来刺,被敬德把身一侧,一鞭打去,正中雄信手腕。敬德将鞭搁在鞍鞒,随趁势夺雄信手中槊。雄信虽勇,当不起敬德神力,四五扯,一条槊被敬德夺去。雄信只得退逃,仍过涧去了。

再说秦王横睡在石洞内和尚背后,看那和尚在座前弄神通。又见单雄信到洞门首探望了三四回,不知为甚,再不敢进洞来,耳边只听得一片杀声。和尚合掌念声:"阿弥陀佛,灾星已过,救兵已来,君王好出洞去了。"秦王起身谢道:"蒙圣僧法力救孤,孤回太原,当差官来敦请去供养,但不知圣僧是何法号?"和尚道:"贫僧叫做唐三藏。若说供养,自有山灵主之;但愿致治太平做一个好皇帝足矣!贫僧有偈言四句,须为牢记。"乃曰:

"建业唯存德,治世宜全孝。

两好更难能,本源当推保。"

说完,那和尚瞑目入定去了。秦王然后捱下山来,转过溪坡,寻着

第五十七回

了坐骑，跨上雕鞍。只见敬德飞马前来，见了秦王，说道："好了，殿下没有受惊么？"秦王道："没有。雄信这强徒呢？"敬德道："被臣夺了他的槊，逃出谷外去了。此地不是久站之所，快同臣出谷去罢。"两骑马纵过了涧溪，直至五虎谷口，遇郑将樊佑、陈智略，敬德更不打话，一鞭一个，二将多打伤下去。

敬德杀开一条血路，奔出重围。只见秦叔宝、徐懋功领着诸将正与王世充后队交战。敬德对李靖道："你保殿下回寨，我再去杀贼来。"忙又赶到郑阵中去奋勇大战。郑家兵将虽多，怎当得起叔宝、敬德两个，一条鞭，两根铜，杀了郑国许多兵将。敬德在忙中，猛抬头见一人冲天翅、蟒袍玉带的骑在马上，在高阜处观战，便撇下众将，提鞭直奔将来，吓得王世充如飞勒马退逃。敬德同众军直追到新城，方才转来。徐懋功叫鸣金收回人马，到秦王寨中来拜贺。秦王笑道："若无敬德奋力向前，几为此贼所困。"遂以金银一箧赐敬德。自是秦王倍加信爱，敬德宠遇日隆。王世充见唐将利害，亦不敢出来对垒。

相持了数日，那日秦王正与众将商议破敌之策，见各处塘报，雪片般飞递下来。懋功与秦王翻阅，知是荣州、汴州、沮州、华州多来归附。又有显州总管杨庆，他率领辖下二十五州县来投降，又有尉州刺史时德叡亦率领辖下杞、夏、随、陈、许、颍、魏七州来降，王簿与程知节亦有文书来说伊州、黎阳、仓城多已降唐，只有千金堡与虎牢闻得罗士信与寻相急切难下，又有中路大将屈突通在途巡缉，获着郑国细作两个，招称郑国差将潜往乐寿，向窦建德处请兵去了。徐懋功道："郑国土地，赖天子洪福，三分已收其二。只是虎牢与千金堡系各州县咽喉之所，若二地不归，则所得亦难据守，

须得臣自去走遭。"便辞了秦王,连夜带领自己精兵一千望虎牢进发。正是:

　　待把干戈展经纬,只看谈笑弄兵锋。

第五十八回

窦建德谷口被擒　徐懋功草庐订约

词曰：

　　磨牙两虎斗方酣，怒目炯眈眈。一朝国破委层岚，千秋贻笑谈。　　邂逅佳人心欲醉，随唱百年欢。王章有约话便便，将军阃内专。

　　　　　　　　——右调《阮郎归》

春秋时，卞庄子刺两虎。他何曾刺得两个？当两虎相斗时，小死大伤，那死的何消刺，只刺得一个伤的，这伤的又何须多大气力对付，这真是一举两得。王世充拾亡魏之余，推心置腹，以待群雄，藉其土地以强根本。秦王声势虽大，急切间亦难了事。不意世充反将要害之地尽托膏粱子弟，弄得东破西失，自己坐在洛阳无可奈何，只得赍了金珠，着长孙安世去求夏王窦建德，落得秦王以逸待劳，反客作主。

今说徐懋功恐王簿两个不能建功，自己带领一枝人马赶到千金堡来。岂知罗士信已用计破了，城内军民不分老弱，把他杀个一空，懋功深为叹息。王簿亦已到虎牢，将精兵一千，改扮了郑国旗号，夜间赚开城门，把一个王行本在睡梦中捆缚去，去已占据了城。

窦建德谷口被擒　徐懋功草庐订约

虎牢、洛阳险要二处俱为唐家占住。懋功不胜之喜，对王簿道："此地虽定，但王世充差代王琬、长孙安世去求窦建德，未知建德可允发多少兵来助他。我且将二兄之功，报知秦王，看他作何计较。"

今说长孙安世奉了世充之命，赍了许多金帛来到乐寿，先将宝物馈遗诸将。诸将俱已领惠，唯祭酒凌敬不肯收，大将曹旦亦差人把礼物璧还。次日，长孙安世清早来见夏王，呈上文书金帛。夏主道："邻邦救援，本宜应命。但我与唐久已修好，何又起兵端？况孤新破孟海公，凯旋未久，岂可又劳师动众？"长孙安世道："郑与夏实唇齿之邦，唇亡而齿寒，理之必然。今夏不救郑，郑必灭亡，郑亡恐夏亦随之。"夏主道："足下且退，容孤与诸臣熟商。"长孙安世暂且辞出。

夏主与众公卿计议，夏将俱得了世充金帛，便撺掇道："亡隋失国，天下分崩，关中归唐，河南归郑，河北归夏，共成鼎足。今唐伐郑，郑地被唐占去十之二三，倘郑力不支，必为唐破。郑破必与夏为敌，敌则恐夏亦难独支，不如今发兵救郑，内外夹攻，可以取胜。倘能胜唐，威名在我，乘机图事，郑可取则取之。合两地之兵，以乘唐兵之疲老，关中可取，天下可平。"这几句话，说得建德鼓掌称快道："诸卿议论甚妙，但恐孤力不及耳！"凌敬道："主公之言，恐有未妥。目今唐家以重兵围困东都，大将占据虎牢，发多少兵去对付他好。莫若我今悉发大兵济河，取怀州河阳，以重兵守之，然后鸣鼓建旗，踰太行入上党，传檄郡县，进于壶口，以惊骇蒲津，收取河东之地，易如拾芥，此乃上策。且有三利，唐兵俱在洛阳，国内空虚，乘虚而入，师有万全，一也；拓土而得众，不费大力，二也；秦王知吾兵入境，必引兵还救，郑解围，三也。失此机会，滞疑不决，谚云：天与不取，反受其咎。愿主公详察。"诸将道："自来救兵如救火，若照依这样说，迂其途以取之，旷日持久，郑国急切间，何由得解？万一被唐兵破了，拿了王世充去，真个弄得唇亡齿寒，只道主公失信于天下。"

建德亦不答，走进宫去。只见屏后曹后接住说道："刚才朝中所议何事？"建德将前事述了一遍。曹后道："众臣议论皆非，独凌祭酒之计甚善，陛下当听之。"建德道："此迂阔之论。"曹后道："夫自洛口道乘虚连营渐进，以取山北，因招突厥西袭关中，唐必还师，郑围不救而自解，有甚迂阔？"建德道："孤自主裁，毋劳国后费心。"

次日早朝，长孙安世又来哀求。夏主便差曹旦为先锋、刘黑闼为行军总管，自同孙安祖为后队。公主线娘因是那夜见了罗成的书，伤感成疾，便与凌敬、曹后等守国。起十五万人马，望虎牢进发。早有细作报知秦王，诸将恐腹背受敌，深以为忧，独秦王大喜。李靖笑道："不意殿下此番出师，一箭竟射双雕。"记室郭孝恪道："洛阳破亡只在目下，建德不量，远来相救，这是天意要殿下灭此两国。机会在此，不可轻失。"薛收道："世充剧贼，部下又是江淮敢战之士，止因缺了粮饷，所以困守孤城，坐以待毙。若放建德来与之相合，建德以粮济助世充，则贼势愈强，不可为矣！"李靖道："如今只宜分兵围住洛阳，殿下自领精锐，速据成皋，养威蓄锐，以逸待劳，出奇计一鼓而即可破建德。建德既破，先声夺人，世充闻之，当不战而自缚麾下矣！"

秦王听了大笑道："卿所言实获我心。但此地重任，须仗将军谋画统辖。"李靖道："不须殿下费心,大约建德完局,这里赖主公之力,世充自然可擒。"秦王道妙。止带叔宝与尉迟敬德二将,其余将士多叫屯住洛阳,统领自己玄甲兵五千,直赶到虎牢与懋功诸将相会了。懋功道："臣知殿下必来,更得同二位将军到此,破贼在旦夕矣。"秦王道："闻得夏兵共有十万前来,未知真否？"懋功道："不要去问他多少兵,臣今夜只消三千人,吓他一个个心胆俱碎。"便向秦王耳边,说了几句。秦王鼓掌道："妙！"懋功取令箭一枝,对罗士信道："将军同副将高甑生领一千人马即刻起身,潜往南方鹊山埋伏。柬帖一个,付你持去,预备如法奏功。"又取令箭一枝,柬帖一个,对秦叔宝、副将梁建方道："烦二位将军领一千兵,到汜水东北上一个土山埋伏,速去预备,如法奏功。"梁建方领计去了。懋功又取令箭一枝,柬帖一个,对敬德与副将白士让道："二位将军就在虎牢西角上,照依柬帖中行事。如杀到鹊山遇着了士信,不论胜败,即便杀将转来。"敬德、士让领计去了。

罗士信同高甑生归寨,把柬帖拆开一看,却是每一兵士要备小红灯一盏,马上须用铜铁响铃,听中军轰天第二炮杀出,合着火枪归阵。秦叔宝与梁建方回寨,也把柬帖拆开,只见上写道："每兵要带火毯一个,小锣一面,听第三个轰天大炮,即便杀出,合着火枪红灯,即便杀转。"懋功叫军士在正南山竖起了一个高竿,叫宇文士及令二千玄甲兵守护着。

再说夏国先锋曹旦到了虎牢,结营一二十里,每日到唐寨边来挑战,无人应敌,只道唐家晓得他们统大兵来,不敢出头,夜间虽防来劫寨,到底兵士心上觉得懈弛。那夜方解甲稳睡,只听一声大炮,喊叫震天。曹旦忙跨马赶出寨来,见无数火枪,掩着一个黑脸

第五十八回

大汉杀来。曹旦如飞举枪来刺,那将一鞭,早打进胸膛,曹旦忙把身子一侧,火枪早着脸上,把胡子尽行烧去,败入阵中。敬德领这一千兵东冲西突,并无人来拦阻,直杀到将近鹊山。忽闻第二个大炮,只见罗士信马上,尽是红灯响铃,好像有几千人马杀来。

那夏阵第二队高雅贤,如飞领兵马来接应,当不起罗士信这条枪,如蛟龙出洞,逢着的便伤,在夏阵中各寨穿杀。那高雅贤对刘黑闼道:"兄看那南山上红灯,必是唐家暗号。我与你灭了他,那些兵马自然散乱了。"大家领兵纵马前来。那刘黑闼扯满弓射一箭去,正中红灯,落将下来,复又一灯扯上。高雅贤正要射时,只见一声大炮,无数火毬,半天里飞将下来,冲出一员大将,口中喊道:"秦叔宝在此,贼看我锏。"高雅贤如飞接住,被叔宝逼开枪,一锏打下马去。梁建方正欲去刺他,幸亏刘黑闼救了,退将下去。

叔宝与敬德、士信会合了三千兵,竟似几万人马,东冲西砍,杀得一个落花流水。正在高兴时,唐阵上闻已鸣金,只得勒马回营。秦王同徐懋功在寨中排了庆贺筵席,敬德与叔宝诸将归寨,检点三千人马,不曾伤失一个。秦王将羊酒银牌分赏了将士。徐懋功道:"今宵此举,不过送个信与他们,要夏兵晓得我唐朝将士的利害。只是明日这一阵,诸君各要努力干功,成败只在此举。"秦王心挂洛阳,也要决一战以见雌雄。

却说建德因前阵军马夜来被唐兵搅扰了半夜,四鼓时候就即传令催兵马造饭,将刘黑闼改为前队,曹旦改为中营,自板渚地方来到牛口谷,分遣将士,北首到河,南首到鹊山,排下二十多里。建德见唐兵不动,先遣勇卒三百,渡了汜水。唐将士见夏兵威盛,也有些胆怯。秦王只不动心,同徐懋功上了一个高丘立马遥望。懋

窦建德谷口被擒　徐懋功草庐订约

功道："这贼自山东起兵来，不过攻些小小贼寇，未逢大敌。今虽结成大阵，部伍不整，纪律不严，总属易破。"望见郑国代王琬，也自带了亲随兵马，立在阵后监战。只见代王戴了束发金冠，锦袍金甲，骑了隋炀帝向来坐骑大宛国进贡的青骢马，在旗门后影来影去。秦王道："这小将骑的好一匹良马！"尉迟敬德在侧便道："殿下说此马好，待小将取来。"秦王道："不可，不可！"敬德道："不妨。"两只腿把马一夹，直奔进夏阵中去。旁边两个将官高甑生、梁建方怕敬德有失，也拍马随来。代王琬按着缰在那里看战，只听得耳朵里，喝一声："那里走！"似捉小鸡一般，被敬德提过马去。这马正要走，被敬德靴尖钩住缰绳，高甑生已到，带了马一齐归阵。

夏阵中见唐将在阵背后拿了代王琬去，吃了一惊，无心恋战，慌忙退回。徐懋功大声说道："此时不趁势杀贼，便待何时！"自抱军鼓大擂，唐将白士让、杨武威、王簿、陶武钦许多精兵一拥而进，秦王带领轻骑同敬德、叔宝、士信过汜水，打从夏阵背后直杀进去，扯起大唐旗号，前后夹攻。建德将士见了大惊，夏军只得且战且退。唐兵追赶了三十余里，斩了首级万余。建德逃退，忙脱去朝衣朝冠，改装与将士一般打扮，好来决战。却遇着柴绍夫妻，领了一队娘子军，勇不可当。建德当先来战，早中了一枪，忙寻护驾将士，乱乱的多已逃散，要迎杀前去，又恐独力难支，倘再中一枪，可不了却性命？见牛口渚中，芦柴茂密，可以潜身，便提马往里一钻，那娘子军也不在意，反杀向前边去了。不提防建德身上这副金甲晃亮，动了人眼。唐军望见，知是一员将官逃在芦中，两个车骑将军白士让、杨武威纵马赶来，举浑铁槊往芦林中乱搠。

窦建德在芦林中要杀出来，身负重伤，恐厮杀不过，若在里边，

第 五 十 八 回

又恐搠着，只得大叫道："我便是夏主，将军若能相救，我平分河北，富贵共享。"杨武威道："这等出来，我们救你。"建德提马跳将出来，被他们一把抢来绑缚，把脚拴在马上，恰好几个从兵已至，一齐簇拥回到大寨。只见敬德提了刘黑闼的首级，王簿提了范愿的首级，罗士信活捉了郑国使臣长孙安世，都在那里献功。可怜夏国十几万雄兵，杀伤死亡，一朝散尽，止逃得一个孙安祖，带了随行二三十个小卒奔回乐寿。

时秦王已在大寨，小校报说拿得夏主窦建德来。众将不信，秦王亦不以为然。只见杨武威与白士让押了建德，直至中军，众人看见，果是夏主建德。他也不跪。秦王见了笑道："我自征讨王世充，与汝何干，却越境而来，犯我兵锋？"建德也没得说，说几句诨话道："今不自来，恐烦远取。"秦王又笑了一笑，问杨、白二将："如何便拿住了他？"白士让道："到是柴郡马统率娘子军赶杀他来到牛口谷，柴郡马杀了前去，他就潜躲在芦苇中，被我们看见拿住，应了民间'豆入牛口，势不能久'之谣。"秦王笑了一笑，叫监在后寨。

垂衣河北尽悠游，何事横戈浪结仇？
　　愎谏逞强谁与救，可怜束手作俘囚。

建德手下被拿的有五万余人。秦王道："杀之可惜，不如放了，任他们回转乡里。"众将恐放还又与我为敌。徐懋功道："窦建德也是草泽英雄，有众二十万，败亡至此，那一个还敢收合来与我们战？放去正使他传殿下恩威，山东、河北可不战而自下了。"诸将皆心服其言。秦王心下转道："柴绍夫妇既统兵到此，为甚不来相会，莫非被建德余党赚去？"忙差人问前队将士。有的说已往洛阳去了，秦王便不再问，因对懋功说道："我在这里整顿军马，卿同诸将先往洛阳,烦到乐寿收拾了夏国图籍,安抚了郡县,火速到洛阳来会合。"

懋功领命,到次日即便带领自己人马起身,不一日到了乐寿。懋功即传令箭一枝与王簿,叫他晓谕军士:不许妄戮一人,不许搅扰百姓,违者立斩示众。乐寿城中百姓一闻了夏主凶信,只道唐兵来,不知怎样扰害地方,岂知徐军师约法严明,抚慰黎庶,井井有条,因此市廛老幼,各各欢喜,迎于道路。懋功进城来,将府库打开,查点明白,又将仓廒尽开,召几个耆老,叫他们报名给领官粮,赈济穷黎。那五六个耆老伏地而泣道:"夏主治国,节用爱人,保护赤子,时沐恩泽。今彼一旦失国,我侪小民,如丧考妣,又安忍分散其储蓄?今蒙将军到郡安抚黎庶,秋毫无犯,实出望外。愿留此积蓄,以充军饷,则乐寿虽不沾惠,亦感将军之德矣。"懋功点头称善,便将仓库照旧封好。来到建德宫中,只见朝堂一个纱帽红袍的官儿,面色如生,向西缢死在梁上,粉墙上有绝句一首道:

几年肝胆奉辛勤,一着全输事业倾。

早向泉台报知己,青山何处吊孤魂。

夏祭酒凌敬题

懋功读罢壁间之诗,不胜浩叹,忙叫军士去备棺木殡殓。又走到内宫来,只见宫中窗牖尽开,铺设宛然,面南一个凤冠龙帔的妇人,高高的悬梁缢在那里,两旁四个宫奴,姿色平常,亦缢死在侧。懋功知是曹后,忙叫人放下,亦备棺木好好盛殓。搜索宫中止不过十来个老宫奴。懋功想道:"闻得窦建德尚有个女儿,勇敢了得,为何不见?"询问宫奴。宫奴答道:"前日孙安祖回来,报知皇爷被擒,那夜公主同了花木兰,就不知去向了。"徐懋功对王簿道:"窦

第五十八回

建德外有良臣，内有贤助，齐家治国，颇称善全。无奈天命攸归，一朝擒灭，命也数也，人何尤焉！"

当初隋炀帝传国玉玺并奇珍异宝，窦建德破了宇文化及，都归于夏国。懋功一一收拾，并图书册籍，装载停当。晓得有个左仆射齐善行，名望素著，养高致仕在家，请他出来，要他治守乐寿。齐善行辞道："善行年迈病躯，与世久违，愿将军另选贤豪，放某乐睹升平。"懋功道："眼前苦其无人，公何必苦辞？"齐善行道："仆有一人，荐于麾下，必能胜其任。"懋功道："请问何人？"善行道："此人姓名不知，人只叫他是西贝生。闻他先年曾在魏公部下，为参谋之职，今隐居拳石村，卖卜为活，此人大有才干，屈其佐治，必得民心。"懋功道："今屈尊驾暂为管摄，伺我访西贝生来，兄即解任何如？"齐善行不得已，只得收了印信，权为料理。懋功整顿军马起行，因问土人："拳石村在何处？"土人道："过雷夏去三四里，就是拳石村。"懋功命前队王簿速速趱行。

不多几日，前队报说已到拳石村了。懋功把兵马寻一个大寺院歇下，自己易服，扮作书生，跟了两个童子，进拳石村来。原来那村有二三百人家，是一个大市镇，到了市中，只见路上一面冲天的大招牌，上写道：

  西贝生术动王侯，卜惊神鬼，贫者分文不取。

懋功问村人道："这西贝生寓在那里？"村人把手指道："望西去第三家便是。"懋功见说，忙进巷寻看第三家，只见门上有副对联，上写道：

  深惭诸葛三分业，且诵文王八卦辞

懋功知是这家，便推门进去，只见一个童子出来说道："贵人请坐,家师就出来。"懋功坐了片时,见一个方巾阔服的人掀帘走将出来。懋功定睛一看,不觉拍手笑道:"我说是贾兄在此!"贾润甫笑道:"弟今早课中,已知军师必到此地,故谢绝了占卦的,在此相候。"大家叙礼过,润甫携着懋功的手到里边去,在读易轩中坐定。润甫道:"恭喜军师,功成名遂,将来唐家佐命功勋,第一个就要算军师了。"懋功道:"吾兄是旧交知己,说甚佐命功勋,不过完一生之志而已。"说了,茶罢,只见里边捧出酒肴来,懋功欣然不辞,即便把盏。

润甫道:"军师军旅未闲,何暇到此荒村?"懋功将擒窦建德战阵之事,并齐善行举荐他去治理乐寿的话说了一遍。润甫微笑了一笑道:"弟自魏公变故,此心如同槁木死灰,久绝名利,满拟觅一山水之间,渔樵过活。不意逢一奇人,授以先天数学,奇验惊人。弟思此事,原可济人利物,何妨借此以毕余生,不意又被兄访着。"懋功道:"正是兄的才识经济,弟素所佩服。但星数之学,未知何人传授,乞道其详。"润甫道:"兄请饮三大觥,待弟说来,兄也要羡慕。"懋功举杯,一连饮了三觥。

润甫道:"当初有个隋朝老将杨义臣,他是个胸藏韬略、学究天人的一员宿将。因隋主昏乱,不肯出仕,隐居雷夏泽中。"懋功道:"这杨义臣,弟先年也曾会过,曾蒙他教益,可是他传的么?"润甫道:"非也。他有个外甥女,姓袁名紫烟,隋时曾点入宫。那女子不事针黹,从幼好观天象,一应天文经纬度数,无不明晓,因此隋主将他拜为贵人,后因化及弑逆,他便用计潜逃到母舅家。本要落发为尼,因杨义臣算他尚有贵人作配,享禄终身。前年弟偶卜居雷泽,与杨公比邻,朝夕周旋,贱内又与袁贵人亲爱莫逆,故此传其学术。"懋功道:"如今杨公在否?"润甫道:"杨公已于去岁仙游矣!袁贵人同杨公乃郎并如夫人俱在这里守墓。"懋功道:"墓在那里?"润甫推窗向西指道:"这茂林中,乃杨公窀穸之所,他家眷也住在里边。"懋功道:"杨公虽死,弟与他生前亦有一面,今去墓前一吊,并求贵人一见,未识可否?"润甫道:"使得。"

懋功就叫手下备楮仪一副,同贾润甫步行过去,只见几亩荒丘,一抔浅土,虽然树木阴翳,难免狐兔杂沓。懋功叹道:"英雄结局,不过如此!"润甫忙过去通知了袁贵人。袁贵人就叫馨儿换了衰绖,到墓前还礼拜谢了,揖进飨堂中。懋功必要求见袁贵人,袁紫烟也是不怕人的,就是这样淡妆素服,出来拜见。懋功注目详视,见袁贵人端庄沉静,秀色可餐,毫无一点轻佻冶艳之态,不胜起敬道:"下官奉王命来乐寿清理夏王宫室,昨见一个宫奴,名唤青琴,是隋帝旧宫人,云是夫人侍儿,甚称夫人才学阃范,在男子中多所未及,下官意欲遣青琴仍归夫人左右,未识可否?"袁紫烟道:"妾只道此奴落于悍卒之手,不意反在王宫。但妾亲从凋亡,茕茕一身,自顾难全,奚暇与从者谋食,有虚盛意。"说完辞别进去。

懋功此时觉得心醉神飞,只得别了出来,对润甫道:"弟向来浪走江湖,因所志未逮,尚未谋及家室。今见此女实为合意,欲求兄为之执柯,未知可肯为弟玉成否?"润甫道:"此系美事,弟何敢辞劳,管教成就。先到舍下去坐了,弟去即来复命。"懋功慢慢的踱到润甫家中去。坐了片时,只见润甫笑嘻嘻的走进来说道:"袁贵人始初必欲守志终天,被弟再四解喻,方得允从,但是要依他三件事,谅兄亦易处的。"懋功道:"那三件事?"润甫道:"一要守满杨公之制,方许事兄。二要收领杨公之子馨儿母子两口,去抚养他上达成人。第三件，有个女贞庵，系隋炀帝的四院夫人在内焚修，与袁贵人是异姓姊妹。当年杨公送四位夫人到彼出家，原许他们每年供膳，俱是杨公送去。今若连合朱、陈，必须继杨公之志，以全贵人昔日结拜之情。只此三事，倘肯俯从，即是兄的人了。"懋功大喜道："不要说此三件，就再有几件，弟亦乐从。"就叫身边童子，到前寨王将军处，取银二百两，彩缎十表里，身上解佩玉一块，递与润甫道："军中匆匆，不及备仪，卿以二物银两，权为定偶。"润甫忙叫手下并童子携去送与袁紫烟，说明依了三章之约。

袁紫烟然后收了，将太乙混天毯一个，在头上拔下连理金簪一枝，回答了润甫。同童子从人回来，付与懋功收讫。懋功道："承兄成全弟家室，弟明日当有些微薄敬，并管辖乐寿文书一同送来，大家共佐明君，岂不为美。"润甫道："闲话且莫讲，请问军师，王世充破在旦夕，单二哥如何收煞？"懋功皱眉叹道："若提起单二哥，恐有些费手。"懋功又把前雄信追赶秦王一段说了一遍。润甫跌足道："若如此说，单二哥有些不妥。兄与秦大哥俱系昔年生死之交，还当竭力挽回方妙。"懋功道："这个自然。"

正说时，天色已暮，只见许多车骑来接，懋功只得与润甫分手。明早做下署乐寿印信文书，并书帕银二百两，差官送与贾润甫，又命亲随小校二个，将小礼百金与宫奴青琴送归袁紫烟。二人去了回来说道："宫奴礼金，夫人处俱已收讫。"差官又禀："贾爷处文书礼仪，门户钳封，人影俱无，只得持回。"懋功大惊道："难道我昨日是见鬼？"忙骑了马，自己到拳石村来看，果然铁将军把门，问其邻里，说是昨夜五鼓起身，一家都往天台去进香了。懋功叹道："贾兄何不情至此？"心上疑惑，忙又到杨公墓所来。袁紫烟叫馨儿换

了服色出来拜送,懋功执手叮咛了几句,然后上马登程往洛阳进发。正是:

　　陌路顿成骨肉,临期无限深情。

第五十九回

狠英雄犴牢聚首　奇女子凤阁沾恩

词曰：

　　昔日龙潭凤窟，而今孽镜轮回。几年事业总成灰，洛水滔滔无碍。　　说甚唇亡齿寒，堪嗟绿尽荒苔。霎时撒下热尘埃，只看月明常在。

　　　　　　　　——右调《西江月》

天下事只靠得自己，如何靠得人？靠人不知他做得来做不来，有力量无力量，靠自己唯认定忠孝节义四字做去，随你凶神恶煞，铁石刚肠，也要感动起来。

　　如今不说徐懋功往洛阳进发。且说王世充困守洛阳孤城，被李靖将兵马围得水泄不通，在城将士，日夜巡视，弄得个个神倦力疲，兼之粮草久缺，大半要思献城投降，只有一个单雄信梗住不肯，坚守南门。

　　一日黄昏时候，只见金鼓喧阗，有队兵马来到城边高声喊道："快快开城，我们是夏主差来的勇安公主在此。"城上兵士，忙报知雄信。雄信到城隅上往外一望，见无数女兵，尽打着夏国旗号，中间拥着金装玉堆的一位公主，手持方天画戟，坐在马上。雄信道是

第五十九回

窦建德的女儿,一面差人去报知王世充,随领着防守禁兵来开城迎接。岂知是柴绍夫妻,统了娘子军来到洛阳关,会了李靖,假装勇安公主,来赚开城门。那些女兵个个团牌砍刀,刚进城来,早把四五个门军砍翻。郑兵喊道:"不好了,贼进来了!"雄信如飞挺槊来战,逢着屈突通、殷开山、寻相一干大将,团团把雄信围住。雄信犹力敌诸将,当不起团牌女兵,忘命的滚到马前,砍翻了坐骑,可怜天挺英雄,只得束手就缚。好笑那吃人的朱灿被李靖杀败,逃到王世充处,以为长城之靠,不意城破,亦被擒拿。

柴绍夫妻忙要进宫去杀王世充,只见王世充捧了舆图国玺,背剪着步出宫来。李靖分付诸将,将王世充家小宗族尽行搜缉出来,上了囚车,一面晓谕安民。正在忙乱之时,小校来报道:"秦王已到了。"李靖同诸将并许多百姓扶老携幼,接入城去,竟到郑王殿中,率领诸将上前参谒。秦王对李靖道:"孤前往虎牢时,卿许灭夏之后,郑亦随亡,不意果然。"李靖道:"王世充这贼,奸诡百出,防守甚严,幸亏柴郡主来哄开城门,世充方自绑来投献。"秦王笑对世充道:"你当初以童子待我,随你奸计多谋,怎出得我这几个名将牢笼。"王世充在囚车中答道:"罪臣久思臣服归唐,因诸将犹豫未决,又知殿下不在寨中,故此直至今日来投献,只求圣恩免死。"秦王笑了一笑,即命诸将去检点仓库,开放狱囚,自往后宫与柴绍夫妻相会,收拾珍玩。

时窦建德与代王琬、长孙安世三个囚车儿与王世充、朱灿的几个囚车,尚隔一箭之地,众军校见秦王与诸将散去,便将囚车骨碌碌的推来聚在一处。王世充见了,扑簌簌落下泪来,叫道:"夏主,夏主,是寡人误了你了!"窦建德闭着双眼,只是不开口。旁边代王琬又叫道:"叔父,可怜怎生救我便好?"王世充看见,一发泪如泉涌道:"侄儿,我若救得你,我先自救了。"指着身旁车内太子玄应道:"你不见兄弟也因在此。我与你尚在一搭儿,不知宫中婶娘与诸姊妹,更作何状貌哩!"说了大哭不止。

窦建德看见这般光景,不觉厌憎起来,大声叹道:"咳,我那里晓得你们这一班脓包坯子,若早得知,我也不来救援了。大丈夫生于天地间,不能流芳百世,即当遗臭万年,何苦学那些妇人女子之行径,毫无丈夫气概!"对旁边的小校道:"你把我的车儿扯到那边去些,省得你们饶舌有污我耳。"那些众百姓站在两旁看见,有的指道:"那个夏主,闻他在乐寿,极爱惜百姓,为人清正,比我们的郑王好十万倍。那皇后更加贤明,勤劳治国。今不意为了郑王,把一个江山弄失了,岂不可惜。"众百姓多在那里指手画脚的议论不题。

且说秦叔宝随秦王回来,在第二队见洛阳城已破,心上因记挂着单雄信,如飞抢进城来。止见王世充弟男子侄多在囚车中,郑国廷臣累累锁在那里,未有发放,独不见雄信。细问军士,说是见过了秦王,程爷押他往东去了。叔宝忙又寻到东街来,遇着了程知节手下一个小卒,叔宝叫住来问道:"你们老爷呢?"那小卒低低说:"同单二爷在土地庙里。"叔宝叫他领到庙中,只见程知节同单雄信相对,坐在一间屋里,项上带着锁链。叔宝见了,上前相抱而哭。雄信说道:"秦大哥何必悲伤。弟前日闻秦王来讨郑时,弟已把死生置之度外。今为亡国俘虏,安望瓦全,但不知夏主何故败绩如此之速?"叔宝道:"单二哥怎说这话?我们一干兄弟原拟患难相从,死生相共,不意魏公、伯当先亡,其余散在四方,止我数人。昔为二国,今作一家,岂有不相顾之理。况且以兄才力,若肯为唐建功,即是佐命之人。"叔宝又把窦建德如何战败,如何被擒。

只见外边一人推门进来,雄信定睛一看,却是单全,便说道:"你不在家中照顾,到此何干?莫非家中亦有人下来么?"单全道:"今早五更时分,润甫贾爷到来,说是老爷的主意,将夫人小姐立逼着起身,说要送往秦太太处去。因此小的来问老爷,晓得秦爷已到,再问个确信。"雄信对秦、程二人道:"润甫兄弟我久已不曾相会,这话从何说起?"程知节道:"贾润甫兄是个有心人,他既说要送到秦伯母处,谅无疏虞。"叔宝亦道:"贾兄是个义气的人,尊嫂与令爱必替兄安顿妥当,且莫愁烦。"雄信对单全道:"你还该赶上去,照管家眷。我这里有两个小校在此。"叔宝亦道:"主管,省得你老爷牵挂,你去寻着贾爷,看个下落,这里我自然着人伺候。"说了,单全拭泪而去。

早有四五个军士捱进门来,却是秦叔宝的亲随内丁。叔宝问道:"寓所寻下了么?"内丁道:"就在北街沿河一个叛臣张金童家,程老爷的行李也发在一处。今保和殿上已在那里摆宴,只怕王爷就有旨来,传二位老爷去上席。"程知节道:"我们一搭儿寓,绝妙的了!"叔宝对雄信道:"此地住不得,屈二哥到我那里去。"雄信道:"弟是犯人,理合在此,兄们请便。"程知节直喊起来道:"什么犯人贵人,单二哥你是个豪杰,为甚把我两个当做外人看承!"忙把雄信项上链子除下来,付与小校拿着,叔宝双手挽着雄信,出了庙门,同到下处,分付内丁好好伺候。

知节与叔宝忙到保和殿来,只见李靖在那里分拨将士把守城门,分管街市,大悬榜文,禁止军卒掳掠,违者立斩。秦王着记室房玄龄进中书门下省,收拾图籍制诰,萧瑀、窦轨封府库,所有金帛,

狠英雄犴牢聚首　奇女子凤阁沾恩

嘱柴嗣昌、宇文士及验数颁赐有功及从征将士。李靖见叔宝、知节，便道："秦王有旨，烦二位将军明早运回洛仓余米，轸恤城中百姓。"叔宝道："洛仓粮米，只消出一晓谕，着耆老率领穷黎到洛赈济，何必又要运回？"便分付书办出示。

只见屈突通奔进来，向叔宝说道："秦将军，单雄信在何处？秦王有旨，点诸犯入狱，发兵看守，独不见了雄信。"叔宝问："旨在何处？"屈突通在袖中取出来，叔宝接过来看，上写道："段达隋国大臣助王世充篡位弑君，朱灿残杀不辜，杀唐使命，单雄信、杨公卿、郭士衡、张金童、郭善才一干暂将锁絷下狱，点兵看守，俟带回长安，候旨定夺。"秦叔宝蹙着眉头尚未回答，程知节道："屈将军，单雄信是我们两个的好弟兄，在我们下处，不必叫他入狱中去。俟到长安，交还你一个单雄信就是了。"时齐国远、李如珪、尤俊达多在那里看慰雄信，李如珪见这光景，不胜忿怒道："我们众弟兄在这里血战成功，难道一个人也担当不起？"屈突通道："我也是奉王命来查，既是众位将军担当，我何妨用情。"说完去了，不提那夜宴享功臣之事。

到了次日，秦王先打发柴郡主统领娘子军起身，齐国远、李如珪只得匆匆别了叔宝、知节亦归鄠县去了。其时恰好徐懋功从乐寿回来见了秦王，秦王问乐寿如何料理，懋功说："臣到乐寿时，祭酒凌敬已缢死朝堂，曹后同宫女四人缢死宫中，其余嫔妃不过粗蠢妇女，一二十而已，但不见了他的女儿。那老幼黎民闻了建德被擒，无不嗟叹，臣开仓赈恤，俱不忍来领。顷见臣禁约军士秋毫无犯，尽愿存积粟以充军饷。因此远近仕宦，无不参谒臣服。臣就其中择一老成持重的齐善行权为管摄。未知可合殿下之意否？"秦王点头称善，命淮阳王道玄同宇文士及、大将屈突通权且镇守洛

第 五 十 九 回

阳。谕将士收拾班师。

徐懋功听见单雄信在叔宝下处,忙来相会,对雄信道:"弟昨日自乐寿回来,途遇一友,说见贾润甫兄护送二哥的宝眷在那里,想必他知秦王之命。这干人犯总要到长安候旨发落,润甫先将兄家眷送到秦伯母处,亦为妥当。弟恐路上阻碍,忙拨一差官并军校二十名,发行粮三百两,叫他们赶上盘缠。众人到都,兄可放心无忧。"雄信道:"弟闻鸟之将死,其鸣也哀;人之将死,其言也善。弟今日处此地位,亦无言可善,亦难鸣可哀。承诸兄庇覆雄信家室,弟虽死犹生也。"叔宝叫人去雇一乘驴轿,安放单雄信坐了,自同秦王收拾起身。正是:

横戈顿令烽烟熄,金镫频敲唱凯回。

不一日到了长安,报马早已报知唐帝。唐帝命大臣并西府未随征的宾僚出郭迎接,只见一队队鼓吹旗枪,前面几对宣令官、旗牌官押着王世充、窦建德、朱灿并擒来的将相大臣、宗姓子侄,暨隋家乘舆法物,都列在前面。秦王锦袍金甲,骑着敬德夺的那匹骏马,后边许多将士,全装贯甲,簇拥着进城,先到太庙里献了俘,然后入朝。唐帝御门,秦王与各将官以次朝见。秦王即进宫去见母后。唐帝出旨:天色已晚,各将士鞍马劳顿,着光禄寺在太和殿赐宴奖赉,夏、郑、朱等囚俘俱着大理寺收狱,候旨定夺。时单雄信也不得不随行向狱中去。刑部里发了一张单儿,差十来个校尉,押着众囚犯来到狱门首,大声喝道:"禁子们,走几个出来,照单儿点了进去。此系两国叛犯,须用心看守着。"众禁子道:"晓得。"一个个点将进去,领到一个矮门里,却是三间不大明亮的污秽密室。雄信此时,觉得有些烦闷起来。

建德看那两旁，先有一二十个披枷带锁的囚徒，也有坐的，也有卧的，多是鸠形鹄面，似人似鬼的人在那里。建德此时雄心早已消磨了一半，幸亏还遇着个单雄信是旧知己，聚在一处，诉别离情。忽见一个彪形大汉，在门首望着里边说道："那个是夏主，那个是单将军？"建德尚未开口，雄信此时一肚子焦躁，没好气，只道是就要叫他出去完局，便走近前来道："我就是单雄信，待怎么样？"原来那个是禁子头儿，便道："请二位爷出来。"建德同雄信只得走出来。那汉引到左首一间洁房里，里边床帐台椅，摆设停当。那汉道："方才小的在大堂上打听，见发下票子，如飞要回来照管，因徐老爷与秦老爷传去分付，故此归迟。众弟兄们不知头脑，都一窝儿送到后边去。"随指着一张有铺盖的床儿说道："这是王爷的。"指着那一张没铺盖的床儿说道："这是单爷的。那铺盖秦老爷即刻着人送进来。"

　　窦建德道："单爷是众位老爷分付，我却从未有好处到你，为甚承你这般照顾？"那禁子道："王爷说那里话来，三日前就有一位孙老爷来，再三叮嘱小的，蒙他赐小的东西，说如王爷发下来，他也要进来看王爷，所以预先打扫这间屋儿，在这里伺候。"建德想道："难道孙安祖逃了回去，又来不成？"忽听见外边嘈嘈杂杂，六七个小校扛进行李与一坛酒，食盒中放着肴馔，对众禁子道："这是单老爷的铺盖，并现成酒肴。众位老爷说有公干在身，不能个进来看单爷。禁子们，叫你们好生伺候着。"说完出去了。众禁子手忙脚乱，铺设安排停当。窦、单二人原是豪杰胸襟，且把大事丢开，相对谈心细酌。

　　却说窦后见秦王回来，心中甚喜，夜宴过已有二更时分，一觉

第 五 十 九 回

睡去,梦见一尊金身的罗汉对窦后稽首说道:"汝儿已归,我有个徒弟,承他带来,快叫他披剃了,交还与我。"说完不见了。窦后醒来,把梦中之言述与唐帝听。唐帝道:"昨晚世民回来,未曾问他详细,且待明日进朝,问他便了。"窦后辗转不寐,听更筹已交五鼓,忍耐不住,便叫内监传懿旨宣秦王进宫。时秦王在西府梳洗过,将要进朝,见有内使来宣,忙同进宫。朝见过了,窦后道:"你把出都收两国之事,细细述与做娘的知道。"秦王就把差段志去和朱灿,被朱灿醉烹了段志,直至宣武陵射中野鸾,几被单雄信擒获,幸遇石室中圣僧唐三藏施显神通,隐庇赠偈,得尉迟恭赶到救出。窦后听了,点头道:"儿,怪道夜来圣僧托梦,原来有这段缘故。"秦王道:"母后梦境如何?"窦后就把梦中之言述了一遍,又道:"据为母的猜详起来,囚俘里面,毕竟有个好人在内。"对秦王道:"刚才儿说那唐三藏赠的偈,录出来待我详察一详察。"

秦王写了出来,大家正在那里揣摹,只见宇文昭仪走到面前。诸妃中唯此女窦后极欢喜他,见了便对昭仪说道:"正好,你是极敏慧的,必定揣摹得出。"窦后述了自己梦中之言,并秦王录出遇见圣僧赠偈四句与昭仪看。昭仪道:"第一句是明白的,隐着夏主的名字在内,第二句想必此人也是个孝子,只有第三句解说不出,那第四句显而易见,没甚难解。"窦后道:"为何显而易见?"昭仪道:"娘娘姓窦,今建德也姓窦,水源木本,概而推之,如同一体,是要赦窦建德之罪也。"窦后点头称是。秦王道:"窦建德是个了得的汉子,譬如猛虎,纵之则易,缚之甚难。今邀九庙之灵,一朝为我擒获,倘若赦之,又为我患奈何?"唐帝道:"如今且不必拘泥。朱灿残虐不仁,理宜斩首。提出王世充来,待朕审问他的臣下,或者有个孝子在内,也未可知的。"秦王就差校尉到狱中去,提斩犯一名朱灿立斩,又提斩犯一名王世充面圣。

时建德与雄信都睡在床上,听更筹已尽,在那里闲话,忽听见甬道内有许多人脚步移动,到后边去敲门。一回儿又听得那屋里头的枷锁铁链一齐震动起来。原来后牢房里的众囚徒听见此时下来提犯,不知是那一案,是那一个,俱担着干系,所以吓得个个战栗起来,把枷锁弄得叮叮哨哨,好似许多上阵兵马甲胄穿响。建德如飞起身,往门缝里一张,只见七八个红衣雉尾的刽子手,先赤绑着一人前来,仔细一看,却是朱灿。随后又绑着一人来,乃是王世充。建德对雄信道:"单二哥,我们也要来了,起身了罢!"雄信道:"由他。"正说时,只听得有人来叩门叫道:"单爷,家中有人在这里。"雄信见说,如飞爬起身来开门,却是单全。

单全见了家主,捧住了跪在膝前大哭,雄信也忍不住落下泪来,便道:"你不须啼哭,起来问你:奶奶小姐在何处?"单全站起来,附雄信耳上说了几句,雄信点点头儿道:"我的事早已料定,你只照管奶奶与小姐,就是爱主的忠心了。我这里有各位老爷分付,你不须牵挂。你若在此,反乱我的心曲。"单全犹自依依不舍,只见禁子头儿推门进来,对着窦建德说道:"夏王爷,孙爷来了。"建德尚未开口,孙安祖已走到面前。大家见了,此时三个人抱持了大哭。建德问道:"卿已回乐寿,为何又来?"安祖向建德耳边,唧唧哝哝的说了许多话,却又快活起来,建德便蹙着双眉道:"人活百年,总是要死,何苦费许多周折。卿还该同公主回去,安葬好了曹娘娘并殉难的诸柩。"安祖却不肯。

如今且不说孙安祖要守定窦建德。再说朱灿绑缚了出来,已

第五十九回

去市曹斩首。王世充赤绑着进朝面圣。唐帝责他篡位弑君一段,世充奸猾异常,反将事体多推在臣子身上。唐帝又责负固抗拒,城破才降,世充叩头道:"臣固当诛,但秦殿下已许臣不死,还望天恩保全首领。"唐帝因秦王之意,将他贬为庶人,兄弟子侄,都安置朔方,世充谢恩出朝。唐帝又差人去拿窦建德见驾,只见黄门官前来奏道:"有两个女子,绑缚啣刀,跪于朝门外,要进朝见陛下。"唐帝见说,以为奇怪,忙叫押进来。

不一时,只见两个女子裂帛缠胸,青衣露体,两腕如玉雪白的,赤绑着,口中多啣着明晃晃的利刃,跪在丹墀里头。唐帝望去,难非绝色,觉得皆有一种英秀之气,光彩撩人。唐帝便有几分矜怜之意,就叫近侍"去了那两女子口中的刀,扶他上殿来见朕"。内侍忙下去摘掉了刀,簇拥着上来,却又是两对窄窄金莲挺挺的走上殿来跪下。唐帝便问道:"你两个女子,是何处人氏?为何事这个样子来见朕?"窦线娘道:"臣妾窦氏,系叛臣窦建德之女。因妾父建德,犯罪天条,似难宽宥,妾愿以身代受典刑,故敢冒死上渎天威。"唐帝道:"窦建德岂无臣子子侄,要你这个琐琐裙钗来替他?"线娘道:"忠臣良将俱已尽节捐躯。若说子侄,宗支衰落。妾父止生妾一人,罔极深恩,在所必报。况王世充篡位弑君,尚邀恩赦。臣父虽据国自守,然当年曾讨宇文化及,首为炀帝发丧。前在黎阳军旅之间,又曾以陛下御弟神通并同安公主送还,较之世充,不亦远乎?倘皇恩浩荡,准臣妾所请,赦父之罪,加之妾身,是亦国法之不弛,而隆恩之普照,则妾虽死而犹生矣!"

唐帝道:"你刚才说窦建德止生得你,那一个又是你何人?"线娘未及回答,木兰便道:"臣妾姓花,名木兰,系河北花弧之女。"便将刘武周出兵代父从军,直至与窦线娘结义一段说将出来。唐帝见他两个言词朗朗,不胜赞叹道:"奇哉两孝女!圣僧所谓两好最难能也。"正说时,只见两个内监走来,跪下奏道:"娘娘有旨,宣殿下进宫。"秦王只得起身进宫去了。

时窦建德久已拿进朝,跪在丹墀下。听那两个女子对答,唐帝叫上来说道:"你助党为虐,本该斩首。今因你女儿甘以身代,朕体上天好生之心,何忍加诛,连你之罪,法外宥汝。"就叫侍卫去了建德的锁链绑缚,又对他说道:"朕赦便赦了你,只是你也是一个豪杰,若是朕赐你之爵,你曾南面称孤道寡,岂肯屈居人下。朕若废你为庶人,你怎肯忘却锦绣江山,免不得又希图妄想。"建德叩首道:"臣蒙陛下法外施仁,贷臣不死,已出望外,安敢又生他念?臣自被逮之后,名利之念,雪化冰消,臣今万幸再生,情愿披剃入山,焚修来世,报答皇图,不敢再入尘网矣!"唐帝见说,大喜道:"你肯做和尚,妙极!朕到替你觅一个法师在那里,叫你去做他的徒弟,但恐你此心不真耳。"窦建德叹道:"臣闻屠刀一掷,六根即净,观眼前孽镜,总是雨后空花,有甚不真?"唐帝道:"你此心既坚,替你改名巨德,着礼部给赐度牒,工部颁发衣帽,即于殿前替你剃度。"秦王自宫中出来奏道:"母后知建德肯回心向道,欢喜不胜,要两孝女进宫去一见,父皇以为可否?"唐帝就叫内侍领两个女子进宫朝见。

窦后见了,欢喜得紧,就叫宫奴把两副衣服赐线娘与木兰穿好,又赐锦墩叫他们坐下,问他们年齿,二人回答明白。窦后又问:"线娘,曾适人否?"线娘羞涩涩未及回答,木兰代奏道:"已许配幽州总管罗艺之子罗成。"窦后道:"罗艺归唐,屡建奇功,圣上已封他为燕

第五十九回

郡王，赐国姓，镇守幽州。闻他一个儿子英雄了得，你若嫁他，终身有托了。你既明孝义，我也姓窦，你也姓窦，我就把你算做侄女儿，愈觉有光。"窦线娘也不敢推却，只得下去谢恩。窦后又问木兰履历，木兰一一陈奏。窦后亦深加奖叹，便分付内侍取内库银二千两，彩缎百端，赠线娘为奁资，又取银一千两，彩缎四十端，赠赐木兰，为父母养老送终之费，差内监送归乡里。二女便谢恩出宫。

时窦建德刚落了发，改了僧装，身披锦绣袈裟，头戴毗卢僧帽，正要望帝拜辞。只见二女易服出来，后边许多内侍，扛了彩缎库银，来到殿廷。内监放下礼物，将宫中懿旨，一一奏闻。二女又向唐帝谢恩。唐帝又对建德说道："不意卿女许配罗艺之子，又为娘娘侄女，孝女得此快婿，卿可免内顾矣。"建德并未知此事，只道窦后懿旨赐婚，谢恩出朝。唐帝又差官一员，赏银二千两，布帛一笥，送至榆窠断魂涧内，隐灵岩中圣僧唐三藏处。

建德出了朝门，只见早有一僧挑着行李，在那里伺候。建德定睛一看，却是孙安祖。建德大骇道："我是恐天子注意，削发避入空门，你为何也做此行径？"孙安祖道："主公，当初好好住在二贤庄，是我孙安祖劝主公出来起义，今事不成，自然也要在一处焚修，若说盛衰易志，非世之好男子也。"建德又对线娘道："你既以身许事罗郎，又沐娘娘隆宠，嗣为侄女，终身有赖了。自今以往，你是干你的事，我是干我的事，不必留恋着我了。"线娘必要送父到山中去，那内监道："咱们是奉娘娘懿旨送公主到乐寿去，和尚自有官儿们奉陪，不消公主费心。"线娘没奈何，只得同出长安，大哭一场，分路而行。要知后事如何，且听下回分解。

第 六 十 回

出囹圄英雄惨戮　走天涯淑女传书

词曰：

　　生离死别，甚来由，这般收煞。难忍处，热油灌顶，阴风夺魄。天涯芳草尽成愁，关山明月徒存泣。叹金兰割股唊知心，情方毕。　　秦与晋，堪为匹。郑与楚，曾为敌。看他假假真真，寻寻觅觅。玉案琼珠已在手，香山丹桂犹含色。漫驱驰，寻访着郊原朝金阙。

——右调《满江红》

天地间是真似假，是假似真，往往有同胞手足，或因财帛上起见，或听妻妾挑唆，随你绝好弟兄，弄得情淡心违。到是那班有义气的朋友，虽然是名姓不同，家乡各别，尽有可以托妻寄子，在情谊上赛过骨肉。所以当初管鲍分金，桃园结义，千古传为美谈。

如今却说唐帝发放了窦建德，随将王世充一干臣下段达、单雄信、杨公卿、郭士衡、张金童、郭善才着刑部派官押赴市曹斩决。时徐懋功、秦叔宝、程知节三人晓得了旨意，知秦王已出朝堂，如飞多赶到西府来要见秦王。

秦王出来，大家参拜过了，叔宝道："末将等启上殿下，郑将单

第六十回

雄信，武勇出秦琼之上，尽堪驱使。前日不度天命，在宣武陵有犯大驾，今被擒拿，末将等俱与他有生死之交，立誓患难相救。今恳求殿下，开一生路，使他与末将一齐报效。"秦王道："前日宣武陵之事，臣各为主，我也不责备他。但此人心怀反复，轻于去就，今虽投服，后必叛乱，不得不除。"程知节道："殿下若疑他后有异心，小将等情愿将三家家口保他，他如谋逆，一起连坐。"秦王道："军令已出，不可有违。"徐懋功道："殿下招降纳叛，如小将辈俱自异国得侍左右，今日杀雄信，谁复有来降者？且春生秋杀，俱是殿下，可杀则杀，可生则生，何必拘执？"秦王道："雄信必不为我用，断不可留。譬如猛虎在柙，不为驱除，待其咆哮，悔亦何及？"三将叩头哀求，愿纳还三人官诰，以赎其死。叔宝涕泣如雨，愿以身代死。秦王心中不说出，终久为宣武陵之事不快在心，道："诸将军所请，终是私情，我这个国法，在所不废。既是恁说，传旨段达等都赴市曹斩首号令，其单雄信尸首听其收葬，家属免行流徙，余俱流岭外。"三人只得谢恩出府。

徐懋功道："叔宝兄，单二哥家眷是在尊府，兄作速回家，分付家里人不可走漏消息。烦老伯母与尊嫂窝伴着他，省得他晓得了，寻死觅活。弟再去寻徐义扶，求他令爱惠妃，或者有回天之力，也未可知。知节兄，你去备一桌菜、一坛酒到狱中去，先与雄信盘桓起来，我与叔宝就到狱中来了。"

却说单雄信在狱中见拿了王世充等去，雄信已知自己犯了死着，且放下愁烦，由他怎样摆布。只见知节叫人扛了酒肴进来，心中早料着三四分了。知节让雄信坐定，便道："昨晚弟同秦大哥就要来看二哥，因不得闲，故没有来。"雄信道："弟夜来到亏窦建德在此叙谈。"知节叹道："弟思量起来,反不如在山东时与众弟兄时常相聚,欢呼畅饮,此身到可由得自主。如今弄得几个弟兄,七零八落,动不动朝廷的法度,好和歹皇家的律令,岂不闷人!"说了看着雄信,蓦地里落下泪来。

此时雄信早又料着五六分了,总不开口,只顾吃酒。忽见秦叔宝亦走进来说道："程兄弟,我叫你先进来劝单二哥一杯酒,为甚反默坐在此?"雄信道："二兄俱有公务在身,何苦又进来看弟?"叔宝道："二哥说甚话来,人生在世,相逢一刻也是难的。兄的事只恨弟辈难以身代,苟可替得,何惜此生。"说了,满满的斟上一大杯酒奉与雄信,叔宝眼眶里汪汪的要落下泪来。雄信早已料着七八分了。又见徐懋功喘吁吁的走进来坐下,知节对懋功道："如何?"懋功摇摇首,忙起身敬二大杯酒与雄信。听得外边许多淅淅索索的人走出去,意中已早料着十分,便掀髯大笑道："既承三位兄长的美情,取大碗来,待弟吃三大碗,兄们也饮三大杯。今日与兄们吃酒,明日要去寻玄邃、伯当兄吃酒了!"叔宝道："二哥说甚话来?"雄信道："三兄不必瞒我,小弟的事已料定犯了死着。三兄看弟,岂是个怕死的!自那日出二贤庄,首领已不望生全的了。"叔宝三人一杯酒犹哽咽嚥不下去,雄信已吃了四五碗了。

此时众禁子多捱进门来,站在面前,门首又有几个红头包巾的人在那里探望。雄信对着两傍禁子道："你们多是要伺候我的?"众禁子齐跪下去道："是。"雄信道："三兄去干你的事,我自干我的事罢!"叔宝与懋功、知节俱皆大恸起来。雄信止住道："大丈夫视死如归,三兄不必作此儿女之态,贻笑于人。"叔宝叫那刽子手进来,分付道："单爷不比别个,你们好好服事他。"众刽子齐声应道:

第 六 十 回

"晓得。"懋功道:"叔宝兄,我们先到那里,叫他们铺设停当。"叔宝道:"有理。"知节道:"你二兄先去,弟同二哥来。"懋功与叔宝洒泪先出了狱门,上马来到法场,只见那段达等一干人犯早已斩首,尸骸横地。两个卷棚,一个是结彩的,一个却是不结彩的。那结彩的里边,钻出个监刑官儿来相见了。懋功叫手下拣一个洁净的所在,叔宝叫从人去取当时叔宝在潞州雄信赠他那副铺陈,铺设在地。

时秦太夫人与媳张氏夫人因单全走了消息,爱莲小姐在家寻死觅活,要见父亲一面,太夫人放心不下,只得同张夫人陪着雄信家眷前来,叔宝就安顿他们在卷棚内。只见雄信也不绑缚,携着程知节的手大踏步前走,一边在棚内放声大哭。徐懋功捧住在法场上哭。秦太夫人叫人去请叔宝、知节过来说道:"单员外这一个有恩有义的,不意今日到这个地位,老身意欲到他跟前去拜他一拜,也见我们虽是女流,不是忘恩负义的人。"叔宝道:"母亲年高的人,到来一送,已见情了,岂可到他跟前,看此光景?"秦母道:"你当初在潞州时,一场大病,又遭官非,若无单员外周全,怎有今日?"知节道:"叔宝兄,既是伯母要如此,各人自尽其心。"如飞与雄信说了。

秦太夫人与张氏夫人、雄信家眷一总出来。叔宝扶了母亲来到雄信跟前,垂泪说道:"单员外,你是个有恩有义的人,惟望你早早升天。"说了,即同张氏夫人跪将下去。雄信也忙跪下,爱莲女儿旁边还礼。拜完了,爱莲与母亲走上前捧住了父亲,哭得一个天昏地惨。此时不要说秦、程、徐三人大恸,连那看的百姓军校无不堕泪。雄信道:"秦大哥,烦你去请伯母与尊嫂,同贱荆小女回寓罢,省得在此乱我的方寸。"太夫人听见,忙叫四五个跟随妇女簇拥着单夫人与爱莲小姐,生巴巴将他拉上车儿回去了。

叔宝叫从人抬过火盆来,各人身边取出佩刀,轮流把自己股上肉割下来,炙在火上熟了,递与雄信吃,道:"兄弟们誓同生死,今日不能相从。倘异日食言,不能照顾兄的眷属,当如此肉,为人炮炙屠割!"雄信不辞,多接来吃了。秦叔宝垂泪叫道:"二哥,省得你放心不下,"叫怀玉儿子过来:"你拜了岳父。"怀玉谨遵父命,恭恭敬敬朝着单雄信拜了四拜。雄信把眼睁了几睁,哈哈大笑道:"快哉,真吾佳婿也!吾要去了,快动手。"便引颈受刑,众人又大哭起来。

只见人丛里,钻出一人,蓬头垢面,捧着尸首大哭大喊道:"老爷慢去,我单全来伺候老爷了!"便向腰间取出一把刀,向项下自刎,幸亏程知节看见,如飞上前夺住,不曾伤损。徐懋功道:"你这个主管,何苦如此!你家主死了,还有许多殡葬大事要你去做的,何必行此短见。"叔宝叫军校窝伴着他。雄信首级,秦王已许不行号令,用线缝在颈上,抬棺木来,用冠带殡葬。正要着人抬至城外寺中停泊,只见魏玄成、尤俊达、连巨真、罗士信同李玄邃的儿子启心都来送殓,王伯当的妻子也差人来烧纸。大家又是一番伤感,然后簇拥丧车,齐到城外寺中安顿好了,徐懋功发军校二十名看守,大家回寓。可怜:

四海英雄谁作主?千行血泪慰孤魂。

今说窦线娘哭别了父亲,同花木兰归到乐寿。署印刺史齐善行闻报,已知建德赦罪为僧,公主又蒙皇后认为侄女,差内监送来,到是热热闹闹,免不得出郭迎接。幸喜徐懋功单收拾了夏国图籍国宝,寝宫中叫那一二十个老宫奴封锁看守,尚未有动。窦线娘到

第 六 十 回

了宫中,见了曹后的灵柩并四个宫奴的棺木,又是一番大恸。齐善行进朝参见了,把徐懋功要他权管乐寿之事,他又荐魏公旧臣贾润甫有才,"不意懋功去访,润甫又避去,因此不得已,臣权为管摄这几时。今正好公主到来,另择良臣,实授其任,臣便告退"。

窦线娘道:"徐军师是见识高广的,毕竟知卿之贤,故尔付托,况此地久已归唐,黜陟我安得而主之?卿做去便了,不必推辞。但皇后灵柩停在宫中,不是了局,卿可为我觅一善地,安葬了便好。"齐善行道:"乐寿地方,土卑地湿。闻得杨公义臣葬于雷夏,那边高山峻岭,泥土丰厚,相去甚近,两三日可到,未知公主意下如何?"窦线娘道:"杨义臣生时,父皇实为契爱,若得彼地营葬甚妙。卿可为我访之,我这里厚价买他的便了。"线娘手下那些训练的女兵,原是个个有对头的,当其失国之时,俱四散逃去,今闻公主回来,又都来归附。线娘择其老成持重者收之,余尽遣去。

不多几日,齐善行差人到雷夏泽中觅了一块善地。窦线娘到那里去造起一所大坟茔来,旁边又造了几带房屋,自己披麻执杖,葬了曹后,连家多迁到墓旁住了。即便做一道谢表,打发内监复旨。花木兰亦因出外日久,牵挂父母,要辞线娘回去。线娘初始不肯,因他是个孝女,不好勉强,只得差两名寡妇女兵,一个是金氏名铃,一个是吴氏名良,赠了他些盘费,叫木兰连父母都迁到雷夏泽中来同居。

临行时线娘又将书一封,付与木兰道:"河北与幽州地方相近,此书烦贤妹为我寄与燕郡王之子罗郎。贤妹要他自出来,觌面见了,然后将书付他。倘若门上拒阻,有他当年赠我的没镞箭在此,带去叫他门上传进,罗郎自然出来见妹。"说罢,止不住数行珠泪。木兰道："姊姊分付,妾岂敢有负尊命,是必取一个好音来回复。"即便收拾好书信并那枝箭,连两个女兵都改了男装起行。窦线娘直送到二三里外,又叮咛了一番,洒泪分手。

木兰等晓行夜宿,不觉已到河北地方,细认门阑,已非昔时光景。有几个老邻走来,一看是花木兰,前日改装代父从军的,便道："花姑娘,出去了这好几时,今日才回来。"扯到家里,木兰细问老邻,方知父亲已死,母亲已改嫁姓魏内人,住在前村,务农为活。木兰听了心伤,不觉泪如雨下,谢了邻里,如飞赶到前村。恰好其母袁氏在井边汲水,木兰仔细一看,认得是自己母亲,忙叫道："娘,我木兰回来了。"其母把眼一擦,见果是自己女儿,忙执手拖到家里去。母女姊妹拜见了,哭作一团。其时又兰年已十八,长成得好一个女子。其母将他父亲染病身死以及改嫁一段诉说了一遍。继父同天郎回来相见了,姊妹三个各诉衷肠,哭了一夜。次日木兰到父亲坟上去哭奠了。

过了几日,正要收拾往幽州去,不意曷裟那可汗闻知,感木兰前日解围之功,又爱木兰的姿色,差人要选入宫中去。木兰闻之,惊惶无主,夜间对又兰说："我的衷肠事,细细已与你说明。入宫之事未知可以解脱,倘必不能,窦公主之托,我此生决不肯负。须烦贤妹像我一般,改装了往幽州走遭。停当了窦公主的姻缘,我死亦瞑目。"又兰道："我从没有出门,恐怕去不得。"木兰道："我看你这个光景,尽可去得,断不负我所托。"随把线娘的书与箭并盘缠银五十两交付明白。

原来又兰到识得几个字,忙替他收藏好了。木兰又叫两个女兵分付金铃,随又兰到幽州去。到了明日,只见许多车骑仪从到

第六十回

门,其母因木兰归来不多几日,哭哭啼啼,不舍他入宫去。那木兰毫无惧色,梳妆已毕,走出来对那些来人说道:"郎主之命,我们民户人家,怎敢有违。但要载我到父亲坟上去拜别了,然后随你入宫。"那些仪从应允,木兰上了车儿,叫吴良跟了父母,俱送至坟头。木兰对了荒冢拜了四拜,大哭一场,便自刎而死。差人慌忙回去复旨,曷裟那可汗闻知,深为叹息。吴良也先回去见窦公主不题。木兰父母把他殡殓了,就葬于父旁。

又兰见阿姐回来,指望姊妹同住,做一番事业,不想郎主要娶他去,逼他这个结局。倘或曷裟那可汗晓得他尚有妹子,也想娶起我来,难道我也学他轻生?到不如往幽州去,替窦公主干下这段姻事,或者我有出头的好日子,亦未可知。主意已定,悄悄与金铃说明了,收拾了包裹,不通父母得知,两个妇女竟似走差打扮,又兰写几个字,放在房中。四更时出门上路,天明落了客店,雇了牲口,一直到了幽州。又兰进城寻了下处,问了店主人家燕郡王的衙门。又兰改了书生打扮,便同了金铃到王府门首来访问。那燕郡王做官清正,纪律严明,府门首整饬肃清,并不喧杂,凡投递文书柬帖的官吏,无不细细盘驳。

金铃到底是随公主走过道路的,便与又兰商议道:"俺家公主这封书,不比寻常书札,不知里边写些什么在上。倘若混帐投下,那些官吏不知头脑,总递进去,燕郡王拆开一看,喜怒不测起来,如何是好?当初大姑娘在我那里起身时,俺公主原叫他把书亲面付与罗小将军,如今到此岂可胡乱投递。"又兰道:"据你说起来,怎能个见小将军之面?"金铃道:"不难。二姑娘你坐在对面茶坊里,俺在这里守一个知事的人出来托他,事方万全。"又兰到对门茶肆中坐了半晌,只见金铃进来说道:"二爷,方爷来了。"又兰看那人,好似旗牌模样,忙起身来相见了坐定。又兰便问道:"亲翁上姓大名?"那人道:"学生姓方,字杏园,请问足下有何事见教?"又兰道:"话便有一句,请兄坐了。看酒来!"走堂的见说,如飞摆上酒肴。

方杏园道:"亲翁有甚事,须见教明白,方好领情。"又兰一面斟酒,随即说道:"弟向年在河北,与王府内小将军曾有一面,因有一件要紧物件,寄在敝友处,今此友托弟来送还小将军,未知小将军可能一见否?"方杏园道:"小将军除非是出猎打围赴宴,王爷方放出府,不然怎能个出来相见?或者有甚书札,待弟持去,付与小将军的亲随管家,传进里边,自然旨意出来。"又兰道:"书是必要觌面送的,除非是取那信物,烦兄传进去,小将军便知分晓。"方杏园道:"既如此,快取出来。弟还有勾当,恐怕里边传唤。"又兰忙向金铃身边取出那枝没镞箭,递与方杏园。方杏园接来一看,却是一个绣囊,放着枝箭在内,取出一看,见有小将军的名字在上,不敢怠慢,忙出了店门,进府去。走不多几步就遇着公子身边一个得意的内丁叫做潘美,向他说了来因。潘美道:"你住着,候我回音。"把锦囊藏在衣襟里,到书房中。

罗公子自写书付与齐国远去寄与叔宝后,杳无音耗,心中时刻挂念,见潘美持箭进来,说了缘故,不胜骇异,便问:"如今来人在何处?"潘美道:"方旗牌说,在府前对门茶坊里,还有书要面递与公子的。"罗公子低头想了一想,便向潘美耳边说了几句。潘美出来,对方旗牌道:"公子说,叫你引那来人在东门外伺候着,公子就出来打围了。"方旗牌如飞赶到茶坊里来与又兰说了,又兰便向柜上算还了帐,三人大家站在府门首看,只见一队人马,拥出府门。

第六十回

公子珠冠扎额，金带紫袍，骑着高头骏马。又兰心中想道："这一个美貌英雄，怎不教窦公主想他？"也就在道旁雇了脚力，尾在后边。

罗公子原不要打围，因要见寄书人，故出城来，只在近处捡个山头占了，分付手下各自去纵鹰放犬，叫潘美请那个寄书人过来。公子见是一个美貌书生，忙下坐来相见，分宾主坐定。花又兰在靴子里取出书来送与罗公子。公子接来一看，见红签上一行字道："此信烦寄至燕郡王府中，罗小将军亲手开拆。"公子见眼前内丁甚多，不好意思，忙把书付与潘美收藏，便问："吾兄尊姓？"又兰道："小弟姓花，字又兰。"公子又问："兄因甚与公主相知？"又兰道："与公主相知者非弟，乃先姊也。"就把曷裟那可汗起兵一段，直至与公主结义细述出来。

只见家将们多到来，花又兰便缩住了口。公子问道："尊寓在何处？"金铃在后答道："就在宪辕东首直街上张老二家。"公子道："今日屈兄暂进敝府中去叙谈一宵，明早送兄归寓。"又兰再四推辞。公子道："弟尚有许多衷曲问兄，兄不必固辞。"对潘美道："分付方旗牌，叫他到花爷寓所去，说花爷已留进府中，一应行李，着店家好生看守，毋得着误。"说了，携了又兰的手起身，叫家将取一匹马与又兰骑了。潘美却同金铃骑了一匹马，大家一哄进城。到了王府中，公子叫潘美领又兰、金铃两个到内书房去安顿了。那内书房一共三间，左边一间是公子的卧室，右边一间设过客的卧具在内。

公子向内宫来，罗太夫人对公子说道："孩儿，你前日说那窦建德的女儿到是有胆有智的。刚才你父亲说京报上，窦建德本该斩首，因其女线娘不避斧诛，愿以身代父行刑，故此朝廷将建德赦了，建德自愿削发为僧。其女线娘，太后娘娘认为侄女，又赠了许多金帛，差内监二名送还乡里，如此说起来，竟是个大孝之女。昔为敌国，今作一家。你父亲说，趁今要差官去进贺表，便道即娶他来与你成婚，也完了我两个老夫妇身上的事。"公子道："刚才孩儿出外打猎，正遇一个乐寿来的人，孩儿细问他，方知是窦公主烦他来要下书与我的。"罗太夫人问道："如今人在何处？"公子道："人便孩儿留他在外书房，书付与潘美收着。"罗太夫人随叫左右，向潘美取书进来。母子二人拆开一看，却是一幅鸾笺，上写道：

阵间话别，言犹在耳；马上订盟，君岂忘心？虽寒暑屡易，盛衰转丸，而泪沾襟袖，至今如昔也。但恨国破家亡，氤氲使已作故人，妾茕茕一身，宛如萍梗。谅郎君青年伟器，镇国令嗣，断不愿以齐大非偶，而反以邹楚为匹也。云泥之别，莫问旧题，原赠附璧，非妾食言，亦盖镜之缘悭耳。衷肠托义妹备陈，临楮无任依依。

亡国难女窦氏线娘泣具

罗公子只道书中要他去成就姻眷，岂知到是一幅绝婚书，不觉大恸起来，做出小孩子家身分，倒在罗老夫人怀里哭个不止。老夫人只生此子，把他爱过珍宝，见此光景，忙捧住了叫道："孩儿你莫哭。娘问你，那做媒的是何人？"公子带泪答道："就是父亲的好友义臣杨老将军，建德平昔最重他的人品，他叫孩儿去求他。几年来因四方多事，孩儿不曾去求，杨公又音信杳然，故此把这书来回绝孩儿。这是孩儿负他，非他负孩儿也。"说罢又哭起来。只见罗公进来问道："为什么缘故？"老夫人把公子始初与窦线娘定婚并今

第六十回

央人寄书来细细说了一遍,就取案上的来书与罗公看了。罗公笑道:"痴儿,此事何难?目下正要差官去进朝廷的贺表,待你为父的将你定姻始末,再附一道表章,皇后既认他为侄女,决不肯令其许配庸人。天子见此表章必然欢喜,赐你为婚,那怕此女不肯,何必预为愁泣?但不知书中所云义妹备陈,为何如今来的反是一个男子?"公子见父母如此说,心上即便喜欢,忙答道:"这个孩儿还没有细细问他。"

那夜公子治酒在花厅上,又兰把线娘之事重新说起,说到窦公主如何要代父受刑,公子便惨然泪下,说到太后收进宫去,认为侄女,却又喜欢起来,说到迁居守墓,却又悲伤。直至阿姊回来,曷袈那可汗要选他入宫,自刎于墓前,公子不觉击案叹道:"奇哉,令姊木兰也!我恨不能见其生前一面耳。"直说到更余,方大家安寝。次日,又兰等公子出来便道:"公主回书,还是付与小弟持去,还是公子差人到乐寿去回覆?弟今别了,好在寓中候旨。"公子道:"兄说那里话!公主的来书,家严昨已看过,即日就要差官进表到都,许弟同往。兄住在此同到乐寿,烦兄作一冰人,成其美事,有何不可?"又兰道:"小弟行李都在店中。"公子执着又兰的手道:"行李我已叫人着店家收好。"断不肯放。

谁知金铃到看中意了潘美,正在力壮勇猛之时,又兰亦见公子翩翩年少,毫无赳赳之气,心中到割舍不下。金铃便道:"二爷,既是大爷怎说,待我去取了行李来何如?"公子道:"你这管家到知事。"叫左右随了金铃去。公子与又兰时刻相对,竟话得投机。大凡大家举动,尚不能个便捷,何况王侯家,又要作表章,撰疏稿,委官贴差,倏忽四五日。

一夜，罗公子因起身得早，恐怕惊动了又兰，轻轻开门出来，只听得潘美和金铃在厢房内唧唧哝哝，似有欢笑之声。公子惊疑，便站定了脚，侧耳而听。听得潘美口中说道："你这样有趣，待我对大爷说明，替你家二爷讨来，做个长久夫妻。"金铃道："扯淡，我是公主差我送他阿姊到家来的，又不是他家的人。你要我跟你，总由我主。"潘美道："倘然我们大爷晓得你二爷是个女子，只怕亦未必肯放过。"金铃道："晓得了，止不过也像我与你两个这等快活罢了。"正是隔墙须有耳，窗外岂无人，公子听得仔细，即心中转道："奇怪，难道他主仆多是女人？"忙到内宫去问了安，出来恰好撞见潘美，公子叫他到僻静所在，穷究起来，方知都是女子。

公子大喜，夜间陪饮，说说笑笑，比前夜更觉有兴。指望灌醉了又兰，验其是非。当不起又兰立定主意不饮。公子自己开怀畅饮了几杯，大家起身，着从人收拾了杯盘，假装醉态，把手搭在又兰肩上道："花兄，小弟今夜醉了，要与兄同榻，弟还有心话要请教。"又兰道："有话请兄明日赐教，弟生平不喜与人同榻。"公子笑道："难道日后娶尊嫂也要推却？"又兰亦笑道："兄若是个女子，弟就不辞了。"公子又笑道："若兄果是个男子，弟亦不想同榻了。"又兰听了这句话，心上吃了一惊，一回儿脸上桃花瓣瓣红映出来。公子看了，愈觉可爱，见伺候的多不在眼前，忙把门闭上，走近前捧住又兰道："我罗成何修，今日得逢贤妹。"又兰双手推住了道："兄何狂醉若此，请尊重些。"公子道："尊使与小童都递了口供认状，卿还要赖到那里去？"又兰正色道："君请坐了，待我说来，若说得不是，凭君所从。"公子只得放手，两个并肩坐下。

又兰道："妾虽茅茨下贱，僻处荒隅，然愚姊妹颇明礼义，深慕

第 六 十 回

志行。今日不顾羞耻，跋涉关山而来者，一来要完先姊的遗言，二来要成全窦公主与君家百年姻眷，非自图欢乐也。今见郎君年少英雄，才兼文武，妾实敬爱。但男女之欲，还须以礼以正，方神人共钦。若逼勒着一时苟合，与强梁何异？"公子听了大笑道："卿何处学这些迂腐之谈？从古以来，月下佳期，桑间偶合，人人以为美事。试问卿为男子，当此佳丽在前能忍之乎？"又兰道："大丈夫能忍人所不能忍，方为豪杰。君但知濮上桑间，此辈贪淫之徒，独不记柳下惠之坐怀，秦君昭之同宿，始终不乱，乃称厚德。妾承君不弃，援手促膝者四五日矣，妾终身断不敢更事他人。求郎君放妾到乐寿，见了窦公主一面，明白了先姊与妾身的心迹，使日后同事君家，亦有光彩。今且权忍几时，俟与君同上长安，那时凭君去取何如？若今如此，决难从命。"公子见他言词侃侃，料难成事，便道："既是贤妹如此说，小生亦不敢相犯，但求秦君昭足矣。不然何以为情？"又兰叹道："总是来的不是。"便同上床，不脱里衣，惟相偎相抱而已。

过了几日，罗公将表章奏疏弥封便当，便委刺史张公谨，托他照管公子，又差游击守备二人尉迟南、尉迟北陪伴公子上路。公子拜别了父母，即同又兰等一行人马出离幽州，往长安进发。

未知后事如何，且再听下回分解。

第六十一回

花又兰忍爱守身　窦线娘飞章弄美

词曰：

晓风残月，为他人驱驰南北，忍着清贞空隙贴。情言心语，两两低低说。　　沉醉海棠方见切，惊看彼此真难得。封章直上九重阙，甘心退逊，香透梅花峡。

——右调《一斛珠》

世间尽有做不来的事体，独情深义至之人，不论男女，偏做得来。人到极难容忍的地位，惟情深义至之人，不论男女，偏能谨守。为什么缘故？情深好义者，明心见性，至公无私，所以守经从权，事事合宜，不似庸愚，只顾眼前，不思日后。

今说罗成同花又兰、张公谨、尉迟南、尉迟北一行人出了幽州地方，花又兰在路与罗公子私议道："郎君还是先到雷夏窦后墓所，还是竟到长安？"罗公子道："我意竟到长安上疏后，待旨意下来，然后到雷夏去岂不是好？"又兰道："不是这等说。窦公主是个有心人，当初与君马上定姻之时，原非易许，迨后四方多事，君无暇去寻媒践盟，彼亦未必怪君情薄。不意国破家亡，上无父母之命，下无媒妁之言，还是叫他俯就君家好，还是叫他无媒苟合好？是以

第六十一回

写札,托先姊面达,以探君家之意,返箭以窥君家之志。以情揆之,是郎君之薄情,非公主之负心也。今漫然以御旨邀婚,是非使彼感君之恩,益增彼之怒。挟势掠情之举,不要说公主所不愿,即贱妾草茅亦所不甘也。郎君乃钟情之人,何虑不及此?"说到这个地位,罗公子止不住落下泪来,双手执住又兰的手道:"然则贤卿何以教我?"又兰道:"依妾愚见,今该先以吊丧为名,一以看彼之举动,一以探彼之志行。畴昔知己,几年阔别,尚思渴欲一见,何况郎君之意中人乎?倘彼言词推托,力不可回,然后以纶音加之,使彼知郎君之不得已,感君之心,是必强而后可。"罗公子听了说道:"贤卿之心,可谓曲尽人情矣!"即分付张公谨等竟向乐寿进发不提。

再说窦线娘自从闻花木兰刎死之后,鸿稀雁绝,灯前月下虽自偷泣,亦只付之无可如何。幸有邻居袁紫烟与杨小夫人母子时常闲话,连女贞庵中狄、秦、夏、李四位夫人闻线娘是个大孝女子,亦因紫烟心交,也常过来叙谈,稍解岑寂。线娘又把窦太后赠的奁资,营葬费了些,剩下的多托贾润甫就在附近买了几亩祭田,叫旧时军卒耕种。家政肃清,阃人三尺之童不敢放入。

一日与袁紫烟在室中闲话,只见一个军丁打扮掀幕进来,袁紫烟吃了一惊。公主定睛一看,见是金铃,便道:"好呀,你回来了,为甚么花姑娘这样变故?你同何人到来?"金铃跪下去叩了一叩,起来说道:"前日吴良起身回来之时,奴妇已同花二娘一般改妆了。到幽州罗小将军处,罗小将军见了书札信物,悲痛不胜,就款留二姑娘进府住在书房室中半月。幸喜罗郡王晓得公子与公主联姻,趁着差官赍表进京,便打发公子一同来。经过乐寿,刺史齐善行晓得了,接入城去。明日必到墓所来吊唁娘娘并求完姻的意思。今花二姑娘现在门首,他是个有才干的女子,公主还该优礼他,去迎进来,便知详细。"公主听了,三四个宫女跟了出来。

金铃如飞到门首,引花又兰到草堂中。公主举眼望去,面貌装束,竟像当年罗成在马上的光景,心中老大狐疑,及至走近身前,见其眉儿曲曲,眼儿鲜鲜,方知非是,乃是一个俊俏佳人。又兰见了公主,便要行礼,公主笑道:"既承贤姐姐不弃光降,请到室中换了妆,然后好相见。"就同进里边来,叫宫奴簇拥又兰到偏室中去,将一套新鲜色衣与他换了出来。公主看时,却比其姊更觉秀美,便指着袁紫烟对花又兰道:"此是隋朝袁夫人,与妾结义过的。当年木兰令姊到来,妾曾与他结为异姓姊妹。二姐姐如不弃,续令先姊之盟,闺中知己常相聚首。未识二姐姐以为可否?"花又兰道:"公主所论实切愿怀,但恐蒲柳之质,难与国媖雁行。"公主道:"说甚话来!"便叫左右铺毡。袁夫人年齿居长,公主次之,又兰第三,大家拜了四拜,自后俱姊妹称呼。

宫奴就请入席饮酒,线娘便道:"前日吴良回来报说令姊惨变,使妾心胆俱裂,可惜好个孝义之女捐躯成志,真古今罕有!但贤妹素昧平生,何敢又劳枉驾去见罗郎?"又兰道:"愚姊妹虽属女流,颇重然诺。先姊领姐姐之托,变出意外,妹亦遵先姊之命,安敢惮劳,有负姐姐之意。幸喜罗公子天性钟情,一见姐姐信物手书,涕泗捧读,不忍释手,花前月下刻不忘情,所以燕郡王知儿之意,趁差官赍表朝贺,并遣公子前来求亲。"线娘总是默默不语。袁紫烟道:"这段姻缘,真是女中丈夫恰配着人中龙虎,况是罗郎来俯就,窦妹该速允从。"线娘笑道:"且待送姐姐出阁后,愚妹自有定局。"

第六十一回

紫烟道:"是何言欤?妾若非太仆遗言,孤嫠失恃,不遇徐郎再四强求,妾亦甘心守志,安敢复有他望?"线娘道:"若说守志二字,实惬素怀,姊从其权,妾守其经,事无不可。"又微哂道:"但可惜花二妹一片热肠,驰驱南北,付之东流而已。"又兰听说,心中想道:"看看说到我身上来了,殊不知我与罗郎虽同床共寝两月,而此身从未沾染,此心可对天日。"便道:"窦姐姐所云守志固妙,惟在难守之中,而坚守之方可云志。"

又兰原是好量,因向来与罗公子共处,恐酒后被他点污,假说天性不饮。今到此地,尽是女流,意安心乐,便开怀畅饮,不觉酩酊,伏在案上。紫烟即便告别归家。线娘竟叫侍女扶又兰到自己床上睡着。线娘随叫金铃过来盘问,金铃道:"小将军起初不知,后来风声有些走露,就有捉弄花姑娘的意思。听见着实哀求,花姑娘指天发誓,立志不从,听见他说,'待奴见过窦公主之后,明了心迹,公主成了花烛,然后从君之愿。'如此说的,不知后边可曾着体。"线娘心中想道:"岂有此理!千古以来,只有一个柳下惠坐怀不乱,鲁男子即不及也,安有艳女美男,移干柴以近烈火而竟不然,我不信也。"进房来移灯看又兰时,只见玉山醉倒,云护香封,真令人可爱。便向镜台卸了妆,上床脱去里衣,细细替又兰去了外衣,见他睡思正浓,便大着胆将手探其下体,果然豆蔻含葩,花房尽裹,不胜浩叹道:"奇哉,罗郎真君子也,又兰真义女也!我窦氏设身处地,恐未能如此。彼既以守身让我,我当以罗郎报之,全其双美。趁罗郎本章未到,先将衷曲奏明皇后,皇后是必鉴我之心矣!"忙起身在灯下草就奏章,叫女书记写好封固,又写一札送与宇文昭仪,收拾一副大礼,进呈皇后,一副小礼,送与昭仪。当初孙安祖与

花又兰忍爱守身　窦线娘飞章弄美

线娘要救建德时，曾将金珠结交于宇文昭仪，今亦烦他转达皇后，料他必能善全。明日绝早，即将盘缠付与。吴良、金铃赍本与礼物，往京进发。那金铃因放潘美不下，晓得公子要到贾润甫处，便跑过去细细与贾润甫说明，就里并上本与皇后的话，叫润甫作速报知公子，归来即收拾与吴良上路去了。

今说罗公子到了乐寿，齐善行迎进城，接风饮酒。张公谨问齐善行窦公主消息，齐善行道："窦公主不特才能孝行，兼之治家严肃，深有曹后之风范，今迁居雷夏墓所。平昔最服的一个邻居隐士贾润甫，外庭之事，惟润甫之言是听。"张公谨见说大喜道："润甫住在何处？"齐善行道："就住在雷夏泽中拳石村。秦王屡次要他去做官，他不乐于仕宦，隐居于彼。"尉迟南道："我们还是当年拜秦母的寿，寓在他家数日，极是有才情的朋友。海内英豪，多愿与他结纳。公子趁便该去拜访他。"罗公子分付手下备一副吊仪去吊杨太仆，又备一副猪羊祭礼去祭曹皇后，随即起身，齐善行陪了，出了乐寿，往贾润甫家来。

时贾润甫因金铃来说了备细，又因窦公主央他，叫人墓前搭起两个卷棚，张幕设位，安排停当。只见一行车马来到门首，润甫接入草庐中，行礼坐定，各人叙了寒温，罗公子就把来求窦公主完姻一事说了。贾润甫道："别的女子可以捉摸得着，惟窦公主心灵智巧，最难测度。只据他晓得公子来求婚，连夜写成奏章，今早五更时，已打发人往长安先去上闻皇后，这种才智，岂寻常女子所能及？"罗公子见说，吃了一惊。张公谨道："我们的本未上，他倒先去了，我们该作速赶过他头里去才好。"贾润甫道："前后总是一般，公子且去吊唁过，火速进呈未迟。"

第六十一回

贾润甫同齐善行陪了罗公子与众人先到杨公坟上来，杨馨儿早已站在墓旁还礼。众人吊唁后，馨儿向众人各各叩谢了，即同到曹后墓前来。见两个卷棚内，早有许多白衣从者，伺候在那里。一个老军丁跪下禀道："家公主叫小的禀上罗爷说，皇爷在山中，无人还礼，公子远来，已见盛情，不必到墓前行礼了。"罗公子道："烦你去多多致意公主，说我连年因军事匆忙，不及来候问，今日到此，岂有不拜之礼，况自家骨肉，何必答礼？"老军丁去说了，只见冢旁小小一门，四五个宫女，扶着窦公主出来，衰绖孝服，比当年在马上时更觉娇艳惊人，扶入幕中去了。罗公子更了衣服，到灵前拜奠了。窦公主即走出幕外一步，铺毡叩谢，泪如泉涌。罗公子亦忍不住落下泪来。拜完了，正打帐上前要说几句正经话，窦公主却掩面大恸，即转到幕边，扶入小门里去了。罗公子只得出来卸下素服。张公谨与尉迟南、尉迟北也要到灵前一拜，贾润甫道："夏主又不在此，公子吊奠，公主还礼，礼之所宜。若兄等进吊，无人答礼，反觉不安。"

正说时，一个家丁走近前来禀道："请各位爷到草堂中去用便饭。"贾润甫拉众人步进草堂中来，见摆下四席酒，第一席是罗公子，第二席是张公谨、齐善行，尉迟南、尉迟北告过罗公子，坐了第三席，贾润甫与杨馨儿坐了末席。酒过三巡，有几个军丁，抬了两口鲜猪，两口肥羊，四坛老酒，赏钱三十千，跪下禀道："公主说村酒羔羊，聊以犒从者，望公子勿以为鄙亵，给赐劳之。"罗公子笑道："总是自己家里人，何必又费公主的心。"随分付手下军卒，到内庭去谢赏。许多从者忙要到里边来，只见一个女兵走出来说道："公主爷说不消了，免了罢！"罗家一个军卒笑指道："这位大姐姐好像前日在阵前的快嘴女兵,你可认得我么?"那女兵见说,也笑道:"老娘却不认得你这个柳树精。"大家笑了,出来领赏去分给。

罗公子又分付手下将银五十两赏窦家人,窦公主亦叫家人出来叩谢了。罗公子即起身向窦家人说道:"管家,烦你进去上覆公主,说我此来一为吊唁太后,二为公主的姻事,即在早晚送礼仪过来,望公主万分珍重,毋自悲伤。"家人进去了一回,出来说道:"公主说有慢各位老爷,至于婚姻大事,自有当今皇后与家皇爷主张,公主难以应命。"罗公子还要说些话出来,张公谨道:"既是彼此俱有下情上闻,此时不必提起。"贾润甫道:"佳期未远,谅亦只在月中。"罗公子心中焦躁,道:"公主之意,我已晓得,此时料难相强。但是那同来的花二爷,前日原许陪伴我到长安去的,今若公主肯许相容,乞请出来,同我上路。"

家人又进去对公主说了,线娘向又兰道:"花妹,罗郎情极了,说妹许他同往长安,今逼勒着要贤妹去,你主意如何?"又兰道:"前言戏之耳。从权之事,侥幸只好一次,焉可尝试?"线娘道:"如今怎样回他,愚姊只好自谋,难为君计。"又兰道:"不难。"便向妆台上写下十六字,摺成方胜付家人道:"你与我出去,悄悄将字送与罗公子,说我多多致意公子,二姑娘是不出来的了,后会有期,望公子善自保重"。窦家人出来,如命将字付与罗公子说了。公子取开一看,上写道:

来可同来,去难同去。花香有期,谩留车骑。

罗公子看了微笑道:"既如此,我少不得再来。管家,烦你替我对公主说,'花二姑娘是放他回去不得的,公主也须自保重'。"即同众人出门,因日子局促,不到润甫家中去叙话,便上马赶路。

第六十一回

　　窦家人忙去回复了公主,公主亦笑而不言。恰好女贞庵秦、狄、夏、李四位夫人到来,公主忙同紫烟、又兰出来接了进去。叙了姊妹之礼,坐定,线娘道:"四位贤姐姐,今日甚风吹得到此?"秦夫人道:"春色满林,香闻数里,岂有不来道窦妹之喜,兼来拜见花家姐姐,并欲识荆新郎一面。"线娘道:"此言说着花二妹,妾恐未必然,如不信,现有不语先生为证。"就拿前日的疏稿出来与四位夫人看。狄夫人道:"若如此说,花家姐姐先替窦妹为之先容矣。"线娘道:"连城之璧,至今浑然,莫要诬他。"紫烟道:"若非窦妹详述,我也不信。花妹志向真个难得。"四位夫人便扯紫烟到侧边去细问。紫烟把花又兰一路行踪,并那夜线娘探验,一一说了。李夫人道:"照依这样说,花家姐姐真守志之忍心人,窦家妹妹真闺阁中之有心人,罗家公子真种情之中厚德长者,三人举动,使人可羡而敬。"四位夫人重新与又兰结为姊妹。欢聚一宵,明日起身,对窦公主说道:"我们去了,改日再来。"秦夫人执着花又兰的手道:"花妹得暇,千万同袁家妹妹到小庵随喜随喜。"又兰道:"是必准来奉候。"四位夫人即出门登车而去。

　　却说罗公子同张公谨等一行人,恐怕窦公主的本章先到了,连夜兼程进发,不上二十日,已赶到长安。罗公子叫家人先进城去,报知秦爷。秦叔宝见说罗公子与张公谨到来,忙分付家中整治酒席,自同儿子怀玉骑马来接。未及里许,恰好罗公子等到来,遂同至家中铺毡叙礼毕。罗公子要进去拜见秦母太夫人,叔宝便陪到房中。公子见了舅姑,拜了四拜。秦母见了甥儿,欢喜不胜,便问:"姑娘与姑夫身子康健么?"又对罗公子说道:"甥儿,你前日托齐国远寄书来,因你表兄军旅倥偬,尚未曾来回覆你。"叔宝道:"正

花又兰忍爱守身　窦线娘飞章弄美

是。前日表弟尊札，托我去求单小姐之姻。奈弟是时正与王世充对垒，世充大败投降，单二哥亦被擒获，朝廷不肯赦单兄之罪，弟念昔年与他有生死之盟，就将怀玉儿子许他为婿，与彼爱莲小姐为配，单二哥方才放心受戮。弟想姑夫声势赫赫，表弟青年矫矫，怕没有公侯大族坦腹东床。两日正欲写书奉覆，幸喜表弟到来，可以面陈心迹，恕弟之罪。"

罗公子见说，便道："弟何尝烦表兄去求单家小姐？"就把当年与窦公主马上定姻一段说了，又道："弟知建德昔年曾住在二贤庄年余，毕竟与单员外相好，又知单员外与表兄是心交，故托表兄鼎言，转致单员外要他玉成姻事。若说单家小姐，真风马牛不相及。"叔宝道："尊札上是要我去求单小姐的，难道我说谎？"便起身去取出罗公子的原书来。公子接来一看，道："这又奇了，并非小弟笔迹。弟当时写了，当面交与齐国远的，难道他捉弄我不成？"叔宝道："不难，我去请齐国远来便知就里。"忙叫人去请齐国远、李如珪、程知节、连巨真来相会。罗公子道："齐国远在鄂县柴嗣昌那里，如何在此？"叔宝道："齐、李二兄因柴嗣昌之力，国远已升大理寺评事，如珪升做銮仪卫冠军使。"罗公子道："闻得表兄有位义弟罗士信，年少英雄，为何不见？"叔宝道："圣上差往定州去了。"

正说时，家人进来报道："四位爷多请到了。"叔宝同罗公子出来相见过坐定。罗公子说起寄书一事，齐国远对罗公子道："弟与兄别后，在路恰值刘武周作乱，被他劫去冲锋，遇着窦建德的女儿，好个狠丫头，被他杀败了许多蛮兵，把我掳去。其时还有个姓花的后生，那建德的女儿问了他几句，看见他貌好，要留他做将军。他说是个女子，竟牵他到寨后去了。及叫弟上去，我只道亦有些好

第六十一回

处,不想把弟竟要短起一截来。幸喜弟有急智,只得喊出吾兄大名并他家有个司马孙安祖来。窦家女儿听见,忙喝手下放了绑,叫我坐了,他竟像与兄认得的光景,便问兄近日行止,并身体可好。又盘问我字寄到那里去。弟生平不肯道谎,只得实实与他说。那窦公主讨兄的书出来接去一看,那丫头想是个不识字的,仔细看了一回,呆了半晌,就撺在靴子里去了。对弟说道:'此书暂留在此,伺起身时缴还。'恰好明日,其父有信来催他起身,差人送二十两程仪并原书还弟,也还算有情的。"

罗公子忙叫家人在枕箱内取出窦公主与花又兰寄来的原书,对验笔迹无二,方知此书是窦公主所改的。叔宝道:"这样看起来,此女才智多能,正好与表弟为配。"张公谨道:"不特此也。"就将前日罗公子吊唁如何款待,公主又连夜修本去上皇后,金铃如何报信,各各称羡。李如珪大笑道:"若如此说,窦公主是罗兄的尊阃了,刚才齐兄口里夹七夹八的乱言,岂不是唐突罗兄。"国远见说,忙上前陪礼道:"小弟实不知其中委曲,只算弟乱道,望兄勿罪。"众人鼓掌大笑。长班进来禀说:"昨日皇爷身子有些不快,不曾坐朝。"叔宝向罗公子道:"既如此,把姑夫的贺表奏章,并你们职名封付通政司先传进去何如?"罗公子道:"悉听表兄主裁。"说罢,即入席饮酒。

今说吴良、金铃奉了窦公主之命,赍本赶到京中,忙到宇文士及家来,把礼札传进,说了来意。士及因窦线娘是皇后认过侄女,不敢怠慢,忙出来看见金铃、吴良,问明了始末根由,自己写书一封,叫家人去请一个的当的内监出来,把送皇后的大礼本章与送他妹子昭仪的小礼,一一交付明白,叫他传进宫去送与昭仪。昭仪收

花又兰忍爱守身　窦线娘飞章弄美

了自己的小礼,即袖了本章,叫宫奴捧了礼物到正宫来。

正值唐帝龙体欠安,不曾视朝,与窦后在寝宫弈棋。昭仪上前朝见过,就把线娘禀启呈上。窦后看了仪单上皆是珍珠玩好之物,便道:"他一个单身只女,何苦又费他的心来孝顺我?"唐帝道:"他有什么本章?"宫奴忙呈在龙案上展开来看,只见上写道:

题为直陈愚衷,以隆盛治事。窃惟道成男女,愿有室家;礼重婚姻,必从父母。若使睽情吴楚,赤绳来月下之缘;而抱恨潘杨,皇驳少结褵之好。浪传石上之盟,不畏桑中之约。蓬门弱质,犹畏多言,亡国孱躯,敢辱先志?臣妾窦氏,酷罹闵凶,幸沐圣恩,得延喘息。繁华梦断,谁吟麦黍之歌,怙恃情深,独饮蓼莪之泣。臣妾初心,本欲保全亲命,何意同宽斧钺,更蒙附籍天潢,此亦人生之至幸矣。但臣父奉旨弃俗,白云长往,红树凄凉,国破人离,形只影单。臣妾与罗成初为敌国,视若同仇,假令觌面怜才,尚难允从谐好。若不闻择遣,骤许朱陈,情以义伸,未见其可。况臣妾初许原令求媒,蹉跎至今,伊谁之咎。曩日俨然家国,罗成尚未诚求,岂今蒲柳风霜,堪为侯门箕帚。自今以往,臣妾当束发裹足,阅历天涯,求亲将息,同修净土,臣妾幸而生,必欲与父相见,不幸而死,亦乐与母相依。时异事殊,我心匪石,不可转也。臣妾更有请者,前陛见时,义妹花木兰同蒙慈宥,木兰本代父从军,守身全孝,随臣妾归恩,即欲旋访故园。臣妾令军婢追随,嘱以空函还成旧赘,乃谒娑那可汗稔知才貌,妄拟占巢,木兰义不受辱,自刎全身,孝纯义至,可为世风。尤足异者,木兰未亡之先,恐臣妾札羽化,托妹又兰如己改妆赴燕取答。而又兰一承姊命,勉与臣妾婢相依，羞颜驰往，返命之日，臣妾访军婢，知又兰曾为罗成所识，义不苟合，桃笙同处，豆蔻仍含。臣始奇而未然，继乃信而争羡，不意天壤之间，有此联璧。伏维兴朝首重人伦，此等裙钗，堪为世表。在臣妾则志不可夺，在又兰则情有可矜。况又兰与罗成连床共语，不无瓜李之嫌，援手执经，堪被桃夭之化。万叩国母慈恩，转达圣聪，旌木兰之孝义，奖又兰之芳洁，宽臣妾之罪，鉴臣妾之言。腐草之年，长与山鹿野麇，同衔雨露于不朽矣！臣妾无任瞻天仰圣，惶悚待命之至。

窦后道："窦女前日陛见时，原先许配罗成，为甚至今不娶他去？"唐帝道："想是罗艺嫌他是亡国之女，别定良缘，亦未可知。"宇文昭仪道："婚姻大事，一言为定，岂可以盛衰易心，难道叫此女终身不嫁？况娘娘已经认为侄女，也不玷辱了他。"窦后道："陛下该赐婚，方使此女有光。"唐帝道："窦女纯孝忠勇，朕甚嘉之。但可惜那花木兰代父从军的一个孝女，守节自刎，真堪旌表。至其妹花又兰，代姊全信，与罗成同床不乱，更为难得。"宇文昭仪道："妾闻徐世勣所定隋朝贵人袁紫烟，与窦线娘住在一处，此本做得风华得体，或出其手，亦未可知。"

只见掌宫太监捧着许多奏章呈上，唐帝从头揭看，是罗艺的贺表，便道："刚才说罗艺要赖婚，如今已有本进呈。"忙展开来看，只见上写道：

题为直陈愚悃，请旨矜全事。窃惟王政以仁治为本，人道以家室为先，从古圣明治世，未有不恤四民，而使之茕独无依者也。臣艺本一介武夫，荷蒙圣眷，不鄙愚忠，授以重镇，敢不竭力抚绥，是虽诸丑跳梁，幸赖天威灭尽。但前叛臣窦建德，因欲侵掠西陲,统兵犯境。臣因边寇出师,臣男成即提兵,与窦建德截杀。夏国将帅,俱已败北,独建德之女名线娘者,素称骁勇,不意一见臣男,即不以干戈相向,反愿系足赤绳,马上一言,百年已定。此果儿女私情,本不敢秽渎天德,今臣儿年已二十四矣,向因四方多事,无暇议及室家。建德已臣服归唐,超然世外,闻此女曾愿身代父刑,志行可嘉,又蒙天后宠眷特隆,而茕茕少女,待字闺中。臣男冠缨已久,而赳赳武夫,孑身阃外。臣思夫妇为伦礼所关,男女以信义为重,恐舍此女,臣男难其妇,若非臣男,此女亦不得其偶。臣系藩镇重臣,倘行止乖违,自取罪戾,姑敢冒昧上闻,伏望圣心裁定,永合良缘。臣不胜惶悚之至。

唐帝看完笑道:"恰好幽州府丞张公谨与罗成到来,明日待朕亲自问他,便知备细。"只见秦王进宫来问安,唐帝将二本与秦王看了。秦王道:"建德之女,有文武之才,已是奇了。更奇在花家二女,一以全忠孝,一以全信义。木兰之守节自刎,或者是真;又兰之同床不乱,似难遽信。"唐帝道:"刚才宇文妃子说,窦女本章疑是徐世勣之妻袁紫烟所作,未知确否?徐既聘袁,为何尚未成婚?"秦王道:"世勣因紫烟是隋朝宫人,不便私纳,尚要题请,然后去娶。"唐帝道:"隋时十六院女子,尽是名姬,不知何故,一个也不见。"秦王道:"窦建德讨灭宇文化及,萧后多带了回去,众妃想必在彼居多。今趁罗成配合,莫若连徐世勣妻袁紫烟亦召入宫庭赐婚,就可问诸妃消息。"唐帝称善,就差宇文士及并两个老太监,赍旨召窦线娘、花又兰、袁紫烟三女到京面圣。

未知后事如何,且听下回分解。

第六十二回

众娇娃全名全美　各公卿宜室宜家

词曰：

亭亭正妙年，惯跃青骢马。只为钟情人，诉说灯前话。

春色九重来，香遍梅花榭。共沐唱随恩，对对看惊姹。

——右调《生查子》

天地间好名尚义之事，惟在女子的柔肠认得真，看得切，更在海内英豪不惜己做得出，不是这班假道学伪君子，矫情强为，被人容易窥其底里。

今说罗公子、张公谨等住在秦叔宝家，清早起身，晓得朝廷不视大朝，收拾了礼仪，打帐用了早膳，同叔宝进西府去谒见秦王。只见潘美走到跟前，对罗公子说道："朝廷昨晚传旨，差鸿胪寺正卿宇文士及并两名内监，到雷夏去特召窦公主、花二姑娘进京面圣。"罗公子道："此信恐未必确。"潘美道："刚才窦公主家金铃问到门上来，寻着小的，报知他今已起身回去通报了。"叔宝道："既如此，我们便道先到徐懋功兄处，探探消息何如？"张公谨道："弟正欲去拜他。"一行人来到懋功门首，阍人说道："已进西府去了。"

众人忙到西府来，向门官报了名，把礼物传了进去。尉迟南、尉迟北他两个官卑职小，只投下一个禀揭，回寓去了。见堂候官走出来说道："王爷在崇政堂，众官儿请进去相见。"叔宝即领张公谨、罗公子进崇政堂来。叔宝先上台阶，只见秦王坐在胡床上，西府宾僚一二十人列坐两旁，独不见徐懋功。秦王见了叔宝，忙站起来说道："不必行礼，坐了。"叔宝道："幽州府丞张公谨并燕郡王罗艺之子罗成在下面要参谒殿下。"秦王便分付着他进来。左右出来把手一招，张公谨同罗成忙走上台基，手执揭帖跪下。官儿忙在两人手里取去呈上看了。

秦王见张公谨仪表不凡，罗公子人材出众，甚加优礼，即便赐坐。张公谨同罗公子与众僚叙礼坐定，秦王对公谨道："久闻张卿才能，恨未一见，今日到此，可慰夙怀。"张公谨道："臣承燕郡王谬荐之力，殿下提拔之恩，臣有何能，敢蒙殿下盼赏。"秦王又对罗公子道："汝父功业伟然，不意卿又生得这般英奇卓荦，今更配这文武全才之女，将来事业正未可量。"罗公子道："臣本一介武夫，得荷天子与殿下宠眷，臣愚父子日夕竭忠，难报万一。"秦王道："孤昨夜在宫中览窦女奏章，做得婉转入情，但未知其详，卿为孤细细述来。"罗公子便将始末直陈了一回。秦王叹道："闺中贤女见了知己，犹彼此怜惜推让，何况豪杰英雄，一朝相遇，能不爱敬？"

正说时，只见徐懋功走进来，参见了秦王，各各叙礼坐定。秦王笑对懋功道："佳期在即，卿好打帐做新郎了。"懋功道："昨承宇文兄差长班来叫臣去面会，方知此旨，真皇恩浩荡，因罗兄佳偶亦及臣耳！"秦王道："孤昨在宫，父皇说窦女奏章疑出自尊阃之手，因问孤为何卿尚未成婚。孤奏说卿恐先朝宫人，不便私纳，尚要题请，故父皇趁便代卿娶来完聚。"懋功如飞离坐谢道："皆赖殿下包

第六十二回

容。"秦王就留张公谨、罗公子、懋功、叔宝到后苑,赐以便宴。按下不提。

再说花又兰住在窦线娘家,时值春和景明,柳舒花放,袁紫烟叫青琴跟了,与花又兰同车到女贞庵来。贞定报知,四位夫人出来接了进去,促膝谈心。秦夫人道:"我们这几个姊妹,时常聚在一块,只恐将来聚少离多,叫我们如何消遣?"袁紫烟道:"花窦二妹纶音一下,势必就要起身,我却在此。"狄夫人笑道:"袁妹说甚话来?徐郎见在京师,见罗郎上表求婚,徐郎非负心人,自然见猎心喜,亦必就来娶你。"花又兰道:"窦家姐姐量无推敲,我却无人管束,当伴四位贤姊姊焚香灌花,消磨岁月。"夏夫人道:"前日疏上,已见窦妹深心退让之意。我猜度窦妹倒还有推托,你却先定在正案上了。"花又兰道:"为何?"夏夫人道:"窦妹天性至孝,他父亲在山东时,常差人送衣服东西去问候,怎肯轻易抛撇了,随罗郎到幽州去?没有圣旨下来,他若无严父之命,必不肯苟从,还要变出许多话来。"袁紫烟道:"这话也猜度得是。"花又兰问道:"这隐灵山从这里去,有多少路?"李夫人道:"我庵中香工张老儿是那里出身,停会妹去问他,便知端的。"

过了一宵,众夫人多起身,独不见了花又兰。原来又兰听见众人说,窦线娘必要父命,方肯允从,他便把几钱银子赏与香工,自己打扮走差的模样,五更起身,同香工往隐灵山去了。众夫人四下找寻,人影俱无,忙寻香工,也不见了。袁紫烟道:"是了,同你的香工到山中去见窦建德了。"李夫人道:"他这般装束,如何去得?"紫烟道:"你们不晓得他,他常对我说:'我这副行头,行动带在身边的。'焉知他昨日没有带来?"众人忙到内房查看,只见衣包内一副女衣并花朵云鬟，多收拾在内。众人见了，各各称奇道："不意他小小年纪，这般胆智，敢作敢为。"袁紫烟心下着了急，忙回去报知窦线娘。

再说花又兰同香工张老儿走了几日，来到隐灵山，见一个长大和尚在那里锄地。张老儿便问道："师父，可晓得巨德和尚可在洞中么？"那和尚放下锄头抬头一看，便问道："你是那里来的？"那老儿答道："是雷夏来的。"那和尚道："想是我家公主差来的么？"花又兰忙答道："我们是贾润甫爷差来的，有话要见王爷。"那和尚应道："既如此，你们随我来。"

原来那僧就是孙安祖，法号巨能。随他到石室中来，见后边三间大殿，两边六七间草庐。孙安祖先进去说了，窦建德出来，俨然是一个善知识的模样。花又兰见了，忙要打一半跪下去，建德如飞上前搀住道："不必行此礼，贾爷近况好么？烦你来有何话说？"又兰道："家爷托赖，今因幽州燕郡王之子到雷夏来，一为吊唁曹娘娘，二为公主姻事，要来行礼娶去。公主因未曾禀明王爷，立志不肯允从，自便草疏上达当今国母去了。家爷恐公主是个孝女，倘或圣旨下来，一时不肯从权，故家爷不及写书，只叫小的持公主的本稿来呈与王爷看。求王爷的法驾，速归墓庐，分付一句，方得事妥。"

建德接疏稿去看了一遍道："我已出家弃俗，家中之事，公主自为主之，我何苦又去管他？"花又兰道："公主能于九重前，犯颜进谏，归来营葬守庐，茕茕一女，可谓明于孝义矣。今婚姻大事，还须王爷主之，王爷一日不归，则公主终身一日不完。况如此孝义之女，忍使终老空闺，令彼叹红颜薄命乎？此愚贱之不可解者也！"

第 六 十 二 回

建德见说,双目顿蹙,便道:"既如此说,也罢,足下在这里用了素斋,先去回覆贾爷,我同小徒下山来便了。"花又兰想道:"和尚庵中,可是女子过得夜的?"便道:"饭是我们在山下店中用过,不敢有费香积。如今我们先去了,王爷作速来罢,万万不可迟误。"建德道:"当初我尚不肯轻诺,何况今日焚修戒行,怎肯打一诳语?明日就下山便了。"又兰见说,即辞别下山赶到店中,雇了脚力,晓行夜宿,不觉又是三四日。

那日在路天色傍晚,只见濛濛细雨飘将下来,又兰道:"天雨了,我们赶不及客店安歇,就在这里借一个人家歇了罢。"张香工把手指道:"前面那烟起处,就是人家,我们赶上一步就是。"两人赶进村中,这村虽是荒凉,却有二三十家人户,耳边闻得小学生子读书之声。二人下了牲口,系好了,香工便推进那门里去,只见七八个蒙童,居中有一个三十左右的俊俏妇人面南而坐,在那里教书。那妇人看见,站身来说道:"老人家进我门来,有何话说?"香工道:"我们是探亲回去的,因天雨欲借尊府权宿一宵。"那妇人道:"我们一家多是寡居,不便留客,请往别家去罢。"又兰在门外听见,心中甚喜,忙推进门来说道:"奶奶不必见拒,妾亦是女流。"那妇人见是一个标致后生,便变脸发话道:"你这个人钻进来,说甚混话!快些出去便休,不然我叫地方来把你送到官府那边去,叫你不好意思。"

正说时,只见又走出两个娉婷的妇人来。花又兰见了,忙将靴子脱下,露出一对金莲,众妇人方信是真,便请到里边去叙礼坐定,彼此说明来历。原来这三个妇人,就是隋宫降阳院贾、迎晖院罗、和明院江三位夫人。当隋亡之时,他们三个合伴逃走出来,恰好这里遇着贾夫人的寡嫂殷氏,因此江、罗二夫人亦附居于此。可怜当时受用繁华,今日忍着凄凉景况,江、罗以针指度日,贾夫人深通翰墨,训几个蒙童,倒也无甚烦恼。今日恰逢花又兰说来,亦是同调中人。自古说:惺惺惜惺惺。一朝遇合,遂成知己。

过了一宵,明早花又兰要辞别起行,三位夫人那里肯放。贾夫人笑道:"佳期未促,何欲去之速?再求屈住一两天,我们送你到女贞庵去,会一会四位夫人,亦见当年姊妹相叙之情。"又兰没奈何,只得先打发香工回庵去。

却说窦线娘因袁紫烟归来,说花又兰到隐灵山去了,心中想道:"花妹为我驰驱道途,真情实义,可谓深矣尽矣!但不知我父亲主意如何,莫要连他走往别处去了,把这担子让我一个人挑。"心中甚是狐疑。忽一日,只见吴良、金铃回来报说:"疏礼已托鸿胪正卿宇文爷转送昭仪,呈上窦娘娘收讫。恰好罗公子随后到来,虽尚未面圣,本章已上。朝廷即差宇文爷同两个内监来召公主与花姑娘进京见驾赐婚,故此我们先赶回来。差官只怕明后日要到了,公主也须打点打点。"窦线娘道:"前日花姑娘到庵里去拜望四位夫人,不知为甚反同香工到山中王爷那里去了?"吴良道:"倘然明日天使到来,要两位出去接旨,花姑娘不回,怎样回答他们?"又见门上进来禀道:"贾爷刚才来说,天使明后日必到雷夏,叫公主作速收拾行装,省得临期忙迫。"线娘道:"我若无父命,即对天廷亦有推敲。"

正说时,又见一个女兵忙跑进来报道:"王爷回来了。"公主见说,喜出望外,忙出去接了进来,直至内房。公主跪倒膝前,放声大哭,建德亦觉伤心泪下,便双手捧住道:"吾儿起来,亏你孝义多谋,使汝父得以放心在山焚修。今日若不为你终身大事,焉肯再入城市?你起来坐了,我还有话问你。"线娘拭了泪坐下,建德道:"前日圣上倒晓得你许配罗郎,使我一时难于措词,不知此姻从何而起?"线娘将马上定姻前后情由直陈了一遍。

建德道:"这也罢了,罗艺原是先朝大将,其子罗成年少英豪,将来袭父之职,你是一品夫人,亦不辱没你。但可惜花木兰好一个女子,前日亏他同你到京面圣,不意尽节而亡,但其妹又兰,为什么也肯替你奔驰,不知怎样个女子?"线娘道:"他已到山中来了,难道父亲没有见他?"建德道:"何尝有什么女子来?只有贾润甫差来的一个伶俐小后生,并一个老头儿,也没有书札,只有你的上闻疏稿把与我看了,我方信是真的。"线娘道:"怪道儿的疏稿,放在拣装内不见了,原来是他有心取去,改装了来见父亲。"建德道:"我说役使之人,那能有这样言词温雅,情意恳切?"线娘道:"如今他想是同父亲来了,怎么不见?"建德道:"他到山中见了我一面就回来的,怎说不见?"线娘道:"想必他又到庵中去了。"叫金铃:"你到庵中去,快些接了花姑娘回来。"建德恐孙安祖在外面去了,忙走出来。线娘又叫人去请了贾润甫来,陪父亲与孙安祖闲谈。

到了黄昏时候,只见金铃回来说道:"花姑娘与香工总没有归庵。"线娘见说,甚是愁烦。到了明日晚间,村中人喧传朝廷差官下来,要召公主去,想必明日就有官儿到村中来了。果然后日午牌时候,齐善行陪了宇文士及与两个太监皆穿了吉服,吃吃喝喝,来到墓所。建德与孙安祖不好出去相见,躲在一室。线娘忙请贾润甫接进中堂,齐善行分付役从快排香案。一个老太监对着齐善行道:"齐先儿,诏书上有三位夫人,还是总住在这里一块儿,还是另居?"贾润甫问道:"不知是那三位?"那中年的太监答道:"第一名是当今娘娘认为侄女的公主窦线娘,第二名是花又兰,第三名是徐元帅的夫人袁紫烟。"贾润甫见说,心中转道:"懋功兄也是朝廷赐他完婚了。"便答道:"袁紫烟就住在间壁,不妨请过来一同开读便了。"即叫金铃去请袁夫人到来。紫烟晓得,忙打扮停当,从墓旁小门里进去。青琴替线娘除去素衣,换装好了,妇女们拥着出来。他两个住过宫中的,那些体统仪制多是晓得的。宇文士及请圣旨出来开读了,紫烟与线娘起来谢了官儿们。

那老太监把袁紫烟仔细一认,笑道:"咱说那里有这样同名同姓的,原来就是袁贵人夫人。"袁紫烟也把两个内监一认,却是当年承奉显仁宫的老太监姓张,那一个是承值花萼楼的小太监姓李。袁紫烟道:"二位公公一向纳福,如今新皇帝是必宠眷。"张太监答道:"托赖粗安。夫人是晓得咱们两个是老实人,不会鬼混,故此新皇爷亦甚青目。今袁夫人归了徐老先,正好通家往来。"齐善行道:"老公公,那徐老先也是个四海多情的呢!"张太监笑道:"齐先儿,你不晓得咱们内官儿到人家去,好像出家的和尚道士,承这些太太们总不避忌。"李太监道:"圣旨上面有三位夫人,刚才先进去的想是娘娘认为侄女的窦公主了,怎么花夫人不见?"宇文士及道:"正是在这里,也该出来同接旨意才是。"袁紫烟只得答道:"花夫人是去望一亲戚,想必也就回来。"说完走了进去。

从人摆下酒席,众官儿坐了,吃了一回酒。将要撤席,只听得外面窦家里人说道:"好了,香工回来了,花姑娘呢?"张香工道:"他还有一两日回来,我来覆声公主。"众家人道:"你这老人家好不晓事,众官府坐在这里,立等他接旨,你却说这样自在话儿。"贾

第六十二回

润甫听见,对家人说道:"可是张香工回来了,你去叫他进来,待我问他。"从人忙去扯那香工进来。贾润甫道:"你同花姑娘出门,为何独自回来?"香工道:"前日下山转来,那日傍晚,忽遇天雨难行,借一个殷寡妇家歇宿。他家有三个女人,也叫什么夫人的,死命留住,叫我先回,过两三日,他们送花姑娘归庵。"张太监见说便道:"就是这个老头子同花夫人出门的么?"从人答道:"正是。"张太监道:"你这老头子好不晓事,这是朝廷的一位钦召夫人,你却是骗他到那里去了,还在这里说这样没要紧的话。孩子们与我好生带着,待咱们同他去缉访,如找不着,那老儿就是个死!"

三四个小太监把张香工一条链子扣了出去,那老儿吓得鼻涕眼泪的哭起来。线娘见得了,便叫吴良将五钱银子赏与香工,又将一两银子付他做盘缠,叫吴良同张香工吃了饭,作速起身,去接取花姑娘回来。张太监道:"宇文老先,你同齐先儿到县里寓中去,咱同那老儿去寻花夫人。"宇文士及道:"花夫人自然这里去接回,何劳大驾同往?"那老太监向宇文士及耳上说了几句,士及点点头儿,即同善行先别起身。张、李二太监亦同香工出门,线娘又把十两银子付与吴良一路盘费,各上马而行。

且说花又兰在殷寡妇家住了两三日,恐怕朝廷有旨意下来,心中甚是牵挂,要辞别起身,无奈三位夫人留住不放。那日正要辞了上路,只听得外边马嘶声响,乱打进来,把几个蒙童多已散了。贾夫人忙出来问道:"你们是什么人,这般放肆?"那香工忙走进来道:"夫人,花姑娘住在这里几日,累我受了多少气,快请出来去罢!"贾夫人道:"花姑娘在这里,你们好好的接他回去便了,为甚这般罗唣起来?"那二太监早已看见,便道:"又是不认得的,原来众夫人多在这里,妙极妙极!"贾夫人认得是张、李二太监,一时躲避不及,只得上前相见,大家诉说衷肠,贾夫人不觉垂泪悲泣。

张太监道:"如今几位夫人在此?"贾夫人道:"单是罗夫人、江夫人连我,共姊妹三人,在此过活。"张太监道:"极好的了,当今万岁爷,有密旨着咱们寻访十六院夫人。今日三位夫人造化,恰好遇着,快快收拾同咱们进京去罢,那二位夫人也请出来相见。"吴良在旁说道:"花姑娘亦烦夫人说声,出来一同见了两位公公。"不一时江、罗二夫人同花又兰出来见了,大家叙了寒温,随即进房私议道:"我们住在这里总不了局,不如趁这颜色未衰,再去混他几年。何苦在这里,受这些凄风苦雨。"主意已定,即收拾了细软,雇了两个车儿,三位夫人并花又兰大家别了殷寡妇同二太监登程。

行了三四日,将近雷夏,两太监载着江、罗、贾三夫人到齐善行署中去了。吴良与香工另觅车儿跟花又兰到窦公主家收拾停当,袁紫烟安慰好了杨小夫人与馨儿,亦到窦公主家来。齐善行又差人来催促了一番。线娘嘱父亲与孙安祖料理家事,回山中去,叫吴良、金铃跟了,哭别出门。女贞庵四位夫人闻知内监有江、罗、贾三夫人之事,不敢来送别,只差香工来致意。那边宇文士及与两内监并江、罗、贾三夫人,亦起身在路取齐。齐善行预备下五六乘骡轿,跟随的多是牲口,不上一月,将近长安。

张公谨同罗公子、尉迟南兄弟住在秦叔宝家,打听窦公主们到来,正要差人去接,只见徐懋功进来说道:"叔宝兄,罗兄宝眷与贱眷快到了,还是弄一个公馆让他们住,还是各人竟接入自己家里?"叔宝道:"窦公主当年住在单二哥家里,与儿媳爱莲小姐曾结为姊妹。今亲母单二嫂又在弟家,他们数年阔别,巴不能够相叙片

第六十二回

时,何不同尊阃一齐接来。不过一两天,就要面圣完婚,何必又去寻什么公馆?"懋功见说,忙别了到家,即差几十名家将,一乘大轿,妇女数人,叫他们上去伺候。罗公子亦同张公谨、尉迟南、尉迟北、秦怀玉许多从人一路去迎接。

说宇文士及同二太监载了许多妇女到了十里长亭,只见许多轿马来迎,便叫前后车辆停住。罗公子与张公谨等上前来慰劳了一番。张公谨说:"城外难停车骑,两家家眷暂借秦叔宝兄华居,权宿一宵。明日面圣后,两家各自迎娶。"宇文士及点头唯唯。时金铃、潘美站在一处说了许多话,金铃就请公主与又兰在驴轿里出来。线娘见罗公子远远在马上站着,好一个人品,心中转道:"惭愧我窦线娘得配此子,也算不辱没的了。"比前推让之心,便觉相反。上了一乘大轿,花又兰也坐了一乘官轿,许多人跟随如飞的去了。

徐家家将也接着了袁夫人,三四个妇女如飞上前扶出来坐了人轿,簇拥着去了。两太监道:"那三位夫人暂停在驿馆中,待咱们进宫覆命了,然后来请你们去。"说了,即同宇文士及入城,途遇秦王。秦王问了些说话,因王世充徙蜀,刚至定州复叛,正要面圣,便同三人进朝。晓得唐帝同窦娘娘、张尹二妃、宇文昭仪在御苑中玩花,齐到苑中,四人上前朝见了。张太监将窦线娘、袁紫烟行藏,直找寻至花又兰,却遇着隋朝的江、罗、贾三位夫人,一一奏闻。

唐帝见说,喜动天颜,便问道:"那三个宫妃,年纪多少?"窦后道:"此皆亡隋之物,陛下叫他们弄来,欲何所之?"张太监见窦后话头不好,便随口答道:"当年许廷辅选他们进宫,都只十六七岁,如今算来正三旬左右。但是这三个比那几院颜色,略觉次之。"张妃笑道："今陛下召他们来，也须造起一座西苑来，安放在里边，才得畅意。"唐帝见他们词色上边有些醋意，便改口道："你们不消费心，朕此举非为自己，有个主意在此。"因问秦王："在廷诸臣，那几个没有妻室的？"秦王答道："臣儿但知魏征、罗士信、尉迟恭、程知节皆未曾娶过妻室的。"窦后问二太监道："窦家女儿与花又兰、袁紫烟今在那里？"张太监道："这三个俱在秦琼家，那三个是在驿中。"宇文昭仪道："窦线娘既为娘娘侄女，何不先召他们三个进苑来见？"唐帝就命李太监立召窦、花、袁三女见驾，那李太监承办去了。

秦王将王世充在定州复叛奏闻，唐帝道："逆贼负恩若此，即着彼处总管征剿。"不一时，只见李太监领着三个女子进来，俯伏阶前，朝见了唐帝，叫他们平身。线娘又走近窦后身边，要拜将下去，窦后叫宫奴搀了起来道："刚才朝见过了，何必又要多礼？"唐帝看那三个女子，俱是端庄沉静，仪度安闲，便道："你们三个，一是孝女，一是义女，一是才女，比众不同。"叫宫人取三个锦墩来，赐他们坐了。窦后对线娘道："前日又承你送礼物来，我正要寻些东西来赐你，因万岁就有旨召你们到京，故此未曾。"线娘道："鄙亵之物，何足当圣母挂齿？"窦后道："你的孝勇，久已著名，不意奏章又如此才华。"唐帝笑道："但是你疏上边，逊让他人，能无矫情乎？"线娘跪下奏道："臣妾实出本怀，安敢矫情？当年罗成初次写书，与秦琼央单雄信与臣父求亲，被臣妾窥见，即将原书改荐单雄信女爱莲与罗成，不意单女已许配秦琼之子怀玉，故使罗成复寻旧盟。"唐帝道："这也罢了。只是你说花又兰与罗成联床共席，身未沾染，恐难尽信。"线娘道："此是何等事，敢在至尊前乱道，惟望万

第六十二回

岁娘娘命宫人验之，便明二人心迹矣。"窦后道："这也不难。"就对宫奴说道："取我的辨玉珠来。"

不一时宫奴取到，窦后叫花又兰近身，将圆溜溜光烁烁的一件东西，向又兰眉间熨了三四熨，又兰眉毛紧结，无一毫散乱。窦后叹道："真闺女也！"唐帝对花又兰叹道："你这妮子，倒是个忍心人。幸亏罗成是君子，若他人恐难瓦全，今以两佳人归之，亦不枉矣。"又兰见说，如飞走下来谢恩，惹得窦后、秦王与众宫人多笑起来。唐帝又对袁紫烟道："袁妃子擅天人之学，今归徐卿，阃内阃外，皆可为国家之一助。"因差张太监速到驿中，宣隋宫三妃子。又差内监速召魏征、徐世勣、尉迟恭、程知节进苑，又差李太监去宣罗成、秦琼并伊子怀玉媳单爱莲见驾，又分付礼部官，速备花红十三副，鼓乐六班。

分付毕，唐帝即同秦王到偏殿坐下。只见魏征、徐世勣、尉迟恭、程知节四臣先进殿来朝见了，唐帝道："徐卿室人已召来了。朕思文王之政，内无怨女，外无旷夫，予独何人，而使有功大臣，尚中馈久虚耶！故差内监觅隋宫三位丽人，趁今日良辰，三臣各人拈阄，天缘自定。"魏征、尉迟恭、程知节齐跪下去道："臣等一身努力，难报皇恩万一，况四海未靖，何敢念及室家？"唐帝道："圣经云：家齐而后国治，国治而后天下平。"秦王道："这是父皇教化无私与众偕乐之意，诸卿无得固辞。"唐帝叫宫人取一个宝瓶，将江、罗、贾三位名字写在纸上，团成圆儿，放在瓶内，叫魏、程、尉迟三臣对天祷祝了，将银箸揭起，恰好魏征拈了贾夫人，尉迟恭拈着了罗夫人，程知节拈着了江夫人，三臣各谢恩。只见张太监领了三位夫人进来朝见，唐帝问道："那个是贾素贞？那个是罗小玉？那个是江涛?"三夫人各上前应了。唐帝对三臣道:"这三个佳人,虽非国色,而体态幽妍,三卿勿遽忽之。三妃且进内见了娘娘出来,同谐花烛。"宫人领三位夫人进去了。

又见秦琼领了儿子怀玉、媳妇爱莲上前来朝见。时唐帝见了秦琼,分外优礼,便道:"爱卿父子平身。"因指爱莲道:"这就是你媳妇单氏,可曾结褵否?"叔宝应道:"尚未。"唐帝见此女梨花白面,杨柳纤腰,香尘稳重,居然大家,便赞道:"好个女子。"即叫近侍亦引去见窦后,又对叔宝道:"刚才窦线娘说,曾与汝媳结为姊妹,先有书荐此女与罗成,此言有之乎?"叔宝答道:"当初窦女改了罗成的书附来,臣儿已许缔单氏,因臣与单雄信有生死之交,不敢背盟,故以子许之。"唐帝道:"卿子得配此女,可称佳儿佳妇矣,为何尚未成婚?"叔宝答道:"因儿媳单爱莲,立意要归家营葬了父亲,然后完婚。"唐帝道:"这也难得。朕今做主,趁众缘齐偶,赐汝子完婚,满月后赐归殡葬其父。"对近侍道:"窦线娘给二品冠带,诸女俱给四品冠带,快去宣他们出来,莫负良辰,好去共谐花烛。"

近侍忙进去领了七个女子出来。唐帝先叫魏征、徐世勣、尉迟恭、程知节同袁、贾、江、罗四夫人成对站定,赐了花红。四对夫妇谢了恩,就有鼓乐迎出苑去。第二起就是秦怀玉与单爱莲,谢恩,迎送出去。第三起却是罗成,两旁站着窦线娘、花又兰,谢恩下去。唐帝笑道:"罗成,太便宜了你,也亏你当时老成,今宵却有联璧相亲。"罗成同二佳人跪下说道:"圣恩浩荡无涯,使小臣亦沐洪庥。但臣妻线娘,既为圣母国戚,臣礼合同去谢恩,陛下可容臣叩谢否?"唐帝道:"这个使得。"遂起身退朝,同罗成夫妻三人到苑后拜见窦后。窦后深喜罗成年少知礼,赐宫奴二名,内监二名,并许多

第六十二回

金珠衣饰,又将温车一乘赐与二女坐了,命撤御前金莲烛并鼓乐送出苑来,惹得满京城军民人等拥挤观看,无不歆羡。

未知后事如何,且听下回分解。

第六十三回

王世充忘恩复叛　秦怀玉翦寇建功

词曰：

骄马玉鞭驰骤，同调坚贞永昼。提携一处可相留，莫把眉儿皱。　　如雪刚肠希觏，一击疾诛双丑。矢心誓日生死安，若辈真奇友。

——右调《误佳期》

古人云：唯妇人之言不可听。书亦戒曰：唯妇言是听。似乎妇人再开口不得的，殊不知妇人中智慧见识尽有胜过男子。如明朝宸濠谋逆，其妃娄氏泣谏，濠不从，卒至擒灭，喟然而叹曰："昔纣听妇人之言失天下，朕不听妇人之言亡国。"故知妇人之言足听不足听，惟在男子看其志向以从违耳。

当时唐帝叫宫监弄这几个隋宫妃子来，原打帐要自己受用，只因窦后一言，便成就了几对夫妇，省了多少精神，若是萧后，就要逢迎上意，成君之过。唐帝乱点鸳鸯的，把几个女子赐与众臣配偶，不但男女称意，感戴皇恩，即唐帝亦觉处分得畅快，进宫来述与诸妃听。说到单女亦欲葬父完婚，窦后叹道："不意孝义之女，多出在草莽。"只见宇文昭仪堕下泪来，唐帝骇问道："妃子何故悲伤？"

第六十三回

　　昭仪答道："妾母灵柩尚在洛阳，妾兄士及未曾将他入土。"唐帝道："明日汝兄进朝，待朕问他。"

　　且说张公谨在秦叔宝家，因罗公子新婚，不好催促，又因诸王妃与公侯诸夫人，皆因窦后认为侄女，又慕窦、花二位夫人孝义，争相结纳，日夕称贺。因此张公谨恐本地方有事，只得先上朝辞圣。秦王因爱公谨之才，不肯放他去，奏过唐帝，即将张公谨留授司马兼督捕司之职，幽州郡守改着罗成权署。旨意一下，张公谨留任长安，只得写禀启差人去回复燕郡王，并接家眷到京。

　　罗公子亦因圣旨擢他代张公谨之职，又牵挂父母，等不及满月，便去辞了唐帝、窦后，至西府拜辞秦王，与众官僚话别了。因线娘嘱说，又到宇文士及家去谢别。见士及家车骑列庭，正在那里束装，罗公子进去相见了，便问道："尊驾有何荣行，在此束装？"士及道："弟因先母之柩未葬，告假两月，将往洛阳整理坟茔。此刻就要起身，恐不及送兄台荣归了。"罗公子道："弟亦在明后日就要动身。"说了出门。罗公子归来，连夜收拾，与窦公主、花又兰拜别了秦母、叔宝与张氏夫人，怀玉夫妻亦出来拜别，护送出门。尉迟南、尉迟北并太后赐的两名内监及随来潘美等做了前队，罗公子与窦公主、花夫人并宫人妇女及金铃、吴良等做了后队。徐惠妃差西府内监，袁紫烟亦差青琴，江、罗、贾三夫人俱差人来送别。时冠盖饯别，塞满道路，送一二十里，各自归家。

　　罗公子急忙要赶到雷夏墓所，迎请窦建德到幽州去，分付日夕趱行。不多几日，已出潼关，将至陕州界口一个大村镇上。那日起身得早，尚未朝餐，前队尉迟南兄弟正要寻一个大宽展的饭店，急切间再寻不出。又去了里许，只见一个酒帘挑出街心，上写一联道:"暂停车马客,权歇利名公。"尉迟南众人看见了,就下马把马系好进店去,看房屋宽大,更喜来得早,无人歇下。尉迟南忙分付主人家,打扫洁净,整治酒肴,又出店来盼望后队。只见街坊上来来往往,许多人挤在间壁一个庵院门首,尉迟南问土人为着何事,答道:"不晓得,你们自进庵里去看便知。"尉迟兄弟忙挤进庵来,只见门前一间供伽蓝的进去三间佛堂,门户窗棂,枱桌器皿,多打得齑粉,三四个老尼坐在一块儿涕泣。尉迟南问着老尼,老尼也只顾下泪未答。只闻得耳边嘈嘈杂杂的,地方上人议论道:"那个公主也是个金枝玉叶,不意国亡家破,被那官儿欺负。"尉迟兄弟未及细问,恐怕罗公子后队到了,即便抽身出来,恰好罗公子与众人驴马车辆一哄而至,窦公主与花夫人便下了驴轿进店去了。

  罗公子下马,见街坊上热闹,叫尉迟兄弟进去,问地方上为着何事。尉迟南把土人的言语与庵中的光景说了。窦公主见说,心中想道:"莫非郑、魏后人,流落在这里。"便叫左右去唤那个老尼来。那吴良、金铃出外,到底是军人打扮,他两个是好事生风的,忙出店走进庵来对老尼说道:"我家公主与小王爷,唤你师父快去。"那老尼见说,忙站起来问道:"是那个王爷,又是什么公主?"金铃道:"你过去便知明白。"老尼没奈何,只得一头走,一头向众人问明来历。

  来到店中见了公主、公子,打了几个稽首。窦公主问道:"你庵中被何人啰唣?有那朝公主在里边?"老尼答道:"当初隋朝有个南阳公主,少寡守节,有一子名曰禅师。因夏主讨宇文化及时,夏将于士澄见公主美貌欲娶,公主不从,士澄诬禅师与化及同党,竟坐杀之。公主向夏主哀请为尼,暂寓洛阳。因山寇窃发,回长安访亲,中途又被贼劫,故此投到小庵来住。昨晚有一官府宇文士及在此下店,不知被那个多嘴的说了,那字文官府走过庵来,必要请见南阳公主。公主再三不肯相见,那宇文官府立于户外说道:'公主寡居,下官丧偶,中馈尚虚,公主若肯俯从,下官当以金屋贮之。'论来这样青年,大官府随了他去,也完了终身,不想南阳公主听说,不但不肯从他,反大怒起来,在内发话道:'我与汝本系仇家,今所以不忍加刃于汝者,因谋逆之日,察汝不预知耳,今若相逼,有死而已。'宇文官府知不可屈,即便去了。他手下道我窝顿了亡隋眷属,逼勒着要诈我们银子,我们没有,故此打得这般模样。"窦公主道:"宇文士及当初杨太仆知他有品行的,故此遗计教他投唐,以妹子进献,方得宠眷。不意他渔色改行,以至于此,可见这班咬文嚼字之人,盖棺后方可定论。"遂叫左右三四个妇女即同老尼进庵去,请南阳公主到来一见。

众妇女去不多时,拥着南阳公主到店来。但见一个云裳羽衣,未满三旬的一个佳人,窦公主同花夫人忙出来接见了,逊礼坐定。窦公主道:"刚才老尼说,姐姐要往长安探亲,未知何人?"南阳公主道:"唐光禄大夫刘文静系妾亡夫至亲,今为唐家开国元勋,意欲往长安依附他,以毕余生。不想闻得刘公与裴监不睦,诬以他事,竟遭惨戮,国家殄灭,亲戚凋亡,故使狂夫得以侵辱。"说罢,泪下数行。

窦公主见了这般光景,不胜怜恤道:"既是姐姐欲皈依三宝,此地非止足之所,愚妹倒有个所在,未知尊意可否?"南阳公主道:"敢求公主指引。"窦公主道:"雷夏有个女贞庵,现有炀帝十六院中秦、狄、夏、李四位夫人在内守志焚修,若姐姐肯去,谅必志同道合。"南阳公主道："若得公主提携，妾当朝夕顶礼慈悲，以祝公主景福。"窦公主道："我们也要到雷夏，若尊意已允，快去收拾，便同起身。"南阳公主大喜，即起身去草草收拾停当，谢了众尼，又到店中。窦公主把十两银子赏了老尼，又叫手下雇了一乘驴轿与南阳公主坐了，一同起行。

潘美与金铃往柜上去会钞，只见柜内站着一个方面大耳一部虬髯的人笑道："钞且谩会，敢问方才上车的可就是夏王窦建德之女？"潘美答道："正是。"又问道："那个小王爷又是谁？"金铃道："就是幽州罗燕郡王之子讳成，如今皇爷赐婚与他的。"那汉又问道："当初从夏王的臣子孙安祖，未知如今可在否？"金铃答道："现从我们王爷在山中修行。"那汉点头说道："可惜单员外的家眷，如今不知怎样着落？"潘美道："单将军的女儿前日皇爷已与我家窦公主同日赐婚，配与秦叔宝之子小将军。皇爷赐他扶柩殡葬父亲，即日要回潞州去了。"那汉见说，拍手大笑道："快活快活，这才是个明主。"潘美忙要称还饭钱，催他算帐，那汉道："夏王与孙安祖俱系我们昔年好友，今足下们偶然赐顾一饭，何足介意。"潘美取银子称与他，那汉坚执不肯收，推住道："不要小气，请收了。但不知足下说的那单员外的灵柩，即日要回潞州，此言可真否？"金铃道："怎么不真，早晚也要动身了。"那汉道："好，请便罢！"潘美问他姓名，那汉不肯说，拱拱手反踱进去了。潘、金两个只得收了银子，跨上马往前赶去。

看官们，你道那店中的大汉是谁？也是江湖上一个有名的好汉，姓关名大刀，辽东人，昔年曾贩私盐，做强盗，无所不为的。他天性鄙薄仕宦，不肯依傍人寻讨出身，近见李密、单雄信等俱遭惨戮,他便收心,在这里开一个大饭店,遇着了贪官污吏他便不肯放过,必要罄囊倒橐,方才住手。好处不肯杀人,不肯做官。他道:"我祖上关公,是个正直天神,我岂可妄杀人?"又道:"关公当年不肯降曹,我今亦不去投唐。"因此四方豪杰多敬服他。正是:

　　海内英雄不易识,肺肠自与庸愚别。
　　可笑之乎者也人,虚邀声气张其说。

今说窦公主要他父亲一同到幽州去,先打发又兰同众宫人到雷夏,自与罗公子到隐灵山要接父亲起身。无奈窦建德与三藏和尚朝夕讲论,看破尘网,再不肯下山,公主只得哭别了,仍旧到雷夏来;贾润甫与齐善行俱来接见。女贞庵四位夫人,又兰早已接到家中,各各相见。杨义臣如夫人与馨儿,徐懋功先已差人接去了。公主祭奠了曹后,墓上田产交托两个老家人看管,收拾行装,差人送南阳公主与四位夫人到女贞庵去,便同罗公子、花又兰往北进发。贾润甫送公子起身之后,晓得单雄信家眷要扶柩回潞州,因想:"雄信当初许多情谊,多少人受了他的厚惠,我曾与他为生死之交。雄信临刑时,秦、徐诸人割股定姻,报他的恩德。我贾润甫也是个有心胸的,尚来酬其万一。今日闻得他女儿女婿扶柩归葬,焉有不迎上去,至灵前一拜之理?"便收拾行囊,拉了附近受过单雄信恩惠的豪杰,竟奔长安不题。

且说秦怀玉与爱莲小姐满月后,辞了祖母父母起身,叔宝差四名家将点四五十营兵护送。怀玉因他父亲的功勋,唐帝已擢为殿前护卫右千牛之职。时众官辈亦来送行,怀玉各各辞别,拥着丧车起身。行了几日,已出长安,天将傍晚,众家将加鞭去寻宿店。只见七八个长大汉子,俱是白布短衣,罗帕缠头,向前问道:"马上大哥,借问一声,那二贤庄单员外的丧车,可到这里来么?"家将停着马答道:"就在后边来了。"那几个大汉听见,如飞的去了。家将见那几个大汉已去,心上疑惑起来,恐是歹人,忙兜转马头,追赶那几个大汉。赶了里许,只见尘烟起处,一队车马头导,两面奉旨赐葬金字牌,中间一副大红金字铭旌,上写"故将军雄信单公之枢",冲天的招摇而来。众好汉看见,齐拍手道:"好了,来了!"齐到枢前趴在地下,拍天呼地的大哭起来。

家将见了,知不是歹人,秦怀玉忙跳下马还礼。单夫人听见,推开轿门,细认七八个人中,只有一个姓赵,绰号叫做莽男儿,当初杀了人,亏雄信藏他在家,费了银子解救,其余多不认得,想必多是受过恩的。单夫人不觉伤感大哭起来。众好汉也哭了一回,磕了几个响头站起来问道:"那一个是单员外的姑爷秦小将军?"秦怀玉答道:"在下就是。"一个大汉走上前执着秦怀玉的手,看了说道:"好个单二哥的女婿!"那一个又道:"秦大哥好个儿子!"赞了几声,又问道:"令岳母与尊夫人可曾同来?"怀玉指道:"就在后车。"那汉便道:"众兄弟,我们去见了单二嫂。"

众人齐到车前,单夫人尚未下车,众好汉七上八落的在地下叩头,单夫人如飞下车还礼。众人起来说道:"二嫂,我们闻得二哥被戮,众兄弟时常挂念,只是不好来问候。如今你老人家好了,招了这个好女婿,终身有靠了。"单夫人道:"先夫不幸,有累公等费心。"莽男儿道:"天色晚了,把车推到店中去罢,贾兄们在那里候久了!"秦怀玉道:"那个贾兄?"众人道:"就是开鞭杖行头贾润甫。他晓得令岳的丧车回来,便拉了十来个兄弟们在那里等候。"说了,便赶开护兵,七八个好汉用力拥着丧车风雷闪电的去了。原来

第六十三回

贾润甫拉齐众好汉,恰好也投在关大刀店中,当时见丧车将近,便同众人迎到柩前,又是一番哭拜。单夫人同秦怀玉各各叩谢了,关大刀同众人把丧车推在一间空屋里去。

贾润甫领秦怀玉与单夫人、爱莲小姐到后边三四间屋里去,说道:"这几间,他们说还是前日窦公主到他店里来歇宿,打扫洁净在此,二嫂姑娘们正好安寝,尊从就在外边两旁住了罢。"单夫人问贾润甫道:"贾叔叔,那班豪杰那里晓得我们来,却聚在此?"贾润甫道:"头里那一起是关兄弟先打听着实,知会了聚在此的,后边这一起是我一路迎来说起欣然同来的。这班人都是先年受过单兄恩惠的,所以如此。"说了即同怀玉出来,只见堂中正南一席,上边供着一个纸牌,写着:"义友雄信单公之位"。关大刀把盏,领众好友朝上叩首下去,秦怀玉如飞还礼。

关大刀把杯箸放在雄信纸位面前,然后起来说道:"贾大哥,第二位就该秦姑爷了。"贾润甫道:"这使不得。他令岳在上,也不好对坐。二来他令尊也曾与众兄弟相与,怎好僭坐?不如弟与秦姑爷坐在单二哥两旁,众兄弟入席,挨次而坐,乃见我们只以义气为重,不以名爵为尊,才是江湖上的坐法。"众人齐声道:"说得是。"大家入席坐定,关大刀举杯大声说道:"单二哥,今夜各路众兄弟,屈你家令婿,在小店奉陪,二哥须要开怀畅饮一杯。"

一堂的人,大杯巨觥,交错鲸吞,都诉说当年与雄信相交的旧话,也有说到得意之处,狂歌起舞,也有说到伤心之处,出位向灵前捶胸跌脚哭起来。只听见莽男儿叫道:"秦姑爷,我记得那年九月间,你令祖母六十华诞,令岳差人传绿林号箭到我们地方来,我们那时不比于今本分,正在外横行的日子,不便陪众登堂。"把手指道："只得同那三个弟兄，凑成五六百金，来到齐州，日里又不敢造宅，直守至二更时分，寻着了尊府后门跳进来，把银子放在蒲包内，丢在兄家内房院子里头。这事想必令尊也曾与兄说过。"秦怀玉道："家母曾道来。"

正说得高兴，只听得外面叩门声急，关大刀如飞赶出来，开门一看，便道："原来是单主管，来得正好，你们主儿的丧车与太太、姑爷、姑娘多在里面。"原来单全当时随雄信在京，见家主惨变后，即便辞了单夫人要回乡里。秦叔宝、徐懋功知他是个义仆，要抬举他，弄一个小前程与他做，他必不从，径归到二贤庄。喜的单雄信平昔做人好，没有一个不苦惜他，所以这些田产房屋，尽有人照管在那里，见单全一到，多交付与他。单全毫无私心，田产利息，悉登册籍，今闻夫人们扶柩回乡，连夜兼程赶来，在路上打听，晓得投在关家店里，故此赶来。

当时关大刀闭上了门，领单全到堂中来。贾润甫见了喜道："单主管，你也来了。"单全见上边供着主人的牌位，先上去叩了四叩，又要向众人行礼下去。众好汉大家推住道："闻得你也是有义气的男子，岂可如此！"单全只得止向秦怀玉叩首，怀玉连忙扶起。众人道："主管快来坐了，我们好吃酒。"单全道："各位爷请便，我家太太不知下在那一房，我去见了来。"说时早有妇女领了进去，不移时出来坐了。贾润甫道："单主管，我们众弟兄，念你主人年前之德，齐来扶他灵柩还乡，到那里还要盘桓几日，但不知你庄上如何光景？"单全道："庄上我已一色停当，但未择地耳。只是如今王世充在定州，纠合了邴元真复叛，罗士信被他用计杀害，占了三四个城池。前日闻他已到潞安，如今将到平阳来。只恐路上难行，

第六十三回

奈何？"贾润甫道："当初我家魏公与伯当兄好好住在金墉，被他用计送死，单二哥又被他累及身亡，几个好弟兄皆因他弄得七零八落。今士信兄弟又被他杀害，我若遇着他，必手刃之，方快我心。"

秦怀玉见说士信被杀，便垂泪道："士信叔叔与父亲为结义兄弟，小侄与他相聚数年。今一旦惨亡，家父闻知，是必请兵剿灭此贼，以报罗叔叔之仇。"单全道："我昨夜在七星岗过夜，三更时分，梦见我家先老爷，叫了我姓名说道：'我回去了，可恨王世充杀我好友义弟，又是我同起手的心交，我知此贼命数已绝，你去叫姑爷灭了他，干了这场功。'"关大刀道："我们众弟兄同去除了这贼，替罗家兄弟报了仇何如？"贾润甫道："若诸兄肯齐心，管叫此贼必灭。"众人道："计将安出？"贾润甫道："计策自有，必须临时着便，今且漫说。但必要关兄去方好，只是没人替他开店。"关大刀道："店中生意就歇两日何妨？但要留单主管在此。"

单全道："我是要随太太回去的。"贾润甫道："太太、姑娘权屈在店中住几日，仗单二哥之灵，我们去干了这场功，回店扶柩去未迟。"众好汉踊跃应道："好。"单夫人在内听见，忙叫人请贾润甫进去说道："小婿年少，恐怕未逢大敌，还是打听他过了再走罢。"贾润甫道："二嫂但放心，干事皆是众弟兄去，我与令坦只不过在中途接应，总在我身上无妨。"说了出来，对众人说道："既是明早大家要去干正经，我们早些安寝罢！"过了一宵，五更时分，关大刀向贾润甫耳上说了几句，又叮嘱了单全一番，先与众好汉悄然出门而去，贾润甫同秦怀玉率领了家将，亦离店去了。

却说关大刀同莽男儿一班走了两三日，将到解州地方，恰好遇着了王世充的前站，见了一二十个穿白衣服的人问道："你们是那里来的百姓？"众人道："我们是迎了单将军的柩回去的。"马上将官问："那个单将军？"众好汉答道："就是单雄信。"那将官道："单雄信是我家的勇将，被唐朝杀的。你们都是他什么人，去扶他灵柩？"众好汉道："我们尽是他当年管辖的兵卒，感他的恩德，故此不惮路途而去。爷们可是守这里地方的？"那将官道："不是。郑王爷就在后边来了，你们站一回儿，便知分晓。"

正说时，只见后面尘头起处，一簇人马行近前来，众好汉看了，拍掌喜道："正是我家的旧王爷。"那将官带了一干好汉到王世充面前说了。王世充问道："单将军的灵柩，你们扶他到那里？"众人道："到二贤庄。"邴元真在旁边马上说道："只怕是奸细。"叫人各人身上搜检，众人神色不变，便不疑惑。王世充道："你们都是行伍出身，何不去投唐图个出身？"众人道："唐家既不肯赦我们的恩主，我们安忍背义从唐？"王世充道："你们既是我家旧兵卒，我这里正少人，何不就住在我帐下效用。当初你们是步兵还是马兵？"众好汉道："当时是马兵。"王世充问了各人姓名，叫书记上了册籍，给付马匹衣甲器械，派入第二队。

今说贾润甫同秦怀玉与两个家将一行人等，慢慢的也行了三日，将近解州，贾润甫叫秦怀玉差一个伶俐小卒，假装了乞丐前去打听，自己守在一个关王庙里。隔了两日，只见差去的小卒归来报道："小的初去打听我们这几位爷，被王世充信任收用，已派入第二队。昨夜他们已破平阳，今要进解州。一路百姓多逃避一空，止剩房屋。他们下寨在猫儿村，不知为甚，四更时分，只听见军中喧哗，喊道：'有贼！'故此小的忙来报知。"贾润甫见说，忙起一课，大喜道："众兄弟成功了，快备马我们迎上去。"秦怀玉即便领二将官

第六十三回

跨马前行。

未及一二里,早望见一二十个白衣的人,头里那个却是莽男儿,提着两颗首级飞奔前来,叫道:"贾大哥,王世充、邴元真二人首级在此。后面追兵来了,快去帮他们厮杀。"贾润甫叫人把首级挑在枪杆上,同莽男儿飞赶去,只见众好汉在一个山前与王家兵马,正在那里厮杀。莽男儿跑向前大声喊道:"我家大唐兵马来了!"秦怀玉扯满弓一连射死了两三个。贾润甫叫道:"王世充、邴元真两个逆贼,首级已在此,你们何苦自来送死!"王家兵将见了,即便败将下去。秦怀玉与众人直追至猫儿村,贼兵只得弃了辎重,各自逃生。贾润甫将贼兵掳掠遗弃之物装载了几车,尚恐怕余贼未散,又追赶了三四十余里,然后转来。早有人来报道:"单二爷丧车已被二贤庄许多庄户赶到关家店里,载进潞州去了。"众好汉此时不是步行了,尽骑了马,连日夜兼程,赶上丧车,护进二贤庄。

地方官员晓得秦叔宝名爵俱尊,其子怀玉现任千牛之职,目下又建奇功,多要想来吊候。贾润甫在庄前择一块丰厚之地,定了主穴。关大刀对贾润甫道:"贾大哥,我们这场功皆仗单二哥的阴灵,得以万全。为什么呢?弟前夜与赵兄弟两个乘王世充、邴元真酒醉熟睡时,潜踪入幕盗了两人的首级,众兄弟齐上马出来,惊动了帐房内,只道是劫营的,齐起身来追赶。时天尚昏黑,众弟兄俱认不出路径,只见黑暗中隐隐一人骑着马领路,众弟兄只道是我,又不好高声相问,只得随着他走了三四里。天将发白,那前头骑马的倏然不见了,岂不是单二哥阴灵护佑我们?如今把这些衣饰银钱分做两堆,一堆赠与姑爷为殡葬之资,一堆散与二贤庄左右邻居小民,念他们往日看守房产,今又远来迎柩营坟,少酬其劳。"贾润甫与众好汉齐声道："关大哥说得是。"秦怀玉道："岂有此理？这些东西，诸君取之，自该诸君剖之，我则不敢当，何况敝邻。"

正在推让时，只见潞州官府抬了猪羊到灵前来吊唁，秦怀玉同润甫出来接住，引到灵前去拜过，见院中罗列着两堆银钱衣饰，问是何故。贾润甫答道："有几个商贾朋友，是昔年曾与单公知交，今来迎丧。恰逢王世充逆贼临阵，众友推爱，齐上前用力剿灭，贼掳之物，遗弃而去。这些东西，理合众友收领，不意众友仗义不从，反欲赐惠小民。"那个郡守笑道："这也算一班义士了。但是小民无功，岂可收领逆赃，既云好义，何不寄之官库，题请了，替单公建祠立碑，以为世守，亦是美事。"

那衙官见说，心中想道："我们做了一个官儿，要百姓们一两五钱的书帕，尚费许多唇舌，今这主大财，那班人反不肯收，不知是何肺肠？"官儿们挨了一回，见秦怀玉不言语，只得别过去了。众好汉便招地方上这些看的穷人，近前来说道："这一堆东西是秦姑爷赐你们的，以当酬劳之意。你们领去从公分惠，不许因此些微之物争竞起来，到官府责罚。自今以后，你们待秦姑爷如待单员外一般便了。"众邻里齐跪下去欢呼拜谢，领了出去。

关大刀对贾润甫说道："贾大哥，我们的事已毕，去罢！"又对秦怀玉道："众弟兄不及拜别令岳母了。"大家拱拱手欲别，秦怀玉道："这货利不好，有污诸公志行，请各乘骑而去何如？"众好汉道："我们如此而来，自当如此而去。"尽皆岸然不顾而行，看的人无不啧啧称羡。秦怀玉督手下造完了坟墓，择了吉日，安葬好了丈人。又见主管单全忠心爱主，就劝单夫人把他作为养子，以继单氏的宗祧，将二贤庄田产尽付单全收管，以供春秋祭扫，自同单夫人与爱莲小姐束装起身。家将们带领了王世充、邴元真首级,忙进长安不提。

要知后事如何,且听下回分解。

第六十四回

小秦王宫门挂带　宇文妃龙案解诗

词曰：

　　寂寂江天锦绣明，凌波空步绕花阴。一枝蓦地闲相逅，惹得狂蜂空丧身。　　逞乐意，对方樽，腰围玉带藏暗针。片词题破惊疑事，喋血他年逼禁门。

　　　　　　　　　　——右调《鹧鸪天》

　　天地间填不满处不足的惟妇人之心，非妇人之心真有不满不足之地，止因其所好不得不然，故借此以消遣耳。

　　今且慢说秦怀玉剿灭了王世充、邴元真回来，将二人首级献功，唐帝赏劳。再说武德七年间，四方诸丑亏了世民击灭将完，时唐皇晚年，总多内宠，生儿者二十余人，无子者不计其数，靡不思迓寻宠爱，各献奇功，然其间好事生风敢作敢为的无如张、尹二妃。他本是隋文帝宠用过的，忽然间唐帝又把他两个弄起手来，今幸一统天下，虽不能个正位中宫，却也言听计从，无欲不遂。更值窦皇后福禄不均，先已驾崩，因此两人的心肠更大了些。但唐帝因宫中年少佳丽甚多，便在他两个身上，也就平淡。何知妇人家这节事，如竹帘破败，能有几个自悔检束的，但看时势之逆与顺耳。

第六十四回

　　时值唐帝身子不快,在丹霄宫中静养,相戒诸嫔妃,非宣召不得进来,因此那些环珮袅娜之人,皆在宫中静守。惟有那张、尹二夫人,年纪却在三旬之外,谑浪意味,愈老愈佳。平昔虽与建成、元吉眉来眼去,情意往来,恨无处可以相承款曲。那日恰好尹夫人差侍儿小莺,去请杨美人蹴毬耍子,只见建成、元吉两个小宫监跟了走来。小莺见了,笑逐颜开问道:"二位王爷在何处来?"建成、元吉认得小莺是尹夫人的丫鬟,便道:"我两个特来寻你们二位夫人说句话儿。你到何处去?"小莺笑着摇头道:"不是二位王爷是丹霄宫中出来,如今回去快活,为什么寻我们夫人起来。若是有正经要会,何不在前日昨日来,今却说这样话来骗我?"建成听见,欢喜不胜道:"为什么该在前日昨日来?"小莺笑道:"罢了。有人来撞见,又要搭出是非来,请各便罢,我要去干正经了。"就要走动,当不起建成是个酒色之徒,见那小环说话伶俐,一把扯到侧首一个花槛内,叫小监门首站着,执着小莺双手道:"小妮子,你从实说与我们听了,我把东西来送你。"

　　小莺笑道:"东西我不敢领,既承二位王爷下问,待我对你说了罢。前日初十是张夫人诞日,昨日十三是我家尹夫人诞日。这两天被众夫人闹得好厌,今日甚是清闲,张夫人又道无聊,约了我家夫人,叫我去请杨夫人来蹴毬耍子。故此我说二位王爷,既有话要会二位夫人,何不也在前两日来,大家相叙,岂不是一场胜会?"元吉道:"众夫人拜寿,我们怎好来亲热孝顺。今日无事,正好来补贺,岂不是两便?"建成道:"说得有理,我们弟兄两个,回去准备了礼物就来,你与我们说声。"小莺道:"二位王爷认真要来,我也不去请杨夫人了,在宫专候驾临,但恐不准,叫我那里当得起?"建成、元吉道:"岂有此理,你道我虚言么?我们先将一物与你取去,送二夫人收了何如?"小莺道:"若得如此,方好相候。"二王各在身上解下一条八宝十锦合欢丝鸾带付与小莺收了,又道:"我们今不能用情赠你,少顷到宫来,断不虚你的盛情。"小莺道:"恁说快去了来,竟到后宰门走进,更觉近些。"三人别去。正是:

谩跨富贵三春景,且放梅梢玩月明。

不说小莺去通知张、尹二夫人,且说建成、元吉听见小莺之言,欢喜不胜,疾忙赶到家中,大家收拾了珍珠美玩,把两个金龙盒子盛了,叫宫监捧着一同忙到后宰门来。门官见是二位殿下,忙把门开了。二王跨下马,叫人牵着在外面伺候。小宫监捧着礼物,二王走到分宫楼,只见小莺咬着指头站在门首悬望,见了二王喜道:"王爷们来了。"建成道:"小妹,你可曾与二夫人说知?"小莺点点头儿,引二王进去到中堂坐下,叫两三个宫奴把礼物收了进去。

一盏茶时,只见张、尹二位夫人跟着三四个宫娥轻移莲步,走将出来。二王如飞叫人把毯子铺下,要行大礼。二位夫人那里肯受,自己忙走近身来拖住。张夫人道:"二王怎么要行起这个礼来,岂不要折杀我们?"元吉道:"二位夫人如同母子,焉有圣寿不行恭拜之礼?"尹夫人道:"求二位以常礼相见,我们两个心上方安。"二王没奈何,只得顺从了。张夫人道:"屈二王到楼上去坐坐,省得这里不便。"尹夫人道:"姐姐主张不差。"

大家同到楼上来。二王看那三间楼的景致,宛如曲江开宴赏,玉峡映繁华。二王坐定,用点心茶膳,彼此细陈款曲。张夫人道:"向蒙二王时常照拂,使我二姊妹梦寐不能去怀,不意复承厚贶,叫我两个何以克当?"元吉笑道:"张夫人说甚话来,骨肉之间不能

第六十四回

时刻来孝顺，这就是我们的罪了，怎说那个话来？"建成道："我们心里时常要来奉候，一来恐怕父皇撞见不好意思，二来又恐夫人见罪不当稳便，故此今日慢慢的走来，恰好遇着小莺，叫他先来通知了，方才放心。"尹夫人道："我家张姐姐常常对我说，三位殿下都是万岁所生，不知为甚秦王见了我们，一揖之外，毫无一些好处。他倚着父皇宠爱，骄矜强悍，意气难堪。故此前日皇上要他迁居洛阳，幸得二位王爷叫人来说了，被我姊妹两个在万岁爷面前再四说了，方才中止。"张夫人道："总是有我四人一块儿做事，不怕秦王飞上天去。"元吉道："若得二位如此留心，真是我们的母后了。"两夫人多笑起来。时绮席珍馐，雕盘异果，无所不有。四人猜迷行令，说说笑笑。英、齐二王都是酒色中人，起初还循些礼儿，到后来各人有了些酒，谑浪欢呼，无所不至。古人云：酒是色之媒。二王酒量原是好的，因身边各有个千妖百媚的女子相对话言，眉眼传情，他们醉翁之意俱不在酒，便假装醉态。元吉道："我们酒是有了，求二位夫人稍停一会儿何如？"二夫人见了这两个俊俏后生，狎邪旖旎，无所不至，那里描写得完。少顷，两对情魂联臂出来，建成笑对元吉说："清风玉磬，音响余筝，正如巫山云梦，难以言传不同。"元吉也笑道："风牌月阵，莺啭猿吟，总是我粗浅之人也学不出。"自此英、齐二王满心畅快，忙打发宫监与外边伺候的回去了，便同二妃欢呼弹唱不题。

再说秦王因唐帝在丹霄宫养病，他就不回西府，晨昏定省，每日调奉汤药，整顿了六七日。时日色已暝，月上花枝，唐帝身子略已痊可，便对秦王道："吾病今日稍觉安稳，你依朕回府去看看的是。"秦王不敢推却，只得领了父皇旨意，辞驾出宫。行至分宫楼，忽听见弹筝歌唱,轻一声高一声,韵致悠扬。

秦王站了一回,见是张、尹二妃寝宫,便道:"他晓得父皇有病,正该忧郁沉思,为甚歌唱起来?"就要行动,忽听见里边喊道:"这一大杯,该是大哥饮的,我却先干了!"秦王道:"他们弟兄两个,平昔有人在我跟前说许多话,我尚猜疑。不意如今这时候,还在那里吹弹歌唱,不特不念父皇之疾,反来淫乱宫闱,理实难容。我若敲门进去,对他训论一番,也是正理。倘然父皇晓得了,又增起病来,反为不美。"停足想了一回道:"也罢,暂将我的腰间玉带解下来挂在他宫门上,待他们出来见了,好教他痛改前非。"打算停当,即将腰间玉带解来挂在蟠龙彩凤之门,自即挪步而出。

却说英、齐二王五更时候忙起身来,收拾完备了。夭夭、小莺各送上汤点。建成对二妃道:"我二人承你二位如此恩情,时刻不能去怀。倘秦王这事稍可下手,我们外边必传进来。替你二夫人说,如里边有什么机会,也须差人报与我们得知。"张、尹二妃道:"秦王这事总是你我四人身上事,不必叮咛。但是离多会少,叫我二人如何排遣?"建成犹执着二妃之手,哽咽难言。元吉道:"你们不必愁烦,我与大兄倘一得便,即趋来奉陪。"

张、尹二妃拭泪,直送至玉宫门首,开出来猛见守门宫监,将玉带呈上云:"是昨夜不知何人挂在宫门上的。"建成忙取来一认,却是秦王身上的,二王吓得神色俱变,便道:"这是秦王之物,毕竟昨夜他回去,在此经过,晓得我们在内顽耍,故留此以为记念,如今怎样好?"张艳雪说道:"不必慌张。秦王既有如此贼智,拚我一口硬咬着他,这罪名看他逃到那里去?"便向建成耳上说了几句。建成欢喜放心,即与元吉勉强散别归府。

第六十四回

张、尹二妃忙进宫去打扮停当，将秦王玉带边镶，四围割断了几处，跟了夭夭、小莺齐上玉辇，同到丹霄宫来朝见唐帝。唐帝吃了一惊，便问道："朕没有来宣你们，何故特然而来？"二妃道："一来妾等挂念龙体，可能万安，二来有不得已事，要来见驾。"唐帝道："有何事必要来见朕？"张、尹二妃不觉流泪道："妾等昨宵深更，忽然秦王大醉，闯进妾宫中来，许多甜言媚语，强要淫污。妾等不从，要扯他来见陛下，奈力不能支，被他走脱，只把他玉带一条扯落在此，请陛下详看，以定其罪。"唐帝道："世民这几日时刻在此侍奉，昨因朕病体小愈，故黄昏时候，叫他回府将息，何曾用过酒来，说甚大醉？"将玉带细玩，又是秦王之物，便道："玉带虽是他的，其中必有缘故。或者是他走急了，撩在何处，你们宫奴拾了便将来诬陷他，这是使不得的呢！"尹瑟瑟道："妾等几年侍奉陛下，何曾诬陷他人，说这样话来。"两个装出许多妖态，满面流泪，挨近身旁，哀哭不止。唐帝不得已，只得说道："既如此，二妃且回，待朕着人去问他。"即写几字着内监传旨，命御史李纲去会问秦王闯宫情由，明白奏闻。因此张、尹二妃只得谢帝回宫。

今说秦王夜间挂带之后，忙归府中，心中着恼，那里睡得着，绝早起身，把家政料理了一番，便要进宫去问候。只见左右报道："御史李纲在外要见王爷。"秦王只道是要问父皇病体，便出来相见，参谒后坐定。李纲道："圣上龙体如何？"秦王道："孤昨夜回来时，身子已觉好些，不知今日如何，正要去定省。"李纲道："今早有个内臣传出旨意，发到臣处，要臣来请问殿下，故臣不得不自来冒渎。"秦王忙叫左右，摆着香案来开读了。

此时秦王颜色惨淡，便想道："昨夜我一时听见，故借此以警他们将来，不意他们却反来诬陷我！"即对李纲道："孤昨夜在父皇宫中回来，楼前偶有所闻，故将玉带系挂于门首，使彼以儆将来，况此系孤等家事，亦难明白诉卿。只问先生，孤何如人也，而欲以涅作淄乎？"李纲道："殿下功高望重，岂臣下所敢措辞。今只具一情节来，封付臣去回复圣旨，便可豁然矣！"秦王道："说得有理。"便写了几句，封好付与李纲，李纲袖了，便辞出府去回复圣旨。时唐帝忙叫内臣扶出，便殿坐下。李纲朝拜过，叩问了圣体，然后将秦王封书呈上。唐帝展看，上写道：

　　家鸡野鸟各离巢，丑态何须次第敲。
　　难说当时情与景，言明恐惹圣心焦。

唐帝看了一遍道："这是一首绝句，叫朕那里晓得？"李纲道："秦王秉性忠正严烈，陛下素知，此词必不敢轻写。闻带挂于宫门，谅必有故。陛下龙体初安，且放在那里，慢慢详察，自然明白。"唐帝道："既如此，卿且去，待朕思之。"李纲不敢复奏，辞帝而出。当初汉萧何治律云：捉奸捉双，捉贼捉赃。这样事体，必要亲身看见，无所推敲，方可定案，若听别人刁唆，总难拟断。且大人家一日尚有许多事体纠缠，何况朝廷。当时唐帝见李纲出宫去了，正要将此字揣摩，只见宇文昭仪同刘婕妤出来朝见。唐帝道："奇怪，你们二妃子为甚也出来，莫非亦有什么事体？"二妃笑道："刚才晓得张、尹二夫人出来奉候，故此妾等亦走来定省。今日龙体想已万全，还该寻些什么乐事，排遣排遣才是。"唐帝见说，微叹不言。

　　宇文昭仪瞥见了那张字纸在龙案上，便道："此诗乃郑卫之音，陛下书此何用？"唐帝道："妃子何以知其是郑卫？"宇文昭仪

第六十四回

道:"陛下岂不看他四句字头上,列着'家丑难言'四字,明白书陈,为甚不是?"唐帝到底是老实好人,便将张、尹二妃出来告诉,以至叫李纲去问秦王,故此秦王写这几个字来回复,说了一遍。宇文昭仪道:"这样事体岂可乱谈,必须亲自撞见,方可定死。张、尹二夫人在隋,如此胡乱朝政,他亦能甘忍。这几年,秦王四海纵横,岂无一女胜于此者,何今日特然驾言污及。况前日陛下差秦王平定洛阳,又差妾等数人阅选隋宫美女,收府库珍奇,娇艳几千,秦王从不一顾,至于资财或者有之。陛下可记得,当时妾与张、尹二夫人等曾请各给田数十顷,与妾父母为饷,以蒙陛下手敕赐与。秦王竟与淮安王神通,封还诏敕,不肯给田。以此看来,贤王等皆是恤财轻色之人,安能如陛下钟情娇怯者也。张、尹二夫人,或者犹以此记怀,未能释然耶!"

刘婕妤道:"三十六宫,四十八院,粉黛数千,娇娥盈列,并无三尺之童在内,何苦以此吹毛求疵,能不免动太穆皇后泉下之悲乎?"这句话打动了唐帝的隐情,便道:"我也未必就去推问,二妃且莫论他。"正说时,有个内监进来报道:"平阳公主薨。"唐帝叹道:"公主当初亲执金鼓,兴义兵以辅成大业,至有今日,不意反不克享,先我而亡。"说了不觉泪下。宇文、刘二夫人道:"陛下念公主,尤宜善视三王,况龙体初安,诸事总系大数,陛下还宜调护。"唐帝点头。二妃正要扶唐帝到丹霄宫去,忽兵部传本进来,说夷寇吐谷浑结连突厥可汗,直犯岷州,请师救援。唐帝想了想,援笔批道:"着驸马兵部总管柴绍,火速料理丧事后,率领精兵一万前往岷州,汇同燕郡刺史罗成,征剿二逆,毋得迟误。"即叫内监传旨出去,回到丹霄宫,颐养起居,龙体平复。

一日，在苑囿闲玩，英、齐二王在那里驰马试剑，秦王亦率领西府诸臣见驾。言论间，英、齐二王与秦王各说武艺超群。唐帝对尉迟敬德道："本领高低各人练习，若说膂力刚强，单鞭划马，人所难能，不意敬德独擅，真古今罕有。"齐王挺身说道："敬德所言，恐皆虚诳。他道满朝将士尽是木偶，故此夸口，已知我众不能使槊，今儿与他较一胜负何如？"唐帝道："儿与敬德比试，何所取意？"敬德道："臣自幼学习十八般枪马之法，并无虚发。但以理论之，殿下是君主，恭乃臣下，岂可比试使槊？"元吉道："不妨，此刻不论品秩贵贱，只较槊法，暂试何害？"

原来元吉亦喜马上使槊，一闻敬德夸口，必要与他较一胜负，便请二哥全装贯甲，一如榆巢败走之状，自假单雄信飞马来追，"看你单鞭划马，能夺我槊否？"敬德道："愿赦臣死罪。恭贱手颇重，恐有伤损，只以木槊去其锋刃，虚意相拒，独让殿下加刃来迎，臣自有避刃之法。"元吉大怒，私与部下一将黄太岁说了几句，便上马持大杆铁槊大呼道："敢与我较槊么？"秦王听见，便挺枪勒马而走，元吉持槊追赶，将有里许，举槊要刺秦王。敬德乘马赶上，喊道："敬德在此，勿伤吾主！"元吉遂弃了秦王，挺槊来战敬德，被敬德扭住，夺过槊来，元吉坠马而走。只见黄太岁直赶过了元吉，挺槊来刺秦王，秦王奋不顾身而斗。将要败时，敬德飞马赶来，黄太岁忙把槊来刺敬德。敬德把身一侧，忙举手中鞭打去，恰好那条槊又到面前，敬德夺过槊来一刺，可怜那黄太岁坠马而死。

敬德忙去回奏唐帝道："黄太岁欲害秦王，故臣杀之。"元吉向前奏道："秦王故令敬德杀我爱将，有违圣旨，乞斩敬德，以偿太岁之命。"秦王道："眼见你使太岁来害我，如此饰词抵罪。敬德不杀

第六十四回

太岁,吾命亦丧于太岁之手矣!"唐帝道:"黄太岁朕未尝使之,何得擅自提槊追逐秦王?敬德有救主之功,朕甚惜之,况且你要他比槊,宜赦其罪,以旌忠义。汝弟兄当自相亲爱,患难相扶,庶不失友于之意,使吾父寸心窃喜,胜于汝等定省多矣。"说了,即便散朝不提。

后事如何,且听下回分解。

第六十五回

赵王雄踞龙虎关　周喜霸占鸳鸯镇

词曰：

世事不可极，极则天忌之。试看花开烂漫，便是送春时。况复巫山顶上，岂堪携云握雨，逞力更驱驰。莫倚月如镜，须防风折枝。　　百恩爱，千缱绻，万相思。急弦易断，谁能系此长命丝。触我一腔幽恨，打破五更热梦，此际冷飕飕。天意常如此，人情更可知。

——右调《水调歌头》

谚云：一失足成千古恨，再回头是百年身。不要说男子处逆境，有怨天尤人，即使妇人亦多嗟叹，一日之间，就有无穷怨尤，总是难与人说的。

这回且不说唐宫秦王兄弟夺嫡之事。再说隋宫萧后住在突厥可汗那里。那可汗虽是个勇敢忠厚的蛮王，政治之外并无丝竹管弦之乐，惟裙带下那一答儿是他消遣的事，年近五旬已弄成病了。不想萧后到来，又看上了眼。惟沙夫人与薛冶儿凛不可犯，萧后与韩俊娥、雅娘早已刮上了手，他们又是久旷的人，突厥便增了几贴劫药，就一旦弄死。韩俊娥、雅娘住了年余，水土不服，先已病亡。

第六十五回

义成公主见丈夫死了，抑郁抱疴，年余亦死。王义的妻子姜亭亭又因产身亡。沙夫人把薛冶儿赠与王义为继室。罗罗虽然大了赵王五六年，却也庄端沉静，又且知书识礼，沙夫人竟将罗罗配与赵王。那突厥死后无嗣，赵王便袭了可汗之位，号为正统，踞守龙虎关，智勇兼备，政令肃清，退朝闲暇时，奉沙夫人等后苑游玩，曲尽孝道。

一日交秋时候，萧后独自闲行，伫立回廊绿杨底下，见苑外马厩中有个后生马夫在那里割草上料，闲观那马吃草。萧后看他相貌，好像中国人，因唤近前来，问："你姓甚名谁，是何处人？"马夫道："小的扬州人，姓尤名永。"萧后道："我说像中国人，你有妻小么？为何来到此处？"马夫道："小的向随王世充出征，因流落聊城，与一个相知周逢春同住，不期遇着宇文化及宫中三个女人，说是隋朝晨光院周夫人、积珍院樊夫人、明霞院杨夫人。那周夫人说起来，原来就是周逢春的族妹，因此逢春便叫周夫人嫁了小的，那樊夫人与杨夫人都嫁了周逢春。"萧后惊讶道："有这等事，如今三位夫人呢？"马夫道："周氏随了小的年余，因产难死了，那樊夫人也害弱症死了。只有杨夫人还随着周逢春在临清鸳鸯镇上，开招商客店。"

萧后道："你既与周逢春同住，为何又独自来到这里？"马夫道："小的因周氏已死，孤身漂泊，同伍中拉来这里投军，因羁留在此。"萧后又问："你今年几岁了？"马夫道："小的三十岁。"萧后想了一想说道："我就是隋朝萧皇后。我怜你也是中国人，又看周夫人面上，要照顾你，且还有话要细问，只是日间在此不便说得，待夜间我着人来唤你。"马夫叩头应诺而去。是夜萧后正欲唤那尤永进去，不想被人知觉，传与赵王知道。赵王疑有私情勾当，勃然大

怒,立将尤永处死,正言规谏了萧后一番,严谕宫奴,伺察其出入。萧后十分的惭闷。正是:

  只因数句闲言语,致令人亡己受惭。

  今说柴绍领了圣旨,随即发文书,着令部下游击李如珪,提兵一千去知会罗成,叫他先领兵去到岷州,抵住吐谷浑,我却提师来剪灭二寇。不一日,李如珪到了幽州,见了罗成,罗成拆开文书看了,即奏知郡王罗艺道:"岷州远,突厥可汗那里去近,况突厥可汗已死,今嗣子正统可汗系隋朝沙夫人之子赵王,闻得萧后也在那里,王义又在那里做了大臣,俱是我们先朝的旧人。你今只消领一支兵去,与他讲明了,吐谷浑不见正统可汗助兵来,也就罢了。"罗成道:"父王之言甚善。"便归到署中,与窦线娘说了。线娘道:"萧后当初曾到我家,见他好一个人材。闻沙夫人是一个有志女子,我要见他,同你去走遭。"罗成道:"若得夫人同去,尤为威武。"花又兰道:"妾也同二儿去,上上父母的坟。"

  原来窦线娘已养了一个儿子叫阿大,花又兰亦养一个儿子叫阿二,差得半月,各有八岁了。随叫金铃、吴良大家收拾,辞别了燕郡王起身。行不多时,已到岛口。正统可汗得了信息,忙与沙夫人商议道:"吐谷浑约我国助兵,同到中原去骚扰。两日正在这里选将,不想唐朝到差燕郡王之子罗成来问罪,如今怎么样好?"沙夫人道:"罗艺原是我先帝的重臣,其子罗成,因他勇敢,就做了唐家的大臣,况还有个窦建德的女儿线娘,赐与他为妻。他夫妻两个,原是能征惯战之将,不可小觑了他。"萧后道:"不是这句话。若是他人夺了我们天下去,不要说他来征伐,就不来也要合伙儿去征剿一番。如今这李渊,你们不知,他与我家有中表之亲,他家太穆窦

第六十五回

皇后与我家先太后是同胞姊妹，岂不是亲戚。况窦线娘我也认得，是一个袅娜之人，只是嘴头子利害些，不见他什么本事。他若来此，我也要去会他。"

正统可汗听了，忙出去与王义商议，使他先领一支兵出去，自己慢慢的摆第二队出城。李如珪要抢头功做了先锋，被王义用计杀输了，败将下去。窦线娘第二队已冲上来，见前面尘头起处，好像败下来的光景。线娘挺着方天画戟，且赶向前，见战将那条枪离李如珪后心不远，着了忙，便拔壶中箭，拽满弓射去，正中战将枪头上，那将着了一惊。只见王义妻子薛冶儿舞着双刀，迎将上来。线娘把方天戟招架，两人斗上一二十合，薛冶儿气力不加，便纵马跳出圈子外来问道："你可是勇安公主么？"窦线娘道："你既知我名，何苦来寻死？"薛冶儿道："你可认得萧娘娘么？"线娘道："那个萧娘娘？"薛冶儿道："就是先朝炀帝的正宫娘娘。"线娘道："我们父皇曾与他诛讨逆贼宇文化及，萧后曾到我国来一次。"薛冶儿笑道："既如此，我也不来杀你，我家可汗来了！"窦线娘笑道："我也不来擒你，我家做官的也来了。"各自归阵。

不说薛冶儿归寨与赵王说知。窦线娘兜转马头行不多几步，只见罗成飞马而来。线娘把杀阵与他说了，罗成道："既是赵王领兵出来，我自去对付他。"忙到阵前，叫小卒去报知阵中，快请正统可汗出来，俺家主帅有话问他。小卒进去说了，忙摆队伍出来。正是：

　　冲天软翅映龙袍，扎扎貂珰影自招。
　　玉带腰围紧绣甲，金枪手腕动明标。
　　白面光涵凝北极，乌睛遥曳定蛮蛟。

何似玉龙修未稳,一方权掌协人曹。

罗成见了举手道:"尊驾可就是先帝幼子赵王么?"赵王道:"然也。你可是燕郡王之子罗成?"罗成道:"正是。昔为君臣,今为秦楚,奈为上命所逼,不得不来一问,不知何故要助吐谷浑来侵唐?"赵王道:"这句话系是吐谷浑借来长威,实在我没有发兵。况唐之得天下,得之宇文化及之手,并未得罪于父皇,气数使然,我亦不恨他。今母后萧娘娘尚在此,汝令正窦公主想必也在这里,烦尊夫人进宫一会,便知端的。"罗成道:"还有一位义士王义,可在这里?"赵王指着后面一个金盔的战将说道:"这个就是。"王义在马上鞠躬道:"小将军请了。"罗成道:"请殿下先回,臣愚夫妇同王兄进城来便了。"赵王见说,便率兵先自回宫。罗成使李如珪督理军马在城外,王义使夫人薛冶儿来迎接窦线娘,自同罗成摆队儿进城。

罗成夫妇一进城来,见人居稠密,市镇辇辏,那些民家多是张灯挂绣,蜀彩叮咚,把那驼狮象齿叫不出的奇珍古玩,摆列门庭。罗成夫妇在马上看了,称羡不已。说赵王进宫见了萧后与沙夫人,即将王义如何与他对寨厮杀,他们败了下去,薛冶儿与窦线娘又如何较量。冶儿乖巧,他要输了,幸我出去得快,罗成也到,大家说了一番,罗成肯同线娘进宫来见萧母后,萧后道:"他们既要入宫,你快分付御膳所,好好备宴,每事齐整些。"赵王道:"这个晓得。"出去叫文武宾僚,点二千兵把守各处,直到宫门内,明枪亮刀,摆设齐整。又叫城中百姓,张灯结彩,迎接天使,又叫两个小蛮分付道:"你两个快快到城外去对王爷说,如窦公主进宫,命薛夫人送至宫中。"

第六十五回

小蛮去了不多几时，只见四个内侍进来报道："天使到了。"赵王因罗成是个天使差官，只得到二门上接了进去。罗国后也跟二宫奴接了窦线娘，薛冶儿随了进去。萧后、沙夫人与窦线娘见过了礼。罗成到了龙昇殿，见有香案在内，就把赤符诰命供在上面，赵王朝拜了。罗成道："殿下进去问声萧娘娘，可要出来接旨？"赵王如飞进去，与萧后说知。萧后想了一想，叹口气道："嗳，当初人拜我，如今我拜人，天下原不是他夺的。况又是亲戚，做了一统之主，如今俨然朝命纶音，便去参谒也罢。只是没有朝服在此，奈何？"赵王道："当初公主的法服尚在箧中，何不取来穿上，岂不是好。"赵王叫宫奴取出，替萧后穿好，与寻常绚彩迥异，出来拜了圣旨。罗成要请萧后上坐朝拜，萧后垂泪道："国灭家亡，今非昔比，何云讲礼，请小将军不必。"赵王、王义皆劝常礼，罗成见说，只得常礼相见了。

萧后进去，也请线娘上坐内席。萧后对线娘道："我当初乱亡之日，曾到上宫。那时公主年方二九，于今有三旬内外了，不知有几位令郎？"线娘道："妾痴长三十一岁了，两个小犬俱是八岁，一个是妾所生，一个是花二娘所生。"沙夫人道："正是还有个花木兰的妹子又兰，闻得也是个有义气的女子，想是伴着两个小相公，住在家里么？"窦线娘道："那两个顽劣，见我出来，他怎肯住在家里。如今随着二娘也在寨中。"萧后道："既如此，何不请到宫中一会？"沙、罗二夫人忙叫人进来，差他拿两个宝辇到罗老爷大寨里去请花夫人同二位小相公进来，小蛮领命而去。窦线娘亦叫金铃出去对罗成说知，叫他着人回寨保送进来。萧后道："普天混乱之时，不意你们这些若男若女，自立经济，各得其所。但不知女贞庵内四位夫人可安否？"窦线娘道："娘娘不知，他四位夫人，起初只有杨、徐、秦三家供膳，如今因江惊波赐与程知节，贾林云赐与魏征，罗佩声赐与尉迟敬德，这三家都是徐、秦通家好弟兄，各出己财，替他置买田地，供养他安逸得紧。"

沙夫人道："那三位夫人在何处，得以朝廷宠赐？"线娘就把又兰到女贞庵回来遇雨，住在殷寡妇家遇了三位夫人，钦差太监知是江、罗、贾三位，同至京中，细细说了一遍。沙夫人道："江、罗、贾三位夫人该享厚福，若是当初同我们走出，如今也在一处。因他命中该招贵夫，故此不幸中得了宠幸。"罗国母道："如今这四位钦赐夫人可好么？"线娘道："想比当时更觉得意些。袁紫烟生了一子，闻要聘贾林云的女儿，江惊波生了一女，闻许配罗佩声的儿子，都是相爱相敬的。"萧后道："我也常在此想念，巴不能中国有人来，同一回家去，看看先帝的坟墓。如今好了，我同你们回去，死也死在中国。"

正说时，只见一个小蛮进来报道："花二夫人到了！"沙夫人同罗国母迎了进去，窦线娘见了说道："小大，小二，快同做娘的来拜见了萧娘娘三位。"花又兰忙请萧后上去坐了见礼，萧后不肯道："快请常礼见了，我们讲话。"花又兰道："草茅贱质，有辱娘娘赐召。"萧后道："说那里话来，璠玙共载，何妨倚壁侵光？"又兰与沙夫人、罗国母及薛冶儿见了礼。萧后见两个孩子恭恭敬敬，也在那里作揖，忙叫抱来，双手辫了两个，坐在膝上道："何物双珠，生此宁馨联璧！"线娘道："娘娘可放那两个小犬，到殿上去见了殿下。"罗国母道："妾同二位相公去看如何见礼。"萧后说："我们大家去走走。"到了外边，正在那里坐席，赵王看见了，甚是欢喜，就叫把

第六十五回

椅儿来坐了，众夫人亦进来饮酒。

萧后看线娘面貌，不要说人材端正，兼之倜傥风流，更自可人。看又兰体段，与线娘差不多，那肌肤的白怯真似柔荑瓠犀，但觉楚腰宽褪了些。萧后叫宫奴取历日来看了一看说道："后日是出行日期，老身便同公主夫人，回中原去走遭。"线娘笑道："娘娘若到了中原去，恐怕中原人不肯放娘娘转来，奈何？"萧后道："除非是我先帝九泉回阳，或者可以做得些主。"停回吃完了酒，赵王领了罗家两个孩子进来。萧后对赵王说了，要回南去看先帝的坟墓，沙夫人再三不肯。赵王等萧后陪了线娘去说话，便对沙夫人道："母后好不凑趣。这里有母后足矣，他在这里也无干，既要回去，由他回去。"说了出来，如飞与王义说知。王义道："娘娘要去看先帝坟墓，极是有志的事。臣亦要同去哭拜先帝。"

赵王进来，恰好窦线娘等要辞别起身，赵王道："家母后总是后日要回南去，公主请住在这里一两天，同行如何？"萧后、沙夫人亦再三挽留。线娘住在萧后宫中，萧后对线娘道："当初我见公主外边军律精严，闺中行动规矩，凛然不可犯，为甚如今这般温柔和软，使人可爱可敬？"线娘道："当初妾随母后的时节，母后治家严肃，言笑不苟。不知为甚，跟了罗郎之后，被他提醒了几句，便觉温和敬爱，时刻为主，喜笑怒骂别有文章。"萧后道："如此说，你们燕婉之情想笃的了。"因不觉堕下泪来，道："先隋帝当年与我与他亦是如此，他撇我在此，弄得如槁木死灰，老景难堪。"线娘道："我闻得当今唐天子一统山河，也喜快活的了，不多几时，选了几个美人进去。"萧后点点头儿，分付宫奴打叠行装。倏忽过了两日，罗成已先差潘美写文书去，间会柴绍了。自同线娘等做了前队，李如珪与王义夫妇做了后队,指拨停当,便谢别起行。萧后与沙夫人、罗国母亦各大哭一场上辇。罗成在路上换了赵王的旗号,如接应吐谷浑的光景不提。

再说柴绍得了旨意,忙完了丧葬,即点兵起程,到了岷州,将地图摆列着,看了一遍,叫土人询问一番,毫无虚谬,即便进征。那吐谷浑晓得了,也便择一个高山,名曰五姑山。那山有许多好处,但见:

> 层峦掩映,青松郁郁。连绵叠石萦回,翠柏森森乱舞。云间风寂,喧天雷鼓居中;日脚霞封,震地鸣锣成吼。说甚盔缨五色,一派长戈利刃,犹如踏碎雷车。不过驼马八方,许多杀气寒烟,宛似掣开闪电。正是交兵不暇挥长剑,难退英雄几万师。

柴郡马与此山止远一二箭地,扎住营寨,又暗调许多将士,将一个匡床坐了,呆看那山峰高叠翠,果然好景。那吐谷浑蛮兵,见他这般举动,恐怕柴绍是个劲敌,倏忽间要冲上山来,便飞箭如雨攒将下来。柴郡马将士毫无惊惶之意,按阵站定,箭至面前,一步不移,口衔手掉,各各擒拿,绝无一个损伤。柴绍叫两个女子,年可十七八,娇姿妙态,手拨琵琶,长短轻喉,相对歌舞。吐谷浑见了大骇,各停戈细看,那一对翻江倒海,蝶乱花飞,歌舞了好一回。又一对上场,愈出愈奇的装演撮弄,赛过弋阳女子、走索佳人,将有了两三个时辰。只听得五姑山后,一声炮响,忽然四下呐喊。柴郡马知罗成率领人马已到,忙帅精骑杀上山来,前后夹攻,虏众大溃退去。

柴、罗二军追至三四十里,方才凯捷班师。王义见了柴绍,说是送萧后回南。柴绍亦见了萧后,一队儿同行。柴绍恐怕朝廷疑

第六十五回

忌,即于奏捷疏中,说起萧后要回南省墓,预差李如珪速行上闻,自因要去会齐国远在山东做官,故与罗成同走,窦线娘要到雷夏拜墓,一同起行。

一日行至临清,天色傍晚,萧后问王义道:"可到鸳鸯镇过么?"左右回道:"这是必由之路。"萧后道:"闻得鸳鸯镇有个周家饭店,我们在那里去歇罢。"众人应声。赶到前边,见一个招牌,写着周逢春招商客店,众人歇了。柴绍、罗成恐怕一个店里住不下,各寻一店歇了。萧后坐在轿中,看见店外站着一个大汉,约有三旬之外,柜里坐着一个好妇人,仔细一看,正是明霞院杨翙翙,见他对着那大汉说道:"当家的,你去问他是谁家宝眷,接了进来。"那时薛冶儿先下马来,把杨夫人定眼一看,便失声道:"这是杨夫人,为什么在此?"杨夫人见说,忙走出来一看,"你是薛夫人。"忙各相见道:"一向在那里?今同那个来?前面是谁?"薛冶儿道:"就是萧后娘娘。"杨翙翙对外边喊道:"走堂的,把萧娘娘行李,接到关的那一闩屋里去!"

萧后下轿来,杨翙翙接了萧后、薛冶儿进去,到堂屋内,要叩见萧后。萧后不要,常礼见了,执着杨翙翙的手道:"我只道梦里与你相会,不意这里遇着。"大家慰问一番,萧后道:"我进门来,见那柜外站的,可是你丈夫么?"翙翙道:"正是。他原是一个武弁出身,妾随他有六七年了。"萧后假意问道:"你独自一个出来的,还有别个?"翙翙道:"还有周夫人、樊夫人。"萧后道:"他两个如今在那里?"翙翙道:"樊夫人与我同住,染病而亡,周夫人嫁了尤永,一二年就死了。"萧后道:"你房做在那里?"翙翙把手向前指道:"就是这一间里。"听见外边丈夫叫,就走了出去。

萧后追思往昔,不胜伤感,落下泪来,再睡不着,不想明日火炭般发起热来。女眷们拥着候问,柴、罗忙叫人请医生看治。住了两日,萧后胸中塞紧,尚行动不得。柴绍阅得递报,说宫中许多不睦,随与罗成话别,先起身复旨去了。

未知后事如何,且听下回分解。

第六十六回

丹霄宫嫔妃交谮　玄武门兄弟相残

词曰：

　　喜杀佳期,欢爱里,情深意热。幸青春未老,鸳鸯蝴蝶。百和香匀连理枝,三星气暖同心结。问苍天,何事谩追求？肝肠咽。　　眉间恨,峰重叠。心下事,星明灭。看抹绿残红,江山改色。却望一朝龙虎会,岂知长乐雨云歇？叹今宵此恨最难明,凭谁说？

　　　　　　　　——右调《满江红》

　　人生最难是以家为国。父子群雄振起一时,使谋定计,张兵挺刃,传呼斩斫,不知废了多少谋画,担了无数惊惶,命中该是他任受,随你四方振动,诸丑跳梁,不久终归殄灭。至于内廷诸事,谅无他变,断不去运筹处置,可知这节事,总是命缘天巧,气数当然。不要说建成、元吉疾世民功高望重,与张、尹二妃共为奸谋,就再有几个有才干的,亦难曲挽天心。

　　今慢说萧后在周喜店中害病。且说秦王当时以玉带挂于张、尹二妃宫门,原是要他们知警改过,各各正道为人。不意唐帝误信谗言,反差李纲去问他。若说父子不过是情理,若说朝廷却有律法,那时怎个剖分？亏得李纲教秦王书一词以复奏,幸亏唐帝宽宏大度,一则是有功嫔妃,一则是嫡亲瓜葛,又亏宇文、刘二妃,平昔受过英、齐二王的东西,便轻轻淡淡,把这件事说得冰冷,唐帝把此事也就抹杀。

秦王见父皇不来究问,也便不提。建成、元吉竟结纳了妃嫔,以通消息。张、尹二妃晓得平阳公主会葬,宗戚大臣尽要去护送,便透信息出来叫英、齐二王行事。那建成、元吉是个丧心病狂之人,得此机会,送了公主之葬,便在途中普救禅院相候着了,假意殷勤,团聚在一处,疾忙摆下筵席。秦王是个豁达之主,只道他们警醒,毫不介意,被英、齐二王以鸩酒相劝。刚饮半杯,只见梁间乳燕呢喃,飞鸣而过,遗秽杯中,沾污秦王袍服。秦王起身更衣,便觉心疼腹痛,疾忙回府,终宵泄泻,呕血数升,几乎不免。西府群臣闻知,都来问安,力劝早除二王。

其时上宫中,秦王亦有心腹,唆与唐帝晓得了,吃了一惊,念江山人物,都是他的功劳,如飞驾幸西宫问疾。唐帝执手问道："儿自有生以来,从无此疾,何今忽发,莫非其中有故么？"秦王眼中垂泪,就把昨日送葬中途遇着英、齐二王,同至寺中饮酒细细述了一遍,不觉喟然长叹道："六宫喧笑,三井传呼,日丽风和,花香酒热,彼此夺枣争梨,岂非友于欢爱,奚羡汉家长枕、姜氏大被？岂意变起仓卒,心碎血奔！儿数该如此,则天乎已酷,人也奚幸,但恐其中未必然耳。今幸赖父皇高厚之福,圣母在天之灵,得以无恙,庶可仰慰皇恩矣。"说了,洒下泪来。

唐帝见了这般光景,心中亦觉不安,因对秦王道："朕昔年首建大谋,削平海内,皆汝之功。当时原欲立汝为嗣,汝又固辞。今

第六十六回

建成年已及长,为嗣日久,朕不忍夺之。观汝兄弟似不相容,如若同处京邑,必有纷竞。当遣汝建行台居洛阳,自陕以东皆汝主之,仍命汝建天子旌旗,如汉梁孝王故事可也。"秦王垂泪辞道:"父子相依,人伦佳况,岂可远离膝下,有违定省?"唐帝道:"天下一家,东西两都,道路甚迩。朕若思汝,即往汝处一见,又何悲哀?"说罢,便上辇回宫。

秦王眷属宾僚听见此言,以为脱离火坑,无不踊跃欢喜。建成晓得了,只道去此荆棘,可以无忧,忙去报与元吉知道。元吉听了跌脚道:"罢了,此旨若下,我辈俱不得生矣!"建成大骇道:"何故?"元吉道:"秦王功大谋勇,府中文武备足,一有举动,四方响应。如今在此家庭相聚,彼虽多谋,只好痴守,英雄无用武之地。若使居洛阳,建天子旗号,妄自尊大起来,土地已广,粮饷又足,凡彼提拔荐引将士,大半陕东之人,倘若谋为不轨,不要说大哥践位,即父皇治事,亦当拱手让之。那时你我俱为几上之肉,尚敢与之挫抑乎?"建成道:"弟论甚当,今作何计以止之?"元吉道:"如今大哥作速密令数人上封事,言秦王左右,闻往洛阳,无不喜跃,观其志趣,恐不复来,更遣近幸之臣,以利害说上。我与大哥如飞到内宫去,叫他们日夜谮诉世民于上,上意自然中止,仍旧将他留于长安,如同一匹夫何异。然后定计罪他,岂不容易?"建成听说笑道:"吾弟之言妙极!"于是两个人便去差人做事不提。正是:

采薪已断峰前路,栖亩空怀郭外林。

世间随你英雄好汉,都知妇人之言不可听,不知席上枕边,偏是妇人之言入耳,说来婉婉曲曲,觉得有着落又疼热,任你力能举鼎,才可冠军者,到此不知不觉做了肉消骨化,只得默默忍受。倘若更改，偏生许多烦恼，弄得耳根不静。唐帝此时，因年纪高大，亦喜安居尊重，凭受他们许多莺言燕语，更兼太子、齐王买嘱他们刁唆谋画，把一个绝好旨意竟成冰消瓦解，还要虚诬驾陷，要唐帝杀害秦王。幸得唐帝仁慈，便不提起。那些秦王僚属无不专候明旨。

时天气炎热，秦王绝早在院子里赏兰，只见杜如晦、长孙无忌排闼而入。秦王惊问道："二卿有何事，触热而至？"如晦尚未开口，无忌蹙着双眉说道："殿下可知东宫图谋，势不容缓，恐臣等不能终事殿下，奈何？"秦王道："何所见而云然？"如晦道："前东宫差内史到楚中，走招了二三十个亡命之徒，早养入府中去了。又有河州刺史卢士良，送东宫长大汉子二十余人，这是月初的事，我在驿前目击的。昨夜黄昏时候，又有三四十人，说是关外人，要投东宫去的。殿下试思，他又不掌禁兵，又不习武征辽，又不募勇敌国，巍巍掖廷，要此等人何用？"

秦王正要答话，又见徐义扶同程知节、尉迟敬德进来。见礼过了，知节把扇子摇着身体说道："天气炎热，人情急迫，阋墙之衅，延及柴门，殿下何尚安然而不为备耶？"秦王道："刚才如晦也在这里对吾议论。但是骨肉相残，古今大恶，吾诚知祸在朝夕，意欲俟其先发，然后以义讨之，庶罪不在我。"敬德道："殿下之言，恐未尽善。人情谁不爱其死，今众人以死供奉殿下，乃天授也。祸机垂发，而殿下犹若罔闻，殿下纵自轻，如宗庙社稷何？殿下不用臣之言，臣将窜身草泽，不能留居大王左右，束手受戮也。"无忌道："殿下不从敬德之言，事大败矣。倘敬德等不能仰体于殿下，即无忌亦相随而去，不能复事殿下矣！"

秦王道："吾所言亦未可全弃，容更图之。"知节道："今早臣家

第 六 十 六 回

小奴程元在熟面铺里,看见公座边七八个人,在那里吃面,都是长大强汉。程元挤在一个厢房里边,听他内中有个人说大王爷怎么样待我们好。那几个道大王爷如何怎样厚典。又有个人道就是二王爷,也甚慷慨多恩。正说得高兴,只见一人走进来说道:'叫咱各处找寻,你们却在这里用面饭。王爷起身了,快些去罢。'众人留他吃面,那人面也不要吃,大家一哄出门。小厮认得那人,是世子府中买办的王尅杀,归家与臣说知。臣看此行径,火延旦夕,岂可迟缓。"徐义扶道:"二王平昔寻故,贻害殿下,已非一次。只看他将金银一车,赠与护军尉迟,尉迟幸赖不从,又以金帛赐段志玄,志玄却之,又潛总管程知节出为康州刺史,幸知节抵死不去。这几个人都是殿下股肱翼羽,至死不易,倘有不测,其何以堪?"说了,禁不住涕泗交流。秦王道:"既如此说,你同知节火速到徐勣处,长孙无忌与杜如晦到李靖那里去,把那些话备细述与他们听,看他两个的议论何如。"众人听了,即便起身。

且不说徐义扶同程知节到徐懋功处。且说长孙无忌与杜如晦都是书生打扮,跟了两个能干家人,星夜来到安州大都督李药师处。药师见了,一则以喜,一则以惧,喜的是知己相聚,惧的是二公易服而至。忙留他们到书房中去,杯酒促膝谈心。杜如晦忙把朝里头的事体细细述与药师听了。药师道:"军国重务,我们外廷之臣尚好少参末议,况有明主在上,臣等亦不敢措词。至于家庭之事,秦王功盖天下,勋满山河,将来富贵,正未可量,今值阋墙小衅,自能权衡从事,何必要问外臣?烦二兄为弟婉言复之。"无忌、如晦再三恳求,李但微笑谢罪而已。

如晦没奈何,只得住了一宵,将近五更,恐怕朝中有变,写一字留于案上,同无忌悄悄出门。走了四五十里,绝好一个天气,只见山脚底下推起一阵乌云上山,一霎时四面狂风骤起。无忌道:"天光变了,我们寻一个人家去歇息一回方好。"如晦的家人杜增说道:"二位老爷紧赶一步,不上二三里转进去,就是徐老爷的住居了。"如晦道:"正是,我们快赶一步。"无忌问:"那个徐老爷?"如晦道:"就是徐德言。他的妻子就是我家表姊乐昌公主。"无忌道:"哦,原来就是破镜重圆的。这人为什么不做官,住在这里?"如晦道:"他不乐于仕宦,愿甘林泉自隐。"无忌道:"这夫妇两个是有意思的人,我们正好去拜望他。"

大家加鞭纵马,赶到庄前,只见一湾绿水浔浔,声拂清流,几带垂杨袅袅,风回桥畔。远望去好一座大庄房,共有四五百人家,在田畴间耕耘不止。一行人过桥来,到了门首便下了牲口,门上人就出来问道:"爷们是那里?"杜增应道:"我们是长安杜老爷,因到安州在此经过,故来拜望老爷。"那门上人道:"我家老爷,今早前村人家来接去了。"杜如晦道:"你同我家人进去禀知公主,说我杜如晦在此,公主自然明白。"就对杜增道:"你进去看见公主,说我要进来拜见。"门上人应声,同杜增进去了一回,只见开了一二重门出来,请如晦、无忌到中堂坐下。少顷,见两个垂髫女子请如晦进内室中去,只见公主:

> 雅耽铅椠,酷嗜缥缃。妆成下蔡,纱偏泥泥似阳和;人如初日,容映纷纷似流影。好个天装艳色,皴成双阙之红;岫抹云蓝,滴作万家之翠。真是画眉楼畔,即是书林傅粉,房中便为家塾。

如晦见了,要拜将下去。乐昌公主曰:"天气炎热,表弟请常

第六十六回

礼罢。"如晦揖毕,坐了问道:"姊姊,姊夫往那里去了?"公主道:"这里村巷,每三七之期,有许多躬耕子弟,邀请当家的去讲学,申明孝悌忠信之义,因此同我宁儿前去。我已差人去请了,想必也就回来。"两个又问了些家事,公主便道:"闻得表弟在秦王府中做官,为何事出来奔走,莫非朝中又有什么缘故么?"如晦道:"姊姊真神仙中人也。"遂将秦王与建成、元吉之事细细述了一遍。

公主道:"这事我已略知一二。今表弟又欲何往?"如晦皱眉道:"秦王叫我二臣往安州都督李药师处,问他以决行止,不意他却一言不发,你道可恨否?"公主道:"依愚姊看来,此是药师深得大臣之体,何恨之有?况药师的张夫人前日曾差人来问候,因说药师惟以国事为忧,亦言早晚朝中必有举动。"如晦道:"姊姊识见高敏,何知药师深得大臣之体?为甚先已略知一二?"公主道:"当初我在杨府中,张、尹二夫人曾慕我之名,与我礼尚往来,今稍希疏。其嫔妃中尚有昔年与我结为姊妹,一个是徐王元礼之母郭婕妤,一个是道王元庆之母刘婕妤,他两个与我甚是亲密。刘夫人前日差人来送东西与我,我曾问他朝政。他说张、尹二夫人与英、齐二王如何要害秦王,把金银买嘱了有儿子的夫人,在朝廷面前撺唆。我家郭、刘二妹还好些,那张、尹与这班都紧趁着帮衬他,晓得秦府智略之士,心腹可惮者,如李靖、徐勣之俦,皆置之外地。房玄龄与弟长孙无忌等今皆日夕谮之于上而思逐之,倘一朝尽去,独剩一秦王在彼,如摧枯拉朽,诚何所用。况吾弟朝夕居其第,食其禄,不思尽忠,代为筹画,以尽臣职,反东奔西走,难道徐、李真有田光之智乎?"

如晦尚要分辩,只见家人报道:"老爷回来了。"徐德言忙进来见了礼,便问道:"老舅久违了,外边何人?"如晦道:"是长孙无忌。"徐德言道:"他从没有到我这里,岂可让他独坐在外,弟同老舅到厅上去。"便对公主道:"快收拾便饭来。"大家到厅上来,徐德言与无忌相见了,真是英雄欢聚非比泛常。一回儿摆出酒饭来,大家入席。无忌将三王之事,述与徐德言听。德言道:"这是家事,不比国政。常人尚有经纬从权处之,何况天挺雄豪,又有许多名贤辅佐,何患不能成事。不知令姊如何教兄?"如晦将公主之言述了一遍。德言道:"此言不差。但我前日看见报上说,突厥郁射设将数万骑屯河北,此事只怕早晚就要出兵,更变你们了。"无忌听了,心上觉得要紧,忙吃完了饭,见雨阵已过,如飞催促如晦起身。德言道:"本该留二公在此宽待几天,只是此时非闲聚之日。二兄返长安,每事还当着紧,迟则即有变矣!"如晦进房去谢了公主,即同无忌等出门跨马而行。

不到一日,来到长安进见秦王,无忌将李靖之言说了,又说起遇见了如晦姊丈徐德言。秦王道:"乐昌公主与徐德言也是个不凡的人,他夫妇怎么说?"如晦遂将公主之言及德言之话说了。秦王道:"正是,燕王罗艺因突厥郁射凶勇,在此请兵,英、齐二王特将我西府士臣要荐一半去。前日义扶与知节回来,述徐世勣之言,亦与李靖无二,但甚称张公谨龟卜如神。孤叫敬德去召他,想此刻就来。"正说时,只见张公谨到来,见了秦王,便问道:"殿下召臣何事?"秦王即将建成、元吉淫乱宫中之言说了一遍,又将众臣欲靖宫秽之怨也说完了,便指着香案上道:"灵龟在此,望卿一卜以决之。"张公谨大笑,以龟投地道:"卜以决疑,今事在不疑,尚何卜乎!倘卜而不吉,庸得已乎?况此事外臣已知,如转静养宫秽,成

第六十六回

何体统!"李淳风等亦极言相劝。秦王道:"既如此,孤意已决,明日朝参时,即当帅兵去问二人之罪矣!"时张公谨已为都捕,守玄武门,对秦王道:"殿下,臣等虽系腹心,每事须当谨密。明日早朝时,臣自有方略应候。"说了便出府而去。

却说李如珪奉了柴绍的将令,行了月余,已到长安,将柴郡马本章传进唐帝看了,即宣如珪进去朝拜了。唐帝问了些战阵军旅并萧后回南之事,如珪一一对答了。唐帝道:"你助战有功,就在此补一缺罢!"如珪谢恩出朝。

时当己未,太白复又经天,傅奕密奏太白见秦分,秦王当有天下。唐帝以其状密授秦王。秦王便奏建成、元吉淫乱宫闱,且言臣于兄弟,无丝毫有负,今欲杀臣,以为李密、世充报仇,臣今枉死,永违君亲,魂归地下,实耻见诸贼,亦密奏上。唐帝览之愕然,批道:"明当鞫问,汝宜早参。"秦王便将柬帖几封叫人驰付西府僚属,打点明早行事。张、尹二夫人窃知秦王表章之意,忙遣人与建成、元吉说知。建成速召元吉计议,元吉以为宜勒宫府精兵,托疾不朝,以观动静。建成道:"我们兵备已严,怕他什么,明早当与弟入朝面质。"

时已庚申,将到四更时候,秦王内甲外袍,同尉迟敬德、长孙无忌、房玄龄、杜如晦内皆裹甲,带了兵器,将要出门,秦王道:"且慢,有个信符在此,叫家将快些放起三个炮来。"那个花炮是征外国带来的,大有五六寸,响彻云泥,一连放了三个信炮。只听见四下里就有三四个照应放起来。走过了两三条街,远远望见一队人马将近,杜如晦叫把号炮放起一个来,那边也放一个来接应,原来是程知节、尤俊达、连巨真等几人。斜刺里又有一队人马放一个炮出来,却是于志宁、白显道、史大奈、陆德明一行人。只听见又有一个信炮放将起来,竟不见有人,未知何故,众人都静悄悄集在天策门楼停住。只见西府二个小卒来报,东府也有四五百人来了,秦王急把袍服卸下,单穿锦甲,执剑先向前迎。敬德纵马说道:"不须主公动手。"便带十来骑杀向前去,与这班敢死之士大斗起来。那些死士怎斗得这些虎将过,被敬德先搠翻了三四个,就都败将下去。

刚到临湖殿,秦王一骑马赶上建成。建成连发三矢,射秦王不中,秦王亦发一矢,却中建成后心,翻身落将下来。长孙无忌如飞抢上前来,一刀斩讫。元吉着了忙,骑着马往后乱跑,秦王紧赶。只听见一声信炮,趱出一个小将军喝道:"逆贼到那里去?"一枪刺着,元吉把马一侧,掀将下来。秦王如飞赶上斩了。秦王看那小将,却是秦怀玉,把元吉的头与怀玉拿了,便道:"刚才听见信炮之声,隐隐将近,又不见来汇齐,我正不解。只是你家父亲又不在家,你那里晓得我行事,在这里相候?"秦怀玉道:"这是昨夜程知节老伯来与小臣说的。"秦王听了,带转马头,对敬德、知节说道:"二贼已诛,诸公无妄杀戮。"因此众人让东府兵刃退了下去。

时翊卫军骑将军冯翊、冯立闻建成死信,叹曰:"岂有生受其恩,而死逃其难乎?"乃与副护军薛万彻、屈咥、直府左车骑万年、谢方叔帅东宫、齐府精兵一千,驰骤玄武门,正值张公谨与云麾将军敬君弘、中郎将吕世衡相持厮杀。张公谨把吕世衡搠死,又值冯立军来时,公谨又把冯立射亡,独闭关拒绝,彼军虽众则不得入。

时唐帝方泛舟海池,闻宫外人乱,正召裴寂、萧瑀议事,恰好秦王使尉迟敬德入宿卫侍,持矛擐甲,直至天子面前。唐帝大惊问

第六十六回

道:"今日乱者是谁,卿来此何为?"敬德道:"秦王以太子与齐王作乱,举兵诛之,恐惊动陛下,遣臣宿卫。"唐帝道:"英、齐二子安在?"敬德道:"俱被秦王殄灭矣!"唐帝拍案大哭,对裴寂等道:"不图今日乃见此事。"裴寂、萧瑀道:"英、齐二王本不豫义谋,又无功于天下,疾秦王功高望重,共为奸谋,今秦王已讨而诛之,陛下不必伤悲。秦王功盖宇宙,率土归心,若处以元良,委之国事,无复虑矣。"唐帝道:"这原是朕的夙心。"敬德请降手敕,合诸军并受秦王处分。唐帝即使裴寂同敬德出去晓谕诸将。

时秦兵尚与东府乱杀,裴寂、敬德竟到玄武门来晓谕了,薛万彻等即解兵逃遁。秦府诸将欲尽诛余党,敬德固争道:"罪在二凶,既伏其辜,可以休矣。若滥及支党,非所以求安也。"乃止。唐帝下诏,赦天下凶逆之罪,止于建成、元吉,其余党众一无所问,立秦王为皇太子,诏以军国庶事,事无大小,悉委太子处分,然后奏闻。

要知后事如何,且听下回分解。

第六十七回

女贞庵妃主焚修　雷塘墓夫妇殉节

词曰：

忏悔尘缘思寸补,禅灯雪月交辉处,举目寥寥空万古。鞭心语,迥然明镜横天宇。　　蝶梦南华方栩栩,相逢契阔欣同侣,今宵细把中怀吐。江山阻,天涯又送飞鸿去。

——右调《渔家傲》

天下事自有定数,一饮一酌,莫非前定,何况王朝储贰,万国君王,岂是勉强可以侥幸的？又且王者不死,如汉高祖鸿门之宴、荥阳之围,命在顷刻,而卒安然逸出,楚霸王何等雄横,竟至乌江自刎。使建成、元吉安于义命,退就藩封,何至身首异处。

今说秦王杀了建成、元吉,张、尹二妃初只道两个风流少年可以永保欢娱,又道掇转头来,原可改弦易辙,岂知这节事不破则已,破则必败,一回儿宫中行住坐卧,都是谈他们的短处。唐帝晓得原有些自差,只得将张、尹二妃退入长乐宫,连这老皇帝也没得应急了,只与夭夭、小莺等抹牌、鞠毯,消遣闷怀而已。

时秦王立为太子,将文武宾僚个个升陟得宜,就是建成、元吉的旧臣亦各复其职位。惟魏征当年在李密时,是有恩于秦王,因归

第六十七回

唐之后,唐帝见建成学问平常,叫魏征为太子师傅,今必要驾驭一番。即召魏征,征至,秦王道:"汝在东府时,为何离间我兄弟,使我几为所图?"魏征举止自乐,毫不惊异,答道:"先太子早从征言,安有今日之祸?"秦王大怒道:"魏征到此,尚不自屈,还要这般光景,拿出斩了!"左右正要动手,程知节等跪下讨饶。秦王道:"吾岂不知其才,但恐以先太子之故,未必肯为我用耳!"遂改容礼之,拜为詹事主簿,王珪、韦挺亦召为谏议大夫。唐帝见秦王每事仁政,举措合宜,众臣亦各抒忠事之,因即让位太子。武德九年八月,秦王即皇帝位于东宫显德殿,尊高祖为太上皇,诏以明年为贞观元年,立妃长孙氏为皇后,追封故太子建成为息隐王,齐王元吉为海陵刺王,立子承乾为皇太子,政令一新。

且说萧后在周喜店中冒了风寒,只道就好,无奈胸膈蔽塞,遍体疼热,不能动身,月余方痊。将十两银子,谢了杨翩翩,同王义、罗成等起程。路上听见人说道:"朝中弟兄不睦,杀了许多人。"萧后因问王义:"宫中那个弟兄不睦?"王义道:"罗将军说建成、元吉与秦王不和,已被秦王杀死,唐帝禅位于秦王了。"自此晓行夜宿,早到濮州。王义问萧后道:"娘娘既要到女贞庵,此去到断崖村不多几步。臣与罗将军兵马停宿在外,只同女眷登舟而去甚便。"萧后道:"女贞庵是要去的,只拣近的路走罢了。"王义道:"既如此,娘娘差人去问窦公主一声,可要同行么?"萧后便差小喜同宫奴到窦公主寓中问了,来回复道:"窦公主与花二娘多要去的。"

正说时,许多本地方官府来拜望罗成。罗成就着县官快叫一只大船,选了十个女兵,跟了窦公主、花二娘、两位小相公。线娘差金铃来接了萧后、薛冶儿过船去,小喜儿宫奴跟随,真是一泓清水,荡桨轻摇,过了几个湾,转到断崖村,先叫一个舟子上去报知。

且说女贞庵中高开道的母亲已圆寂三年了,今是秦夫人为主,见说吃了一惊问道:"萧后怎样来的?同何人在这里?"舟子道:"船是在本地方叫的,一个姓罗、一个姓王的二位老爷,别的都不晓得。"秦、狄、夏、李四位夫人听了,大家换了衣裳,同出来迎接。刚到山门,只见袅袅婷婷一行妇女,在巷道中走将进来。到了山门,秦夫人见正是萧后、窦公主,眼眶里止不住要落下泪来。大家接到客堂上,萧后亦垂泪说道:"欲海迷踪,今日始游仙窟。"秦夫人道:"借航寄迹,转眼即是空花。请娘娘上坐拜见。"萧后道:"妾与夫人辈,俱在邯郸梦中,驹将鸣矣,何须讲礼?"秦夫人辈俱以常礼各相见了。萧后把手指道:"这是罗小将军、窦夫人的令郎,这位是花夫人的令郎。"又指薛冶儿道:"你们还认得么?"狄夫人道:"那位却像薛冶儿的光景。"夏夫人道:"怎么身子肥胖长大了些?"萧后道:"夫人们不知那姜亭亭已故世,沙夫人就把他配了王义。王义已做了彼国大臣,他也是一位夫人了。"四位夫人重要推他在上首去,薛冶儿道:"冶儿就是这样拜了。"四位夫人忙回拜后,各各抱住痛哭。

桌上早已摆列茶点,大家坐了。窦线娘道:"怎不见南阳公主?"李夫人道:"在内边楞严坛主忏,少刻就来。"萧后道:"他在这里好么?"秦夫人道:"公主苦志焚修,身心康泰。"狄夫人道:"娘娘,为什么沙夫人与赵王不来?"萧后把突厥夫妻死了无后,立赵王为国王,罗罗为国母一段说了。狄夫人道:"自古说:有志者事竟成。沙夫人有志气,守着赵王,今独霸一方,也算守出的了。"秦夫人道:"梦回知己散,人静妙香闻,到盖棺时方可论定。"夏夫人道："娘娘的圣寿增了,颜色却与两个小相公一般。"萧后道："说甚话来？我前日在鸳鸯镇周家店里害病,几乎死在那里,有什么快活。"李夫人笑道："娘娘心中无事,善于排遣。"薛冶儿道："夏夫人、李夫人的容颜依旧,怎么秦夫人、狄夫人的脸容却这等清黄？"小喜儿在背后笑道："到是杨夫人的庞儿,一些也不改。"李夫人道："那里见杨翩翩？"萧后把杨、樊二夫人随了周喜,周夫人随了尤永,周、樊二夫人都已死了,那杨夫人与周喜开着饭店在鸳鸯镇那里说了一遍。

　　李夫人道："杨翩翩与那周夫人可好？"萧后道："如胶投漆。"夏夫人叹道："周、樊二夫人也死了！"窦线娘道："四位夫人,有多少徒弟？"秦夫人道："我与狄夫人共有三个,夏夫人、李夫人俱未曾有。"花又兰道："如今的忏事,是何家作福？"秦夫人道："今年是秦叔宝的母亲八十寿诞,我庵是他家护法,出资置产供养,故在坛中遥祝千秋。"窦线娘道："可晓得单家妹子夫妻好么？"李夫人道："后生夫妻有甚不好。"狄夫人道："单夫人已添了两个令郎在那里。"萧后起身道："我们同到坛中,去看看法事。"

　　大家握手正要进去,只听见钟鼓声停,冉冉一个女尼步来。线娘道："公主来了。"萧后见也是妙常打扮,但觉脸色深黄,近身前却正是他,不觉大恸起来。南阳公主跪在膝前,呜呜咽咽,哭个不止。萧后双手捧他起来说道："儿不要哭,见了旧相知。"南阳公主拜见窦线娘道："伶仃弱质,得蒙鼎力提携,今日一见,如同梦寐。"线娘拜答道："滚热蚁生,重睹仙姿,不觉尘嚣顿释。"又与花又兰、薛冶儿相见了,萧后执着南阳公主的手道："儿,你当初是架上芙蓉,为甚今日如同篱间草菊？"南阳公主道："母后,修身只要心安,何须皮活?"秦夫人引着走到坛中来,灯烛辉煌,幢幡灿烂,好一个齐整道场。众人瞻礼了大士。萧后对五个尼姑各各见礼过。窦线娘道:"这三位小年纪的想是二位夫人的高徒了。"秦夫人道:"正是,这两位真定、真静师太,还是高老师太披剃的。高老师太的龛塔就在后边,停回用了斋去随喜随喜。"众人道:"我们去看了来。"

秦夫人引着过了两三带屋,只见一块空地上,背后墙高插天,高耸一个石台,以白石砌成龛子在内,雕牌石柱,树木阴翳,中间飨堂拜台,甚是齐整。线娘道:"这是四位夫人经营的,还是他的遗资?"秦夫人道:"不要说我们没有,就是师太也没有所遗,多亏着叔宝秦爷替他布置。"萧后道:"这为什么?"秦夫人把秦琼昔年在潞州落难时,遇着了高开道母亲赠了他一饭,故此感激护法报恩。众人啧啧称羡。线娘道:"秦夫人,领我们到各位房里去认认。"

萧后忙转身一队而行。先到了秦夫人的卧室,却是小小三间,庭中开着几朵深浅黄花。那狄夫人与南阳公主同房,就在秦夫人后边,虽然两间,到也宽敞。狄夫人道:"我们这里真是茅舍荒庐,夏、李二夫人那里独有片云埋玉。"萧后道:"在那里?"狄夫人道:"就在右首。"花夫人道:"快去看了,下船去罢!"秦夫人道:"且用了斋,住在这里一天,明早起身。若今晚就回去,你罗老爷道是我们出了家薄情了。"

一头说时,走到一个门首,秦夫人道:"这是李夫人的房。"萧后走进去,只见微日挂窗,花光映榻,一个大月洞,跨进去却有一株梧桐,罩着半窗,窗边坐一个小尼,在那里写字。萧后问是谁人,李夫人道:"这是舍妹,快来见礼。"那小尼向各人拜见了。里边却是一间地板房,铺着一对金漆床儿被褥,衣饰尽皆绚彩。萧后出来,

第六十七回

向写字的桌边坐下,把疏笺一看,赞道:"文理又好,书法更精,几岁了,法号叫什么?"小尼低着头答道:"小字怀清,今年十七岁了。"萧后道:"几时会见令姊,在这里出家几年了?"李夫人道:"妹子是在乡间出家的,记挂我,来这里走走。"薛冶儿道:"娘娘,到夏夫人房中去。"萧后道:"二师父同去走走。"遂挽着怀清的手,一齐走到夏夫人房里,也是两间,却收拾得曲折精致,其铺陈排设与李夫人房中相似。夏夫人问起萧后在赵王处的事体,李夫人亦问花又兰别后事情,只见两个小尼进来,请众人出去用斋。萧后即同窦线娘等到山堂上来坐定。

众妇人多是风云会合过的,不似那庸俗女子单说家事粗淡,他们抚今思昔,比方喻物,说说笑笑,真是不同。萧后道:"秦夫人的海量,当初怎样有兴,今日这般消索,宁不令人懊恨!"秦夫人道:"只求娘娘与公主、夫人多用几杯,就是我们的福了。"狄夫人道:"我们这几个不用,李夫人与夏夫人怎不劝娘娘与众夫人多用一杯儿?"原来秦、狄、南阳公主都不吃酒。李、夏夫人见说,便斟与萧后公主夫人猜拳行令。吃了一回,大家多已半酣。萧后道:"酒求免罢,回船不及,要去睡了。"秦夫人道:"不知娘娘要睡在那里?"萧后道:"到在李夫人那里歇一宵罢。"秦夫人道:"我晓得了。娘娘与薛夫人住在李夫人房里,窦公主与花夫人榻在夏夫人屋里罢。"狄夫人道:"大家再用一大杯。"各各满斟,萧后吃了半杯,余下的劝与怀清吃了起身。

夏夫人领了线娘、又兰与两个小相公去。萧后、薛冶儿同李夫人进房,见薛夫人的铺陈已摊在外间,丫鬟铺打在横头。小喜问萧后道:"娘娘睡在那一张床上?"萧后一头解衣,一头说道:"我今夜陪二师父睡罢。"怀清不答，只弄衣带儿。李夫人道："娘娘，不要。他孩子家睡得顽，还说梦话，恐怕误触了娘娘。"萧后道："既如此说，你把被窝铺在李夫人床上罢，大家好叙旧情。"小喜把自己铺盖，摊在怀清床边。萧后洗过了脸，要睡尚早，见案上有牙牌，把来一搋，便对李夫人道："我只晓得搋牌，不晓得打牌，你可教我一教。"二人坐定，打起牌来。你有天天九，我有地地八，此有人七七，彼有和五五。两个一头打牌，一头说话，坐了二更天气，上床睡了。

到了五更，金鸡三唱，李夫人便披衣起身，点上灯火，穿好衣裳，走到怀清床边叫道："二妹，我去做功课，你再睡一回。娘娘醒来，好生陪伴着。"怀清应了，又是一寤，却好萧后醒来叫道："小喜，李夫人呢？"小喜道："佛殿上做功课去了。"萧后道："二师父呢？"怀清道："在这里起身了。"慌忙到萧后床前，掀开帐幔道："阿呀，娘娘起身了，昨夜可睡得安稳？"萧后道："我昨夜被你们弄了几杯酒，又与李妹子说了一会儿的话，一觉直睡到这时候，手也没有解。你坐了。"怀清道："娘娘身上不冷么？"萧后道："不冷。"怀清见粉白胸膛，嫩乳双涌，把手向前道："待我替娘娘把钮儿扣了。好个娇滑的身子，玉雪尚觉次之。这一双粉乳，就放一万金子在那里，也无处寻觅，那种红色却与十七八岁女子相同。"萧后道："二师父，你不要说这顽话。"绞完了脚，下去解手。听见小喜道："秦夫人来了，起得好早。"秦夫人在外房对薛夫人道："你们做官的，在外边要见你呢。"萧后道："我家谁人在那里？"秦夫人道："就是王老爷，他跟了四五个人，绝早来要会薛夫人，如今坐在东斋堂里。"说罢出房去了。

第六十七回

夏、狄、李三夫人亦进来强留，薛冶儿出去会了王义，亦来催促。萧后道："这是我的正事，就要起身，待我祭扫，与陛见过，再来未迟。"众夫人替萧后收拾穿戴了，窦公主、花夫人亦进来说道："娘娘，我们谢了秦夫人等去罢。"萧后把六两银子封好，窦公主亦以十两一封俱赠与秦夫人常住收用，薛冶儿也是四两一封。秦夫人俱不敢领。萧后又以二两一封赠李夫人，李夫人推之再三方才收了。

萧后又与南阳公主些土仪物事，叮咛了几句，大哭一场，齐到客堂里来。秦夫人请萧后同众夫人用了素餐，萧后把礼仪推与秦夫人收了，忙与公主几位谢别出门。南阳公主与四位夫人亦各洒泪，看他们下了船，然后进去。却好小喜直奔出来，狄夫人道："你为何还在这里？"小喜道："娘娘一个小妆盒忘在李夫人房中，我取了来。夫人们，多谢。"说了，赶下船中，一帆风直到濮州。驴轿乘马，罗成都已停当，差五十名军丁护送娘娘到雷塘墓所去，约在清江浦会齐进京，大家分路。正是：

　　　　江汀犹喜逢知己，情客空怜吊故坟。

不说罗成同窦线娘、花又兰领着两个孩儿到雷夏泽中去祭奠岳母。单说萧后与王义夫妻一行人走了几日，到了扬州，就有本地方官府来接。萧后对王义道："此是何时，要官府迎接，快些回他不必劳顿。"那些人晓得了，也就回去。独有一人神清貌古，三绺髯须，方巾大服，家人持帖而来，拜王义。王义看了帖子骇道："贾润甫，我当初随御到扬州，虽曾会他一面，后为魏司马之职，声名大著，如今不屑仕唐也算有意思的人，去见见何妨。"忙跳下马来迎住，大家寒温叙礼过。贾润甫道："小弟前年从雷夏迁来住在这里,与隋陵未有二里之远,何不将娘娘车辇,暂时停止舍下,待他们收拾停当,然后去未迟。"王义正要分付,只见两个老公公走到面前大叫道:"王先儿,你来了么?娘娘在何处?"王义把手指道:"后面大车轮里就是娘娘在内。"二太监紧走一步,跪在车旁叫道:"娘娘,奴婢们在此叩首。"萧后掀开帘来,看了问道:"你是我们上宫老奴李云、毛德,为什么在此?"二监道:"今天子着我们两个,守隋先炀帝的陵。"萧后想道:"当初他两个在宫中何等威势,如今却流落在这里,看守孤坟。"二监道:"旗帐鼓乐,礼生祭礼,都摆列停当,只候娘娘来祭奠。"萧后道:"旗鼓礼生,我都用不着,这是那里来的?"太监道:"这是三日前,有罗将军的宪牌下来伺候的。"萧后就对自己内丁道:"你去对王老爷说,先帝陵前止用三牲酒礼楮锭,余皆赏他一个封儿,叫他们回去。我就来祭奠了。"内丁如飞去与王义说知。王义忙同贾润甫走到贾家封好了赏包儿,便到陵前,把这些人都打发回去,自己悄悄叩了四个头,与贾润甫各处安排停当。

萧后当初正位中宫时,有事出宫,就有銮舆扈从,宝盖旌旗,这些人来供奉。今日二太监没奈何,只在贾润甫处借了二乘肩舆,在那里伺候。萧后易了素衾羽衣,上了轿子,心中无限凄惨,满眼流泪。到了墓门,萧后就叫住了下来,小喜等扶着,同薛冶儿一头哭,一头走。只见碑亭坊表,冲出云霄,树影披横,平空散乱。见主穴下边,尚有数穴,中间玉柱高出,左首一石碑,是烈妇朱贵儿美人灵位,右首是烈妇袁宝儿美人灵位,两旁数穴俱有石碑,是谢夫人、梁夫人、姜夫人、花夫人、薛夫人及吴绛仙、杳娘、妥娘、月宾等。这是广陵太守陈稜,搜取各人棺木来埋葬的。王义领娘娘逐个宣读

第六十七回

看过。

　　萧后见了巍然青冢,忙扑倒地上去,大哭一场,低低叫道:"我那先帝呀,你死了尚有许多人扈从,叫妾一人怎么样过?"凄凄楚楚,又哭起来。独有薛冶儿捧着朱贵儿石阑,把当初分别的话,一一诉将出来,我如何要随驾,你如何分付我许多话,必要我跟沙夫人,再三以赵王托我,今赵王已为正统可汗,不负你所托了,横身放倒,咬住牙关,好像要哭死的一般。

　　王义见妻子哭得悲伤,萧后甚觉哭得平常,料想没有他事做出来,对小喜并宫奴说道:"你们快扶娘娘起来。"众妇女齐上前搀了萧后起身,化了纸,奠了酒,先行上轿。王义走到陵前高声叫道:"先帝在上,臣矮民王义,今日又在此了。臣当时即要来殉国从陛下九泉,因陛下有赵王之托,故此偷生这几年。今赵王已作一方之主,立为正统可汗,先帝可放心,臣依旧来服侍陛下。"说完站起来,望碑上奋力一扑,自后跌倒。众人喊道:"王老爷,怎么样?"时薛冶儿正要上轿,听见了掉转身来,飞赶上前,对众人道:"你们闪开。"冶儿看时,只见王义天亭华盖分为两半,血流满地,只有那双眼睛瞪开不闭。薛冶儿道:"丈夫也算是隋家臣子,你快去伺候先帝,我去回复贵姐的话儿了来。"薛冶儿见王义登时双目闭了,即向朱贵儿碑上尽力一撞,一回儿香消玉碎,血染墓草,已作泉下幽魂矣。

　　贾润甫同众人忙去报知萧后。萧后坐在小轿上吃了一惊,想道:"好两个痴妮子!他们死了,叫我同何人到清江浦去?"贾润甫道:"不知娘娘果要去检视?"萧后想:"再去看他,还是同他们死好,还是撇了他们去好?"把五十两银子付与贾润甫道:"烦大夫买两口棺木,葬了二人。但是我如今要到清江浦同罗老爷进京,如何是好?"贾润甫道:"娘娘不要愁烦,臣到家去一次就来,送娘娘去便了。"萧后道:"如此说,有劳大夫。"润甫到家,把银子付与儿子,叫他买棺木殡殓,自即骑了牲口同萧后起行。

　　未知此去如何,且听下回分解。

第六十八回

成后志怨女出宫　证前盟阴司定案

词曰：

　　九十春光如闪电，触目垂慈，便觉阳和转。幽恨绵绵方适愿，普天同庆恩波遍。　　生死一朝风景变，漫道黄泉，也自通情面。满地荆榛绕指揃，惊回恶梦堪欣羡。

　　　　　　　　——右调《蝶恋花》

凡人好行善事，而人不之知，则为阴德。或一时一念之感发，或真心诚意之流行，无待勉强，不事矫饰，盖有不期然而然者。语云：有阴德者，必有阳报。昔长兴顾氏宦成无子，娶姬妾十余人。一日与内君酌，诸姬皆侍，叹曰："我平生事皆阴德，何以绝我嗣乎？"一姬曰："阴德不在远。"某悟曰："我今行阴德，当嫁汝辈。"姬曰："我岂自言，理固如是。我死从夫子耳！"某尽嫁十余人，已而生三子，毋即言死从者。何况朝廷举动，有关宗庙社稷，其获报又何可量哉。

话说罗成将到长安，叫潘美督率军丁护着家眷慢行，自己先入京会见秦叔宝。闻知柴绍已于去年夏间复命，随同叔宝进去拜见秦老夫人，先把寿仪补送。叔宝道："表弟远隔几千里，家母寿期至今不忘。"罗成便把征北一段，至同萧后回南，贱内到女贞庵会见秦、狄、夏、李四位夫人，知是舅母八十整寿，在那边遥祝千秋，及萧后到扬州祭墓，撞死了王义夫妻的话来说完。秦老夫人道："罗家甥儿，既是你二位娘子并令郎多在这里，快叫人把轿马去接了进来。"叔宝道："母亲，萧后尚在旅中，待他陛见了安顿过，好接两位表嫂来。"秦老夫人道："既如此，且叫怀玉到城外去接萧娘娘、二位夫人到承福寺中，暂住一两日。"怀玉如飞带了家丁出城，去安顿萧后及罗家家眷。

　　罗成朝见过太宗，赏劳再三，赐宴旌功，早有旨意出来，差四个内监，宣萧后进宫。窦、花二夫人到叔宝家，又献上寿仪，拜过老夫人的寿，与张夫人交拜。单小姐亦拜见，命二子出来，与罗家二子拜见了，互相问候。袁紫烟及江、罗、贾三位夫人闻知，亦时差人馈送礼物。住了月余，罗成辞朝回去，便道到花弧墓上祭扫不提。

　　却说太宗自登极以后，四方平定，礼乐迭兴。魏征、房玄龄辈知无不言，言无不尽，君臣相得。一日奉太上皇置酒未央宫，时当秋暑，那日恰逢天气清朗，金紫辉映。上皇命颉利可汗起舞，冯智戴咏诗，既而笑道："胡越一家，古未有也！"太宗捧觞上寿说道："此皆陛下教诲，非臣智力所及。昔汉高祖亦从太上皇宴此宫，妄自矜大，臣不取也。"上皇大悦，问秦叔宝："你母亲好么？今多少年纪了？"叔宝跪答道："臣母今年八十有三，托赖上皇陛下洪福，得以粗安。"随命众臣自皇族以下，各依品级而坐，无得喧哗失礼。

　　众臣皆循序列班坐定，命黄门行酒，琴瑟齐鸣，歌声盈耳。君臣正在欢饮，不意尉迟敬德坐在任城王下首，忽大怒起来，便道："汝有何功，却坐在我上！"任城王却不礼他，他便伸出一只大拳头

第 六 十 八 回

打来,正中道宗左目。众人起身劝时,道宗目睛反转,青肿几眇,便逃席而出。上皇问什么缘故,众臣以直奏上。上皇心上不悦道:"任城王道宗是朕宗支,不要说有功无功,就是他搀越了,今日是个良会,也该忍耐,为甚就动起手来!"太宗率众臣谢罪,便命罢宴,奉上皇还宫。

到了次日,太宗视朝,对群臣道:"昨日朕同上皇君臣相乐,一时良会,敬德有失人臣之礼,朕甚不乐。况任城王实朕之亲族,彼便如是行凶,况其他乎!朕之此言,甚非有私道宗也。"言未毕,左右奏敬德自缚请罪。众臣怀惧,皆为跪请道:"敬德武臣,本不习儒雅,今无礼有忤圣旨,乞陛下念其汗马之劳,而生全之。"太宗召敬德入,命左右去其缚,对敬德道:"朕欲与卿等共保富贵,然卿居官数犯法,朕不以过而掩卿之功,乃知汉室韩、彭一旦菹醢,非高祖之过也。"敬德叩头谢罪。太宗道:"国家纪纲,惟赏与罚,非分之恩,不可数得,勉自修饰,无致后悔。"敬德再拜而出,由是强暴顿敛。

贞观九年五月,上皇有疾,崩于太安宫,颁诏天下,谥曰神尧。一日,太宗闲暇,与长孙皇后众嫔妃游览至一宫,即有许多宫女承应,看去虽多齐整,然老弱不一。太宗见了,觉有些厌憎。有几个奉茶上来,皇后问道:"你们这些宫奴,都是几时进宫的?"众宫人答道:"也有近时进宫的,隋时进宫的居多。"皇后道:"隋时进宫有二十余年了。"众宫人道:"十二三岁进宫,今已三十五六岁了。"皇后道:"当初隋炀帝嫔妃虽广,为甚要这许多人伺候?"宫人道:"当初炀帝有夫人、美人、昭仪、充华、婕妤、才人等名,安顿各宫。安得如万岁与娘娘仁慈俭素,合宫无不共沐天恩。"太宗道:"朕想天子一人,就是嫔御,像朕不过三四人足矣,精力有限,何苦用着这许多人伺候,使这班青春女子,终身禁锢宫中。"徐惠妃道:"看他们情景,原觉可悯。"

太宗对皇后道:"御妻,朕欲将此辈放些出去,让他们归宗择配,完他下半世受用。"皇后笑道:"恩威悉听上裁,妾何敢仰参。不要说真个放他们出去,就是这点念头,亦是一种大阴德。"太宗笑道:"朕岂戏言耶!"只见众宫娥俱跪下谢恩,娘娘与嫔妃等都大笑起来。太宗对内侍说道:"你去对掌宫人的内监说,把这些宫女都造册籍进呈。"内侍对掌宫监臣魏荆玉说了。那一夜,各宫中宫娥、彩衣如同鼎沸。天明造完,交与魏荆玉。荆玉伺天子视朝毕,将册籍呈上。太宗看了一回道:"你去叫他们多到翠华殿来。"那魏监领旨去了。太宗回宫指着册籍对皇后道:"那些宫女,不知糜费了民间多少血泪,多少钱粮,今却蔽塞在此,也得数日工夫去查点他。"皇后道:"不难,陛下点一半,妾同徐夫人点一半,顷刻就可完了。"

太宗便同皇后登了宝辇,徐惠妃坐了平舆,到翠华殿来,见这些宫娥,拥挤在院子里。太宗与皇后各自一案坐了,徐惠妃坐在皇后旁边。宫女均为两处唱名,点了一行,又是一行,都是搽脂抹粉,妍媸各半。太宗拣年纪二十内者,暂置各宫使唤,其年纪大者,尽行放出,约有三千余人。叫魏监快写告示,晓谕民间,叫他父母领去择配,如亲戚远的,你自拣对头,与他配合。三千宫娥,欢天喜地,叩谢了恩,携了细软出宫。魏监将一所旧庭院,安放这些宫女,即出榜晓谕。一月之间,那些百姓晓得了,近的领了去,远的魏监私下受了些财礼嫁去,倒也热闹。不上两月,将次嫁完,止剩夭夭、

第六十八回

小莺两个，他是关外人，亲戚父母都不见来，又因夭夭出宫时害起病来，小莺伏侍他，住在魏太监寓中三四个月，依旧养得身子肥壮。

偶然一日，魏太监有个好友锦衣卫挥使姓韦名玄贞来拜，年纪将近四旬，妻子竟不生嗣，着实要替他娶妾，他竟不肯。那日魏监留在书房中小饮，说起放宫女事，魏太监道："韦老先，你尚无子，闻得你嫂子又贤惠，前日何不来娶一个好些的，生个种儿出来，也是韦门之幸。"玄贞摇首道："妻子生得出也好，生不出也就罢了。"魏太监道："如今剩得两个就像一父母所生，过得甚好，待我叫他出来，你赏鉴一赏鉴。"就对小太监说了。不一时那两个走将出来，朝着韦官儿行礼下去。玄贞如飞站起来回礼，见他两个身材袅娜，肌肤嫩白，忙说道："请进。"魏监道："韦老先何如？"玄贞道："使不得，这是上用过的，我们做官儿的娶去为妾，就是失体统了。"魏太监笑道："真是老婆子的话儿！前日那李官儿也娶了蔡修容，张官儿也讨了赵玉娇去。偏你娶不得！"便也不提。吃完了酒，韦玄贞别去了。

过了一日，魏太监打听韦挥使不在家中，便唤一个车儿，叫小莺、夭夭坐了，对一个小太监说道："你到韦家进去，看见他夫人，说我晓得韦老爷无子，故此公公特送这两个美人来。"小莺、夭夭到了韦家，见了韦夫人。韦夫人欢喜不胜，等玄贞进门时，将他两个藏在书房碧纱窗里。玄贞看见了，知是夫人美意，就在书房里睡了一回，忙同进去谢了夫人。自是妻妾相得，后来各生下子女。小莺生一女，为中宗皇后，封玄贞为上洛王。这是后话休提。

时房玄龄因谏诤之事，见上颇疏，便告老回去。贞观十年六月间，长孙皇后疾病起来，渐觉沉重，遂嘱太宗道："妾疾甚危，料不能起,陛下宜保圣躬,以安天下。房玄龄事陛下久,小心谨密,且无大故,不可弃之。妾之家族,因缘以致禄位,既非德举,易致颠危,愿陛下保全之,慎勿与之权要。妾生无益于人,死后勿高丘垄,劳费天下,因山为坟,器用瓦木可也。更愿陛下亲君子,远小人,纳忠谏,屏谗佞,省作役,止游畋,妾虽死亦无恨。"又对太子道:"尔宜竭尽心力,以报陛下付托之重。"太子拜道:"敢不遵母后之命!"后嘱咐罢,是夜崩于仁静宫。

　　次日,宫司将皇后采择自古得失之事为《女则》三十卷进呈。太宗览之悲恸,以示近臣道:"皇后此书,足以垂范百世。朕非不知天命,而为无益之悲。但入宫不闻规谏之言,失一良佐,故不能忘怀耳。"乃遣黄门召房玄龄复其位。冬十一月,葬文德皇后于昭陵,近窦太后献陵里许。上念后不已,乃于苑中作层楼观以望昭陵。尝与魏征同登,使征视之。征熟视良久道:"臣昏眊不能见。"上指视之,魏征道:"臣以为陛下望献陵,若昭陵则臣固见之矣!"上泣为之毁观,然心中终不觉悲伤。

　　一日,太宗忽然病起来,众臣日夕候问,太医勤勤看视。过四五日不能痊可,恍惚似有魔祟。惟秦琼、尉迟恭来问安时,颇觉神清气爽,因命图二人之像于宫门以镇之。及病势沉重,乃召魏征、李勣等入宫受顾命。李勣道:"陛下春秋正富,岂可出此不吉之语。"魏征道:"陛下勿忧,臣能保龙体转危为安。"太宗道:"吾病已笃,卿如何保得?"说罢转面向壁微微的睡去了。

　　魏征不敢惊动,与李勣等退至宫门前。李勣问道:"公有何术,可保圣躬转危为安?"魏征道:"如今地府掌生死文簿的判官,乃先皇驾下旧臣,姓崔名珏。他生前与我有交,今梦寐中时常相

第六十八回

叙。我若以一书致之,托他周旋,必能起死回生。"李勣闻言,口虽唯唯,心却未信。少顷,宫人传报皇爷气息渐微,危在顷刻矣。魏征即于宫门厢阁中,写下一封书,亲持至太宗榻前焚化了,分付宫人道:"圣体尚温,切勿移动,静候至明日此时定有好意。"遂与众官住宫门前伺候。

且说太宗睡到日暮时,觉渺渺茫茫,一灵儿竟出五凤楼前,只见一只大鹞飞来,口中衔着一件东西。太宗平昔深喜佳鹞,见了欢喜,定睛一看,心上转惊道:"奇怪!此鹞乃是魏征奏事时,我搦死怀中之物,为甚又活起来?"忙去捉他,那鹞儿忽然不见,口中所衔之物坠于地上。太宗拾起看时,却是一封书柬,封面上写着:"人曹官魏征书奉判兄崔公。"下注云:"讳珏,系先朝旧臣,伏乞陛下面致此书,以祈回生。"太宗看了欢喜,把书袖了,向前行去。好一个大宽转的所在,又无山水,又无树木。

正在惊惶,见有一个人走将来,高声叫道:"大唐皇帝往这里来。"太宗闻言,抬头一看,那人纱帽蓝袍,手执象笏,脚穿一双粉底皂靴,走近太宗身边跪拜路旁,口称:"陛下,赦臣失误远迎之罪。"太宗问道:"卿是何人?是何官职?"那人道:"微臣是崔珏,存日曾在先皇驾前为礼部侍郎,今在阴司为酆都判官。"太宗大喜,忙将御手搀起来道:"先生远劳,朕驾前魏征有书一封,欲寄先生,却好相遇。"崔判官问:"书在何处?"太宗在袖中取出,递与崔珏。崔珏接来拆开看了说道:"陛下放心。魏人曹书中,不过要臣放陛下回阳之意,且待少顷见了十王,臣送陛下还阳,重登玉阙便了。"太宗称谢。又见那边走两个软翅的小官儿来,说道:"阎王有旨,请陛下暂在客馆中宽坐一回,候勘定了隋炀帝一案,然后来会。"

太宗道："隋炀帝还没有结卷么？"二吏道："正是。"太宗对崔珏道："朕正要看隋炀帝这些人，烦崔先生引去一观。"崔珏道："这使得。"

大家举步前行，忽见一座大城，城门上边写着"幽明地府鬼门关"七个大字。崔珏道："微臣在前引着，陛下去恐有污秽相触。"领太宗入城，顺街而行，看那些人蓬头跣足，好似乞丐一般。走了里许，只见道旁边走出先帝李渊，后边随着故弟元霸。太宗见了，正要上前叩拜父皇，转眼就不见了。又走了几步，忽见建成引着元吉、黄太岁而来，大声喝道："世民来了，快还我们命来！"崔判官忙把象笏擎起说道："这是十殿阎君请来的，不得无礼！"三人听了，倏然不见。太宗问道："翟让、李密、王伯当、单雄信、罗士信想还在此？"崔珏道："他们早已托生太原、荆州数年矣！"还要问太穆皇后、文德皇后在何处，只见一座碧瓦楼台甚是壮丽，外面望去，见里边环珮叮当，仙香奇异。

正在凝眸之际，见三个长大汉子，后面有七八个青面獠牙鬼使押着。崔珏道："陛下可认得那三个么？"太宗道："有些面善，只是叫他不出。"崔珏道："那第一个披猪皮的是宇文化及，第二个穿牛皮的是宇文智及，第三个穿狗皮的是王世充。他们定了案，万劫为猪、牛、狗，时受千刀万剐，以偿生前弑逆之罪。"正是：

善恶到头必有报，只争来早与来迟。

太宗正在那里观看，听见两边人说道："又是那一案人出来了？"崔珏看是何人，见一对青衣童子执着幢幡宝盖笑嘻嘻的引着一个后生皇帝，后边随着十余个纱帽红袍的，两个官吏随着。崔珏叫道："张寅翁，这一宗是什么人？"那官吏说道："是隋炀帝的宫女朱贵儿。他生前忠烈，骂贼而死，曾与杨广马上定盟，愿生生世世为夫妇。后边这些是从亡的袁宝儿、花伴鸿、谢天然、姜月仙、梁莹娘、薛南哥、吴绛仙、妥娘、杳娘、月宾等。朱贵儿做了皇帝，那些人就是他的臣子。如今送到玉霄宫去修真一纪，然后降生王家。"太宗听了笑道："朕闻朱贵儿等尽难之时，表表精灵，至今述之，犹为爽快，但生为天子，不知是在那个手里？"

又见两个鬼卒，引着一个垂头丧气的炀帝出来，后边随着三四个黑脸凶神。崔珏又问跟出来的鬼吏押他到那里去，那鬼吏答道："带他到转轮殿去，有弑父弑兄一案未结，要在畜生道中受报。待四十年中，洗心改过，然后降生阳世，改形不改姓，仍到杨家为女，与朱贵儿完马上之盟。"崔珏问道："为何项上白绫还未除去？"鬼吏道："他日后托生帝后，受用二十余年，仍要如此结局。"崔珏点头。太宗道："炀帝一生残虐害民，淫乱宫闱，今反得为帝后，难道淫乱残忍到是该的？"崔珏道："残忍，民之劫数。至若奸烝，此地自然降罚。今为妃后，不过完贵儿盟言。"太宗正要细问，见一吏走来对太宗道："十王爷有请。"太宗忙走上前，早有两对提灯，照着十位阎王降阶而至，控背躬身迎接。太宗谦让，不敢前行。十王道："陛下是阳间人王，我等是阴间鬼王，分所当然，何须过让？"太宗道："朕得罪麾下，岂敢论阴阳人鬼之道。"逊之不已。

太宗前行，竟入森罗殿上，与十王礼毕坐定。秦广王拱手说道："先年有个泾河老龙，告殿下许救而终杀之，何也？"太宗道："朕当时曾梦老龙求救，实是允他生全，不期他犯罪当刑，该人曹官魏征处斩。朕宣魏征在殿下棋，岂知魏征倚案一梦而斩。这是龙王罪犯当死，又是人曹官出没神机，岂是朕之过咎。"十王闻言伏礼道："自那老龙未生之前，南斗生死簿上已注定，该杀于魏人曹之手，我等皆知。但是他折辩定要陛下来此，三曹对质，我等将他送入轮藏转生去了。但令兄建成、令弟元吉旦夕在这里哭诉陛下害他性命，要求质对，请问陛下这有何说？"太宗道："这是他弟兄合谋，要害朕躬，假言夺槊，使黄太岁来刺朕，若非尉迟敬德相救，则朕一命休矣。又使张、尹二妃设计揎唆父皇，若非父皇仁慈，则朕一命又休矣。置鸩酒于普救禅院，满斟劝饮，若非飞燕遗秽相救，则朕一命又休矣。屡次害朕不死，那时直欲提兵杀朕，朕不得已而救死，势不两立，彼自阵亡，于朕何与？昔项羽置太公于俎上以示汉高，汉高曰：'愿分吾一杯羹。'为天下者不顾家，父且不顾，何有于兄弟？愿王察之。"十王道："吾亦对令兄令弟反复晓谕，无奈他执诉愈坚，吾暂将他安置闲散，俟他时定夺。今劳陛下降临，望乞恕我等催促之罪。"言毕，命掌生死簿判官快取簿来，看唐王阳寿天禄该有多少。

崔判官急转司房，将天下万国之王天禄总簿一看，只见南赡部洲大唐太宗皇帝注定贞观一十三年。崔判官看了，吃了一惊，急取笔蘸墨将一字上添上两画，忙出来将文簿呈上。十王从头一看，见太宗名下注定三十三年，十王又问："陛下登基多少年了？"太宗道："朕即位已经一十三年。"十王道："陛下还有二十年阳寿，此一来已是对案明白，请还阳世。"太宗听见，恭身称谢。十王差崔判官、朱太尉送太宗还魂。

太宗谢别出殿。朱太尉执着一首引魂幡在前引路，只见一座阴山，觉得凶恶异常。太宗道："这是何处？"崔判官道："这是枉死城，前日那六十四处烟尘草寇，众好汉头目，枉死的鬼魂都在里头，

第 六 十 八 回

无收无管,又无钱钞用度,不得超生。陛下该赏他些盘缠,才好过去。"太宗道:"朕空身在此,那里有钱钞?"崔判官道:"陛下的朝臣尉迟恭有料钱三库,寄存在阴司。陛下若肯出名立一契,小判作保,借他一库,给散与这些饿鬼,到阳间还他。那些冤鬼,使得超生,陛下可安然竟过。"太宗大喜,情愿出名借用。

崔判官呈上纸笔,太宗遂立了文书,崔判官袖着。将到山边,听得神嚎鬼哭,乱哄哄拥出许多鬼来,尽是拖腰折臂,也有无头的,也有无脚的,都喊道:"李世民来了,还我命来!"太宗吓得胆战心惊,扯住崔判官。崔判官道:"你们不得无礼,我替大唐皇爷借一库银子的票儿在此,你们去叫那魔头来领票去支取分给便了。唐皇爷阳寿未终,到阳间去还要做水陆道场,超度你们哩!"众鬼听了,如飞去叫那魔头来。崔判官分付了,把票儿付与魔头,众鬼欢喜而去。三人又走了里许,见一条青石大桥,滑润无比。太宗向桥上走去,刚要下桥,听得天庭一个霹雳,吃了一惊,跌将下来,忙叫道:"跌死我也!跌死我也!"开眼看时,见太子嫔妃都在旁伺候。

太子忙传魏征等。魏征走近御床牵衣说道:"好了,陛下回阳了。"太宗醒了片时,太医进定心汤吃了,站起身来。魏征问道:"陛下到阴司可曾会见崔珏?"太宗点头道:"亏他护持。"便将幽梦所见细细述与众人听了,众人拜贺而出。太宗即传旨,宣隐灵山法师唐三藏、窦巨德至京。天使到时,窦巨德已圆寂四五天了。使者随唐三藏到京,建水陆道场,超度幽魂。又命以金银一库还尉迟恭。恭辞不受,太宗再三勉谕,敬德拜受而出。库吏将银盘交敬德,照册缺了五百贯,库吏惊惶,只见梁上堕下一帖,取视之,乃大业十二年,敬德打铁时,支付书生票也,闻者奇异。

太宗在宫中调摄了三四天,御体比前愈觉强健,不期被火焚了大盈库。魏征道:"天灾流行,皆由宫中阴气抑郁所致,乞将先帝所御老嫔妃尽行放出。"太宗见说,深以为是,即将老宫女尽数放出,复有三千余人连张、尹二妃亦出宫归家,宫禁为之一空。遂差唐俭往民间点选良家女子,年十四五岁者,止许百名,预使太常少卿祖孝孙教习音乐。将近四五月,唐俭选秀女回来,太宗散给后宫,止选武媚娘为才人,安顿福绥宫,宠幸无比。

要知后事如何,且听下回分解。

第 六 十 九 回

马宾王香醪濯足　　隋萧后夜宴观灯

诗曰：
>春到王家亦太秾,锦香绣月万千重。
>笑他金谷能多大,羞杀巫山只几峰。
>屏鉴照来真富贵,羊车引去实从容。
>只愁云雨终难久,若个佳人留得侬。

宋时维扬秦君昭,妙年游京师,有一好友姓邓,载酒祖饯,畀一殊色小环,至前令拜。邓指之道:"某郡主事某所买妾也,幸君便航附达。"秦弗诺,邓恳之再三,勉从之。舟至临清,天渐热,夜多蚊,秦纳之帐中同寝,直抵都下。主事知之取去,三日方谒谢道:"足下长者也。弟昨已作简,附谢邓公矣!"此真不近女色之奇男子。还有商时九侯,有女色美而庄重,献于纣,奈此女不好淫,触纣怒,杀女而醢九侯。鄂侯谏,并烹之。此真不喜近男子之美妇人。是知男女好恶,原有解说不出的。太宗是个天挺豪杰,并不留情于色欲,不想长孙皇后仙逝,又选了武氏进宫,色宠倾城,欢爱无比。

却说那武氏,他父亲名士彠,字行之,住居荆州。高祖时曾任都督之职,因天性恬淡,为宦途所鄙,遂弃官回来。妻子杨氏甚是贤能,年过四十无子,杨氏替他娶一邻家之女张氏为妾。月余之后,张氏睡着了,觉得身上甚重,(此处删去24字)朦胧开眼,却是一个玉面狐狸。张氏大惊,拿手一推,却把自己推醒,自此成了娠孕。过了十月,时将分娩,行之梦见李密,特来拜访云:"欲借住十余年,幸好生抚视,后当相报。"醒来却是一梦。张氏遂尔脱身,行之意是一男,及看时却是女儿。张氏因产中犯了怯症,随即身亡。武行之夫妇,把这女儿万分爱护。到了七岁,就请先生教他读书。先生见他面貌端丽,叫做媚娘。及至十二三岁,越觉妖艳异常,便与同学读书的相通,茶余饭罢,行步不离,父母只道他幼小嬉戏,岂知两下里相与绸缪。又过年余,是他运到,唐俭点选进宫,敕赐才人,性格聪敏,凡诸音乐,一习便能,敢作敢为,并不知宫中忌惮。太宗行幸之时,好像与家中知己一般,才动手就叫他、搂他、亲他、媚他,太宗从没经过这般光景,愈久愈觉魂消,因此时刻也少他不得。

　　如今且说太子承乾,是长孙皇后所生,少有躄疾,喜声色畋猎驰骋,有妨农事。魏王名泰,太子之弟,乃韦妃所生,多才能,有宠于帝,见皇后已崩,憎有夺嫡之志,折节下士,以求声誉,密结朋党为腹心。太子知觉,阴遣刺客纥于承基,谋杀魏王。正值吏部尚书侯君集怨望朝廷,见太子暗劣,欲乘衅图之,因劝太子谋反。太子欣然从之,遂将金宝厚赂中郎将季安俨等,使为内应。不意太宗闻知,便把太子承乾废为庶人,侯君集等典刑。

　　时魏王泰日入侍奉,太宗面许立为太子。褚遂良、长孙无忌固请立晋王治。太宗谓侍臣道:"昨青雀投我怀云:臣今日始得为陛下子,臣有一子,臣死之日,当为陛下杀之,传于晋王。朕甚怜之。"褚遂良道:"陛下失言。此国家大事,存亡所系,愿熟思之。且陛下万岁后,魏王据天下之重,肯杀其爱子,以授晋王哉!今必立魏王,愿先措置晋王,始得安全耳。"太宗流涕,因起入宫,想起太子二王,不觉懊恨填胸,击床大叹。徐惠妃、武才人问道:"陛下有何闷事,发此长叹?"太宗把太子与魏王、晋王之事说了,又道:"朕临敌万阵,屡犯颠危,未尝稍挂胸臆,不意家室之间,反多狂悖,何以生为?"徐惠妃道:"陛下平定四海,征伐一统,得有今日,何苦以家政细务,常生忧戚。"太宗道:"妃子岂不知向日建成、元吉淫乱于前,二王欲步武于后,所为如此,我心诚无聊赖。"因自投于床,拔佩刀欲自刺。武氏忙上前夺住道:"陛下何轻易如此!不肖者已废之,图谋者亦未妥,何不收此蛤蚌,尽付渔人之利。晋王亦皇后所生,立之未为不可。"徐惠妃道:"晋王仁孝,立之为嗣,可保无虞。"太宗闻言甚悦,即御太极殿,召群臣说道:"承乾悖逆,泰亦凶险,诸子谁可立者?"众皆叹呼道:"晋王仁孝,当为嗣。"太宗遂立晋王治为皇太子,时年十六。太宗谓侍臣道:"我若立泰,则是太子之位,可经营而得。自今太子失道,藩王窥伺者,皆两弃之,传诸子孙永为世法。"晋王既立,极尽孝敬,上下相安。

时维九月,正值秦叔宝母亲九十寿诞,太宗亲自临幸,见琼宅无堂,命辍小殿之材以构之,五日而成,手书"仁寿堂"以赐之,又赐锦屏褥几杖等。徐惠妃赏赉亦甚厚。琼上表申谢,太宗手诏道:"卿处至此,盖为太上皇报德,何事过谢?"

话分两头。却说有清河茌平人,姓马名周,号宾王,少孤贫好学,精于诗赋,落拓不为州里所敬。曾补傅州助教,日饮醇醪,不以讲授为务,刺史屡加咎责,周乃拂衣,游于长安,宿新丰市中。主人惟供诸商贩,有失款待,宾王自己无聊,把青田石制汉将李陵一碑,战国时孙膑一碑,供在案上,沽酒饮醉了,便击桌大哭道:"李陵呵,汝有何负,而使汝辱及妻孥。汉王何心,而使汝终于沙漠!"哭了一番,吃一回酒,又向孙膑的牌位哭道:"孙膑呵,汝何修未得,以致结怨于好友,汝何罪见招,以致颠踬于终身!"哭了又吃酒。总是处逆境之人,若狂若痴,好像掷下了东西,坐卧不安的光景。其激烈处,恨不化为博浪椎,为秦庭筑,为田将军泪。感愤处,恨不化为斩马剑,为散盗车,为荆轲匕首。因是不与世俗伍。

一日遇见中郎将常何,虽是武官无学,颇有知人之识,知马宾王必成大器,延至家中,待为上宾,一应翰墨之事,尽出其手。是时星变异常,下诏文武官僚,极言得失。常何遂烦马周,代陈便宜二十余事进上。马周旅邸无聊,袖了些杖头,散步出门。那日恰是三月三日上巳佳节,倾城士女,皆至曲江祓禊,杂剧吹弹,旗亭都张灯结彩。马周也到那里去闲玩。上了店中,踞了一个桌儿,在那里独酌畅饮。那些公侯驸马,帝子王孙,都易服而来嬉耍。

只见一个宦者跟了几个相知,许多仆从也在座头吃酒。见马周饮得爽快,便对马周道:"你这个狂生,独酌村醪,这般有兴。我有一瓶葡萄御酒在此,赠与你吃了罢。"家僮们把一瓶酒送与马周。马周把酒揭开一看,却有七八斤,香喷无比,把口对了瓶饮了一回。饮下的,瞥见桌边有一拌面的瓦盆儿在,便把酒倾在里头,口中说道:"高阳知己,不意今日见之。"一头说,一头将双袜脱下,把两足在盆内洗濯。众人都惊喊道:"这是贵重之物,岂可如此轻亵?"马周道:"我何敢轻亵?岂不闻身体发肤,受之父母,不敢毁伤。曾子有云:启予足,启予手。我何敢媚于上而忽于下?"洗了,

第六十九回

抹干了足,把盆拿起来,吃个罄尽。刚饮完时,只见七八个人抢进店来,说道:"好了,马相公在此了!"马周道:"有何事来寻我?"常何家里二人说道:"圣上宣相公进朝。"

原来太宗在宫翻阅臣僚本章,见常何所上二十条申说详明,有关政治。因思常何是个武臣,那有此学问,就出宫来召问常何。常何只得奏云:"是臣客马周所代作。"太宗大喜,即着内监出来宣召。当时马周见说,忙到常何寓中换了衣衫靴帽,来到文华殿。太宗把二十条事细细详问,马周亢词质辩,一一剖悉,真个是学富五车,才高八斗。太宗大喜,即拜他为刺史之职,赐常何彩绢二十匹出朝。

太宗即散朝进宫,行至凤辉宫前,只见那里笑声不绝。便跟了两个宫奴,转将进去,见垂柳拖丝,拂景清幽,姹紫嫣红,迎风弄鸟,别有一种赏心之境。听见笑声将近,却是一队宫女奔出来,有的说打得好,竟像一支紫燕斜飞,有的说这般年纪,一些也不吃力,还似个孤鹤朝天,盘旋来往。太宗叫住一个宫奴问道:"你们那里来?为什么笑声不绝?"那宫奴奏道:"在倚春轩院子里,看萧娘娘打秋千耍子。"太宗道:"如今还在那里打么,可打得好?"官奴道:"打得甚好,如今还在那里玩。"

太宗见说,即便行到凤辉宫来下辇偷觑,见院子里站着许多妇女在那里望着大笑。看见秋千架上站着一个女人,浅色小龙团袄,一条松色长裙扣了两边,中间扎着大红缎裤,翻天的飞打下来,做一个蛱蝶穿花,又打起来,做一个丹凤朝阳,改了个饥鹰掠食势,扑将下来,真个风流袅娜,体态轻狂。太宗正侧着身子,掩在右屏间细看,只见一个宫奴瞥眼看见,忙说道:"万岁爷来了!"那些宫奴一哄而散。

太宗此时不好退出，只得走将进去。萧后如飞下了架板，小喜忙把萧后头上一幅尘帕，取了下来，又除下裙扣。萧后直到太宗膝前，跪下说道："臣妾不知圣驾降临，有失迎接，罪该万死。"太宗把手扶起道："萧娘娘有兴，寻此半仙之乐。"萧后道："偶尔排遣，稍解岑寂，有污龙目，实为惶悚。"太宗携着萧后进宫坐下，小喜捧上茶来，太宗吃了，心中觉有些意思，鼻间有阵异香，一沁入心窝，令人好过不去。太宗道："香从何来？"两人走进卧房四围一看，并不见宝鼎喷烟，因走近床边细看，但见锦衾虚拥，绣褥叠装，又是一种香气，遂留幸焉。萧后泣对太宗道："妾以衰朽之姿，得蒙恩宠，实出意外。但生前望常眷顾，死后得葬于吴公台下，妾愿毕矣。"太宗许诺，因说："今日清明佳节，宫中张灯设宴，娘娘可同玩赏。"萧后点头叹道："今日清明，民间都祭扫坟墓，妾先帝墓无人祭扫，言之痛心。"太宗道："朕当为置守冢三百户，并拨田五顷，以供春秋祭祀。"后随谢恩。太宗道："少顷朕来宣你。"又道："为何适闻香气，今却寂然？"萧后笑而不言。

原来此香乃外国制的结愿香，在突厥可汗那里带来的。当下太宗回宫传旨，宣萧娘娘看灯。萧后即唤小喜跟随，来到太宗宫中，朝见毕，与徐惠妃、武才人等相见了。太宗坐首席，请萧后坐左边第一席。武才人戏说道："娘娘何不就与陛下同席？"萧后道："妾蒲柳衰质，强陪至尊，甚非所宜，就是这席还不该坐。"太宗笑道："总是一家，不必推逊。"于是坐定，行酒奏乐。至晚合宫都张起花灯，光彩夺目。萧后道："清明不过小节，怎么宫掖间这般盛设名灯？"太宗道："朕自四方平定之后，凡遇令节，与除夜、上元一

第 六 十 九 回

样摆设庆赏。"萧后道:"金翠光明,燃同白昼,佳丽得紧,只是把那些灯焰之气,消去了更妙。"

太宗问萧后道:"朕之施设,与隋主何如?"萧后笑而不答。太宗固问,萧后道:"彼乃亡国之君,陛下乃开基之主,奢俭固自不同。"太宗道:"奢俭到底,各具其一。"萧后道:"隋主享国十余年,妾常侍从。每逢除夜,殿前与诸院设火山数十座,每山焚沉香数车,火光若暗,则以甲煎沃之,焰起数丈,其香旁闻数十里。一夜之中,则用沉香二百余乘,甲煎二百余石。殿内宫中,不燃膏火,悬大珠一百二十颗以照之,光比白日。又有外国岁献明月宝夜光珠,大者六七寸,小者犹径三寸,一珠之价,值数十万金。今陛下所设,无此珠宝,殿中灯烛,皆是膏油,但觉烟气熏人,实未见其清雅。然亡国之事,亦愿陛下远之。"太宗口虽不言,遥思良久,心服隋主之华丽道:"夜光珠,明月宝,改日当为娘娘致之。"于是觥筹交错,传杯弄盏,足有两更天气。

武才人看那萧后无限抑扬、婉转丰韵关情处,竟不似五十多岁的光景,暗想:"他那种事儿,不知还有许多勾引人的伎俩。"萧后亦只把武夫人细看,越看越觉艳丽,但无一种窈窕幽闲之意。徐惠妃与众妃见他三人顽成一块,俱推更衣,各悄悄散去。萧后亦要辞出,太宗挽着萧、武二人说道:"且到寝室中,再看一回灯去。"

未知后事何如,且看下回分解。

第 七 十 回

隋萧后遗榇归坟　武媚娘披缁入寺

诗曰：
　　治世须凭礼法场，声名一裂便乖张。
　　已拼流毒天潢内，岂惜邀欢帝子旁？
　　国是可胜三叹息，人言不恤更筹量。
　　千秋莫道无金鉴，野史稗官话正长。

　　人之遇合分离，自有定数，随你极是智巧，揣摩世事，亿则屡中的，却度量不出。

　　萧后在隋亡之时，只道随波逐浪，可以快活几时，何知许多狼狈？今年将老矣，转至唐帝宫中，虽然原以礼貌相待，却是身不由己。今日太宗突然临幸，在妇女家最难得之喜，他则不然。曾经沧海难为水，除却巫山岂是云。晓得太宗宠一个如花似玉的武媚娘，自知又不能减了一二十年年纪，反老还童起来，与他争上去，故此太宗虽然一幸，觉得付之平淡。

　　不想被太宗看灯接去，通宵达旦，媚娘见他风流可爱，便生起妒忌心来，却极力的撺掇太宗冷淡了他，又把两个蠢宫奴，换了小喜，去与太宗幸了。因此萧后日常饮恨，眉头不展，凭你佳肴美味，

第七十回

拿到面前,亦不喜吃。即使清歌妙舞,却也懒观,时常差宫奴去请小喜到来,指望说说隐情。那武才人却又奸滑,叫两个心腹跟了,他衷肠难吐,彼此慰闷了一番,即便别去。萧后只得自嗟自叹,拥衾而泣,染成怯症,不多几时,卒于唐宫。太宗闻知,深为惋惜,厚加殡殓,诏复其位号,谥曰"愍",使行人司以皇后卤簿,扶柩到吴公台下与隋炀帝合葬。小喜要送至墓所,武才人不许,只得回宫。

武才人因萧后已死,欢喜不胜,弄得太宗神魂飞荡,常饵金石。会高士廉卒,太宗将往哭之,长孙无忌、褚遂良谏道:"陛下饵金石,于方不得临丧,奈何不为宗庙社稷自重?"太宗不听,无忌中道伏卧,流涕固谏。太宗乃还,入东苑南望而哭,涕下如雨,遂命图画功臣二十四人于凌烟阁,列其姓名爵里,已故者书谥。适徐勣得一疾,太医说惟须灰可疗,太宗亲自剪须,为之和药,勣顿首泣谢。太宗又因勣妻袁紫烟新逝,姬妾甚少,恐他无人侍奉,意欲选一二宫奴,赐他作伴。勣再三辞谢,太宗道:"朕为社稷,非为卿也,何须逊谢?"即日着内监选两个有年纪的宫奴赐与李勣不提。

时太白屡昼见,太史令占道女主昌,民间又传秘记云:"唐三世之后,女主武王代有天下。"太宗闻言,深恶之。一日,会诸武臣宴于宫中,行酒令使言小名。左武卫将军李君羡,自言小名五娘,其官称封邑皆有武字,出为华州刺史。御史复奏,君羡谋不轨,遂坐诛。因密问太史令李淳风:"秘记所云信有之乎?"淳风对道:"臣仰稽天象,俯察历数,其人已在陛下宫中,自今不过三十年,当有天下,杀唐子孙殆尽,其兆既成。"太宗道:"疑似者尽杀之何如?"淳风对道:"天之所命,人不能违,王者不死,徒多杀无辜。况自今以往三十年,其人已老,或者颇有慈心,为祸或浅。今若得而杀之，天或更生壮者，肆其怨毒，恐陛下子孙无遗类矣！"

太宗听言乃止，心中虽晓得才人姓武有碍，但见媚娘性格柔顺，随你胸中不耐烦，见了他就回嗔作喜。顷刻不忍分手，因此虽放在心上，亦且再处。武才人也晓得大臣的议论，谅天子意思，必不加刑，但欲逊避，恨无其策。日复一日，太宗因色欲太深，害起病来。那太子晋王朝夕入侍，瞥见武才人颜色，不胜骇异道："怪不得我父皇生这场病，原来有这个尤物在身边，夜间怎能个安静。"意欲私之，未得其便，彼此以目送情而已。

一日晋王在宫中，武才人取金盆盛水，捧进晋王盥手。晋王看他脸儿妖艳，便将水洒其面，戏吟道：

"乍忆巫山梦里魂，阳台路隔恨无门。"

武才人即接口吟道：

"未承锦帐风云会，先沐金盆雨露恩。"

晋王听了大喜，便携了武才人的手，同往宫后小轩僻处，殢雨尤云，取乐一回。武才人道："陛下闻知，取罪不小。"晋王笑道："我今与你会合也是天缘，何人得知。"武才人扯住晋王御衣泣道："妾虽微贱，久侍至尊，今日欲全殿下之情，遂犯私通之律，倘异日嗣登九五，置妾于何地？"晋王见说，便矢誓道："倘宫车异日宴驾，册汝为后，有违誓言，天厌绝之。"武才人叩谢道："虽如此说，只是廷臣物议不好，倘皇爷要加害于妾身，何计可施？"晋王想了一想道："有了，倘父皇着紧问你，你须如此如此说，自可免祸，又可静以待我了。"武才人点首。晋王乃解九龙羊脂玉钩赠武才人，才人收了，随即别出。

时京中开试，放榜未定日期，太宗病间召李淳风问道："今岁

第七十回

开科取士,不知状元的系何地何人,料卿必知。"淳风道:"臣昨夜梦入天廷,见天榜已放,臣看完,只见迎榜首出来,他彩旗上面有诗一首。"太宗道:"诗句怎么样说?"淳风道:"臣犹记得。"遂朗吟道:

"美色人间至乐春,我淫人妇妇淫人。

色心若起思亡妇,遍体蛆钻灭色心。"

太宗听了说道:"诗后二句,甚不解其意。不知何处人,什么姓名?"淳风道:"圣天子洪福不浅,今科三鼎甲,乃是忠直之士,大有裨于社稷。姓名虽知,不便说出,恐泄漏于臣,上帝震怒不浅。乞陛下赐臣于密室,写其姓名籍贯,封固盒中,俟揭榜后开看便知。"太宗叫太监取一个小盒,淳风写了封在盒内,太宗又加上一封藏于柜中。淳风辞了出来。

不一日开榜时,太宗取柜中李淳风写的一对,却是状元狄仁杰,山西太原人,榜眼骆宾王,浙江义乌人,探花李日知,京兆万年人。不胜骇异,始信淳风所言非诳,谶数之言必准。因思:"今已如此大病,何苦留此余孽,为祸后人。"便对才人武氏说道:"外廷物议,道你姓应图谶,你将何以自处?"武才人跪下泣奏道:"妾事皇上有年,未尝敢有违误。今皇上无故,一旦置妾于死,使妾含恨九泉,何以瞑目?况妾当时同百人选进宫,蒙皇上以众人为宫娥,妾独赐为才人,受恩无比,今日若赐妾死,反为他人笑话。望陛下以好生为心,使妾披剃入空门,长斋拜佛,以祝圣躬以修来世,垂恩不朽。"说罢大恸。太宗心上原不要杀他,今见他肯削发为尼,不胜大喜道:"你心肯为尼,亦是万幸的事。宫中所有,快即收拾回家,见父母一面,随即来京,赐于感业寺削发为尼。"武才人便同小喜谢恩,收拾出宫去。正所谓:

玉龙且脱金钩网,试把相思付与谁。

时武士彠闻知媚娘要出宫为尼,忙差人去接到家中相聚。家人领命,不多几日,接到家中。杨氏母亲见媚娘当年怎么样进宫,今日这般样出来,不觉大哭一场。小喜亦思量起父母死了,如今要见他,怎能个了,亦哭了一场。大家拜见过,武媚娘道:"闻得父亲过继个三思侄儿,怎么不见?"杨氏道:"他怎比当初,近来准日有许多朋友,不是会文,定是讲学,日日在外边吃得大醉回来。"媚娘道:"我忘记今年几岁了。"杨氏道:"当年你父亲过继他来时,已是三岁,如今已一十五岁了。看去像个人,不知他胸中如何。"

正说时,只见武三思半醉的进来。杨氏道:"三思,你家姑娘回来了,快来拜见。"媚娘抬头一看,只见:

> 生得唇红齿白,更兼目秀眉清,风流俊雅。正青春必是偷香首领,昔日角端未露,今朝满座皆惊。等闲难与共,为群须得姮娥相称。

媚娘与小喜忙起身与三思见了礼,三思道:"姑娘在宫中受用得紧,为什么朝廷轻信那廷臣之议,把姑娘退出宫来,却教去削发为尼。这皇帝也算无情,亏他舍得放你出来。"媚娘止不住落下泪来。三思道:"姑娘你不要愁烦,我看那些尼姑倒快活,并无忧愁。"媚娘心上初出宫的时节,倒觉难过,今见了三思相貌娇好,也就罢了。

吃了夜饭,三思见父母与小喜走开,即走近媚娘身边,带醉的笑说道:"姑娘,我看你好股青丝细发,日后怎舍得剃将下来?"媚娘因是自家骨肉,又见他年纪幼小,庞儿俊俏,一把搂在怀里。三思道:"姑娘睡在那里?"媚娘道:"就在母亲房内。"三思道:"我有

第七十回

许多话要问姑娘,我今夜陪姑娘睡了罢。"媚娘道:"有话待我母亲睡着了,你进房来说。"三思道:"如此切记,不要闩了门。"媚娘点点头儿。

那夜武三思候父母睡着,悄悄挨进媚娘房中,成了鹁鸠之乱。过了几日,武士彟恐怕弄出事来,只得打发媚娘、小喜出门。武三思送了二三里,媚娘悄对他说道:"侄儿,你若忆念我,到了考试之期,竟到感业寺中来会我。"三思唯唯,洒泪而别。在路上行了几日,到了感业寺中。那庵主法号长明,出来接了武媚娘与小喜进去,见媚娘千娇百媚,花枝般一个佳人,又见小喜年纪虽有二十四五,丰神绰约,也不是安静主顾,想道:"如此风流样子,怎出得家?"领到佛堂中,四五个徒弟在那里动响器,长明老尼叫武媚娘参拜了佛,便与他祝了发,小喜也改了打扮,佛前忏悔过。停了音乐,各人下来见礼。小喜看到第四个,宛如女贞庵里二师父,心里是这般想,因初相见不好说破,大家定睛看了一回。长明道:"这四个俱是小徒。"指着怀清道:"这位是去岁冬底来的。"就领武夫人进去说道:"这两间是夫人、喜姐住的房,间壁就是这位四师父的卧室。"媚娘听了,暂时收拾,安心住着。

到了黄昏时候,只见小喜笑嘻嘻的走进来。媚娘道:"你这个女儿倒像惯做尼姑的,到这个地位,还有什么好笑?"小喜道:"夫人不知,那位四师父,就是女贞庵李夫人的妹子怀清。是我认得的,刚才不好叫出来,如今在他房里问了别后的事情,故此好笑。"媚娘道:"什么女贞庵李夫人?"小喜把当初隋萧后回南上坟,到女贞庵与隋南阳公主、秦、狄、夏、李四位夫人相会说了一遍。媚娘道:"如此说他好了,为什么又到这里来?"小喜道:"濮州连岁饥荒，又染了疫症，秦、夏、李三位夫人相继病亡。他被一个士子挈了要同到京，不想中途士子被盗杀了，他却跳在水中，被商船上救了，带至京都，送在此地暂寓。"媚娘道："他们果有人来往么？"小喜道："他说有个姓冯的表弟，住在蓝桥开张药铺，常来走走。"媚娘点点头儿。

一日媚娘正在佛堂里看怀清写对，听得外边叩门，恰好长明老尼不在庵中，领徒众到人家念经去了。怀清出来，问道："是谁？"那人道："阿妹，是我。"怀清知是冯小宝，欢喜不胜，忙开了进来。怀清道："为什么几时不来？"冯小宝道："闻得你们庵中有甚么朝廷送的武夫人在此出家，故此我不敢来。今见寺门闭着，想是徒众不在家，我悄悄来会你一会。"怀清道："那武夫人在堂中，你要去见见么？"那冯小宝随了怀清进来，见武夫人倚在桌上看怀清写的榜对。怀清道："五师父，我们的兄弟在这里看我，见个礼儿。"媚娘掉转身来一看，只见：

　　身躯寡弱，态度幽娴。鼻倚琼瑶，眸含秋水。眉不描而自绿，唇不抹而凝朱。生成秀发，尽堪盘云髻一窝；天与娇姿，最可爱桃花两颊。漫道落水中宵梦，欲卜巫山一段云。

媚娘忙答一礼道："这个就是令弟么？"恰好小喜寻媚娘进去，小宝见了，也与他揖过。小喜问道："此位尊姓？"怀清道："这是前日说的冯家表弟。"小喜道："原来就是令弟，失敬了。"说罢，怀清同着小宝走到自己的房中，只见小宝走到桌边，取一幅花笺写一绝道：

　　天赋痴情岂偶然，相逢已自各相怜。
　　笑子好似花间蝶，才被红迷紫又牵。

第七十回

怀清笑道:"妾亦有一绝赠君。"提笔写在后面道:

　　一睹芳容即耿然,风流雅度信翩翩。

　　想君命犯桃花煞,不独郎怜妾亦怜。

写完,怀清出房到厨下去收拾酒菜,同小宝在房中吃酒玩耍。媚娘在房细想了一回,随同小喜走到怀清房门首,悄悄立着,只听得外边敲门声响,晓得老师父领众回来。媚娘便走进房,小喜出去开门,那怀清亦出来。只见长明领了四个徒弟,婆子背着经忏,怀清与那几个说些闲话,小喜恐媚娘冷净,即便归房,见媚娘展开鸾笺,上写道:

　　花花蝶蝶与朝朝,花既多情蝶更妖。

　　窃得玉房无限趣,笑他何福可能销。

　　从来乐事恨难长,倏尔依回恣采香。

　　讨尽花神许多债,谩留几点未亲尝。

两人正在那里看诗,见怀清进来说道:"武上师,你同六师父到我房里去谈谈。"媚娘道:"你有令弟在那里,我怎好来?"怀清道:"自古说:四海之内皆兄弟。何况你我?"媚娘道:"既如此说,何不同到我房里来坐坐,我泡好茶相候。"怀清道:"我同六师父去挽他来。"携了小喜出房,不一时先把酒肴送到,小喜也先进来。媚娘道:"你可曾拿我的诗么?"小喜道:"诗在案上,没有人动。我刚才在他房里,见桌上一幅纸,也是什么诗儿,被我袖在这里与夫人看。"放了东西,在袖子里取出来,媚娘接来细看,乃是怀清与小宝唱和的两首绝句。忽见怀清与小宝走进来,媚娘悄悄将诗藏过便道:"四师父,我在这里没有破钞,怎好相扰?"怀清道:"几个小菜,叫人笑死。"便将烛放在中间,叫小宝朝南坐了,自同媚娘对席，叫小喜也坐在横头。大家满斟细酌，狎邪嘲笑，饮酒欢乐不提。

　　贞观二十三年五月，太宗疾甚，召长孙无忌、褚遂良、徐勣辈至榻前说道："朕与卿等扫除群丑，费了无数经营，始得归于一统。今四方宁靖，正欲与卿等共享太平，不意二竖忽侵，魏征、房玄龄先我而去，近又丧我李靖、马周。朕今将分手，别无他嘱。太子躬行仁俭，言动礼仪，可谓佳儿佳妇，卿等共辅佐之。"说了大恸，无忌等拜谢道："陛下春秋正富，正好励精图治，今龙体偶不豫，何出此不祥之语。"太宗道："朕已预知，故为叮咛耳。"诸臣辞了出宫。是夜上崩，太子即位，是为高宗，颁白诏于天下，诏以明年为永徽元年。

　　时武氏在感业寺，闻之亦为之恸泣。后因太宗忌日，高宗诣感业寺行香，恰值冯小宝在庵，回避不及，长明无奈，只得把小宝落了发。高宗问及，说是侄儿，在土地堂里出家，才来看我。高宗道："白马寺中，田地甚多，僧众甚少，朕给度牒一纸与他，限他明日即往白马寺住扎。"武氏见了高宗大恸，高宗亦为之泣下，悄悄分付长明："叫武氏束发，朕即差人来取。"嘱付了即起行。

　　未知后事如何，且听下回分解。

第七十一回

武才人蓄发还宫　秦郡君建坊邀宠

词曰：

　　景物因人成胜概，满目更无尘可碍。等闲蓦地喜相逢，愁方解，心先快，明月清风如有待。　　谁信门前鸾辂临，别是人间花世界。座中无物不清凉，情也在，恩也在，流水白云真一派。

——右调《天仙子》

情痴婪欲，对景改形，原是极易为的事。若论储君，毕竟非礼勿视，非礼勿听，非礼勿言，非礼勿动，从幼师傅涵养起来，自然悉遵法则。不意邪痴之念一举，那点奸淫，如醉如痴，专在五伦中丧心病狂做将出来，反与民间愚鲁，火树银台，桑间濮上，尤为更甚。

今不说高宗到感业寺中行香回宫。再说武夫人到了房中，怀清说道："夫人好了，皇爷驾临，特嘱夫人蓄发，便要取你回宫。将来执掌昭阳，可指日而待，为何夫人双眉反蹙起来？"媚娘道："宫中宠幸，久已预料必来，可自为主。只是如今一个冯郎反被我三人弄得他削发为僧，叫我与你作何计筹之？"怀清道："我们且不要愁他，看他进来怎么样说。"

武才人蓄发还宫　秦郡君建坊邀宠

只见冯小宝进房来问道："你们为什么闷闷的坐在此？"小喜道："武夫人与四师父在这里愁你。"小宝道："你们好不痴呀，夫人是不晓得，我姐姐久已闻知，我小宝上无父母，下无兄弟妻室，又不想上进，只想在温柔乡里过活。今日逢着夫人，难得怀清姐姐分爱，得沾玉体，又兼喜姑娘帮衬，这种恩情，不要说为你三人剃了头发，就死亦不足惜。"怀清道："只是出了家，难得妇人睡在身边，生男育女。"小宝道："姐姐，你不知那些有窍的妇人，巴不能弄着个有本事的和尚整日夜搂住不放出来。"武夫人道："若如此说，你将来有了好处，不想我们的了。"小宝道："是何言欤！若要如夫人这般倾城姿色，世所罕有，即如二位之尚义情痴，亦所难得。但只求夫人进宫时，撺掇朝廷，赏我一个白马寺主，我就得扬眉了，料想和尚没有什么官儿在里头可以做得。"怀清道："你这话就差了，难道皇帝只是男子做得？或者武夫人掌了昭阳，也做起来，亦未可知。"武夫人笑道："这且谩与他争论，只要你心中有我们就够了。"小宝跪下发誓道："苍天在上，若是我冯怀义日后忘了武夫人与怀清师父、小喜姑娘的恩情，天诛地灭。"武夫人脱下一件汗衫，怀清解下玉如意，小喜也脱一件粗衣，三件东西，赠与冯小宝。

正在叮咛之际，只见长明执着一壶酒，老婆子捧了夜膳，摆在桌上。长明道："冯师父，我斟一杯酒与你送行，你不可忘了我。论起刚才在天子面前，我认了你是个侄儿，你今夜该睡在我房里才是。但是我老人家年纪有了，不敢奉陪，只要你到白马寺中去，收几个好徒弟来下顾就是。快些吃杯酒儿睡了，明日好到寺里去。"说了，出房去了。小宝与媚娘等三人你贪我爱，你说我泣，弄了一夜。到五更时，听见钟声响动，只得起身收拾，大家下泪送别怀义

第七十一回

出庵不题。

再说高宗过了几月,即差官选纳武才人与小喜进宫,拜才人为昭仪。高宗欢喜不胜。亦是武昭仪时来运至,恰好来年就生一子,年余又生一女,高宗宠幸益甚。王皇后、萧淑妃恩眷已衰。会昭仪生女,后怜而弄之。后出,昭仪潜扼杀之。上至昭仪宫,昭仪阳为欢笑,发被观之,女已死矣,惊啼问左右,左右皆言皇后适来此。高宗大怒道:"后杀吾女!"昭仪也泣数其罪。后无以自明,由是有废立之意。

高宗一日退朝,召长孙无忌、李勣、褚遂良、于志宁于殿内。遂良道:"今日之事,多为宫中。既受顾托,不以死争之,何以下见先帝?"勣称疾不入。无忌等至内殿,高宗道:"皇后无子,武昭仪有子,今欲立昭仪为后何如?"遂良道:"先帝临崩,执陛下手,谓臣道:'朕佳儿佳妇,今以付卿。'此陛下所闻,言犹在耳,皇后未闻有过,岂可轻废。"上不悦而罢。明日又言之,遂良道:"陛下必欲易皇后,伏请妙择天下令族,何必武氏?况武氏经事先帝,众所共知,万代之后,谓陛下为何如?"因置笏于殿阶,免冠叩头流血。高宗大怒,命宫人引出。昭仪在帘中大言曰:"何不扑杀此獠?"无忌道:"遂良受先帝顾命,有罪不敢加刑。"韩瑗因间奏事,泣涕极谏,高宗皆不纳。

隔了几日,中书舍人李义府叩阁,表请立武昭仪。适李勣入朝,高宗道:"朕欲立武昭仪为后,前问遂良,以为不可,子当何如?"李勣道:"此陛下家事,何必更问外人?"许敬宗从旁赞道:"田舍翁多收十斛麦,尚欲易妇,况天子乎?"帝意遂决,废王皇后、萧淑妃为庶人,命李勣赍玺绶册武氏为皇后。贬褚遂良为潭州都督,

武才人蓄发还宫　秦郡君建坊邀宠

又贬爱州刺史,寻卒。自后僭乱朝政,出入无忌,每与高宗同御殿阁听政,中外谓之二圣。高宗被色昏迷,心反畏惧武后,即差人封怀义为白马寺主。又令行人司,迎请母亲来京,赠父武士彟司徒,赐爵周国公,封母杨氏为荣国太夫人,武三思等俱令面君,亲赐官爵,置居京师。因恨王皇后、萧淑妃,令人断其手足,投于酒瓮中,道:"二贱奴在昔骂我至辱,今待他骨醉数日,我方气休。"因此日夜荒淫。

武后怀着那点初心,要高宗早过,便百般献媚。弄得高宗双目枯眩,不能票本。百官奏章,即令武后裁决。武后曾经涉猎文史,弄些聪明见识,凡事皆称圣意,因遂加徽号曰天后。一日,高宗因目疾枯塞,心下烦闷,因对天后道:"朕与你终日住在宫中,目疾怎能得愈?闻得嵩山甚是华丽,朕与你同去一游,开爽眼界何如?"天后亦因在宫中,时见王、萧为祟,巴不能个出去游幸,便道:"这个甚好。"高宗令宫监出来说了,不一时銮仪卫摆列了旌帐队伍,跟了许多宫女。高宗同天后上了一个双凤銮舆坐下。天后道:"文臣自有公务,要他们跟来做甚,只带御林军四五百就够了。"高宗遂传旨大小文臣,不必随御,一应文臣便自回衙门办事。銮仪卫把那些旌帐齐齐整整摆将出来,甚是严肃。在路晓行夜宿,逢州过县,自有官员迎接供奉。

不日已到嵩山,但见奇峰叠出,高耸层云,野鸟飞鸣,齐歌上下。寺门前一条石桥,沸滚的长川冲将下来,奈是秋杪的时候,只有红叶似花,飘零石砌。又见那寺里日宫月殿,金碧辉煌,只可恨那寺后一两进小殿,被了火灾,还没有收拾。因天已底暮,在寺门前看那红日落照,游了一回,便转身上辇。天后呆坐了仔细凝思,

高宗道:"御妻想什么?"天后道:"聊有所思耳!"因取鸾笺一幅,上写道:

> 陪銮游禁苑,侍赏出兰闱。
> 云掩攒峰盖,霞低捶浪旂。
> 日宫疏涧户,月殿启岩扉。
> 金轮转金地,香阁曳香衣。
> 铎吟轻吹发,幡摇薄露稀。
> 昔遇焚芝火,山红迎野飞。
> 花台无半影,莲塔有金辉。
> 实赖能仁力,攸资善世威。
> 慈缘兴福绪,于此欲皈依。
> 风枝不可静,泣血竟何为?

高宗看天后写完,拿起来念了一遍,赞道:"如此词眼新艳,用意古雅,道是翰苑大臣应制之作,岂属佳人游戏之笔?妙极,妙极。"行了数日,已到宫门首,几个大臣来接驾奏道:"李勣抱疴半月,昨夜三更时已逝矣!"高宗见说,为之感伤,赐谥贞武。其孙敬业,袭爵英公。高宗因天后断事平允,愈加欢喜。天后览臣工奏章,见内有薛仁贵讨突厥余党,三箭定了天山,因叹道:"几万雄师,不如仁贵之三箭耳!"遂问高宗道:"此人有多少年纪?"高宗道:"只好三十以内之人。"天后道:"待他朝见时,妾当觑他。"高宗临朝,薛仁贵进朝复旨,天后在帘内私窥,见其相貌雄伟,心中甚喜,撺掇高宗以小喜赠之。

时天后设宴于华林园,宴其母荣国夫人并三思,高宗饮了一回,有事与大臣会议去了。杨氏换了衣服,同天后、三思各处细玩

武才人蓄发还宫　秦郡君建坊邀宠

园中景致。但见：

> 楼阁层出，树影离奇。纵横怪石，嵌以精庐。环池以憩，万片游鱼。绀树镂楹，视花光为疏密；长桄复道，依草态以萦纡。既燠房之奥窔，亦凉室之虚无。乃登峭阁，眺层丘，条八窗之竞开，恍万壑之争流。能不结遥情之亹亹，真堪增逸兴之悠悠。

游玩一遍，荣国夫人辞别天后升舆回第。三思俟杨氏去后，换了衣，也来殿上游玩一遍，各自散归。武后回宫不提。

且说沛王名贤，周王名显，因宫中无事，各出资财，相与斗鸡为乐，以表输赢。时王勃为博士，年少多才，二王喜与之谈笑。每至斗鸡之时，王勃亦为之欢饮，因作《斗鸡檄文》云：

> 盖闻昴日，著名于列宿，允为阳德之所钟。登天垂象于中孚，实惟翰音之是取。历晦明而喔喔，大能醒我梦魂。遇风雨而胶胶，最足增人情思。处宗窗下，乐与纵谈。祖逖床前，时为起舞。肖其形以为帻，王朝有报晓之人；节其状以作冠，圣门称好勇之士。秦关早唱，庆公子之安全；齐境长鸣，知群黎之生聚。决疑则荐诸卜，颁赦则设于竿。附刘安之宅以上升，遂成仙种；从宋卿之窠而下视，常伴小儿。惟尔德禽，固非凡鸟。文顶武足，五德见推于田饶；杂霸雄王，二宝呈祥于嬴氏。迈种首云祝祝，化身更号朱朱。苍蝇恶得混其声，蟋蟀安能窃其号。即连飞之有势，何断尾之足虞？体介距金，邀荣已极；翼舒爪奋，赴斗奚辞？虽季郈犹吾大夫，而埘桀隐若敌国。两雄不堪并立，一啄何敢自安？养威于栖息之时，发愤在呼号之际。望之若木，时亦趾举而志扬；应之如神，不觉尻高而首下。

第七十一回

于村于店,见异己者即攻;为鹳为鹅,与同类者争胜。爱资枭勇,率遏鸱张。纵众寡各分,誓无毛之不拔;即强弱互异,信有喙之独长。昂首而来,绝胜鹤立;鼓翅以往,亦类鹏搏。搏击所施,可即用充公膳;剪降略尽,宁犹容彼盗啼。岂必命付庖厨,不啻魂飞汤火。羽书捷至,惊闻鹅鸭之声;血战功成,快睹鹰鹯之逐。于焉锡之鸡幛,甘为其口而不羞;行且树乃鸡碑,将味其肋而无弃。倘违鸡塞之令,立正鸡坊之刑。牝晨而索家者有诛,不复同于龀畜;雌伏而败类者必杀,定当割以牛刀。此檄。

高宗见了檄文,便道:"二王斗鸡,王勃不行谏净,反作檄文,此乃交构之际。"遂斥王勃出沛府。王勃闻命,便呼舟省父于洪都。舟次马当山下,阻风涛不得进。那夜秋杪时候,一天星斗,满地霜华。勃登岸纵观,忽见一叟坐石矶上,须眉皓白,顾盼异常,遥谓王勃道:"少年子何来?明日重九,滕王阁有高会。若往会之,作为文词,足垂不朽,胜于斗鸡檄多矣!"勃笑道:"此距洪都,为程六七百里,岂一夕所能至?"叟道:"兹乃中元,水府是吾所司,子欲决行,吾当助汝清风一帆。"勃方拱谢,忽失叟所在。勃回船,即促舟子发舟,清风送帆,倏抵南昌。舟人叫道:"好呀,谢天地,真个一帆风已到洪州了!"王勃听见,欢喜不胜。

时宇文钧新除江州牧,因知都督阎伯屿有爱婿吴子章,年少俊才,宿构序文,欲以夸客,故于开宴宾僚。王勃与宇文钧亦有世谊,遂更衣入谒。因邀请赴宴,勃不敢辞,与那群英见礼过,即上席。因他年方十四,坐之末席。笙歌迭奏,雅乐齐鸣。酒过几巡,宇文钧说道:"忆昔滕王元婴,东征西讨,做下多少功业,后来为此地刺史,牧民下士,极尽抚绥。黎庶不忘其德,故建此阁,以为千秋仪表。但可惜如此名胜,并无一个贤人做一篇序文,镌于碑石,以为壮观。今幸诸贤汇集,乞尽其才,以纪其事何如?"遂叫左右取文房四宝,送将下去。

诸贤晓得吴子章的意思,各各逊让,次第至勃面前。勃欲显己才,受命不辞。阎公心中转道:"可笑此生年少不达,看他做什么出来!"遂去更衣,命吏候于勃旁。"看他做一句报一句,我自有处。"王勃据了一张书案,提起笔来,写着:"南昌故郡,洪都新府。"书吏认真写一句报一句,阎公笑道:"老生常谈耳。"次云:"星分翼轸,地接衡庐。"阎公道:"此故事也。"又报至:"襟三江而带五湖,控蛮荆而引瓯越。"阎公即不语。俄而数吏沓至报,阎公即颔颐而已,至"落霞与孤鹜齐飞,秋水共长天一色",不觉矍然道:"奇哉此子,真天才也!快把大杯送酒去助兴。"顷而文成,左右报完,忽见其婿吴子章道:"此文非出自王兄之大才,乃赝笔也。如不信,婿能诵之,包你一字不错。"众人大惊。只见吴子章从"南昌故郡"背起,直至"是所望于群公",众人深以为怪。王勃说道:"吴兄记诵之功,不减陆绩诸人矣。但不知此文之后,小弟还有小诗一首,吴兄可诵得出么?"子章无言可答,抱惭而退。只见王勃又写上一言均赋,四韵俱成:

　　滕王高阁临江渚,佩玉鸣鸾罢歌舞。
　　画栋朝飞南浦云,朱帘暮卷西山雨。
　　闲云潭影日悠悠,物换星移几度秋。
　　阁中帝子今何在?槛外长江空自流。

阎公与宇文钧见之,无不赞美其才,赠以五百缣,才名自此益显。

第七十一回

却说高宗荒淫过度，双目眩眊。天后要他早早归天，时刻伴着他玩耍，朝中事务，俱是天后垂帘听政。一日看本章内，礼部有题请建坊旌表贞烈一疏。天后不觉击案的叹道："奇哉！可见此等妇人之沽名钓誉，而礼官之循声附会也。天下之大，四海之内，能真正贞烈者，代有几人？设或有之，定是蠢然一物，不通无窍之人，不是为势所逼，即为义所束。闺阁之中，事变百出，掩耳盗铃，谁人守着。可笑这些男子，总是以讹传讹，把些银钱换一个牌坊，假装自己的体面，与母何益？我如今请贞烈建坊的一概不准，却出一诏，凡妇人年八十以上者，皆版授郡君赐宴于朝堂。难道此旨不好是前朝？"遂写一道旨意于礼部颁谕天下。时这些公侯驸马以及乡绅妇女，闻了此旨，各自高兴，写了履历年庚，递进宫中。天后看了一遍，足有数百，天后拣那在京的年高者，点了三四十名，定于十六日到朝堂中赴宴。至日，席设于宝华殿，连自己母亲荣国夫人亦预宴。时各勋戚大臣的家眷，都打扮整齐而来。

独有秦叔宝的母亲宁氏，年已一百有五，与那张柬之的母亲滕氏，年登九十有余，皆穿了旧朝服来到殿中。各各朝见过，赐坐饮酒。天后道："四方平静，各家官儿，俱在家静养，想精神愈觉健旺。"秦太夫人答道："臣妾闻事君能致其身，臣子遭逢明圣之主，知遇之荣，不要说六尺之躯，朝廷豢养，即彼之寸心，亦不敢忘宠眷。"天后道："令郎令孙，都是事君尽礼，岂不是太夫人训诲之力？"张柬之的母亲道："秦太夫人寿容，竟如五六十岁的模样，百岁坊是必娘娘敕建的了。"荣国夫人道："但不知秦太夫人正诞在于何日，妾等好来举觞。"秦母道："这个不敢。贱诞是九月二十三日，况已过了。"酒过三巡，张母与秦母等各起身叩谢天后。明日，

武才人蓄发还宫　秦郡君建坊邀宠

秦叔宝父子暨张柬之辈俱进朝面谢。天后又赐秦母建坊于里第，匾曰："福寿双高"，此一时绝胜。

后事如何，且听下回分解。

第 七 十 二 回

张昌宗行傩幸太后　冯怀义建节抚硕贞

诗曰：
　　春风着处惹想思，总在多情寄绿枝。
　　莫怪啼莺窥绣幕，岂怜佳树绕游丝。
　　盈盈碧玉含娇目，袅袅文姬下嫁时。
　　博得回眸舒一笑，凭他见惯也魂痴。

　　谚云饱暖思淫欲，是说寻常妇人，若是帝后，为天下母仪，自然端庄沉静，无有邪淫的。乃古今来，却有几个？秦庄襄后晚年淫心愈炽，时召吕不韦入甘泉宫，不韦又觅嫪毐，用计诈为阉割，使嫪毐如宦者状，后爱之，后被杀，不韦亦车裂。汉吕后亦召审食其入宫与之私通。晋夏侯氏至与小吏牛金通，而生元帝，流秽宫内，遗讥史策。可惜月下老布置姻缘，何不就拣这几个配他，使他心满意足，难道他还有什么痴想？

　　如今再说天后在宫中淫乱，见高宗病入膏肓，欢喜不胜。一日高宗苦头重，不堪举动，召太医秦鸣鹤诊之。鸣鹤请刺头出血可愈。天后不欲高宗疾愈，怒道："此可斩也，乃欲于天子头刺血！"高宗道："但刺之，未必不佳。"乃刺二穴出少血。高宗道："吾目似明矣！"天后举手加额道："天赐也。"自负彩百匹，以赐鸣鹤。鸣鹤叩头辞出，戒帝静养。天后好像极爱惜他，时伴着依依不舍。岂知高宗病到这个时候，不肯依着太医去调理，还要与天后亲热，火升起来，旋即驾崩，在位三十四年。天后忙召大臣裴炎等于朝堂，册立太子英王显为皇帝，更名哲，号曰中宗。立妃韦氏为皇后，诏以明年为嗣圣元年，尊天后为皇太后，擢后父韦玄贞为豫州刺史，政事咸取决于太后。

一日，韦后无事，在宫中理琴，只见太后一个近侍宫人，名唤上官婉儿，年纪只有十二三岁，相貌娇艳，性格和顺。生时母梦人畀大秤而生，道使此女衡量天下，后遂颇通文墨，有记诵之功。偶来宫中闲耍，韦后见了便问道："太后在何处，你却走到这里来？"婉儿道："在宫中细酌。我不能进去，故步至此。"韦后道："岂非冯、武二人耶！"婉儿点头不语。韦后道："你这点小年纪，就进去何妨？"婉儿道："太后说我这双眼睛最毒，再不要我看的。"韦后道："三思犹可，那秃驴何所取焉！"

说时，只见中宗气忿忿的走进宫来，婉儿即便出去。韦后道："朝廷有何事，致使陛下不悦？"中宗道："刚才御殿，见有一侍中缺出，朕欲以与汝父，裴炎固争，以为不可。朕气起来对他们说道：'我欲以天下与韦玄贞何不可，而惜侍中耶！'众臣俱为默然。"韦后道："这事也没要紧，不与他做也罢了，只是太后如此淫乱奈何？听见冯、武又在宫中吃酒玩耍。"中宗道："诗上边说：'有子七兮，莫慰母心。'母要如此，叫我也没奈何。"韦后道："你倒有这等度量。只是事父母几谏，宁可悄悄的谏他一番。"中宗道："不难，我明日进宫去与他说。"

第七十二回

　　到了明日，中宗朝罢，先有宫监将中宗要与韦玄贞为侍中并欲与天下，与太后说了。太后道："这般可恶。"不期中宗走进宫来，令诸侍婢退后，悄悄奏道："母后恣情，不过一时之乐，恐万代后青史中不能为母后隐耳，望母后早察。"太后正在含怒之际，见他说出这几句话来，又恼又惭，便道："你自干你的事罢了，怎么毁谤起母来？怪不得你要将天下送与国丈，此子何足与事！"遂召裴炎废中宗为庐陵王，迁于房州。封豫王旦为帝，号曰睿宗，居于别宫。政事咸决于太后，睿宗不得与闻。太后又迁中宗于均州，益无忌惮，心甚宽畅。又知宗室大臣怨望，心中不服，欲尽杀之。盛开告密之门，有告密称旨者，不次除官。用索元礼、周兴、来俊臣共撰《罗织经》一卷，教其徒网罗无辜。中宗在均州闻之，心中惴惴不安，仰天而祝，因抛一石子于空中道："我若无意外之虞，得复帝位，此石不落。"其石遂为树枝勾挂。中宗大喜，韦后亦委曲护持之。中宗道："他日若复帝位，任汝所欲，不汝制也。"这是后事不提。

　　且说洛阳有张易之、张昌宗兄弟二人，他父亲原是书礼之家，一日因科举到京中应试，寓在武三思左近。恰好三思与怀义不睦，要夺他宠爱，遂荐昌宗兄弟于太后不题。

　　却说怀清见怀义到白马寺里去，料想他不能个就来，适有一睦州客人陈仙客，相貌魁伟，更兼性好邪术，怀清竟蓄了发，跟他到睦州，那寺侧毛皮匠，也跟去做了老家人。恰值那年睦州亢旱，地里忽裂出一个池来，中间露出一条石桥，桥上刻着"怀仙"两字，人到池边照影，一生好歹，都照出来。因此怀清夫妻也去照照，那知池中现出竟如天子皇后的打扮，并肩而立。怀清深以为怪，对仙客道："桥上'怀仙'二字，合着你我之名。又照见如此模样，武媚娘可以做得皇帝，难道我们偏做不得？"遂与仙客开起一个崇义堂来，只忌牛犬，又不吃斋，所以人都来皈依信服。男人怀清收为徒，女人仙客收为徒，不上一两年，竟有数千余人。怀清自立一号曰硕贞，拣些那精壮俊俏后生，多教了他法术，皆能呼风唤雨。不期被县尹晓得了，要差兵来捕他，那些徒弟们慌了，报知陈仙客、硕贞。硕贞见说，选了三四百徒弟拥进县门，把县尹杀了，据了城池，竖起黄旗，自称文佳皇帝。仙客称崇义王，远近州县望风纳款。扬州刺史阴润只得申文报知朝廷。

是日太后闲着无事，恰值差人去邀怀义在宫中二雅轩宴饮，见了奏章，太后微笑道："天下只道惟我在女子中有志敢为，可谓出类拔萃者矣。不意此女亦欲振起巾帼之意，擅自称帝。"怀义道："莫非就是睦州的文佳皇帝陈硕贞么？前日有两个女尼对臣说那陈硕贞凶勇无比，说起来就是感业寺里怀清，未知确否？"正说时，只见象州刺史薛仁贵申文请发兵讨陈硕贞，又有夫人小喜一副私礼，禀启中备说陈硕贞就是怀清，在睦州起义，曾遇异人，得了天书符篆，凶锋难犯，或抚或剿，恩威悉听上裁。

太后笑道："我说那里有这样斗气的女子，原来果是令姊。"怀义亦笑道："罢了，男人无用的了，怎么一个柔弱女子便做得这个田地？"太后笑道："这样话只算得放屁。舜何人也，予何人也，有为者亦若是。难道女子只该与男子践如敝屣的？我前日的意思，建官分职，原要都用女子，男人只充使令，举朝皆妇人，安在不成师济之盛？我今烦你去招安他，难道他不肯来？"怀义道："臣无官职，怎能个去招他？"太后道："我封你一个大将军之职，你去何

第七十二回

如？"即传旨封怀义为右卫大将军之职，星夜往睦州，招抚陈硕贞。咨文发下，怀义便辞朝，太后又叮咛了许多话，差御林军三千助之。又移咨象州刺史薛仁贵会兵接应。仁贵得了旨意，亦发兵进剿。

原来陈硕贞夫妻两个近日不睦，仙客嫌妻拥着精壮徒弟，不与他管，硕贞亦嫌其抢掳娇娃，带了随处宣淫。你道我兵强，我道己兵胜，因此大家分路，各自建功。仁贵将到淮上，早有细作来报道："崇义王陈仙客带了一二千人马，离此地只有三十余里，要到徐州借粮，伏乞老爷主裁。"薛仁贵即便驻扎，点三百精兵，扮着逃难百姓，星夜赶前去伏着，又发一百精勇扮做贩酒煮的客人，又发二百精兵扮作香客，看前头下得手处埋伏。分付完了，各自起行。仁贵自己统领大军连夜追赶，离贼只有二三里便停住。候至半夜，只听得一声号炮，仁贵如飞赶上前去，只见后边火星迸起，炮声不绝。仁贵持枪直杀到寨门，可怜那些贼兵从未逢这样精锐，各自卸了甲胄走了。陈仙客尚在炕上安寝，睡梦中听得杀喊，正要想逃走，那晓得仁贵一条枪直刺进来，被后边四五个精兵杀进，逃走不及，被仁贵一枪刺死在地，枭了首级。还有七八百人见主帅被诛，只得弃戈投降。

却说怀义同了三千御林军起行，预先差四五个徒弟扮做游方僧人，去打听可是怀清还俗的。众徒弟领命去了，自己却慢慢而行。过了几日，只见那四五个徒弟同了一个老人家转来，怀义问道："所事可有着实么？"徒弟道："文佳皇帝一个亲随家人被我们哄到这里，师爷去问他便知。"怀义出来问道："你是那里人？姓什么？"那老者道："难道老爷不认得小的了？小的姓毛，名二，长安人，当年住在感业寺侧首做皮匠为活。小的单身，时常蒙怀清师父热汤茶饭总承我的。不想被那睦州陈仙客王爷,到寺中拐了六师父,竟往睦州蓄了发,做了夫妇,小的也只得随他去。"

怀义问道:"他们有什么本事,哄骗得这些人动?"毛二道:"那陈仙客喜的是咒诅邪术。不想遇着六师父更聪明,把这些书符秘诀,练习精熟,着实效验,故此远近男女知道,都来降服皈依。"怀义道:"你知那陈仙客勇力如何?"毛二垂泪道:"老爷,我们的主儿已死,还要问他什么勇力?"怀义听见喜道:"几时死的?"毛二道:"前日被薛仁贵来剿他,不意路上撞见,黑夜里杀进寨来。我那主子正在睡梦中,不及穿甲,被他杀了。"怀义道:"你这话不要调谎。"毛二道:"小的若是调谎,听凭老爷处死。"怀义道:"你如今要往那里去?"毛二道:"小的要去报知王爷的死信。"怀义道:"你不晓得,你文佳皇帝与我是亲戚。"毛二道:"小的怎么不晓得?"怀义道:"朝廷晓得了造反,故此差我来招安。你今要去报知他崇义王死信,可同我的人去,他便明白了。"说罢,怀义就写一封书,一件东西,付与四个徒弟,又叮咛了一番。徒弟同毛二起身去了。

行不多几日,到了沛县,只见他们摆着许多营盘,在城外把守。守营军卒看见了问道:"毛伯伯,你为何回来了?你们那里何如?"毛二摇头道:"少顷便知。皇爷在何处?"小卒道:"在中军。"毛二如飞走到中军报知,叫毛二进去。毛二跪在地上只是哭泣,陈硕贞心焦道:"你这老儿好不晓事,好和歹说出来罢了,为什么只管啼哭?"毛二将崇义王如何行兵,薛仁贵如何举动,不想王爷正在宴乐之时杀进来死了。陈硕贞不觉大恸。

正哭时,毛二又说道:"皇爷且莫哭,有一件事在此,悉凭皇爷主裁。"取出那怀义的一封书来。陈硕贞接了书,看见封面上写着

第七十二回

"白马寺主家报",便问:"你如何遇见了怀义?"毛二遂将骗去一段说了。陈硕贞将怀义的书拆开,只见上写道:

> 忆昔情浓宴乐,日夕佳期,不意翠华临幸,忽焉分手,此际之肠断魂消,几不知有今日也。自贤姊乔迁,细访至今,始知比丘改作花王,雨师堪为敌国,虽杨枝之水,一滴千条,反不如芸香片席,共沐莲床也。良晤在即,先此走候。统惟慈昭不宣。怀清贤姊妆次,辱爱弟冯怀义顿首拜。

毛二道:"他那里差四个童子在外。"硕贞便道:"唤他进寨来。"毛二出去不多时,领着四个徒弟走进寨门。两边刀枪密密,剑戟重重,上边一个柔弱女子,相貌端严,珠冠宝顶,着一件暗龙羢色战袍,大红花边镶袖口。四个徒弟见了这般光景,只得跪下叩头道:"家爷启问娘娘好么?"陈硕贞道:"你家老爷,朝廷待得好么?"徒弟答道:"好。家爷有一件东西在此,奉与娘娘,须屏退众人。"陈硕贞道:"多是我的心腹。"那徒弟就在袖中取将出来,硕贞接在手中一看,却是前日临别时赠与怀义的白玉如意,见了双泪交流便道:"我只道我弟弟不得见面的了,谁知今日遭逢。"便对四个徒弟道:"这里总是一家,你们住在此,待你老爷来罢。"四人只得住下。

过了一宵,五更时分,听得三个轰天大炮,早有飞马来报道:"敌兵来了!"陈硕贞道:"这是我家师爷,说甚敌兵!"各寨穿了甲胄,如飞摆齐队伍,也放三声大炮,放开寨门。硕贞差人去问:"是何处人?"怀义的兵道:"我们是白马寺主右卫大将军冯爷,你们来的是何人?"军卒答道:"是文佳皇帝在此。"说了,就转身去报与陈硕贞。硕贞选了三四十人跟了,跨上马来接圣旨。怀义叫三千御林军驻扎站立,自同三四十个徒弟背了玉旨,昂然而来。到硕贞寨中,香案摆列。硕贞接拜了圣旨,两个相见过,拥抱大哭,到后寨中去各诉衷情。

正欲摆酒上席,城内各官俱来参谒。怀义差人辞谢了,对硕贞道:"贤姊既已受安,部下兵马如何处置?"硕贞道:"我既归降,自当同你到京面圣,兵马且屯扎睦州再处。"怀义道:"如此绝妙。"硕贞传众军头目说了,军马只得暂住睦州驻扎候旨,止带三四十亲随,同怀义亲切的慢慢而行。行不及两三日,遇见了薛仁贵兵马。怀义把招安事体于他说了,仁贵道:"既是事体已妥,师爷同令姊面圣,学生具疏上闻,去守地方了。"大家相别,仁贵自回象州去了。

怀义同硕贞一路而行。到了京中,报知太后。太后晓得陈硕贞到了,怀义先进宫去说明,差个官儿去接,即召陈硕贞进宫。太后一见,悲喜交集,大家细把别后事情说了,留在宫中住了两三日,赠了金银缎匹,买一所民房居住,敕赐硕贞为归义王,与太后为宾客。怀义赐爵鄂国公。后事如何,下回分解。

第七十三回

安金藏剖腹鸣冤 骆宾王草檄讨罪

词曰：

  兔走鸟飞，一霎时，翻腾满目。兴告讦，网罗欲尽，律严刑酷。眼底赤心肝一片，天边鳄浪愁千斛。吐尽怀草檄，整天廷，仇方复。　　斟绿酒，浓情续。烧银烛，新妆簇。向风亭月榭，细谈衷曲。此夜绸缪恩未竟，来朝离别情何促？倩东风，博得上林归，双心足。

——右调《满江红》

  从古好名之士，为义而死，好色之人，为情而亡。然死于情者比比，死于义者百无一二。独有春秋时卫大夫弘演纳懿公之肝于腹中；战国时齐臣王蠋闻闵王死，悬躯树枝，自奋绝脰而亡。立心既异，亦觉耳目一新，在宇宙中虽不能多，亦不可少。

  今说太后在宫追欢取乐，倏忽间又是秋末冬初。太平公主乃太后之爱女，貌美而艳，丰姿绰约，索性轻佻，惯恃母势胡作敢为。先适薛绍，不上两三年把他弄死。归到宫中，又思东寻西趁，不耐安静。太后恐怕拉了他心上人去，将他改适大夫武攸暨，不在话下。

是日恰值太后同武三思在御园游玩,太后道:"两日天气甚是晴和。"三思道:"天气虽好,只是草木黄落,觉有一种凋零景象,终不如春日载阳,名花繁盛之为浓艳耳!"太后道:"这又何难?前日上林苑丞奏梨花盛开,梨花可以开得,难道他花独不可开。况今又是小春时候,明日武攸暨必来谢亲,赐宴苑中,当使万花齐放,以彰瑞庆。"三思道:"人心如此,天意恐未必可。"太后笑道:"明日花若开了,罚你三大玉杯酒。"三思亦笑道:"白玉杯中酒,陛下时常赐臣饮的,只是如今秋末冬初的天气,那得百花齐放来?"太后怒目而视,别了三思回宫,便传旨宣归义王陈硕贞入朝。将前事与他说了,叫他用些法术,把苑中树木尽开顷刻之花,以显瑞兆。硕贞道:"若是明日筵宴,陛下要一二种花,臣或可向花神借用。若要万花齐发,这是关系天公主持,须得陛下诏旨一道,待臣移檄花神,转奏天廷,自然应命。"太后展开黄纸,写一诏道:

  明朝游上苑,火速报春知。

  花须连夜发,莫待晓风吹。

太后写完,将诏付陈硕贞。硕贞又写了一道檄文,别了太后,竟到苑中,施符作法,焚与花神不题。太后又传旨着光禄寺正卿苏良嗣进苑整治筵席。

再说武三思回家途遇了怀义,怀义问道:"上卿何不宿于宫,而跋涉道途耶?"三思道:"可笑太后要向花神借春,使明早万花齐放。我想人便生死由你,这发蕊敷花系上帝律令,岂花神可以借得。我与你到明日看苑中之花,便知天意了。"两人大笑而别。

到了明日,天气愈觉融和,怀义放心不下,忙进苑来,只见万卉敷荣,群枝吐艳,一转转到畅华堂来,一个官儿在那里主持。原来苏良嗣为因旨意,叫他检点筵席,故早到此。怀义被他看见,便道:"何物秃驴辄敢至此!"怀义见他说这两句话,道他眼睛有些近视,只得忍着气对苏良嗣道:"苏老先,彼此朝廷正卿,难道学生来不得的?"苏良嗣道:"今日是武驸马谢亲,是一席喜筵,朝廷差我在此料理。你是何科目出身,居为正卿,妄自尊大?你若不走,我就把朝笏来批你的颊,看你把我如何?"怀义挣着眼睛,要发出话来,不意苏良嗣向着怀义把牙笏照脸批来,打了几下。

怀义着了忙,只得逃进太后宫中,双膝跪下。太后道:"你为何这般光景?"怀义道:"苏良嗣无礼,见了臣僧,便批臣的颊。"太后道:"他在何处打你?"怀义道:"在苑中畅华堂。"太后即搀他起来道:"是朕叫他在那里主持酒席的,你为什么到那里闲走起来?南衙宰相往来,今后阿师当从北门出入。"便叫内侍分付司北宰门的官儿:"今后上师进来,不可禁止。"又对怀义道:"你今日住在此,待他们酒席散了,朕与你去游赏何如?"

且说苏良嗣在畅华堂检点,屏开孔雀,座映芙蓉,满山百花开放,照耀的好不热闹。只见御史狄仁杰领着各官进来,见了这些花朵,不胜浩叹道:"奇哉,天心如此,人意何为?"内史安金藏道:"不知万卉中可有不开的?"众臣各处闲看,惟有槿树杳无萌芽,仍旧凋零,不觉赞叹道:"妙哉槿树,真可谓持正不阿者矣!"正说时,只见驸马武攸暨进宫去朝见了,到畅华堂来领宴,又见许多宫女,拥着太后进来,叫大臣不必朝参,排班坐定。太后道:"草木凋枯,毫无意兴,故朕昨宵特敕一旨,向花神借春,不意今早万花齐放,足见我朝太平景象。此刻饮酒,须要尽兴回去,或诗或赋做来,以记盛事。"又分付内侍去看万卉中可有违诏不开的,左右道:"万花俱放,只有槿树不开。"太后命左右剪除枝干,谪在野间,编篱作障,不许复植苑中。

那武三思辈这些谄佞之徒,无不谀词赞美。独有狄仁杰等俱道:"春荣秋落,大道之常。今众花特发,亦陛下威福所致,但冬行春令,还宜修省。"酒过三巡,众臣辞退。太后也因怀义在内,命驾进宫。武三思看见太后不邀他到宫里去,心中疑惑,走到旁边,穿过了玩月亭,将到翠碧轩转去,只见上官婉儿倚阑呆想。正是:

淡白梨花面,轻盈杨柳腰。

倚阑惆怅立,妩媚觉魂消。

三思在太后处时常见他,也彼此留心。今日见他独自在此,好不欢喜,便道:"婉姐,你独自在此想着甚来,敢是想我么?"婉儿撒转头来,见是三思,笑道:"我是不想你,另有个心上人在那里想着。"三思道:"是那个?"婉儿道:"我且问你,今日在畅华堂中赴宴,为何闯到这里?"三思道:"你莫管我,同你到翠碧轩里去,有话问你。"婉儿道:"有话就在此说吧。"三思笑道:"我偏要到轩里去说。"婉儿没奈何,只得随了他到轩里来。三思问道:"谁在太后宫中玩耍?"婉儿道:"是怀僧。"三思便把婉儿搂住道:"亲姐姐,你方才说有人想我,端的是那个?"婉儿就把韦后在宫时,"我常在他面前赞你如何风流,如何温存,又说你同太后在宫如何举动,他便长叹一声,好似痴呆的模样道:'怪不得太后爱他!'这不是他想你么?可惜如今同圣上移驾房州去了。他若得回来,我引你去,岂不胜过上宫么?"三思道:"韦后既有如此美情,我当在太后面前竭力周全,召还庐陵王便了。"说了,分手而别。

时索元礼、周兴、来俊臣辈同在畅华堂与宴,觉得狄仁杰、安金藏诸正人，意气矜骄，殊不为礼，心中饮恨。怀义又怪苏良嗣批其颊，大肆发怒。适虢州人杨初成矫制募人迎帝于房州，太后敕旨捕之。怀义买嘱周兴，诬苏良嗣、狄仁杰与安金藏等同谋造反。来俊臣又投一扇于瓯上，有《醉花阴》词二首，云是皇嗣讥讪母后，同谋不轨。词云：

花到春开其常耳，破腊花有几，除却一枝梅，再要花开，只恐无其二。　　上苑催花丹诏至，不许拘常例，草木亦何知，役使随入，博得天颜喜。

违例开花花何意？要把君王媚。昨夜诏花开，今早来看，却果都开矣。　　槿树一枝偏独异，不肯随凡卉。篱下尽悠然，万紫千红，对此应含愧。

太后见了大怒，然知狄仁杰乃忠直之臣，用笔抹去，余谕索元礼勘问。元礼临审酷烈，不知诬害了多少人，把苏良嗣一夹，要他招认谋反。良嗣喊道："天地九庙之灵在上，如良嗣稍有异心，臣等愿甘灭族。"又把安金藏要夹起来。金藏道："为子当孝，为臣当忠。如君欲臣死，臣孰敢不死？但欲叫臣去陷君，臣不为也。今既不信金藏之言，请剖心以明良嗣不反。"即引佩刀自剖其胸，五脏皆出，血涌法堂。杜景俭、李日知他两个尚存平恕，见了忙叫左右夺住佩刀，奏闻太后。太后即传旨，着俊臣停推，叫太医院看视。

安金藏此事远近传闻。眉州刺史英公徐敬业同弟敬猷，行至扬州，忽闻此报，不胜骇怒道："可惜先帝天挺英雄，数载亲临鏖战，始得太平。至今日被一妇人甘肯坐享，把他子孙，剪灭殆尽。难道此座，竟听他归之武氏乎？举朝众公卿，何同木偶也！"敬猷道："吾兄是何言欤？众臣俱在辇毂之下各保身家，彼虽淫乱，朝廷之纪纲法律尚在，但可恨这班狐鼠之徒耳。如今日有忠义之士，出而讨之，谁得而禁哉！"正说时，只见唐之奇、骆宾王进来。

原来唐、骆因坐事贬谪，皆会于扬州。二人听见了便道："好呀，你们将有不轨之志，是何缘故？"敬业道："二兄来得甚妙，有京报在这里，请二兄去看便知。"二人看了一遍，唐之奇只顾叹气。骆宾王对敬业道："这节事，令祖先生若存，或者可以挽回，如今说也徒然。"敬业道："贤兄何必如此说，人患不同心耳。设一举义旗，拥兵而进，孰能御之？"唐之奇道："既如此说，兄何寂然？"骆宾王道："兄若肯正名起义，弟当作一檄以赠。"敬业道："兄若肯扶助，弟即身任其事，即日祭告天地，祀唐祖宗，号令三军，义旗直指耳。且把酒来吃，兄慢慢的想起来。"骆宾王道："这何必想，只要就事论事说去，已书罪无穷矣。"敬猷道："只就断后妃手足，这种利害之心实男子所无。"一回儿摆上酒来，大家用巨觥饮了数杯，宾王立起身来说道："待弟写来，与诸兄一看，悉凭主裁。"忙到案边，展开素纸写道：

伪周武氏者，人非和顺，地实寒微。昔充太宗下陈，曾以更衣入侍。洎乎晚节，秽乱春宫，潜隐先帝之私，阴图后庭之嬖。入门见妒，蛾眉不肯让人；掩袖工谗，狐媚偏能惑主。践元后于翚翟，陷吾君于聚麀。近狎邪僻，残害忠良，杀姊屠兄，弑君鸩母。人神之所共嫉，天地之所不容。犹复包藏祸心，窥窃神器。君之爱子，幽之于别宫；贼之宗盟，委之以重任。至燕啄王孙，知汉祚之将尽；龙漦帝后，识夏庭之遽衰。敬业皇唐旧臣，公侯冢子，奉先君之承业，荷朝廷之厚恩。

敬业坐在旁边，看他一头写，一头眼泪落将下来，忍不住移身去看，

第七十三回

只见他写到：

　　公等或居汉地，或叶周亲；或膺重寄于话言，或顾受命于王室；言犹在耳，忠岂忘心？一抔之土未干，六尺之孤何托？请看今日之域中，竟是谁家之天下！

敬业看完，不觉杯儿落将下来，双手击案大恸。宾王写完，把笔掷于地上道："如有看此不动心者，真禽兽也！"众人亦走来念了一遍，无不涕泗交流。岂知一道檄文，如同《治安策》，可为痛哭者一，可为流涕者二，可为长叹息者六，弄得一堂之上，彼此哀伤。敬猷道："这节事不是哭得了事的，只要诸公商议做去便了。"大家复坐。敬业道："明日屈二兄早来，尚有几个好相知邀他同事。"骆、唐二人唯唯而别。

时狄仁杰为相，见狱中引虚伏罪者，尚有八百五十余人。仁杰具疏，将索元礼等残酷之事奏闻太后，命严思善按问。思善与周兴方推事对食，谓兴道："囚多不承，当为何法？"兴道："令囚入瓮，以火炙之，何事不承？"思善乃索大瓮，炽炭如兴法，因起谓兴道："有内状推公，请公入此瓮。"兴叩头伏罪，流岭南，为仇家所杀。索元礼、来俊臣弃市，人争啖其肉，斯须而尽。太后知天下恶之，乃下制数其罪恶，加以赤族之诛。这些残酷之事一朝除灭殆尽，士民相贺道："自今眠者背始贴席矣。"

一日，武三思进宫，将徐敬业檄文并裴炎回敬业书与太后看。太后看罢，不觉怡然长笑，问："此檄出自谁手？"三思道："骆宾王。"太后道："有才如此，而使之流落不偶，则前此宰相之过也。"三思因问敬业约炎为内应，而炎书只有"青鹅"二字，众所不解。太后道："此何难解。青者十二月也，鹅者我自与也，言十二月中至京，我自策应也。今裴炎出差在外，且不必追捉，只遣大将李孝逸，征讨敬业便了。但我想庐陵王在房州，他是我嫡子，若有异心，就费手了，要着一个心腹去看他作何光景，只是没有人去得。"

三思想起婉儿说韦后慕我之意，便道："我不是陛下的心腹么，就去走遭。"太后道："你是去不得的。"三思道："此行关系国家大事，若他人去，真假难信。"太后唯唯。只见宫娥报说："师爷进来了！"太后叫婉儿："你且送武爷出去。"婉儿对三思道："我同你到右首转出去罢。"三思道："为什么不往东边走？"婉儿道："西边清净些。"三思会意，勾住他的香肩取乐一回，又把太后要差人往房州去的事说了，叫他撺掇我去。婉儿道："这在我，我有些礼物送与韦娘娘，待我修书一封打动他便了，只是日后不要把我撇在脑后。"三思道："这个自然。"随即分手出宫。

到了次日，太后有旨，着武三思速往房州公干。三思得了旨意，进宫辞别太后，太后叮咛数语，婉儿暗将礼物并书递与三思，三思随即起身。不多几日，已到房州，天色已晚，上店歇了，呼叫手下假说是文爷在这里买些小货。

三思到了夜间，闲语中问及："庐陵王在这里可好么？"店主人道："王爷甚好，惟与比丘时常往来。这里有感德寺大和尚，号慧范，王爷朔望必到寺中，听他讲经说法。至于百姓，真是秋毫无犯。可惜这个好皇爷不知为了什么事，他母后不喜欢，赶了出来。"三思心上想道："庐陵如此举动，无异心可知的了。更喜今日是一十四，明日是望日，待他出门，我去方妙。"过了一宵，明日捱到日中，跟了三四个小使，肩舆而至。门上人知是武三思，不知为什么事体，忙去报知韦后。韦后叫太监进去问："那武爷是怎样来的？还

第七十三回

有何人奉陪?"太监答了。韦后道:"既如此,他与我们是至戚,不妨请进宫来相见。"太监出去请进宫来。三思看见韦后走将出来;但见:

> 身躯袅娜,体态娉婷。鼻倚琼瑶,眸含秋水。生成秀发,尽堪盘窝龙髻;天与娇姿,谩看舞袖吴宫。

三思连忙拜将下去,韦后也回拜了坐定。韦后问道:"太后好么?"三思笑道:"比先略觉宽厚些。"韦后垂泪道:"我们皇爷偶然触了母后一句,不想被逐,如今我夫妇不知何日再得瞻依膝下?"三思道:"想皇爷不在宫中么?"韦后道:"今早往感业寺,已差人去请了。不知武爷何来?"三思道:"因上官婉儿思念娘娘,故赍书到此。"向靴里取出书来送与韦后,左右就把礼物摆下。韦后把婉儿的书拆开,看了微笑,忽见女奴进来报道:"王爷回来了。"韦后进去,中宗出来,与三思叙礼坐定。中宗先问了母后的安,又叙了寒暄,彼此把朝政家事说了。中宗道:"兄如今何往?寓在何处?"三思道:"在府前饭店,暂过一宵,明日即行。"中宗道:"岂有此理,兄不以我为弟耶,何欲去之速也!弟还有许多话问兄。"对左右说:"武爷行李在寓所,你去分付他们取了来。"

一回儿请到殿上饮酒,三思把安金藏剖腹屠肠说了,又把目今徐敬业讨檄一段,太后差李孝逸去剿灭,今差我到扬州,命娄师德去合剿,故此枉道来问候。中宗听了大怒道:"李勣是太后的功臣,母后何等待他,不想他子孙如此倡乱,若擒住他,碎尸万段,不足以服其辜。"更命整席在后书斋,中宗进内更衣去了。三思见内已摆设茶果,又见刚才随韦后的宫奴捧上茶杯,近身悄悄对三思道:"武爷不要用酒醉了,娘娘还要出来与武爷说话。"正说时,中宗出来入席，大家猜谜行令，倒把中宗灌醉，扶了进去。

三思见里边一间床帐，已摆设齐整，两个小厮，住在厢房。三思叫他们先睡了，自己靠在桌上看书。不多时韦后出来，三思忙上前接住道："下官何幸，蒙娘娘不弃？"韦后道："噤声。"把手向头上取那明珠鹤顶与袖中的碧玉连环，放在桌上。两个共赴阳台追欢取乐。韦后道："你却不要薄情待我。"三思道："我回去如飞在太后面前，说王爷许多孝敬，包你即日召回。"韦后道："如此甚好，妾鹤顶一枝，聊以赠君，所言幸勿负我。婉儿我不便写书，替我谢声，碧玉连环一副，乞为致之。"别了三思进去。三思在府中三日，恐住久了，太后疑心，就与中宗话别，上路回京。要知后事，且听下回分解。

第七十四回

改国号女主称尊　闯宾筵小人怀肉

词曰：

　　武氏居然改号，唐家殆矣堪哀。却缘妖梦费疑猜，留得庐陵还在。　　只怪僧尼恋色，怎教臣庶持斋。阿谁怀肉首将来，笑杀小人无赖。

　　　　　　　　　　——右调《西江月》

　　国势到颠危之际，还亏那有手段的出来，反倾振坠，做个中流砥柱。若都像那一班狗苟之徒，未有不把祖宗栉风沐雨之天下，拱手而付之他人。国号则改为周，宗庙则易武氏，视中宗、睿宗如几上之肉。岂知天不厌唐，拨乱反正之玄宗，早已挺生宫掖矣。

　　今且不说武三思在房州别了中宗回来。且说有个傅游艺，原系无籍，因其友杜肃与怀义相好，怀义荐二人于太后，遂俱得幸，擢为侍御。游艺耸谀太后，更改国号，又请立武承嗣为太子。太后大喜，遂改唐为周，改元天授，自称圣神皇帝，立武氏七庙。正是：

　　皇后称皇帝，小君作大君。

　　绝无仅有事，亘古未曾闻。

　　武三思回到宫中，闻武承嗣欲谋为太子，心怀不平。及入宫复命,适遇上官婉儿,三思问:"太后安否?"婉儿道:"太后日来偶患目疾,如今叫沈南璆在那里医。王爷处怎么光景?"三思道:"王爷日夕奉佛,作事甚好。韦娘娘已谐素愿,他说不及写书,送你碧玉连环一双,叫我多多致谢。"袖中取出连环付与婉儿收了。婉儿道:"此时太后闲着,你快去见了。两日武承嗣在此营求为太子,你须小心承奉。"三思依言,随即进宫朝见太后,称贺毕,把中宗如何思念太后,如何佛前保佑太后细细说完。太后默然,半晌不语。

一日太后夜梦不祥,召狄仁杰详解。太后道:"朕夜来梦见先帝授我鹦鹉一只,双翼披垂,朕抚弄移时,两翼再不能起。"仁杰道:"武者陛下国姓,召回佳儿佳妇,则两翼振矣。"太后道:"卿言甚是。但武承嗣求为太子,事当如何?"仁杰对道:"文皇帝亲冒锋镝,以定天下,传之子孙。先帝以二子托陛下,今乃欲移之他族,无乃非天意乎。且姑侄之与母子孰亲?陛下立子,则千秋万岁后,配飨太庙,承继无穷。陛下若立侄,未闻有侄为天子,而祔姑于庙者也。"后悟,由是召回中宗。母子相见,悲喜交集不提。

一日太后与三思在窗前细语,恰好昌宗兄弟进来。太后笑道:"我正拟九个美人题在此,要众人分做。"昌宗在案上取来一看,却是美人浴、美人睡、美人醉许多好题目。尚未看完,只见太平公主携着婉儿的手走来。原来昌宗、易之久与太平公主有染,太后亦微知其事。当日大家上前见了,太平公主道:"苑中荷花大放,母后怎不去看,却在此弄这个冷淡生活?"太后笑道:"正是同去看来。"随命摆宴在苑中,大家同到苑中来。只见啸鹤堂前,那荷花开得红一片,绿一堆,芳香袭人。太后道:"妙呀!两日荷花正在不浓不淡之间。"四围看了一遍,入席饮了一回酒。

第七十四回

太后道:"今日之宴,实为赏心,宁可有诗无花,岂可有花无诗?"婉儿道:"正是花、酒、诗四美具矣,岂可使他虚负!"太平公主道:"花、酒、诗只有三样,为何说四美具?"婉儿道:"难道人算不得一美的?"大家笑了一回。易之道:"荷花吟咏甚多,何不以人喻之,方不盗袭。"太后道:"五郎之言甚善。刚才诗题尚在上官,快写出来。"昌宗道:"在臣袖中。"取来送与太后,太后接了笑道:"题目恰好十二个,只要随意描写,不要写出宫闱中身分,可拈阄取题,六人在此,一人做两首。"使命婉儿写了十二个阄子,成团儿放在盒儿里。先是太后拈了两个,大家各各拈齐。太后先向上边桌上执笔而写,公主与婉儿两个向旁边东首桌上做,三思与易之、昌宗向近窗桌上凝思。太后不多时已做完,起身来道:"聊以涂鸦,殊失命题之意。"众人齐来看,只见上写道《美人醉》:

　　细酌流霞尽少年,宜都春好自陶然。

　　玉山荡影无坚壁,银海光摇欲泄天。

　　黾勉添香还裹足,艰难临镜又凭肩。

　　听郎啐语和郎笑,丐尔温存一霎眠。

第二题是《美人睡》:

　　罗家夫妇太轻狂,如许终宵一半忙。

　　晓起自嫌星眼倦,午余犹觉锦衾凉。

　　蒙胧楚国行云雨,撩乱梁家堕马妆。

　　耳畔俏呼身半转,粉腮凝汗枕痕香。

众人正在那里赞美,只见昌宗与婉儿的诗亦完。太后先把昌宗的来看,是《美人坐》:

　　咄咄屏窗对落晖,飞花故故点春衣。

>支颐静听林莺语,抱膝遥看海燕归。
>
>爱把玉钗撩鬓发,闲将金尺整腰围。
>
>卖花墙外声声唤,懒得抬身问是非。

再有第二首是《美人忆》:

>记得离亭折柳条,风姿何处玉骢骄?
>
>春情得梦虚鸳枕,世态依人几绨袍?
>
>其雨日高谁适沐,曰归河广不容刀。
>
>金钱卜惯难凭准,乱剪灯花带泪抛。

太后赞道:"这二首得题之神,清新俊逸,兼而有之。"看婉儿的诗,第一首是《美人浴》:

>秋炎扶梦倚阑干,小婢传言待浴兰。
>
>条脱渐松衫半掩,步摇徐解髻重盘。
>
>春含豆蔻香生暖,雨晕芙蓉腻未干。
>
>怪底小姑垂劣甚,悄拈窗纸背奴看。

第二首是《美人谑》:

>盈盈十五惯娇痴,正是偷闲谑浪时。
>
>方胜叠香移月姊,绣裙围树笑风姨。
>
>申严仲子三章法,细数诸姑百两期。
>
>何事悄将巾带裹?教人错认是男儿。

太后看了笑道:"我说你是惯家,自与人不同。即使梓行于世,人亦不认是宫闱中做的。"只见三思也写完呈将上来。太后一看,却是《美人语》:

>何人输却口脂香,骂尽东风负海棠。
>
>连袂踏青忆款曲,临池对影自商量。

频嫌东陆行长日,未许西邻听隔墙。

　　不尽喁喁绣幕外,细教鹦鹉数檀郎。

第二题是《美人病》:

　　悄裹常州透额罗,画床绮枕皱凌波。

　　原因忆梦成消瘦,错认伤春受折磨。

　　剪彩情怀今寂莫,踏青竟况久蹉跎。

　　儿家夫婿谁知道?减却腰围剩几多?

只见太平公主也呈上来,却是《美人影》:

　　何事追随不暂离?惯将肥瘦与人知。

　　日中斜傍花阴出,月下横移草色披。

　　避雨莫窥眉曲曲,摇风多见袖垂垂。

　　堪怜临水萍开处,白小吹波乱唼伊。

第二题乃《美人步》:

　　款蹴香尘冉冉移,畏行多露滑春泥。

　　花阴点破来无迹,月影冲开去有期。

　　觅句推敲何觉懒?寻芳摇曳故教迟。

　　玉奴步步莲花地,应为东风异往时。

太后未及品题,张易之的也完了呈上,却是《美人立》:

　　凝睇中天顾影明,迟回却望最含情。

　　斜抱琵琶空占影,稳垂环珮不闻声。

　　闲将衣带和衫整,懒为花枝绕砌行。

　　露湿弓鞋犹待月,小鬟频唤未将迎。

第二题是《美人歌》:

　　雍门三日有余声,不为骊驹唱渭城。

子夜言情能婉转,罗敷诉怨最分明。

朱唇乍启千人静,皓齿才分百媚生。

谱尽香山长恨句,听来真与燕莺争。

太后看了笑道:"你四人的诗,不但俱得香奁之体,如出一人之手。"正说时,只见宫奴捧着莲花三四枝进来,三思把一枝置于昌宗耳边戏道:"六郎面似莲花。"太后笑说道:"还是莲花似六郎耳。"饮酒笑说了一回,三思、昌宗、易之等散出,太后着内监牛晋卿去召怀义。那晓得怀义因做了鄂国公之后,积蓄多金,倚势骄蹇,私藏着极美的妇人,日夜取乐。这日正吃得大醉,忽见牛晋卿传太后有旨宣召,怀义怒道:"这里娇花嫩蕊,尚不暇攀折,况老树枯藤乎?你且回去,我当自来。"晋卿无奈只得回宫,以怀义之言实告。太后听了,不觉大怒道:"秃子恁般无礼!前者火烧天堂,延及明堂,都因此秃,今又如此可恶!"正在大怒之际,恰好太平公主进来,见太后大怒,忙问其故。晋卿将怀义之言说知。公主道:"秃奴无礼极矣!母后不须发怒,待儿明日处死他便了。"太后道:"须处得泯然无迹。"

太平公主领命而出。明日绝早起身,选了二三十个壮健宫娥去苑中伏着,又叫两个太监往召怀义,哄他进苑来。那怀义因宵来酒醉失言,懊悔无及,又闻差人来召他,正要粉饰前非,即同二太监从后宰门进宫。太平公主先令宫娥于半路传谕道:"太后在苑中等着,可快进去。"怀义并不疑心,忙进苑来。宫娥引到幽僻之处,只见太平公主坐着,将一纸叫他看。怀义拿来一看,却是王求礼请阉怀义的疏。两个内监即时动手阉割,又加痛打,不消半刻,怀义气绝身亡。将尸首装入蒲包内,送到白马寺中,放火烧了,回奏太

第七十四回

后不提。

且说太后因明堂火灾,天堂中所供佛像都已损坏,又四方水旱频仍,各处奏报灾异,遂下诏着百官修省,禁止民间屠宰,甚至鱼虾之类亦不许捕捉。这禁屠之令一下,军民士庶无不凛遵。其时翼国公秦叔宝致仕家居,尚有老母在堂,叔宝极尽孝养。其子秦怀玉蒙高祖赐婚单雄信之女,生二子,长名秦琮,次名秦瑀。瑀娶拾遗张德之女,一胎双生二子,叔宝与叔宝之母,俱甚欢喜。到弥月时,为汤饼之会,朝中各官都往称贺。叔宝父子开筵宴客,张德亦在座,傅游艺与杜肃也随众往贺,一同饮宴。只见杯盘罗列,水陆毕具,极其丰腆。张德对着众官道:"若论奉诏禁屠,今日本不该有此陈设。只因敝亲翁老年得这曾孙,不胜欣喜,又承诸公枉顾,不敢亵慢,故有此席。违禁之愆,仰祈容庇。"叔宝父子也一齐拱手道:"总求诸兄见原。"众官俱唯唯,只有傅游艺、杜肃这两个小人口虽答应,心里不然,要想去太后面前出首献勤。游艺目视杜肃而笑,杜肃会意,乘着众人酌酒酬酢之时,暗将盘中肉馅包子一枚藏于袖内,至晚席散,各自别去。

次日早朝已罢,百官俱退,游艺、杜肃独留身奏事,随太后至便殿。太后问道:"二卿欲奏何事?"杜肃奏道:"陛下遇灾修省,禁止屠宰,人皆奉法,不敢有犯,大臣之家,尤宜凛遵诏旨。乃翼国公之子秦怀玉,因次子秦瑀生男宴客,臣与傅游艺俱往赴宴,见其珍羞毕备,干犯明禁。臣已窃怀其一物为证,乞陛下治其违旨之罪,庶臣民知畏,诏令必行。"奏罢,将昨日所袖的肉馅包子献上。傅游艺亦奏道:"拾遗张德狗庇姻私,嘱托众官使相容隐,殊属不法,亦宜加罪。"太后闻奏,微微而笑,即传旨召秦怀玉、张德。

少顷,二人宣至。太后问秦怀玉道:"闻卿次子秦瑀之妻张氏,连举二雄,秦家得子,张家得甥,大是喜事。"怀玉与张德俱顿首称谢。太后道:"昨日在家宴客乎?"怀玉奏道:"臣父因祖母年高,欲弄孙以娱之,偶召亲故小饮,不识陛下何由闻知?"太后命左右将那肉馅包子与他看,笑道:"此非卿家筵上之物耶,张拾遗虽欲为卿隐蔽,其如有怀肉出首之人何?"怀玉与张德俱大惊,叩头道:"臣等干犯明禁,罪当万死。"太后道:"朕禁屠宰,止为小民无端聚饮,残害物命故耳。至于吉凶庆吊之所需,原不在禁内。卿父为开国功臣,且又年老,况有老母在堂,今喜连得二曾孙,汤饼嘉会,击鲜烹肥,理固宜然,岂朕所禁?但卿自今请客,亦须择人。"因指着傅游艺、杜肃道:"如此等辈,不必再请也。"怀玉、张德叩头谢恩而退。傅游艺、杜肃羞惭无地,太后挥之使出。二人出得朝门,众官无不唾骂。正是:

莫道老妖作怪,有时却甚通情。

犯禁不准出首,小人枉作小人。

太后思念昔日功臣死亡殆尽,又闻程知节亦弃世,凌烟阁上二十四人,唯秦叔宝一人尚在。喜其得了曾孙,特命以彩缎二十端,金钱二贯,赐与新生的二小儿,又赐二名,一名思孝,一名克孝。叔宝父子,俱入朝谢恩。不及一月,叔宝之母身故,叔宝因哭母致病,未几亦亡。太后闻讣,为之辍朝三日,赐祭赐谥。正是:

开国元勋都物故,空留画像在凌烟。

第七十五回

释情痴夫妇感恩　伸义讨兄弟被戮

词曰：

　　有意多缘，岂必尽朱绳牵接。只看那红拂才高,药师情热。司马临邛琴媚也,文君志向何真切。乍相逢,眼底识英雄,堪怡悦。　　有一种,天缘结。有一种,萍迹合。叹芳情未断,痴魂未绝。不韦西秦曾斩首,牛金东晋亦诛灭。这其间,史册最分明,何须说？

——右调《满江红》

　　天下治乱尝相承,久治或可不至于乱,而乱极则必至于复治。虽无问世首出之王者,亦必有拨乱反正之英主,挺生于其间。有英主,即有一二持正不阿之元宰,遇事敢言之侍从,应运而兴,足以挽回天意,维持世道,其关系岂浅鲜哉！

　　今且不说中宗到京,尚在东宫。太后依旧执掌朝政,年齿虽高,淫心愈炽。又以张昌宗为奉宸令,每内廷曲宴,辄引诸武、二张饮博嘲谑。又多选美少年,为奉宸内供奉,品其妍媸,日夜戏弄。魏元忠为相,奏道："臣承乏宰相,使小人在侧,臣之罪也。"元忠秉性忠直,不畏权势,由是诸武、二张深怨,太后亦不悦元忠。昌宗乃譖元忠私议道："太后年老,且淫乱如此,不若挟太子为久长,东宫奋兴,则狎邪小人,皆为避位矣!"太后知之大怒,欲治元忠。昌宗恐怕事不能妥,乃密引凤阁舍人张说赂以多金,许以美官,使证元忠。张说思量:"要推不管,他就变起脸来,不好意思。倘若再寻了别个,在元忠宰相身上,有些不妥。我且许之,且到临期再商。"只得唯唯而别。

太后明日临朝,诸臣尽退,止留魏元忠与张昌宗廷问。太后道:"张昌宗,你几时闻得魏元忠私议的?却与何人说之?"昌宗道:"元忠与凤阁舍人张说相好,前言是对张说说的。乞陛下召张说问之,便知臣言不谬。"太后即命内监去召张说。

是时大臣尚在朝房探听未归,闻太后来召张说,知为元忠事,说将入,吏部尚书宋璟谓说道:"张老先名义至重,鬼神难欺,不可党邪陷正,以求苟免,若获罪流窜,其荣多矣。倘事有不测,璟等叩阁力争,与子同生死。努力为之,万代瞻仰,在此一举也!"又有左史刘知几道:"张先生无污青史,为子孙累。"张说点头唯唯,遂入内廷。太后问之,张说默然不语。昌宗从旁促使张说言之,张说便道:"臣实不闻元忠有是言,但昌宗逼臣使证之耳。"太后怒道:"张说反复小人,宜并系治之!"于是退朝。隔了几日,太后叫张说又问,说对如前。太后大怒,元忠贬高要尉,说流岭表。昌宗因张说不肯诬证元忠,挟太后之势,连夜要促他起身。

却说张说有爱妾姓宁,名怀棠,字醒花。生时母梦人授海棠一枝,生而娇好,其诸母戏道:"海棠睡未足耶!"其母道:"名花宜醒不宜睡。"故号醒花。及归张说,时年十七,姿容艳丽,文才敏捷,张说一应机密事务俱他掌管。一日有个同年之子,姓贾名若愚号

第七十五回

全虚,父亲贾恪,官拜礼部尚书。他年方弱冠,应试来京,特来拜望。张说见他年少多才,留为书记,凡书札来往,皆彼代笔。住在家中,芒芒过了一夏,秋来风景,甚是可人,残梧落叶,早桂飘香。全虚偶至园中绿玉亭前闲玩,劈面撞见了醒花。全虚色胆如天,竟上前深深作揖道:"小生苏州贾全虚,偶尔游行,失于回避,望娘子恕罪。"那醒花也不回言,答了一礼,竟望里边进去了。醒花心上思想起来:"吾家老爷止说贾相公文学富赡、家世贵显,并不提起他丰姿秀雅,性格温和。看他举止安详,决不像个落薄之人。吾今在此,虽然享用,终无出头之日。"倒有几分看上他的意思。全虚虽然一见,并不知此是何人,又无从那里访问,胸中时刻想念,只索付之无可如何。

  过了一日,正直张说有事,全虚出去打听了回家,独坐书斋,月色如昼,听见窗外有人嗽声。全虚出来一看,见一女郎缓步而至。全虚惊问,女郎答道:"吾乃醒娘侍女碧莲。前日醒娘亭前一见,偶尔垂情,至今不忘。兹因老爷在寓,即日起行,醒娘欲见郎君一面,特命妾先容。"语未完,只见醒花移步而来,满身香气氤氲。全虚迎上一揖道:"绿玉亭前,瞥然相遇,道娘子决不是凡人,所以敢于直通款曲。今幸娘子降临,天遣奇缘,若是娘子不弃,便好结下百年姻眷。"

  那醒花却也安雅,徐徐的答道:"我在府中一二年,所见往来贵人多矣,未有如君者。君若不以妾为残花飘絮,请长侍巾栉,承此多故之际,如李卫公之挟张出尘,飘然长往,未识君以为可否?"全虚道:"承娘子谬爱,全虚有何不可,只是年伯面上不好意思。"醒花道:"你我终身大事,那里顾得,须自为主张。"碧莲携着酒肴,二人对酌。全虚道："卿字醒花，只恐夜深花睡去奈何？"醒花笑道："共君今夜不须睡，否则恐全虚此一刻千金也。"相与大笑。碧莲道："隔墙有耳，为今之计，三十六着，走为上着。"疾忙收拾，连夜逃遁。正是：

婚姻到底皆前定，但得多情自有缘。

早已有人将此事报知张说，张说差人四下缉获住了，来见张说。张说要把全虚置之死地，全虚厉声道："睹色不能禁，亦人之常情。男子汉死何足惜，只是明公如此名望素著，如此爵禄尊荣，今虽暂谪，不久自当迁擢，安知后日宁无复有意外之虞，缓急欲用人乎？何靳一女婢而置大丈夫于死地，窃谓明公不取也。且楚庄王不究绝缨之事，袁盎不追窃姬之书生，杨素亦不穷李靖之去向，后来皆获其报。岂明公因一女子，而欲杀国士乎？"张说奇其语，遂回嗔作喜道："汝言似亦有理。今以醒花赠汝，并命家人厚具奁资赠之。"全虚也不推辞，携之而去。太后闻知，以张说能顺人情，不独不究前事，且命以原官兼为睿宗第三子隆基之傅。这隆基即后来中兴之主玄宗皇帝也，但那时节正未得时，太后亦等闲视之。

其时太后所宠爱的亲人，自诸武而外，只有太平公主与安乐公主。那安乐公主乃中宗之女，下嫁于太后之侄武崇训。太后从武氏一脉推爱，故亦爱之。他倚了夫家之势，又会媚谄太后，得其欢心，因便骄奢淫佚，与太平公主一样的横行无忌。一日，两个公主同在宫中闲坐，偶见壁上挂着一轴美人斗百草的画图，且是画得有趣。有《西江月》词道得好：

春草春来交茂，春闺春兴方浓。争教小婢向园中，遍觅芳菲种种。　　各出多般多品，争看谁异谁同。因何一笑展欢

第七十五回

容,斗着宜男心动。

太平公主看了画图,对安乐公主说道:"美人斗草,春闺韵事。今方二月,百草未备,待春深草茂之时,我和你做个斗草会,大家赌些什么何如?"安乐公主欣然应诺。到得三月初旬,正欲预遣宫女们去御苑中采觅各种异草,适上官婉儿来闲话,闻知其事,因说道:"公主若但使人觅草,只怕你会觅,他也会觅,何能取胜?必须觅得一件他人所必无之物方好。"公主道:"你道那一件是他人所无的?"婉儿道:"这倒不必拘定是草不是草,只要与草相类的便了。"公主道:"你且说何物与草相类?"婉儿道:"草为地之毛,人身有五毛,亦如地之有草,五毛之中须为贵。吾闻南海祇洹寺塑的维摩诘之像,其须乃晋朝名公谢灵运面上的,此真世间有一无二的东西,得此一物,定可取胜。"安乐公主闻言大喜。

原来晋时谢灵运一代名人,官封康乐郡公,生得一部美髯,不但人人欣羡,自己亦甚爱惜。后因犯罪罹刑,临死之时,不忍埋没此须,亲自剪付家人。其时适当南海祇洹寺装塑维摩诘像,遂遗命将此须舍为维摩诘法像之须,后世因相传为此寺中一件胜迹。那维摩诘是释迦牟尼佛同时的人,他与文殊菩萨最相善,其往来问答之语,载在内典。今藏经中有维摩诘所说经,此乃西天一个未出家不落发的居士,所以塑其像者要用须髯。

闲话少说。且说安乐公主听了上官婉儿之言,立即密遣内侍林茂飞骑往南海祇洹寺,将维摩诘之须剪取一半,以备斗草之用。林茂既行之后,公主又想:"我若止取须之半,倘太平公主知道,也遣人去剪了那一半来,却不大家扯直了。不如一并剪取,一则斗草必胜,二则留此一部全须,以为奇物,却不甚妙?"遂令遣内侍阳春

释情痴夫妇感恩　伸义讨兄弟被戮

景,星夜前往。比及到半途,已见林茂转来了。阳春景一面自去剪取余须,林茂自将先剪之须,回宫复命。

原来太平公主正约定这一日与安乐公主,各出珍奇宝玩在长春宫内满绿轩中斗草赌胜,请上官婉儿监局。安乐公主等不及林茂回来,只得赴会。正待斗赌,恰好林茂来到,闻公主在满绿轩,径至轩中伺候。安乐公主见林茂到了,料道须已取得,心中欢喜,且不说破。便先将各样异草相比,只见他多的,我也不少,我有的,他也不无,两家赌个持平。安乐公主道:"地上的草,不如人身上的草。我有一种草,是古人身上遗留下来的,岂非世上无双之物?"太平公主问是何物。安乐公主道:"是晋人谢灵运之须。"太平公主道:"吾闻谢灵运当时已将此须舍与祇洹寺装塑在维摩诘面上了,你何从得之?"安乐公主笑道:"灵运能舍,我能取,今已取得在此了。"便叫林茂快把来看。林茂捧过一个锦囊,于中取出须来,放在桌上,果然好须,却像才在生人颏下剪下来的,极其光润。

正看间,可煞作怪,忽地轩前起一阵香风,把须儿吹向空中,悠悠扬扬的飘散了。林茂不知高低,赶着风向空捉搦,指望抢得几茎,却被阶石绊了一跌,把右臂跌坏,卧地不能起。众内侍扶之出宫,太平公主道:"佛面上的须,原不该去剪他,今此报应,必是佛心不喜。"上官婉儿闻言,自想:"这件事是我说起的。"心上好生惊骇不安,默然无语。安乐公主还强争道:"且莫闲讲,斗草要算我胜了。"太平公主笑道:"莫说须原当不得草,只今须在那里哩!正好大家不算输赢罢。"当时嬉笑宴罢而散。安乐公主虽然未赢,却也不输,只可惜须儿被风吹去,不曾留得,还想那一半,即日取到,好留为珍秘。

第七十五回

又过了好几日,阳春景方取得余须回报。原来那阳春景,也于路上跌坏了右臂,故而归迟。公主既得了须,十分欢喜。正拿在手中细看,却又作怪,一霎时香风又起,又把须儿吹入空中去了。香风过后,继以狂风,将庭前树上开的花卉尽皆吹落,不留一朵,众俱大骇。有词为证:

灵运面,维摩面,何妨佛面如人面。此须借作彼须留,怎因嬉戏轻相剪? 才喜见,吹不见,不许妖淫女子见。谁将金剪向慈容,剪得须时两臂断。

当下安乐公主惊惧之极,合掌向空忏悔。太平公主与上官婉儿闻知,更加骇异,于是三个女子各捐帑千金,给与祇洹寺,增修殿宇,重整金身,不在话下。

且说那时朝中大臣,自狄仁杰死后,只有宋璟极其正直,丰采可畏,太后亦敬礼之,诸武都不敢怠慢他。至于张易之、张昌宗两个,其畏惮宋璟与向日畏惮狄仁杰一般。当初狄仁杰存日,适海国进贡一裘,名曰集翠裘,乃集翠鸟身上软毛做成的,最轻暖鲜丽,是一件珍奇难得之物。张昌宗见而欲之,恃爱乞恩求赐,太后便把来赐与他。昌宗谢了恩,便就御前穿着起来。太后看了笑道:"你着了此裘,越觉妩媚了。"昌宗欣欣得意。

适狄仁杰入宫奏事,太后既准其所奏之事,意欲引仁杰与昌宗亲昵,因见几案之上有棋局棋子,遂赐二人对坐弈棋。二人领旨,彼此坐定。太后道:"棋高者用白棋,昌宗棋颇高。"仁杰起身奏道:"臣自信是精白一心,涅而不淄之人,弈虽小数,愿从其类,请用白者。"太后道:"任卿取用可也,但你二人虽各赌一物,今所赌何物?"仁杰道:"请即赌昌宗身所穿之裘。"太后道:"卿以何物为

释情痴夫妇感恩　伸义讨兄弟被戮

对?"仁杰道:"臣亦即以身所穿紫袍为对。"太后笑道:"此集翠裘,价逾千金,卿袍安能与相抵?"仁杰道:"此袍乃大臣朝见奏对之衣,昌宗此裘,乃嬖佞宠幸之服。以袍对裘,臣犹不屑也。"太后闻言,笑而不答。昌宗心赧气沮,遂累局连此。仁杰即对御褫其裘披于身上,谢恩而出,至光范门便脱下来,付家奴服之而归。太后知之,亦置不问,因此群小都畏惮他。在廷正人,如张柬之、桓彦范、敬晖、袁恕己、崔玄暐等,又皆仁杰所荐引,与宋璟共矢忠心,誓除逆贼。

一日同中宗南山出猎,张柬之五人随骑而行。到了山中幽僻之处,五人下马奏道:"臣等幽怀向欲面奏,因耳目众多,不敢启齿,因事势已迫,不能再隐。臣思陛下年德皆备,太后惑二张言语,贪位不还。近闻二张宠幸太过,太后欲将宝位让与六郎,万一即真,则置陛下于何地?臣等情急,只得奏闻,陛下筹之。"中宗闻言大惊道:"为今奈何?"柬之道:"直须杀却张武乱臣,方得陛下复位。"中宗道:"太后尚在,怎生杀得?"柬之道:"臣定计已久,无烦圣虑,但恐惊动圣情,故先与闻。"中宗道:"二张可杀。武氏之族,系我中表之亲,望看太后之面留之。"柬之道:"臣兵至宫闱,不遇则已,如或遇着,恐刀剑无情,不能自主。"中宗道:"孤若得复位,反周为唐,当封汝等为王。"柬之称谢。遂草草猎毕而回,归至朝门,各各散去。

中宗回到宫中,恰好武三思那日晓得中宗出猎,正与韦后在宫玩耍,见左右报说王爷回来,三思惊得身子战栗。韦后道:"不须害怕。我同你在外头书室里去打一盘双陆,他进来看见了,包你不说一声,还要替我们指点。"三思没奈何,只得随韦后出来,坐了对

第七十五回

局。中宗走进来,看见笑道:"你两个好自在,在此打双陆。"三思忙下来见了。中宗道:"你们可赌什么?"韦后道:"赌一件玉东西。"中宗坐在旁道:"待我点筹,看你们谁赢。"下了两局,大家一胜一北,第三盘却是三思输了。中宗道:"什么玉东西,拿出来。"三思道:"粗蠢之物,陛下看不得的,改日还要与娘娘复局。天已昏黑,臣要回去了。"中宗道:"今夜且在此用了夜宴,晏些回去何妨?"

　　三思同中宗到内书房里,只见灯烛辉煌,宴已齐备,二人坐了。三思道:"我们怎么样吃酒?"中宗想道:"我且卜一卦,看外廷之事如何?"便道:"掷个状元罢!"三思道:"状元虽好,只是两个人有何意味?"中宗道:"你与我总是亲戚,待我请娘娘与上官昭仪出来,四人共掷,岂不有趣。"三思见说,心中大喜,道:"妙。"中宗分付了左右。只见韦后与上官昭仪俱素净打扮,另有一种袅娜韵致。大家坐了掷起,不多几掷,中宗就是一个幺浑纯。三人鼓掌笑道:"妙呀!状元还是殿下占着。"中宗道:"好便好,只是幺色,若是纯六,再无人夺去了。"三思道:"说甚话来,一是数之始,绝妙的了,所谓一元复始,万象更新,快奉一巨觥与殿下。"中宗饮干,三人又掷。上官昭仪掷了四个四,说道:"好了,我是榜眼。"韦后道:"不要管榜眼探花,也该吃一杯。待我掷六个四出来,连殿下都扯下来。"两个在那里掷,中宗心上想:"此时初更时分,怎么还不见动静?若是他们做不来,不如且放三思回家去。我今叫人去打听一回。"就叫婉儿道:"你看他两个再掷,有了探花,我就要考了。我去一回就来。"

　　三思见中宗去了,把椅子移近了韦后,名虽掷色,免不得捏手

释情痴夫妇感恩　伸义讨兄弟被戮

捏脚。昭仪知趣，笑道："娘娘，妾去看看王爷来。"韦后恨不得昭仪起身去了。韦后连侍女们也都遣开，正待与三思做些勾当，只见昭仪嚷将进来道："娘娘不好了！"二人听见忙走开坐了，问道："有什么不好？"话未说完，只见中宗已在面前叫道："武大哥，我叫婉儿陪你，暂在后边阁中坐一回儿。"三思道："此时为甚人声鼎沸？"中宗便把张柬之等五人要斩绝张、武二氏，"我再三劝他，不要加害于你，二张想已诛矣！"三思听见，忙双膝跪下道："求万岁爷救臣之命！"只见身上战栗不已。韦后道："皇爷留你在此，自有主意，何必惊慌？"说时，只见许多宫奴跑进来禀道："众臣在外，请皇爷出去。"中宗忙叫婉儿推三思到阁中去了，自冠来到外面。

原来张柬之等统兵已到中宫，恰好二张正与武后酣寝，躲避不及，被军士们一刀一个双双杀了。太后大惊，柬之等请太后即日迁入上阳宫，取了玺绶来见中宗奏道："太后已迁，玉玺已在此，众臣都在殿上，请陛下速登宝位。"中宗升殿，柬之等先献上玺绶，又将张昌宗、张易之首级呈验，然后各官朝贺，复国号曰唐，仍立韦后为皇后，封后父玄贞为上洛王，母杨氏为荣国夫人，张柬之等五人俱封为王。柬之道："武三思一门必欲如二张之罪诛之。前蒙陛下分付，只得姑免，今若仍居王位，臣等实难与为僚。"中宗听了，不得已削三思王位为司空，众人谢恩出朝。洛州长史薛季昶对五王说道："二凶虽除，产禄犹存，去草不除根，终当复生。"五王道："大事已定，彼犹几肉耳，何复能为？"季昶叹道："三思不去，我辈不知死所矣！"中宗改元神龙，尊武后号曰则天大圣皇帝，封弟旦为相王，大赦天下，万民欢悦。

太后被柬之等迁到上阳宫去，思想前事，如同一梦，时常流涕，

第七十五回

患病起来，日加沉重。三思心上不好意思，只得进宫去候问，见太后睡卧，颜色黄瘦，不胜骇叹道："臣因多故，不便时常进宫，不意圣容消铄如此。"便把手来着体抚摩。太后对三思道："我的儿呀，你许久不进来，可知我病已入膏肓，只在旦晚要长别了，不知我宗族可能保全否？"三思道："不必陛下忧烦，圣上已面许生全武氏。尊体还当着意调摄，自然痊愈。"三思又诉张柬之等凶恶，所以不能时进宫来，说罢大哭。太后叹一声道："儿呀，近闻得韦后与你私通，甚是欢爱。你去诉与他知，叫他设计除此五贼，我属可高枕矣。"三思点首。太后道："你去请皇上来，我有话分付他。"三思出去，与中宗说知。中宗忙到上阳宫，太后叮咛了一回。过了两日，太后驾崩，中宗颁诏天下，整治丧礼不提。

且说三思门下，兵部尚书宗楚客、御史中丞周利用、侍御史冉祖雍、太仆李俊、光禄丞宋之逊、监察御史姚绍之为之耳目，是为五狗，与韦后、婉儿日夜谮柬之等五王不已。三思阴令人疏皇后秽行，榜于天津桥，请加废黜。中宗知之，不胜大怒，命监察御史姚绍之穷究其事。绍之奏言敬晖等五王使人为之，虽云废后，实谋大逆，请族诛张柬之等，以雪皇后之愤。中宗命法司结其罪案，将柬之等五王流边远各州，三思又遣人矫制于途中杀之。三思方得放心，于是权倾天下，谁不惧着他？中宗也没了主意，每事反去问他，亦听其节制，况韦后一心爱他，常对他说道："我必欲如你姑娘，自得登临宝位，方遂我心。"

未知后事如何，且听下回分解。

第七十六回

结彩楼嫔御评诗　游灯市帝后行乐

词曰：

　　试诵《斯干》训女，无非还要无仪。炫才宫女漫评诗，大亵儒林文字。　　帝后嫔妃公主，尊严那许轻窥。外臣陪侍已非宜，怎纵俳优谑戏？

——右调《西江月》

人亦有言，男子有德便是才，女子无才便是德。盖以男子之有德者，或兼有才，而女子之有才者，未必有德也。然虽如此说，有才女子，岂反不如愚妇人？周之邑姜序于十乱，惟其才也。才何必为女子累，特患恃才妄作，使人叹为有才无德，惟可惜耳。夫男子而才胜于德，犹不足称，乃若身为女子，秽德彰闻，虽凤具美才，创为韵事，传作佳话，总无足取。故有才之女，而能不自炫其才，是即德也。然女子之炫才，皆男子纵之之故，纵之使炫才，便如纵之使炫色矣。此在士庶之家且不可，况皇家嫔御，宜何如尊重，岂可轻炫其才，以至亵士林而渎国体乎？无奈唐朝宫禁不严，朝臣俱得见后妃公主，侍宴赋诗，恬不为怪，又何有于嫔御之流？甚或宦官宫妾与俳优侏儒杂聚谐谑，狂言浪语，不忌至尊，殊不嗤笑。

第七十六回

如今且不说中宗昏暗,韦后弄权。且说那时朝臣中有两个有名的才子:一姓宋,名之问,字延清,汾州人氏,官为考功员外郎;一姓沈,名佺期,字云卿,内黄人氏,官为起居郎。若论此二人的文才,正是一个八两,一个半斤。

那宋之问更生得丰雅俊秀,兼之性格风流,于男女之事,亦甚有本领。他在武后时已在朝为官,因见张易之、张昌宗辈俱以美丈夫为武后所宠幸,富贵无比,遂动了个羡慕之心。又每于御前奏对之时,见武后秋波频转顾盼着他,似有相爱之意,却只不见召他入内。他心痒难熬,托一个极相契的内监于武后前从容进引,说他内才外才都妙。武后笑道:"朕非不爱其才,但闻其人有口臭,故不便使之入侍耳。"原来宋之问人虽俊雅,却自小有口臭之疾,曾有人在武后前说及,故武后不欲与之亲近。当时内监将武后所言述与宋之问听了,之问甚是惭恨,自此日常含鸡舌香于口中,以希进幸。即此一端,可知是个有才无品行的人了。

那沈佺期亦与张易之辈交通,后又在安乐公主门下走动,曾因受赃被劾,长流驩州,夤缘安乐公主复得召用。安乐公主强夺临川长宁公主旧第,改为新宅,邀中宗御驾游幸,召沈佺期陪往侍宴,因命赋诗,以纪其事,限韵天字。佺期应制,即成一律云:

皇家贵主好神仙,别业初开云汉边。
山出尽如鸣凤岭,池成不让饮龙川。
妆楼翠幌教春住,舞阁金铺借日悬。
敬从乘舆来此地,称觞献寿乐钧天。

中宗与公主见诗十分赞赏。公主道:"卿与宋之问齐名,外人竞称沈宋,今日赋诗,既有沈不可无宋。"遂遣内侍,立宣宋之问到来,也要他作诗一首,先将佺期所咏付与他看过。公主道:"沈卿已作七言律诗,卿可作五言排律罢。"宋之问道:"佺期蒙皇上赐韵,臣今亦乞公主赐一韵。"公主笑道:"卿才空一世,使用空字为韵何如?"之问领命,即赋律云:

英藩筑外馆,爱主出皇宫。
宾至星槎落,仙来月宇空。
玳梁翻贺燕,金埒倚长虹。
箫奏秦台里,书开鲁壁中。
短歌能驻日,艳舞欲娇风。
闻有淹留处,山阿花满丛。

诗成,公主叹赏。中宗看了,亦极称赞,命各赐彩币二端,公主又另有赏赉。二人谢恩而出。那沈佺期心甚怏怏,你道为何?盖因当时沈宋齐名,不相上下,今见公主独称宋之问才空一世,为此心中不服。

至景龙三年,正月晦日,中宗欲游幸昆明池,大宴朝臣。这昆明池乃是汉武帝所开凿。当初汉武帝好大喜功,欲征伐昆明国,因其国有滇池,方三百里,极为险要,故特凿此昆明池,以习水战。此池阔大弘壮,池中有亭台楼阁,以备登临。当下中宗欲来游幸宴集,先两日前,传谕朝臣,是日各献即事五言排律一篇,选取其中佳者,为新翻御制曲。于是朝臣都争华竞胜的去做诗了。韦后对中宗道:"外庭诸臣,自负高才,不信我宫中嫔御有才胜于男子者。依妾愚见,明日将这众臣所作之诗,命上官昭容当殿评阅,使他们知宫庭中有才女子,以后应制作诗,俱不敢不竭尽心思矣。"中宗大喜道:"此言正合吾意。"上官婉儿启奏道:"臣妾以宫婢而评品朝臣之诗,安得他们心服。"中宗笑道:"只要你评品得公道确当,不怕他们不心服。"遂传旨于昆明池畔,另设帐殿一座,帐殿之侧,高结彩楼,听候上官昭容登楼阅诗。

此旨一下,众朝臣纷纷窃议,也有不乐的,以为亵渎朝臣,也有喜欢的,以为风流韵事。到那日,中宗与韦后及太平公主、安乐公主、长宁公主、上官昭容等俱至昆明池游玩,大排筵宴,诸臣毕集朝拜毕,赐宴于池畔。帝后与公主辈就帐殿中饮宴,酒行既罢,诸臣各献上诗篇。中宗传谕道:"卿等虽俱系美才,然所作之诗,岂无高下。朕一时未暇披览,昭容上官氏,才冠后宫,朕思卿等才子之诗,当使才女阅之,可作千秋佳话,卿等勿以为亵也。"诸臣顿首称谢。

中宗命诸臣俱于帐殿彩楼之前,左边站立,其诗不中选者,逐一立向右边去。少顷,只见上官婉儿头戴凤冠,身穿绣服,飘轻裙,曳长袖,恍如仙子临凡,先向中宗与韦后谢了恩,内侍宫女们簇拥着上彩楼,临楼槛而坐。楼前挂起一面硃书的大牌来,上写道:

　　　　昭容上官氏奉诏评诗,只选其中最佳者一篇,进呈御览。其余不中选者,即发下楼,付还本官。

楼槛前供设书案,排列文房四宝,内侍将众官的诗篇呈递案上。婉儿举笔评阅,众官都仰望着楼上。

须臾之间,只见那些不中选的诗,纷纷的飘下楼来,每一纸落下。众人争先抢看,见了自己名字,即便取来袖了,默默无言的立过右边去。只有沈佺期、宋之问二人,凭他落纸如飞,只是立着不动,更不去拾来看。他自信其诗与众不同,必然中选。不一时,众诗尽皆飘落,果然只有沈、宋二人之诗,不见落下来。沈佺期私语宋之问道:"奉旨只选一篇,这二诗之中,毕竟还要去其一。我二人向来才名相埒,莫分优劣,只看今日选中那一个的诗,便以此定高下,以后勿得争强。"宋之问点头笑诺。良久,只看又飘飘的落下一纸,众人竞取而观之,却是沈佺期的诗。其诗云:

  法驾乘春转,神池象汉回。
  双星遗旧石,孤月隐残灰。
  战鹢逢时去,恩鱼望幸来。
  山花缇绮绕,堤柳幔城开。
  思逸横汾唱,歌流宴镐杯。
  微臣雕朽质,差睹豫章材。

诗后有评语云:

  玩沈、宋二诗,工力悉敌。但沈诗落句辞气已竭,宋作犹陡然健举,故去此取彼。

  众人方聚观间,婉儿已下楼复命,将宋之问的诗呈上。中宗与韦后及诸公主传观,都称赞好诗,并称赞婉儿之才。中宗即召诸臣至御前,将宋之问的诗传与观看。其诗云:

  春豫灵池会,沧波帐殿开。
  舟凌石鲸动,槎拂斗牛回。
  节晦蓂全落,春迟柳暗催。
  象溟看浴景,烧劫辨沉灰。
  镐饮周文乐,汾歌汉武才。
  不愁明月尽,自有夜珠来。

  原来汉武帝当初凿此昆明池之时,池中掘出黑灰数万斛,不知是何灰,乃召东方朔问之。东方朔道:"此须待西域梵教中人来问之便晓。"后来西方有人号竺法兰者入中国，因以此灰示之，问是何灰。竺法兰道："世界终尽，劫火洞烧，此乃劫烧之余灰也。东方朔固已知之，何待吾言耶！"又池中有台，名豫章台，台下刻石为鲸鱼，每至雷雨，石鱼鸣吼震动。旁有二石人，传闻是星陨石，因而刻成人像。有此许多奇迹，故二诗中都言及之。

当下众官，见了宋之问的诗，无不称羡，沈佺期也自谓不及。中宗并索佺期之诗来看，又看了婉儿评语，因笑道："昭容之评诗，二卿以为何如？"二人奏言评阅允当。中宗又问："众卿之诗，多被批落了，心服否？"众官俱奏道："果是高才卓识，即沈、宋二人尚且服其公明，何况臣等。"中宗大悦，当日饮宴极欢而罢。自此沈佺期每逊让宋之问一分，不敢复与争名。正是：

漫说诗才推沈宋，还凭女史定高低。

且说中宗为韦后辈所玩弄，心志蛊惑，又有那些俳优之徒，谄佞之臣，趋承陪奉，因此全不留心国政，惟日以嬉游宴乐为事。时光荏苒，不觉腊尽春回，又是景龙四年正月。京师风俗，每逢上元灯夕，灯事极盛，六街三市，花团锦簇，大家小户，都张灯结彩，游人往来如织，金鼓喧阗，笙歌鼎沸，通宵达旦，金吾不禁。曾有《念奴娇》一词为证：

煌煌火树，正金吾弛禁，漏声休促。月照六街人似蚁，多少紫骝雕毂。红袖妖姬，双双来去，娇冶浑如玉。坠钗欲觅，见人羞避银烛。　　但见回首低呼，上元佳胜，只有今宵独。一派笙歌何处起？笑语徐归华屋。斗转参横，暗尘随马，醉唱升平曲。归来倦倚，锦衾帐里芬馥。

韦后闻知外边灯盛，忽发狂念，与上官婉儿及诸公主邀请中宗,一同微服出外观灯。中宗笑而从之,于是各换衣妆,打扮做街市男妇模样,又命武三思等一班近臣也易服相随,打伙儿的遍游街市,与这些看灯的人挨挨挤挤,略无嫌忌。军民士庶有乖觉的,都窃议道:"这班看灯的男妇,像是大内出来的,不是公主,定是嫔妃,不是王子王孙,定是公侯驸马。可笑我那大唐皇帝,难道宫中没有好灯赏玩,却放他们出来与百姓们饱看。如此人山人海,男女混杂,贵贱无分,成何体统!"众人便如此议论,中宗与韦后却率领着一班男妇,只拣热闹处游玩,全不顾旁人瞩目骇异。又纵放宫女几千人,结队出游,任其所主。及至回宫查点,却不见了好些宫女。因不便追缉,只索付之不究,糊涂过了。正是:

韦后观灯街市行,市人瞩目尽惊心。

任他宫女从人去,赢得君王大度名。

灯事毕后,渐渐春色融和,中宗与后妃公主俱幸玄武门,观宫女为水戏,赐群臣筵宴,命各呈技艺以为乐。于是或投壶,或弹鸟,或操琴,或击鼓,一时纷纷杂杂,各献所长。独有国子监祭酒祝钦明,自请为八风舞,卷袖趋至阶前,舞将起来,弯腰屈足,舒臂耸肩,摇曳幌目,备诸丑态。中宗与韦后、诸公主见了,俱抚掌大笑,内侍宫女们亦无不掩口。吏部侍郎卢藏用私向同坐的人说道:"祝公身为国子先生,而作此丑态,五经扫地尽矣!"时国子监司业郭山晖在坐,见那做祭酒的如此出丑,不胜惭愤。

少顷,中宗问及:"郭司业亦有长技,可使朕一观否?"郭山晖离席顿首答道:"臣无他技,请歌诗以侑酒。"中宗道:"卿善歌诗,所歌何?"山晖道:"臣请为陛下歌《诗经》中《鹿鸣》、《蟋蟀》之篇。"遂肃容抗声而歌。先歌《鹿鸣》之篇云:

第七十六回

"呦呦鹿鸣,食野之苹。我有嘉宾,鼓瑟吹笙。吹笙鼓簧,承筐是将。人之好我,示我周行。

"呦呦鹿鸣,食野之蒿。我有嘉宾,德音孔昭。视民不恌,君子是则是效。我有旨酒,嘉宾式燕以敖。

"呦呦鹿鸣,食野之芩。我有嘉宾,鼓瑟鼓琴。鼓瑟鼓琴,和乐且湛。我有旨酒,以燕乐嘉宾之心。"

又歌《蟋蟀》之篇云:

"蟋蟀在堂,岁聿其莫。今我不乐,日月其除。无已太康,职思其居。好乐无荒,良士瞿瞿。

"蟋蟀在堂,岁聿其逝。今我不乐,日月其迈。无已太康,职思其外。好乐无荒,良士蹶蹶。

"蟋蟀在堂,役车其休。今我不乐,日月其慆。无已太康,职思其忧。好乐无荒,良士休休。"

郭山晖歌罢,肃然而退。中宗闻歌,回顾韦后道:"此郭司业以诗谏也,其意念深矣。"于是不复命他人呈技,即彻宴而罢。正是:

祭酒身为人风舞,堪叹五经扫地尽。

鹿鸣蟋蟀抗声歌,还亏司业能持正。

时安乐公主乘间,请昆明池为私沼。中宗曰:"先帝未有以与人者。"公主不悦,遂开凿一池,名曰定昆池,其意欲胜过昆明池,故取名定昆,言可与昆明抗衡之也。司农卿赵履温为之缮治,不知他耗费了多少民财,劳动了多少民力,方得凿成这一池。又于池上起建楼台,极其巨丽。中宗闻池已告成,即率后妃及内侍俳优杂技人等前来游幸。公主张筵设席,款留御驾,从驾诸臣,亦俱赐宴。中宗观览此池,果然弘阔壮观,胜似昆明,心中甚喜,传命诸臣,就筵席上各赋一诗，以夸美之。诸臣领命，方欲构思，只见黄门侍郎李日知离席而起，直趋御前启奏道："臣奉诏赋诗，未及成篇，先有俚言二句，敢即奏呈。"遂高声朗诵云：

"所愿暂思居者逸，勿使时称作者劳。"

中宗听了笑道："卿亦效郭山晖以诗谏耶！"因沉吟半晌，命内侍传谕："诸臣不必赋诗了，且只饮酒。"及酒酣，优人共为回波之舞。中宗看了大喜，遂命诸臣各吟回波辞以侑酒。那日宋之问因病告假，沈佺期却在赐宴诸臣之列。他原任给事中考功郎，自落职流徙后，虽幸复得召用，却还未有迁擢，今欲乘机借回波自嘲，以感动君心。因遂吟云：

"回波尔如佺期，流向岭外生归。

身名幸蒙齿录，袍笏未复牙绯。"

中宗听了微微而笑。安乐公主道："沈卿高才，牙笏绯袍，诚不为过。"韦后道："陛下当即有以命之。"中宗道："行将擢为太子詹事。"沈佺期便叩首谢恩。时有优人臧奉，向中宗、韦后前叩头奏道："臣亦有俚语，但近乎谐谑，有犯至尊。若皇帝、皇后赦臣万死，臣敢奏之。"中宗与韦后都道："汝可奏来，赦汝无罪。"臧奉乃作曼声而吟云：

"回波尔如栲栳，怕婆却也大好。

外头只有裴谈，内里无过李老。"

原来那时有御史夫人裴谈最奉释教，而其妻极妒悍，裴谈畏之如严君。尝云妻有可畏者三：当其少好之时，视之如生菩萨，安有人不畏生菩萨者；及男女满前之时，视之如九子魔母，安有人不畏九子魔母者；及其年渐老，薄施脂粉，或青或黑，视之如鸠盘荼，安有人不畏鸠盘荼者。此言传在人耳,共为笑谈,因呼之为裴怕婆。时韦后举动,欲步趋武后一般,也会挟制夫君,中宗甚畏之,因此臧奉敢于唱此词。他为韦后张威,不怕中宗见罪。正是:

"欺夫婆子怕婆夫,笑骂由人我自吾。

却怪当年李家老,子如其父媳如姑。"

当下中宗闻歌大噱,韦后亦欣然含笑,意气自得。座间却恼了一个正直的官员,乃谏议大夫李景伯,他因看不上眼,听不入耳,蹶然而起,进前奏道:"臣亦有一词奏上。"道是:

"回波尔持酒卮,微臣职在箴规。

侍宴不过三爵,欢哗或恐非仪。"

中宗听罢,有不悦之色。同三品萧至忠奏道:"此真谏官也,愿陛下思其所言。"于是中宗传命罢宴,起驾回宫。次日朝臣中,也有欲责治优人臧奉者,却闻韦后倒先使人赍金帛赏赐臧奉,因叹息而止。

俳优谑浪胆如天,帝不敢嗔后加奖。

纪纲扫地不可问,堪叹阳消阴日长。

未知后事如何,且听下回分解。

第七十七回

鸩昏主竟同儿戏　斩逆后大快人心

词曰：

　　天子至尊也，因何事却被后妃欺。奈昏愦无能，优柔不断。斜封墨敕，人任为之。故一旦宫庭兴变乱，寝殿起灾危。似锦江山，如花世界，回头一想，都是伤悲。　　还思学武后，刑与赏，大权尽我操持。冀立千秋事业，百世根基，欲更逞荒淫。为欢不足，躬行弑逆，获罪难辞。试看临淄兵起，终就刑诛。

——右调《内家娇》

　　从来宫闱之乱，多见于春秋时。周襄王娶翟女为后，通于王弟叔带，致生祸患。其他侯国的夫人，如鲁之文姜、卫之南子辈，不可枚举。至于秦、汉、晋以及前五代，亦多有之。总是见之当时，则遗羞宫闱，传之后世，则有污史册，然要皆未有如唐朝武、韦之甚者也。有了如此一个武后，却又有韦后继之，且加以太平、安乐等诸公主与上官婉儿等诸宫嫔，却是一班寡廉鲜耻、败检丧伦的女人。好笑唐高宗与中宗恬然不以为羞辱，不惟不禁之，而反纵之，致使酿成篡窃弑逆之事，一则几不保其子孙，一则竟至殒其身，为后人

第七十七回

所嗤笑唾骂,叹息痛恨。

如今且说上官婉儿自彩楼评诗之后,才名大著,中宗愈加宠爱,升他做了婕妤,其穿的服饰与住的宫室都如妃子一般。他愈恃宠骄恣,又倚着皇后与诸公主都喜欢他,更自横行无忌。中宗又特置修文馆,选择公卿中之善为诗文者,如沈佺期、宋之问、李峤等二十余人,为修文馆学士,时常赐宴于内庭,吟诗作赋,争华竞美,俱命上官婉儿评定其甲乙,传之词林,或播之乐府。由是天下士子争以文采相尚,一切儒学正人与公说正言,俱不得上达。正是:

　　不求方正贤良士,但炫风云月露篇。

上官婉儿又与韦后公主们私议,启奏中宗,听说婉儿自立私第于外,以便诸学士时常得以诗文往还评论,因此那些没品行的官员多奔走出入其私第,以希援引进用。婉儿因遂勾结其中少年精锐者,潜入宫掖,与韦后、公主们交好。于是朝臣中崔湜、宗楚客等俱先通了婉儿,后即为韦后与公主们的心腹。中宗自观灯市里之后,时或微服出游,或即游幸上官婉儿私第,或与韦后、公主们同来游幸。婉儿既自有私第在外,宫女们日夕来往,宫门上出入无节,物议沸腾,却没人敢明言直谏。只有黄门侍郎宋璟独上一密疏,其略曰:

　　臣前者闻诸道路,天子与后妃公主,微服夜游市里观灯,士庶瞩目称异。臣初以为必无是事,既而知人言非妄,不胜骇诧。《周礼》云:夫人过市罚一幕,世子过市罚一帟,命夫过市罚一盖,命妇过市罚一帷,国君过市则刑人赦。诚以市里嚣尘,逐利者之所趋,非君子所宜入也!夫国君世子,命夫、命妇,夫人等一过市中,尚且有罚;况帝后妃主之尊,而可改妆易服,结队夜游,招摇过市乎！至于怨女三千放出宫,乃太宗皇帝之美政。陛下既不此之法,而但纵宫人数千,任其出游,以致逋逃者,无可追查,成何体统？且宫妃岂容居外第,外臣岂容于与宫妃往还,此皆大褒国体之事。伏乞陛下立改前失,速下禁约,严别内外,稽察宫门出入；更不可白龙鱼服,非时游幸；亦不可无端宴集,使谄媚者流,闲吟浪咏,更唱迭和；尤不可使俳优侏儒,与朝臣混杂于帝后妃主之前,戏谑无忌。轻万乘而渎百僚,致滋物议也。

中宗览疏,也不批发,也不召问,竟置之不理,宋璟也无可如何。韦后等愈无忌惮,太平公主、安乐公主久已奉诏各自开府第,自置官属。这班无耻倖进之徒,多营谋为公主府中官员。

安乐公主府中有两个少年的官儿,一个姓马名秦客,一个姓杨名均。那马秦客深通医术,杨均却最善于烹调食品。二人都生得美貌,为安乐公主所宠爱,因荐与韦后,又极蒙爱幸。由是马秦客夤缘得升为散骑常侍,杨均亦得升为光禄少卿。那崔湜与宗楚客既私通上官婉儿,又转求韦后、公主,于中宗面前,交口称赞,说此二人可作宰相。中宗遂以宗楚客为中书令,崔湜同平章事。自此小人各援引其党类,滥官日多,朝堂充溢。时人以为三无坐处,谓有三样官,因做的人多,朝堂中坐不下也。你道那三样官？却是宰相、御史、员外郎。这三样官是何等官职,乃至人多而无坐处,则其余众官之滥可知矣！时吏部侍郎郑愔掌选,赃污狼藉,有选人系百钱于靴带上,愔问其故,答曰:"当今之选,非钱不行。"愔默不言。中宗又惑于小人之说,谓朝廷当不次用人,遂于吏部铨选之外,另用墨敕除授官职,于是太平公主、安乐公主与长宁公主、上官婉儿

第七十七回

俱招权。

时突厥默啜侵扰边界，屡为朔方总管张仁愿所败。默啜密与宗楚客交通，楚客受其重贿，阻挠边事。监察御史崔琬上疏劾之，当殿朗读弹章。原来唐朝故事，大臣被言官当殿面劾，即俯躬趋出，立于朝堂待罪。是日宗楚客竟不趋出，且忿怒作色，自陈忠鲠为崔琬所诬。宋璟厉声道："楚客何得强辨，故违朝廷法制！"中宗更弗推问，只命崔琬与宗楚客结为兄弟，以和解之。时人传作笑谈，因呼为和事天子。

时处士韦月将抗疏，直言武三思私通宫掖，必生逆乱。韦后闻知大怒，劝中宗速杀之。宋璟道："彼言中宫私于武三思，陛下不究其所言，而即杀其人，何以服天下？若必欲杀月将，请先杀臣，不然臣终不敢奉诏。"中宗乃命贷其死，长流岭南。自此中宗心里亦颇怀疑，传旨查察宫门出入之人，群小因此亦多不自安。那太子重俊亦有明断，中宗唯唯不决。

次日魏元忠入内殿奏事，中宗以立太女废太子之说密询之。元忠道："太子初无失德，陛下岂可轻动国本。皇太女之称向未曾有，且公主称太女，驸马作何称号？此断不可！"中宗意悟，将此二事俱置不行。韦后与公主好生不悦。那安乐公主又急欲韦后专政，使自己得为皇太女，却一时无计可施。

一日杨均以烹调之事入内供应，韦后因召他至密室中，屏退左右，私相谋议。韦后道："此老近来多信外臣之言，而有疑惑宫中之意，此不可不虑。"杨均道："我看娘娘玉貌生光，将来必有喜庆。皇上千秋万岁后，娘娘自然临朝称制了，何必多虑。"韦后叹讶道："他若心变，我怎等得他千秋万岁后？"杨均沉吟半晌道："若依娘娘如此说，此事须要用着些人谋了。"韦后附耳道："有甚好药，可以了此事否？"杨均道："药是问马秦客便有，但此事非同小可，当相机而行，未可造次。"

不说二人密谋。且说太子重俊闻知韦后欲要谋废，他心怀疑惧，又恐为三思、婉儿辈陷害，因欲先发制人，与东宫官属李多祚等矫诏引羽林军杀入武三思私第。恰值武崇训在三思处饮酒，都被拿住，太子仗剑手刃之，更命军士乱剁其尸，合家老幼男女，尽都诛死。又勒兵至宫门欲杀上官婉儿。中宗闻变大惊，急登玄武门楼，宣谕军士，一面令宫闱令杨思勖与李多祚交战，多祚战败兵溃自刎而死，太子亦死于乱军中。正是：

太子拼身诛逆贼，休将成败论英雄。

此时若便清宫闱，何待临淄建大功？

武崇训既诛死，中宗命武延秀为安乐公主驸马。延秀即崇训之弟也，以嫂妻叔，伦常扫地矣！自此韦、武之权愈重。时有许州参军燕钦融上疏，言韦后淫乱干政，宗楚客等图危社稷。中宗览疏，未及批发，韦后即传旨，将燕钦融扑杀。中宗心下怏怏不悦，未免露之颜色。韦后十分疑忌，密谓杨均道："此老渐已心变，前所云进药之说，若不急行，祸将不测。"杨均道："马秦客有一种末药，人服之腹中作痛，口不言，再饮人参汤，即便身死，不露伤迹。"韦后道："既有此药，可速取来。"杨均笑道："事成之后，要封我为武安君哩！"韦后道："不必多言，同享富贵便了。"杨均遂与马秦客密谋取药进宫。

韦后知中宗喜吃三酥饼，即将药放入饼馅里，乘中宗那日在神龙殿闲坐，尚未进膳，便亲将饼儿供上。中宗连吃了几枚，觉得腹

第七十七回

胀微微作痛,少顷大痛起来,坐立不宁,倒于榻上乱滚。韦后佯为惊问,中宗说不出话,但以手自指其口。韦后急呼内侍道:"皇爷想欲进汤,可速取人参汤来!"此时人参汤早已备着,韦后亲手擎来灌入中宗口内。中宗吃了人参汤,便滚不动了,淹至晚间,呜呼崩逝。正是:

昔日点筹烦圣虑,今将一饼报君王。
可怜未死慈亲手,却被贤妻把命伤。

韦后既行弑逆,秘不发丧。太平公主闻中宗暴死,明知死得不明白,却又难于发觉,只得且隐忍,急与上官婉儿议草遗诏,意欲扶立相王。韦后与安乐公主都不肯,乃议立温王重茂,遗诏草定,然后召大臣入宫。韦后托言中宗以暴疾崩,称遗诏立温王重茂为太子嗣,即皇帝位,时年方十五。韦后临朝听政,宗楚客劝韦后依武后故事,以韦氏子弟典南北军,深忌相王与太平公主,谋欲去之。又妄引图谶,谓韦氏当革唐命,遂与安乐公主及都知兵马使韦温等密谋为乱,将约期举事。

时相王第三子临淄王隆基,曾为潞州别驾,罢官回京,因见群小披猖,乃阴聚才勇之士,志图匡正。兵部侍郎崔日用向亦依附韦党,今畏临淄王英明,又忌宗楚客独擅大权,知其有逆谋,恐日后连累着他,遂密遣宝昌寺僧人普润,至临淄王处告变。临淄王大惊,即报与太平公主知道,一面与内苑总监钟绍京、果毅校尉葛福顺、御史刘幽求、李仙凫等计议,乘其未发,先事诛之。众皆奋然,愿以死自效。太平公主亦遣其子薛崇行、崇敏、崇简来相助。葛福顺道:"贤王举事,当启知相王殿下。"临淄王道:"吾举大事为社稷计,事成则福归父王;如或不成,吾以身殉之,不累及其亲。今若启而听从,则使父王预危事。倘其不从,将败大事计,不如不启为妥。"于是易服率众潜入内苑。

时夜将半,忽见天星散落如雨。刘幽求道:"天意如此,时不可失。"葛福顺拔剑争先,直入羽林营典军,韦温、韦璿、韦璠、高嵩等出其不意,措手不及,俱被福顺所杀。刘幽求大呼道:"韦后鸩弑先帝,谋危宗社,今夕当共诛奸逆,立相王以安天下。敢有怀两端助逆党者,罪及三族。"羽林军士稽颡听命,临淄王引众出南苑门,钟绍京率苑中匠丁二百余人执斧锯以从,诸卫兵俱来接应。

其时中宗的梓宫停于太极殿,韦后亦在殿中。临淄王勒兵至玄武门,斩关而入。那些宿卫梓宫的军士,鼓噪应之。韦后大骇,一时无措,止穿得小衣单衫,奔出殿门,正遇杨均、马秦客。韦后急呼救援,二人左右搀扶,走入飞骑营,指望暂避,却被本营将卒先把杨均、马秦客斩首,砍其尸为肉泥。韦后哀求饶命,众人都嚷道:"弑君淫贼,人人共愤!"一齐举刀乱砍,登时砍死于乱刀之下。临淄王闻韦后已为众所诛,传令扫清宫掖。武延秀方与云从私宿于玉树轩,被李仙凫搜出双双斩首。刘幽求将上官婉儿挟至临淄王前,说他曾与太平公主共草遗诏,议立相王,可免其一死。临淄王道:"此婢妖淫,渎乱宫闱,不可轻恕。"即命斩讫。随遣刘幽求收安乐公主。时天已晓,安乐公主深居别院,还不知外变。方早起新沐,对镜画眉,刘幽求率众突入,即挥兵从后斫之,头破脑裂而死,并将其家属都诛死,宗楚客逃奔至通化门,被门吏擒献,即时腰斩于市。

内外既定,临淄王乃叩见相王,谢不先禀白之罪。相王道:"社稷宗庙不坠于地,皆汝功也。"刘幽求等请相王早正大位。是

第七十七回

日早朝,少帝重茂方将升座,太平公主手扶去之,说道:"此位非儿所宜居,当让相王。"于是众臣共奉相王为皇帝,是为睿宗,改号景云元年。废重茂仍为温王,进封临淄王为平王,祭故太子重俊,赠恤李多祚、燕钦融等,追复张柬之等五人官爵,追废韦后、安乐公主为庶人,搜捕韦党诸人。惟崔日用以出首叛逆有功,仍旧供职,其余俱治罪。韦后之妹崇国夫人为秘书监王澄之妻,王澄恐因妻被祸,以鸩酒毒死其妻,自白于官。御史大夫窦从一之妻乃韦后之乳母,俗呼乳母之夫为阿奢。窦从一每自称皇后阿奢,恬然不以为耻,至此乃自杀其妻以献。正是:

昔依妇势真堪耻,今杀妻身太寡恩。

岂是有心学吴起,阿奢妹丈总休论。

景云元年,议立东宫,睿宗以宋王成器居嫡长,而平王隆基有大功,迟疑不决。宋王涕泣叩首固辞道:"从来建储之事,若当国家安则先嫡长,国家危则先有功,今隆基功在社稷,臣死不敢居其上。"刘幽求奏道:"平王有大功,宋王有让德,陛下宜报平王之功,以成宋王之让。"睿宗乃降诏,立平王隆基为太子。后人有诗,称赞宋王之贤道是:

储位本宜推嫡长,论功辞让最称贤。

建成昔日如知此,同气三人可保全。

未知后事如何,且看下回分解。

第七十八回

慈上皇难庇恶公主　生张说不及死姚崇

词曰：

太平封号，公主名称原也妙。不肯安平，天道难容恶贯盈。　　嘉宾恶主，漫说开筵遵圣旨。谏死鸿篇，却被亡人算在先。

——右调《减字木兰花》

酒、色、财、气四字，人都离脱不得，而财、色二者为尤甚。无论富贵贫贱、聪明愚钝之人，总之好色贪财之念皆所不免。那贪财的，既爱己之所有，又欲取人之所有，于是被人笼络而不觉。那好色的，不但男好女之色，女亦好男之色。男好女犹可言也，女好男，遂至无耻丧心，灭伦败纪，靡所不为，如武后、韦后、安乐公主、太平公主等是也。

且说太平公主与太子隆基共诛韦氏，拥立睿宗为帝，甚有功劳。睿宗既重其功，又念他是亲妹，极其怜爱。公主性敏，多权略，凡朝廷之事，睿宗必与他商酌，自宰相以下，进退系其一言。其所引荐之人骤登清要者甚多，附势谋进者奔趋其门如市。子薛崇行、崇敏、崇简皆封为王，田园家宅，遍于畿甸。公主怙宠擅权，骄奢纵欲,私引美貌少年至第,与之淫乱,奸僧慧范,尤所最爱。那班倚势作威的小人,都要生事扰民。亏得朝中有刚正大臣,如姚崇、宋璟辈侃侃谔谔,不畏强御。太子隆基,更严明英察,为群小所畏忌,因此还不敢十分横行。

却说太子原以兵威定乱,故虽当平静之时,不忘武事。一日闲暇,率领内侍及护卫东宫的军士们往郊外打围射猎。一行人来到旷野之处,排下一个大大的围场。太子传令,众人各放马射箭,发纵鹰犬,闹了多时,猎取得好些飞禽走兽。正驰骋间,只见一只黄獐远远的在山坡下奔走。太子策马向前,亲射一箭,却射不着,那獐儿望前乱跑。太子不舍,紧紧追赶,直赶至一个村落,不见了黄獐,但见一个女人,在那里采茶。太子勒马问道:"你可曾见有一只黄獐跑过去么?"那女人并不答应,只顾采茶。此时太子只有两个内侍跟随,那内侍便喝道:"兀那妇人好大胆,怎的殿下问你话,竟不回答!"女人不慌不忙,指着茶篮道:"我心只在茶,何有于獐也,那知什么殿下?"说罢,便提着篮走进一个柴扉中去了。太子见那女子举止不凡,分付内侍不许啰唣,望那柴扉中也甚有幽致。

正看间,只见一个书生跨着蹇驴而来。他见太子头戴紫金冠,身披锦袍,知是贵人,忙下驴伏谒。内侍道:"此即东宫千岁爷。"书生叩拜道:"村僻愚人,不知殿下驾临,失于候迎,乞赐宽宥。"太子道:"孤因出猎,偶尔至此。"因指着柴扉内问道:"此即卿所居耶?"书生道:"臣暂居于此,虽草庐荒陋,倘殿下鞍马劳倦,略一驻足,实为荣幸。"太子闻言,欣然下马。进了柴扉,见花石参差,庭阶幽雅,草堂之上,图书满案,囊琴匣剑,排设楚楚,太子满心欢喜坐定,便问书生何姓何名。书生答道:"臣姓王名琚,原籍河南人。"太子道:"观卿器宇轩昂,门庭雅饬,定然佳士。顷见采茶之妇,言笑不苟,想即卿之妻也。"王琚顿首道:"村妇无知,失于应对,罪当万死。"太子笑道:"卿家既业采茶,必善烹茶,幸假一杯解渴。"王琚领命,忙进去取茶。太子偶翻看他案上书籍,见书中夹着一纸,乃是姚崇劝他出仕写与他的手札,其略云:

> 足下奇才异能,不佞所稔,乘时利见,此其会矣。若终为韫椟之藏,自弃其才能于无用,非所望于有志之士也。一言劝驾,庶几幡然。

太子看罢,仍旧把来夹在书中,想道:"此人与姚崇相知,为姚崇所识赏,必是个奇人。"少顷王琚捧出茶来献上,太子饮了一杯,赐王琚坐了,问道:"士子怀才欲试,正须及时出仕,如何却遁迹山野?"王琚道:"大凡士人出处,不可苟且,须审时度势,必可以得行其志,方可一出。臣窃闻古人易退难进之节,不敢轻于求仕,非故为高隐以傲世也。"太子点首道:"卿真可云有品节之士矣。"正话间,那些射猎的人马轰然而至,太子便起身出门。王琚拜送于门外,太子上马,珍重而别,不在话下。

且说太平公主畏忌太子英明,谋欲废之,日夜进谗于睿宗,说太子许多不是处,又妄谓太子私结人心,图为不轨。睿宗心中怀疑,一日坐于便殿,密语侍臣韦安石道:"近闻中外多倾心太子,卿宜察之。"韦安石道:"陛下安得此亡国之言,此必太平公主之谋也。太子仁明孝友,有功社稷,愿陛下无惑于谗人。"睿宗悚然道:"朕知之矣!"自此谗说不得行,太平公主阴谋愈急,使人散布流言,云目下当有兵变。睿宗闻知,谓侍臣道:"术者言五日内必有急兵入宫,卿等可为朕备之。"张说奏道:"此必奸人造言,欲离间东宫耳。陛下若使太子监国,则流言自息矣!"姚崇亦奏道:"张说所言,真社稷至计,愿陛下从之。"睿宗依奏,即日下诏,命太子监理国事。太子既受命监国,便遣使臣赍礼往聘王琚入朝。王琚不敢违命,即同使臣来见。

时太子正与姚崇在内殿议事,王琚入至殿庭,故意纡行缓步。使臣摇手止之道:"殿下在帘内,不可怠慢。"王琚大声说道:"今日何知所谓殿下,只知有太平公主耳!"太子闻其言,即趋出帘外见之。王琚拜罢,太子道:"适有卿之故人在此,可与相见。"便引王琚入殿内,指着姚崇道:"此非卿之故人耶?"王琚道:"姚崇实与臣有交谊,不识殿下何由知之?"太子笑道:"前日在卿家,案头见有姚卿手札,故知之耳。其手札中所言,卿今能从之否?"王琚顿首道:"臣非不欲仕,特未遇知己耳。今蒙陛下恩遇,敢不致身图报。但臣顷者所言,殿下亦闻之乎?"太子道:"闻之。"王琚因奏道:"太平公主擅权淫纵,所宠奸僧慧范,恃势横行,道路侧目。公主凶狠无比,朝臣多为之用,将谋不利于殿下,何可不早为之计?"姚崇道:"王琚初至,即能进此忠言,此臣所以乐与交也。"太子道:"所言良是。但吾父皇止此一妹,若有伤残,恐亏孝道。"王琚道:"孝之大者,以社稷宗庙为事,岂顾小节。"太子点头道:"当徐图之。"遂命王琚为东宫侍班,常与计事。

太极元年七月,有彗星出于西方,入太微。太平公主使术士上密启于睿宗道:"彗所以除旧布新,且逼近帝座,此星有变,皇太子将作天子,宜预为备。"欲以此激动睿宗,中伤太子。那知睿宗正因天象示变,心怀恐惧,闻术士所言,反欣然道:"天象如此,天意可知,传德弭灾,吾志决矣!"遂降诏传位太子。太平公主大惊,力谏以为不可，太子亦上表固辞。睿宗皆不听，择于八月吉日，命太子即皇帝位，是为玄宗明皇帝。尊睿宗为太上皇，立妃王氏为皇后，改太极元年为先天元年，重用姚崇、宋璟辈，以王琚为中书侍郎，黜幽陟明，政事一新，天下欣然望治。

只有太平公主仍恃上皇之势，恣为不法。玄宗稍禁抑之，公主大恨，遂与朝臣萧至忠、岑羲、窦怀贞、崔湜等结为党援，私相谋画，欲矫上皇旨，废帝而别立新君，密召侍御陆象先同谋。象先大骇连声道："不可不可，此何等事，辄敢妄为耶！"公主道："弃长立幼，已为不顺，况又失德，废之何害？"象先道："既以功立，必以罪废。今上新立，天下向顺，初无失德，何罪可废？象先不敢与闻。"言罢，拂衣而出。

公主与崔湜等计议，恐矫旨废立，众心不服，事有中变，欲暗进毒，以谋弑逆，乃私结宫人元氏，谋于御膳中置毒以进。王琚闻其谋。开元元年七月朔日早朝毕，玄宗御便殿，王琚密奏道："太平公主之事迫矣，不可不速发！"玄宗尚在犹豫时，张说方出使东都，适遣人以佩刀来献，长史崔日用奏道："说之献刀，欲陛下行事决断耳！陛下昔在东宫，或难于举动，今大权在握，发令诛逆，有何不顺，而迟疑若是？"玄宗道："诚如卿言，恐惊上皇。"王琚道："设使奸人得志，宗社颠危，上皇安乎？"

正议论间，侍郎魏知古直趋殿陛，口称臣有密启。玄宗召至案前问之。知古道："臣探知奸人辈，将于此月之四日作乱，宜急行诛讨。"于是玄宗定计，与岐王范、薛王业、兵部尚书郭元振、龙武将军王毛仲、内侍高力士及王琚、崔日用、魏知古等，勒兵入虔化门，执岑羲、萧至忠于朝堂斩之。窦怀贞自缢，崔湜及宫人元氏俱

第七十八回

诛死,太平公主逃入僧寺,追捕出,赐死于家,并诛奸僧慧范,其余逆党死者甚多。上皇闻变惊骇,乘轻车出宫,登承天门楼问故。玄宗急令高力士回奏,言太平公主结党谋乱,今俱伏诛,事已平定,不必惊疑。上皇闻奏,叹息还宫。正是:

公主空号太平,作事不肯太平。

直待杀此太平,天下方得太平。

玄宗既诛逆党,闻陆象先独不肯从逆,深嘉其忠,擢为蒲州刺史,面加奖谕道:"岁寒然后知松柏也。"象先因奏道:"《书》云:'歼厥渠魁,胁从罔治。'今首恶已诛,余党乞从宽典,以安人心。"玄宗依其言,多所赦宥。又以太平公主之子薛崇简常谏其母,屡遭挞辱,特旨免死,赐姓李,官爵如故。其他功臣爵赏有差。自此朝廷无事,玄宗意欲以姚崇为相,张说忌之,使殿中监姜皎入奏道:"陛下欲择河东总管,而难其人,臣今得之矣。"玄宗问为谁,姜皎道:"姚崇文武全才,真其选也。"玄宗笑道:"此张说之意,汝何得面欺?"姜皎惶恐,叩头服罪。玄宗即日降旨,拜姚崇为中书令。张说大惧,乃私与岐王通款,求其照顾。姚崇闻知,甚为不满。一日入对便殿,行步微蹇。玄宗问道:"卿有足疾耶!"姚崇因乘间奏言:"臣有腹心之疾,非足疾也。"玄宗道:"何谓腹心之疾?"姚崇道:"岐王乃陛下爱弟,张说身为大臣,而私与往来,恐为所误,是以忧之。"玄宗怒道:"张说意欲何为?明日当命御史按治其事。"

姚崇回至中书省,并不提起。张说全然不知,安坐私署之中。忽门役传进一帖,乃是贾全虚的名刺,说道有紧急事特来求见。张说骇然道:"他自与宁醒花去后,久无消息,今日突如其来,必有缘故。"便整衣出见。贾全虚谒拜毕,说道:"不肖自蒙明公高厚之恩，遁迹山野，近因贫困无聊，复至京师，移名易姓，佣书于一内臣之家。适间偶与那内臣闲话，谈及明公私与岐王往来，今为姚相所奏，皇上大怒，明日将按治，祸且不测。不肖惊闻此信，特来报知。"

张说大骇道："如此为之奈何？"全虚道："今为明公计，惟有密恳皇上所爱九公主关说方便，始可免祸。"张说道："此计极妙。但急切里无门可入。"全虚道："不肖已觅一捷径，可通款于九公主，但须得明公平日所宝之一物为贽耳。"张说大喜，即历举所藏珍玩，全虚道："都用不着。"张说忽想起："鸡林郡曾献夜明帘一具可用否？"全虚道："请试观之。"张说命左右取出。全虚看了道："此可矣，事不宜迟，只在今夕。"张说便写一情恳手启，并夜明帘付与全虚。全虚连夜往见九公主，具言来意，献上宝帘并手启。九公主见了帘儿，十分欢喜，即诺其所请。正是：

前日献刀取决断，今日献帘求遮庇。

一是为公矢忠心，一是为私行密计。

明日九公主入宫见驾，玄宗已传旨，着御史中丞同赴中书省究问张说私交亲王之故。九公主奏道："张说昔为东宫侍臣，有维持调护之功，今不宜轻加谴责。且若以疑通岐王之故，使人按问，恐王心不安，大非吾皇上平日友爱之意。"原来玄宗于兄弟之情最笃，尝为长枕大被与诸王同卧，平日在宫中相叙，只行家人礼。薛王患病，玄宗亲为煎药，吹火焚须。左右失惊，玄宗道："但愿王饮此药而即愈，吾须何足惜。"其友爱如此。当闻九公主之言，恻然动念，即命高力士至中书省宣谕免究，左迁张说为相州刺史。张说深感贾全虚之德，欲厚酬之，谁知全虚更不复来见，亦无处寻访他，真奇人也。正是：

　　　　拯危排难非求报，只为当年赠爱姬。

姚崇为相数年，告老退休，特荐宋璟自代。宋璟在武后时，已正直不阿，及居相位，更丰格端凝，人人敬畏。那时内臣高力士、闲厩使王毛仲俱以诛乱有功，得幸于上。王毛仲又以牧马蕃庶，加开府仪同三司，荣宠无比，朝臣多有奔趋其门者，宋璟独不以为意。王毛仲有女与朝贵联姻，治装将嫁，玄宗闻之问道："卿嫁女之事，已齐备否？"王毛仲奏道："臣诸事都备，但欲延嘉宾，以为光宠，正未易得耳。"玄宗笑道："他客易得，卿所不能致者一人，必宋璟也。朕当为卿致之。"乃诏宰相与诸大臣，明日俱赴王毛仲家宴会。

次日，众官都早到，只宋璟不即至。王毛仲遣人络绎探视，宋璟托言有疾不能早来，容当徐至。众官只得静坐拱候。直至午后，方才来到，且不与主人及众客讲礼，先命取酒来，执杯在手说道："今日奉诏来此饮酒，当先谢恩。"遂北面拜罢，举杯而饮，饮不尽一杯，忽大呼腹痛，不能就席，向众官一揖，即升车而去。王毛仲十分惭愧，奈他刚正素著，朝廷所敬礼，无可如何，只得敢怒而不敢言，但与众官饮宴，至晚而散。正是：

　　作主固须择宾，作宾更须择主；

　　恶宾固不可逢，恶主更难与处。

后王毛仲恃宠而骄，与高力士有隙。其妻新产一子，至三朝，玄宗遣高力士赍珍异赐之，且授新产之儿五品官。毛仲虽然谢恩，心甚怏怏，抱那小儿出来与力士看，说道："此儿岂不堪作三品官耶！"力士默然不答，回宫复命，将此言奏闻，再添上些恶言语。玄宗大怒道："此贼受朕厚恩，却敢如此怨望！"遂降旨削其官爵，流窜远州。力士又使人讦告他许多骄横不法之事，奉旨赐死。此是后话。

且说姚崇罢相之后，以梁国公之封爵退居私第。至开元九年间，享寿已高，偶感风寒，染成一病，延医调治，全然无效。平生不信释道二教，不许家人祈祷。过了几日，病势已重，自分不能复愈，乃呼其子至榻前，口授遗表一通，劝朝廷罢冗员、修制度、戢兵戈、禁异端，官宜久任，法宜从宽，亹亹数百言，皆为治之要命，即誊写奏进。又将家事嘱咐了一番，遗命身故之后，不可依世俗例，延请僧道，追修冥福，永著为家法。其子一一受命。及至临终，又对其子说道："我为相数年，虽无甚功业，然人都称我为救时宰相，所言所行，亦颇多可述。我死之后，这篇墓碑文字，须得大手笔为之，方可传于后世。当今所推文章宗匠，惟张说耳。但他与我不睦，若径往求他文字，他必推托不肯。你可依吾计，待我死后，你须把些珍玩之物，陈设于灵座之侧。他闻讣必来伴吊，若见此珍玩，不顾而去，是他记我旧怨，将图报复，甚可忧也。他若逐件把弄，有爱羡之意，你便说是先人所遗之物，尽数送与他，即求他作碑文。他必欣然许允，你便求他速作。待他文字一到，随即勒石，一面便进呈御览方妙。此人性贪多智，而见事稍迟，若不即日镌刻，他必追悔，定欲改作，既经御览，则不可复改。且其文中既多赞语，后虽欲寻瑕摘疵，以图报复，亦不能矣。记之记之！"言罢，瞑目而逝。公子躄踊哀号，随即表奏朝廷，讣告僚属，治理丧具。

大殓既毕，便设幕受吊，在朝各官，都来祭奠。张说时为集贤院学士，亦具祭礼来吊。公子遵依遗命，预将许多古玩珍奇之物，排列灵座旁边桌上。张说祭吊毕，公子叩颡拜谢。张说忽见座旁桌上排列许多珍玩,因指问道:"设此何意?"公子道:"此皆先父平日爱玩者,手泽所存,故陈设于此。"张说道:"令先公所爱,必非常物。"遂走近桌边,逐件取来细看,啧啧称赏。公子道:"此数物不足供先生清玩,若不嫌鄙,当奉贡案头。"张说欣然道:"重承雅意,但岂可夺令先公所好?"公子道:"先生为先父执友,先父今日若在,岂惜赠贻。且先父曾有遗言,欲求先生大笔,为作墓道碑文。倘不吝珠玉,则先父死且不朽,不肖方当衔结图报,区区玩好之微,何足复道。"说罢,哭拜于地。张说扶起道:"拙笔何足为重,既蒙属役,敢不揄扬盛美。"公子再拜称谢。

张说别去。公子尽撤所陈设之物,遣人送与,又托人婉转求其速作碑文,预使石工磨就石碑一座,只等碑文镌刻。张说既受了姚公子所赠,心中欢喜,遂做了一篇绝好的碑文,文中极赞姚崇人品相业,并叙自己平日爱慕钦服之意。文才脱稿,恰好姚公子遣人来领,因便付于来人。公子得了文字,令石工连夜镌于碑上。正欲进呈御览,适高力士奉旨来取姚崇生时所作文字,公子乘机便将张说这篇碑文,托他转达于上。玄宗看了赞道:"此人非此文不足以表扬之!"正是:

　　救时宰相不易得,碑文赞美非曲笔。
　　可惜张公多受贿,难说斯民三代直。

却说张说过了一日,忽想起:"我与姚崇不和,几受大祸。今他身死,我不报怨也够了,如何倒作文赞他?今日既赞了他,后日怎好改口贬他?就是别人贬他,我只得要回护他了,这却不值得。"又想文字付去未久,尚未刻镌,可即索回,另作一篇,寓贬于褒之文便了,遂遣使到姚家索取原文,只说还要增改几笔。姚公子面语来使道:"昨承学士见赐鸿篇,一字不容移易,便即勒石,且已上呈御览,不可便改了。铭感之私,尚容叩谢。"使者将此言回复了主人,张说顿足道:"吾知此皆姚相之遗算也。我一个活张说,反被死姚崇算了,可见我之智识不及他矣!"

连声呼中计,追悔已嫌迟。

姚崇死后,朝廷赐谥文献。后张说与宋璟、王琚辈相继而逝。又有贤相韩休、张九龄二人俱为天子所敬畏者,亦不上几年,告老的告老,身故的身故,朝中正人渐皆凋谢。

玄宗在位日久,怠于政事。当其即位之初,务崇节俭,曾焚珠玉锦绣于殿前,又放出宫女千人。到得后来,却习尚奢侈,女宠日盛。诸嫔妃中,惟武惠妃最亲幸,皇后王氏遭其谮谮,无故被废。又谮太子瑛及鄂王、光王,同日俱赐死。一日杀三子,天下无不惊叹。不想武惠妃亦以产后血崩暴亡,玄宗不胜悲悼,自此后宫无有当意者。高力士劝玄宗广选美人,以备侍御。玄宗遂降旨采选民间有才貌的女子入宫。正是:

靡不有初,鲜克有终。

开元天宝,大不相同。

第七十九回

江采蘋恃爱追欢　　杨玉环承恩夺宠

词曰：

国色自应供点选，一入深宫，必定多留恋。不是眉尖送花片，也教眼角飞莺燕。　　只道始终适所愿，不料红丝，恰又随风转。始知月老亦无凭，端合成全好姻眷。

——右调《蝶恋花》

人生处世，无过情与理而已。忠臣孝子，作事循理，不消说得。而大奸极恶之人，行事背理，亦不消说得。至于情总属一般，孟夫子所云："知好色则慕少艾，有妻子则慕妻子。"今古同然，无有绝情者。试看苏子卿穷居海上，啮雪吞毡，死生置于度外，犹不免娶胡妇生子。胡澹庵贬海外十年，比其归，日饮于湘潭胡氏园，喜侍姬黎倩，作诗赠之。乃知情欲移人，贤者不免，而况生居盛世贵为天子乎？

今且不说玄宗遣人点选美女。且说闽中兴化县珍珠村有一秀才，姓江名仲逊，字抑之，人物轩昂，家私富厚，年过三旬，尚无子嗣。夫人廖氏，单生一女，小名阿珍，九岁能诵二南，语父道："吾虽女子，期以此为志。"仲逊奇之，遂名采蘋，生得花容月貌，便是月里嫦娥,也让他几分颜色。更兼文才渊博,诸子百家,无不贯串,琴棋书画,各件皆能。他性喜梅花,仲逊遣人于江浙山中,遍觅各种最古梅,植于庭除,额曰梅亭。采蘋朝夕观玩,遂自号梅芬,性耽文艺,有萧兰、梨园、梅亭、丛桂、凤笛、玻杯、剪刀、绮窗八赋,为时传诵,名闻籍甚。高力士自湖广历两粤,各处采选,并无当意者。至兴化,闻采蘋名,得之以进。

采蘋年方二八,美貌无双,玄宗一见,喜动天颜,即令嫔妃随侍入宫,赐江仲逊黄金千两,彩缎百端,回家养老。命高力士陪他赴光禄寺饮宴,仲逊含泪出朝。玄宗令左右摆宴,与江妃共饮,饮了一回,玄宗兴致已浓,携养江妃退归寝室,共效鸾凤。但见江妃的愁思未遭风和雨,玄宗的兴趣偏施雨与风(此处删去17字),云情雨意初未知。也有《西江月》一词为证:

倾国倾城一貌,为云为雨千觔。花间起舞散幽香,从此惊鸿绝赏。　谢女休夸好句,班姬正倚新妆,数奇不愿似王嫱,谁向长门悒怏。

玄宗与江妃恣意交欢,任情取乐,真个欢娱夜短,正好受用。又早鸡鸣钟动,天光欲曙,玄宗免不得起身出朝听政。

一日回到宫中,见江妃在那里看《梅亭赋》,因知江妃喜梅,遂命宫中各处栽梅,朝夕游玩,赐名梅妃。玄宗道:"朕几日为朝政所困,今见梅花盛开,清芬拂面,玉宇生凉,襟期顿觉开爽。嫔色花容,令人顾恋,纵世外佳人,怎如你淡妆飞燕乎?"梅妃道:"只恐落梅残月,他时冷落凄其。"玄宗道:"朕有此心,花神鉴之。"梅妃道:"但愿不负此言,妾虽碎身,不足以报。"玄宗道:"妃子高才,前所作八赋,翰林诸臣无不叹赏。卿今可为梅花赋,待朕颁示词臣。"

第七十九回

梅妃道:"贱妾蓬闱陋质,安敌艺苑鸿材,既辱钧旨,谨当献丑。"言未毕,只见内侍报道:"岭南刺史韦应物、苏州刺史刘禹锡各选奇梅五种,星夜进呈。"玄宗甚喜,分付高力士用心看管,以待宴赏,遂同梅妃回宫。

不一日,玄宗宴诸王于梅园,命梨园子弟承应,丝竹迭奏,果然清音缓节。有诗为证:

金屋画堂光闪闪,烹龙炮凤敲檀板。

歌喉宛转绕雕梁,琼浆满泛玻璃盏。

诸王饮至半席间,忽闻宫中笛声嘹亮。诸王问道:"笛声清妙,不知何人所吹,似从天上飞来。"玄宗道:"是朕江妃所吹。诸兄弟若不弃嫌,宣他一见何如?"诸王道:"臣愿洗耳请教。"命高力士宣梅妃来。不一时梅妃宣到,诸王见礼毕,玄宗道:"朕常称妃子乃梅精也,吹白玉笛作惊鸿舞,一座生辉,今宴诸王,梅妃试舞一回。"梅妃领旨,妆束齐整,向筵前慢舞。有《西江月》词为证:

紫燕轻盈弱质,海棠标韵娇容。罗衣长袖慢交横,络绎回翔稳重。　纤谷蛾飞可爱,浮腾雀跃仙踪。衫飘绰约动随风,恍似飞龙舞凤。

舞罢,诸王连声赞美。玄宗道:"既观妙舞,不可不快饮。今有嘉州进到美酒,名瑞露珍,其味甚佳,当共饮之。"即命内侍取酒至,斟于金盏,令梅妃遍酌诸王。时宁王已醉,见梅妃送酒来,起身接酒,不觉一脚踢着了梅妃绣鞋。梅妃大怒,登时回宫。玄宗道:"梅妃为何不辞而去?"左右道:"娘娘珠履脱缀,缀了就来。"等了一回,又来再宣。梅妃道:"一时胸腹疾作,不能起身应召。"玄宗道:"既如此罢了。"即令撤席而别。

宁王惊得魂不附体，猛然想起驸马杨回，足智多谋，又是圣上宠爱的，密地差人请来商议。不一时杨回到来，礼毕，宁王道："寡人侍宴梅园，只因多吃几杯酒，干了一桩天大不明白的事。"杨回道："不是戏梅妃的事么？"宁王道："你为何知道？"杨回道："若要不知，除非莫为。如今那一个不晓得，止有圣上不知。"宁王道："请你来商议此事，倘若梅妃在圣上面前，说些是非，叫我怎得安稳哩！"杨回想了一想，说道："不妨，我有二计在此，包你无事。"附宁王耳低言道，只须如此如此。

　　宁王大喜，依了他计，相约次日入朝，肉袒膝行，请罪道："蒙皇上赐宴，力不胜酒，失错触了妃履。臣出无心，罪该万死。"玄宗道："此事若计论起来，天下都道我重色，而轻天伦了。你既无心，朕亦付之不较。"宁王叩头谢恩而起，杨回乃密奏玄宗道："臣见诸宫嫔妃约有三万余人，又令高力士遍访美女何用？"玄宗道："嫔妃固多，绝色者少，愿得倾国之色，以博一生大乐耳。"杨回道："陛下必欲得倾城美貌，莫如寿王妃子杨玉环，姿容盖世，实为罕有。"玄宗道："与梅妃何如？"杨回道："臣未曾亲见，但闻寿王作词赞他，中一联云：'三寸横波回幔水，一双纤手语香弦。'开元二十一年冬至寿邸时，有人见了赞道：'只有天在上，更无山与齐。'陛下莫若召来便见。"玄宗闻之喜极，即差高力士去快宣杨妃来。

　　力士领旨，即到寿王宫中宣召杨妃。杨妃道："圣上宣我何干？"力士道："奴婢不知，娘娘见驾，自有分晓。"杨妃惨然来见寿王道："妾事殿下，祈订白头，谁知圣上着高力士宣妾入朝，料想此去，必与殿下永诀矣！"寿王执杨妃之手大哭道："势已如此，料不可违。倘若此去，不中上意，或者相逢有日，百凡珍重。"力士催促

第七十九回

不过，杨妃只得拜别寿王，流泪出宫。正是：

宣谕多娇珍重甚，回轩应问镜台无。

高力士领着杨妃来复旨。杨妃含羞忍耻参拜毕，俯伏在地，玄宗赐他平身。此时宫中高烧银烛，阶前月影横空，玄宗就在灯月之下，将杨妃定睛一看。但见：

黛绿双蛾，鸦黄半额。蝶练裙不短不长，凤绡衣宜宽宜窄。腰枝似柳，金步摇曳。戛翠鸣珠，鬓发如云。玉搔头掠青拖碧，乍回雪色，依依不语。春山脉脉，幽妍清倩，依稀似越国西施；婉转轻盈，绝胜那赵家合德。艳冶销魂，容光夺魄。真个是回头一笑百媚生，六宫粉黛无颜色。

玄宗分付高力士，令妃自以其意乞为女道士，赐号太真，住内太真宫。对杨回道："二卿暂回，明日朕有重赏。"宁王方才放心，与杨回叩谢出朝。天宝四载，更为寿王娶左卫将军韦昭训女为妃，潜纳太真于宫中，命百官于凤凰园册太真宫女道士杨氏为贵妃。其父杨玄琰，弘农华阴人，徙居蒲州之独头村，开元初为蜀州司户。贵妃生于蜀，早孤，养子叔父河南府士曹玄珪家。册妃日，赠玄琰兵部尚书，母李氏凉国夫人，叔玄珪为光禄卿，兄铦侍御史，从兄钊拜侍郎。那杨钊原系张昌宗之子，寄养于杨氏者。玄宗以钊字有金刀之相，改赐其名为国忠。杨氏权倾天下。贵妃进见之夕，奏霓裳羽衣曲，授金钗钿盒。玄宗自执丽水镇库紫磨金琢成步摇，至妆阁亲与插鬓。自宠了贵妃淫乐，便疏了梅妃。

梅妃问亲随的宫女嫣红道："你可晓得皇上两日为何不到我宫中？"嫣红道："奴婢那里得知，除非叫高力士来，便知分晓。"梅妃道："你去寻来，待我问他。"嫣红领旨出宫寻问，走到苑中，见力士坐在廊下打瞌睡。嫣红道："待我耍他一耍。"见一棵千叶桃花，娇红鲜艳，便折下一小枝来，将花插在他头上，取一嫩枝塞向力士鼻孔中去。力士陡然惊醒，见是嫣红，问道："嫣红妹子，你来做甚？"嫣红笑道："我家娘娘特来召你。"力士便同嫣红走到梅妃宫中，叩头见过。梅妃问力士道："圣上这几日，为何不进我宫中？"力士道："阿呀，圣上在南宫中，新纳了寿王的杨妃，宠幸无比，娘娘难道还不知么？"梅妃道："我那里晓得来。且问你圣上待他意思如何？"力士道："自从杨妃入宫之后，龙颜大悦，亲赐金钿珠翠，举族加官，宫中号曰娘子，仪体侔于皇后。"梅妃听了这句话，不觉两泪交流道："我初入宫之时，便疑有此事，不想果然。你且出去，我自有道理。"高力士出宫去了。

嫣红将适间苑内所见如何行径，如何快活，说与梅妃知道。梅妃听了，不胜怨恨。嫣红道："娘娘不要愁烦，依奴婢愚见，娘娘莫若装束了，步到南宫去，看皇爷怎么样说。"梅妃见说，便向妆台前整云鬟。梅妃对了菱花宝镜叹道："天乎，我江采蘋如此才貌，何自憔悴至此，岂不令人肠断！"说了双泪交流，强不出精神来梳妆。嫣红与宫女再三劝慰，替他重施朱粉，再整花钿，打扮得齐齐整整，随了七八个宫奴向南宫缓步而来。

却见玄宗独立花阴。梅妃上前朝见，玄宗道："今日有甚好风，吹得你来？"梅妃微微的笑道："时布阳和，忽南风甚竞，故循循至此，以解寂寥耳。"玄宗道："名花在侧，正要着人来宣妃子，共成一醉。"梅妃道："闻得陛下宠纳杨妃，贱妾一来贺喜，二来求见新人。"玄宗道："此是朕一时偶惹闲花野草，何足挂齿。"梅妃定要请见。玄宗不得已道："爱卿既不嫌弃，着他来参见你就是，但他来

第七十九回

时,卿不可着恼。"梅妃道:"妾依尊命,须要他拜见我便了。"玄宗道:"这也不难。"即召杨妃出来。

杨妃望着梅妃叩头毕,玄宗即命摆宴。酒过三巡,玄宗道:"梅妃有谢女之才,不惜佳句赞他一首何如?"梅妃道:"惟恐不能表扬万一,望乞恕罪。"杨妃道:"妾系蒲姿柳质,岂足当娘娘翰墨揄扬?"玄宗道:"二妃不必过谦。"叫左右快取一幅锦笺,放在梅妃面前。梅妃只得提起笔来,写上一绝道:

撇却巫山下楚云,南宫一夜玉楼春。

冰肌月貌谁能似?锦绣江天半为君。

梅妃写完,呈于玄宗。玄宗看了,连声赞美,付与杨妃。杨妃接来看了一遍,心中暗想:"此词虽佳,内多讥讽。他说'撇却巫山下楚云',笑奴从寿邸而来,'锦绣江天半为君',笑奴肥胖的意思。待我也回他几句,看他怎么说。"便对梅妃道:"娘娘美艳之姿,绝世无双,待奴回赞一首何如?"梅妃道:"俚词描写万一,若得美人不吝名言,妾所愿也。"杨妃亦取笺写道:

美艳何曾减却春,梅花雪里亦清真。

总教借得春风早,不与凡花斗色新。

玄宗见杨妃写完,赞道:"亦来的敏快得情。"拿与梅妃道:"妃子你看何如?"梅妃取来一看,暗想道:"他说'梅花雪里亦清真',笑我瘦弱的意思,'不与凡花斗色新',笑我已过时了。"两下颜色有些不和起来。高力士道:"娘娘们诗词唱和,奴婢有几句粗言俗语解分。"玄宗道:"你试说来。"高力士道:"皇爷今日同二位玉美人步步娇,走到高阳台,二位娘娘双劝酒,饮到月上海棠。奴婢打一套三棒鼓,唱一套贺新郎,大家沉醉东风。皇爷卸下皂罗袍,娘娘解下红衲袄,忽闻一阵锦衣香,同睡在销金帐,那时节花心动将起来,只要快活三,那里管念奴娇惜奴娇。皇爷慢慢的做个蝶恋花,鱼游春水,岂不是万年欢天下乐?"只见二妃听到他说得"花心动,快活三",不觉的都嘻嘻微笑起来。玄宗道:"力士之言有理。朕今日二美既具,正当取乐,休得争论。"遂挽手携着二妃回宫。梅妃性柔缓,后竟为杨妃所潜,迁于上阳东宫。

一日玄宗闲步梅园,忽想起梅妃来,差高力士去探望。力士领旨到上阳宫,只见梅妃正在那里伤感。力士连忙叩头。梅妃道:"高常侍,我自别圣驾以来,久无音问,今日甚事有劳你来?"力士道:"圣上今日偶步梅园,十分思念娘娘,特着奴婢来探访。"梅妃闻言,便欢欢喜喜问力士道:"圣上着你来探访,终非弃我,汝可为我叩谢皇恩,说我无日不望睹天颜,还祈皇恩始终无替。"力士领命,随即回至梅园,将梅妃所言奏上。

玄宗闻言,不觉嗟叹道:"我岂遂忘汝耶!高力士,你可选梨园最快戏马,密召梅妃到翠华西阁相叙,不可迟误。"力士应声而去。玄宗连声叫道:"转来,你须悄地里去,不可使杨妃知道。"力士道:"奴婢晓得。"便到梨园选了一匹上等骏马,竟到东楼见了梅妃。梅妃道:"高常侍,你为何又来?"力士道:"奴婢将娘娘之言述与皇爷听了,皇爷浩叹道:'我岂忘汝。'就令奴婢选上等骏马,密召娘娘到翠华西阁叙话。"梅妃道:"既是君王宠召,缘何要暗地里来?"力士道:"只恐杨娘娘得知,不是当耍。"梅妃道:"陛下为何怕着这个肥婢?"力士道:"娘娘快上马,皇爷等久了。"

梅妃便上马而来,到了阁前,玄宗抱下马来道:"爱卿,我那一日不想你来。"梅妃参拜道:"贱妾负罪,将谓永捐,不料又得复睹

第七十九回

天颜。"玄宗就命宫女摆酒。饮至数巡,梅妃斟上一杯,敬与玄宗道:"陛下果终不弃贱妾,幸满饮此杯。"玄宗吃了,也斟一杯回赐。梅妃饮至半醉,玄宗双手捧着他面庞细看,道:"妃子花容,略觉消瘦了些。"梅妃道:"如此情怀,怎免消瘦?"玄宗道:"瘦便瘦,却越觉清雅了。"梅妃笑道:"只怕还是肥的好哩!"玄宗也笑道:"各有好处。"又饮了几杯,便同梅妃进房,解衣上床,交合了一会儿,弄得梅妃如醉梦一般。两情欢畅,凤倒鸾颠,霎时云收雨散。玄宗身体微倦,抱颈而睡,不觉失晓。

杨妃在宫不见玄宗驾来,问念奴道:"圣上何在?"念奴道:"奴婢闻万岁着高力士,召梅娘娘至翠华西阁。"杨妃听了,忙自步到阁前,惊得那些常侍飞报道:"杨娘娘已到阁道,当如之何?"玄宗披衣,抱梅妃藏夹幕间。杨妃走到里面见礼毕,问道:"陛下为何起得迟?"玄宗道:"还是妃子来得早。"杨妃道:"贱妾闻梅精在此,特此相望。"玄宗道:"他在东楼。"杨妃道:"今日宣来,同至温泉一乐。"玄宗只是看着左右,也不去回答他。杨妃怒道:"肴核狼籍,御榻下有妇人珠舄,枕边有金钗翠钿,夜来何人侍陛下寝,欢醉至日出,还不视朝,是何体统?陛下可出见群臣,妾止此阁,以俟驾回。"玄宗愧甚,拽衾向屏复睡道:"今日有疾,不能视朝。"杨妃怒甚,将金钗翠钿掷于地,竟归私第。

不想小黄门见杨妃势急,恐生余事,步送梅妃回宫。玄宗见杨妃已去,欲与梅妃再图欢庆,却被黄门送去,大怒,斩之。亲自拾起金钗翠钿珠舄包好,又将夷使所贡珍珠一斛,着永新领去,并赐梅妃。永新领旨,前往东楼。梅妃问道:"圣上着人送我归来,何弃我之深乎?"永新道:"万岁非弃娘娘,恐杨娘娘性恶,所送黄门,已斩讫矣。"梅妃道:"恐怜我又动这肥婢情,岂非弃我也?原物俱已拜领,所赐珍珠不敢受,有诗一首,烦你进到御前,道妾非忤旨不受珍珠,恐怕杨妃闻知,又累圣上受气耳。"永新领命而去,将珍珠并诗献上。玄宗拆开一看,念道:

"柳叶蛾眉久不描,残妆和泪湿红绡。

长门自是无梳洗,何必珍珠慰寂寥?"

玄宗览诗,怅然不乐,又喜其诗之妙,令乐府以新声度之,号《一斛珠》。杨妃既怀前恨,又知此事,终日思量害他。

未知后事如何,且听下回分解。

第八十回

安禄山入宫见妃子　高力士沿街觅状元

词曰：

幸得君王带笑看，莫偷安。野心狼子也来看，漫拈酸。

俏眼盈盈恋所爱，尽盘桓。却教说在别家欢，被他瞒。

——右调《太平时》

从来士子的穷通显晦，关乎时命，不可以智力求。即使命里终须通显，若还未遇其时，犹不免横遭屈抑，此乃常理，不足为怪。独可怪那女子的贵贱品格，却不关乎其所处之位。尽有身为下贱的，倒能立志高洁，那位居尊贵的，反做出无耻污辱之事。即如唐朝武后、韦后、太平公主、安乐公主这一班淫乱的妇女，搅得世界不清，已极可笑、可恨。谁想到玄宗时，却又生出个杨贵妃来。他身受天子宠眷，何等尊荣，况那天子又极风流不俗，何等受用，如何反看上了那塞外蛮奴安禄山，与之私通，浊乱宫闱，以致后来酿祸不小，此岂非怪事。

且说那安禄山乃是营州夷种，本姓康氏，初名阿落山，因其母再适安氏，遂冒姓安，改名禄山，为人奸狡，善揣人意。后因部落破散，逃至幽州，投托节度使张守珪麾下。守珪爱之，以为养子，出入

安禄山入宫见妃子　高力士沿街觅状元

随侍。

一日守珪洗足，禄山侍侧，见守珪左脚底有黑痣五个，因注视而笑。守珪道："我这五黑痣，识者以为贵相，汝何笑也？"禄山道："儿乃贱人，不意两脚底都有黑痣七枚，今见恩相贵人脚下亦有黑痣，故不觉窃笑。"守珪闻言，便令脱足来看，果然两脚底俱有七痣，状如七星，比自己脚上的更黑更大，因大奇之，愈加亲爱，屡借军功荐引，直荐他做到平卢讨击使。时有东夷别部奚、契丹，作乱犯边，守珪檄令安禄山督兵征讨。禄山自恃强勇，不依守珪方略，率兵轻进，被奚、契丹杀得大败亏输。原来张守珪军令最严明，诸将有违令败绩者，必按军法。禄山既败，便顾不得养子情分，一面上疏奏闻，一面将禄山提至军前正法。禄山临刑，对着张守珪大叫道："大夫欲灭贼，奈何轻杀大将！"守珪壮其言，即命缓刑，将他解送京师，候旨定夺。禄山贿嘱内侍们，于玄宗面前说方便。

当时朝臣多言禄山丧师失律，法所当诛，且其貌有反相，不可留为后患。玄宗因先入内侍之言，竟不准朝臣所奏，降旨赦禄山之死，仍赴平卢原任，带罪立功。禄山本是极倾巧善媚，向他在平卢，凡有玄宗左右偶至平卢者，皆厚赂之。于是玄宗耳中，常常闻得称誉安禄山的言语，遂愈信其贤，屡加升擢，官至营州都督平卢节度使。至天宝二年，召之入朝，留京侍驾。禄山内藏奸狡，外貌假装愚直。玄宗信为真诚，宠遇日隆，得以非时谒见，宫苑严密之地，出入无禁。

一日，禄山觅得一只最会人言的白鹦鹉置之金丝笼中，欲献与玄宗。闻驾幸御苑，因便携至苑中来，正遇玄宗同着太子在花丛中散步。禄山望见，将鹦鹉笼儿挂在树枝上，趋步向前朝拜，却故意

835

第 八 十 回

只拜了玄宗,更不拜太子。玄宗道:"卿何不拜太子?"禄山假意奏说:"臣愚,不知太子是何等官爵,可使臣等就当至尊面前谒拜?"玄宗笑道:"太子乃储君,岂论官爵,朕千秋万岁后,继朕为君者,卿等何得不拜?"禄山道:"臣愚,向只知皇上一人,臣等所当尽忠报效。却不知更有太子,当一体敬事。"玄宗回顾太子道:"此人朴诚乃尔。"正说间,那鹦鹉在笼中便叫道:"安禄山快拜太子。"禄山方才望着太子下拜,拜毕,即将鹦鹉携至御前。玄宗道:"此鸟不但能言,且晓人意,卿从何处得来?"禄山扯个谎道:"臣前征奚、契丹至北平郡,梦见先朝已故名臣李靖,向臣索食,臣因为之设祭。当祭之时,此鸟忽从空飞至。臣以为祥瑞,取而养之,今已驯熟,方敢上献。"言未已,那鹦鹉又叫道:"且莫多言,贵妃娘娘驾到了。"

禄山举眼一望,只见许多宫女簇拥着香车冉冉而来。到得将近,贵妃下车,宫人拥至玄宗前行礼。太子也行礼罢,各就坐位。禄山待欲退避,玄宗命且住着。禄山便也遥望着贵妃拜了,拱立阶下。玄宗指着鹦鹉对贵妃说道:"此鸟最能人言,又知人意。"因看着禄山道:"是那安禄山所进,可付宫中养之。"贵妃道:"鹦鹉本能言之鸟,而白者不易得,况又能晓人意,真佳禽也。"即命宫女念奴收去养着。因问:"此即安禄山耶,现为何官?"玄宗道:"此儿本塞外人,极其雄壮,向年归附朝廷,官拜平卢节度。朕爱其忠直,留京随侍。"因笑道:"他昔曾为张守珪养子,今日侍朕,亦如朕之养子耳。"

贵妃道:"诚如圣谕,此人真所谓可儿矣。"玄宗笑道:"妃子以为可儿,便可抚之为儿。"贵妃闻言,熟视禄山,笑而不答。禄山听了此言,即趋至阶前向着贵妃下拜道:"臣儿愿母妃千岁。"玄宗笑说道："禄山，你的礼数差了，欲拜母先须拜父。"禄山叩头奏道："臣本胡人，胡俗先母后父。"玄宗顾视贵妃道："即此可见其朴诚。"说话间，左右排上宴来，太子因有小病初愈，不耐久坐，先辞回东宫去了，玄宗即命禄山侍宴。禄山于奉觞进酒之时偷眼看那贵妃的美貌，真个是：

施脂太赤，施粉太白。增之太长，减之太短。看来丰厚，却甚轻盈。极是娇憨，自饶温雅。洵矣胡天胡帝，果然倾国倾城。

那安禄山久闻杨妃之美，今忽得睹花容，十分欣喜；况又认为母子，将来正好亲近，因遂怀下个不良的妄念。这贵妃又是个风流水性，他也不必以貌取人，只是爱少年，喜壮士。见禄山身材充实，鼻准丰隆，英锐之气可掬，也就动了个不次用人的邪心。正是：

色既不近贵，冶容又诲淫。
三郎忒大度，二人已同心。

话分两头，且不说安禄山与杨贵妃相亲近之事。且说其时适当大比之年，礼部奏请开科取士，一面移檄各州郡，招集举子来京应试。当时西属绵州有个才子，姓李名白，字太白，原系西凉主李暠九世孙，其母梦长庚星入怀而生，因以命名。那人生得天姿敏妙，性格清奇，嗜酒耽诗，轻财狂侠，自号青莲居士。人见其有飘然出世之表，称之为李谪仙。他不求仕进，志欲邀游四方，看尽天下名山大川，尝遍天下美酒。先登峨嵋，继居云梦，后复隐于徂徕山竹溪，与孔巢父、韩准、裴政、张叔明、陶沔日夕酣饮，号为竹溪六逸。因闻人说湖州乌程酒极佳，遂不远千里而往，畅饮于酒肆之中，且饮且歌，旁若无人。

适州司马吴筠经过，闻狂歌之声，遣人询问，太白随口答诗四

第 八 十 回

句道：

"青莲居士谪仙人，酒肆逃名三十春。

湖州司马何须问？金粟如来是后身。"

吴筠闻诗惊喜道："原来李谪仙在此，闻名久矣，何幸今日得遇。"当下请至衙斋相叙，饮酒赋诗，留连了几时，吴筠再三劝他入京取应。太白以近来科目一途，全无公道，意不欲行。正踌躇间，恰好吴筠升任京职，即日起身赴京，遂拉太白同至京师。

一日，偶于紫极宫闲游，与少监贺知章相遇，彼此通名道姓，互相爱慕。知章即邀太白至酒楼中，解下腰间金鱼，换酒同饮，极欢而罢。到得试期将近，朝廷正点着贺知章知贡举，又特旨命杨国忠、高力士为内外监督官，点检试卷，录送主试官批阅。贺知章暗想道："吾今日奉命知贡举，若李太白来应试，定当首荐；但他是个高傲的人，若与通关节，反要触恼了他，不肯入试。他的诗文千人亦见的，不必通甚关节，自然入彀。只是一应试卷，须由监督官录送，我今只嘱托杨、高二人，要他留心照看便了。"于是一面致意杨国忠、高力士，一面即托吴筠，力劝太白应试。

太白被劝不过，只得依言，打点入场。那知杨、高二人与贺知章原不是一类的人，彼以小人之心，度君子之腹，只道知章受了人的贿赂，有了关节，却来向我讨白人情，遂私相商议，专记着李白名字的试卷，偏不要录送。到了考试之日，太白随众入场，这几篇试作，那够一挥，第一个交卷的就是他。杨国忠见卷面上有李白姓名，便不管好歹，一笔抹倒道："这等潦草的恶卷，何堪录送！"太白待欲争论，国忠谩骂道："这样举子，只好与我磨墨。"高力士插口道："磨墨也不适用，只好与我脱靴。"喝令左右将太白扶出。

安禄山入宫见妃子　高力士沿街觅状元

正是：

　　　　文章无口，争论不得。堪叹高才，横遭挥斥。

太白出得场来，怨气冲天，吴筠再三劝慰。太白立誓，若他日得志，定教杨国忠磨墨，高力士脱靴，方出胸中恶气。这边贺知章在闱中阅卷，暗中摸索，中了好些真才，只道李白必在其内，及至榜发，偏是李白不曾中得，心中十分疑讶。直待出闱，方知为杨、高二人所摈，其事反因叮嘱而起。知章懊恨，自不必说。

且说那榜上第一名是秦国桢，其兄秦国模，中在第五名，二人乃是秦叔宝的玄孙，少年有才。兄弟同掇巍科，人人称羡。至殿试之日，二人入朝对策。日方午，便交卷出朝，家人们接着，行至集庆坊，只听得锣鼓声喧，原来是走太平会的。一霎时，看的人拥挤将来，把他兄弟二人挤散。及至会儿过了，国桢不见了哥哥，连家人们也都不见，只得独自行走。

正行间，忽有一童子叫声："相公，我家老爷奉请，现在花园中相候。"国桢道："是那个老爷？"童子道："相公到彼便知。"国桢只道是那一个朝贵，或者为科名之事，有甚话说，因不敢推却。

童子引他入一小巷，进一小门，行不几步，见一座绝高的粉墙。从墙边侧门而入，只见里面绿树参差，红英绚烂，一条街径，是白石子砌的，前有一池，两岸都种桃花杨柳，池畔彩鸳白鹤，成对儿游戏。池上有一桥，朱栏委曲。走过前去，又进一重门，童子即将门儿锁了，内有一带长廊，庭中修竹千竿，映得廊檐碧翠。转进去是一座亭子，匾额上题着"四虚亭"三字，旁写"西州李白题"。亭后又是一带高墙，有两扇石门，紧紧的闭着。童子道："相公且在此略坐，主人就出来也。"说罢，飞跑的去了。国桢想道："此是谁家，

第八十回

有这般好园亭？"

正在迟疑，只见石门忽启，走出两个青衣的侍女看了国桢一看，笑吟吟的道："主人请相公到内楼相见。"国桢惊讶道："你主人是谁，如何却教女使来相邀？"侍女也不答应，只是笑着，把国桢引入石门。早望见画楼高耸，楼前花卉争妍，楼上又走下两个侍女来，把国桢簇拥上楼。只听得楼檐前，笼中鹦鹉叫道："有客来了。"国桢举目看那楼上，排设极其华美，琉璃屏，水晶帘，照耀得满楼光亮。桌上博山炉内，爇着龙涎妙香，氤氲扑鼻，却不见主人。忽闻侍女传呼夫人来，只见左壁厢一簇女侍们拥着一个美人，徐步而出。那美人怎生模样？

眼横秋水，眉扫春山。可怜杨柳腰，柔枝若摆。堪爱桃花面，艳色如酣。宝髻玲珑，恰称绿云高挽；绣裙稳贴，最宜翠带轻垂。果然是金屋娇姿，真足称香闺丽质。

国桢见了，急欲退避，侍女拥住道："夫人正欲相会。"国桢道："小生何人，敢轻与夫人觌面？"那夫人道："郎君果系何等人，乞通姓氏。"国桢心下惊疑，不敢实说，将那秦字桢字拆开，只说道："姓余名贞，本未列郡庠。适因春游，被一童子误引入潭府，望夫人恕罪，速赐遣发。"说罢深深一揖。夫人还礼不迭，一双俏眼儿把国桢觑看，见他仪容俊雅，礼貌谦恭，十分怜爱，便移步向前，伸出如玉的一只手儿，扯着国桢留坐。国桢逡巡退逊道："小生轻造香阁，蒙夫人不加呵斥，已为万幸，何敢共坐？"夫人道："妾昨夜梦一青鸾，飞集小楼，今日郎君至此，正应其兆。郎君将来定当大贵，何必过谦。"

国桢只得坐下。侍女献茶毕，夫人即命看酒。国桢起身告辞，夫人笑道："妾夫远出，此间并无外人，但住不妨。况重门深锁，郎君欲何往乎？"国桢闻言，放心坐定。少顷侍女排下酒席，夫人拉国桢同坐共饮，说不尽佳肴美味，侍女轮流把盏。国桢道："不敢动问夫人何氏？尊夫何官？"夫人笑道："郎君有缘至此，但得美人陪伴，自足怡情，何劳多问。"国桢因自己也不曾说真名姓，便也不去再问他。两个一递一杯，直饮至日暮，继之以烛，彼此都已半酣。国桢道："酒已阑矣，可容小生去否？"夫人笑道："酒兴虽阑，春兴正浓，何可言去？今日此会，殊非偶然，如此良宵，岂宜虚度。"此时夫人春心荡漾，国桢也情兴勃然，遂大家起身，搂搂抱抱，命侍女撤去筵席，整顿床褥。两个拥入罗帏，解衣宽带，倒凤颠鸾。这一夜的欢娱，有《黄莺儿》一词为证：

何意忽成双遇，偏奇兴太狂。鸾颠凤倒同欢畅。春宵正长，春事正忙，五更生怕鸡声唱。嘱情郎，还图后会，恩爱莫相忘。

二人云雨既毕，交颈而睡。

至次日，夫人不肯就放国桢出来，国桢也恋恋不忍言别。流连取乐了四五日，那知殿试放榜，秦国桢状元及第，秦国模中二甲第一，王殿传胪，诸进士毕集，单单不见了一个状元，礼部奏请遣官寻觅。玄宗闻知秦国模即国桢之兄，传旨道："不可以弟先兄，国桢既不到，可改国模为状元，即日赴琼林宴。"国模启奏道："臣弟于廷试日出朝，至集庆坊，遇社会拥挤，与臣相失，至今不归。臣遣家僮四处寻问未知踪迹，臣心甚惶惑。今乞吾皇破例垂恩，暂缓琼林赴宴之期，俟臣弟到时补宴，臣不敢冒其科名。"玄宗准奏，姑宽宴期，着高力士督率员役于集庆坊一带地方，挨街挨巷，查访状元秦

第八十回

国桢,限二日内寻来见驾。

这件奇事哄动京城,早有人传入夫人耳中。夫人也只当做一件新闻,述与秦国桢道:"你可晓得外边不见了新科状元,朝廷差高太监沿路寻访,岂不好笑。"国桢道:"新科状元是谁?"夫人道:"就是会榜第一的秦国桢,本贯齐州,附籍长安,乃秦叔宝的后人。"国桢闻言,又喜又惊,急问道:"如今状元不见,琼林宴怎么了?"夫人道:"闻说朝廷要将那二甲第一秦国模,改为状元。国模推辞,奏乞暂宽宴期,待寻着状元,然后复旨开宴哩!"国桢听罢,忙向夫人跪告道:"好夫人,救我则个。"夫人一把托起道:"我的亲哥,这为怎的?"国桢道:"实不相瞒,前日初相见,不敢便说真名姓,我其实就是秦国桢。"

夫人闻说,呆了半晌,把国桢紧紧抱住,道:"亲哥,你如今是殿元公了,朝廷现在迫寻得紧,我不便再留你,只得要与你别了,好不苦也。"一头说,一头便掉下泪来。国桢道:"你我如此恩爱,少不得要图后会,不必愁烦。但今圣上差高太监寻我,这事弄大了,倘究问起来,如何是好?"夫人想了一想道:"不妨,我有计在此。"便叫侍女取出一轴画图,展开与国桢看,只见上面五色灿然,画着许多楼台亭阁,又画一美人,凭栏看花。夫人指着画图道:"你到御前,只说遇一老媪云奉仙女之命召你,引至这般一个所在,见这般一个美人,被他款住。所吃的东西,所用的器皿,都是外边绝少的。相留数日,不肯自说姓名,也不问我姓名,今日方才放出行动,都被他以帕蒙首,教人扶掖而行,竟不知他出入往来的门路。你只如此奏闻,包管无事。"国桢道:"此何画图?那画上美人是谁?如何说遇了他便可无事?"夫人道:"不必多问,你只仔细看了,牢牢记着,但依我所言启奏,我再托人贿嘱内侍们,于中周旋便了。本该设席与你送行,但钦限二日寻到,今已是第二日了,不可迟误,只奉三杯罢。"便将金杯斟酒亲手相递,不觉泪珠儿落在杯中,国桢也凄然下泪。

两人共饮了这杯酒。国桢道:"我的夫人,我今已把真姓名告知你了,你的姓氏也须说与我知道,好待我时时念诵。"夫人道:"我夫君亦系朝贵,我不便明言。你若不忘恩爱,且图后会罢。"说到其间,两下好不依依难舍。夫人亲送国桢出门,却不是来时的门径了,别从一曲径,启一小门而出。

看官,你道那夫人是谁?原来他复姓达奚,小字盈盈,乃朝中一贵官的小夫人,这贵官年老无子,又出差在外,盈盈独居于此,故开这条活路,欲为种子计耳。正是:

　　欲求世间种,暂款榜头人。

当下国桢出得门来,已是傍晚时候,踉踉跄跄,走上街坊。只见街坊上人,三三两两,都在那里传说新闻。有的道:"怎生一个新科状元却不见了,寻了两日,还寻不着?"有的道:"朝廷如今差高公公于城内外寺观中,及茶坊酒肆妓女人家,各处挨查,好像搜捕强盗一般。"国桢听了,暗自好笑。又走过了一条街,忽见一对红棍,二三十个军牢,拥着一个骑马的太监,急急的行来。国桢心忙,不觉冲了他前导。军牢们呵喝起来,举棍欲打。国桢叫道:"呵呀,不要打。"只听得侧首一小巷里,也有人叫道:"呵呀,不要打!"好似深山空谷中,说话应声响的一般。

原来那马上太监便是奉旨寻状元的高力士,他一面亲身遍访,一面又差人同着秦家的家僮,分头寻觅,此时正从小巷里穿来。那

第八十回

家僮望见了主人，恰待喊出来，却见军牢们扭住国桢要打，所以忙嚷不要打，恰与国桢的喊声相应。当下家僮喊说："我家状元爷在此了！"众人听说，一齐拥住，力士忙下马相见说道："不知是殿元公，多有触犯，高某那处不寻到。殿元两日却在何处？"国桢道："说也奇怪，不知是遇鬼逢仙，被他阻滞了这几时，今日才得出来，重烦公公寻觅，深为有罪。今欲入朝见驾，还求公公方便。"力士道："此时圣驾在花萼楼，可即到彼朝参。"

于是乘马同行，来至楼前。力士先启奏了，玄宗即宣国桢上楼朝参毕，问："卿连日在何处？"国桢依着达奚盈盈所言，宛转奏上。玄宗闻奏，微微含笑道："如此说，卿真遇仙矣，不必深究。"

看官，你道玄宗为何便不究了？原来当时杨贵妃有姊妹三人俱有姿色，玄宗于贵妃面上，推恩三姊妹，俱赐封号，呼之为姨。大姨封韩国夫人，三姨封虢国夫人，八姨封秦国夫人。诸姨每因贵妃宣召入宫，即与玄宗谐谑调笑，无所不至。其中唯虢国夫人更风流倜傥，玄宗原与相狎，凡宫中的服食器用，时蒙赐赉，又另赐第宅一所于集庆坊。这夫人却甚多情，常勾引少年子弟到宅中取乐，玄宗颇亦闻之，却也不去管他。那达奚盈盈之母曾在虢国府中做针线养娘，故备知其事。这轴图画亦是府中之物，其母偶然携来，与女儿观玩的。画上那美人即虢国夫人的小像，所以国桢照着画图说去，玄宗竟疑是虢国夫人的所为，不便追究，那知却是盈盈的巧计脱卸。正是：

　　　　张公吃酒李公醉，郑六生儿盛九当。

当下玄宗传旨，状元秦国桢既到，可即刻赴琼林宴。国桢奏道："昨已蒙皇上改臣兄国模为状元，臣兄推辞不就。今乞圣恩，即赐改定，庶使臣不致以弟先兄。"玄宗道："卿兄弟相让，足征友爱。"遂命兄弟二人，俱赐状元及第，国桢谢恩赴宴。内侍赍着两副宫袍，两对金花，至琼林宴上，宣赐秦家昆仲，好不荣耀。时已日暮，宴上四面张灯，诸公方才就席。从来说杏苑看花，今科却是赏灯。且玉殿传金榜，状元忽有两个，真乃奇闻异事。次日，两状元率诸新贵赴阙谢恩，奉旨秦国模、秦国桢俱为翰林承旨。其余诸人，照例授职，不在话下。

且说宫中一日赏花开宴，贵妃宣召虢国夫人入宫同宴。明皇见了虢国夫人，想起秦国桢所奏之语，遂乘贵妃起身更衣时，私向夫人笑问道："三姨何得私藏少年在家？"那知虢国夫人近日正勾引一个千牛卫官的儿子，藏在家中取乐。今闻此言，只道玄宗说着这事，乃敛袵低眉含笑答道："儿女之情，不能自禁，望天恩免究罢！"玄宗戏把指儿点着道："姑饶这遭。"说罢，相视而笑。正是：

阿姨风骚，姨夫识窍。

大家错误，付之一笑。

第八十一回

纵嬖宠洗儿赐钱　惑君王对使剪发

词曰：

痴儿肥蠢，娘看偏奇俊。何意洗儿蒙赐，更阿父能帮兴。

不堪娇妒性，暂离宫寝。一缕香云轻剪，便重得君王幸。

——右调《霜天晓角》

人生七情六欲，惟有好色之念，最难祛除。艳冶当前而不动心者，其人若非大圣贤、大英雄，定是个愚夫骏汉。所以古人原不禁人好色；但好色之中，亦有礼焉，苟徒逞男女之情欲，不顾名义，渎乱体统，上下宣淫以致丑声传播，如何使得？

且说秦国模、秦国桢兄弟二人都在翰林供职，这秦国模为人刚正，只看他不肯占其弟之科名，可知是个有品有志之人。他见贵妃擅宠，杨氏势盛，禄山放纵，宫闱不谨，因激起一片嫉邪爱主之心，便与其弟计议，连名上一疏，谓朝廷爵赏太滥，女宠太盛；又道安禄山本一塞外健儿，谬膺节钺，宜令效力边疆，不可纵其出入宫闱，致滋物议，其言甚切直。疏上，玄宗不悦。群小交进谗言，说他语涉谤讪，宜加重谴。有旨着廷臣议处，亏得贺知章与吴筠上疏力救，玄宗乃降旨道："秦国模、秦国桢越职妄言，本当治罪，念系勋臣后

纵嬖宠洗儿赐钱　惑君王对使剪发

裔,新进无知,姑免深究,着即致仕去。今后如再有渎奏者,定行重处。"此旨一下,朝臣侧目。时奸相李林甫欲乘机蔽主专权,对众谏官说道:"今上圣明,臣子只宜将顺,岂容多言?诸君不见立仗之马乎,日食三品料;若一鸣,便斥去矣。"自是谏官结舌不言。

玄宗只道天下承平无事,又尝亲阅库藏,见财货充盈,一发志骄意满,视金帛如粪土,赏赐无限,一切朝政俱委之李林甫。那李林甫奸狡异常,心虽甚忌杨国忠,外貌却与和好;又畏太子英明,常思与国忠潜谋倾陷;又能揣知安禄山之意,微词冷语,说着他心事,使之心惊服;却又以好言抚慰之,使之欣感不忘,因而朋比为奸,迎合君心,以固其宠。玄宗深居宫中,日事声色。那杨贵妃竟与安禄山私通。正是:

　　大腹肥躯野汉,千娇百媚宫娃。
　　何由彼此贪恋,前生欢喜冤家。

因此安禄山肆横无忌。玄宗又命禄山与杨国忠兄妹结为眷属,时常往来,赏赐极厚,一时之贵盛莫比;又加赐韩国、虢国、秦国三夫人,每月各给钱十万,为脂粉之资。三位夫人中,虢国夫人尤为妖艳,不施脂粉,自然天生美丽。当时杜甫有首诗云:

　　虢国夫人承主恩,平明上马入宫门。
　　却嫌脂粉污颜色,淡扫蛾眉朝至尊。

一日,值禄山生日,玄宗与杨贵妃俱有赐赉。杨家兄弟姊妹们又各设宴称庆,闹过了两日,禄山入宫谢恩。御驾在宜春院,禄山朝拜毕,便欲叩见母妃杨娘娘。玄宗道:"妃子适间在此侍宴,今已回宫,汝可自往见之。"禄山奉命,遂至杨妃宫中。杨妃侍宴而回,正在微酣半醉之际,见禄山来拜谢,口中声声自称"孩儿",杨贵妃因戏语道:"人家养了孩儿,三朝例当洗儿。今日恰是你生日的三朝了,我今日当从洗儿之例。"于是乘着酒兴,叫内监宫女们都来,把禄山脱去衣服,用锦缎浑身包裹,作襁褓的一般,登时结起一彩舆,把禄山坐于舆中,宫人簇拥着绕宫游行,一齐喧笑。那时玄宗尚在宜春院中闲坐观书,遥闻喧笑之声,顾问左右:"后宫何故喧笑?"左右回奏道:"是贵妃娘娘,为洗儿之戏。"玄宗大笑,便乘小车亲至杨妃宫中观看,共为笑乐,赐杨妃金钱银钱各十千,为洗儿之钱。正是:

樗蒲点筹,洗儿赐钱。家法相传,启后承前。

话分两头。那杨妃便宠眷日隆,这边梅妃江采蘋却独居上阳宫,十分寂寞。一日偶闻有海南驿使到京,因问宫人:"可是来进梅花的?"宫人回称是进荔枝与杨贵妃的。原来梅妃爱梅,当其得宠之时,四方争进异种梅花。今既失宠,无复有进梅者。杨妃是蜀人,爱吃荔枝,海南的荔枝胜于蜀种,必欲生致之。乃置驿传,不惮数千里,飞驰以进。此正杜牧所云:

一骑红尘妃子笑,无人知道荔枝来。

当下梅妃闻梅花绝献,荔枝远来,不胜伤感,即召高力士来问道:"你日日侍奉皇爷,可知道皇爷意中还记得有个江采蘋三字么?"力士道:"皇爷非不念娘娘,只因碍着贵妃娘娘耳!"梅妃道:"我固知肥婢妒我,皇上断不能不忘情于我也。我闻汉陈皇后遭贬,以千金赂司马相如作《长门赋》献于武帝,遂得复被宠遇。今日岂无才人若司马相如者,为我作赋,以邀上意耶?我亦不惜千金之赠,汝试为我图之。"力士畏杨妃势盛,不敢应承,只推说一时无善作赋者。梅妃嗟叹说道:"是何古今人之不相及也!"力士道:

"娘娘大才,远胜汉后,何不自作一赋以献?"梅妃笑而点首,力士辞出。宫人呈上纸笔,梅妃即自作《楼东赋》一篇,其略云:

> 玉鉴尘生,凤奁香殄。懒蝉鬓之巧梳,闭缕衣之轻练。苦寂寞于蕙宫,但注思乎兰殿;信标梅之尽落,隔长门而不见。况乃花心飐恨,柳眼弄愁。暖风习习,春鸟啾啾。楼上黄昏兮,听凤吹而回首;碧云日暮兮,对素月而凝眸。温泉不到,忆拾翠之旧事;闲庭深闭,嗟青鸟之信修。缅夫太液清波,水光荡浮;笙歌赏宴,陪从宸游。奏舞鸾之妙曲,乘画鹢之仙舟。君情缱绻,深叙绸缪。誓山海而常在,似日月而靡休。何期嫉色庸庸,妒心冲冲,夺我之爱幸,斥我乎幽宫。思旧欢而不得,想梦著乎朦胧。度花朝与月夕,慵独对乎春风。欲相如之奏赋,奈世才之不工。属愁吟之未竟,已响动乎疏钟。空长叹而掩袂,步踌躇乎楼东。

赋成,奏上。玄宗见了,沉吟嗟赏,想起旧情,不觉为之怃然。杨妃闻之大恨,气忿忿的来奏道:"梅精江采蘋,庸贱婢子,辄敢宣言怨望,宜即赐死。"玄宗默然不答,杨妃奏之不已。玄宗说道:"他无聊作赋,初无悖慢语,何可加罪?我只置之不论罢了。"杨妃道:"陛下不忘情于此婢耶,何不再为翠华西阁之会?"玄宗又见提其旧事,又惭又恼,只因宠爱已惯,姑且忍耐着。杨妃见玄宗不肯依他所言,把梅妃处置,心中好生不然,侍奉之间,全没好气,常使性儿,不言不语。

一日,玄宗宴诸王于内殿,诸王请见妃子。玄宗传命召来,召之至再,方才来到;与诸王相见毕,坐于别席。酒半,宁王吹紫玉笛,为念奴和曲。既而宴罢,席散,诸王俱谢恩而退。玄宗暂起更

第八十一回

衣,杨妃独坐,见宁王所吹的紫玉笛儿在御榻上,便取来把玩了一番,就按着腔儿吹弄起来。此正是诗人张祜所云:

深宫静院无人见,闲把宁王玉笛吹。

杨妃正吹之间,玄宗适出见之,戏笑道:"汝亦自有玉笛,何不把来吹着?此笛是宁王的,他才吹过,口泽尚存,汝何得便吹?"杨闻言,全不在意,快快的把玉笛儿放下,说道:"宁王吹过已久,妾即吹之,谅亦不妨。还有人双足被人勾踹,以致鞋帮脱绽,陛下也置之不较,何独苛责于妾也?"玄宗因他酷妒于梅妃,又见他连日意态骞傲,心下着实有些不悦。今日酒后与他戏语,他却略不谢过,反出言不逊,又牵涉着梅妃的旧事,不觉勃然大怒,变色厉声道:"阿环何敢如此无礼!"便一面起身入内,一面口自宣旨:"着高力士即刻将轻车送他还杨家去,不许入侍!"正是:

妒根于心,骄形于面。

语言触忤,遂致激变。

杨贵妃平日恃宠惯了,不道今日天威忽然震怒,此时待欲面谢求哀,恐盛怒之下,祸有不测;况奉旨不许入侍,无由进见。只得且含泪登车出宫,私托高力士照管宫中所有。当下来至杨国忠家,诉说其故;杨家兄弟姊妹忽闻此信,吃惊不小,相对涕泣,不知所措。安禄山在旁,欲进一言以相救,恐涉嫌疑,不得轻奏。且不敢入宫,也不敢亲自到杨家来面候,只密密使人探问罢了。正是:

一女人忤旨,群小人失势。

祸福亦何常,恩宠固难恃。

却说玄宗一时发怒,将杨贵妃逐回,入内便觉得宫闱寂寞,举目无当意之人。欲再召梅妃奉侍,不想他因闻杨妃欲谮杀之,心中又懊恨，又感伤，遂染成一病，这几日正卧床不能起。玄宗寂寞不过，焦躁异常，宫女内监们多遭鞭挞。高力士微窥上意，乃私语杨国忠道："若欲使妃子复入宫，须得外臣奏请为妙。"时有法曹官吉温与殿中侍御史罗希奭，用法深刻，人人畏惮，称为"罗钳吉纲"。二人都是酷吏，而吉温性更贪忍，最多狡谋。宰相李林甫尤爱之，因此亦为玄宗所亲信。杨国忠求他救援，许以重贿。吉温乃于便殿奏事之暇，从容进言曰："贵妃杨氏，妇人无识，有忤圣意；但向蒙恩宠，今即使其罪当死，亦只合死于宫中。陛下何惜宫中一席之地，而忍令辱于外乎？"玄宗闻其言，惨然首肯。及退朝还宫，左右进膳，即命内侍霍韬光撤御前玉食及珍玩诸宝贝奇物，赍至杨家，宣赐妃子。

杨贵妃对使谢恩讫，因涕泣说道："妾罪该当万死，蒙圣主洪恩，从宽遣放，未即就戮；然妾向荷荣宠，今忽遭弃置，更何面目偷生人世？今当即死，无以谢上。妾一身衣服之外，无非圣恩所赐；惟发肤为父母所生，窃以一茎，聊报万岁。"遂引刀自剪其发一绺，付霍韬光道："为我献上皇爷，妾从此死矣，幸勿复劳圣念。"霍韬光领诺，随即回宫复旨，备述所言，将发儿呈上。玄宗大为惋惜，即命高力士以香车乘夜召杨妃回宫。杨贵妃毁妆入见，拜伏认罪，更无一言，惟有呜咽涕泣。玄宗大不胜情，亲手扶起，立唤侍女，为之梳妆更衣，温言抚慰。左右排上宴来，杨贵妃把盏跪献道："不意今夕得复睹圣颜。"玄宗掖之使坐，是夜同寝，愈加恩爱。至次日，杨国忠兄弟姊妹与安禄山俱入宫叩贺。太华公主与诸王亦来称庆。玄宗赐宴尽欢。

看官听说，杨贵妃既得罪被遣，若使玄宗从此割绝，则群小潜

第八十一回

消,宫闱清净,何致酿祸启乱?无奈心志蛊惑已深,一时摆脱不下,遂使内竖得以窥伺举动,交通外奸,逢迎进说;藕断丝连,遣而复召,终贻后患。此虽是他两个前生的孽缘未尽,然亦国家气数所关也。正是:

  手剪青丝酬主德,顿教心志重迷惑。

  回头再顾更媚主,从此倾城复倾国。

杨贵妃入宫之后,玄宗宠幸比前更甚,杨氏威势亦更盛。

未知后事如何,且听下回分解。

第八十二回

李谪仙应诏答番书　高力士进谗议雅调

词曰：

　　当殿挥毫，番书草就番人吓。脱靴磨墨，宿憾今朝释。

　　雅调《清平》，一字千金值。凭屈抑，醉乡酣适，富贵真何必？

　　　　　　　　　　　——右调《点绛唇》

自古道：凡人不可貌相；况文人才子，更非凡人可比，一发难限量他。当其不得志之时，肉眼不识奇才，尽力把他奚落；谁想他一朝发达，吐气扬眉了，那奚落他的人，昔日肆口乱道之言，到今日一一身自为之。可知道有才之人，原奚落他不得。使他命途多舛，遇人不淑，终遭屈抑；然人但能屈其身，不能遏其才华，损其声誉。遇虽蹇而名传不朽，彼奚落屈抑之者，适为天下后世所讥笑耳。

今且不说杨妃复入宫中，玄宗愈加宠爱。且说那时四方州郡节镇官员，闻杨贵妃擅宠，天子好尚奢华，皆迎合上意，贡献不绝于道，以致殊方异域亦闻风而靡，多有将灵禽怪兽、异宝奇珍及土产食物，梯山航海而来贡者。玄宗欢喜，以为遐迩咸宾。忽一日，有一番国，名曰渤海国，遣使前来，却没甚方物上贡，只有国书一封，

第八十二回

欲入朝呈进。沿边地方官先飞章奏闻。不几日间,番使到京,照例安歇于馆驿。玄宗皇帝命少监贺知章为馆伴使,询其来意。那通事番官答道:"国王致书之意,使臣不得而知,候中朝天子启书观看,便能知其分晓。"到得朝期,知章引番使入朝面圣,呈上国书,阁门舍人传接至御前。玄宗皇帝命番使且回馆驿候旨,一面着该值日宣奏官,将番书拆开,宣奏上闻。那日该值宣奏的是侍郎萧炅。当下萧炅把番书拆看,吃了一惊,原来那番书上写的字:

非草非隶非篆,迹异形奇体变。

便教子云难识,除是苍颉能辨。

萧炅看了,一字不识,只得叩头奏道:"番书字迹皆如蝌蚪之形,臣愚不能辨识,伏候圣裁。"玄宗笑道:"闻卿尝误读伏腊为伏猎,为同僚所笑。是汉字且多未识,何况番字?可付宰相看来。"于是李林甫、杨国忠二人一齐上前取看,只落得有目如盲,也一字看不出来,跼蹐无地。玄宗再叫专掌翻译外国文字的官来看,又命传示满朝文武官僚,却并无一人能识者。玄宗发怒道:"堂堂天朝,济济多官,如何一纸番书,竟无人能识其只字!不知书中是何言语,怎生批答?可不被小邦耻笑耶!限三日内若无回奏,在朝官员,无论大小,一概罢职。"是日朝罢,各官闷闷而散。

贺知章且往馆驿陪待番使,更不提起番书之事。至晚回家,郁郁不乐。那时李太白正寓居贺家,见贺知章纳闷,问其缘故。知章因把上项事情,述了一遍,道:"如今钦限严迫,急切里怎生回奏?若有能识此字者,不问何等人,举荐上去,便可消释圣怒。"太白闻言,微微笑道:"番字亦何难识?惜我不得为朝臣,未得一见此书耳!"知章惊喜说道:"太白果能辨识番字?我即当奏闻。"太白笑而不答。

次日早朝,知章出班启奏说道:"臣有一布衣之交,西蜀士人,姓李名白,博学多才,能辨识番书,乞陛下召来,以书示之。"玄宗准奏,遣内侍至贺家,立召李白见驾。李白对天使拜辞道:"臣乃远方贱士,学识浅陋,所以文字且不足以入朝贵之目,何能仰对天子?谬蒙宠命,不敢奉诏。"内侍以此言回奏。知章复启奏道:"臣知此人文章盖世,学问惊人;只因去年入试,被外场官抹落卷子,不与录送,故未得一第。今以布衣入朝,故不即应召。乞陛下特恩,赐以冠带,更遣一朝臣往宣,乃见圣主求贤下士之至意。"杨国忠与高力士在旁听了,方欲进谗言沮挠,只见汝阳王琎、左相李适之、京兆尹吴筠、集贤院待制杜甫,一齐同声启奏道:"李白奇才,臣等亦稔知,乞速召勿疑。"玄宗见众口交荐李白之才,便传旨赐李白以五品冠带朝见,即着贺知章速往宣来。杨国忠、高力士二人遂不敢开口。

知章奉旨,到家宣谕李白,且备述天子惓惓之意。李白不敢复辞,即穿了御赐冠带,与知章乘马同入朝中。三呼朝拜毕,玄宗见李白一表人材,器度超俊,满心欢喜,温言抚慰道:"卿高才不第,诚为惋惜;然朕自知卿可不至终屈也。今者番国遣使臣上书,其字迹怪异,无人能识者。卿多闻广见,必能为朕辨之。"便命侍臣将番书付李白观看。李白接来看了一遍,启奏道:"番字各不相同,此正渤海国之字也。但旧制番书上表,悉遵依中国字体,别以副函写本国之字,送中书存照。今渤海国不具表文,竟以国书上呈御览,已属非礼;况书中之语言悖慢,殊为可笑。"玄宗道:"他书中何言?卿可明白宣奏于朕听。"李白于御座前,将唐音译出,高声朗诵道：

"渤海大可毒，书达唐朝官家：自你占却高丽，与俺国逼近，边兵屡次侵犯疆界，想出自官家之意。俺今不可耐者，差官赍书来说，可将高丽一百七十六城让与俺国，俺有好物相送：太白山之兔、南海之昆布、栅城之豉、扶余之鹿、郏颉之豕、率宾之马、沃野之绵、河沱湄之鲫、九都之李、乐游之梨，你家都有分，一年一进贡。若还不肯，俺即起兵来厮杀，且看谁胜谁败。"

众官见李白看着番书，宣诵如流，无不惊异。玄宗听了书中之言，龙颜不悦，问众官说道："番邦无道，辄欲争占高丽，何以应之？"李林甫奏道："番人虽肆为大言，然度其兵力，岂能抗敌天朝？今宣谕边将，严加防守，倘有侵犯，兴师诛讨可也。"杨国忠道："高丽辽远，原在幅员之外。与其兵连祸结，争此鞭长不及之地，不如将极边的数城弃置，专力固守内边的地方为便。"时朔方节度使王忠嗣适在朝中，闻二人之言，因奏道："昔太宗皇帝三征高丽，财力俱耗；至高宗皇帝时，大将薛仁贵以数十万雄兵，大小数十战，方才奠定。今日岂容轻于议弃？但今日承平日久，人几忘战；倘或复动干戈，亦不可忽视小邦而轻敌也。"诸臣议论不一。

玄宗沉吟未决。李白奏道："此事无烦圣虑，臣料番王慢辞渎奏，不过试探天朝之动静耳。明日可召番使入朝，命臣面草答诏，另以别纸，亦即用彼国之字示之诏语，恩威并著，慑伏其心，务使可毒拱手降顺。"玄宗大悦，因问："可毒是彼国王之名耶？"李白道："渤海国称其王曰可毒，犹之回纥称可汗、吐蕃称赞普、南蛮称诏、诃陵称悉莫威，各从其俗也。"玄宗见他应对不穷，十分欢喜，即擢为翰林学士，赐宴于金华殿中，着教坊乐工侑酒。是夜即命于殿侧寝宿。众官见李白恁般隆遇，无不叹羡。只有杨国忠、高力士二人，心下不乐，却也无可如何。

次早玄宗升殿，百官齐集。贺知章引番使入朝候旨。李白纱帽紫袍，金鱼象简，立于殿陛，飘飘然有神仙凌云之致。手执一封番书，对番使道："小邦上书，词语悖慢，殊为无礼！本当诛讨，今我皇上圣度如天，姑置不较，有诏批答，汝宜静候！"番使战战兢兢，鹄立于丹墀之下。玄宗命设七宝文几于御座之旁，铺下文房四宝，赐李白坐绣墩草诏。李白奏道："臣所穿靴不净，恐污茵席，乞陛下宽恩，容臣脱靴易履而登。"玄宗便传旨，将御用的吴绫巧样云锁朱履，着小内侍与学士穿著。李白叩头道："臣有一言，陛下恕臣狂妄，方敢奏闻。"玄宗准奏道："任卿言之。"李白道："臣前应试，横遭右相杨国忠、太尉高力士斥逐，今见二人列班，臣气不旺。况臣今日奉命当殿草诏，手代天言，宣谕外国，事非他比。伏乞圣旨着国忠磨墨，力士脱靴，以示宠异，庶使远人不敢轻视诏书，自然降心归附。"玄宗此时正在用人之际，且深爱李白之才，即准其所奏。杨、高二人暗想："前日科场中轻薄了他，今日便来乘机报复。"心中虽甚恨，却不敢违旨，只得一个与他脱靴换鞋，一个磨得墨浓，侍立相候。李白才欣然就坐，举起兔毫笔，手不停挥，须臾之间草成诏书一道，另将别纸一幅，写作副封，一并呈于龙案之上。

玄宗览毕大喜，说道："诏语堂皇，足夺远人之魄。"及取副封一看，咄咄称奇，原来那字迹与他来书无异，一字不识。传与众官看了，无不骇然。玄宗道："学士可宣示番使，然后用宝入函。"遂命高力士仍与李白换了双靴。李白下殿，呼番使听诏，将诏书朗宣

第 八 十 二 回

一遍。诏曰：

> 大唐皇帝诏谕渤海可毒：本朝应运开天，抚有四海，恩威并用，中外悉从。颉利背盟，旋即被缚。是以新罗奏织锦之颂，天竺致能言之鸟，波斯进捕鼠之蛇，拂菻献曳马之狗；白鹦鹉来自诃陵，夜光珠贡于林邑，骨利干有名马之纳，泥婆罗有良鲊之馈，凡诸远人，毕献方物，要皆畏威怀德，买静求安。高丽拒命，天讨再加，传世九百，一朝殄灭，岂非逆天衡大之明鉴欤！况尔小国，高丽附庸，比之中朝，不过一郡，士马刍粮，万不及一。若螳臂自雄，鹅痴不逊，天兵一下，玉石俱焚。君如颉利之俘，国为高丽之续。今朕体上天好生之心，恕尔狂悖，急宜悔过，勤修岁事，毋取诛戮，为同类笑尔。所上书不遵天朝书法，盖因遐荒僻陋，未睹中华文字，故朕兹答尔诏，另赐副封，即用尔国字体，想宜知悉。

李白宣读诏书，声音洪朗，番使跪听，俯首不敢仰视，听毕受诏辞朝。贺知章送出都门，番使私问道："学士何官，可使右相磨墨，太尉脱靴？"贺知章道："右相大臣、太尉近臣，不过人间贵官，那个李学士乃上界谪仙，偶来人世，赞助天朝，自当异数相待。"番使咄嗟叹诧而别。回至本国，见了国王，备述前事。那可毒看了诏书及副封番字大惊，与国相商议："天朝有神仙帮助，如何敌得？"遂写了降表，遣使入朝谢罪，情愿按期朝贡，不敢复萌异志，此是后话。正是：

> 干戈不动远人服，一纸贤于十万师。

且说玄宗敬爱李白，欲赐以金帛珍玩，又欲重加官职。李白俱辞谢不受道："臣一生但愿逍遥闲散，供奉左右，如汉东方朔故事；

且愿日得美酒痛饮足矣!"玄宗乃下诏光禄寺,日给与上方佳酿,不拘以职业,听其到处游览,饮酒赋诗;又时常召入内庭,赏花赐宴。

是时宫中最重大芍药花,是扬州所贡,即今之牡丹也,有大红、深紫、淡黄、浅红、通白,各色名种,都植于兴庆池东,沉香亭下。时值清和,此花盛开,玄宗命设宴于亭中,同杨贵妃赏玩。杨贵妃看了花说道:"此花乃花中之王,正宜为皇帝所赏。"玄宗笑说道:"花虽妙而不能言,不如妃子之为解语花也。"正说笑间,只见乐工李龟年,引着梨园中新选的一十六色子弟,各执乐器,前来承应。叩拜毕,便待奏乐唱曲。玄宗道:"且住,今日对妃子赏名花,岂可复用旧乐!"即着李龟年:"将朕所乘玉花骢马,速往宣李白学士来,作新词庆赏。"

龟年奉旨飞步出宫,牵了玉花骢,自己也骑了马,又同着几个伙伴,一径到翰林院来,宣召李白。只见院中人役回说:"李学士已于今日早微服往长安市酒肆里吃酒去了。"龟年便叫院中人役,拿了他的冠带袍服,一同寻至市中,听得一座酒楼上,有人高歌道:

"三杯通大道,一斗合自然,

但得酒中趣,莫为醒者传。"

龟年听道:"这歌的不是李学士么?"遂下马入肆,大踏步走上楼来,见李白占着一副临街的座头,桌上瓶中供着一枝绣球花,独自对花而酌,已吃得酩酊大醉,手中兀自持杯不放。龟年上前高声说道:"奉圣旨立宣李学士至沉香亭见驾。"众酒客方知这是李学士,又闻说有圣旨,都起身站过一边。李白全然不理,且放下手中杯,向龟年念一句陶渊明的诗道:"我醉欲眠君且去。"念罢,便瞑

第八十二回

然欲睡。龟年没奈何,叫众人一发上前,将李白簇拥下楼,搀上玉花骢。众人左扶右持,龟年策马后随。到得五凤楼前,有内侍传旨,赐李白走马入宫。龟年教把冠带袍服就马上替他穿著了,衣襟上的钮儿也扣不及。一霎时走过兴庆池,直至沉香亭前,才扶下马,醉极不能朝拜。玄宗命铺紫氍毹于亭畔,且教少卧,亲往看视,解御袍覆其体;见他口流涎沫,亲以衣袖拭之。杨妃道:"妾闻冷水沃面,可以解醒。"乃命内侍取兴庆池中之水,使念奴含而噀之,李白睡梦中惊动,略开双目,见是御驾,方挣扎起来,俯伏于地,奏道:"臣该万死!"玄宗见他两眼朦胧,尚未苏醒,命扶起赐坐;一面叫御厨将越国所贡鲜鱼鲊,造三分醒酒汤来。

须臾,内侍以金碗盛鱼汤进上来。玄宗见汤气太热,手把牙箸调之,良久,赐李白饮之,顿觉心神清爽,叩头谢恩道:"臣过贪杯斝,遂致潦倒,陛下不罪疏狂,反加恩眷,臣无任惭感。"玄宗道:"今日召卿,别无甚事。"指着亭下道:"只为这本芍药盛开,朕与妃子赏玩,不欲复奏旧乐,待卿来作新词耳。"李白领命,不假思索,立赋《清平调》一章呈上,道是:

云想衣裳花想容,春风拂槛露华浓。

若非群玉山头见,会向瑶台月下逢。

玄宗看了,龙颜大喜,称美道:"学士真仙才也!"便命李龟年与梨园子弟,立将此词谱出新声,着李謩吹羌笛,花奴击羯鼓,贺怀智击方响,郑观音拨琵琶,张野狐吹觱栗,黄幡绰按拍板,一齐儿和将来,果然好听。少顷乐阕,玄宗道:"新词甚妙,但正听得好时,却早完了,学士大才,可为我再赋一章。"李白奏道:"臣性爱酒,望陛下以余樽赐饮,好助兴作诗。"玄宗道:"卿醉才醒,如何又要吃酒；倘又醉了，怎能再作诗？"李白道："臣曾有诗云：'酒渴思吞海，诗狂欲上天。'臣妄自称为酒中之仙，惟醉后诗兴愈高。"玄宗大笑，遂命内侍将西凉州进来的葡萄美酒，赐与一金斗。李白一口气饮毕，即举笔再写道：

  一枝红艳露凝香，云雨巫山枉断肠。
  借问汉宫谁得似？可怜飞燕倚新妆。

玄宗览罢，一发欢喜，赞叹道："此更清新俊逸，如此佳词雅调，用不着众乐工嘈杂。"乃使念奴啭喉清歌，自吹玉笛以和之，真个悠扬悦耳。曲罢又笑，说与李白道："朕情兴正浓，烦学士再赋一章，以尽今日之欢。"便命以御用的端溪砚，教杨妃亲手捧着，求学士大笔。李白逡巡逊谢，顷刻之间，又题一章献上。其诗云：

  名花倾国两相欢，常得君王带笑看。
  解释春风无限恨，沉香亭北倚栏杆。

玄宗大喜道："此诗将花面人容，一齐都写尽，更妙不可言，今番歌唱，妃子也须相和。"乃命永新、念奴同声而歌，玄宗自吹玉笛，命杨妃弹琵琶和之。和罢，又命李龟年将三调再叶丝竹，重歌一转，为妃子侑酒；玄宗仍自弄玉笛以倚曲。每曲遍将换，则故迟其声以媚之。曲既终，杨妃再拜称谢，玄宗笑道："莫谢朕，可谢李学士。"杨贵妃乃把玻璃盏，斟酒敬李白，敛衽谢其诗意。李白转身退避不迭，跪饮酒讫，顿首谢赐。玄宗仍命以玉花骢送李白归翰苑。自此李白才名愈著，不特玄宗爱之，杨妃亦甚重之。

那高力士却深恨脱靴之事，想道："我蒙圣眷，甚有威势，皇太子也常呼我为兄；诸王驸马辈，都呼我为翁，或呼为爷。叵耐李白小小一个学士，却敢记着前言，当殿辱我。如今天子十分敬爱他，

第八十二回

连贵妃娘娘也深重其才,万一此人将来大用,甚不利于吾辈。怎生设个法儿,阻其进用之路才好。"因又想道:"我只就他所作《清平调》中,寻他一个破绽,说恼了贵妃娘娘之心,纵使天子要重用他,当不得贵妃于中阻挠,不怕他不日远日疏了。"计画已定,一日入宫见杨妃独自凭栏看花,口中正微吟着《清平调》,点头得意。高力士四顾无人,乘间密奏道:"老奴初意娘娘闻李白此词,怨之刻骨,何反拳拳如是?"杨妃惊讶道:"有何可怨处?"力士道:"他说'可怜飞燕倚新妆',是把赵飞燕比娘娘。试想那飞燕当日所为何事,却以相比,极其讥刺,娘娘岂不觉乎?"原来玄宗曾阅《赵飞燕外传》,见说他体态轻盈,临风而立,常恐吹去,因戏语杨妃道:"若汝,则任其吹多少。"盖嘲其肥也。杨妃颇有肌体,故梅妃诋之为肥婢,杨妃最怪的是说他肥。李白偏以赵飞燕比之,心中正喜,今却被高力士说坏,暗指飞燕私通燕赤凤之事,合着他私通安禄山,以为含刺,其言正中其隐微,于是遂变喜为恨。正是:

小人谗谮,道着心病。

任你聪明,不由不信。

自此杨妃每于玄宗面前,说李白纵酒狂放,无人臣礼。玄宗屡次欲升擢其官,都为杨妃所沮。杨国忠亦以磨墨为耻,也常进谗言。玄宗虽极爱李白,却因宫中不喜他,遂不召他内宴,亦不留宿殿中。李白明知为小人中伤,便即上疏乞休。玄宗那里就肯放他回去,温旨慰谕,不允所请。李白乃益狂饮自废。正所谓:

安得山中千日酒,酪然直到太平时。

未知后事如何,且听下回分解。

第八十三回

施青目学士识英雄　信赤心番人作藩镇

词曰：
英雄罹祸身几殒，幸遇才人，留得奇人，好作他年定乱人。
巧言能动君王听，轻信奸臣，误遣藩臣，眼见将来大不臣。

——右调《采桑子》

古来立鸿功大业，享高爵厚禄的英雄豪杰，往往始困终亨，先危后显。所谓天将降大任，必先拂乱其所为。不但大才常屈于小用，甚至无端罹重祸，险些把性命断送了，那时却绝处逢生，遇着个有眼力、有意思的人，出力相救，得以无恙，然后渐渐时来运转，建功立业，加官进爵，天下后世，无不赞他功高一代，羡他位极人臣。那知全亏了昔日救他的这位君子，能识人，能爱人才，能为国留得那英雄豪杰，为朝廷扶危定乱。若彼小人，便始而互相依托，后则互相忌嫉，始而养痈畜疽，后则纵虎放鹰，只顾巧言惑主，利己害人，那顾国家后患，真可痛可恨！

话说李白被高力士进谗，以致杨妃嗔怪，因此玄宗不复召他到内殿供奉。李白见机，即上疏乞休。玄宗原极爱其才，温旨慰留，不准休致。李白乃益自放废于酒，以避嫌怨。其酒友自贺知章以外,又有汝阳王琎、左相李适之以及崔宗之、苏晋、张旭、焦遂诸人,都好酒豪饮,李白时常同他们往来饮酒。杜工部尝作《饮中八仙歌》云:

> 知章骑马似乘船,眼花落井水底眠。汝阳三斗始朝天,路逢麹车口流涎,恨不遣封向酒泉。左相日兴费万钱,饮如长鲸吸百川,衔杯乐圣称避贤。宗之潇洒美少年,举觞白眼望青天,皎如玉树临风前。苏晋长斋绣佛前,醉中往往爱逃禅。李白斗酒诗百篇,长安市上酒家眠;天子呼来不上船,自称臣是酒中仙。张旭三杯草圣传,脱帽露顶王公前,挥毫落纸如云烟。焦遂五斗方卓然,高谈雄辩惊四筵。

李白日逐与这几个酒友饮酒吟诗,不觉又在京师混过了几时。一日酒后,偶遇安禄山于朝门外,安禄山欺他是醉人,言语戏谑,未免唐突。李白乘着酒兴,把禄山一场痛骂。禄山十分忿怒,无奈他是天子爱重之人,难于加害,只得含忍。李白自料为女子小人辈所忌,若不早早罢官归去,必有后祸;又见杨国忠、李林甫等各自结党弄权,蛊惑君心,政事日坏。身非谏官,势不能直言匡救,何取乎备位朝端?因恳恳切切的上了一个辞官乞归之疏。玄宗知其去志已决,召至御前,面谕道:"卿必欲舍朕而去,未便强留,许卿暂还;但卿草诏平番,有功于国,岂可空归?然朕知卿高雅,必无所需求,卿所不可缺者,酒耳。"遂御笔亲写敕书一道赐之。敕云:

> 敕赐李白为闲散逍遥学士,所到之处,官司支给酒钱,文武官员军民人等毋得怠慢。倘遇有事当上奏者,仍听其具疏奏闻。

李白拜受敕命。玄宗又赐与锦被金带、名马安车。李白谢恩辞朝。他本无家眷在京,只有仆从人等;当下收了行装,别了众僚友,出京而去。在朝各官,俱设宴于长亭饯送。惟杨国忠、高力士、安禄山三人,怀恨不送。贺知章等数人,直送至百里之外方别。

李白因圣旨许他闲散逍遥,出京之后,不即还乡,且只向幽燕一路,但有名山胜景的所在,任意行游,真个逢州支钞,过县给钱,触景题诗,随地饮酒,好不适意。一日行至并州界中,该地方官员都来迎候。李白一概辞谢,只借公馆安顿行李,带了几个从人,骑马出郊外,要游览本处山川。正行之间,只见一伙军牢打扮的人,执戈持棍,押着一辆囚车飞奔前来。见李学士马到,闪过一边让路。李白看那囚车中囚着一个汉子。那汉子怎生模样儿?

头如圆斗,鬓发蓬蓬;面似方盆,目光闪闪。身遭束缚,若站起长约丈余;手被拘挛,倘舒开大应尺许。仪容甚伟,未知何故作囚徒;相貌非常,可卜他年为大物。

原来那人姓郭名子仪,华州人氏,骨相魁奇,熟谙韬略。素有建功立业、忠君爱国之志,争奈未遇其时,暂屈在陇西节度使哥舒翰麾下,做个偏将。因奉军令,查视余下的兵粮,却被手下人失火,把粮米烧了,罪及其主,法当处斩。时哥舒翰出巡在并州,因此军政司把他解赴军前正法。当下李白见他一貌堂堂,便勒住马问是何人,所犯何罪,今解往何处。郭子仪在囚车中诉说原由,其声如洪钟。李白想道:"这个人恁般仪表,定是个英雄豪杰;今天下方将多事,此等人正是有用之人,岂容轻杀?"便分付众人:"尔等到节度军前,且莫就解进,待我亲见节度,替他说情免死。"众人不敢违命,连声应诺。李白回马,傍着囚车而行,一头走,一头试问他些军机武略。子仪应答如流,李白愈加敬爱。

第八十三回

说话之间,已到哥舒翰驻节之所。李白叫从人把个名帖传与门官,说李学士来拜。门官连忙禀报。那哥舒翰也是当时一员名将,平昔也敬慕学士之名,今见他下顾,以为荣幸,随即开门,延入,宾主叙坐,各道寒暄。献茶毕,李白即自述来意,要求他宽释郭子仪之罪。哥舒翰听罢,沉吟半晌说道:"学士公见教,本当敬从;但学生平时节制部下军将,赏罚必信。今郭子仪失火烧了兵粮,法所难贷,且事关重大,理合奏闻,未便擅自释放,如之奈何?"李白道:"既如此,学生不敢阻挠军法,只求宽期缓刑,节度公自具疏请旨;学生原奉圣上手敕,听许飞章奏事,今亦具一小疏,代为乞命,何如?"哥舒翰欣然道:"若如此,则情法两尽矣!"遂传令将郭子仪收禁,候旨定夺。李白辞谢而出。于是哥舒翰一面具奏题报,李白亦即缮疏,极言郭子仪雄才伟略,足备干城腹心之选。失火烧粮,乃仆夫不谨,实非其罪,乞赐矜全,留为后用。将疏章附驿递,星驰上奏。自己且暂留于并州公馆中候旨。哥舒翰与本州官员,日遂设宴款待。不则一日,圣旨倒下,准学士李白所奏,止将失火仆人正法,赦郭子仪之罪,许其立功自效。正是:

若不遇识人学士,险送却落难英雄。

喜今日幸邀宽典,看他年独建奇功。

郭子仪感激李白活命之恩,誓将衔结图报。李白别了郭子仪并哥舒翰等众官,自往他处行游去了。临行之时,又谆嘱哥舒翰青目郭子仪。自此子仪得以军功,渐为显官,此是后话。

且说朝中,自李白去后,贺知章也告休致去了。左相李适之因与李林甫有隙,罢相而归;林甫又陷他以事,逼之自尽。林甫倚着天子信任,手握重权,安禄山亦甚畏之。杨国忠也心怀嫌忌,然其

施青目学士识英雄　　信赤心番人作藩镇

势不得不互为党援。玄宗往年连杀三子之后,林甫劝立寿王瑁为太子。玄宗从高力士之言,立忠王玙为太子。林甫疑忌,谋倾陷之。时有户曹官杨慎矜依附杨国忠,自认为杨氏同族,又与罗希奭、吉温等俱为李林甫门下鹰犬。林甫因与计议,教他上密疏,诬告刑部尚封韦坚与节度使皇甫惟明同谋废帝,而立太子;引杨国忠为证。原来那韦坚乃太子妃韦氏之兄,皇甫惟明是边方节度使,偶来京师,曾参谒太子,又曾面奏天子说宰相弄权。林甫怀恨,因借端诬捏,并以动摇东宫。玄宗览疏大怒,亏得高力士力辨其诬,玄宗乃不显言二人之罪,只传旨贬削二人之官。太子闻知,惊惶无措,上表请与韦氏离婚。玄宗亦因高力士劝谏,不允太子所请。李林甫又密奏,乞将此事付杨慎矜与罗希奭、吉温等鞫问,并请着杨国忠监审。玄宗降旨,只将韦坚、皇甫惟明赐死,事情不必深究,于是太子之心始安。

过了几时,适有将军董延光,奉诏征伐吐蕃,不能奏功,乃委罪于朔方节度使王忠嗣,说他阻挠军计。李林甫乘机使杨国忠诬奏王忠嗣,欲拥兵奉太子。玄宗遂召王忠嗣入京,命三司鞫之。太子又惊惶无措。幸忠嗣系哥舒翰所荐,哥舒翰素有威望,玄宗甚重之,却未曾面观其人。今因忠嗣之事,特召哥舒翰陛见,欲面询此事之虚实。哥舒翰闻召,星夜赴京。其幕僚都劝他多将金帛到京使用,以救忠嗣。舒翰道:"吾岂惜金帛?但若公道尚存,王君必不致冤死;若无公道,金帛虽多,用之何益?"遂轻装而往。及至京师面君,玄宗先问了些边务,哥舒翰一一奏对,玄宗甚喜。舒翰乃力言忠嗣之负冤,太子之被诬,语甚激切。玄宗感悟,乃云:"卿且退,朕当思之。"

第 八 十 三 回

次日，召三司面谕道："吾儿居深宫之中，安得与外藩交通？此必妄说也！其勿复问。但王忠嗣阻挠军计，宜贬官示罚。"遂贬忠嗣为汉阳太守，将军董延光亦削爵。哥舒翰回镇并州，太子匍匐御前涕泣，叩旨谢恩。玄宗好言慰之，自此父子相安。可恨这李林甫，屡起大狱，以杨国忠有掖庭之亲，凡事有微涉东宫者，辄使之劾奏，或援以为证。幸高力士因太子是他劝立的，常于天子前保护。太子又仁孝谨静，不敢得罪于杨妃，以此得无恙。那杨家兄弟姊妹，骄奢肆横，日甚一日，总倚着妃子之势。当时民间有几句谣言道：

生男勿喜欢，生女勿悲酸。

男不封侯女作妃，君看女却是门楣。

杨国忠、杨铦与韩、虢、秦三夫人宅院，都在宜阳里中，甲第之盛，拟于宫掖。国忠与这三个夫人，原不是真兄妹。三夫人中，虢国夫人尤为淫荡奢靡，每造一堂一阁，费至钜万；若见他家所造有更胜于己者，即自拆毁复造，土木之工无时休息。其所居宅院与杨国忠宅院相连，往来最便，遂与国忠通奸。杨国忠入朝，或有时竟与虢国夫人并舆同行，见者无不窃笑，而二人恬然不以为耻。安禄山亦乘间与虢国夫人往来，夫人私赠以生平所最爱玉连环一枚。禄山喜极，珮带身旁，不意于宴会更衣之际，为国忠所见。国忠正因禄山近日待他简傲，心甚不平，今见此玉环，认得是虢国夫人之物。知他两下有私，遂恨安禄山切骨，时于言语之间，隐然把他私通贵妃之事，为危词以恐吓之。又常密语杨妃，说禄山行动不谨，外议沸然，万一天子知觉了些什么，为祸非小。杨妃闻言，也着实心怀疑惧。正是：

贵妃不自贵,难为贵者讳。

无怪人多言,人言大可畏。

一日,玄宗于昭庆宫闲坐,禄山侍坐于侧旁。见他腹垂过膝,因指着戏说道:"此儿腹大如抱瓮,不知其中何所有?"禄山拱手对道:"此中并无他物,惟有赤心耳;臣愿尽此赤心,以事陛下。"玄宗闻其言,心中甚喜。那知道:

人藏其心,不可测识。自谓赤心,心黑如墨。

玄宗之待禄山,真如腹心;禄山之对玄宗,却纯是邪心、狠心,此真负心、丧心。人方切齿痛心,恨不即剖其心,食其心,亏他还哄人说是赤心。可笑玄宗还不觉其狼子野心,却要信他是真心,好不痴心。

闲话少说。且说当日玄宗与禄山闲坐了半晌,回顾左右,问:"妃子何在?"此时正当春深时候,天气尚暖,杨妃方在后宫,坐兰汤洗浴。宫人回报玄宗说:"妃子洗浴方完。"玄宗微微笑道:"美人新浴,正如出水芙蓉。"也命宫人:"即宣妃子来,不必更梳妆。"少顷,杨妃到来。你道他新浴之后,怎生模样?有一曲《黄莺儿》说得好:

皎皎欲生光,脸如莹,体愈香。云鬟慵整偏娇样。罗裙厌长,轻衫取凉,临风小立神骀宕。细端详,芙蓉出水,不及美人妆。

当下杨妃懒妆便服,翩翩而至,更觉风艳非常。玄宗看了,满脸堆下笑来,适有外国进贡来的异香花露,即取来赐与杨妃,叫他对镜匀面,自己移坐于镜台旁观之。杨妃匀面毕,将余露染掌扑臂,不觉酥胸略袒,宝袖宽退,微微露出那白莹莹、嫩笃笃的二乳。

第八十三回

玄宗见了,说道:"妙哉!软温好似新剥鸡头肉。"禄山在旁,不觉失口道:"滑腻还如塞上酥。"他说便说了,自觉出言唐突,好生踧踖;杨妃亦骇其失言,只恐玄宗疑怪,捏着一把汗。那些宫女们听了此言,也都愕然变色。玄宗却全不在意,倒喜孜孜的指着禄山说道:"堪笑胡儿亦识酥。"说罢呵呵大笑。于是杨贵妃也笑起来。众宫女们也都含着笑。咦!

若非亲手抚摩过,那识如酥滑腻来?
只道赤心真满腹,付之一笑不疑猜。

禄山只因平时私与杨妃戏谑惯了,今当玄宗面前,不觉失口戏言,幸得玄宗不疑。但杨妃已先为国忠危言所动,只恐弄出事来。自此日以后,每见禄山,必切切私嘱,叫他语言慎密,出入小心。禄山晓得国忠嗔怪他,恐为他所算,又想国忠还不足惧,那李林甫最能窥察人之隐微,这不是个好惹的。今杨、李之交方合,倘二人合算我一人,老大不便。不如讨个外差暂避,且可徐图远大之业。但恐贵妃与虢国夫人不相舍,因此踌躇未决。那边杨国忠暗想:"禄山将来必与我争权,必当翦除之。但他方为天子所宠,又有贵妃与虢国夫人等助之,急切难以动摇;只不可留他在京,须设个法儿,弄他到边上去了,慢慢的算计他便是。"正在筹量,却好李林甫上奏一疏,请用番人为边镇节度使。原来唐时边镇节度使都用有才略、有威望的文臣,若有功绩,便可入为宰相。今林甫专权,欲绝边臣入相之路,奏称文人为边帅,怯于矢石,无以御侮;不若尽用番人,则勇而习战,可为国家捍卫。玄宗允其所奏,于是边镇节度使都要改用番人。

国忠乘此机会,要发遣安禄山出去,便上疏说:"河东重地,固

施青目学士识英雄　信赤心番人作藩镇

须得番人为帅；然亦必以番人之有才略、有威望者镇之，非安禄山不足以当此任。"玄宗览疏，深以为然，即召禄山来面谕道："汝以满腹赤心事朕，本应留汝在京，为朕侍卫。但河东重镇，非汝不可，今暂遣出为边帅，仍许不时入朝奏对。"遂降旨，以安禄山为平卢、范阳、河东三镇节度使，赐爵东平郡王，尅期走马赴任。禄山闻命，倒也合着他的意思，叩头领旨，即日入宫拜辞杨妃，两下依依不舍。杨妃叫入密室，执手私语道："你今此行，皆因为吾兄相猜忌之故。我和你欢叙多时，一旦远离，好生不忍。但你在京日久，起人嫌怨，出为外镇，未必非福。你放心前去，我自常使心腹人来通信与你，早晚在天子面前，留心照顾着你。你只顾自去图功立业，不必疑虑。"安禄山点头应诺。

正说间，宫人传报："三位夫人已入宫来了。"杨妃接见毕，安禄山也各各相见。虢国夫人闻知禄山今将远行，甚为怏怏。奈朝命已下，无可如何。禄山也不敢久留宫中，随即告辞出宫。到临行之时，玄宗又赐宴于便殿，禄山谢恩过了，辞朝赴镇。李林甫等设席饯行。饮酒之间，林甫举杯相嘱道："安公出镇大藩，责任非轻，凡所作为，须熟计详审，合情中理。林甫身虽在朝而各藩镇利弊，日夕经心，声息俱知。今三大镇得安公为节度使，正足为朝廷屏障，唯善图之。"这几句话，明明笼络挟制。禄山平日素畏林甫，今闻此言，惟有唯唯听命，且逡巡逊谢道："禄山才短气粗，当此大镇，深惧弗能胜任，敢不恪遵明训？诸凡不到之处，全赖相公照拂。"说罢作别起行。

前一日，杨国忠曾设宴请禄山饯别，禄山托故不往。这日国忠也假意来相送。禄山怀忿，傲倨不为礼。国忠大怒，自此愈加衔

第八十三回

怨。禄山既至任所，查点军马钱粮，训练士卒，屯积粮草，坐镇范阳，兼制平卢、范阳、河东，自永平以西至太原，凡东北一带要害之地，皆其统辖，声势强盛，日益骄恣。后人有诗云：

番人顿使作强藩，只为奸臣进一言。
今日虎狼轻纵逸，会看地覆与天翻。

第八十四回

幻作戏屏上婵娟　小游仙空中音乐

词曰：

　　宝屏历现娇容,姓名通。绝胜珠围翠绕,肉屏风。　　清云路杳,鹊桥可驾,任行空。明日恍然疑想,如在梦魂中。

　　　　　　　　　　　——右调《相见欢》

　　自来神怪之事不常有,然亦未尝无。惟正人君子,能见怪不怪,而怪亦遂不复作,此以直心正气胜之也。孔子不语怪,并不语神,盖怪固不足语,神亦不必语,人但循正道而行,自然妖孽不能为患,即鬼神亦且听命于我矣。若彼奸邪之辈,其平日所为,都是变常可骇之事,只他便是家国之妖孽了,何怪乎妖孽之忽见？此所谓妖由人兴,孽自己作也。至若身为天子,不务修实德,行实政,而惑于神仙幽怪之说,便有一班方士术者来与之周旋,或高谈长生久视,或多作游戏神通,总无益于身心,而适足为其眩惑,如秦皇汉武,可为殷鉴。

　　且说杨国忠乘机遣发了安禄山出去,少了个争权夺宠之人,眼前止让得李林甫一个人了。这一个人却动摇他不得。他既生性阴险,天子又十分信他,宠眷隆重。一日降旨,着百官公阅岁贡之物

第八十四回

于尚书省，阅毕回奏，玄宗命将本年贡物，以车载往李林甫家中赐之，其宠眷如此。林甫之子李岫，亦官于朝，颇怀盈满之惧，尝从林甫闲步后园，见一役夫倦卧树下，因密告林甫道："大人久专朝政，仇怨满天下；倘一旦祸作，欲似此役夫之高卧，岂可得乎？"林甫默然不答。自此常恐有刺客侠士暗算他，出则步骑百余人，左右翼卫，前驰在数百步外，辟人除道。居则重门复壁，如防大敌，一夕屡徙其卧榻，虽家人莫知其处。那个杨国忠却又不然，他自恃椒房之戚，爵居右相之尊，一味骄奢淫佚，也不怕人嗔恨，也不管人耻笑。

时值上巳，国忠奉旨，与其弟杨铦及诸姨姊妹，齐赴曲江修禊。于是五家各为一队，各著一色衣，姬侍女从不计其数，新妆炫服，相映如百花焕发，乘马驾车，不用伞盖遮蔽，路傍观者如堵。国忠与虢国夫人并辔扬鞭，以为谐谑。直游玩至晚夕，秉烛而归。遗簪坠舄，遍于路衢。杜工部有《丽人行》云：

> 三月三日天气清，长安水边多丽人。态浓意远淑且真，肌肤细腻骨肉匀。绣罗衣裳照暮春，蹙金孔雀银麒麟，头上何所有，翠微匎叶垂鬓唇。背后何所见，珠压腰衱稳称身。就中云幕椒房亲，赐名大国韩虢秦。紫驼之峰出翠釜，水晶之盘行素鳞。犀箸厌饫久未下，鸾刀缕切空纷纶。黄门飞鞚不动尘，御厨络绎送八珍。箫鼓哀吟感鬼神，宾从杂沓实要津。后来鞍马何逡巡，当轩下马立锦茵。杨花雪落覆白蘋，青鸟飞去衔红巾。炙手可热势绝伦，慎莫近前丞相嗔。

当日一行人游玩过了，次日俱入宫见驾谢恩。玄宗赐宴内殿，国忠奏道："臣等奉旨修禊，非图燕乐，正为圣天子及诸宫眷，迎祥迓福。昨赴曲江，威仪美盛，万姓观瞻，众情欣悦，具见太平景象，臣等不胜庆幸。"玄宗大喜道:"卿等于游燕之际,不忘君上,忠爱可嘉,当有赏赉。"宴罢,至明日,出内府珍玩,颁赐诸人,赐韩国夫人照夜玑,赐虢国夫人锁子帐,赐秦国夫人七叶冠。杨妃奏道:"陛下前以宝屏赐妾,屏上雕刻前代美人容貌,以妾对之,自觉形秽。今请陛下转赐妾兄国忠何如?"玄宗笑道:"朕闻国忠婢妾极多,每至冬月,选婢妾之肥硕者环立于后,谓之肉阵遮风;今以此屏赐之,殊胜他家肉屏也。"原来这屏名为虹霓屏,乃隋朝遗物,屏上雕镂前代美人的形像,宛然如生,各长三寸许,水晶为地,其间服玩衣饰之类,都用众宝嵌成,极其精巧,疑为鬼工,非人力所能造。有词为证:

屏似虹霓变幻,画非笔墨经营。浑将杂宝当丹青,雕缀精工莫并。　　试看冶容种种,绝胜妙画真真。若还逐一唤娇名,当使人人低应。

玄宗将此屏赐与国忠,又命内侍传述贵妃奏请之意。国忠谢恩拜受,将屏安放内宅楼上,常与亲友族辈家眷等观玩,无不叹羡,以为希世之珍。

一日,国忠独坐楼上纳凉,看看屏上众美人,想道:"世间岂真有此等尤物,我若得此一二人,便为乐无穷矣。"正想念间,不觉困倦,因就榻上偃卧。才伏枕,忽见屏上众美人,一个个摇头动目,恍惚间都走下屏来,顿长几尺,宛如生人,直来卧榻前,一一自称名号,或云我裂缯人也,或云我步莲人也,或云我浣纱人也,或云我当垆人也,或云我解珮人也,或云我拾翠人也,或云是许飞琼,或云是薛夜来,或云是桃源仙子,或云是巫山神女,如此等类,不可枚举。杨国忠虽睁着眼历历亲见,却是身体不能动一动,口中不能发一声。

诸女各以椅列坐,少顷有纤腰倩妆女妓十余人,亦从屏上下来,云是楚章华踏谣娘也,遂连袂而歌,其声极清细。歌罢,诸女皆起,那自称巫山神女的,指着国忠说道:"汝自恃权相,实乃误国鄙夫,何敢亵玩我等,又辄作妄想,殊为可笑可恶!"诸女齐拍手笑道:"阿环无见识,三郎又轻听其言,以致宝屏见辱于庸奴。此奴将来受祸不小,吾等何必与较,且去且去!"于是一一复归屏上。国忠方才如梦初醒,吓得冷汗浑身,急奔下楼,叫家人将屏掩过,锁闭楼门。自此每当风清月白之夜,即闻楼上有隐隐女人歌唱笑语之声,家中人无敢登此楼者。国忠入宫,密将此事与杨贵妃说知,只隐过了美人责骂之言。杨妃闻此怪异,大为惊诧,即转奏玄宗,欲请旨毁此屏。玄宗道:"屏上诸女既系前代有名的佳女,且有仙娥神女列在内,何可轻毁?吾当问通玄先生与叶尊师,便知是何妖祥。"

你道通玄先生同叶尊师是谁?原来玄宗最好神仙,自昔高宗尊奉李老君为玄元皇帝,至玄宗时又求得老君遗像,十分敬礼,命天下都立庙奉事。于是方士辈竞进。有荐方士张果,是当世神仙,用礼召至京,拜为银青光禄大夫,赐号通玄先生。又有人荐方士叶法善,有奇术,善符咒,遂亦礼召来京,称为尊师。其他方士虽多,惟此二人最著名。玄宗暇日即与他讲论长生却老之方,或有鬼神之事,亦都问此二人。当下将国忠所言屏上美人出现之说问之。张果道:"妖由人兴。此必杨相看了屏上娇容,妄生邪念,故妖孽应念而作耳,叶师治之足矣。"叶法善道:"凡宝物易为精怪,况人心感触,自现灵异。臣当书一符,焚于屏前以镇之。今后观此屏者,勿得玩亵,每逢朔望,用香花供奉,自然无患。"玄宗便请法善手书正一灵符一道,遣内侍赍付国忠,且传述二人之言。国忠闻说妖由邪念而生,自己不觉凛然,随即登楼展屏,将符焚化;焚符之顷,只见满楼电光闪烁。自此以后,楼中安静,绝无声响。至朔望瞻礼时,说也奇异,见屏上众美人愈加光彩夺目,但看去自有一种端庄之度,甚觉比前不同了。正是:

  正能治邪,邪不胜正。以正治邪,邪亦反正。

  玄宗闻知,愈信叶法善之神术。一日私问法善道:"张果先生道德高妙,朕常询其生平,但笑而不答,何也?"法善道:"他的生年,即神仙辈亦莫能推测。但知他在唐尧时,曾官为侍中耳。若其出处履历,惟臣知之,余人不知也。"玄宗欣然道:"尊师请试言之。"法善说道:"臣惧祸及,不敢轻言。"玄宗道:"尊师神仙中人,有何祸之可惧,幸勿托词隐秘。"法善沉吟道:"陛下必欲臣言,臣今言之必立死。陛下幸怜臣,可立召张先生来;不惜屈体求之,臣庶可更生矣。"玄宗连声许诺。法善请屏退左右,密奏道:"他是混沌初分时,白蝙蝠精也。"言未已,忽然口吐鲜血,昏绝于地。玄宗即呼内侍,速传口勅,立召张果入宫见驾。少顷,张果携杖而至,玄宗降座迎之,说道:"叶尊师得罪于先生,皆朕之过。朕今代为之请,幸看薄面恕之。"说罢,便欲屈膝下去。张果忙起道:"何敢劳陛下屈尊,但小子不当饶舌耳!"遂以手中杖,连击法善三下道:"可便转来!"只见法善蹶然而醒,即时站起,整衣向玄宗谢恩,随向张果谢罪。张果笑道:"吾杖不易得也。"法善再三称谢。玄宗大喜,各赐之茶果而退。

  过了几日,适有使者从海上来,带得一种恶草,其性最毒,海上人传言,虽神仙亦不敢食此草。玄宗以示法善,问识此草否。法善道:"此名乌堇草,最能毒人,使臣食之,亦当小病。他仙若中其毒,性命不保;惟张果先生,或不畏此耳。"玄宗乃密置此草于酒中,立召张果至内殿赐宴,先饮以美酒,问:"先生实能饮几何?"张果道:"臣饮不过数爵。臣寓中有一道童,可饮一斗,多亦不能也。"玄宗道:"可召来否?"张果道:"臣请呼之。"乃向空中叫道:"童子,可速来见驾!"叫声未绝,只见一个童子,从房檐飞下,年可十四五岁,头尖腹大,整衣肃容,拜于御前。玄宗惊异,即命以大斗酌酒赐之。童子谢了恩,接过酒来,一口气吃干。玄宗见他吃得爽快,命更饮一斗,童子又接来便吃,却吃不上两三口,只见那酒从头顶上骨都都滚将出来。张果笑道:"汝量有限,何得多饮。"遂取桌上问桃一枚掷之,阁阁有声,应手而仆,酒流满地,仔细一看,却原来不是童子,是一个盛酒的葫芦,其中仅可容酒一斗。玄宗看了大笑道:"先生游戏,神通甚妙,可更进一觞。"乃密令内侍把乌堇酒,斟与他吃。张果却不推辞,一饮而尽。少顷,只见张果垂首闭目,就坐席上昏然睡去。玄宗叫不要惊动他,由他熟睡。没半个时辰,即欠伸而起,笑道:"此酒非佳酒也,若他人饮此,不复醒矣!"袖中出一小镜自照道:"恶草竟坏吾齿。"玄宗看时,果见其齿都黑了。张果不慌不忙,双手向两颐一拍,把口中黑齿尽数都吐出来了,登时又重生了一口雪白的好齿。玄宗惊喜赞叹。正是:

戏将毒草试神仙,只博先生一觉眠。

不坏真身依旧在,齿牙落得换新鲜。

自此玄宗愈信神仙之事。时至上元之夕,玄宗于内庭高结彩楼,张灯饮宴,不召外臣陪饮,亦不召嫔妃奉侍,止召张果、叶法善二人。张果偶他往，未即至，法善先来。玄宗赐坐首席，举觞共饮，一时灯月交辉，歌舞间作，十分欢畅。玄宗酒酣，指着灯彩笑道："此间灯事，可谓极盛矣，他方安能有此！"法善举眼，四下一看，用手向西指道："西凉府城中，今夜灯事极盛，不亚于京师。"玄宗道："先生若有所见，朕不得而见也。"法善道："陛下欲见，亦有何难。"玄宗连忙问道："尊师有何法术，可使朕一见？"法善道："臣当奉陛下御风而往，转回不过片时。"玄宗欣然而起。旁边转过高力士，俯伏奏道："叶尊师虽有妙法，皇爷岂可以身为试？愿勿轻动。"玄宗道："尊师必不误朕，汝切勿多言，吾亦不须汝同行，汝只在此候着便了。"高力士不敢再奏，唯唯而退。

　　法善请玄宗暂撤宴更衣，小内侍二人亦更换衣服，俱出立庭中，都叫紧闭双目。只觉两足腾起，如行霄汉中。俄顷之间，脚已着地，耳边但闻人声喧闹，都是西凉府语音。法善叫请开眼。玄宗开目一看，只见彩灯绵亘数里，观灯之人往来杂沓，心上又惊又喜。杂于稠人之中，到处游玩，私问法善道："尊师得非幻术乎？"法善道："陛下若不信，请留征验。"遂问内侍："汝等身边带得有何物件？"内侍道："有皇爷常把玩的小玉如意在此。"法善乃与玄宗入一酒肆中，呼酒共饮，须臾饮讫，即以小玉如意暂抵酒价，要店主写了一纸手照，约几日遣人来取赎。出了店门，步至城外，仍教各自闭目，顷刻之间，腾空而还，直到殿庭落地。高力士接着，叩头口称万岁，看席上所燃金莲宝烛，犹未及半也。

　　玄宗正在惊疑，左右传奏张果先生到。玄宗即时延入。张果道："臣偶出游，未即应召而至，伏乞陛下恕臣疏忽之罪。"玄宗道："先生辈闲云野鹤，岂拘世法，有何可罪？但未知适间何往？"张果道:"臣适往广陵访一道友,不意陛下见召,以致来迟。"玄宗道:"广陵去此甚远,先生往来何速!"张果笑道:"陛下适间驾幸西凉看灯,往回俄顷,亦何尝不速。"玄宗道:"此皆叶尊师之神术也。"张果道:"朝游北海,暮宿苍梧,仙家常事,况如西凉、广陵,直跬步间耳。"因问法善道:"西凉灯事若何?"法善道:"与京师略同。"玄宗问道:"先生适从广陵来,广陵亦兴灯事否?"张果道:"广陵灯事亦极盛,此时正在热闹之际。"法善道:"臣不敢启请陛下,更以余兴至彼一观,亦颇足怡悦圣情。"玄宗欣喜道:"如此甚妙。"因问张果道:"先生肯同往么?"张果道:"臣愿随圣驾。此行可不须腾空御风,亦不须游行城市。臣有小术,上可不至天,下可不着地,任凭陛下玩赏。"玄宗道:"此更奇妙,愿即施行神术。"张果请玄宗更穿华美冠裳,叫高力士亦着华服,又使梨园伶工数人,亦都着华服,又使梨园伶工数人亦都着锦衣花帽。张果却解下自己腰间丝绦向空一掷,化成一座彩桥,起自殿庭,直接云霄。怎见得这桥的奇异?有《西江月》词为证:

  白玉莹莹铺就,朱栏曲曲遮来。凌霄驾汉近瑶台,一望霞明云霭。 稳步无须回顾,安行不用疑猜。临高视下叹奇哉,恍若身居天界。

当下张果与法善前导,引玄宗徐步上桥。高力士及伶工等俱从,但戒勿回头反顾,只管向前行去。行不上数百步,张果、法善早立住了脚,说道:"陛下请止步,已至广陵矣。"遂与玄宗及高力士等立于桥上,仰观天汉,月明如画,低头下视,见广陵城中灯火之多,陈设之盛,不减于西凉。那些看灯的士女们,忽睹空中有五色彩云,拥着一簇人,各样打扮,衣冠华丽,疑是星官仙子出现,都向空中瞻仰叩拜。玄宗大喜。法善请敕伶工,奏《霓裳羽衣》一曲。奏毕,张果、法善仍引玄宗与众人于桥上步回。才步下桥,张果把袖一拂,桥忽不见,只见张果手中,原拿着一条丝绦,仍把来系于腰间。众皆惊异。玄宗道:"先生神术,真乃奇妙!"张果道:"此仙家游戏小术,何足多羡。"玄宗再命赐酒,直至天晓方罢。后人有诗叹道:

仙家游戏亦神通,却使君王学御风。

万乘至尊宜自重,怎从术士步空中?

次日,玄宗密遣使者,即将西凉府酒店主人写的手照,到彼取赎玉如意。果然赎了回来,乃信元夜之游,是真非幻。过几日,广陵地方官上疏奏称:"本地于正月十五夜二更后,天际忽现五色祥云万朵,云中仙灵,历历可睹;又闻仙乐嘹亮,迥非人间声调,此诚圣世瑞征,合应奏报。"玄宗览疏,暗自称奇,即不明言此事,只批个"知道了"。原来这《霓裳羽衣曲》,乃玄宗于开元间,尝梦游月宫,见有仙女数十,素练宽衣,歌舞于广庭,声调佳妙。因问:"此为何曲?"答道:"名为《霓裳羽衣曲》。"玄宗梦中密记其声调,及醒来一一记得,遂传示乐工,谱成此曲,果然不是人间声调也。玄宗益信二人为神仙。

又闻张果每出,必乘一白驴,其行如飞,及归,便把此驴折叠如纸,置于巾箱中,欲乘则以水噀之,依旧成驴。玄宗愈奇其术,思欲与之联为姻眷,要将玉真公主下嫁与他。张果说道:"臣有别业在王屋山下,向曾以太平钱三十万聘娶韦氏女在彼,今岂容更娶?况臣疏野性成,不慕荣禄,入京已久,念切还山,伏乞天恩放回,实为至幸。"玄宗说道:"先生不肯在此,朕亦不敢相强,却如何便欲舍朕而去耶!先生与叶尊师同在朕左右,二仙不可缺一,方思朝夕奉

第八十四回

教,幸勿遽萌去志。"张果感其诚意,遂与叶法善仍留京邸。

法善昔年尝隐于松阳,与刺史李邕相契。那李邕极是多才,既能作文,又善写字,法善曾求他为其祖作碑文一篇。及被召入京时,李邕也升了京官,心中却不喜法善弄术,恐其眩惑君心。法善要把他前日所作碑文,并求他一写,李邕再三不肯,说道:"吾方悔为公作,岂能更为公写!"法善笑道:"公既为吾作,岂能不为吾写?今日且不必相强,容更图之。"当下含笑而别。是夜,法善乃于密室中陈设纸墨笔砚,至三更时,仗剑步罡,焚符一道,口中念念有词,把令牌一击,只见李邕忽从壁间步出。法善更不与他言语,只把剑来指挥,叫他将纸笔书写碑文,一面使道童剪烛磨墨。须臾之间,碑文写就,法善再焚一符,口中念动咒语,把剑一指,喝声"去",李邕倏然不见。

原来因日间求他写文不肯,故于夜间摄他的魂魄来写了。至明日亲往拜谢,以其所书示之,笑道:"此即公昨夜梦中所书也。"李邕看了,吓得目瞪口呆,通身汗下。法善道:"既重公之文,不欲辱以他人之笔,故即求大笔一书;因公未许,聊用相戏,多有开罪,幸恕不恭。"李邕又惊又恼,未发一言。法善仍具一分厚礼,奉为润笔之资,李邕也不肯受。玄宗闻知此事,惊叹道:"神仙固不可与相抗也。"李邕此碑,时名为"追魂碑"。自此朝廷益信神仙,那些方士,亦日进益。一日,鄂州地方守臣上疏,荐方士罗公远,广极神通,特送来京见驾。正是:

朝里仙人尚未归,远方仙客又来到。
莫道仙人何太多,只因天子有酷好。

未知后事如何,且听下回分解。

第八十五回

罗公远预寄蜀当归　安禄山请用番将士

词曰：

　　仙客寄书天子，无几字，药名儿最堪思。　汉成忽更番成，君王偏不疑。信杀姓安人好，却忘危。

　　　　　　　　　　——右调《定西番》

　　从来为人最忌贪、嗔、痴三字，况为天子者乎。自古圣帝贤王，惟是正己率物，思患防微，励精图治，必不惑于异端幽渺之说。若既身为天子，富贵已极，却又想长生不老，因而远求神仙，甚且以万乘之尊严，好学他家的幻术；学之不得，而至于怨怒，妄行杀戮，岂非贪而又嗔？究竟其人若果可杀，即非神仙；若是神仙，杀亦不死，不惟不死而已，他还把日后之事，预先寄个哑谜儿与你；犹不省悟，依然崇信奸邪，以至变更旧制，贻害于后，毕竟认定恶人为好人，这又是极痴的了。

　　且说玄宗款留住了张果、叶法善，不放还山。鄂州守臣又表奏术士罗公远，起送到京。那罗公远不知何处人，亦不知为何代人，其容貌常如十六七岁一孩子，到处闲游，踪迹无定。一日游至鄂州，恰值本州官府因天时亢旱，延请僧道于社稷坛内启建法事，祈

第八十五回

求雨泽。祷告的人甚多,人丛中有个穿白衣的人,在那里闲看。其人身长丈余,顾盼非常,众皆属目。或问其姓名居处,答道:"我姓龙,本处人氏。"正说间,罗公远适至,见了那人,努目咄嗟道:"这等亢旱,汝何不去行雨济人,却在此闲行?"那人敛容拱手道:"不奉天符,无处取水。"公远道:"汝但速行,吾当助汝。"那人连声应诺,疾趋而去。众人惊问:"此是何人?"罗公远道:"此乃本地水府龙神也,吾敕令行雨救旱;奈未奉上帝之命,不敢擅自取水。吾今当以滴水助之,救济此处的禾稻。"一面说,一面举眼四下观看,见那僧道诵经的桌上有一方大砚,因才写得疏文,砚池中积有墨水,公远上前,把口向砚中池里一口吸起,望空一喷,喝道:"速行雨来!"只见霎时间日掩云腾,大风顿作。公远对众人道:"雨将至矣!列位避着,不要被雨落黑了衣服。"说犹未了,雨点骤至,顷刻之间,如倾盆倒瓮,落了半晌,约有尺余,方才止息。却也作怪,那雨落在地上,沾在衣上,都是墨黑的。原来龙神凭仗仙力,就这口墨水化作雨泽,以救亢旱,故雨色皆黑。当下人人嗟异,个个欢喜,问了罗公远姓名,簇拥去见本州太守,具白其事。太守欲酬以金帛,公远笑而不受。太守说道:"天子尊信神仙,君既有如此道术,吾当荐引至御前,必蒙敬礼。"公远道:"吾本不喜遨游帝庭,但闻张、叶二仙在京师,吾正欲一识其面,今乘便往见之亦可。"于是太守具疏,遣使伴送。公远来至京中,使者将疏章投进,玄宗览疏,即传旨召见。

那日,玄宗坐庆云亭上,看张果与叶法善对弈,内侍引公远入来。将至亭下,玄宗指着张、叶二仙道:"此鄂州送来异人罗公远,二位试与一谈。"张、叶二人举目一看,遥见公远体弱颜嫩,宛如小儿,都笑道:"孩提之童,有何知识,亦称异人?"公远不慌不忙,行至亭阶之下。玄宗敕免朝拜,命升阶赐坐,因指张、叶二人道:"卿识否,此即张果先生、叶法善尊师也。"公远道:"闻名未曾谋面,今日幸得相晤。"张果笑道:"小辈固当不识我。"叶法善道:"安有神仙中人,而不识张果先生者乎?"公远道:"世无不知礼让之神仙。今二师简傲如此,仆之不相识,亦未足为恨也。"张果大笑道:"吾且不与子深谈,人人都称子为异人,想必当有异术。吾今姑以极鄙浅之技相试,倘能中窍,自当刮目。"便与法善各取棋子几枚,握于手中问说道:"试猜我二人手中棋子各几枚。"公远道:"都无一枚。"二人大笑,开手来看,却果一个也不见了。只见罗公远袖中伸出双手,棋子满把,笑道:"棋已入吾手矣。二位老仙翁遇着小辈,直教两手俱空。"张、叶二仙师方大惊异,各起身致敬。正是:

  学无前后达为先,莫恃高年欺少年。

  混沌初分张果老,还同小辈并称仙。

当下玄宗大喜,即赐宴于亭上,给以冠袍,又赐与邸第,称之为罗仙师。自此公远常与张、叶二人谈论仙家宗旨,彼此敬服。过了几日,张果、叶法善具疏,坚请还山,道:"罗公远道术殊胜臣辈,留彼在京,足备陛下谘访。臣等出山已久,思归念切,乞赐放还,以遂野性。"玄宗知其归志已决,不便强留,准许暂还,候再宣召。二人谢恩出京,凡天子所赐及各官员所赠之珍奇,一无所受,飘然而去。正是:

  闲云野鹤,海阔天空。来去自由,不受樊笼。

自此之后,在京方士辈,只有罗公远为玄宗所尊信,时常召见,叩问长生不死之方。公远道:"长生无方,只要清心寡欲,便可却病延年。"玄宗勉从其说,或时独处一宫,嫔妃不御,后庭宴会比前也略稀疏了。杨妃意中甚不欢喜。时值中秋月明之夜,玄宗不召嫔妃宴集,独与公远对月闲谈,说起昨岁元宵与张、叶二师腾空远游,甚是奇异,因问:"仙师亦有此术否?"公远道:"此亦何难?陛下昔年曾梦游月宫,却不曾身亲目睹,臣今请陛下亲见月宫之景,可乎?"玄宗大喜。公远即起身,向庭前桂树上折取数枝,用彩线相结,置于庭中,吹口气,化作一乘彩舆,请玄宗升舆端坐。又将手中所执如意,化作一二只大白鹿,驾车而行,往观月殿。时高力士奉差他往,又有一个得宠的太监叫做辅璆琳,叩头启奏道:"前张、叶二仙师,奉驾行游,都曾带内侍同行,今奴婢愿随驾而往。"公远道:"月宫非比他处,汝辈何得往观?只我一人护驾足矣!"说罢,即喝一声道:"起!"只见那白鹿驾着彩舆,腾空而起,直入霄汉。公远步于空中,紧紧相随,教玄宗只把双眼望着月,不可回顾,亦不可他视。

转瞬间已近月宫,公远扶住车子。玄宗凝眸观望,只见月中宫殿重重,门户洞开,遥见里面琪花瑶草映耀夺目,远胜昔年梦中所见。玄宗道:"可入去否?"公远道:"陛下虽贵为天子,却还是凡躯,未容遽入,只可在外观瞻。"少顷,只闻得异香氤氲,一派乐声嘹亮,仔细听之,正是《霓裳羽衣曲》。玄宗听罢,低声问道:"世人称美貌女子,必比之月里嫦娥,今嫦娥咫尺,可使朕得一睹其冶容乎?"公远道:"昔穆天子与王母相会,夙有仙缘故也。陛下非此之比,今得至此,瞻仰宫殿,已是奇福,岂可妄生轻亵之念!"言未已,忽见月中门户尽闭,光彩四散,寒风袭人。公远急叱白鹿驾转彩舆,以羽扇障风而行,少顷冉冉至地。公远道:"陛下几触嫦娥之怒,且喜万安。"玄宗才下车,只见彩舆仍化为桂枝,白鹿亦不见,如意仍在公远手中。玄宗又惊又喜。当下公远告辞回寓,玄宗还独坐呆想,啧啧叹异。那内监辅璆琳,因怪公远不许他同往,便进言道:"此幻术惑人,何足惊异,愿皇爷切勿轻信。"玄宗道:"就是幻术,亦殊可喜,朕当学其一二,以为娱悦。"辅璆琳便逢迎道:"幻术中惟隐身法可学,皇爷若学得时,便可出入任意,且又可暗察内外人等机密之事。"玄宗喜道:"汝言甚是。"

次日,即召公远入宫,告以欲学隐身法之意。公远道:"隐身法乃仙家借以避俗情缠扰,或遇意外仓卒相逼之事,聊用此法自全耳。陛下以一身为天下之主,正须向阳出治,如《易经》云:'圣人作而万物睹。'如何要学起隐身法来?"玄宗道:"朕学此法,亦藉以防身耳。"公远道:"陛下尊居万乘,时际太平,车驾所至,百灵呵护,有何不虞,欲以此法防身耶?陛下若学得此法,定将怀玺入人家,为所不当为。万一更遇术士,能破此法者,那时白龙鱼服,必为豫且所困矣。"玄宗道:"朕学得此法,只于宫中偶一为之,决不轻试于外。幸即相传,万望勿吝教。"公远当不过他再三恳求,只得将符咒秘诀,一一传与,并教以学习之法。玄宗大喜,便就宫中如法学习。及至习熟试演,始则尚露半身,既而全身俱隐,但终不能泯然无迹,或时露一履,或时露冠髻,或时露衣裾,往往被宫人们觉着。玄宗又召公远入宫,要他面作此法来看。公远把手向空书符,口中念念有词,即时不见其形,少顷却见他从殿门外入来。玄宗便也学他书空作符,捻诀念咒,却只是隐了身体,露却衣冠。内侍们见了都含着笑。玄宗问道:"同此符咒,如何自我做来,独不能尽善?"公远道:"陛下以凡躯而遽学仙法,安能尽善?"玄宗因演法不

第 八 十 五 回

灵，致被左右窃笑，已是惭愧，见公远对着众人，说他是凡躯，好生不悦，道：“便是神仙，少不得也是凡躯做起，如何只说朕是凡躯；如何凡躯便学不得仙法？还是传法者不肯尽传其秘耳！”说罢拂衣而入，传命公远且退。自此玄宗心中怀怒。

恰值宰相李林甫因夫人患病垂危，闻得公远常以符药救人危疾，因亲自来求他救治夫人之病。公远说道：“夫人禄命已尽，不可救疗。况他幸得先终于相公之前，生荣死哀，其福过相公十倍矣，何必多求。”李林甫怪其言憨，也心中怀怒。是夜其妻果死。过了一日，秦国夫人忽然患病沉重，杨国忠奉着贵妃之命，来见公远，要求他救治。公远道：“神仙只救得有缘法之人与能修行之人，夫人夙世既无仙缘，今生又无美行，享非分之福，还不自知修省，恶孽且未易忏除，今得令终于内寝，较之诸姊妹，已为万幸矣，岂复有方有术可疗？七日之后，名登鬼箓矣！”国忠怒道：“不能相救也罢，何得妄言诋毁？”遂回报杨妃。杨妃大恨，泣奏天子，说道：“罗公远诽谤宫眷，且加咒诅，大不敬。”李林甫也便乘间劾奏他妖妄惑众。玄宗已自不悦，况又内外谗言交至，激成十分大怒，传旨将罗公远斩首西市。公远闻命，呵呵大笑，也不肯绑缚，飞步至市中，伸颈就刑。钢刀落处，并无点血；但见一道青气，从项中出，直透层霄。正是：

　　如罽宾国王，斩师子和尚。

　　是亦善知识，以杀为供养。

玄宗一时恨怒，命斩公远，旋即自思：他是个有道术之人，何可轻杀？忙传旨停刑，却已杀过了。玄宗懊悔不迭，命收其身首，用香木为棺成殓。至七日之后，秦国夫人果然病死。玄宗闻讣，不胜嗟悼，恤赠甚厚。正是：

　　三姨如鼎足，秦国命何促？
　　死或贤于生，考终还是福。

玄宗因秦国夫人之死，益信公远之言不谬，念之不置，然已无可如何。因思张果、叶法善不知今在何处，遂命辅璆琳往王屋山迎请张果："他若不肯复来，便往访叶法善。二人之中，必得其一。"璆琳奉了圣旨，带着仆从车马，出京趱行，忽闻路人传说："张果先生已死于扬州了。"璆琳正在疑信之间，却接得京报，扬州守臣疏奏，张果于本年某月日，在扬州琼花观中端坐而逝，袖中有谢恩表文一道，其身尸未及收殓，立时腐烂消化。璆琳得了此信，遂不往王屋山，只访问叶法善所在。有人说曾在蜀中成都府见过他来，璆琳即令仆从人等，望蜀中道上一路而行。既入蜀境，山路崎岖，甚是难走，忽见山岭上，一个少年道者迤逦而来，口中高声歌唱道：

　　"山路崎岖那可行，仙人往矣那可迎？
　　须知死者何曾死，只愁生者难长生。"

那道者一头歌，一头走，渐渐行至马前。璆琳仔细一看，大吃一惊。原来不是别人，却是罗公远。璆琳连忙下马作揖，问："仙师无恙？"公远笑道："天子尊礼神仙，却如何把贫道恁般相戏？如今张果先生怕杀，已诈死了；叶尊师也怕杀，远游海外，无处可寻。你不如回京去罢！"璆琳道："天子方自悔前过，伏望仙师同往京中见驾，以慰圣心。"公远笑道："我去何如天子来？你不必多言，我有一书并一信物寄上天子，可为我致意。"便于袖中取出一封书来，内有垒然一物，外面重重缄题，付与璆琳收了。璆琳道："天子正有言语，欲叩问仙师，还求师驾一往。"公远道："无他言，但能远却宫中女子,更谨防边上女子,自然天下太平。"璆琳私问朝中诸大臣休咎何如。公远道:"李相恶贯已盈,死期近矣,还有身后之祸。杨相尚有几年顽福,其后可想而知也。"璆琳又问自己将来休咎。公远道:"凡人能不贪财,便可无祸患。"说罢,举手作别,腾空而去;璆琳啧啧称异,想道:"叶法善既难寻访,不如回京复奏候旨罢。"遂趱程回京,见了玄宗,备奏路遇罗公远之事,把书信呈上。玄宗大为惊诧,拆视其书,却无多语,只有四个大字,下注一行小字。道是:

安莫忘危(外有一药物,名曰蜀当归,谨附上)

玄宗看了书同药物,沉吟不语。璆琳又密奏他所云宫中女子、边上女子之说。玄宗想道:"他常劝我清心寡欲,可以延年;今言须要远女子,又言安莫忘危,疑即此意。那蜀当归或系延年良药,亦未可知。但公远明明被杀,如何却又在那里?"遂命内侍速启其棺,原来棺中已一无所有。玄宗嗟异道:"神仙之幻化如此,朕徒为人所笑耳!"

看官,你道他所言宫中女子,是明指是杨妃;其所云边上女子,是说安禄山也,以安字内有女字故耳。"蜀当归"三字,暗藏下哑谜;至言"安莫忘危",已明说出个安字了,玄宗却全不理会。此时安禄山正兼制范阳、平卢、河东三镇,拥重兵、作大藩;又有宫中线索,势甚骄横。但常自念当时不拜太子,想太子必然见怪。玄宗年纪渐高,恐一旦晏驾,太子即位,决无好处到我,因此心志不自安,常怀异志。他平日所畏忌的,只有一个李林甫,常呼林甫为十郎,每遇使者从京师来,必问:"李十郎有何话说?"若闻有称奖他的言语,便大欢喜;若说:"李丞相寄语安节度,好自检点。"即便攒眉嗟叹,坐卧不宁。林甫也时常有书信问候他,书中多能揣知其情,道着他心事,却又预为布置安放,以此受其笼络,不敢妄有作为。那知林甫自妻亡之后,自己也患病起来。当辅璆琳回京时,林甫已卧床不能起,病中忽闻罗公远未死,吃惊不小,思道:"我曾劾奏过他,不意他果是神仙。杀而不死,今倘来修怨,不比凡人,可以防备,这却如何解救?"自此日夕惊恐,病势愈重,不几日间,呜呼死了。正是:

　　天子殿前去奸相,阎王台下到凶囚。

可恨那李林甫自居相位,惟有媚事左右,迎合上意,以固其宠;杜绝言路,掩蔽耳目,以成其奸;妒贤嫉能,排抑胜己,以保其位;屡起大狱,诛逐贤臣,以张其威。自东宫以下,畏之侧目。为相一十九年,养成天下之乱。玄宗到底不知其奸恶,闻其身死,甚为叹悼。太子在东宫闻林甫已死,叹道:"吾今日卧始贴席矣!"杨国忠本极恨林甫,只因他甚得君宠,难与争权,积恨已久。今乘其死,复要寻事泄忿,乃劾奏林甫生前多蓄死士于私第,托言出入防卫,其实阴谋不轨;又道他屡次谋陷东宫,动摇国本,其心叵测;又讽朝臣交章追劾他许多罪款。杨妃因怪他挟制安禄山,也于玄宗前说他奸恶。玄宗方才省悟,下诏暴其罪状,追削官爵,剖其棺,籍其家产;其子侍郎李岫亦革职不用。果然应了罗公远所言身后之祸。正是:

　　生作权奸种祸殃,那知死后受摧戕。
　　非因为国持公论,各快私心借宪章。

李林甫死后,杨国忠兼左右相,独掌朝权,擅作威福,内外各官,莫不震慑,惟有安禄山不肯相下。他只因李林甫狡猾胜于己,故心怀畏忌;那杨国忠是平日所相狎,一向藐视他的,今虽专权用

第八十五回

事，禄山却全不在意。各藩镇都遣人赍礼往贺，禄山独不贺。国忠大怒，密奏玄宗道："安禄山本系番人，今雄据三大镇，殊非所宜，当有以防之。"玄宗不以为然，国忠乃厚结陇右节度使哥舒翰，要与他并力排挤禄山。时陇右富庶甲天下，自安远门西尽唐境，凡一万二千余里，闾阎相望，桑麻遍野。国忠奏言，此皆节度哥舒翰抚循调度之功，宜加优擢诏，以哥舒翰兼河西节度，控制两镇。禄山闻知，明晓得是国忠藉为党援，愈加不乐，常于醉后对人前将国忠谩骂。国忠微闻其语，一发恼恨，又密启玄宗，说："安禄山向同李林甫狼狈为奸，今林甫死后，罪状昭著，禄山心不自安，必有异谋。陛下若不信，诏遣使召之，彼必不奉诏，便可察其心矣。"

玄宗唯唯而起，退入宫中，沉吟不决。杨妃问："陛下有何事情萦心？"玄宗道："汝兄国忠屡奏安禄山必反，我未之信。今劝我遣使往召之，他若不来，其意可知，便当问罪。我意此儿受我厚恩，未必相负，故心中筹画未定。"杨妃着惊道："吾兄何遽疑禄山必反耶！彼既怀疑，陛下当如其所奏，遣一中使往召禄山；若禄山肯来，便可释疑矣。"玄宗依言，即作手敕，遣辅璆琳赍赴范阳，召安禄山入朝见驾。辅璆琳领了敕命，正将起行，杨妃私以金帛赐之，付手书一封密谕道："此书可密致禄山，教他闻召即来。凡事有我在此，为作周旋，包管他有益无损，切勿迟回观望，致启天子之疑。"璆琳领命，星夜来至范阳。禄山拜迎敕谕。璆琳当堂宣读道：

> "皇帝手敕东平郡王范阳、平卢、河东节度使安禄山：卿昔侍朕左右，欢叙如家人，乃者远镇外藩，遂尔暌隔。朕甚念卿，意卿亦必念朕，顾卿即相念，非征召何缘入见？兹于敕到，便可赴阙，暂来即反，无以跋涉为劳。朕亦欲面询边庭

事也。"

禄山接过手敕,设宴款待天使,问道:"天子召我何意?"璆琳道:"天子不过相念之深耳!"禄山沉吟道:"杨相有所言否?"璆琳道:"相召是天子意,非宰相意。"禄山笑道:"天子意即宰相意也。"璆琳屏退左右,密致杨妃手书,并述所言,禄山方才欢喜。即日起马,星驰到京,入朝面圣。玄宗喜道:"人言汝未必来,朕独信汝必至,今果然。"遂命行家人礼,赐宴于内殿。禄山涕泣道:"臣本番人,蒙陛下宠擢至此,粉身莫报。奈为杨国忠所忌嫉。臣死无日矣!"玄宗抚慰道:"朕自知,汝可无虑也。"是夜留宿内殿。

次日,入见杨妃,赐宴深叙。禄山道:"儿非不恋慕,但势不可久留,明日便须辞行。"杨妃道:"吾亦不敢留你,明日辞朝后速走勿迟。"禄山点头会意。次日奏称边镇重任,不敢旷职,告辞回镇。玄宗允奏,亲解御衣赐之。禄山涕泣拜受,即日辞朝谢恩。临行之时,走马至国忠府第,匆匆一见,即刻星飞出京,昼夜兼行,不日到镇。他恐国忠奏请留之,故此急急回任。自此玄宗愈加亲信,人有首告禄山欲反者,玄宗命将此人缚送范阳,听其究治,由是人无敢言者。

禄山自此益无忌惮,因想:"三镇之中,守把各险要处的将士,都是汉人;我他日若有举动,此辈必不为我用,不如以番将代之为妙。"遂上疏奏称:边庭险要之处,非武健过人者,不能守御。汉将柔懦,不若番将骁勇,请以番将三十一人,代守边汉将。疏上,同平章事韦见素进言说道:"禄山久有异志,今上此疏,反状明矣。其所请必不可许。"玄宗不悦,道:"向者边政俱用文臣,渐至武备废弛。今改用番人为节度,边庭壁垒一新。即此看来,安见番人不可

第八十五回

代汉将？禄山为国家计，欲慎固封守，故有此请，卿等何得动言其反？"遂不听韦见素之言，批旨："依卿所奏，三镇各险要处，都用番将戍守；其旧戍汉将，调内地别用。"自此番人据险，禄山愈得势，边事不可问矣。正是：

　　番人使为汉地守，汉地将为番人有。

　　君王偏独信奸谋，枉却朝臣言苦口。

不知后事如何，且听下回分解。

第八十六回

长生殿半夜私盟　勤政楼通宵欢宴

词曰：

恩深爱深，情真意真。巧乘七夕私盟，有双星证明。

时平世平，赏心快心。楼存勤政虚名，奈君王倦勤。

——右调《醉太平》

佛氏之说，最重誓愿。道是那人若发一愿，立一誓，冥冥之中便有神鬼证明，今生来世必要如其所言而后止。说便是这等说，也须看他所发之愿，所立之誓，合理不合理，可从不可从。难道那不合理、不可从的誓愿，也必如其所言不成？大抵人生誓愿，唯于男女之间为多。然山盟海誓，都因幽期密约而起，其间亦有正有不正，有变有不变。至若身为天子，六宫九嫔以时进御，堂堂正正，用不着私期密约，又何须海誓山盟？惟有那耽于色、溺于爱的，把三千宠幸萃于一人，于是今生之乐未已，又誓愿结来生之欢。殊不知目前相聚还是因前生之节义，了宿世之情缘，何得于今生，又起妄想。且既心惑子女宠，宜乎惟妇言是用，以奢侈相尚，以风流相赏，置国家安危于不理，天下将纷纷多事，却还只道时平世泰，极图娱乐，亦何异于处堂之燕雀乎？

第 八 十 六 回

却说玄宗听信安禄山之言,将三镇险要之处,尽改用番人戍守,韦见素进谏不从。一日,韦见素与杨国忠同在上前,高力士侍立于侧。玄宗道:"朕春秋渐高,颇倦于勤。今以朝事付之宰相,以边事付之将帅,亦复何忧?"高力士奏道:"诚如圣谕,但闻南诏反叛,屡致丧师;又边将拥兵太盛,朝廷必须有以制之,方可无忧。"玄宗道:"汝且勿言,宰相当自有调度。"原来那南诏,即今云南地方,南蛮人称其王为诏,本来共有六诏,其中有名蒙舍诏者,地在极南,故曰南诏。五诏俱微弱,南诏独强,其王皮逻阁行贿于边臣,请合六诏为一。朝廷许之,赐名归义,封之为云南王,后竟自恃强大,举兵反叛。剑南节度使鲜于仲通率兵与战,被他杀败,士卒死者甚多。杨国忠与鲜于仲通有旧好,掩其败状,仍叙其功;后又命剑南留守李宓,引兵七万讨之,复被杀败,全军覆没。国忠又隐其败,转以捷闻,更发大兵前往征讨,前后死者无算,人莫有敢言者。当下高力士偶然言及,国忠连忙掩饰道:"南蛮背叛,王师征剿,自然平定,无烦圣虑。至若边将拥兵太盛,力士所言是也。即如安禄山坐制三大镇,兵强势横,久有异志,不可不慎防之。"玄宗闻言,沉吟不语。韦见素奏道:"臣有一策,可潜消安禄山之异志。"玄宗问:"是何策?"韦见素道:"今若内擢安禄山为平章事,召之入朝,而别以三大臣分领范阳、平卢、河东三镇,则安禄山之兵权既释,而奸谋自沮矣。"杨国忠道:"此策甚善,愿陛下从之。"玄宗口虽应诺,意犹未决。

当日朝退回宫,把这话说与杨妃知道。杨妃意中虽极欲禄山入朝,再与相聚,却恐怕他到了京师,未免为国忠所谋害,乃密启奏玄宗道:"安禄山未有反形,为何外臣都说他要反?他方今掌握重兵在外，无故频频征召，适足启其疑惧。不如先遣一中使往觇之，若果有可疑，然后召之，看他如何便了。"玄宗依言，即遣辅璆琳赍珍果数种，往赐禄山，潜察其举动。璆琳奉命至范阳，禄山早已得了宫中消息，知其来意，遂厚款璆琳，又将金帛宝玩送与，托他好为周旋。璆琳受了贿赂，一力应承，星夜回朝复旨，极言安禄山忠诚为国，并无二心。玄宗听说，信以为然，乃召杨国忠入宫，面谕道："国家待禄山极厚，禄山亦必尽忠报国，决不致相负。朕可自保其无他，卿等不必多疑。"国忠不敢争论，唯唯而退。正是：

奸徒得奥援，贿赂已神通。

莫漫愁边事，君王作保人。

自此玄宗竟道边庭无事，安意肆志，且又自计年日渐老，正须及时行乐，遂日夕与嫔妃内侍及梨园子弟们征歌逐舞，十分快活。杨妃与韩国、虢国夫人辈，愈加骄奢淫佚。华清宫中，更置香汤泉一十六所，俱极精雅，以备嫔妃们不时洗浴。其奉御浴池，俱用文瑶宝石甃成，中有玉莲温泉，以文木雕刻凫雁鸳鹭等水禽之形，缝以锦绣，浮于泉上，以为戏玩。每至天暖之时，酒阑之后，玄宗与杨妃各穿单袷短衣，乘小舟游荡于其间，游至幽隐之处，即便解衣同浴。玄宗亲把绣巾为杨妃拭体。正是：

妃子风流天子狂，携云握雨浴池塘。

方夸被底鸳鸯好，又见鸳鸯水畔藏。

每自宫眷浴罢之后，池中水退出御沟，其中遗珠残珥，流出街渠，路人时有所获，其奢靡如此。杨妃因身体颇丰，性最怕热，每当夏日，只衣轻绡，使侍儿交扇鼓风，犹挥汗不止。却又奇怪，他身上出的汗，比人大不同，红腻而多香，拭抹于巾帕之上，色如桃花，真正天

第八十六回

生尤物,绝不犹人。又因有肺渴之疾,常含一玉鱼儿于口中,取凉津润肺。一日偶患齿痛,玉鱼儿也含不得,于是手托香腮,闷闷的闲坐。玄宗看了,愈见其妩媚可怜,乃以手抚揉其背,又双手捧其颊说道:"吾恨不能为妃子分痛也!"后人有画杨贵妃齿痛图者,冯海粟题其上云:

华清宫一齿痛,马嵬坡一身痛。渔阳鼙鼓动地来,天下痛。

天宝十载之夏,玄宗与杨妃避暑于骊山宫。那宫中有一殿,名曰长生殿,极高畅凉快。其年七月七日夜,乞巧之夕,天气正炎热,玄宗坐于长生殿中纳凉,杨妃陪着同坐,直至二更余,方相携入寝室中同卧,宫女亦都散去歇息。杨妃苦热,睡不安稳,乃拉着玄宗再同出庭前乘凉,更不呼唤宫女们伏侍。二人止穿小衣,并肩而坐,手挥轻扇,仰看星斗。此时万籁无声,夜景清幽,坐了一回,渐觉凉爽,玄宗一手摇扇,一手摩弄杨妃双乳,低声密语道:"今夜牛女二星相会,未知其乐何如?"杨妃道:"鹊桥渡河之说,未知果有是事否;若果有之,天上之乐,自然不比人间。"玄宗笑道:"若论他会少离多,倒不如我和你日夕欢聚。"杨妃道:"人间欢聚,终有散场,怎如天上双星,永久成配。"说罢不觉怆然嗟叹。玄宗感动情怀,把杨妃搂住,脸贴着脸的说道:"你我恁般恩爱,岂忍相离?今就星光之下,密相誓心,愿生生世世,长为夫妇。"杨妃点头道:"阿环同此誓言,双星为证。"玄宗大喜。两个又勾肩叠股的坐了半响,然后相搂相抱,同入罗帏,作阳台之梦。后来白居易《长恨歌》中,曾咏及此事,有句云:

七月七日长生殿,夜半无人私语时。

在天愿作比翼鸟,在地愿为连理枝。

后人有诗讥刺玄宗,溺宠偏爱,私心妄想,道是:

皇后无端遭废斥,今生夫妇且乖张。

如何妃子偏承宠,来世还期莫散场。

又有诗讥笑杨贵妃云:

长生私语成长恨,空自盟心牛女前。

若与三郎永配合,禄山寿邸岂无缘?

且说玄宗自此把杨妃更加恩爱。是年秋九月,蓬莱宫中乳相橘结实。这种柑橘,是开元年间江陵进贡来的,味极甘美。玄宗命将数枚种于蓬莱宫中,一向只开花不结实,还有时连花也不开,那年忽然结实二百余颗,与江南及蜀中进贡者无异。玄宗欣喜,亲自临视,命摘来颁赐朝臣。杨国忠率众官上表谢恩称贺,其略云:

伏以自天所育者,不能改有常之质;旷古所无者,乃可谓非常之祥。橘柚所植,南北异名,惟陛下玄风真纪,六合为一家。雨露攸均,混天区而齐被;草木有性,凭地气以潜通。故兹江外之珍果,结成禁中之佳实。绿蒂含霜,芳流绮殿;金衣烂日,色丽彤庭。欣荷宠颁,惭无补报。云云。

玄宗览表大悦。温旨批答。那柑橘中,却有一个是合欢的,左右进上。玄宗见了,愈加欢喜,与杨妃互相把玩。玄宗道:"此果似知人意,我与妃子同心一体,所以结此合欢之实。我二人可共食之,以应其祥。"乃促坐同剖,交口而食。因命画工写合欢柑橘图,传之于后。杨国忠又复献谀,以为此乃非常之祥瑞,宜颁酺称庆。正是:

屈轶曾生黄帝时,草能指佞最称奇。

第八十六回

唐家柑橘成何用？翻使谀臣进佞词。

玄宗听了杨国忠谀佞之言，遂降旨以宫中有珍果之祥，赐民大酺。于是选择吉日，率嫔妃及诸王辈御勤政楼，大张声乐，陈设百戏，听人纵观，与民同乐。都下士民男妇，拥集楼前，好不热闹。教坊女人有王大娘者，能为舞竿之戏，将百尺长的一根大竹竿，捧置头顶，竿儿上缀着一座木山，为瀛洲、方丈之状，使一小儿手扶绛节，出入其间，口中歌唱。王大娘头顶着竿，旋舞不辍，却正与那小儿的歌声节奏相应。玄宗与嫔妃诸王等看了，俱啧啧称奇。时有神童刘晏，年方九岁，聪颖过人，因朝臣举荐登朝，官为秘书省正字。是日玄宗召于楼中侍宴，因命咏王大娘舞竿的诗。刘晏应声吟道：

"楼前百戏竞争新，惟有长竿妙入神。

谁道绮罗偏有力，犹自嫌轻更着人。"

玄宗同嫔御及诸王，见刘晏吟诗敏捷，词中又有隐带谐谑之意，都欢喜赞叹。杨妃抱他坐于膝上，亲为之梳发。梳罢，玄宗招之近前，执其手戏问道："汝以童年，官为正字，未知正得几字？"刘晏应口的答道："诸字都正，只有朋字未正。"这句话分明说那些朝臣，各立朋党，难于救正，恰好合着朋字形体，偏而不正之意。玄宗闻言，连声称善，顾左右道："此儿非特聪慧，且识力异人，将来居官任事，必有可观！"众人俱称贺朝廷得佳士。玄宗大喜，即命以牙笏锦袍赐之，说道："朕知汝他年必能自立，必不傍人门户也。"后人有诗云：

同道为朋何有党，止因邪正两途分。

漫言朋字终难正，欲正臣时先正君。

是日欢宴至晚夕,楼上挂起各样花灯,光彩眩目。玄宗正与众官赏玩间,只听得楼前人声鼎沸,也有嬉笑的,也有争嚷的,也有你呼我应的,极其嘈杂。玄宗问是何故,内侍启奏,说众人争看花灯,拥挤喧哗,呵斥不止,伏候圣裁。玄宗道:"可着该管官严饬禁约,再着卫士振威弹压;如再不止,拿几个责治示众便了。"刘晏忙奏道:"人聚已众,不可轻责;况陛下既与民同乐,许其纵观,如何又加责治?以臣愚见,莫如使梨园乐工,当楼奏技,传谕众人令各静听,彼喜于闻所未闻,则喧声自止矣。"玄宗点头道:"此言极善。"遂命内侍先传圣旨,晓谕众人,随后命梨园众子弟,一个个锦衣花帽,手执乐器,出至楼头,齐齐整整的都站立于花灯之下。众人拥着观望,那欢笑之声虽未即止,然不似以前的喧闹了。高力士奏道:"众乐工之中,惟李謩的羌笛尤为擅名,是乃众人之所最为喜听,宜令其先清吹一曲,以息众喧。"玄宗依其所奏,传命李謩先独自当楼吹笛。李謩领旨,当于楼头把手指着楼下,高声说道:"我李謩奉圣旨先自吹笛,与你们众人听;你们若果知音,须静听者。"说罢,双手按着一枝紫纹云梦竹的笛儿,嘹嘹呖呖的吹将起来了。这一曲笛儿,真正吹得响彻云霄,清冷动听,楼下万万千千的人,都定睛侧耳,寂然无声。玄宗大喜。正是:

　　莫道喧哗难禁止,一声可息万千声。

　　你道那李謩的笛,如何恁般入妙?盖缘玄宗洞晓音律,丝竹管弦,无不各造其妙。有时自制曲调,随意即成,清浊疾徐,回环转变,自合节奏。于诸乐器中,独不喜琴声,闻人鼓琴,便欲别奏他乐以洗耳,谓之解秽。其所最爱者,羯鼓与笛,以此为八音之领袖,为诸乐之所不可少。每当宫中私宴,梨园奏曲,玄宗或亲自击鼓,或

第八十六回

吹玉笛以和之。杨妃亦善吹玉笛。

先是，天宝初年，尝遇二月初旬，巾栉方毕，时值宿雨新晴，景色明丽，小殿庭中，柳杏将吐。玄宗闲坐四顾，咄嗟而起道："对此景物，岂可不与他判断？"遂命杨妃先吹玉笛一遍，随亲自临轩，击羯鼓一通，其名曰《春光好》，亦是玄宗自制的雅调。鼓音才歇，回顾庭前柳杏，都已叶舒花放，天颜大喜，指向众嫔妃看了，笑道："此一事可不唤我作天工耶！"众皆顿首，称万岁。

又一日，玄宗昼寝于玉清宫中，忽梦有仙女数人，从空而降，容貌俱极美丽，手中各执一乐器，向着玄宗舞吹了一回，声音之妙异常，其中笛声尤为佳妙。仙女道："此乃神仙之乐，名曰《紫云回》，陛下既深通音律，可便传受了去。"玄宗醒来，乐音犹若在耳，遂自吹玉笛习之，尽得其节奏。过了两三日，偶乘月明之夜，与高力士改换了衣服，出宫微行游戏，走过了几处街坊，回步至宫墙外一座大桥之上，立着看月。忽闻得远远地有笛声嘹喨，仔细听之，却正是《紫云回》的声调。玄宗惊讶道："此吾梦中所传受，亲自谱就的新翻妙曲，并未曾传他人，何故外间亦有此调？大为可怪。"遂密谕高力士道："明日可与我查访那个吹笛的人，不要惊吓了他，好好的引来见我。"高力士领旨，至次日带着从人，依昨日笛声所在，挨户查过。有人说："此间有个姓李的少年，最善吹笛，昨夜吹笛的就是他。"力士着人引至李家，以天子之命，召那少年入宫见驾。玄宗问他："昨夜所吹的笛曲，从何处得来？"那少年奏言："臣姓李名謩，自幼性好吹笛，因精于其艺。前两三夜，偶于宫墙外大桥上步月，闻得宫中笛声，细听节奏，极其新异，非复人间所有，因用心暗记，以指爪画谱，回家即依调试吹之，愈知其妙。昨夜更自演习，

不料有污圣耳,臣该万死!"玄宗喜其聪慧知音,遂命为梨园押班,时常得供奉左右。此正《连昌宫词》所云:

　　李謩压笛傍宫墙,偷得新翻数般曲。

　　自此李謩更得尽传内府新声,其技愈加精妙。当夜在勤政楼头奏技,万民乐闻,天子称赏。笛声既毕,众乐齐作,继以清歌妙舞,楼下众人都静观寂听,更无喧闹。玄宗直欢宴至晓钟鸣动,方才罢散。正是:

　　俱向楼头勤取乐,何尝肯把政来勤。

　　未知后事何如,且听下回分解。

第八十七回

雪衣女诵经得度　赤心儿欺主作威

词曰：

　　死生有命不相饶，禽鸟也难逃。还仗慈悲佛力，顿教脱去皮毛。　　笑他养子飞扬跋扈，恶胜鸱鸮。向道赤心满腹，而今渐觉蹊跷。

——右调《朝中措》

圣人云：死生有命，富贵在天。此不但人之死生有命，即一物之微，其死生亦未尝不有命存焉。人当死期将至，往往先有个预兆。以此推之，一切众生，凡有情有识之物，当其将死，亦必先有预兆。人虽不知之，彼必自惊觉，但口不能言耳。大抵死生有定限，凡事既不能与命争，则生寄死归，听其自然，惟须稍种福因，以作后果可也。至于富贵为人所同欲，却又不是人力所可强求；若说大富大贵，固主之在于天，就是一命之荣，一钱之获，亦无非天意。天者，理而已矣。可笑那无理之人，作非理之想，为非理之事，以图非理之富贵，却不自思：现在所享之富贵，已属非分，如何还要逆天而行，欺君背德，肆志作威？此真获罪于天，后祸不小。

且说玄宗御勤政楼，赐民大酺，通宵宴乐，自以为天降休祥太平,天下太平无事。杨国忠总理朝政,一味逢君欺君,招权纳贿。这些贪位慕禄趋炎附势之徒,奔走其门如市。只有个陕郡进士张彖,在京候选,见此光景,慨然叹息道:"此辈倚杨右相如泰山,以吾视之,乃冰山耳。皎日一出,附之者即失所恃矣!吾褰裳避之,犹恐波及,何可与同事耶!"遂绝意仕进,即日出京,隐居嵩山去了。那时有识者,都知天下将乱。玄宗却自恃承平,安然无虑,惟日夕在宫中取乐。杨妃亦愈加骄纵,内庭掌管贵妃位下,织锦刺绣及雕镂器物者数百人,以供其贺生辰庆时节之用。玄宗又常遣中使,往各处采办新奇可喜之物进奉。各处地方官,有以奇巧珍玩衣服等物贡献贵妃者,俱得不次升迁。玄宗游幸各处,多与杨妃同车并辇而行。杨妃常不喜乘舆,欲试乘马,因命御马监选择好马,调养得极其驯良,以备骑坐。每当上马,众宫娥扶策而上,高力士执辔授鞭,内官女侍数十人前后拥护。杨妃倩妆紧束,窄袖轻衫,垂鞭缓走,媚态动人。玄宗亦自乘马,或前或后,扬鞭驰骋,以为快乐。杨妃见了笑道:"妾舍车从骑,初次学乘,怎及陛下常事游猎,鞍马娴熟。驰逐之际,固当让着先鞭。"玄宗戏道:"只看骑马,我胜于你,可知风流阵上,你终须让我一头。"杨妃也戏道:"此所谓老当益壮!"说罢,二人相顾大笑。后人有诗云:

虢国朝天走马来,蛾眉淡扫见乔才。

今看肥婢骄乘马,预兆他年到马嵬。

自此宫中饮宴,即创为风流阵之戏。你道如何作戏?玄宗与杨妃酒酣之后,使杨妃统率宫女百余人,玄宗自己统率小内侍百余人,于掖庭之中排下两个阵势,以绣帏锦被张为旗旛,鸣小锣,击小鼓,两下各持短画竹竿,嬉笑呐喊,互相戏斗。若宫女胜了,罚小内侍各饮酒一大觥,要玄宗先饮。若内侍们胜了,罚宫女齐声歌唱,要杨妃自弹琵琶和曲。此戏即名之曰风流阵。时人以为宫中嬉戏,忽为战争之状,乃不祥之兆。有诗云:

    宫人学作战场人,阵号风流乐事新。
    他日渔阳鼙鼓动,堪嗟嬉戏竟成真。

  一日风流阵上,宫女战胜了,杨妃命照例罚内侍们酒一杯,因酌金斗奉与玄宗先饮。玄宗亦将金杯赐与杨妃道:"妃子也须陪饮一杯。"杨妃道:"妾本不该饮,既蒙恩赐,请以此杯与陛下掷骰子赌色;若陛下色胜于妾,方可饮。"玄宗笑而许之,高力士便把色盆骰子进上。玄宗与杨妃各掷了两掷,未有胜负。至第三掷,杨妃已占胜色,玄宗将次输了,惟得重四,可以转败为胜。于是再赌赛一掷,一头掷,一头吆喝道:"要重四!"只见那骰儿转辗良久,恰好滚成一个重四。玄宗大喜,笑向杨妃道:"我呼卢之技如何?你可该饮酒么?"杨妃举杯道:"陛下洪福齐天,妾虽不胜杯斝,何敢不饮。"玄宗道:"朕得色,卿得酒,福与共之。"杨妃口称万岁。玄宗回顾高力士道:"此重四殊合人意,可赐以绯。"当时高力士领旨,便将骰子第四色都用些胭脂点染。如今骰子上红四自此始也。正是:

    骰子亦蒙赐绯,可谓泽及枯骨。
    如以赤心相托,君恩至今不没。

  当日玄宗因掷骰得胜,心中甚为欣喜,与杨妃连饮了几杯,不觉酣醉,乘着醉兴,再把骰子来掷。收放之间,滚落一个于地,高力士忙跪而拾之。玄宗见高力士爬在地下拾骰子,便戏将骰子盆儿摆在他背上,扯着杨妃席地而坐,就在他背上掷骰。两个一递一掷,你呼六,我喝四,掷个不了。高力士双膝跪地,双手撑地,一动也不敢动。正好吃力,只听得屋梁上边,咿咿哑哑说话之声道:"皇爷与娘娘只顾要掷四掷六,也让高内监起来掷掷么。"这掷掷么三字,正隐说着直直腰。玄宗与杨妃听了,俱大笑而起,命内侍收过了骰盆,拉了高力士起来。力士叩头而退。玄宗与杨妃亦便同入寝宫去了。

　　看官,你道那梁间说话的是谁?原来是那能言的白鹦鹉。这鹦鹉还是安禄山初次入宫,谒见杨妃之时所献,畜养宫中日久,极其驯扰,不加羁绊,听其飞止,他总不离杨妃左右,最能言语,善解人意,聪慧异常,杨妃爱之如宝,呼为雪衣女。一日飞至杨妃妆台前说道:"雪衣女昨夜梦兆不祥,梦已身为鸷鸟所逼,恐命数有限,不能常侍娘娘左右了。"说罢惨然不乐。杨妃道:"梦兆不见凭信,不必疑虑。你若心怀不安,可将《般若心经》时常念诵,自然福至灾消。"鹦鹉道:"如此甚妙,愿娘娘指教则个。"杨妃便命女侍炉内添香,亲自捧出平日那手书的《心经》来,合掌庄诵了两遍。鹦鹉在旁谛听,便都记得明白,朗朗的念将出来,一字无差。杨妃大喜。自此之后,那鹦鹉随处随时念诵《心经》,或高声朗诵,或闭目默诵,如此两三个月。

　　一日,玄宗与杨妃游于后苑,玄宗戏将弹弓弹雀,杨妃闲坐于望远楼上观看,鹦鹉也飞来,立于楼窗横槛之上。忽有个供奉游猎的内侍,擎着一只青鹞从楼下走过。那鹞儿瞥见鹦鹉,即腾地飞起,望着楼槛上便扑将来。鹦鹉大惊,叫道:"不好了!"急飞入楼中。亏得一个执拂的宫女,将拂子尽力拂那鹞儿,恰正拂着了鹞儿的眼,方才回身展翅,飞落楼下。杨妃急看鹦鹉时,已闷绝于地下,

第八十七回

半晌方醒转来。杨妃忙抚慰之道："雪衣女，你受惊了。"鹦鹉回说道："恶梦已应，惊得心胆俱碎，谅必不能更生。幸免为所啖，当是诵经之力。"于是紧闭双眸，不食不语，只闻喉间，喃喃呐呐的念诵《心经》。杨妃时时省视。三日之后，鹦鹉忽张目向杨妃道："雪衣女全仗诵经之力，幸得脱去皮毛，往生净土矣。娘娘幸自爱。"言讫，长鸣数声，耸身向着西方，瞑目戢翼，端立而死。正是：

人物原皆有佛性，人偏昧昧物了了。
鹦鹉能言更能悟，何可人而不如鸟。

鹦鹉既死，杨妃十分嗟悼，命内侍殓以银器，葬于后苑，名为鹦鹉冢；又亲自持诵《心经》百卷，资其冥福。玄宗闻之，亦叹息不已，因命将宫中所蓄的能言鹦鹉，共有几十笼，尽数都取来问道："你等众鸟颇思乡否？吾今日开笼，放你们回乡去何如？"众鹦鹉齐声都呼万岁。玄宗即遣内侍赍送至广南山中放之，不在话下。

且说杨妃思念雪衣女，时时堕泪。他这一副泪容，愈觉嫣然可爱。因此宫中嫔妃辈俱欲效之，梳妆已毕，轻施素粉于两颊，号为泪妆，以此互相炫美。识者以为不祥之兆矣。有诗云：

无泪佯为泪两行，纵然妩媚亦非祥。
马嵬他日悲凄态，可是描来作泪妆？

杨妃平日爱这雪衣女，虽是那鹦鹉可爱，然亦因是安禄山所献，有爱屋及乌之意。在今日悲念，亦是感物思人。那边安禄山在范阳，也常想着杨妃与虢国夫人辈，奈为杨国忠所忌，难续旧好。他想："若非夺国篡位，怎能再与欢聚？"因此日夜思欲称兵造反，只为玄宗待之甚厚，要俟其晏驾，方才举事。叵耐那杨国忠时时寻事来撩拨他，意欲激他反了，以实己之言。于是安禄山也生个事端

来,撩拨朝廷,遂上一疏,请献马于朝廷。其疏略云:

　　臣安禄山承乏边庭,所属地方,多产良马。臣今选得上等骏骑三千余匹,愿以贡献朝廷。臣虽不如昔日王毛仲之牧马蕃庶,然以此上充天厩,他年或大驾东封西狩,亦足稍壮万乘观瞻。计每马一匹,用执鞍军人二人,臣更遣番将二十四员部送,俟择吉日,即便起行。伏乞敕下经历地方,各该官吏,预备军粮马草供应,庶不致临期缺误,谨先以表奏闻。

　　安禄山此疏,明明是托言献马,谋动干戈,要乘机侵据地方,且看朝廷如何发付他。当下玄宗览疏,也沉吟道:"禄山欲献马,固是美意;只如何要这许多军将部送?"因将此疏付中书省议覆。杨国忠入奏道:"边臣献马于朝廷,亦是常事。今禄山固意要多遣军将部送。以三千匹马,而执鞚者反有六千人,那二十四员番将,又必各有跟随的番汉军士,共计当有万余人行动,此与攻城夺地者何异!其心叵测,不可轻信,当降严旨切责,破其狡谋。"玄宗道:"彼以贡献为请,无所开罪;即云部送人多,亦未必便有异志,不可遽加切责,只须谕令减省人役罢了。"国忠道:"彼名请贡献,实欲谋叛;若非严旨切责,说破他不轨之谋,彼将以为朝廷无人。"玄宗道:"事勿急遽,朕当更思之。"国忠怏怏而退。玄宗正在犹豫时,有河南尹达奚珣,即达奚盈盈的宗族,他因阅邸报,见了安禄山请献马之疏,大为惊异,即飞章密奏说:"安禄山表请献马,而欲多遣部送军将,事有可疑,乞以温言谕止之。"

　　玄宗看了达奚珣的密疏,还沉吟未决。是日燕坐于便殿,高力士侍立于殿陛之下。玄宗呼之近前,对他说道:"朕之待安禄山,可谓至厚。彼既受我厚恩,当必不相负。今表请献马于朝,虽欲多

第八十七回

遣军将部送,谅亦无他意。而外臣多疑之,杨国忠至欲请严旨切责。朕意不以为然。前者朕曾遣辅璆琳到彼窥察,回奏说道他忠诚爱国,并无二心,难道如今便忽然改变了不成?"原来辅璆琳平日恃宠专恣,与高力士不睦,因此高力士便乘间叩头奏说道:"人心难测,皇爷亦不可过信其无他。以老奴所耳闻,辅璆琳两番奉差到范阳,多曾私受安禄山贿赂,故饰词覆旨,其所言未可信也。"玄宗听说惊讶道:"有这等事?辅璆琳受贿,汝何从知之?"高力士奏道:"老奴向已微闻其事,而未敢信。近因璆琳奉差采办回来,老奴往候之,值其方浴,坐以待其出,因于其书斋中案头见有安禄山私书一封,书中细询朝中举动与宫中近事;又托他每事须曲为周旋遮饰,又须每事密先报知。那时老奴方窃窥未完,璆琳遽出,连忙取来藏过。据此看来,他内外交结贿赂相通,信有其事矣。老奴正欲密将此事上闻,适蒙圣谕,敢此启知。"玄宗闻言大怒道:"辅璆琳恶奴!我以何等事相托,乃敢受贿欺主,好生可恨!"遂传旨立唤辅璆琳来面讯;又即着高力士率羽林官校至其第中,搜取私书物件。不一时,璆琳唤到,其所有私书与所受的贿赂都被搜出,上呈御览。原来璆琳与禄山往来的私书甚多。高力士检看其中有关涉杨妃说话的即行销毁,因此宫中私情之事幸不败露。当下玄宗怒甚,欲重处辅璆琳。高力士密启道:"皇爷即欲加罪璆琳,须托言他事以惩之,且勿发露通书受贿之事,不然恐有激变。"玄宗点头道是,遂命将辅璆琳就于内庭立时扑杀。只说因采办不奉旨赐死。可笑那辅璆琳因贪贿赂,丧了性命。当初罗公远仙师,原曾对他说来,道只莫贪贿,自然免祸,彼自不能悟耳。正是:

不贪乃为宝,有贿必焚身。

忘却仙师语,时时与祸邻。

玄宗平日认定安禄山是个满腹赤心的好人,今见他贿结辅璆琳,去探朝廷与宫闱中之事,方也有些疑心起来。杨妃也不能复为之解,惟有暗地咨嗟叹息罢了。玄宗依着达奚珣所奏,温言谕止禄山献马,遣中使冯神威,赍手诏往谕之。其略云:

览卿表奏欲献马于朝,具见忠悃,朕甚嘉悦。但马行须冬日为便,今方秋初,正田稻将成,农务未毕之时,且勿行动。俟至冬日,官自给夫,部送来京,无烦本军跋涉。特此谕知。

冯神威赍了诏书,星夜来至范阳。禄山已窥测朝廷之意,且又探知杨国忠有这许多说话,心中十分恼怒,及闻诏到,竟不出迎。冯神威不见安禄山接诏,径自赍诏到他府治中来。禄山乃先于府中大陈兵仗,排列得刀枪密密,剑戟层层,旌旗耀日,鼓角如雷。冯神威见了,心甚惊疑。禄山踞胡床而坐,见冯神威赍诏入来,也不起身迎接。冯神威开诏宣读毕,禄山满面怒容说道:"传闻贵妃近日于宫中也学乘马,吾意官家亦必爱马,我这里最有好马,故欲进献几匹。今诏书既如此说,我不献亦可。"冯神威见他恁般作威做势,意态骄蹇,语言唐突,必不怀好意,遂不敢与他争论,只有唯唯而已。禄山也不设宴款待他,且教他出就馆舍。

过了几日,冯神威欲还京复命,入见禄山,问他可有回奏的表文否。禄山道:"诏书云:马行须俟冬日。至十月间我即不献马,亦将亲诣京师,以观朝臣近政。今亦没甚表文,为我口奏可也。"冯神威不敢多言,逡巡而别,兼程趱行,回京见驾,将他这些无礼之状与无礼之言,一一奏闻。玄宗听了,又惊又羞又恼。时杨妃侍坐于侧,玄宗向他说道:"我和你待此倭奴不薄,今乃如此无状,其反

叛在即矣。乃知人之多言,固不可不信也!"说罢,抚几叹息。杨妃也低着头,嗟叹不已。正是:

　　今日方嗟负心汉,从前误认赤心儿。

　　未知后事如何,且听下回分解。

第八十八回

安禄山范阳造反　封常清东京募兵

词曰：

野心狼子终难养，大负君王，不顾娘行，陡起干戈太逞狂。

权奸还自夸先见，激反强梁，势已披猖，纵募新兵那可当。

——右调《丑奴儿》

自古以来，乱臣贼子，何代不有？所赖为君者，能觉察于先，急为翦除，庶不致滋蔓难图。更须朝中大臣，实心为国，烛奸去恶，防患于未然，弭患于将然，方保无虞。若天子既误认奸恶为忠良，乱贼在肘腋之间而不知，始则养痈，继且纵虎。朝中大臣，又徇私背公，其初则朋比作奸，其后复彼此猜忌。那乱贼尚未至于作乱，却以私怨，先说他必作乱，倒多方去激起变端，以实己之言，以快己之意。但能致乱，不能定乱，徒为大言，欺君误国，以致玩敌轻进之人，不审事势，遽议用兵，于是旧兵不足，思得新兵，召募之事，纷纷而起，岂不可叹可恨！

且说玄宗因内监冯神威奏言安禄山不迎接诏书，倨傲无礼，心中甚怒。神威又奏道："据他恁般情状，奴婢那时已如入虎口，几乎不能复见皇爷天颜矣！"说罢呜咽流涕。玄宗愈加恼怒，自此日

第八十八回

夕在宫中说安禄山负恩丧心,恨骂一回,又沉吟凝想一回。杨妃没奈何,只得从容解劝道:"禄山原系番人,不知礼数;又因平日过蒙陛下恩宠,待之如家人父子一般,未免习成骄惰之性,不觉一时狂肆,何足恼乱圣怀?他前日表请献马,或者原无反意。现今他有儿子在京师结婚宗室;他若在外谋为不轨,难道竟不自顾其子?"原来禄山的长子名庆宗,次子名庆绪。那庆宗聘宗室之女荣义郡主为配,因此禄山出镇范阳时,留他在京师就婚。既成婚之后,未到范阳,尚在京师,故杨妃以此为解。当下玄宗听说,沉吟半晌道:"前日安庆宗与荣义郡主完婚之时,朕曾传谕礼官,召禄山到京来观礼,他以边务倥偬为辞,竟不曾来。如今可即着安庆宗上书于其父,要他入朝谢罪,看他来与不来,便可知其心矣。"随命高力士谕意于安庆宗,作速写书,遣使送往范阳去:"又道朕近于清华宫新置一汤泉,专待禄山来洗浴,彼岂不忆昔年洗儿之事乎?书中可并及此意。"

庆宗领旨,随即写下一书,呈过御览,即日遣使赍去,只道禄山见书自然便来。谁知杨国忠心里却恐怕禄山看了儿子的书,真个来京时,朝廷必要留他在京;他有宫中线索,将来必然重用,夺宠夺权,老大不便;不如早早激他反了,既可以实我之言,又可永绝了与我争权之人,岂不甚妙?时有禄山的门客李超偶在京中,国忠诬他打通关节,遣人捕送御史台狱按治处死,使禄山疑不自安。又密启玄宗说:"安庆宗虽奉旨写书,一定自另有私语致其父。臣料禄山必不肯来,且必不日即有举动。"又一面密差心腹人星夜潜往范阳一路,散布流言说:"天子以安节度轻亵诏书,侮慢天使,又察出他交通宫禁的私事,十分大怒,已将其子安庆宗拘囚在宫,勒令写书,

诱他父亲入朝谢罪,便要把他父子来杀了。"禄山闻此流言,甚是惊疑。不一日,果然庆宗有书信来到。禄山忙拆书观看,其略云:

> 前者大人表请献马,天子深嘉忠悃,止因部送人多,恐有骚扰,故谕令暂缓,初无他意。乃诏使回奏,深以大人简忽天言,可为怪。幸天子宽仁,不即督过,大人宜便星驰入朝谢罪,则上下猜疑尽释,谗口无可置喙,身名俱泰,爵位永保,岂不美哉!昨又奉圣谕云:华清宫新设汤泉,专待尔父来就浴,彷佛往时洗儿之戏,此尤极荷天恩之隆渥也。况男婚事已毕,而定省久虚,渴思仰睹慈颜,少申子妇孝敬之意。书启到日,希即命驾。

禄山看了书,询问来使道:"吾儿无恙否?"使者道:"奴辈出京时,我家大爷安然无事;但于路途之间,闻说门客李超犯罪下狱。又闻人传说近日宫里边,有什么事情发觉了,大爷已被朝廷拘禁在那里。未知此言何来。"禄山道:"我这里也是恁般传说,此言必有来由。"因又密问道:"你来时,贵妃娘娘可有甚密旨着你传来么?"使者道:"奴辈奉了大爷之命,赍着书信就走,并不闻贵妃娘娘有甚旨意。"安禄山闻言,愈加惊疑。

看官,你道杨妃是有心照顾安禄山的,时常有私信往来,如何这番却偏没有?盖因安庆宗遵奉上命,立逼着写书遣使,杨妃不便夹带私书。心中虽甚欲禄山入京相叙,只恐他身入樊笼,被人暗算;若竟不来,又恐天子发怒。因欲密遣心腹内侍,寄书与禄山,教他且勿亲自来京,只急急上表谢罪便了。书已写就,怎奈杨国忠已先密地移檄范阳一路,关津驿递所在,说边防宜慎,须严察往来行人,稽查奸细。杨妃探知此信,生怕嫌疑是非之际,倘有泄露,非同

第八十八回

小可，因此迟疑未即遣使。这边安禄山不见杨妃有密信，只道宫中私事发觉之说是真，想道："若果觉察出我私情之事，却是无可解救。其势不得不反了！"遂与部下心腹孔目官太仆丞严庄、掌书记屯田员外郎高尚、右将军阿史那承庆等三人，密谋作乱。

严庄、高尚极力撺掇道："明公拥精兵，据要地，此时不举大事，更待何时？"禄山道："我久有此意，只因圣上待我极厚，欲俟其晏驾，然后举动耳。"严庄道："天子今已年老，荒于酒色，权奸用事，朝政舛错，民心离散，正好乘此时举事，正可得志；若待其晏驾之后，新君即位，苟能用贤去佞，励精图治，则我不但无衅可乘，且恐有祸患之及矣。"阿史那承庆道："若说祸患，何待新君？只目下已大可虞。但今不难于举事，而难于成事，须要计出万全，庶几一举而大勋可集。"高尚道："今国家兵制日坏，武备废弛，诸将帅虽多，然权奸在内，使不得其道，必不乐为之用，徒足以偾事耳。我等只须同心协力，鼓勇而前，自当所向无敌，不日成功，此至万全之策也！"禄山大喜，反志遂决。

次日，即号召部下大小将士，毕集于府中。禄山戎服带剑，出坐堂上，却先诈为天子敕书一道，出之袖中，传示诸将，说道："昨者吾儿安庆宗处有人到来，传奉皇帝密敕，着我安禄山统兵入朝，诛讨奸相杨国忠。公等便助我前去，扫清君侧之恶。功成之后，爵赏非轻，各宜努力。"诸将闻言，愕然失色，面面相觑，不敢则声。严庄、高尚、阿史那承庆三人按剑而起，对着众人厉声说道："天子既有密敕，自应奉敕行事，谁敢不遵！"禄山亦按剑厉声道："有不遵者，即治以军法。"诸将平日素畏禄山凶威，又见严庄等已出力相助，便都不敢有异言。禄山遂发所部十五万众，反于范阳，号称

安禄山范阳造反　封常清东京募兵

二十万,即日大飨军将,使范阳节度副使贾循守范阳,平卢节度副使吕知诲守平卢,又令别将高秀岩守大同,其余诸将,俱引兵而南,声势甚强。此天宝十四载十一月事也。后人有诗叹云:

番奴反相人曾说,天子偏云是赤心。

漫道猪龙难致雨,也能骤使水淋淋。

原来当初宰相张九龄在朝之时,曾说过安禄山有反相,若不除之,必为后日心腹之患,玄宗不以为然。又尝于勤政楼前陈设百戏,召禄山观之。玄宗坐在一张大榻上,即命禄山坐于榻旁,一样的朝外坐着观看,皇太子倒侧坐在下面。少顷,玄宗起身更衣,太子随至更衣之处,密奏道:"历观今古,从未有君与臣南面并坐而阅戏者。父皇宠待安禄山,得毋太过?众人属目之地,恐失观瞻。"玄宗笑道:"传闻外人都说禄山有异相,吾故此让之耳!"禄山又尝侍宴于宫中,醉而假寐,宫人们窃窥之,只见其身变为一龙,而其首却似猪,因大奇异,密奏与玄宗知道。玄宗略无疑忌,以为此猪龙耳,非兴云致雨之物,不足惧也,命以金鸡帐障之。那知他到今日,却大为国家祸患。所以后人作诗,言及此事。

且说当日禄山反叛,引兵南下,步骑精锐,烟尘千里。那时海内承平已久,百姓累世不见兵革,猝然闻知范阳兵起,远近惊骇。河北一路,都是禄山统属之地,所过州县,望风瓦解;地方文武官,或开门出迎,或弃城逃匿,或为擒戮,无有能拒之者。禄山以太原留守杨光翙依附杨国忠为同族,欲先杀之。乃一面发动大队人马,一面预遣部将何千年、高邈引二十余骑,托言献射生手,乘驿至太原。杨光翙尚未知安禄山反信,只道范阳有使臣经过,出城迎之,却被劫掳去,解送禄山军前杀了。玄宗初闻人言安禄山已反,还疑

第八十八回

是怪他的讹传其事；乃闻杨光翙被杀，太原报到，方知禄山果然反了，大惊大怒。杨妃也惊得木呆。玄宗召集朝臣共议其事，众论纷纷不一，也有说该剿的，也有说该抚的，惟有杨国忠扬扬得意，说道："此奴久萌反志，臣早已窥其肺腑，故屡渎天听，乃今日方知臣言之不谬。"玄宗道："番奴负恩背叛，罪不容诛。今彼恃士卒精锐，冲突而前，当何以御之？"国忠大言："陛下勿忧，今反者只禄山一人，其余将士都不欲反，特为禄山所逼耳。朝廷只须遣一旅之师，声罪致讨，不旬日之间，定当传首京师，何足多虑。"玄宗信其言，遂坦然不以为意。正是：

宰相作奸，乃致外乱。大言欺君，以寇为玩。

却说安庆宗自发书遣使之后，指望其父入京相会。不想倒就反起来，一时惊惶无措，只得肉袒面缚，诣阙待罪。玄宗怜他是宗室之婿，意欲赦之。杨国忠奏道："安禄山久蓄异志，陛下不即诛之，致有今日之叛乱。今庆宗乃叛人之子，法不可贷，岂容复留此逆孽以为后患？"玄宗意犹未决，国忠又奏道："禄山在京时，蒙圣旨使与臣家为亲，平日有恩而无怨，乃无端切齿于臣。杨光翙偶与臣同姓，禄山且迁怒于彼，诱而杀之。庆宗为禄山亲子，陛下若倒赦而不杀，何以服人心？"玄宗乃准其所奏，传旨将安庆宗处死。国忠又劝玄宗并将其妻荣义郡主亦赐自尽。正是：

未将元恶除，先将逆孽去。

他年弑父人，只须一庆绪。

玄宗既诛安庆宗，即下诏暴安禄山之罪，遣将军陈千里往河东简募民兵，随使团结以拒之。其时适有安西节度使封常清入朝奏事，玄宗问以讨贼方略，那封常清乃是封德彝之后裔，是个志大言

安禄山范阳造反　封常清东京募兵

大的人，图的事体轻忽，便率意奏道："今因承平已久，世不知兵，武备单弱，所以人多畏贼，望风而靡。然事有顺逆，势有奇变，不必过虑。臣请走马赴东京，开府库，发仓廪，召募骁勇，跳马箠渡河，击此逆贼，计日取其首级，献于阙下。"玄宗大喜，遂命以封常清为范阳、平卢节度使，即日驰驿赴东京，募兵讨贼，听许便宜行事。

　　说话的，自古道：养兵千日，用在一朝。那兵是平时养着备用的，如何到变起仓卒，才去募兵？又如何才有变乱，便要募兵？难道安禄山有兵，朝廷倒没有了兵么？看官有所不知。原来唐初府兵之制甚妙，分天下为十道，置军府六百三十四，而关内居其半，俱属诸卫管辖，各有名号，而总名为折冲府。凡府兵多寡之数，分上中下三等：一千二百人为上等；一千人为中等；八百人为下等。民自二十岁从军，至六十岁而免，番休有时，征调有法。折冲府都设立木契铜鱼，上下府照，朝廷若有征发，下敕书契鱼，都督郡府参验皆合，然后发遣。凡行兵则甲胄衣装俱自备，国家无养兵之费；罢兵则将归于朝，兵散于野，将帅无握兵之重。其法制最为近古。止因从军之家，不无杂徭之累，后来民渐贫困，府兵多逃亡。张说在朝时，建议另募精壮为长从宿卫兵，名曰彍骑，于是府兵之制日坏，死亡者有司不复点补。府兵调入宿卫者，本卫官将役使之如奴隶；其守边者，亦多为边将虐使，利其死而侵没其货财，府兵因此尽都逃匿。至李林甫当国，奏停折冲府上下鱼书，自是折冲府无兵，空设官吏而已。到天宝年间，并彍骑之制亦皆废坏，其所召募之兵俱系市井无赖子弟，不习兵事；且此时承平已久，议者多谓中国之兵可销，禁约民间挟持兵器。人家子弟有为武官者，父兄摈弃不齿。猛将精兵，多聚于边塞，而西北尤盛。中国全无武备，所谓一旦有

第八十八回

变,无兵可用,其势不得不出于召募。盖祖宗之善制,子孙不能修弊补废,振而起之,轻自更张,以致大坏。那安禄山所统兵马,本来众盛;又因番人部落突厥阿布思为回纥所破,禄山诱降其众,所以他的部下兵精马壮,天下莫及。

闲话少说。且言封常清奉诏募兵,星夜驰至东京,动支仓库钱粮,出榜召募勇壮,一时应募者如市,旬日之间募到六万余人。然皆市井白徒,皆非能战之士;又探听得安禄山的兵马强壮,竟是个劲敌,方自悔前日不该大言于朝。今已身当重任,无可推委,只得率众断河阳桥,以为守御之备。玄宗又命卫尉卿张介然为河南节度使,统陈留等十三郡,与封常清互为声援。

禄山兵至灵昌,时值天寒。禄山令军士以长绳连束战船并杂草木,横截河流,一夜冰冻坚厚,似浮梁一般,兵马遂乘此渡河,陷灵昌郡。贼兵步骑纵横,莫知其数,所过残杀。张介然到陈留才数日,安禄山兵众突至,介然连忙督率民兵,登城守御;怎奈人不习战,民心悔惧,天气又极其苦寒,手足僵冻,不能防守。太守郭纳径自率众开城出降。禄山入城,擒张介然斩于军门。

次日,又探马来报道:"天子诏谕天下,说安禄山反叛,其子安庆宗在京已经伏诛;文武官员军民人等,有能斩安禄山之头来献者,封以王爵;罪止安禄山一人,余众归顺,俱赦宥不问。"禄山闻知其子安庆宗被杀,大怒,大哭道:"吾有何罪,而杀吾子!"遂纵兵大杀降人,以泄其忿。正是:

身亲为叛逆,还说吾何罪。
迁怒杀无辜,罪更增百倍。

陈留失守、张介然被害之信报到京师,举朝震恐。玄宗临朝,面谕杨国忠与众官道："卿等都说安禄山之叛不足为虑，易于扑灭。今乃攻城夺地，斩将残民，势甚猖獗。此正劲敌，何可容轻？朕今老矣，岂可贻此患于后人？今当使皇太子监国，朕亲自统领六师，躬自出征，务灭此贼！卿等可速共议亲征方略具奏。"正是：

　　天子欲亲征，太子将监国。

　　奸臣惊破胆，庸臣计无出。

　　未知后事如何，且听下回分解。

第八十九回

唐明皇梦中见鬼　雷万春都下寻兄

词曰：

　　人衰鬼弄，魑魅公然来人梦。女貌男形，尔我相看前世身。　　难兄难弟，今日行踪彼此异。全节全忠，他日芳名彼此同。

　　　　　　　　　　——右调《减字木兰花》

大凡有德之人，无论男女与富贵贫贱，总皆为人所敬服，即鬼神亦无不钦仰，所谓德重鬼神钦是也。若无德可敬，徒恃势位之尊崇以压制人，当其盛时，乘权握柄，作福作威，穷奢极欲，亦复志得意满，叱咤风生；及至时运向衰，禄命将终之时，不但众散亲离，人心背叛，即魑魅魍魉也都来生妖作怪，播弄着你，所谓人衰鬼弄人是也。惟有那忠贞节烈之士，不以盛衰易念，即或混迹于俳优技艺之中，厕身于行伍偏裨之列，而忠肝义胆天性生成，虽未即见之行事，要其志操已足以矢天地而质鬼神，此等人甚不可多得，却又有时钟于一门，会于一日。

如今且说玄宗，因安禄山攻陷陈留郡，张介然遇害报到京师，方知贼势甚猛，未易扑灭，召集朝臣共议其事，众论纷纷，并无良策。杨国忠前日故为大言，到那时也俛首无计。玄宗面谕群臣道："朕在位已几五十载，久宜退闲，去秋便思传位于太子；止因水旱频仍，不欲以余灾遗累后人，故尔迟迟。今不意逆贼横发，朕当亲自统兵征之，使太子暂理国事。待寇乱既平，即行内禅，朕将高枕无为矣！"遂下诏御驾亲征，命太子监国。群臣莫敢进一言。

杨国忠老大吃惊，想道："我向日屡次与李林甫朋谋，陷害东宫。太子心中好不怀恨，只碍着贵妃得宠，右相当朝，他还身处储位，未揽大权，故隐忍不发。今若秉国政，必将报怨，吾杨氏无噍类矣！"当日朝罢，急回私宅，哭向其妻裴氏与韩、虢二夫人道："吾等死期将到了！"众妇人惊问其故。国忠道："天子欲亲征，将使太子监国，行且禅位。太子素恶吾家，今一旦大权在手，吾与姊妹都命在旦暮，如之奈何？"于是举家惊惶涕泣，都道："反不如秦国夫人先死之为幸也。"虢国夫人说道："我等徒作楚囚相对无益；不如速速与贵妃密计，若能劝止亲征，则监国禅位之说，自不行矣。"国忠说道："此言极为有理。事不宜迟，便烦两妹入宫计之。"

两夫人即日命驾入宫，托言奉候贵妃，与杨妃相见，密启其事，告以国忠之言。杨妃大惊道："此非可以从容婉言者！"乃脱去簪珥，口衔黄土，匍匐至御前，叩头哀泣。玄宗惊讶，亲自扶起问道："妃子何故如此？"杨妃说道："臣妾闻陛下将身亲临战阵，是亵万乘之尊，以当一将之任，虽运筹如神，决胜无疑；然兵凶战危，圣躬亲试凶危之事，六宫嫔御闻之，无不骇汗。况臣妾尤蒙恩宠，岂忍远离左右？自恨身为女子，不能随驾从征，情愿碎首阶前，欲效侯生之报信陵君耳！"说罢又伏地痛哭。玄宗大不胜情，命宫人掖之就坐，执手抚慰道："朕之欲亲征讨，原非得已计。凯旋之日，当亦不远,妃子不须如此悲伤。"杨妃道:"堂堂天朝,岂无一二良将,为国家殄灭小丑,何劳圣驾亲征?"正说间,恰好太子具手启,遣内侍来奏,坚辞监国之命,力劝不必亲征,只须遣大将或亲王督师出剿,自当成功。

玄宗看了太子奏启,沉吟半晌道:"朕今竟传位于太子,听凭他亲征不亲征罢。我自与妃子退居别宫,安享余年何如?"杨妃闻言,愈加着惊,忙叩头奏道:"陛下去秋欲行内禅之事,既而中止,谓不忍以灾荒遗累太子也,今日何独忍以寇贼遗累太子乎?陛下临御已久,将帅用命,还宜躬揽大权,制胜于庙堂之上。传位之说,待徐议于事平之后,未为晚也。"玄宗闻言点头道:"卿言亦良是。"遂传旨停罢前诏,特命皇子荣王琬为元帅,右金吾大将军高仙芝副之,统兵出征。又欲与高力士为监军,力士叩头固辞,乃以内监边令诚为监军使。诏旨既颁,杨贵妃方才放心,拭泪拜谢。当时玄宗命宫人为妃子整妆,且令排宴解闷;韩国、虢国二位夫人也都来见驾,一同饮宴。后人有诗叹云:

脱簪永巷称贤后,为欲君王戒色荒。
今日阿环苦肉计,毁妆亦是学周姜。

那日筵席之上,玄宗心欲慰安妃子,杨妃姊妹又欲使天子开怀,真个愁中取乐,互相劝饮。梨园子弟与宫女们歌的歌,舞的舞,饮至半酣,玄宗自击羯鼓,杨妃弹一回琵琶,吹一回玉笛,直饮至夜阑方罢。两夫人辞别出宫。是夜玄宗与杨妃同寝,毕竟因心中有事,寤寐不安。朦胧之间,忽若己身在华清宫中,坐一榻上,杨妃坐于侧边椅上,隐几而卧,其所吹玉笛悬挂于壁。却见一个奇形怪状的魑魅,不知从何而至,一径来到杨妃身畔,就壁间取下那枝玉笛,按上口,呜呜咽咽的吹将起来。玄宗大怒,待欲叱喝他,无奈喉间一时哽塞,声唤不出。那鬼公然不惧,把笛儿吹罢,对着杨妃嬉笑跳舞。玄宗欲自起逐之,身子再立不起,回顾左右又不见一个侍从,看杨妃时,只是伏在桌上睡着不醒。恍惚间,见那伏在桌上的却不是杨妃,却是个头戴冲天巾、身穿衮龙袍的人,宛然是个一朝天子模样,但不见他面庞;那鬼还跳舞不休,看看跳舞到玄宗面前,忽地手执着一圆明镜把玄宗一照。玄宗照见自身却是个女子,头挽乌云,身披绣袄,十分美丽,心中大惊。正疑骇间,只见空中跳下一个黑大汉来。你道他怎生打扮、怎生面貌?

  头上玄冠翅曲,腰间角带围圆。黑袍短窄皂靴尖,执笏还兼佩剑。眉竖交睁豹目,发蓬连接虬髯。专除邪祟治终南,魑魅逢之丧胆。

  那黑大汉,把这跳舞的鬼只一喝,这鬼登时缩做一团,被黑大汉一把提在手中,好像捉鸡的一般。玄宗急问道:"卿是何官?"黑大汉鞠躬应道:"臣乃终南不第进士钟馗也。生平正直,死而为神,奉上帝命,治终南山,专除鬼祟。凡鬼有作祟人间者,臣皆得啖之。此鬼敢于乘虚惊驾,臣特来为陛下驱除。"言讫,伸着两指,把那个鬼的双睛挖出,纳入口中吃了,倒提着他的两脚,腾空而去。玄宗天子悚然惊醒,却是一场大梦。凝神半晌,方才清楚。

  那时杨妃从睡梦中惊悸而寤,口里犹作咿哑之声。玄宗搂着便问道:"阿环,为甚不安?"杨妃定了一回,方才答说道:"我梦中见一鬼魅从宫后而来,对着我跳舞;旁有一美貌女子,摇手止之,鬼只是不理;他却口口称我为陛下,我不应他,他便把一条白带儿扑面的丢来,就兜在我颈项上,因此惊魇。"玄宗听说,便也把自己所

第八十九回

梦的述了一遍，杨妃咄咄称怪。玄宗宽解道："总因日来心绪不佳，所以梦寐不宁，不足为异。但我所梦钟馗之神甚奇，不知终南果有其人否？"杨妃道："梦境虽不足凭，只是如何女变为男、男变为女，又怎生我梦中也见一女子，也恰梦见那鬼呼我为陛下，这事可不作怪么？"玄宗戏道："我和你恩爱异常，原不分你我，男女易形，亦鸾颠凤倒之意耳！"说罢大家都笑起来。

看官，你可知杨贵妃本是隋炀帝的后身，玄宗本是朱贵儿再世。梦中所见，乃其本来面目。此亦因时运向衰，鬼来弄人，故有此梦兆。正是：

　　时衰气不旺，梦中鬼无状。

　　帝妃互相形，现出本来相。

次日玄宗临朝，传旨问："在朝诸臣，可知终南有已故不第进士，姓钟名馗者么？"只见给事中王维出班奏曰："臣维向曾侨居终南，因闻终南有进士钟馗，于高祖皇帝武德年间，为应举不第，以头触石而死，时人怜之，陈请于官，假袍带以葬之。嗣后颇著灵异，至今终南人奉之如神明。"玄宗闻奏，一发惊异，遂宣召那最善图画的吴道子来，告以梦中所见钟馗之形，使画一图，传为真像；特追赐钟馗状元及第，呼之为钟状元；又因杨妃梦鬼从宫后而来，遂命以钟馗之像永镇后宰门，如昔年太宗皇帝画尉迟敬德、秦叔宝之像于宫门的故事。至今人家后门上都贴钟馗画像，自此始也。正是：

　　当年秦尉两将军，曾为文皇辟邪祟。

　　今日还看钟状元，前门后户遥相对。

玄宗因画钟馗之像，想起昔年太宗画秦、尉二人之像，喟然道："我梦中的鬼魅，得钟馗治之，那天下的寇贼，未知何人可治？安得再有尉迟敬德、秦叔宝这般人，与我戡定祸乱？"因忽然相思着秦叔宝的玄孙秦国模、秦国桢兄弟二人："当年曾上疏谏我，不宜过宠安禄山，极是好话。我那时不惟不听他，反加废斥，由今思之，诚为大错，还该复用他为是。"遂以手敕谕中书省，起复原任翰林承旨秦国模、秦国桢仍以原官入朝供职。

却说那秦家兄弟两个自遭废斥，即屏居郊外，杜门不出。间有朋友过访，或杯酒叙情，或吟诗遣兴，绝口不谈及朝政。国桢也有时私念起那当初集庆坊所遇的美人，却怕哥哥嗔责，不敢出诸口；也有时到那里经过，密为访问，并无消息。那美人也不知何故，竟不复来寻访。忽一日，有一个通家旧朋友款门而来，姓南名霁云，排行第八，魏州人氏。其为人慷慨有志节，精于骑射，勇略过人。他祖上也是军官出身，与秦叔宝有交，因此他与国模兄弟是通家世契。幼年间，也曾随着祖父来过两次，数年以来踪迹疏阔，那日忽轻装策骞而至。秦氏兄弟接着，十分欢喜，叙礼罢，各道寒暄。秦国模道："南八兄久不相晤，愚兄弟时刻系念，今日甚风吹得到此？"南霁云说道："小弟自祖父背弃，一身沦落不偶，无所依托，行踪靡定。前闻贤昆仲高发，方为雀跃，随又闻得仕途不利，暂时受屈；然直声著闻，不胜钦仰。今日偶尔浪游来京，得一快叙，实为欣幸。"秦国桢道："以兄之英勇才略，当必有遇合；但斯世直道难容，宜乎所如不偶。今日来京未审欲何所图？"霁云道："原任高要尉许远，是弟父辈相知，其人深沉有智，节义自矢，他有一契友是南阳人张巡，博学多才，深通战阵之法，开元中举进士，先为清河县尹，改调真源。许公欲使弟往投之。今闻其朝觐来京，故此特来访他。"秦国桢道："张、许二公是世间奇男子，愚兄弟亦久闻其名。"

第八十九回

　　秦国模道："吾闻张巡乃文武全才,更有一件不可及处:任你千人万人,一经目即能认其面貌,记其姓名,终身不忘,真奇士也。那许远乃许敬宗之后人,不意许敬宗却有此贤子孙,此真能盖前人之愆者。"霁云道："弟尚未得见张公,至于许公之才品,弟深知之,真可为国家有用之人,惜尚未见用耳?"国模道："兄今因许公而识张公,自然声气相投,行当见用于世,各著功名,可胜欣贺。"国桢道:"难得南兄到此,路途劳顿,且在舍下休息几日,然后往见张公未迟。"当下置酒款待,互叙阔悰,共谈心事。

　　正饮酒间,忽闻家人传说,范阳节度安禄山举兵造反,有飞报到京中来了。秦氏兄弟拍案而起道:"吾久知此贼,必怀反志,况有权奸多方以激之,安得不遽至于此!"南霁云拍着胸道:"天下方乱,非我辈燕息之时,我这一腔热血,须有处洒!却明日便当往候张公,与议国家大事,不可迟矣。"当晚无话。次日早膳罢,即写下名刺,怀着许远的书信,骑马入京城,访至张巡寓所问时,原来他已升为雍丘防御使,于数日前出京上任去了。霁云乘兴而来,败兴而返,怏怏的带马出城,想道:"我如今便须别了秦氏兄弟,赶到雍丘去。虽承主人情重,未忍即别,然却不可逗留误事。"一头想,一头行,不觉已到秦宅门首。才待下马,只见一个汉子,头戴大帽,身穿短袍,策着马趱行前来。看他雄赳赳甚有气概,霁云只道是个传边报的军官,勒着马等他。行到面前,举手问道:"尊官可是传报么?范阳的乱信如何?"那汉见问,也勒住马,把霁云上下一看,见他一表非俗,遂不敢怠慢,亦举手答道:"在下是从潞州来,要入京访一个人。路途间闻人传说范阳反乱,甚为惊疑。尊官从京中出来,必知确报,正欲动问。"霁云道:"在下也是来访友的,昨日才到;初闻乱信，尚未知其详。如今因所访之友不遇，来此别了居停主人，要往雍丘地方走走，不知这一路可好往哩？"那汉道："贵寓在何处？主人是谁？"霁云指道："就是这里秦家。"那汉举目一看，只见门前有钦赐的兄弟状元匾额，便问道："这兄弟状元可就是秦叔宝公的后人，因直言谏君、罢官闲住的么？"霁云道："正是这兄弟两个，一名国模，一名国桢的了。"一面说，一面下马。那汉也连忙下马施礼道："在下久慕此二公之名，恨未识面，今岂可过门不入？敢烦尊公，引我一见何如？只是造次，不及具柬了。"霁云道："二公极慷爽爱客，尊官便与相见何妨，不须具柬。"

那汉大喜，遂各问了姓名，一同入内，见了秦氏兄弟，叙礼就坐。霁云备述了访张公不遇而返，门首邂逅此兄，说起贤昆仲大名，十分仰慕，特来晋谒。二秦逡巡逊谢，动问尊客姓名居处。那汉道："在下姓雷名万春，涿州人氏，从小也学读几行书，求名不就，弃文习武；颇不自揣，常思为国家效微力，争奈未遇其时。今因访亲，特来到此，幸遇这南尊官，得谒贤昆仲两先生，足慰生平仰慕之意。"霁云与二秦见他言词慷慨，气概豪爽，甚相钦爱，因问："雷兄来访何人？"万春道："要访那乐部中雷海清。"霁云听说，怫然不悦道："那雷海清不过是梨园乐部的班头，俳优之辈，兄何故还来访他？难道兄要屈节贱工，以为进身之媒么？"万春笑道："非敢媒进，因他是在下的胞兄，久不相见，故特来一候耳。"霁云道："原来如此，在下失言了。"秦国模说道："令兄我也常见过，看他虽屈身乐部，大有忠君爱主之心，实与侪辈不同，南兄也不可轻量人。"万春因问："南兄，你说访张公不遇，是那个张公？"霁云道："是新任雍丘防御张巡。"雷万春道："此公是当今一奇人，兄与他是旧相知

第八十九回

么?"霁云道:"尚未识面,因前高要尉许公名远的荐引来此。"万春道:"许公亦奇人也。兄与此两奇人周旋,定然也是奇人。今即欲往雍丘投张公么?"霁云道:"今安禄山反乱,势必披猖,吾将投张公共图讨贼之事。"万春慨然道:"尊兄之意,正与鄙意相合,倘蒙不弃,愿随侍同行。"秦国桢道:"二兄既有同志,便可结盟,共图戮力王家。"南雷二人大喜,遂大家下了四拜,结为生死友,誓同报国,患难相扶,各无二心。正是:

为寻同胞兄,得结同心友。
笃友爱兄人,事君必不苟。

当下秦家兄弟设席相待。万春道:"南兄且暂住此一两日,待小弟入城去见过家兄,随即同行。"霁云道:"方才秦先生说令兄亦非等闲人,弟正欲与一会。今晚且都住此,明日我同你入城拜见令兄。"雷万春应诺。

至次日,二人一齐骑马进城,来到雷海清住处,下了马,万春先入去拜见了哥哥,随同海清出来迎迓霁云,叙礼而坐。万春略说了些家事,并述在秦家结交南霁云,要同往雍丘之意。海清欢喜,向霁云拱手道:"秦家两状元是正人君子,尊官和他两个相契,自非凡品。舍弟得与尊官作伴,实为万幸。"霁云逊谢道:"此是令弟谬爱,量小子有何才能。"海清对着万春道:"贤弟你听我说:我做哥哥的,虽然屈身俳优之列,却多蒙圣上恩宠,只指望天下无事,天子永享太平之福。谁知安禄山这逆贼大负圣恩,称兵谋叛,闻其势甚猖獗,以诛杨右相为辞;那杨右相却一味大言欺君,全无定乱之策,将来国家祸患,不知如何。我既身受君恩,拚得捐躯图报。贤弟素有壮志,且自勇略胜人,今又幸得与南官人交契,同往投张公,自可相与有成，誓当竭力报国。从今以后，我自尽我的节，你自尽你的忠，你不必以我为念。"说罢，泪下如雨。万春也挥泪不止。霁云为之慨然。海清着人取出酒肴，满酌三杯，随即起身说道："我逐日在内庭供奉，无暇久叙，国家多事，正英雄立功立节之时也，不必作儿女留恋了。"遂将一包金银赠为路费，大家洒泪而别。霁云嗟叹道："雷兄，你昆仲二人真乃难兄难弟，我昨日狂言唐突，正所谓以小人度君子矣！"当日二人回至秦家，便束装起行。秦氏兄弟又置酒饯别，各赠赆仪。二人别了主人，自取路往雍丘去了。

且说秦国模、国桢自闻安禄山反信，甚为朝廷担忧。两个日夕私议征讨之策，后又闻官军失利，地方不守，十分忿懑，意欲上疏条陈便宜，又想不在其位，不当多言取咎。正踌躇间，恰奉特旨降下，起复原官。中书省行下文书来，二人拜恩受命，即日入朝，面君谢恩。正是：

　　只因梦中一进士，顿起林间两状元。

未知后事如何，且听下回分解。

第九十回

矢忠贞颜真卿起义　遭妒忌哥舒翰丧师

词曰：

　　由来世乱见忠臣，矢志扫妖氛。甚羡一门双义，笑他诸郡无人。　　专征大将，待时而动，可建奇勋。只为一封丹诏，顿教丧却三军。

　　　　　　　　——右调《朝中措》

从来忠臣义士，当太平之时，人都不见得他的忠义。及祸乱即起，平时居位享禄，作威倚势，摇唇鼓舌的这一班人，到那时无不从风而靡。只有一二忠义之士，矢丹心，冒白刃，以身殉之，百折不回。而今而后，上自君王，下至臣庶，都闻其名而称叹，以为此真是有忠肝义胆的人。然要之非忠臣义士之初愿也。他的本怀，原只指望君王有道，朝野无虞，明良遇合，身名俱泰，不至有捐躯殉难之事为妙；若必到时穷世乱，使人共见其忠义，又岂国家之幸哉！至国家既不幸祸患，不得已而命将出师，那大将以一身为国家安危所系，自必相时度势，可进则进，不可进则暂止，其举动自合机宜。阃以外，当听将军制之，奈何惑于权贵疑忌之言，遥度悬揣，生逼他出兵进战，以致堕敌人计中，丧师败绩，害他不得为忠臣义士，真可叹息痛恨!

却说玄宗天子复召秦国模、秦国桢仍以原官起用,二人入朝面君谢恩。玄宗温言抚慰,即问讨贼之策。二人以次陈言,大约都以用兵宜慎,任将宜专为对。正议论间,吏部官启奏说:"前者睢阳太守员缺,逆贼安禄山乘间伪进其党张通悟为睢阳太守,随被单父尉贾贲率吏民击斩之。今宜急选新官前去。特推朝臣数员,候圣旨选用。"秦国模奏道:"睢阳为江淮之保障,今当贼氛扰乱之后,太守一官非寻常之人所能胜任,宜勿拘资格,不次擢用。以臣所知,前高要尉许远,既有志操,更饶才略,堪充此职,伏乞圣裁。"玄宗准奏,即谕吏部以许远为睢阳太守。因又问:"二卿亦知今日可称良将者为谁人?"秦国桢奏道:"自古云:天下危,注意将。今陛下所用之将,如封常清、高仙芝之辈,虽亦娴于军旅之事,未必便称良将。昔年翰林学士李白,曾疏奏待罪边将郭子仪足备干城腹心之寄。陛下因特原其所犯之罪,许以立功自效。郭子仪屡立战功,主帅哥舒翰表荐,已历官至朔方右厢兵马使,九原太守。此真将才,李白之言不谬也。"玄宗点头道是,因又问:"哥舒翰将才何如?"秦国模奏道:"翰素有威名,只嫌用法太峻,不恤士卒。然朝廷若专任之,听其便宜,亦当不负委托。但近闻其抱病不治事。"玄宗道:"彼自能为我力疾办事。"遂降旨升郭子仪为朔方节度使,又命哥舒翰为兵马副元帅。哥舒翰上表告病,玄宗不准所告,令将兵十万,防御安禄山。那时,安禄山既陷灵昌及陈留,声势益张,并攻破荥阳,直逼东京。封常清屯兵武牢以拒之,无奈部下新募的官军,都是市井白徒,不习战阵,见贼兵势猛,先自惶惧。禄山特以铁骑冲来,官军不能抵当,大败而走。正是:

第九十回

　　早知今日难求胜,追悔当初出大言。

　　当下封常清收合余众,再与厮杀,又复大败。贼兵乘势奋击,遂陷东京。河南尹达奚珣出城投降,独留守李憕、中丞卢奕、采访判官蒋清不肯降贼,城破之日,穿朝服坐于堂上。安禄山使人擒至军前,三人同声骂贼,一时三人都被杀。封常清收聚败残兵马,西走陕州。时高仙芝屯兵于陕,封常清往见之,涕泣而言道:"仆连日血战,贼锋不可当。窃计潼关兵少,倘贼冲突入关,则长安危矣!不如引屯陕之兵,先据潼关以拒贼。"仙芝从其言,即与常清引兵退守潼关,修完守备。贼兵果然冲至,不得入而退。这也算是二人守御之功了。谁知那监军宦官边令诚,常有所干求于仙芝,不遂其欲,心中怀恨。又怪封常清无所馈献,遂密疏劾奏封常清以贼摇众,未战先奔,高仙芝轻弃陕地数千里,又私减军粮,以充己橐,大负朝廷委任之意。玄宗听信其言,勃然震怒,即赐令诚密敕,使即军中斩此二人。令诚乃佯托他事,请二人来面议。二人既至,未及叙礼,令诚举手道:"有敕赐二大夫死。"遂喝左右:"拿下!"宣敕示之。常清道:"败军之将,死罪奚辞;但朝议俱以禄山之众为不难殄灭,非确论也。臣死之后,愿勿轻视此贼,宜专任良将,多练精兵以图之。"仙芝道:"吾遇贼而退,罪固当死不辞,谓我私侵军粮,岂不冤哉!"二人就刑之时,士卒皆大呼称枉,其声震地。后人有诗叹云:

　　宦者监军军气沮,何当轻杀两将军。

　　此时偏听犹如此,那得人心肯向君?

　　二人既死,命哥舒翰统其众,并番将火拔归仁部卒,亦属统辖,号称二十万,镇守潼关。

矢忠贞颜真卿起义　遭妒忌哥舒翰丧师

且说禄山既陷河南,遣其党段子光赍李憕、卢奕、蒋清之首,传示河北,令速纳款,传至平原。那平原太守,乃临沂人,姓颜名真卿,字清臣,复圣颜子之后裔,是个忠君爱国的人。他于禄山未反之先,预早知其必反,时值久雨之后,借此为由,筑城浚濠,简练丁壮,积贮仓廪,暗作准备。禄山以其书生,不把他放在意里;到反叛之时,河北郡县俱披靡,只道平原亦必降顺,乃檄令真卿,将为本部兵防守河津。真卿佯受其檄,密遣心腹,怀牒驰赴诸郡,暗共举兵讨贼,一面召募勇士得万余人,涕泣谕以大义,众皆感愤,愿效死力。那贼党段子光,还冒冒失失的将那三个忠臣的头往来传示,被真卿拿住缚于城上,腰斩示众;取三个头续以蒲身,棺殓葬之,祭哭受吊。于是清池尉贾载、盐山尉穆宁,闻真卿举义,乃共杀伪景城太守刘道元,获其甲仗五十余船,并其首级,送至长史李昢处。昢以禄山叛党严庄是景城人,遂收其宗族数十人口,尽行杀戮,将道元首级与甲仗等物,转送至平原。饶阳太守卢全诚、河间司法李奂、济阳太守李随,都将禄山所署伪太守、长史等官杀了,各有兵数千,推颜真卿为盟主。真卿遣本州司兵李平,赍表文并伪檄,从间道入京奏闻。

初禄山作乱,河北震恐,无一能与之抗者。玄宗闻之,嗟叹道:"二十四郡曾无一义士耶!"及李平赍表至,乃大喜道:"朕不识颜真卿作何状,乃能如是!"遂降诏加颜真卿河北采访使。后宋朝忠臣文天祥过平原,有诗云:

平原太守颜真卿,长安天子不知名。一朝渔阳动鼙鼓,大河以北无坚城。君家兄弟奋戈起,二十七郡同连盟。贼闻失色分军还,不敢长驱入咸京。明皇父子得西狩,由是灵武起义

第九十回

兵。唐家再造李郭力，逆贼牵制公威灵。哀哉常山贼钩舌，公归朝廷气不折。崎岖坎坷不得去，出入四朝老忠节。当年幸脱安禄山，白首竟陷李希烈。希烈安能遽杀公，宰相卢杞欺日月。乱臣贼子归何所？茫茫烟草中原土。公视于今六百年，忠精赫赫雷行天！

那诗中所云"白首竟陷李希烈"，是说颜真卿至德宗时，奸相卢杞忌其忠直，使往宣慰逆贼李希烈，其时竟为其所害，时年已七十有七矣。此是后话。所云"常山钩舌"之事，乃颜真卿的族兄颜杲卿，其人之忠义，与真卿无异。当禄山叛乱之时，他为常山太守，禄山兵至藁城，常山危急，杲卿自度常山兵力一时难以拒守；乃与长史袁履谦计议，姑先往迎之，以缓其锋。禄山喜其来迎，赐以紫袍金带，使仍守常山。杲卿遂与履谦密谋起义。恰好真卿遣其甥卢逊至常山，与杲卿相约，欲连兵断禄山归路。那时安禄山方僭号称大燕皇帝，改元圣武，杲卿乃假传禄山的恩命，召伪井陉守将李钦凑率众前来，受那登极的犒赏。俟其来至，与之痛饮至醉，缚而斩之，宣谕解散其众。贼将高邈、何千年适奉禄山之命，往北方征兵，路过常山，亦为杲卿所执。时禄山部将张献诚正统兵围困饶阳，杲卿先声言朔方节度郭子仪，令兵马使李光弼与武锋使仆固怀恩统大兵出井陉来了。献诚闻之大惧。杲卿乃遣人往说之，使解饶阳之围。献诚遂引兵遁去。杲卿令袁履谦入饶阳慰劳将士，传檄诸郡，于是河北响应。杲卿以李钦凑的首级与高邈、何千年二人献于京师，使其子颜泉明与内丘丞张通幽，赍表文赴京奏报。那张通幽即张通悟之弟，他恐因其兄降贼，祸及家门，思为保全之计，知太原尹王承业与杨国忠有交，欲藉以为援；乃劝王承业留止泉明，

矢忠贞颜真卿起义　　遭妒忌哥舒翰丧师

改其表文，攘其功为己功。杲卿起义才数日，贼将史思明引兵突至城下。杲卿使人往太原告急，王承业既攘其功，正利于杲卿之死，拥兵不救。杲卿悉力拒战，粮尽兵疲，城遂陷，为贼所执，解送禄山军前。禄山喝道："汝何背我而反？"杲卿瞋目大骂。禄山怒甚，令人割其舌，并袁履谦一同遇害。二人至死，骂不绝口。正是：

通幽顾家不顾国，承业冒功更忌功。
坐使忠良被兵刃，空将血泪洒西风。

杲卿尽节而死，却因王承业掩冒其功，张通幽诡诞其说，杨国忠蒙蔽其事，朝廷竟无恤赠之典。直至肃宗乾元年间，颜真卿泣诉于肃宗，转达上皇。那时王承业已为别事被罪而死，张通幽尚在。上皇命杖杀之，追赠杲卿为太子太保，谥曰忠节。其子泉明为贼所掠，后于贼中逃脱，求得其父尸，并求得袁履谦之尸，一体棺殓以归。凡颜氏族人及其父之旧将吏妻子流落者，都出赀赎回，共五十余家，共三百余口，人皆称其高义。此亦是后话。

且说真卿一日闻杲卿之死，大哭大惊，哭是哭其兄，惊的是常山失守，贼据要冲，深为可虑。忽探马来报，说郭子仪奉诏进取东京，特荐李光弼为河东节度使，分兵万余，从井陉一路而来。颜真卿喜道："如此则常山可复矣！"时清河县吏民，使其邑人李萼至平原，奉粟帛器械，以资军用，且乞借兵以为战守之助。那李萼年方弱冠，器宇轩昂，言词明快。真卿奇其人，以兵五千借之。李萼因进言道："闻朝廷遣兵出崞口，贼据险相拒，官军不得前。公今当引兵先击魏郡，公兵开崞口以出官军，因讨平汲、邺以北诸郡县，然后合诸镇兵，南临孟津，据守要害，制其北走之路。但须表奏朝廷，坚壁勿战。不过月余，贼必有内溃相图之事矣！"真卿然其说，命

第九十回

参军李择交等,将兵会清河、博平,兵屯于堂邑。伪魏郡太守袁知泰率众来战,官军奋力击之,贼众溃败,遂拔魏郡,军声大振。北海太守贺兰进明兵来会,屯于平原城之南,真卿待之甚厚,且以堂邑之功让之。进明居之不疑,竟自具表上奏,真卿亦不以为嫌。又闻李光弼已恢复常山,郭子仪与李光弼合兵。贼将史思明来战,子仪用计破之。思明露髻跣足,持折枪步行逃去。河北十余郡皆下。又闻雍丘防御使张巡与贼连战,屡败贼众。正欢喜间,忽闻朝廷有诏,催促副元帅哥舒翰出战。

原来哥舒翰屯军潼关,为长安屏障,按兵不动,待时而进。河源军使王思礼乘间进言道:"今天下以杨国忠召乱,莫不切齿,公当上表,请斩杨国忠以谢天下,则人皆快心,各效死力矣!"哥舒翰摇头不应。思礼又道:"若上表未必便如所请,仆愿以三十骑,劫取杨国忠至潼关斩之。"哥舒翰愕然道:"若如此,直是哥舒翰反,不是安禄山反了。此言何可出诸口!"思礼乃不敢复言。那边杨国忠也有人对他说:"朝廷重兵,尽在哥舒翰掌握;倘假人言为口实,援旗西指,为不利于公,将若之何?"国忠大惧,方寻思无计,忽闻人报贼将崔乾佑在陕,兵不满四千,羸弱无备。国忠即启玄宗,遣使催哥舒翰进兵,恢复陕洛。翰飞章奏言:"禄山习于用兵,岂真无备?其示弱者,诱我耳!我兵若轻往,正堕其计。且贼远来,利于速战。我兵据险,利于坚守。况贼残虐,失众心,兵势已日蹙,将有内变,因而乘之,可不战而擒。要在成功,何必务速?今诸道征兵,尚多未集,请姑待之。"郭子仪、李光弼亦上言:"请引兵北攻范阳,覆其巢穴,擒贼党之妻孥为质,以招之,贼必内溃。潼关大兵,惟宜固守,不可轻出。"颜真卿亦上言:"潼关险要之地,屏蔽长安,固守为尚。贼羸师以诱我,幸勿为所惑。"奏章纷纷而上,无奈国忠心怀疑忌,只力持进战之说。玄宗信其言,连遣中使数辈往来,络绎的催出战,且降手敕切责云:

  卿拥重兵,不乘贼无备,亟图恢复要地,而欲待贼自溃,按兵不战,坐失事机,卿之心计,朕所未解。倘旷日持久,使无备者转为有备,我军讫无成功,国法具在,朕自不敢徇也。

翰见圣旨严切,势不能止,抚膺恸哭,遂引兵出关,与崔乾佑之兵遇于灵宝西原。贼兵据险以待,南向阻山,北向阻河,中间隘道七十余里。王思礼等将兵五万居前,副将庞忠等引兵十万继进。翰自引兵三万,登河北高阜,扬旗擂鼓,以助其势。乾佑所率不过万人,部伍不整,官军望见,都笑之。谁知他已先伏精兵于险要之处,未及交兵,佯为偃旆曳戈,好像要逃遁的一般。官军懈不为备,方观望间,只听连声炮响,一时伏兵多起,贼众乘高抛下木石,官军被击死者甚多,隘道之中,人马如束,枪戟俱不得施用。哥舒翰以毡车数十乘为前驱,欲藉以为冲突。崔乾佑却以草车数十乘,塞于毡车之前,从火焚烧。恰值那时东风暴发,火趁风威,风因火势,烟焰所被,官军不能开目,妄自相杀,只道贼兵在烟中,一齐把箭射将去,及至箭尽,方知无贼。乾佑遣将,率精骑从山南转出官军之后,首尾夹击,官军骇乱,大败而奔,或弃甲窜匿山谷,或挤入河中溺死。后军见前军败走,亦皆自溃。河北军望见,也都逃奔。一时两岸俱空。这一场好厮杀,但见:

  初焉诱敌,作为散散疏疏;乍尔交锋,故作慌慌缩缩。一霎时后兵拥至,转瞬间伏兵齐兴。炮响连天,鼓声动地。相逢狭路,用不着大剑长枪;独占高冈,乱抛下木头石块。风能助

第九十回

火,顿教双目被烟迷;箭未伤人,却笑一时都射尽。眼见全军俱覆,足令大将获擒。

官军既败,哥舒翰独与麾下百余骑自首阳山渡河入关。余众奔至关外时,已是昏夜。关前原有三个极阔极深的大坑堑,以防贼人冲突的,那时败兵逃归,争欲入关,慌乱里黑暗中,不觉连人带马,都跌入坑堑内,须臾而满,后来者践之而过。二十万人马出战,败后得归者,才八千余人。崔乾佑乘胜攻破潼关。

哥舒翰退至关西驿中,揭榜收合散卒,欲图再战。部下番将火拔归仁心欲降贼,及声言贼兵将至,促翰出驿上马。归仁叩马而言道:"主帅以二十万众,一战而尽,何颜复见天子;况又权相所疑忌,独不见高仙芝、封常清之事乎?即请东行,以图自全。"哥舒翰道:"吾身为大将,岂肯降贼。"便欲下马。归仁叱部卒,系翰两足于马腹,不由分说,加鞭而行。诸将有不从者,都被鞭缚。遇贼将田乾真,引兵来接应,遂将哥舒翰等执送禄山军前。禄山本与哥舒翰不睦的,那时却不记旧怨,用好言劝他降顺。哥舒翰只得降了。火拔归仁自夸其功,大言于众,以为翰之降,吾之力也。禄山闻之怒道:"归仁叛朝廷,逼主帅,不忠不义!"命即斩其首示众。当年禄山奏请用番将守边,后来反叛,多得番将之力。归仁自恃是番将,故敢大言夸功,亦不想竟为禄山所杀。正是:

反贼亦难容反贼,小人枉自为小人。

哥舒翰既降贼,禄山命为司空,逼令作书,招李光弼等来降。光弼等皆复书切责之。禄山知其无效,乃囚之于后苑中。后人有诗叹云:

哥舒本名将,丧师非其罪。

权奸能制命,大帅如傀儡。

战所不宜战,我心先自馁。

辱身更辱国,千载有余悔。

这场丧败,非同小可。此信报到京师,吃惊不小。正是:

将军失利边疆上,天子惊心宫禁中。

未知后事如何,且听下回分解。

第九十一回

延秋门君臣奔窜　马嵬驿兄妹伏诛

词曰：

　　昔日穷奢极丽,今日残山剩水。抛离宫院陟崔嵬,问因谁？　　昔日皇恩独眷,今日人心都变。冰山消尽玉环捐,悔从前。

　　　　　　　　　　——右调《添字昭君怨》

自古贤君相与贤妃后,无不谨身修德,克俭克勤,上体天心,下合人意,所以能防患于患未作之先,转祸于福将至之日,庶几四方可以无虞,万民因而得所。如其不然,为上者骄奢淫佚,不知敬天勤民；而权恶庸劣之臣,与那倚宠怙势、败检丧节的嫔妃戚畹,擅作威福,只徇一己之私,不顾国家之事,以致天怒人怨,干戈顿起,地方失守,宗社几倾。彼蠹国权臣,以及蛊惑君心的女子小人,固终不免于诛戮,然万民已受其涂炭,天子且至于蒙尘。到那时,方咨嗟叹悼,追悔前非,则亦何益之有哉！

却说玄宗听信杨国忠之言,催逼哥舒翰出战,遂至全军覆没,主帅遭殃,潼关失陷。于是河东、华阴、冯翊、上洛等处守将,都弃城而走。唐朝制度,各边镇每三十里设立一烟墩,每日黄昏时分,

延秋门君臣奔窜　马嵬驿兄妹伏诛

放烟一炬,接递至京,以报平安,谓之平安火。那时平安火三夜不至,玄宗心甚惶惑。忽飞马连报,说哥舒翰丧师失地,贼兵乘胜而进,势不可当。玄宗大惊,立即召集廷臣商议。

　　杨国忠怕人埋怨他催战之误,倒先大言道:"哥舒翰本当早战,以乘贼之无备;只因战之不早,使贼转生狡谋,堕彼之计。"同平章事韦见素道:"轻敌而败,悔已无及。为今之计,宜速征诸道兵入援,更命大将督率京中新募丁壮守卫京城。"翰林承旨秦国桢道:"还须速敕郭子仪、李光弼等,急移兵以御贼入京之路。"杨国忠却只沉吟不语。玄宗问:"宰相之见若何?"国忠奏道:"征兵御贼,督兵守城,固皆要着;但潼关既陷,长安危甚,贼势方张,渐逼京师。外兵未能遽集,所谓远水难救近火。以臣愚见,莫如车驾暂幸西蜀,先使圣躬安稳,不为贼氛所惊扰,然后徐待外兵之至,乃为万全之策。"玄宗闻奏,未及开言,只见翰林承旨秦国桢出班奏道:"逆贼犯顺,势虽披猖,然岂能敌天朝兵力?即今郭子仪、李光弼、颜真卿、张巡等,皆屡战屡胜。近又报东平太守吴王祗义师,屡次杀贼甚多。闻安禄山诟骂其党严庄、高尚说:'汝前日劝我反,以为计出万全。今我屡为官军所逼,万全何在?'高、严二贼无言以对。禄山欲杀之,左右劝解而止。是贼气已挫,行当殄灭。今我兵潼关之败,失在违众议而催出战,非尽哥舒翰之罪也。若外兵云集,恢复有期;奈何以一败之故,遽思奔避?大驾一行,京都孰守?独不为宗庙社稷计乎?幸蜀之说,臣愚以为不可。"玄宗传谕,在廷诸臣各抒所见,诸臣都唯唯莫对,但回奏道:"容臣等赴中书省共议良策覆旨。"玄宗闷闷不悦,随罢朝回宫。

　　看官,你道杨国忠为何忽倡幸蜀之说?原来他向曾为剑南节

度使,西川是他的熟径;前日一闻禄山反叛,他即私遣心腹,密营储蓄于蜀中,以备缓急,故今倡议幸蜀,图自便耳。正是:

　　只因自己营三窟,强欲君王驻六飞。

当下国忠见众论不一,上意未决,想道:"前日天子欲亲征,又欲禅位,多亏我姊妹们劝止。今日幸蜀之计,也须得他们去撺耸才妙。"遂乘间打从便门来到虢国夫人府中,相与密议其事。那时虢国夫人正从宫中宴会出来,同韩国夫人各归私第。每家一队,队着五色衣,车仗仪从,灯火辉煌,相映如百花之焕发。正在那里下辇,步到厅上,恰好国忠慌慌张张的来到,口中只连声道:"急走为上,急走为上!"虢国夫人忙问:"有何急事?"国忠道:"潼关失守,贼兵将至,为今之计,莫如劝圣驾速幸蜀中。我们有家业在彼,到那里可不失富贵。争奈众论纷纷,圣意不决,须得你姊妹急入宫去,与贵妃一同劝驾为妙。若更迟延,贼信紧急,人心一变,我辈齑粉矣!"虢国夫人闻言着了慌,把家中这桩怪事且丢过一边,急约了韩国夫人,一齐入宫。见了杨妃,密将国忠所言述了一遍。姊妹三个同见玄宗,力劝早早幸蜀。你一句,我一言,继以涕泣,不由玄宗不从。遂密召国忠入宫共议。国忠又极言幸蜀之便,且云:"陛下若明言幸蜀,廷臣必多异议,必至迟延误事。今宜虚下亲征之诏,一面竟起驾西行。"玄宗依言,遂下诏亲征,以京兆尹魏方进为御史大夫兼置顿使,少尹崔光远为西京留守将军,命内官边令诚掌管宫门锁钥,又特命龙武将军陈玄礼整敕护驾军士,给与钱帛,又选闲厩马千余匹备用,总不使外人知道。

是日玄宗密移驻北内,至次日黎明,独与杨妃姊妹、皇太子并在宫中的皇子、妃主、皇孙、杨国忠、韦见素、魏方进、陈玄礼及亲近

延秋门君臣奔窜　马嵬驿兄妹伏诛

宦官宫人出延秋门而去。临行之时,玄宗欲召梅妃江采蘋同行。杨妃止之道:"车驾宜先发,余人不妨另日徐进。"玄宗又欲遍召在京的王孙王妃,随驾同行。杨国忠道:"若如此,则迟延时日,且外人都知其事了。不如大驾先行,徐降密旨,召赴行在可也。"于是玄宗遂行。梅妃与诸王孙妃主之在外者,俱不得从。

车驾既行,人犹未知。百官犹入朝,宫门尚闭,犹闻漏声。三卫立仗俨然。及宫门一启,宫人乱出,嫔妃奔逃,喧传圣驾不知何往,中外攘扰。秦国模、秦国桢料玄宗必然幸蜀,飞骑追随。其余官员士庶,四出逃避。小民争入宫禁及官宦之家,盗取财宝,或竟骑驴上殿。公子王孙,有一时无可逃避者,号泣于路旁。后来杜工部曾有《哀王孙》诗云:

> 长安城头头白乌,夜飞延秋门上呼。又向人间啄大屋,屋底达官走避胡。金鞭断折大将死,骨肉不得同驰驱。腰下宝鱼青珊瑚,可怜王孙泣路隅。问之不肯道姓名,但道困苦乞为奴。已经百日窜荆棘,身上无有完肌肤。高帝子孙尽隆准,龙种自与常人殊。豺狼在邑龙在野,王孙善保千金躯。不敢长语临交衢,且为王孙立斯须。昨夜春风吹血腥,东来橐驼满旧都。朔方健儿好身手,昔何勇锐今何愚。窃闻太子已传位,圣德北服南单于。花门剺面请雪耻,慎勿出口他人狙。哀哉王孙慎勿疏,五陵佳气无时无。

且说玄宗仓卒西幸,驾过左藏,只见有许多军役手中各执草把,在那里伺候。玄宗停车问其故,杨国忠奏道:"左藏积财甚多,一时不能载去,将来恐为贼所得,臣意欲尽焚之,无为贼守。"玄宗愀然道:"贼来若无所得,必更苛求百姓,不如留此与之,勿重困吾

第九十一回

民。"遂叱退军役,驱车前进。才过了便桥,国忠即使人焚桥,以防追者。玄宗闻之,咄嗟道:"百姓各欲避贼求生,奈何绝其生路?"乃敕高力士率军士速往扑灭之。后人谓玄宗于患难奔走之时,有此二美事,所以后来得仍归故都,终享寿考。正是:

三言星退舍,天意原易回。
仓卒不忘民,庶几国脉培。

玄宗驾至咸阳望贤宫,地方官员俱先逃遁,日已向午,犹未进食。百姓或献粝饭,杂以麦豆,王孙辈争以手掬食之,须臾而尽。玄宗厚酬其值,好言慰劳。百姓多哭失声,玄宗亦挥泪不止。众百姓中有个白发老翁,姓郭名从谨,涕泣进言道:"安禄山包藏祸心,已非一日。当时有赴阙言其欲反者,陛下辄杀之,使得逞其奸逆,以致乘舆播迁。所以古圣王务延访忠良,以广聪明也。犹记宋璟为相,屡进直言,天下赖以安平。顷岁以来,诸臣皆以言为讳,唯阿谀取容,是以阙门之外,陛下俱不得而知。草野之人,早知有今日久矣,但九重严邃,区区之心无路上达。事不至此,何由得睹天颜而诉语乎?"玄宗顿足嗟叹道:"此皆朕之不明,悔已无及。"温言谢遣之。从行军士乏食,听其散往各村落觅食。是夜宿金城馆驿,甚是不堪。

次日,驾至马嵬驿,将士饥疲,都怀愤怒。适河源军使王思礼从潼关奔至,玄宗方知哥舒翰被擒;因即以思礼为河西陇右节度使,令即赴镇收集散卒,以俟东讨。思礼临行,密语陈玄礼道:"杨国忠召乱起衅,罪大恶极,人人痛恨。仆曾劝哥舒将军上表请杀之,惜其不从我言。今将军何不扑杀此贼,以快众心?"陈玄礼道:"吾正有此意。"遂与东宫内侍李辅国商议,正欲密启太子,恰值有

延秋门君臣奔窜　马嵬驿兄妹伏诛

吐蕃使者二十余人,因来议和好,随驾而行,这一日遮国忠马前,诉以无食。国忠未及回答,陈玄礼大呼:"杨国忠交通番使谋反,我等可共杀反贼!"于是众军一齐鼓噪起来。国忠大骇,急策马奔避。众军蜂拥而前,兵刃乱下,登时砍倒,屠割肢体,顷刻而尽。以枪揭其首于驿门外,并杀其子户部侍郎杨暄。正是:

  任是冰山高万丈,不难一旦付东流。

国忠才被杀,凑巧韩国夫人乘车而至。众军一齐上前,也将韩国夫人砍死。虢国夫人与其子裴徽并国忠的妻子幼儿,都逃至陈仓,被县令薛景仙率吏民追捕着,也都被诛戮。正是:

  昔年淡扫眉,今日血污颈。

  可怜天子姨,卒难保首领。

  恨不如沐猴,幻化潜踪影。

玄宗当日闻杨国忠为众军所杀,急出至驿门,用好言安慰众军,令各收队。众军只是喧闹扰攘,围住驿门不散。玄宗传问:"尔等为何还不散?"众军哗然道:"反贼虽杀,贼根犹在,何敢便散?"陈玄礼奏道:"众人之意,以国忠既诛,贵妃不宜复侍至尊,伏候圣断。"玄宗惊讶失色道:"妃子深居宫中,国忠即谋反,与他何干?"高力士奏道:"贵妃诚无罪,但众将士已杀国忠,而贵妃犹在帝左右,岂能自安?愿皇爷审思之,将士安则圣躬方万安。"玄宗默然点首,转步回驿,不忍入行宫,只于驿旁小巷中,倚杖垂首而立。京兆司录韦谔,即韦见素之子,那时正侍立于侧,乃跪奏道:"众怒难犯,安危在顷刻间,愿陛下割恩忍爱,以宁国家。"玄宗乃步入行宫,见了杨妃,一字也说不出口,但抚之而哭。门外哗声愈甚,高力士道:"事宜速决。"玄宗携着杨妃,出至驿道北墙口,大哭

第九十一回

道:"妃子,我和你从此永别矣!"杨妃亦涕泣呜咽道:"愿陛下保重。妾负罪良多,死无所恨,乞容礼佛而死。"玄宗哭道:"愿仗佛力,使妃子善地受生。"因顾高力士道:"汝可引至佛堂善处之。"说罢,大哭而入。杨妃至佛堂礼佛毕,高力士奉上罗巾,促令自缢于佛堂前之梨树下,年三十有八。时天宝十五载六月也。噫,此正白乐天《长恨歌》中所云:

　　九重城阙烟尘生,千乘万骑西南行。翠华摇摇行复止,西
　　出都门百余里。六军不发无奈何,宛转蛾眉马前死。

后人题咏马嵬坡甚多,惟杜真卿一诗极佳。诗云:

　　杨柳依依水拍堤,春城茅屋燕争飞。
　　海棠正好东风恶,狼藉残红衬马蹄。

杨妃既死,高力士即出驿门,对众宣言道:"妃子杨氏,已奉圣旨赐死了!"众军还未肯信,高力士奉谕将杨妃之尸,用绣衾覆于榻上,置之驿庭中,敕陈玄礼率领众军将入视。玄礼揭其半衾,抬其首以示众人,于是众人知其果死,都免胄释甲顿首呼万岁而出。玄宗命高力士速具棺殓,草草的葬之于西郊之外,道北坎下。才葬毕,适南方进荔枝到来。玄宗触物思人,放声大哭,即命以荔枝祭于冢前。后张祜有诗云:

　　旌旗不整奈君何,南去人稀北去多。
　　尘土已残香粉艳,荔枝犹到马嵬坡。

玄宗因顾谓高力士道:"妃子向常有异梦,今日应矣!"力士道:"贵妃何梦,老奴未知。"玄宗道:"妃子曾说来,梦与朕同游骊山,至兴元驿方对食,后院忽火发,仓卒出走。回望驿门中,树木俱为烈焰。俄有二龙至,朕跨白龙,其行甚速;妃子跨黑龙,其行甚

迟。左右无人，惟见一蓬头黑面之物，状如鬼魅，自云是此峰之神，承上帝之命，授妃子为益州牧蚕元后。悚然而觉，明日即闻渔阳叛信。如今想起来，与朕游骊山，骊者离也。方食火发，失食之兆。火为兵象，驿木俱焚，驿与易同，加木于旁，杨字也。朕跨白龙，西行之象；妃子跨黑龙，幽阴之象。峰神者，山鬼也，山鬼乃嵬字。益州牧蚕元后，牧蚕所以致丝，益旁加丝，缢字也。正缢死于马嵬之兆。"高力士道："梦兆不祥，诚如圣谕。老奴犹记昔年遇一术士李遐周，彼曾咏一诗云：'燕市人皆去，函关马不归。若逢山下鬼，环上系罗衣。'彼说此诗所言应在后日。由今思之，燕市一句，指禄山之叛；函关句，谓哥舒翰之败；山下鬼乃嵬字，即马嵬驿也；贵妃小字玉环，今日老奴奉以罗巾自缢，所谓环上系罗衣也。定数如此，圣上宜自宽，不必过于伤情。"正说间，陈玄礼入奏，请旨约饬军队启行。玄宗传谕即行。时乐工张野狐在侧，玄宗挥泪向他说道："此去剑门，鸟啼花落，水绿山青，无非助朕悲悼妃子之由也。"正是：

好景不堪愁里看，偶然触目更伤情。

未知后事如何，且听下回分解。

第九十二回

留灵武储君践位　陷长安逆贼肆凶

词曰：

西土忽来大驾，朔方顿耀前星。共言人事随天意，急难岂忘亲？　独恨轻抛骨肉，致教并受邅迍。权奸女宠多贻祸，不止自家门。

——右调《乌夜啼》

国家当太平有道之时，朝廷之上，既能君君臣臣，则宫闱之间，自然父父子子。由是从一本之亲，推而至于九族之众，凡属天潢，无不安富尊荣，共被一人惇叙之德。流及既衰，为君者不能正其身，为臣者专务惑其主，因而内宠太甚，外寇滋生。一旦变起仓卒，遂至流离播迁，犹幸天命未改，人心未去，天子虽不免蒙尘，储君却已得践祚。然而事势已成，仓皇内禅，毕竟授者不能正其终，受者不能正其始。何况势当危迫，匆匆出奔，宗庙社稷，都不复顾。其所顾恋不舍者，惟是一二嬖幸之人，其余骨肉至戚，俱弃之如遗。遂使王孙公子，都至飘零；玉叶金枝，悉遭戕贼。如唐朝天宝末年之事，真思之痛心，言之发指者也。

且说玄宗驾至马嵬，众将诛杀杨国忠及韩、虢二夫人。玄宗没

留灵武储君践位　陷长安逆贼肆凶

奈何,只得把杨妃赐死,陈玄礼方才约饬众军,请旨启行。众人以杨国忠部下将吏,俱在蜀中,不肯西行。或请往河陇,或请往太原,或请仍还京师,众论纷纷不一。玄宗意在入蜀,却又恐拂众人之意,只顾低头沉吟,不即明言所向。韦谔奏道:"太原、河陇,俱非驻跸之地;若还京师,必须有御贼之备。今士马甚少,未易为计。以臣愚见,不如且至扶风,徐图进止。"玄宗闻言首肯,命以此意传谕众人。众皆从命,即日从马嵬发驾起行。及临行之时,有许多百姓父老遮道挽留,纷纷攘攘,都道:"宫阙是陛下家居,陵寝是陛下坟墓,今日舍此,将欲何往?"玄宗用好言抚慰,一面宣谕,一面前行,百姓却越聚得多了。

　　玄宗乃命太子于车驾之后,谕止众百姓。于是众百姓拥住太子的马说道:"皇爷既不肯留驾,我等愿率子弟,从太子东向破贼,保守长安!"太子道:"至尊冒险而行,我为子者,岂忍一日暂离左右?"众百姓道:"若皇太子与至尊都往蜀中去了,中原百姓谁为之主?"太子道:"尔等众百姓即欲留我,奈何尚未面辞,亦须还白至尊,更禀进止。"说罢,策马欲行,却被众百姓簇拥住了,不得行动。那时太子之子广平王俶、建宁王倓俱乘马随后,此二王都是极有智勇的。当下建宁王见人情如此,乃前执太子之鞍进谏道:"逆贼犯阙,四海分崩,不因人情,何以兴复?今殿下若从至尊入蜀,倘贼兵烧绝栈道,则中原土地,拱手授贼。人情既离,岂能复合?他日虽欲复至此,不可得矣!为今之计,不如收集西北守边之兵,召郭子仪、李光弼于河北,与之并力东讨逆贼,克复二京,削平四海,扫除宫禁,以迎至尊,使社稷危而复安,宗庙毁而复存,此岂非孝之大者;何必徒事区区温清定省之文,为儿女子之慕恋乎?"广平王亦

第九十二回

从旁赞言道："人心不可失，佽之言甚善，愿殿下审思之。"东宫侍卫李辅国亦于太子马前叩首请留，众百姓又喧呼不止。太子乃使广平王俶驰马往驾前启奏，请旨定夺。

此时玄宗方执辔停车，以待太子，久不见至，正欲使人侦探，恰好广平王来见驾，具述百姓遮留之状。玄宗道："人心如此，即是天意。朕不使焚绝便桥，欲与百姓同奔，正为人心不可失耳！今人心属太子，是朕之幸也。"遂命将后军二千人及飞龙厩马匹分与太子，且传谕将士云："太子仁孝，可奉宗庙，汝等宜善辅之。"又传语太子道："西北诸部落，吾抚之素厚，今必得其用，汝勉图之。吾即当传位于汝也。"太子闻诏，西向号泣。广平王即宣谕众百姓道："太子已奉诏留后，抚安尔等。"于是众百姓都呼万岁，欢然而散。

太子既留，莫知所适。李辅国道："日已晏矣，此地非可久驻。今众意将欲往何处？"众皆莫对。建宁王道："殿下昔日曾为朔方节度大使，彼处将吏，岁时致启，佽略识其姓名。今河陇之众多败降于贼，其父兄子弟多在贼中，恐生异志。朔方道近，士马全盛，河西行军司马裴冕在彼，此人乃衣冠名族，必无二心，可往就之，徐图大举。贼初入长安，未暇徇地，乘此急行，乃为上策。"众皆以为然，遂向朔方一路而行。至渭水之滨，遇着潼关来的败残人马，误认为贼兵，与之厮斗，死伤甚众。及收聚余卒，欲渡渭水，苦无舟楫，乃择水浅之处，策马涉水而渡。步卒无马者，都涕泣而返。太子至新平，连夜驰三百余里，士卒器械失亡过半，所存军众不过数百而已。正是：

从来太子堪监国，若使行兵号抚军。
此日流离国难守，无军可抚愧储君。

留灵武储君践位　陷长安逆贼肆凶

话分两头。且说玄宗既留下太子，车驾向西而进，来至岐山。讹传贼兵前锋将到，玄宗催趱众军，星夜驰至扶风郡宿歇。众士卒因连日饥疲，都潜怀去就之志，流言频兴，语多不逊。陈玄礼不能挟制，玄宗甚以为忧。秦国桢奏道："众心汹汹之际，非可以威驱势迫，当以情意感动之。"玄宗然其说。适成都守臣贡常例春彩十万余匹至扶风，玄宗命陈列于庭，召众将士入至庭下，亲自临轩宣谕道："朕年来昏耄，任托失人，以致逆贼作乱，势甚披猖，不得不暂避其锋。卿等仓猝从行，不及别父母妻子，跋涉至此，劳苦已极。此皆由朕政之不德所致，心甚愧之。今将入蜀，道路阻长，人马疲瘁，远行不易，卿等可各自还家，朕自与子孙及中官内人辈，勉力前往。今日与卿等别，可共分此春彩，以助资粮，归见父母妻子及长安父老，为朕致意，幸好自爱，无烦相念也。"言罢，涕泪沾襟。众人闻言伤感，亦都涕泣，叩头奏道："臣等死生，愿从陛下，不敢有贰。"玄宗亦挥泪不止，良久起身入内，犹回顾众人道："去留听卿，不忍相强。"秦国模在后宣言道："天子仁爱如此，众心岂不知感？"于是众人大哭而出。玄宗命陈玄礼将春彩尽数给赏军士，流言自此顿息。正是：

　　三军一时忽欲变，谁说威尊命必贱？
　　不用势迫与刑驱，仁心入人心可转。

军心既定，玄宗即于次日起驾，望蜀中进发。行至河池地方，蜀郡长史崔圆前来迎驾，且说蜀土丰稔，甲士全备。玄宗欢喜，即命于驾前为引导。既入蜀境，路过一大桥，玄宗问是何桥，崔圆道："此名万里桥。"玄宗闻言，恍然点首道："一行僧之言验矣，朕可无忧矣！"你道甚么一行僧之言？原来唐朝有一神僧，法名一行，精

第九十二回

通天文历法。曾造浑天仪覆矩图，极为神妙。其数学与袁天纲、李淳风不相上下。玄宗尝幸东都，与他同登天宫寺西楼，徘徊瞻眺，慨然发叹道："朕抚有此山川，必得长享无虞方好。"因问一行道："朕得终无祸患否？"一行道："陛下游行万里，圣寿无疆。"玄宗当时闻此言，只道是祝颂之语，谁知今日远行西川，所过大桥，恰名万里。因想一行之言，至今始验。又想他说圣寿无疆，可知身躬自当无恙，所以心中欣喜说道："朕可无忧矣！"正是：

万里桥名应远游，神僧妙语好推求。

幸然圣寿还无量，珍重前途可免忧。

当下玄宗催趱军士前行，不则一日，来至成都驻跸。其殿宇宫室与一切供御之物，虽都草创，不甚齐整，却喜山川险峻，城郭完固，贼氛已远，且暂安居。只是眼前少了一个最宠爱的人，想起前日马嵬驿之事，时时悲叹。高力士再三宽解。韦见素、韦谔、秦国模、秦国桢等，俱上表请亟为讨贼之计。玄宗降诏，以诸皇子分总节制，然都不即使出镇；特敕永王璘充山南东道、岭南、黔中、江南西道节度都使，以少府监窦绍为之傅；以长沙太守李岘为副都大使，即日同赴江陵坐镇。又诏以太子充天下兵马大元帅，领朔方、河东、河北、平卢节度都使，收复长安、洛阳。

那知此诏未下之先，太子已正位为天子了。你道如何便正位为天子？原来太子当日渡过渭水，来到彭城。太守李遵出迎，以衣粮奉献，至平凉阅监牧马，得几万匹。又召募得勇士三千余人，军势稍振。时有朔方留后杜鸿渐、六城水陆运使魏少游、节度判官崔漪、度支判官卢简金、盐池判官李涵等五人，相与谋议道："太子今在平凉，然平凉散地，非屯兵之所。灵武地方，兵食完富，若迎请太子至此,北收诸城兵,西发河陇劲骑,南向以定中原,此万世一时也。"谋议既定,李涵上笺于太子,且籍朔方士马甲兵粟帛军需之数以献。杜鸿渐、崔漪亲至平凉,面启太子道:"朔方乃天下劲兵之处,今吐蕃请和,回纥内附,四方郡县俱坚守拒贼,以俟兴复。殿下若治兵于灵武,移檄四方,收揽忠义,按辔长驱,逆贼不足屠也。臣等已使魏少游、卢简金在彼葺治宫室,整备资粮,专候殿下驾临。"广平王、建宁王,俱以两人之言为然,于是太子遂率众至灵武驻扎。

过了数日,适河西司马裴冕奉诏入为御史中丞,因至灵武参谒太子,乃与杜鸿渐等定议,上太子笺,请遵大驾发马嵬时欲即传位之命,早正大位,以安人心。太子不许道:"至尊方驰驱途道,我何得擅袭尊位?"裴冕等奏道:"将士皆关中人,岂不日夜思归?其所以不惮崎岖,远涉沙塞者,亦冀攀龙附凤,以建尺寸之功耳。若殿下守经而不达权,使人心一朝离散,大勋不可复集矣!愿即勉徇众情,为社稷计。"太子犹未许允,笺凡五上,方准所奏。天宝十五载秋七月,太子即位于灵武,是为肃宗皇帝,即改本年为至德元载,遥尊玄宗为上皇天帝。裴冕、杜鸿渐等俱加官进秩。

正欲表奏玄宗,恰好玄宗命太子为元帅的诏到了。肃宗那时方知玄宗车驾已驻跸蜀中,随即遣使赍表入蜀,将即位之事奏闻。玄宗览表喜道:"吾儿应天顺人,吾更何忧!"遂下诏:"自今章奏,俱改称太上皇。军国重事,先请皇帝旨,仍奏闻朕。俟克复两京之后,朕不预事矣。"又命文部侍郎平章事房琯,与韦见素、秦国模、秦国桢赍玉册玉玺赴灵武传位;且谕诸臣不必复命,即留行在,听新君任用。肃宗涕泣拜领册宝,供奉于别殿,未敢即受。正是:

第九十二回

宝位已先即,宝册然后传。

授受原非误,只差在后先。

后来宋儒多以肃宗未奉父命,遽自称尊,谓是乘危篡位,以子叛父。说便这等说,但危急存亡之时,欲维系人心,不得已而出此。况玄宗屡欲内禅传位之说,已曾宣之于口;今日肃宗灵武即位之事,只说恪遵前命,理犹可恕;篡叛之说,似乎太过。若论他差处,在即位之后宠嬖张良娣,当军务倥偬之际,与之博戏取乐,此真可笑耳。正是:

若能不以位为乐,便是真心干蛊人。

然虽如此,即位可也;本年便改元,是真无父矣。若使此时邺侯李泌早在左右,必不令其至此。后人有诗叹云:

灵武遽称尊,犹曰遭多故。

本岁即改元,此举真大错。

当时定策者,无能正其误。

念彼李邺侯,咄哉来何暮?

闲话少说。且说当日天子西狩,太子北行,那些时为何没有贼兵来追袭?原来安禄山不意车驾即出,戒约潼关军士勿得轻进。贼将崔乾祐顿兵观望,及车驾既出数日之后,禄山闻报,方遣其部将孙孝哲督兵入京。贼众既入京城,见左藏充盈,便争取财宝,日夜纵酒为乐,一面差人往洛阳报捷,专候禄山到来,因此无暇遣兵追袭。所以车驾得安行入蜀,太子往朔方亦无阻隔。此亦天意也。正是:

左藏不焚留饵贼,遂教今日免追兵。

禄山至长安,闻马嵬兵变,杀了杨国忠,又闻杨妃赐死了,韩、虢二夫人被杀,大哭道:"杨国忠是该杀的,却如何害我阿环姊妹?我此来正欲与他们欢聚,今绝望矣!此恨怎消?"又想起其子安庆宗夫妇,都被朝廷赐死,一发忿恨,乃命孙孝哲大索在京宗室皇亲,无论王子王孙,郡主县主,及驸马郡马等国戚,尽行杀戮。又命将宗室男妇,被杀者悉刳取其心,以祭安庆宗。禄山亲临设祭,那日于崇仁坊高张锦帐,排下安庆宗的灵座,行刑剑子聚集众尸,方待动手刳心,说也奇怪,一霎时天昏地暗,雷电交加,狂风大作,剑子手中的刀,都被狂风刮去城垛儿上插着。霹雳一声,把安庆宗的灵位击得粉碎,锦帐尽被雷火焚烧。禄山大惧,向天叩头请罪,于是不敢设祭,命将众尸一一埋葬。正是:

治乱虽由天意,凶残大拂天心。

不意雷霆警戒,这番惨痛难禁。

看官听说,前日玄宗出奔时,原要与众宗室皇亲同行的,因杨国忠谏阻而止。今日众人尽遭屠戮,皆国忠害之也。此贼真死有余辜矣。正是:

一言遗大害,万剐不蔽辜。

当日众尸虽免刳心之惨,然凡禄山平日所怨恶之人,都被杀戮,还道:"李太白当初乘醉骂我,今日若在此,定当杀之!"又凡杨国忠、高力士所亲信的人,也都杀戮;朝官从驾而出者,其家眷在京,亦都被杀,只有秦国模、秦国桢的家眷俱先期远避,未遭其害。内侍边令诚投降,以六宫锁钥奉献。禄山遣人遍搜各宫,搜到梅妃江采蘋的宫畔,获一腐败女人之尸,便错认梅妃已死,更不追求。天幸梅妃不曾被贼人搜去,上皇归后,因得团圆偕老。可笑杨妃于仓惶被难之时,犹怀嫉妒,谏阻天子,不使梅妃同行。那知马嵬变

第九十二回

起,自己的性命倒先断送了。后人有诗云:

自家姊妹要同行,天子嫔妃反教弃。

马嵬聚族而歼旃,笑杀当初空妒忌。

禄山下令,凡在京官员,有不即来投顺者,悉皆处死。于是京兆尹崔光远、故相陈希烈,与刑部尚书张均、太常卿张垍等,俱降于贼。那张均、张垍乃燕国公张说之子也,张垍又尚帝女宁亲公主,身为国戚,世受国恩,名臣后裔,不意败坏家声一至于此!

父爵燕国公,子事伪燕帝。

辱没燕世家,可称难兄弟。

禄山以陈希烈、张垍为相,仍以崔光远为京兆尹,其余朝士都授以伪官,其势甚炽。然贼将俱粗猛贪暴,全无远略,既克长安,志得意满,纵酒婪财,无复西出之意。禄山亦心恋范阳与东京,不喜居西京。正是:

贪残恋土贼人态,妄窃燕皇圣武名。

未知后事如何,且听下回分解。

第九十三回

凝碧池雷海青殉节　普施寺王摩诘吟诗

词曰：

　　谈忠说义人都会，临难却通融。梨园子弟，偏能殉节，莫贱伶工。　　伶工殉节，孤臣悲感，哭向苍穹。吟诗写恨，一言一泪，直达宸聪。

　　　　　　　　　　　　——右调《青衫湿》

自古忠臣义士，都是天生就这副忠肝义胆，原不论贵贱的。尽有身为尊官，世享厚禄，平日间说到忠义二字，却也侃侃凿凿，及至临大节、当危难，便把这两个字撇过一边，只要全躯保家，避祸求福。于是甘心从逆，反颜事仇，自己明知今日所为必致骂名万载，遗臭无穷，也顾不得。偏有那位非高品，人非清流，主上平日不过以俳优畜之，即使他当患难之际，贪生怕死，背主降贼，人也只说此辈何知忠义，不足深责。不道他倒感恩知报，当伤心惨目之际，独能激起忠肝义胆，不避刀锯斧钺，骂贼而死。遂使当时身被拘囚的孤臣，闻其事而含哀，兴感形之笔墨，咏成诗词，不但为死者传名于后世，且为己身免祸于他年。可见忠义之事，不论贵贱，正唯贱者，而能尽忠义，愈足以感动人心。

第九十三回

却说安禄山虽然僭号称尊,占夺了许多地方,东、西二京都被他窃据,却原只是乱贼行径,并无深谋大略,一心只恋着范阳故土,喜居东京,不乐居西京。既入长安,命搜捕百官宦者宫女等,即以兵卫送赴洛阳。其府库中的金银币帛,与宫闱中的珍奇玩好之物,都辇去范阳藏贮。又下令要梨园子弟与教坊诸乐工都如向日一般的承应,敢有隐避不出者,即行斩首。其苑厩中所有驯象舞马等物,不许失散,都要照旧整顿,以备玩赏。

看官听说,原来当初天宝年间,上皇注意声色,每有大宴集,先设太常雅乐,有坐部,有立部。那坐部诸乐工,俱于堂上坐而奏技;立部诸乐工,则于堂下立而奏技。雅乐奏罢,继以鼓吹番乐,然后教坊新声与府县散乐杂戏,次第毕呈。或时命宫女,各穿新奇丽艳之衣,出至当筵清歌妙舞,其任载乐器往来者,有山车陆船制度,俱极其工巧。更可异者,每至宴酣之际,命御苑掌象的象奴引驯象入场,以鼻擎杯,跪于御前上寿,都是平日教习在那里的。又尝教习舞马数十匹,每当奏乐之时,命掌厩的圉人牵马到庭前。那些马一闻乐声,便都昂首顿足,回翔旋转的舞将起来,却自然合着那乐声的节奏。宋儒徐节孝先生曾有《舞马诗》云:

开元天子太平时,夜舞朝歌意转迷。

绣榻尽容骐骥足,锦衣浑盖渥洼泥。

才敲画鼓预先奋,不假金鞭势自齐。

明日梨园翻旧曲,范阳戈甲满关西。

当年此等宴集,禄山都得陪侍。那时从旁谛观,心怀艳羡,早已萌下不良之念。今日反叛得志,便欲照样取乐。可知那声色犬马,奇技淫巧,适足以起大盗窥窬之心。正是:

天子当年志太骄，旁观目眩已播摇。

漫夸百兽能率舞，此日奢华即盗招。

那时禄山所属诸番部落的头目，闻禄山得了西京，都来朝贺。禄山欲以神奇之事夸哄他们，乃召集众番人，赐宴于便殿，对众人宣言道："我今受天命为天子，不但人心归附，就是那无知的物类，莫不感格效顺。即如上林苑中所畜的象，见我饮宴，便来擎杯跪献；那御厩中的马，闻我奏乐，也都欣喜舞蹈，岂非神异之事！"众番人听说，俱俯伏呼万岁。禄山便传令，先着象奴牵出象来看。不一时，象奴将那十数头驯象，一齐都牵至殿庭之下。众番人俱注目而观，要看他怎生样擎杯跪献。不想这些象儿，举眼望殿上一看，只见殿上南面而坐者不是前时的天子，便都僵立不动，怒目直视。象奴把酒杯先送到一个大象面前，要他擎着跪献；那象却把鼻子卷过酒杯来，抛去数丈。左右尽皆失色，众番人掩口窃笑。禄山又羞又恼，大骂道："孽畜，怎般可恶！"喝把这些象都牵出去，尽行杀却。于是辍宴罢席，不欢而散。当时有人作诗讥笑道：

有仪有象故名象，见贼不跪真倔强。

堪笑纷纷降贼人，马前屈膝还稽颡。

禄山被象儿出了丑，因疑想那些舞马，或者也一时倔强起来，亦未可知，不如不要看它罢。遂命将舞马尽数编入军营马队中去。后来有两匹舞马，流落在逆贼史思明军中。思明一日大宴将佐，堂上奏乐。二马偶系于庭下，一闻乐声，即相对而舞。军士不知其故，以为怪异，痛加鞭笞。二马被鞭，只道嫌他舞得不好，越发摆尾摇头的舞个不止。军士大惊，棍棒交下，二马登时而毙。贼将中有晓得舞马之事者，忙叫不要打时，已都打死了。岂不可笑？正是：

第九十三回

象死终不屈节,马舞横遭大杖。

虽然一样被杀,善马不如傲象。

此是后话,不必赘言。只说禄山在西京恣意杀戮,因闻前日百姓乘乱,盗取库藏中之物,遂下令着府县严行追究,且许旁人首告。于是株连蔓引,搜捕穷治,殆无虚日。又有刁恶之徒挟仇诬首,有司不问情由,辄便追索,波及无辜,身家不保。民间虽然无人不思念唐室,相传皇太子已收聚北方劲兵,来恢复长安,即日将至,或时喧称太子的大兵已到了,百姓们便争相奔走出城,禁止不住,市里为之一空。贼将望见北方尘起,也都相顾惊惶。禄山料长安不可久居,何不早回洛阳。乃以张通儒为西京留守,安忠顺为将军,总兵镇守关中。又命孙孝哲总督军事,节制诸将,自己与其子安庆绪,率领亲军及诸番将还守东都,择日起行。却于起行之前一日,大宴文武官将,于内府四宜苑中凝碧池上,先期传谕梨园子弟、教坊乐工,一个个都要来承应。这些乐工子弟们,惟李謩、张野狐、贺怀智等数人随驾西去,其余如黄幡绰、马仙期等众人不及随驾,流落在京,不得不凭禄山拘唤。只有雷海青托病不至。

那日凝碧池头便殿上,排设下许多筵席。禄山上坐,安庆绪侍坐于旁,众人依次列坐于下。酒行数巡,殿陛之下,先大吹大擂,奏过一套军中之乐;然后梨园子弟、教坊乐工,按部分班而进。第一班按东方木色为首押班的乐官,头戴青霄巾,腰系碧玉软带,身穿青锦袍,手执青幡一面,幡上书"东方角音"四字,其字赤色,用红宝缀成,取木生火之意。幡下引乐工子弟二十人,都戴青纱帽,着青绣衣,一簇儿立于东边。第二班按南方火色为首押班的乐官,头戴赤霞巾,腰系珊瑚软带,身穿红锦袍,手执红幡一面,幡上书"南方徵音"四字，其字黄色，用黄金打成，取火生土之意。幡下引乐工子弟二十人，都戴绛绡冠，着红绣衣，一簇儿立于南边。第三班按西方金色为首押班的乐官，头戴皓月巾，腰系白玉软带，身穿白锦袍，手执白幡一面，幡上书"西方商音"四字，其字黑色，用乌金造成，取金生水之意。幡下引乐工子弟二十人，都戴素丝冠，着白绣衣，一簇儿立于西边。第四班按北方水色为首押班的乐官，头戴玄霜巾，腰系黑犀软带，身穿黑锦袍，手执黑幡一面，幡上书"北方羽音"四字，其字青色，用翠羽嵌成，取水生木之意。幡下引乐工子弟二十人，各戴皂罗帽，着黑绣衣，一簇儿立于北边。第五班按中央土色为首押班的乐官，头戴黄云巾，腰系蜜蜡软带，身穿黄锦袍，手执黄幡一面，幡上书"中央宫音"四字，其字以白银为质，兼用五色杂宝镶成，取土生金，又取万宝土中生之意。幡下引乐工子弟四十人，各戴黄绫帽，着黄绣衣，一簇儿立于中央。五个乐官，共引乐人一百二十名，齐齐整整，各依方位立定。

才待奏乐，禄山传问："尔等乐部中人，都到在这里么？"众乐工回称诸人俱到，只有雷海青患病在家，不能同来。禄山道："雷海青是乐部中极有名的人，他若不到，不为全美；可即着人去唤他来。就是有病，也须扶病而来。"左右领命，如飞的去传唤了。禄山一面令众乐人，且各自奏技。于是凤箫龙笛，象管鸾笙，金钟玉磬，秦筝羯鼓，琵琶箜篌，方响手拍，一霎时吹的吹，弹的弹，敲的敲，击的击，真个声韵铿锵，悦耳动听。乐声正喧时，五面大幡一齐移动，引着众人盘旋错纵，往来飞舞，五色绚烂，合殿生风。口中齐声歌唱，歌罢舞完，乐声才止，依旧各按方位立定。禄山看了，心中大喜，掀髯称快，说道："朕向年陪着李三郎饮宴，也曾见过这些歌

第九十三回

舞,只是侍坐于人,未免拘束,怎比得今日这般快意!今所不足者,不得再与杨太真姊妹欢聚耳。"又笑道:"想我起兵未久,便得了许多地方,东、西二京,俱为我取,赶得那李三郎有家难住,有国难守。平时费了多少心力,教成这班歌儿舞女,如今自己不能受用,倒留下与朕躬受用,岂非天数?朕今日君臣父子相叙宴会,务要极其酣畅,众乐人可再清歌一曲侑酒。"

那些乐人,听了禄山说这番说话,不觉伤感于心,一时哽咽不成声调,也有暗暗堕泪的。禄山早已瞧见,怒道:"朕今日饮宴,尔众人何得作此悲伤之态!"令左右查看,若有泪容者,即行斩首。众乐人大骇,连忙拭去泪痕,强为欢颜。却忽闻殿庭中有人放声大哭起来。你道是谁?原来是雷海青。他本推病不至,被禄山遣人生逼他来。及来到时,殿上正歌舞得热闹。他胸中已极其感愤,又闻得这些狂言悖语,且又恐喝众人,遂激起忠烈之性,高声痛哭。当时殿上殿下的人,尽都失惊。左右方待擒拿,只见雷海青早奋身抢上殿来,把案上陈设的乐器,尽抛掷于地,指着禄山大骂道:"你这逆贼,你受天子厚恩,负心背叛,罪当万剐,还胡说乱道!我雷海青虽是乐工,颇知忠义,怎肯伏侍你这反贼!今日是我殉节之日,我死之后,我兄弟雷万春自能尽忠报国,少不得手刃你们这班贼徒!"禄山气得目瞪口呆,一句话也说不出,只叫快砍了。众人扯下,举刀乱砍,雷海青至死骂不绝口。正是:

昔年只见安金藏,今日还看雷海青。
一样乐工同义烈,满朝愧此两优伶。

雷海青既死,禄山怒气未息,命辍去筵席,将众乐人都拘禁候发落。正传谕间,忽探马来报:"皇太子已于灵武即位,年号都有了。今以山人李泌为军师，命广平王、建宁王与郭子仪、李光弼等，分统军马，恢复两京。"又报："令狐潮屡次攻打雍丘，奈雍丘防御使张巡，又善守，又善战，令狐潮屡为所败。"禄山闻此警报，遂下令即日起马回东京，另议调遣军将应敌。其西京所存宫女宦官、奇珍玩好，及一切乐器与众乐人，尽都带往东京去。临行之时，禄山乘马过太庙前，忽勒住马，命军士将太庙放火焚烧。军士们领命，顷刻间四面放起火来。禄山立马观之，火方发，只见一道青烟直冲霄汉。禄山方仰面观看，不想那烟头随即环将下来，直冒入禄山眼中，登时两眼昏迷，泪流如注，不便乘马，另驾轻车而去。自此禄山害了眼病，日甚一日，医治不痊，竟双瞽了。正是：

　　逆贼毁宗庙，先皇目不瞑。

　　旋即夺其目，略施小报应。

　　禄山至东京后，二目失视，不见一物，心中焦躁，时常想要唤那些乐人来歌唱遣闷；又因雷海青这一番，心中疑虑，不敢与他们亲近。欲待把他们杀了，又惜其技能，姑且留着备用。

　　且说雷海青死节一事，人人传述，个个颂扬，因感动了一个有名的朝臣。那朝臣不是别人，就是前日于上皇前奏对钟馗履历的给事中王维。他表字摩诘，原籍太原人氏，少时尝读书终南山，开元年间进士及第。天性孝友，与其弟王缙俱有俊才。王维更博学多能，书画悉臻其妙，名重一时，诸王驸马俱礼之为上宾。尤精于乐律，其所著乐章，梨园教坊争相传习。曾有友人得一幅奏乐画图，不识其名。王维一见便道："此所画者，乃《霓裳》第三叠第一拍也。"当时有好事者，集众乐工奏《霓裳》之乐，奏到第三叠第一拍，一齐都立着不动，细看那些乐工，吹的弹的敲的击的，其手腕指

第九十三回

尖起落处,与画图中所画者一般无二。众人无不叹服。天宝末年,官为给事中。当禄山反叛,上皇西幸之时,仓卒间不及随驾,为贼所获,乃服药取痢,佯为瘖疾,不受伪命。禄山素重其才名,不加杀害,遣人伴送至洛阳,拘于普施寺中养病。

王维性本极好佛,既被拘寺中,惟日以禅诵为事,或时闲坐,想起昔年上皇梦中,见钟馗挖食鬼眼,今禄山丧其两目,正应此兆。如此看来,鬼魅不久即扑灭矣,独恨我身为朝臣,不及扈从车驾,反被拘困于此,不知何时再得瞻天仰圣。正在悲思,忽闻人言雷海青殉节于凝碧池,因细询缘由,备悉其事,十分伤感,望空而哭。又想那梨园教坊,所习的乐章中,多半是我的著作,谁知今日却奏与贼人听,岂不大辱我文字?又想那雷海青虽屈身乐部,其平日原与众不同,是个有忠肝义胆的人。莫说那贼人的骄态狂言,他耳闻目见,自然气愤不过;只那凝碧池在宫禁之中,本是我大唐天子游幸的去处,今却忽被贼人在彼宴会,便是极伤心惨目的事了。想到其间,遂取过纸笔来,题诗一首云:

万户伤心生野烟,百官何日再朝天?
秋槐叶落空宫里,凝碧池头奏管弦。

王维这首诗,只自写悲感之意,也不曾赞到雷海青,也不曾把来与人看。不想那些乐工子弟被禄山带至东京,他们都是久仰王维大名的,今闻其被拘在普施寺,便常常到寺中来问候。因有得见此诗者,你传我诵,直传诵至肃宗行在。肃宗闻知,动容感叹,因便时时将此诗吟讽。只因诗中有凝碧池三字,便使雷海青殉节之事愈著。到得贼平之后,肃宗入西京,褒赠死节诸臣,雷海青亦在褒赠之中。那些降贼与陷于贼中的官员,分别定罪。王维虽未曾降贼,却也是陷于贼中,该有罪名的了。其弟王缙,时为刑部侍郎,上表请削己之官,以赎兄之罪。肃宗因记得凝碧池这首诗,嘉其有不忘君之意,特旨赦其罪,仍以原官起用。这是后话。正是:

他人能殉节,因诗而益显。

己身将获罪,因诗而得免。

且说禄山自目盲之后,愈加暴戾,虐使其下,人人自危。且心志狂惑,举动舛错,于是众心离散,亲近之人,皆为仇敌矣。所谓:

恶贯已将满,天先褫其魄。

未知后事如何,且听下回分解。

第九十四回

安禄山屠肠殒命　南霁云啮指乞师

词曰：

　　逆贼负却君恩重，受报亲生逆种。家贼一时发动，老命无端送。　　渠魁虽殄兵还弄，强帅有兵不用。烈士泪如泉涌，断指何知痛？

——右调《胡捣练》

　　君之尊犹天也，犹父也，而逆天背父，罪不容于死。然使其被戮于王师，伏诛于国法，犹不足为异。唯是逆贼之报，即报之以逆子。臣方背其君，子旋弑其父，既足使人快心，又足使人寒心。天之报恶人，可谓巧于假手矣。乃若身虽未尝为背逆之事，然手握重兵，专制一方，却全不以国家土地之存亡为念，只是心怀私虑，防人暗算，忌人成功，坐视孤城危在旦夕，忠臣义士，枵腹而守，奋身而战，力尽神疲，疼心泣血，哀号请救，不啻包胥秦庭之哭，而竟拥兵不发，漠然不关休戚于其心，以致城池失陷，军将丧亡，百姓罹灾，忠良殒命，此其人与乱臣贼子何异？言之可为发指！

　　且说安禄山自两目既盲之后，性情愈加暴厉，左右供役之人稍不如意，即痛加鞭挞，或时竟就杀死。他有个贴身伏侍的内监，叫做李猪儿,日夕不离左右,却偏是他日夕要受些鞭挞。更可笑者,那严庄是他极亲信的大臣了,却也常一言不合,便不免于鞭挞。因此内外诸人,都怀怨恨。禄山深居宫禁,文武官将希得见其面。向已立安庆绪为太子,后有爱妾段氏,生一子,名唤庆恩。禄山因爱其母,并爱其子,意欲废庆绪而立庆恩为嗣。

庆绪因失爱于父,时遭箠楚,心中惊惧,计无所出,乃私召严庄入宫,屏退左右,密与商议,要求一自全之策。严庄这恶贼,是惯劝人反叛的,近又受了禄山鞭挞之辱,忿恨不过。平日见庆绪生性愚骏,易于播弄,常自暗想:"若使他早袭了位,便可凭我专权用事。"今因他来求计,就动了个歹心,要劝他行弑逆之事,却不好即出诸口,且只沉吟不语。庆绪再三请问道:"我目下受父皇的打骂还不打紧,只恐偏爱了少子,将来或有废立之举。必得先生良策,方可无虑,幸勿吝教。"严庄慨然发叹道:"从来说母爱者子抱,主上既宠幸段妃,自然偏爱那段氏所生之子,将来废位之事,断乎必有。殿下且休想承大位了,只恐还有不测之祸,性命不可保。"庆绪愕然道:"我无罪,何至于此?"严庄道:"殿下未曾读书,不知前代的故事。自古废一子立一子,那被废之子,曾有几个能保得性命?总因猜嫌疑忌之下,势必至于驱除而后止,岂论你有罪无罪?"庆绪闻言,大骇道:"似此,如之奈何?"严庄道:"以父而临其子,惟有逆来顺受而已。"庆绪道:"难道便无可逃避了?"严庄道:"古人有云:小杖则受,大杖则走。此不过谓人家父子之间,教训督责,当父母盛怒之时,以大杖加来,或受重伤,反使父母懊悔不安,且贻父母以不慈之名,不若暂行逃避的是,所以说大杖则走。今以父而兼君之尊,既起了忍心,欲杀其子,只须发一言,出片纸,便可完事,更无走

第九十四回

处,待逃到那里去?"庆绪道:"此非先生不能救我!"严庄道:"臣若以直言进谏,必将复遭鞭挞;且恐激恼了,反速其祸,教我如何可以相救!"庆绪道:"我是嫡出之子,苟不能承袭大位,已极可恨,岂肯并丧其身?"严庄道:"殿下若能自免于死亡之祸,便并不致有废立之事矣!"庆绪道:"愿先生早示良策,我必不肯束手待死!"

严庄假意踌躇了半响,说道:"殿下,你不肯束手待死么?你若束手,则必至于死;若欲不死,却束不得手了。俗谚云:君要臣死,不得不死;父要子亡,不得不亡。说便如此说,人极则计生。即如主上与唐朝皇帝,岂不是君臣?况又曾为杨妃义儿,也算君臣而兼父子了。只因后来被他逼得慌,却也不肯束手待死,竟兴动干戈起来,彼遂无如我何。不但免于祸患,且自攻城夺地,正位称尊,大快平生之志。以此推之,可见凡事须随时度势,敢作敢为,方可转祸为福。但不知殿下能从此万无奈何之计,行此万不得已之事否?"庆绪听说,低头一想,便道:"先生深为我谋,敢不敬从。"严庄道:"虽然如此,必须假手于一人,此非李猪儿不可。臣当密谕之。"庆绪道:"凡事全仗先生大力主持,迟恐有变,以速为贵。"严庄应诺,当下辞别出宫,恰好遇见李猪儿于宫门首,遂面约他:"晚间乘闲到我府中来,有话相商。"

至晚,李猪儿果至。严庄置酒于密室,二人相对小饮。严庄笑问道:"足下日来,又领过几多鞭子了?"李猪儿忿然道:"不要说起!我前后所受鞭挞已不计其数,正不知鞭挞到何日是了!"严庄道:"莫说足下,即如不佞,忝为大臣,也常遭鞭挞。太子以储贰之贵,亦屡被鞭挞。圣人云:君使臣以礼。又道:为人父,止于慈。主上恁般作为,岂是待臣子之礼,岂是慈父之道?如今天下尚未定,万一内外人心离散,大事去矣!"李猪儿道:"太子还不知道哩!主上已久怀废长立少、废嫡立庶之意,将来还有不可知的事。"严庄道:"太子岂不知之?日间正与我共虑此事。我想太子为人仁厚,若得他早袭大位,我和你正有好处,不但免于挞辱而已。怎地画个妙策,强要主上禅位于太子才好。"李猪儿摇手道:"主上如此暴厉,谁敢进此言,如何勉强得他?"严庄道:"若不然呵,我是大臣,或者还略存些体,不便屡加挞辱。足下屈为内侍,将来不止于鞭挞,只恐喜怒不常,一时断送了性命。"李猪儿听说,不觉攘臂拍胸道:"人生在世,总是一死,与其无罪无辜俛首被杀,何如惊天动地做他一场,拚得碎尸万段,也还留名后世!"严庄引他说出此言,便抚掌而起,说道:"足下若果能行此大事,决不至于死,到有分做个佐命的功臣哩!只是你主意已定否?"李猪儿道:"我意已决,但恐非太子之意。他顾着父子之情,怎肯容我胡为?"严庄道:"不瞒你说,我已启过太子了。太子也因失爱于父,怕有祸患,向我说道:'凡事任你们做去罢。'我因想着足下必与我有同心,故特约来相商。"李猪儿道:"既然如此,事不宜迟,只明夜便当举动。趁他两日因双眼作痛,不与女人同寝,独宿于便殿,正好动手。但他常藏利刃于枕畔,明晚先窃去之,可无虑矣!"言毕作别而去。

次日,严庄密与庆绪照会,到黄昏时候,庆绪与严庄各暗带短刀,托言奏事,直入便殿门来,值殿官不敢阻挡。禄山此时已安寝于帏帐之内,不防李猪儿持刀突入帐中。禄山目盲,不知是何人,方欲问时,李猪儿已揭去其被,灯火之下,见禄山袒着大腹,说时迟,那时快,把刀直砍其肚腹。禄山负痛,急伸手去枕畔摸那利刃,却已不见了,乃以手撼帐竿道:"此必是家贼作乱!"口中说话,那肚肠已流出数斗,遂大叫一声,把身子挺了两挺,呜呼哀哉了。时肃宗至德二载正月也。可恨此贼背君为乱,屠戮忠良,虐害百姓,罪恶滔天,今日却被弑而死。乱臣受弑逆之报,天道昭彰。后人有两只《挂枝儿》词说得好,道是:

  安禄山,(你做)张守珪(的)走狗,犯死刑,姑饶下(这)驴头,(却怎敢)恃兵强,(要学那)虎争龙斗,(你本是)狼子野心肠。(又道是)猪首龙身兽,(到今日)作孽的猪龙,也倒死(在)猪儿手!

  安禄山,(你负了)唐明皇(的)宠眷,(不记得)拜母妃,钦赐洗儿钱,(怎便把)燕代唐,(要)将江山占。(可笑你打)家贼(的)鞭何重,(那禁他斫)大腹(的)刀太尖。(则见你)数斗(的)肠流,也(为甚)赤心(儿)没一点!

禄山既被杀,左右侍者方惊骇间,庆绪与严庄早到,手中各持短刀,喝教不许声张。众人一则平日被禄山打毒,今日正幸其死;二来见庆绪与严庄作主,便都不敢动。严庄令人就床下掘地深数尺,以毡裹其尸而埋之,戒宫中勿漏泄。次早宣言禄山骤病危笃,命传位于庆绪。于是庆绪僭即伪位,密使人将段氏与庆恩缢死,伪尊禄山为太上皇,重加诸将官爵,以悦其心。过了几日,方传禄山死信,命众臣不必入宫哭临,密起其尸于床下。尸已腐烂,草草成殓,发丧埋葬。严庄见庆绪昏庸,恐人不服,不要他见人。庆绪日以酒色为乐,凡禄山所宠的姬侍,都与淫乱。大小诸事,俱取决于严庄,封他为冯翊王。严庄以庆绪之命,使伪汴州刺史尹子奇引兵十三万攻睢阳城,睢阳太守许远求救于雍丘防御使张巡。

且说张巡在雍丘,那南霁云与雷万春已投入麾下为郎将。当车驾西幸之时,贼将令狐潮来攻雍丘,张巡率南、雷二人及诸将佐悉力拒守。令狐潮与张巡原系旧同学,因遣使致书,申言夙契,且云:天下存亡未卜,守此孤城何益?不如早降为上。张巡部下有大将六人,亦劝张巡出降。张巡大怒,设天子画像于堂,率众朝拜涕泣,谕以大义,众皆感奋。张巡乃斩来使,并斩劝降六将,于是人心愈坚。拒守既久,城中缺少了箭,张公命作草人千余,蒙以黑衣,乘夜缒下城去。贼兵惊疑,放箭乱射,遂得箭无数。次夜,仍复以草人缒下,贼都大笑,更不为备。张巡乃选壮士五百人,缒将下去,径斫贼营。贼出其不意,一时大乱,弃营而奔,杀伤甚众。令狐潮忿怒,亲自督兵攻城。张巡使雷万春登城探视。时万春因传闻得其兄雷海青殉难的消息,十分哀愤,才哭得过,便咬牙切齿的上城来,方举目而望,不防贼人连发弩箭。雷万春面上一时连中六矢,只是挺然立着不动。令狐潮遥望见,疑为木偶人,及见其用手拔箭,流血被面,方询知是雷万春,大为骇异。正是:

草人错认是真,真人反疑为木。

笑尔草木皆兵,羡他智勇具足。

少顷,张巡亲自临城,令狐潮望着楼上叫道:"张兄,我见雷将军,知足下军令矣!然如天道何?"张巡说:"足下未识人伦,安知天道?你平日也谈忠说义,今日忠义何在?勿更多言,可即决一胜负。"遂率兵与战,兵皆奋勇争先,生获贼将十四人,斩首八百余级。令狐潮败入陈留,余众屯于沙涡。张巡乘夜袭击,又大破之,奏凯而回。忽探马来报说:"贼将杨朝宗欲引兵袭取宁陵,断我归路。"张巡乃分兵守雍丘,自引亲兵星驰至宁陵,恰直许远亦引兵到来,遂合兵与贼战,昼夜数十合,大破杨朝宗之众,斩首数千级。

第九十四回

捷音至行在，肃宗诏以张巡为河南节度副使，许远亦加官进秩，仍守睢阳。至是，尹子奇来攻睢阳，许远因兵少，遣使至张巡处求助。张巡以睢阳要地，不可不坚守，乃自宁陵引兵三千至睢阳，合许远所部兵不过七千人。张巡与南霁云、雷万春等数将，并力出战，屡次得胜。张巡欲放箭射尹子奇，奈不识其面，乃以蒿为矢射去，贼兵疑城中箭已尽，遂将蒿矢呈于子奇看。于是张巡识其状貌，命南霁云射之，中其左目。正是：

禄山两目俱盲，子奇一目不保。

相彼君臣之面，眼睛无乃太少。

自此许远将战守事宜，悉听张巡指挥。张巡真是文武全才，不但善战，又极善谋，行兵不拘古法，随机应变，出奇制胜。其生性忠烈，每临战杀贼，咬牙恨怒，牙齿多碎。却又能于军务倥偬之际，不废吟咏。因登城楼，遥闻笛声，遂作《军中闻笛》诗云：

岧峣试一临，敌骑附城阴。

不辨风尘色，安知天地心。

门开边月近，战苦阵云深。

旦夕更楼上，遥闻横笛音。

闲言少说。且说许远向于睢阳城中积军粮十万余石，后被宗藩虢王巨调其半，分给他郡，不由许远不肯。因此睢阳城中粮少，到那时渐已告匮，每人止日给米一二合，杂以茶纸树皮为食。贼兵攻城愈急，造为云梯，其状如虹，使勇卒三百立于上，推梯临城，欲便腾入。张巡预令人于城墙潜凿三穴，俟梯将近，每穴出一大木，以一木拄定其梯，使不得进；一木上有铁钩挽住其梯，使不得退；一木上置铁笼，盛火药，发火焚之，梯即中断，梯上军士都被火烧，跌落地而死。贼兵又作木驴攻城,张巡命熔金汁灌之,登时消铄。凡此拒守之事,俱应机立办。贼伏其智,不敢来攻,但于城外列营围困。张巡、许远分城而守,与众同食茶纸,亦不复下城。那时大帅许叔冀在谯郡,贺兰进明在临淮,俱拥兵不救,而临淮与睢阳尤近。张巡乃令南霁云赴临淮借粮,乞师援救。

霁云领命,引三十骑出城,突围而走。贼众数万遮之,霁云直冲其众,左射右射,矢无虚发,贼皆披靡。遂出重围至临淮,见贺兰进明,涕泣求救。谁知进明素与许叔冀不睦,恐分兵他出,或为所袭;二来又心怀妒忌,不欲许远、张巡成功,竟不肯发兵,亦无粮米相借,说道:"此时睢阳当已失陷,我即发兵借粮,亦无及矣!"霁云道:"睢阳死守待救,大兵速去,必不至失陷;若果已失,我南八男儿,请以死谢大夫。"进明只不允。霁云奋然道:"睢阳与临淮如皮毛之相依,睢阳若陷,即及临淮,岂可不救?"说罢仰天号恸。进明爱其忠勇,意欲留之,乃用温言抚慰,且命设宴款待,奏乐侑酒。霁云大哭道:"仆来时睢阳城中,已不食月余矣。今即欲独食,安能下咽!大夫坐拥强兵,并无分灾救患之意,岂忠臣义士之所为乎?"因发狠自咬下一指,以示进明道:"仆已不能达主将之意,请留此指以示信,归报主将与同死耳!"一时指血泪血,有如泉涌,座客俱为之挥涕。进明决意不救,又度霁云不可留,竟谢遣之。此真千古可恨之事!所以至今张睢阳庙中,铜铸一贺兰进明之像,裸体绑缚,跪于阶下,任人敲打,来泄此恨。后人也有两只《挂枝儿》说得好,道是:

> 进明阿,(你也)食唐家禄否?(人望你)拯灾危,冒险(的)求救;(谁知你)拥强兵(竟)不能相救。(不曾)见你兴

师去,(倒要)将他勇士留。(可怜那)南八男儿也,十指(儿)只剩九。

　　进明阿,(你不顾)千年的唾骂,(任南八)苦求救,只不听他,(眼睁睁)看他将指头(儿)咬下。(他当时)临去空咬指,(我今日)说来亦咬牙,(好把那)睢阳庙里铜人,也尽力(的)狠敲他!

南霁云自临淮奔至宁陵,与偏将廉坦,引步骑数百,冒围至睢阳城下,与贼力战,斫坏贼营,方得入城门。城中人闻救兵不至,无不号哭,或议弃城东走。张巡、许远婉言晓谕众人道:"睢阳乃江淮保障,若弃之而去,贼必长驱东下,是无江淮也。况我众饥疲,即走亦不能远,徒遭残杀耳。临淮虽不肯相救,诸镇岂无一仗义者?不如坚守以待之。但是城中绝粮,何忍强留尔众同受饥寒,今任尔众自便。我二人为朝廷守土,义当以身守之,不敢言去也!"众人闻言感激,愿同心竭力,以守此城。茶纸食尽,杀马而食。马食尽,罗雀掘鼠而食。雀鼠亦尽,张巡杀其爱妾,许远烹其家僮,以享士卒。人心愈加衔感,明知必死,终无叛志。

又挨过了数日,军将都羸瘦患病,不能拒守,贼遂登城。张巡西向再拜道:"臣力竭矣!不克全城以报朝廷,死当为厉鬼以杀贼!"今盛京慈仁寺,所塑青魈菩萨,赤发蓝面,口衔巨蛇,如夜叉状,云即张睢阳自矢所为厉鬼像也。城既破,张、许二公及诸将俱被执。尹子奇将许远解赴洛阳,张巡与雷万春、南霁云等共三十六人皆遇害。张巡至死神色如常,万春、霁云俱骂不绝口而死,其三十余人,亦无一肯屈节者。后人有诗赞曰:

　　张巡先殒固尽忠,许远后亡亦矢节。

从死不独有南霁，三十六人同义烈。

睢阳失陷三日之后，河南节度使张镐救兵到。原来张镐闻睢阳危急，倍道来援，犹恐不及，先遣飞骑驰檄谯郡太守闾丘晓，使速引本部兵先往。闾丘晓素傲狠，不奉节制，竟不起兵。及张镐至，城已破三日矣。张镐大怒，令武士擒闾丘晓，至军前杖杀之。正是：

恨不移此闾丘杖，并杖临淮狠贺兰。

未知后事如何，且听下回分解。

第九十五回

李乐工吹笛遇仙翁　王供奉听棋谒神女

词曰：

声音入妙感仙家，月夜引仙槎。只嫌笛管未全佳，吹破共嗟讶。　　更惊弈理通仙道，决胜负数着无加。止将常势略谈些，国手已堪夸。

——右调《月中行》

人生世上，不特忠孝节义与大功勋事业、道德文章，足以流芳后世，垂名不朽，就是那一长一技之微，若果能专心致志，亦足以轶类超群，独步一时。且其艺既精妙入神，不难邀知遇于君上，致感通于神仙，使其身所遭逢之事，传为千秋佳话。

却说张镐既杖杀闾丘晓，即移书于贺兰进明，责其不救睢阳。恰闻朝廷有旨，命张镐镇临淮，着进明移驻别镇。张镐乃率兵攻打睢阳城，与尹子奇大战。子奇正战之间，忽然阴云四合，寒风扑面，贼众都闻鬼哭神号之声，空中如有鬼兵来冲突，一时大乱，四散狂奔。正是：

死为厉鬼忠臣志，须信忠魂自有灵。

尹子奇兵溃，只得弃了睢阳城，退奔陈留。谁想陈留百姓，恨

李乐工吹笛遇仙翁　王供奉听棋谒神女

其荼毒睢阳,痛惜忠良被害,遂出其不意,杀将起来,斩了尹子奇,开城迎降。张镐安民已毕,分兵留守,一面引众回镇,一面将睢阳死难诸臣具表奏闻朝廷。恰好上皇有手诏至肃宗行在,命褒录死节之人。

且说上皇在蜀中,眼前少了个杨妃,常怀愁闷。那些梨园子弟又大半散失,供御者无多人,更加不快。还亏有高力士日夕侍侧,时为劝解。及闻安禄山焚毁祖庙,杀害宗室,残虐臣民,遂拊心顿足,十分哀痛。随又传闻禄山已死,乃叹恨道:"朕恨不及手自寸磔此贼也!"因追念故相张九龄昔年曾说禄山有反相,不宜宥其死,此真先见之明。当时若从其言,何至有今日之祸?于是特遣中使往曲江,致祭于其墓,御制祭文一道,手书付中使,赍赴墓前宣读。其文云:

> 惟卿昔者曾有说言,谓彼禄山反相昭然,不宜宥死,宜亟歼旃。朕听不聪,轻纵巨奸,既宽显戮,更予大藩,酿兹凶祸,追悔从前。卿今若在,朕复何颜!追念老臣,曷胜涕涟。特遣致祭,侑以短篇,嘉卿先见,志吾过愆。尚飨。

上皇既遣祭张九龄,且厚恤其家,因即降手诏,命朝臣查录一切死难忠臣,申奏新君,并加恤典,不得遗漏。又闻雷海青殉节于凝碧池,不胜嘉叹。张野狐因乘机启奏道:"梨园旧人黄幡绰,向羁贼中,今从东京逃来,甚欲见驾;止因失身陷贼,恐上皇爷欲加之罪,故逡巡未敢。"上皇道:"汝等俳优之辈,安能尽如雷海青这般殉节?失身贼中,不足深责。黄幡绰既从贼中来,必知雷海青殉节之详,朕正欲问他,可便唤来。"左右领旨,即将黄幡绰宣到。幡绰叩首阶前,涕泣请罪。上皇赦其罪,问道:"雷海青殉节于凝碧池之日，你也在那里么？"幡绰道："此事臣所目睹。"上皇道："汝可详细奏来。"幡绰便把那安禄山如何设宴奏乐，众乐工如何伤感堕泪，禄山如何要杀那堕泪的，雷海青如何大哭，如何抛掷乐器，骂贼而死，一一奏闻。上皇叹息道："贱工且能尽忠如此，彼张均、张垍辈，真禽兽不若矣！"因问幡绰道："汝于此时亦曾堕泪否？"幡绰道："触目伤心，那得不堕泪？"时内监冯神威在侧，向日幡绰曾于言语之间戏侮了他，心中不悦，奏道："幡绰此言妄也。奴婢闻人传说，幡绰在贼中，把禄山极其谄奉。禄山曾宫中梦纸窗破碎，幡绰解云：此为照临四方之兆。禄山又梦自身所穿袍袖甚长，幡绰又为之解云：此所谓垂衣而天下治。如此进谀，岂是肯堕泪者？"上皇即问幡绰："汝果有此言否？"那黄幡绰本是个极滑稽善戏谑的人，平日在御前惯会撮科打诨，取笑作耍的，那时若惊惶抵赖，便没趣了。他却不慌不忙，从容奏道："禄山果有此梦，臣亦果有此言。臣因禄山有此不祥之二梦，知其必败，故不与直言以取祸，只以巧言对之，正欲留此微躯，再睹天颜耳。"上皇道："怎见得此二梦之不祥，汝便知其必败？"幡绰道："纸窗破者，不容胡做也；袍袖长者，出手不得也。岂非必败之兆乎？"上皇听说，不觉大笑，遂命仍旧供御。正是：

闻之既堪为解颐，言者自可告无罪。

自此上皇时常使黄幡绰侍侧，询问东、西二京之事。幡绰恐感动圣怀，应对之间，杂以诙谐，常引得上皇发笑。忽一日，又有一个梨园旧人到来，你道是谁？却是笛师李謩。原来李謩于大驾西行时，同着一个从人奔走随驾，不想走迟了些，追随不及，失落在后。遇着哥舒翰的败残军马冲来，前路难行，急惶惶的奔窜，一时无处

李乐工吹笛遇仙翁　王供奉听棋谒神女

逃匿，只时权避入一山谷中。其中有古寺一所，寺僧询知是御前奉侍之人，不敢怠慢，留他暂寓，一连住了五七日。

一夕月朗风清，从人先自去睡了，李謩心中烦闷，且不即睡，又爱那风清月朗，徘徊观玩了一回，便向行囊中取出平日那枝吹惯的笛儿来，独自步出寺门，在一大树之下石台上坐着，把那笛儿吹起。真个声音嘹亮，响彻山谷。才吹罢，遥见园林中走出一个彪形大汉，大步的行至前来，仔细视之，乃一虎头人也。李謩大骇。那虎头人身穿一件白袷单衣，露腿赤足，就寺门槛上箕踞而坐，说道："笛声甚妙，可再吹一曲。"李謩那时不敢不吹，只得按定了心神，吹起一套繁縻之调。虎头人听到酣适之际，不觉瞑然睡去，横卧于槛上，少顷之间，鼾声如雷。李謩欲待跨入寺门槛去，又恐惊醒了他，不是耍处。回首四顾，没处藏身，只得将笛儿安放草间，尽力爬上那大树，直爬到那极高的去处，借树叶遮身，做一堆儿伏着。

不移时，虎头人醒来，不见了吹笛的人，懊叹道："恨不早食之，却被他走了。"遂立起身来，向空长啸了几声，便有十余只大虎，腾跃而至，望着虎头人俯首伏地，状如朝谒。虎头人道："适有一吹笛小儿，乘我睡熟，因而逃脱。我方才当槛而卧，量彼不敢入寺，必奔他处，汝等可分路索之。"众虎遂四散奔去，虎头人依然踞坐不动。约五更以后，众虎俱回，都作人言道："我等四路追寻不获。"正说间，恰值月落斜照，见有人影在树。虎头人笑道："我道有云行雷掣，却原来在这里！"乃与众虎望着树上跳身攫取。幸那树甚高，跃攫不及。李謩此时却吓得魂不附体，满身抖颤，几乎坠下，紧紧抱着树枝。正在危急，忽闻空中有人大喝道："此乃御前之人，汝等孽畜，不得猖獗！"于是虎头人与众虎一时俱惊散。少

第九十五回

间天曙,仆从来寻,李謩方才下树。且喜那笛儿原在草间无损,仍旧收得。正是:

箫能引凤,笛乃致虎。

岂学虞庭,百兽率舞。

李謩受此惊恐,卧病数日。病愈之后,方欲起行,适有旧日相知的京官皇甫政,新任越州刺史,因赴任途次,偶来山寺借宿。遇见了李謩,各叙寒暄,问李謩将欲何往。李謩道:"将欲西行,追随大驾。"皇甫政道:"近日西边一路,兵马充斥,岂可冒险而行?不如且同我到越州暂住,俟稍平静,西行未迟。"李謩应诺,遂别了寺僧,随着皇甫政迤逦来至越州,即寓居于刺史署中。

那越州有个镜湖,是名胜之处。皇甫政公事之暇,常与李謩到彼观览。李謩道:"湖光可人,尤宜月夜。"皇甫政点头道:"我亦正欲为月夜泛湖之游。"乃于月明之夕,具酒肴于舟中,约集僚友,同了李謩泛湖饮宴。但见月光如水,水光映月,放舟而行,如游天际,正合着苏东坡《赤壁赋》中两句,道是:

桂棹兮兰桨,击空明兮泝流光。

众官饮酒至半酣,都要听李謩的妙笛,说道:"昔年勤政楼头一曲笛音,止住了千万人的喧哗,天下传闻绝技。今夕幸得相叙,切勿吝教。"皇甫政笑道:"李君所用之笛,我已携带在此了。"众官都喜道:"可知妙哩!"李謩谦逊了一回,取出笛儿吹将起来,其声音之妙,真足以怡情悦耳,听者无不啧啧称叹。一曲方终,只见前面有扁舟一叶,一童子鼓棹而行,船上立着一个老翁,口中高声的叫道:"大好笛音,肯容我登舟一听否?"众人于月下视之,见他:

数髯瑟瑟,一貌堂堂。野服葛巾,绝似仙家妆束;开襟挥尘，更饶名士风流。果然顾盼非凡，真乃笑谈不俗。

众官看了，知其非常人，不敢轻忽，即请过大船中，以礼相见。老翁道："山野之人，多有唐突，幸勿见罪。"众官揖之就坐，老翁道："偶游月下，忽闻笛声甚佳，故冒昧至此，欲有所陈。"李謩道："拙技不足污耳，承翁丈闻声而来，定是知音，正欲请教大方。"老翁道："顷所吹者，乃《紫云回》曲也。此调出自天宫，今尊官已悉得其妙，但婉转之际，未免微涉番调，何也？"李謩惊叹道："翁丈真精于音律者！仆初学笛时，所从之师，实系番人。"老翁道："笛者涤也，所以涤邪秽而归之于雅正也，岂可杂以番调耶！宜尽脱去为妙。"李謩拱手道："谨受教。"老翁道："尊官所吹之笛，是平日惯用的么？"李謩道："此笛乃紫纹云梦竹所造，出自上赐，正是平时用熟的。"老翁道："紫纹竹生在云梦之南，于每年七月望前生。但今年七月望前生，必须于明年七月望前伐。若过期而伐，则其音窒；先期而伐，则其音浮。适间细听笛声，颇有轻浮之意，当是先期而伐者。此但可吹和平繁縻之调，若吹金石清壮之调，笛管必将碎裂。"众官听了，都未肯信。李謩口虽唯唯，也还半信半疑。老翁道："公等如不信，老朽请一试之。"说罢，便取过李謩所吹的笛儿，吹起一曲金石调来，果然其声清壮，可以舞潜蛟而泣嫠妇。李謩与众官都听得呆了。及吹至入破之时，众人正听得好，忽地刮剌一声，笛儿裂作两半，众方惊叹信服。老翁笑道："损坏佳笛，如之奈何？老朽偶带得二笛在此，当以其一奉偿。"遂向衣裾下取出二笛，一极长，一稍短，乃以短者送李謩道："便请试吹。"李謩接过来，略一吹弄，果然应手应口，迥非他笛可比，心中欢喜，再三称谢。皇甫政笑道："从来说宝剑赠与烈士，红粉寄与佳人。老丈既以敝友为知音,何不并将那一枝惠赐之?"老翁道:"非敢吝惜,其实那一笛非人间所宜吹者;即使相赠,亦未必能吹。"李謩道:"小子愿一试之。"

老翁便把那笛递过来,李謩吹之再四,都不入调,且亦不甚响亮。老翁道:"此非人间笛,固未易吹也。"李謩道:"此笛量非老丈不能吹,必求赐教。"老翁摇头道:"人间吹不得。"李謩道:"人间吹了便怎么?"老翁笑道:"尊官前日山谷中所吹,不过是人间之笛,尚有虎妖闻声而至;今于湖中吹动那一笛,岂不大惊蛟龙乎?"众人闻言,都道:"不信有这等事。"老翁道:"诸公如必欲吹,老朽试略吹之。倘有变动,幸勿惊讶。"于是取过那笛来,信口一吹,其声震耳,树头宿鸟俱惊飞叫噪。到五六声之后,只见月色惨黯,大风顿作,湖水鼓浪,巨鱼腾跃,举舟之人大骇,都道:"莫吹罢!莫吹罢!"老翁呵呵大笑,收过了笛,起身告别,众人挽留不住。李謩道:"还不曾拜问尊姓大名。"老翁笑道:"前宵于空中喝退虎妖者,即我也。不须更问姓名。"言讫,耸身跃入小舟,童子鼓棹如飞,顷刻不见。众人又惊又喜,都赞叹李謩妙笛,能使仙翁来降。正是:

笛既能致虎,亦复可遇仙。

虎因畏仙去,仙还把笛传。

李謩自得了仙翁所授之笛,其技愈精。皇甫政因他是御前侍奉的人,不敢久留,打听得路途稍通,遂赍送盘费,遣发起行。不则一日,来到蜀中,先投谒高力士,引至上皇驾前朝见。上皇怜其间关跋涉而来,赐与衣帽,仍令供御。李謩将途中遇仙之事,从容启奏。上皇本是极好神仙的,闻其所奏,十分叹异。高力士因奏道:"老奴向闻翰林院弈棋供奉王积薪,亦曾于旅次遇仙。"上皇道:

李乐工吹笛遇仙翁　王供奉听棋谒神女

"此事朕所未闻，王积薪今在此，当面问之。"于是传旨，宣王积薪。

且说那王积薪乃长安人，原是世家巨族的后裔；从幼性好弈棋，屡求善弈者指教，遂成高手。少年时曾与一班的贵介子弟四五人，于长安城外一个有名的园亭上宴会。正酣饮间，忽有一人乘马至园门首，下了马，昂然而入。看他打扮，不文不武。对众举手笑道："诸君雅集，本不当来溷扰；止缘渴吻，欲得杯酒润之，未识肯见赐否？"王积薪见其器宇轩昂，知非恒辈，不等众人开口，先自起身迎揖，逊之上坐。那人也不推辞，便就坐了。积薪取大杯斟酒送上，那人接来饮讫，叫再斟来。积薪一面再送酒，一面拱他举箸。那些众少年都是贵公子，平日不看人在眼里的，今见此人突如其来，又甚简傲，俱心怀不平，不知他是何等人，又不值得去问他。其中一少年，乃举杯出令道："我等各自道家世，其最贵显者，饮三杯，请客先道。"那人笑道："吾请先饮三杯而后言。"积薪便令童子快斟酒。那人连进三杯，起身出席，举手向众人道："我高祖天子，曾祖天子，祖天子，父天子，本身天子。"说罢，大步出门，上马疾驰而去。众人方相顾错愕，早有内监与侍卫等人，策着马来寻问。原来那时玄宗常为微行，这一日改换衣装，出城闲玩，因偶与众少年相遇。次日，命高力士访知，那敬酒的少年是王积薪，特召入见，厚有赏赐，且云："诸少年自矜家世，真乞儿相，汝独大雅可喜。"因命送翰林院读书，后知其善弈，遂令为弈棋供奉。正是：

不因杯酒力，安得侍君王？

王积薪有此遭遇，日侍至尊。及安禄山作乱，车驾西幸之时，多官随行，积薪带着一个老仆，随众奔走。奈蜀道险隘，每当止宿时，旅店多被贵官占住，积薪只得随路于民家借宿。一日迂道打宽

第 九 十 五 回

转,沿山溪而行,不觉走入一荒村。日已薄暮,那村中止有一家人家,茅舍三间,柴扉半掩。积薪主仆扣扉求宿,内边走出一个老婆婆来,说道:"此间止我老身与一个媳妇子住着,本不该留外客在此。但舍此更无宿处,客官可权就廊檐下宿一宵罢。"积薪谢道:"只此足矣。"婆婆取些茶汤与几个面饼来供客,叫了安置,关了柴门,自进去了。积薪听得他姑媳二人各处一室,各自阖户而寝。

积薪主仆卧于廊下,老仆先已睡着,积薪转展未寐。忽闻那婆婆叫应了媳妇,说道:"良宵无以消遣,我和你对弈一局,如何?"媳妇应道:"如此甚妙。"积薪惊异道:"乡村妇女,如何知弈?且二人东西各宿,如何对弈?"便爬起来,从门缝里张看。内边黑洞洞,已皆灭烛矣,乃附耳门扉细听之。闻得婆婆道:"饶你先起。"媳妇道:"我于东五南九置子起矣!"停来半晌,婆婆道:"我于东五南十二置子矣!"又停了半晌,媳妇道:"我于西八南十置子矣!"又停了半晌,婆婆道:"我于西九南十四置子矣!"每置一子,必良久思索,夜至四更,共下三十六子,积薪一一密记。忽闻婆婆笑道:"媳妇你输了,我止胜你九枰耳!"媳妇道:"我错算了一着,固宜败北。"自是寂然。天明启扉,积薪整衣入见,看那婆婆鬓发斑斑,丰神奕奕,绝不似乡村老媪。积薪请见其媳,婆婆即呼媳妇出来相见。你道那媳妇怎生模样?

虽是村家装束,自然光采动人。举止安闲,不啻闺中之秀;丰姿潇洒,亦如林下之风。若遇楚襄王,定疑神女;即非蓝桥驿,宛似云英。

积薪相见过,即叩问弈理。婆婆道:"我姑媳无以遣此良宵,偶尔对局,岂堪闻于尊客?"积薪再三请教,婆婆道:"弈虽小数,其中自

李乐工吹笛遇仙翁　王供奉听棋谒神女

有妙理。尊官既好此，必善于此。今可率己意布局置子，使老身观之，或当进一言相商。"乃取棋局棋子出来。积薪尽平生之长，布置未及四五十子，只见那媳妇微微含笑，对婆婆说道："此客可教以人间常势。"婆婆遂指示攻守杀夺，救应防拒之法，其意甚略，然皆平时思虑所不及。积薪更欲请益，婆婆笑道："只此已无敌于人间矣！大驾已前行，客官可速往。"积薪称谢而别。行不数十步，回头看时，茅舍柴扉都已不见，方知是遇了仙人，不胜叹诧。正是：

　　弈通太极阴阳理，妙诀从来原不多。
　　好向人间称莫敌，笑他空烂手中柯。

积薪自此弈艺绝伦。当日上皇因高力士言及，特召积薪面询其事。积薪把上项事奏闻，黄幡绰在旁听了，插诨道："弈称手谈，那家妈妈、媳妇，却又口着，真是异事。"上皇笑道："常人之弈，以手为口，必须目视；不若仙人之弈，以口为手，并不须用目也。"积薪道："臣常布置其姑媳对弈之势，虽罄竭心思，推算其所言九枰胜负之说，终不可得。"上皇道："此必非人间常势，存此以待后之识者可耳。"高力士道："积薪昔年饮酒，曾得遇圣人，今日弈棋，又遇仙人，何其多佳遇也。"上皇道："李謩所遇吹笛老翁，积薪所遇弈棋姑妇，总是仙人，但未知是何仙。此时若张果、叶法善、罗公远辈有一人在此，必知其来历矣。"正闲谈间，肃宗遣使来奏言：永王璘谋反，称帝于江南。上皇大怒，命速遣将讨之。不一日，有中使啖庭瑶，赍奉肃宗告捷表文，奏称广平王与郭子仪屡胜贼兵，又得回纥助战，已恢复西京，今即移兵东向，行将并恢复东京矣。上皇大喜。正是：

　　且喜耳闻好消息，会须眼看捷旌旗。

未知如何复两京，且听下回分解。

第九十六回

拼百口郭令公报恩　复两京广平王奏绩

词曰：

　　感恩思报英雄志，欲了平生事。因他冤陷，拼吾百口，贷他一死。　　友朋情谊犹如此，何况为臣子？亲王奏凯，全亏大将，丹诚共矢。

　　　　　　　　　　　——右调《贺圣朝》

从来能施恩者，未必望报，而能图报者，方不负恩。战国时的侯生，对信陵君说得好，道是："公子有德于人，愿公子忘之；人有德于公子，愿公子无忘之。无忘之者，必思有以报之也。"孔子曰："以直报怨，以德报德。"夫报德不曰以直，而曰以德者，报德与报怨不同。报怨不可过刻，以直足矣；且怨有当报者，有不当报者；有时以报为报，有时以不报为报，皆所谓直也。若夫德是必要报的，不可不厚报的，说不得个他如此来，我亦当如此答。一饭之德，报以千金，岂是掂斤估两的事？我当困厄之时，那人肯挺身相救，即时迫于事势，救我不成，他这段美意，也须终身衔感；况实能脱我于患难之中，真个生死而肉骨。我到后来功建名立，皆此人之赐。此等大恩，便舍身拼家以报之，诚不为过。推此报恩之念，其于君臣之间,虽不可与论报施,然人臣匡君定国,戡乱扶危,成盖世之奇勋,总也是不忘君恩,勉图报效而已。

却说肃宗自灵武即位后,即命郭子仪为武部尚书,灵武长史李光弼为户部尚书北都留守并同平章事,又特遣使征召李泌。那李泌字长源,京兆人氏,生而颖异,身有仙骨。幼时尝闻空中有仙乐来相迎,其身飘飘欲举,家人共相抱持。后来每闻音乐,家人即捣蒜向空泼洒,自此音乐渐绝。至七岁便能吟诗作赋,聪慧异常。

上皇开元年间,下诏召集京中能谈佛老者,互相议论。有一童子姓员名俶,年方十岁,与众问答,词辩无穷。上皇嘉叹,因问员俶:"外边还有与你一般聪慧的童子么?"原来员俶乃是李泌的姑娘所生,与李泌为中表兄弟,当下便奏说:"臣母舅之子李泌,小臣三岁,而聪慧胜臣数倍。"上皇即遣中使召之。李泌应召而至,朝拜之际,礼仪娴雅。其时上皇方与燕国公张说弈棋,遂命张说出题试之。张说使赋方圆动静。李泌道:"请言其略,以便措辞。"张说指着案上棋枰说道:

"方若棋局,圆若棋子,动若棋生,静若棋死。"

说罢,张说还恐他年太幼,未能即解,又对他说道:"此是我借棋以为方圆动静之喻,汝自赋方圆动静四字,不可泥棋为说也。"李泌道:"这晓得。"即信口答道:

"方若行义,圆若用智,动若骋才,静若得意。"

张说听了,大为惊异,道:"此吾小友也!"因起身拜贺朝廷得此奇童。正是:

堪使老臣称小友,共夸圣主得神童。

上皇厚加赐赍,命于翰林院读书。及长,欲授以官职。李泌再

第九十六回

三辞谢,乃赐与太子为布衣交,太子甚相敬爱。李林甫、杨国忠都忌之,李泌因遂告归,隐居颍阳。至是,肃宗思念旧交,遣使征至行在,待以殊礼,出则联骑,寝则对榻,事无大小,皆与商酌。欲命为右相,李泌固辞,只以白衣随驾。

一日,肃宗与李泌并辔而出,巡视军营。军士们窃相指道:"黄衣的是圣人,白衣的是山人。"肃宗微闻此语,因谓李泌道:"艰难之际,不敢以官职相屈,但且衣紫,以绝群疑。"遂出紫袍赐之,李泌只得拜受。肃宗即令左右为之换服。李泌换服讫,正欲谢恩,肃宗笑道:"且住,卿既服此,岂可无名?"乃于袖中取出敕书一道,以李泌为侍谋军国元帅府行军长史。李泌犹固辞,肃宗道:"朕非敢相屈,期共济艰难耳。俟贼平,任行高志。"李泌拜受命。肃宗欲以建宁王倓为大元帅,李泌道:"建宁王果堪作元帅,然广平王居长;若建宁王功成,岂可使广平王为吴泰伯?"肃宗道:"广平王系冢嗣,何必以元帅为重?"李泌道:"广平王尚未正位东宫,今艰难之际,人心所属在于元帅。若建宁大功既成,陛下即欲不以为储贰,彼同立功者,其肯已乎?太宗、上皇即其事也。"肃宗点头道:"卿言良是,朕当思之。"李泌退朝,建宁王迎谢道:"顷传闻奏对之言,正合吾心,吾受赐多矣。"李泌道:"殿下孝友如此,真国家之福也。"于是肃宗以广平王俶为天下兵马大元帅,郭子仪、李光弼等所部之军,俱属统率。

时李光弼驻防太原,其麾下精兵俱调往朔方,在太原者仅万人。贼将史思明等共引兵共十余万人来攻城,诸将议欲修城以待之。光弼道:"太原城周四十里,修之非易。贼垂至与兴役,是未见敌而先自困也。"乃令士卒于城外凿壕以自固,掘坑堑数千。及贼攻城于外，光弼即令以坑堑中掘出的泥土，增垒于内，为守御。贼围攻月余，无隙可乘。光弼访得钱冶中有铸钱的佣工兄弟三人，善穿地道，以重赏购之，使率其伙伴，掘地道以俟贼。有贼将于城下仰面侮骂城上人，光弼即遣人从地道拽其足而入，缚至城上斩之。自此贼行动必低头视地。光弼又作大炮，飞巨石，每一发必击死几十人，贼乃退营于数十步外。光弼遣使诈称城中粮尽，与贼相约刻期出降。史思明信以为真，不复为备。光弼暗使人穿地道，周于贼营，支之以木。至期，使二千余人走马出城，恰像要去投降的一般。贼方瞻望喜跃，忽然营中地陷，压死者无数。贼众惊乱，官军鼓噪而前，斩杀万计。史思明乃引余众纷纷遁去。光弼上表奏捷。广平王正以太原要地被围，欲遣兵往救，因得捷报而止。郭子仪以河东居两京之间，得河东而后两京可图。时贼将崔乾祐守河东，郭子仪密使人入河东，与唐官之陷于贼中者约为内应，内外夹攻。崔乾祐不能抵敌，弃城而逃。子仪引兵追击，斩杀甚众，乾祐仅以身免。河东遂平。正是：

　　从来郭李称名将，战守今朝各奏功。

　　肃宗以郭子仪为天下兵马副元帅，正谋恢复两京，忽闻报永王璘反于江陵，僭称帝号。原来永王璘出镇江陵，自恃富强，骄蹇不恭；及闻肃宗即位灵武，乃与部将属官等私议，以为太子既遽自称尊，我亦可据有江表，独帝一方。正在谋议起事，肃宗恶其骄蹇，诏使罢镇还蜀，永王竟不奉诏。至是举兵反，自称皇帝，思欲招致有名之士，以为民望。闻知李白退居庐山，距江陵不远，遣使征之，李白辞不应赴。永王使人伺其出游，要之于路，劫取至江陵，欲授以官，李白决意不受。永王不能屈其志，但只羁縻住他，不放还山。

第九十六回

肃宗闻永王作乱,一面表奏上皇,一面遣淮南节度高适、副使李成式引兵征讨。时内监李辅国阴附宫中张良娣,专权用事,那降贼的内监边令诚,因为贼所忌,乃自贼中逃至行在,依托李辅国,图复进用。李泌上言道:"令诚以宦官蒙上皇委任,外掌兵权,内掌宫禁,而贼至即降,且以宫门锁钥付贼,如此叛逆,罪不容诛!"肃宗遂命将边令诚斩首,为降贼者示警。于是李辅国奏称:"原任翰林学士李白,现为逆藩永王璘谋主,宜诏刑官注名叛党,俟事平日,按律治罪。"

你道李辅国为何忽有此奏?只因李白当初在朝时,放浪诗酒,品致高尚,全不把这些宦官看在眼里,所以此辈都不喜他。今辅国乘机劾奏,一来是私怨,二来迎合朝廷严诛叛党之意,三来怪李泌奏斩了边令诚。他今劾奏李白,见得那文人名士,受过上皇宠眷的,也不免从逆,莫只说宦官不好。当日肃宗准其奏,传旨法司。却早惊动了郭子仪,他想:"昔年李白救我性命,大恩未报,今日岂容坐视?"遂连夜草成表章,次日即伏阙上表。其表略云:

> 臣伏睹原任词臣李白,昔蒙上皇知遇之恩,将不次擢用,乃竟辞荣道隐,高卧庐山,斯其为人可知。今不幸为逆藩所逼,臣闻其始而却聘,继乃被劫,伪命屡加,坚意不受,身虽羁困,志不少降。而议者辄以叛人谋主目之,则亦过矣。臣请以百口保其无他。白故有恩于臣,然臣非敢以私恩为白游说也。事平之后,当有众目共见者可为援证。倘不如臣所言,臣与百口甘伏国法。

肃宗览表,命法司存案,待事平日察明定夺。后来永王璘兵败自尽,该地方有司拘系从逆之人,候旨处决,李白亦被系于浔阳狱中。朝廷因郭子仪曾为保救，特遣官体勘。回奏李白系被逼胁，与从逆者不同，罪宜减等。有旨李白长流夜郎，其余从逆者尽行诛戮。至乾元年间，诏赦天下，李白乃得放归，行至当涂县界，于舟中对月饮酒大醉，欲捉取水中之月，堕水而卒。当时江畔之人，恍惚见李白乘鲸鱼升天而去，这是后话。正是：

有恩必报推英杰，无罪长流叹谪仙。

英杰拼家酬昔日，谪仙厌世再生天。

此事表过不提。且说肃宗既以广平王为元帅，即欲立为太子。李泌道："陛下灵武即位，止为军事迫切，急须处分故耳。若立太子，宜请命于上皇，不然后世何由知陛下不得已之心乎？"广平王亦固辞道："陛下尚未奉晨昏，臣何敢当储副？"肃宗因此暂停建储之事。建宁王私语李泌道："我兄弟俱为李辅国、张良娣所忌，二人表里为恶，我当早除此害。"李泌道："此非臣子所愿闻，且置之勿论。"建宁不听，屡于肃宗前直言二人许多罪恶。二人乃互相谮谮，诬建宁欲谋害广平，急夺储位，激怒肃宗，立即传旨，赐建宁王死。李泌欲谏阻，已无及矣。可惜一个贤主，被谗殒命。想肃宗居东宫时，为李林甫所忌，受尽惊恐，岂不知戒？今巨寇未灭，先杀一贤子，何忍心昧理至此！后人有诗叹云：

信谗杀其子，作俑自上皇。

肃宗心忍父，可怜建宁王。

不记在东宫，时恐罹祸殃。

何今循故辙，谗口任嚣张。

君子听不聪，佳儿被摧戕。

遗恨彼妇寺，寸磔宁足偿！

第九十六回

至德二载，肃宗驾至凤翔，命广平王与郭子仪等出师恢复两京，子仪以番人回纥的兵马甚精锐，请旨征其助战。回纥可汗遣其子叶护，领兵一万前来相助，肃宗许以重赏。叶护请于克城之日，土地士庶归朝廷，金帛子女归回纥。肃宗急于成功，只得许诺。聚朔方等处军马，与回纥西域之众，共一十五万，刻日启行。李泌献策，请先攻范阳，捣其巢穴。肃宗道："大军既集，正须急取长安，岂可反先劳师以攻范阳？"李泌道："今所用者皆北兵，其性耐寒而畏暑。今乘其新至之锐，攻已老之师，两京必克。然贼收其余众遁归巢穴，关东地热，春气一发，官军必困而思归，贼休兵秣马，伺官军一去，必复南来，是征战之未有已时也。不如先用之于寒乡，除其巢穴，贼退无所归，然后大兵合而攻之，必成擒矣！"肃宗道："此言诚善，但朕定省久虚，急欲先恢复西京迎回上皇，不能待此矣！"遂不用李泌之言，兵马望西京进发。

行至长安城西，列阵于澧水之东。李嗣业领前军，广平王、郭子仪、李泌居中军，王思礼统后军。贼众数万，列阵于澧水之北。贼将李归仁出挑战，子仪引前军迎敌，贼军尽起，官军少却。李嗣业肉袒执戈，身先士卒，大呼奋击，立杀数十人。于是官军气壮，各执长刀，如墙而进，贼众不能抵当。都知兵马使王难得，被贼射中其眉，皮垂遮目。难得手自拔箭，扯去其皮，血流满面，力战不退。贼伏精骑于阵之东，欲击官军之后。子仪探得其情，急令朔方左厢兵马使仆固怀恩引回纥兵，突往击之，斩杀殆尽。李嗣业又引回纥兵出贼阵后，与大军夹击，王思礼亦引后军继进，并力攻杀。自午至酉，斩首六万余级，贼兵大溃，余众退入城中，一夜嚣声不息。至天明，探马来报，贼将李归仁、安守忠、田乾真、张通儒等俱已遁去。

拼百口郭令公报恩　复两京广平王奏绩

广平王遂帅众入西京城，百姓老幼，夹道欢呼。叶护欲如前约，掠取金帛子女，广平王下马拜于叶护马前道："今方得西京，若便俘掠，则东京之人必为贼固守，难以复取了。请至东京，乃如约。"叶护惊跃下马答拜，跪捧王足道："愿为殿下即往东京。"遂与仆固怀恩引了西域及本部之兵，从城南过，更不停留，径向东京进发。众人见广平王为百姓下拜，无不涕泣感叹。

　　为民屈体非为屈，赢得人人爱戴深。
　　番众亦因仁义感，不缘贪利起戎心。

　　广平王驻西京三日，即留兵镇守，自引大军东出。捷书至行在，百官称贺。肃宗即日具表，遣中使啖庭瑶赴蜀奏闻上皇，请驾回京复位。一面遣宫人西京祭告宗庙，宣慰百姓；一面以快马召李泌于军中。李泌星驰至凤翔入见，叩问何故见召。肃宗道："朕得西京捷报，即表奏上皇，请驾东归复位。朕当退居东宫，以尽子职。未识卿意以为何如，故急召面询。"李泌愕然道："此表已赍去否？"肃宗道："已去。"李泌道："还可追转否？"肃宗道："已去远了，为何欲追转？"李泌咄嗟道："上皇不肯东归矣！"肃宗惊问何故。李泌道："陛下正位改元，已历二载，今忽奉此表，上皇心疑，且不自安，怎肯复归？"肃宗爽然自失，顿足道："朕本以至诚求退，今闻卿言，乃悟其失。表已奏上，为之奈何？"李泌道："今可更为群臣贺表，具言自马嵬请留，灵武劝进，及今克复两京，皇上思恋晨昏，请即还宫，以尽孝养。如此则上皇心安，东归有日矣。"肃宗连声道是，便命李泌草表，立遣中使霍韬光入蜀奏闻。

　　不则一日，啖庭瑶自蜀回，传上皇口谕云："可与我剑南一道自奉，不复归矣。"肃宗惶惧无措。数日后，霍韬光还报，言上皇初

第九十六回

得皇帝请退东宫之表,彷徨不能食,欲不东归;及群臣贺表至,乃大喜,命食作乐,下诰定行期了。肃宗大喜,召李泌入宫告之道:"此皆卿之力也!"因命酒与饮。是夜留宿于内,肃宗与之同榻而寝。正是:

御床并坐非王导,帝榻同眠胜子陵。

李泌本不乐仕进,久有去志,因乘间乞身,道:"臣已略报圣恩,今请仍许作闲人。"肃宗道:"卿久与朕同忧,朕今将欲与卿同乐,何忽思去?"李泌道:"臣有五不可留:臣遇陛下太早,陛下宠臣太深,任臣太重,臣功太大,迹太奇。有此五者,所以断不可留也。"肃宗笑道:"且睡,另日再议。"李泌道:"陛下今就臣榻同卧,尚不肯如臣所请,况异日香案之前乎?陛下不许臣去,是欲杀臣也!"肃宗惊讶道:"卿何疑朕至此,朕岂是欲杀卿者?"李泌道:"杀臣者非陛下,乃五不可也。陛下向日待臣如此之厚,臣于事犹有不得尽言者;况他日天下既安,臣未必能尚邀圣眷,尚敢言乎?"肃宗道:"卿此言,必因朕不从卿先伐范阳之计也。"李泌道:"臣不因此,臣实有感于建宁王之事耳。"肃宗道:"建宁欲害其兄,朕故不得已而除之耳。"李泌道:"建宁若有此心,广平当极恨之;今广平王每与臣言其冤,为之流涕。况陛下昔欲用建宁为元帅,臣请用广平;若建宁果有害兄之意,宜深恨臣,乃当日以臣为忠,愈加亲信,即此可察其心矣。"肃宗闻言,不觉泪下道:"卿言是也,朕知误矣。然既往不咎。"李泌道:"臣非咎既往,只愿陛下警戒将来。昔天后无故鸩杀太子弘,其次子贤忧惧,作《黄台瓜辞》,其中两句云:'一摘使瓜好,再摘使瓜稀。'今陛下已一摘矣,幸勿再摘。"

李泌这句话,因知张良娣忌广平王之功也,常谮谮他,恐肃宗又为其所惑,故言及此。当下肃宗闻言,悚然道:"安有是事!卿之良言,朕当谨佩。"李泌复恳求还山。肃宗道:"且待东京报捷,朕入西京时再议。"自此又过了几日,东京捷报到了。报说贼将自西京战败后,收合余众保陕城,安庆绪遣严庄引兵助之。郭子仪与贼战于新店,叶护引本部兵追击其后,腹背夹攻,贼兵大溃,尸横遍野。贼将弃陕而走,子仪遣兵分道追击。严庄奔回东京,劝安庆绪弃东京城,率其党走河北。临行杀前被擒唐将哥舒翰等三十余人,独许远自刎而死。子仪奉广平王入东京城,出府库中物与叶护,又命民间助输罗锦万匹与之,免于俘掠,百姓欢悦。正是:

大帅用番兵,贤王赖名将。

土地得恢复,其功同开创。

肃宗闻报大喜,即具表遣韦见素入蜀奏捷,随后又遣秦国模、秦国桢往成都迎接上皇。一面择日起驾,先入西京,候上皇回銮。李泌上表,请如前谕,恳放还山。肃宗知其去志已决,乃降温旨,许其暂归。李泌即日谢恩辞朝,隐居衡山去了。后来广平王嗣位,复征李泌出山,又历事两朝,正有许多嘉言善策,都不在话下。最可惜肃宗不曾从其先伐范阳之计,以致两京虽复,贼氛未殄,安家父子乱后,又继以史家父子之乱,劳师动众,久而后定。究竟安禄山既为其子庆绪所弑,而安庆绪又为其臣史思明所弑,史思明又为其子史朝义所弑,乱臣贼子,历历现报。这些都是后话,如今且只说上皇还京之事。正是:

前日兴嗟行路难,今朝且喜回銮稳。

未知如何,且听下回分解。

第九十七回

达奚女钟情续旧好　采蘋妃全躯返故宫

词曰：

　　缘未了,慢说离多欢会少,此日重逢巧。　已判珠沉玉碎,还幸韬光敛耀。笑彼名花难自保,原让寒梅老。

——右调《长命女》

　　大凡人情,莫不恶离而喜合,而于男女之间为尤甚。然从来事势靡常,不能有合而无离,但或一离而不复合,或暂离而即合,或久离而仍合,甚或有生离而认作死别,到后来离者忽合,犹如死者复生,此固自有天意,然于此即可以验人情,观操守。彼墙花路草,尚且钟情不舍,到底得合,况贵为妃嫔者乎！使当患难之际,果不免于殒身,诚可悲可恨；若还幸得保全此躯,重侍故主,岂不更妙。且见得那怙宠骄妒的平时不肯让人,临难不能自保；不若那遭妒夺宠的,平时受尽凄凉,到今日却原是他在帝左右,真乃快心之事。

　　话说肃宗闻东京捷报,即遣太子太师韦见素入蜀奏闻上皇,复请回銮。随后又遣翰林学士秦国模、秦国桢前往迎驾。秦国桢奏言东京新复,亦当特遣朝臣赍诏到彼,褒赏将士,慰安百姓。肃宗准其所奏,乃仍命中使啖庭瑶与秦国模赴蜀,迎接上皇。改命秦国

达奚女钟情续旧好　采蘋妃全躯返故宫

桢以翰林学士充东京宣慰使，又命武部员外郎罗采为之副，一同赍诏往东京，即日起行。

那罗采乃故将罗成的后裔，与秦国桢原系中表旧戚，二人作伴同行，且自说得着。罗采对国桢说道："当初先高祖武毅公有两位夫人，一窦氏，一花氏，各生一子。弟乃花氏所生一支的子孙。那窦氏所生一支，传至先叔祖没有儿子，只生一女，小名素姑，远嫁河南兰阳县白刺史家，无子而早寡，守志不再醮，性喜的是修真学道。得遇仙师罗公远，说与我罗氏是同宗。因敬素姑是个节妇，赠与丹药一粒，服之却病延年，今已六十余岁。向在本地白云山中一个修真观里焚修，彼处男女都敬信他。自东京乱后，不见有书信来。我今此去，公事之暇，当往候之。"国桢道："他是兄的姑娘，就是小弟的表姑娘了。弟亦闻其寡居守节，却不知又有修道遇仙的奇事，明日到那里与兄同往一候便了。"当下驰驿趱行。不则一日，来到东京，各官迎接诏书，入城宣读。诏略云：

西京捷后，随克东京，具见将帅善谋，士卒用命。国家再造，皆卿等之力也。已经表奏上皇，当即论功行赏，所有士庶，宜加抚慰。其未下州郡，还宜速为收复。城下之日，府库钱粮，即以其半犒军，毋得骚扰百姓。又访有汲郡隐士甄济及国子司业苏源明，向在东京，俱能不为贼所屈，志节可嘉。其以济为秘书郎，源明为考功郎知制诰，即着来京供职。其降贼官员达奚珣等三百余人，都着解至西京议处。

原来那甄济为人极方正，安禄山未反之时，因闻其名，欲聘为书记。甄济知禄山有异志，诈称疯疾，杜门不出。及禄山反，遣使者与行刑武士二人，封刀往召之。甄济引颈就刀，不发一语，使者

第九十七回

乃以真病复命,因得幸免。那苏源明原籍河南,罢官家居。禄山造反之时,欲授以显爵,源明以笃疾坚辞,不受伪命。肃宗向闻此二人甚有志节,故今诏中及之。当时军民人等闻诏,都欢呼万岁,不在话下。

且说秦国桢与罗采宣谕既毕,退就公馆,安歇了两日,便相约同往访候罗氏素姑。遂起身至兰阳县,且就馆驿歇下。至次日,二人各备下一分礼物,换了便服,屏去驺从,只带几个家人,骑着马来至白云山前。询问土人,果然山中深僻处,有一修真观,名曰小蓬瀛,观中有个老节妇,在内修行,人都称他为白仙姑。

土人说道:"这仙姑年虽已老,却等闲不轻见人,近来一发不容闲杂人到他观里去。二位客官要去见他,只恐未必。"罗采道:"他是我家姑娘,必不见拒。"遂与国桢及家人们策马入山,穿岗越岭,直至观前下马。见观门掩闭,家人轻轻叩了三下,走出一个白发老婆婆来,开门迎住,说道:"客官何来?我们观主年老多病,闭关静养,有失迎接,请回步罢。"罗采道:"我非别客,烦你通报一声,说我姓罗名采,长安住居,是观主的侄儿,特来奉候姑娘,一定要拜见的。"那婆婆听说是观主的亲戚,不敢峻拒,只得让他们步入。观中的景象,果然十分幽雅。有《西江月》词儿为证。道是:

炉内香烟馥郁,座间神像端凝。悬来匾额小蓬瀛;委实非同人境。　双鹤亭亭立对,孤松郁郁常青。云堂钟鼓悄无声,知是仙姑习静。

那婆婆掩了观门,忙进内边去通报。少顷出来,传观主之命,请客官于草堂中少坐,便当相见。又停了一回,钟声响处,只见素姑身穿一件蓝色镶边的白道服,头裹幅巾,足躧棕履,手持拂子,冉冉而出。看他面容和粹，举止轻便，全不像六旬以外的人，此因服仙家丹药之力也。正是：

少年久已谢铅华，老去修真作道家。
鬓发不斑身更健，可知丹药胜流霞。

罗采与秦国桢一齐上前拜见。素姑连忙答礼，命坐看茶。罗采动问起居，略叙寒暄。素姑举手向国桢问道："此位何人？"罗采道："此即吾罗氏的中表旧戚，秦状元名国桢的便是。"素姑道："原来就是秦家官人。"说罢，只顾把那秦字来口中沉吟。国桢道："愚表侄久仰表姑的贞名淑德，却恨不曾拜识尊颜，今日幸得瞻谒。向因山川间阻，以致疏阔，万勿见罪。"于是国桢与罗采各命从人将礼物献上。素姑道："二位远来相探，足见亲情，何须礼物？"二人道："薄礼不足为敬，幸勿麾却。"素姑逊谢再三，方才收了，因问："二位为何事而来？"罗采道："我二人都奉钦差赍诏到此。请问姑娘前日贼氛扰乱之时，此地不受惊恐么？"素姑道："此地幽僻，昔年罗公远仙师曾寄迹于此。他说道当初留侯张子房也曾于此辟谷，居此者可免兵火，因指点我来此住的。我自住此，立下清规，并不使俗人来缠扰。今二位是我至戚，我又忝居长辈，既承相顾，不妨随喜一随喜。"便叫那老婆婆与几个女童摆上点心素斋来吃了，随即引着二人徐步入内边，到处观玩。

只见回廊曲槛，浅沼深林，极其幽胜。行过一层庭院，转出一小径，另有静室三间，门儿紧闭，重加封锁，只留一个关洞，也把板儿遮着。二人看了，只道是素姑习静之所。正看间，忽然闻得一阵扑鼻的梅花香，国桢道："里边有梅树么？此时正是冬天，如何便有梅香，难道此地的梅花开得恁早？"素姑微微而笑，把手中拂子，指着那三间静室道:"梅花香从此室之中来,却不是这里生的,也不是树上开的。"罗采道:"这又奇了,不是树上开的,却是那里来的哩?"国桢道:"室中既有梅花,大可赏玩,肯赐一观否?"素姑道:"室中有人,不可轻进。"二人忙问:"是何人?"素姑道:"说也话长,原请到外厢坐了,细述与二位贤侄听。"

三人仍至堂中坐下,素姑道:"这件事甚奇怪,说来也不肯信。我也从未对人说,今不妨为二位言之。我当年初住此间,仙师罗公远曾云:日后有两个女人来此暂住,你可好生留着。二女俱非等闲之辈,后来正有好处。及至安禄山反叛,西京失守之时,忽然一日,有个女人,年约三十以外,淡素衣妆,骑着一匹白驴,飞也似跑进观来。我那时正独自在堂中闲坐,见他来得奇异,连忙起身扶住他下驴。他才下得来,那驴儿忽地腾空而起,直至半天,似飞鸟一般的向西去了。我心中骇异,问那女人时,他不肯明言来历,但云:'我姓江氏,为李家之妇,因在西京遭难欲死,遇一仙女相救,把这白驴与我乘坐,叫我闭了眼,任他行走,觉得此身如行空中,霎时落下地来,不想却到这里。据那仙女说,你所到之处,便且安身。今既到此,不知肯相容否?'我因记着罗仙师的言语,知此女子必非常人,遂留他住在这静室中,不使外人知道,也不向观中人说那白驴腾空之事。那女人自在静室中,也足不出户,我从此将观门掩闭,无事不许开。不意过了几日,却又有个少年美貌的女子,叩门进来要住。那女人是原任河南节度使达奚珣的族侄女,小字盈盈,向在西京,已经适人。因其夫客死于外,父母俱都亡故,只得依托达奚珣,随他到任所来。不想达奚珣没志气,竟降了贼。此女知其必有后祸,立意要出家,闻说此间观中幽静,禀过达奚珣,径来到此。我亦因记着罗仙师有二女来住之言,遂留他与那姓江的女人同居一室之中,闭关静坐,只在关洞里传递饮食。两月之前,罗仙师同着一位道者,说是叶法善尊师,来到此间。那姓江的女人却素知二师之神妙,乃与达奚女出关拜谒。叶尊师便向空中幻出梅花一枝,赠于江氏说道:'你性爱此花,今可将这一枝花儿供着,还你四时常开,清香不绝,更不凋残。直待你还归旧地,重见旧主,享完后福,那时身命与此花同谢耳。'自此把这枝梅花供在室中瓶里,直香到如今,近日更觉芬芳扑鼻。你道奇也不奇?"

秦、罗二人听了,都惊讶道:"有这等奇事!"因问:"这二位仙师见了那达奚女,可也有所赠么?"素姑道:"我还没说完。当下罗仙师取过纸笔来,题诗八句,付与达奚氏说道:'你将来的好事,都在这诗句中。你有遇合之时,连那江氏也得重归故土了。'言讫,仙师飘然而去。"国桢道:"这八句怎么说,可得一见否?"素姑道:"仙师手笔,此女珍藏,未肯示人,那诗句我却记得。待我诵来,二位便可代他详解一详解。其诗云:

　　避世非避秦,秦人偏是亲。
　　江流可共转,画景却成真。
　　但见罗中采,还看水上蘋。
　　主臣同遇合,旧好更从新。"

二人听罢,大家沉吟半响。国桢笑道:"我姓秦,这起两句倒像应在我身。如何说非避秦,又说秦人偏是亲?"素姑道:"便是呢,我方才听说是秦家官人,也就疑想到此。当日达奚女见了这诗句,也曾私对我说,在京师时,有个朝贵姓秦的,与他家曾有婚姻之议。今观仙师此诗,或者后日复得相遇,也未可知。他这句话,我记在心里，不道今日恰有个姓秦的来。"罗采道："这一发奇了。如今朝贵中姓秦的，只有表兄昆仲赫赫著名，不知当初曾与达奚女有亲么？"国桢沉吟了一回，说道："此女既有此言，敢求表姑去问他一声，他在京师时节住居何处，所言姓秦的朝贵是何名字，官居何职，就明白了。"素姑道："说得是，我就去问来。"遂起身入内。少顷，欣然而出，说道："仙师之言验矣，原来所言姓秦的正是贤表侄。他说向住京师集庆坊，曾与状元秦国桢相会来。"

国桢听了，不觉喜动颜色道："原来我前所遇者乃达奚盈盈，几年忆念，岂意重逢此地！"便欲请出相见。素姑道："且住，我才说你在此，他还未信，且道：'我既出家，岂可重提前事，复与相会。'"罗采笑道："表兄昔日既有桑间之喜，今又他乡逢故，极是奇遇。如何那美人反多推阻？你二人当初相会之时，岂无相约之语？今日须申言前约，事方有就。"国桢笑道："此未可藉口传言。"遂索纸笔题诗一首道：

记得当年集庆坊，楼头相约莫相忘。

旧缘今日应重续，好把仙师语意详。

写罢，折成方胜，再求素姑拿与他看。盈盈见了诗，沉吟不语。素姑道："你出家固好，但详味仙师所言，只怕俗缘未断，出家不了。不如依他旧好重新之说为是。"

看官，你道盈盈真个立志要出家么？他自与国桢欢叙之后，时刻思念，欲图再会。争奈夫主死了，母亲又死了，族叔达奚珣以其无所依，接他到家去，随又与家眷一同带到河南任所，因此两下隔绝。今日重逢，岂不欣幸？况此时达奚珣已拿京师去了，没人管得他。只是既来出家，不好又适人，故勉强推却。及见素姑相劝，便从直应允了。国桢欢喜,自不必说;但念身为诏使,不便携带女眷同行,因与素姑相商,且叫盈盈仍住观中,等待我回朝复了命,告知哥哥,然后遣人来迎。当日只在关洞前相见一面,盈盈止露半身,并不出关。国桢见他丰姿如旧,道家妆束,更如仙子临凡。四目相视,含悲带喜,不曾交一言。正是:

相思无限意,尽在不言中。

是晚秦国桢、罗采不及出山,都就观中止宿。素姑挑灯煮茗,与二人说了些家庭之事,因又谈及罗公远这八句诗。国桢道:"起二句已应却,那画影一句,也不必说了。其余这几句,却如何解?今盈盈虽与江氏同居,行将相别,却怎说江流可共转?"素姑道:"那江氏突如其来,所乘之驴腾空而去。看他举止,矜贵不凡,我疑他是个被谪的女仙。只是罗仙师说:'达奚有遇合之时,连江氏也得归故土。'此是何意?"二人闲话间,只见罗采低头凝想,忽然跌足而起,说道:"是了,是了,我猜着的了!"素姑道:"你猜着什么?"罗采低声密语道:"这江氏说是江家女李家妇,莫非是上皇的妃子江采蘋么?你看诗句中,明明有江采蘋三字,他便性爱梅花,宫中称为梅妃。前日传闻乱贼入宫,获一腐败女尸,认是梅妃;后又传闻梅妃未死,逃在民间。或者真个遇仙得救,避到这里,日后还可重归宫禁,再侍上皇,也像达奚女与秦兄复续旧好一般。不然,如何说主臣同遇合呢?"国桢点头道:"这一猜甚有理。但据我看来,表兄姓罗名采,诗语云:但见罗中采,还看水上蘋。却像要你送他归朝的。"素姑道:"若果是江贵妃,他既在我观中,我侄儿恰到此,晓得贵妃在这里,自然该奏报请旨。"罗采道:"只要问明确是江贵妃,我即日就具表申奏便了。"素姑道:"要问不难,他见达

第九十七回

奚氏矢志不随那降贼的叔叔,因此甚相敬爱,有话必不相瞒。我只问达奚,便知其实了。"当晚无话。

次早,素姑至静室中见了盈盈,说话之间,私问道:"小娘子,你不日便将与江氏娘子相别了。这娘子自到此间,不肯自言其履历,他和你极说得来,必有实言相告,你必知其详,毕竟是谁家内眷?"盈盈笑道:"他一向也不肯说,昨日方才说出。你莫小觑了他,他不是等闲的女人,就是上皇旧日最宠幸的梅妃江采蘋哩!我正欲把这话告知姑娘。"素姑闻言,又惊又喜,顿足道:"我侄儿猜得一些不错。"

看官听说,原来梅妃向居上阳宫,甘守寂寞。闻安禄山反叛,天下骚然,时常叹恨杨玉环肥婢,酿成祸乱。及贼氛既近,天子西狩,欲与梅妃同行,又被杨妃阻挠,竟弃之而去。那时合宫的人,都已逃散。梅妃自思:"昔日曾蒙恩宠,今虽见弃,宁可君负我,不可我负君。若不即死,必至为贼所逼。"遂大哭一场,将白绫一幅,就庭前一株老梅树上自缢。气方欲绝,忽若有人解救,身子依然立地,睁开眼看时,却是一个星冠云帔的美貌女子立在面前。梅妃忙问:"你是那一宫中的人?"那女人道:"我非是宫中人,我乃韦氏之女,张果先生之妻也,家住王屋山中。适奉我夫之命,乘云至此,特地相救。你日后还有再见至尊之时,今不当便死。我送你到一处去暂且安身,以待后遇。"遂于袖中取出一个白纸折成的驴儿放在地上,吹口气,登时变成一匹极肥大的白驴,鞍辔全备,便扶梅妃骑上,嘱付道:"你只闭着眼,任他行走,少不得到一个所在,自有人接待你。"说罢,把驴一拍,那驴儿冉冉腾空而起。梅妃心虽骇怕,却欲下不能,只得手绾丝缰,紧闭双眸,听其行止。耳边但闻风声

达奚女钟情续旧好　采蘋妃全躯返故宫

谡谡,觉得其行甚疾,且自走得极平稳。须臾之间,早已落地。开眼一看,只见四面皆山,驴儿转入山径里,竟望小蓬瀛修真观中来,因此得遇罗素姑,相留住下。当时不敢实说来历,素姑又见那白驴腾空而走,疑此女是天仙,不敢盘问。那罗公远诗中,藏下江采蘋三字,他人不知,梅妃却自晓悟。今见诏使罗采姓名与诗相合,盈盈又得与秦状元相遇,诗中所言,渐多应验;又闻两京克复,上皇将归,因把实情告知盈盈,要他转告素姑,使罗采表奏朝廷。恰好罗采猜个正着,托素姑来问,当下盈盈细说其事,素姑十分惊喜,随即请见梅妃,要行朝拜之礼。梅妃扶住道:"多蒙厚意,尚未酬报,还仗姑姑告知罗诏使,为我奏请。"素姑应诺,便与罗采说知。

罗采与国桢商议,先上笺广平王,启知其实。广平王随于东京宫中,选几个旧曾供御的内监宫女,到观中来参谒识认,确是梅妃无疑,乃具表奏闻。罗采亦即飞疏上奏,疏中并及国桢与达奚盈盈之事,竟说盈盈是国桢向所定之副室,因乱阻隔,今亦于修真观中相遇,虽系降贼官员达奚珣之族女,然能心恶珣之所为,甘作女冠,矢志自守,其节可嘉。肃宗览表,一面遣人报知上皇,一面差内监二人率领宫女数人,赴白云山小蓬瀛迎请梅妃速归故宫,候上皇回銮朝见,并着该地方官厚赏罗素姑,仍候上皇诰谕褒奖。又降诏达奚盈盈即归秦国桢为副室,给与封诰。那时国桢与罗采别过了素姑,起马回朝,中途闻诏,即差家人速至修真观中传语盈盈,叫他仍唤达奚珣家人仆妇女使随侍,跟着梅妃的仪从一齐进京。

当下梅妃与盈盈谢别了素姑,即日起程。梅妃自有内监宫女,拥卫香车宝马,望西京进发;盈盈与仆从女使们,亦即随后而行。梅妃车前,有内侍赍捧宝瓶,供着那枝仙人所赠的梅花,香闻远近,

第九十七回

人人叹异。梅妃于临行时,手书疏启,差中使星夜赍奉上皇驾前呈进。正是:

　　昔日楼东空献赋,今朝重上一封书。

　　未知后事如何,且听下回分解。

第九十八回

遗锦袜老妪获钱　听雨铃乐工度曲

词曰：

  人逝矣，宝髻花钿都委地。锦袜独留余媚，见者犹惊喜。万里归程迢递，正追思往事，被雨滴愁肠碎碎，愁歌曲内。

——右调《归国遥》

  凡人于男女生死离别之际，不但当时的悲伤不可言谕，至事后追思，更难为情。倘那人竟如冰消雾散，一无流遗，徒使我望空怀想，摹影拟形，固极悲楚；若还那人，平日服御玩好之物，留得一件两件，这些余踪剩迹，一发使人触目伤心。此即旁人不关情的，犹且景芳踪而愿睹，睹遗物而兴嗟；何况恩爱宠幸之人，平时片刻不离，一旦变起意外，生巴巴的拆开，活剌剌的弄死，其悲痛何可胜言！到后来痛定思痛，凡身之所经，目之所睹，耳之所闻，无一不足以助其悲思。于是托之歌咏，寄之声音，此真以歌当哭，一声一泪也。

  话说梅妃自小蓬瀛修真观中起行回西京，临行之时，先具手疏，遣内侍赴蜀进呈上皇。原来上皇在蜀中也常思念梅妃，因有人传说："贼人曾于宫中获一女尸，疑是梅妃之尸。"上皇闻此信，只

第九十八回

道梅妃已死,十分伤感。时有方士张山人在蜀,上皇召至宫中,命其探幽索冥,访求梅妃魂魄所在。那张山人结坛默坐一日一夜,回奏言:"臣飞神遍游三界,搜访仙魂,俱无踪影。"上皇怅然道:"芳魂何往耶!若梅妃之魂可访,则太真之魂亦可访,今皆不可得矣!"因挥泪不止。高力士见上皇悲思甚切,乃求得梅妃画真一幅进呈御览。上皇看了嗟叹道:"此画像绝肖,惜不活耳!"展看再三,御笔亲题绝句一首于其上,云:

　　惜昔娇娃侍紫宸,铅华懒御得天真。

　　霜绡虽似当年态,怎奈秋波不顾人。

自此上皇时常展图观玩。后又有人说:"梅妃并不曾死,前所获死尸,不是梅妃之尸。"上皇闻之,疑其散失民间,乃下诏军民士庶:有知妃子江采蘋所在者,即行奏报候赏;或有遇见奉送来京者,予六品官,赐钱百万。诰谕方下,恰好肃宗见了罗采的表章,遣使来奏闻。那时上皇已发驾起行,途次得奏,龙颜大悦,传旨罗采等俟驾回京颁赏,江采蘋着回宫候见。过了一日,梅妃所遣的内使亦途次迎着车驾,随将梅妃的手疏进献。其疏略云:

　　臣妾自楼东献赋,多有触忌,荷蒙圣恩,不加诛戮。幸得屏处,以延一息;凄凉之况,甘之如饴。客岁之夏,逆贼犯阙,乘舆西狩,事起仓卒。圣心眷妾,欲与偕行,有言间之,使俟后命。事势既蹙,后命不及。当此之时,举宫骇散,妾之一命,轻于鸿毛。殉节投环,气已垂绝,忽有仙姬从空而降,手为解救,绝而复甦。询厥所由,来自王屋,韦家女子,张果其夫,云奉夫言,指妾远遁。袖出纸驴,化为骏骑,乘以行空,顷刻千里,任其所止,则在兰阳。白云深处,蓬瀛道院,中有女冠,实系节妇。素姑罗氏，公远族属。讶妾来踪，疑以为仙，引处奥密，奉事惟谨。妾亦韬晦，不与明言。有与同处，达奚闺秀，秦姓所聘，状元侧室，二女同居，人莫能知。前此公远，预言罗姑，谓有二女，暂来即去，各归其主，当在异日。两月以前，罗师忽来，所同来者，叶师法善，赠妾以梅，从厥攸好，阆苑天葩，常花不谢。更吟诗句，字里藏机。罗秦二使，访亲而来。妾缘达奚，因秦及罗，藉以奏报，适符仙语。奇迹怪踪，妾所身经，敢具手疏，上达天听。残喘余生，不宜再渎，邀恩格外，许归故宫，旦夕之间，与梅同落，随逐花魂，渺焉空际；较之惨死，何啻天渊？是所深幸，夫复何求？若蒙异数，不忘旧眷，俾兹朽质，重睹天颜，有如落英，复缀枝头。非敢所期，伏候明诏。临疏涕泣，不知所云。

上皇前得肃宗奏报，已略知其事，今见梅妃手疏，更悉其详，深为叹异。遂温旨批去云：

  贤妃遇难自经，具见殉节之志；仙女临期相救，正因矢死之诚。千里行空，异矣蓬瀛之托迹；一枝寓意，美哉花萼之留香。朕方观画题诗，索芳魂而不得；卿已逢仙赠句，卜嘉会于将来。种种奇迹，历历动听，斯皆真诚感召，故有遇合因缘。今其遄返紫宸，勿复徒悲清夜。缅怀旧眷，伫俟新恩。

中使赍旨，驰报梅妃。此时梅妃已至西京，承肃宗之意，仍入居上阳宫了。上皇行至凤翔府，传命护从军士，将衣甲兵器，尽都交纳凤翔府库中。李辅国奏请肃宗发精骑三千迎驾。及驾将到，肃宗率百官出都门奉迎。百姓遮道罗拜，俱呼万岁。肃宗俯伏上皇车前，涕泣不止。上皇亦涕泣抚慰。肃宗奏请避位，上皇不允。

时肃宗不敢穿黄袍,只穿紫袍,上皇立命取黄袍,令内侍与肃宗换了。车驾即日至太庙告谒,因见太庙残毁,仰天大哭,臣民无不感伤。告谒毕,车驾回朝,肃宗步行御车,上皇屡却之,方乘马傍车而行。上皇顾谓诸臣曰:"朕为天子五十年,不自见为尊;今为天子父,乃真尊之至耳。"诸臣皆俯首称万岁。上皇车驾入朝,不御大殿,只就便殿暂只下诰:"朕尊为太上皇,以南内兴庆宫为娱老之所。朝廷政事,不复与闻。"

后人读史至此,谓上皇纳甲兵于府库,是何意思?肃宗子迎父驾,却用精骑三千,又是何意?有诗叹云:

甲兵输库非无意,父子之间亦远嫌。

迎驾只须仪从盛,何劳精骑发三千?

上皇既至兴庆宫,即召梅妃入宫见驾。梅妃朝拜之际,婉转悲啼。上皇意不胜情,好言慰劳,即以所题画真与看。梅妃拜谢道:"圣人之情,见乎辞矣。臣妾虽死,亦当衔感九泉。"因又把当日投环,遇救避难逢仙之事,面奏一番,道:"妾若非张果先生使其妻远来相救,安能今日复见天颜?"上皇道:"昔年朕欲以玉真公主与张果为婚,他坚却不允,原说有妻韦氏在王屋山中,不意你今日蒙其救援。那纸驴儿想即张果巾箱中物也。"梅妃又将叶法善所赠梅花,呈与上皇观览。上皇见花色晶莹,清香袭人,不觉惊异,道:"你得此仙梅,庶不愧梅妃之称矣!"梅妃又将罗公远诗句奏闻,道:"此诗虽赠达奚女,而妾因罗采得奏报之事,已寓于中。"上皇点头嗟叹道:"罗公远昔曾寄书与朕,说安不忘危,这安字明明说安禄山。又寄药物名蜀当归,是说朕将避乱入蜀,后来仍当归京都。仙师之言,当时莫解其意,今日思之,无有不验。我正在这里想他。"

梅妃因奏言罗采与罗素姑就是他的族属,上皇遂传命:加罗采官三级,赐钱百万;封罗素姑为贞静仙师,赐钱二百万,增修观宇。又命塑张果、叶法善、罗公远三仙之像,于观中虔诚供奉。梅妃又念达奚盈盈同处多时,互相敬爱,情谊不薄,因奏请上皇,以虢国夫人旧宅赐与居住。这正应了罗公远诗中"画景却成真"一句。当初盈盈把虢国宅院的画图与秦国桢看了,隐过了自家的事,谁想今日就把那画图中的宅院赐与他,却不是弄假成真?当下秦国桢接到了盈盈,一面告白哥哥秦国模,不说是旧好,只说在修真观中相遇,承罗采为媒,两下订定的。国模因他已奉旨准娶,便也由他罢了。盈盈就于赐第中与秦国桢相聚,重讲旧情。这一段的恩爱,非可言喻。有一曲《黄莺儿》为证:

> 重会状元郎,上秦楼,卸道妆,从今勾却相思账。姓儿也双,名儿也双,前时瞒过难寻访。笑娘行,今须听我低叫耳边厢。

原来秦国桢的夫人徐氏,就是徐懋功的裔孙女,极是贤淑,因此妻妾相得,后来各生贵子。国桢与哥哥国模,俱以高官致仕。盈盈常得入宫,谒见梅妃;又常遣人往候罗素姑。那罗素姑寿至百有余岁,坐化而终。此皆后话,不必再说。

且说梅妃当日朝见上皇过了,便要辞回上阳宫。上皇道:"朕年已老,无人侍奉,得卿相叙,正好娱我晚景,如何还要到上阳宫去?"梅妃道:"臣妾自翠华西阁得侍至尊,触忌遭谗,自分永弃。今以未死余生,复觐天颜,已出望外。至于侍奉左右,当更择佳丽,以继前宠。妾衰朽之质,自宜退避。"说罢,挥泪如雨。上皇亲手抚慰道："向来与卿疏阔，实朕之过；然珍珠投赠，未始无情。今当依仙师旧好从新之语，岂忍弃朕别居。"梅妃见上皇恁般眷顾，乃遵旨留兴庆宫，与上皇同处。正是：

　　　　杨花已逐东风散，梅萼偏能留晚香。

上皇复得梅妃侍奉，甚可消遣暮年。但每常念及杨妃惨死，不胜悲痛。前自蜀中回京，路过马嵬，特命致祭。彼时便欲以礼改葬，礼部侍郎李揆奏云："昔日龙武将士，因诛杨国忠，故累及妃子；今若改葬故妃，恐龙武将士疑惧生变。"上皇闻奏，暂止其事；及回京后，密遣高力士潜往改葬，且密谕：若有贵妃所遗物件，可以取来。高力士奉了密旨，至马嵬驿西道之北坎下，潜起杨妃之尸，移葬他处。其肌肤已都销尽，衣饰俱成灰土，只有胸前紫罗香囊一枚，尚还完好。那紫罗乃外国贡来冰丝所织，囊中又放着异香，故得不坏。力士收藏过了，又闻得有遗下锦袹袜一只，在马嵬山前一个老妪钱妈妈处，遂以钱十千买之。

原来杨妃当日缢死于马嵬驿中，匆匆瘗埋。车驾既发，众驿卒都至驿中打扫馆舍，其中有一姓钱的驿卒，于佛堂墙壁之下拾得锦袹袜一只，知道是宫中嫔妃所遗，遂背着众人，密自藏过，回家把与母亲钱妈妈看。那个妈妈见这袹袜上用五色锦绵绣成一对并头合蒂的莲花，光彩炫目，余香犹在，便道："此必是那亡过的妃子娘娘所穿。这样好东西，不容易见的哩！"正看间，恰有个邻家的老媪走过来闲话，因便大家把玩了一回，于是传说开去。就有那好事的人来借观，这个看了去，那个也要来看。钱妈妈初时还肯取将出来与人瞧瞧，后来要看的人多了，他便索起钱钞来，越索得钱多，越有人要看，直索至百文一看。那妈妈获钱几及数万，好不快活。原来杨妃的袴袜,有名叫做藕覆。你道那藕覆二字如何解?这因杨妃平日,最爱穿绣莲袴袜,天子常戏语之云:"你的袴袜上,正宜绣着莲花。若不是莲花,何故内中有此白藕?"杨妃因此自名其袴袜为藕覆。不想今日身死之后,遗下一只于驿庭,为众人之所争看,倒作成那钱妈妈着实得利。后来刘禹锡作《马嵬行》,也说及那遗袜之事。道是:

履綦无复有,文组光未灭。

不见岩畔人,空见凌波袜。

邮童爱踪迹,私手解鬐结。

传看千万眼,缕绝香不绝。

又有人说,那遗袜毕竟有时消毁,不能长留于世,亦殊不足观。有诗云:

锦袜传观只一时,凌波今日有谁知?

不如西子留遗迹,人到灵岩便系思。

当下高力士闻遗袜在钱妈妈处,将钱来买。钱妈妈不敢不与。力士把这锦袴袜与那紫罗香囊,一并献与上皇覆旨。上皇见了这二物,嗟悼不已,即命宫人藏好,闲时念及,常取来观看叹惜。梅妃欲排遣圣怀,令高力士访求旧日梨园子弟来承应。一夕,上皇乘月登勤政楼,凭栏眺望,烟云满目,追想昔年此楼中盛事,恍如隔世,不觉怆然。因抗声而歌道:

"庭前琪树已堪攀,塞外征人殊未还。"

歌未竟,只闻得远远地亦有歌唱之声。上皇静听良久,虽听不出他唱些什么,却觉得音调清越,因顾左右道:"此歌者莫非也是梨园旧人么?"高力士奏道:"此或是民间男妇偶然歌唱,未必便是梨园

第九十八回

旧人。昨闻黄幡绰已病故，梨园旧人供御的，亦渐稀少了。"上皇闻奏，愈觉怆然道："朕近日所作《雨淋铃》曲，幡绰唱来最好，今不可得闻矣！"时李謩、张野狐二人侍侧，力士因奏言此二人的技艺，并不亚于幡绰。上皇遂命野狐将《雨淋铃》曲奏来，李謩可吹笛和之。二人领旨，野狐顿开喉咙唱将起来，李謩即吹仙翁所赠短笛相和，声音清彻，真个如怨如慕，如泣如诉，足使近听增悲，远闻兴慨。

看官，你道那《雨淋铃》曲，为何而作？当时上皇自成都起驾回京，路途之间，思念杨妃，满腔愁绪。至斜谷口值连雨经旬，车驾过栈道，雨中闻车上铃声，隔山相应，其声甚觉凄凉。因顾黄幡绰道："汝听这铃声何如？朕愁耳听来，甚是不堪！"幡绰便插科道："这铃儿大不敬，当治罪。"上皇道："你又来作戏了，铃声如何是不敬？"幡绰道："铃声如话，臣独解之，但不敢奏闻。"上皇晓得他是戏言，便道："汝即顾说来，朕不罪汝。"幡绰道："臣细听其声，明明说道'三郎郎当，三郎郎当'，岂非大不敬？"上皇闻言，不觉失笑，于是采其声，为《雨淋铃》曲，以自写其郎当之意。正是：

　　雨声铃响本凄凉，愁耳听来更断肠。
　　叹息马嵬人已杳，三郎空自怨郎当。

次日，上皇与梅妃闲话，谈及归途中闻铃声而兴感的事，因道："朕那时正心绪作恶，忽得小蓬瀛之信，顿开愁绪。"梅妃道："妾闻上皇正下诏访求，妾身乃知圣心不弃旧人，衔恩无地。"正说间，内侍传到肃宗的表章，为欲请命赦宥两个降贼的朝官。正是：

　　欲屈皋陶法，愿施尧帝仁。

未知后事如何，且听下回分解。

第九十九回

赦反侧君念臣恩　了前缘人同花谢

词曰：

　　天王明圣，臣罪当诛。恩流法外，全生更矜死，赖宫中推爱。　　岂意宫中人渐惫，看梅花飘零。无奈佳人与同谢，叹芳魂何在？

——右调《忆少年》

古人云：求忠臣必于孝子之门。又云：移孝可以作忠。夫事亲则守身为大，发肤不敢有伤；事君则致身为先，性命亦所不顾。二者极似不同，而其理要无或异。故不孝者，自然不忠，而尽忠者，即为尽孝。古者尚有其父不能为忠臣，其子干父之蛊，以盖前愆者；况忝为名臣之子，世受国恩，乃临难不思殉节，竟甘心降贼，堕家声于国宪。国之叛臣，即家之贼子，不忠便是不孝，罪不容诛，虽天子进想其父，曲全其命，然遗臭无穷，虽生犹死了。倒不如那失恩妃子，不负君王，患难之际，恐被污辱，矢志捐躯，却得仙人救援，死而复生，安享后福，吉祥命终，足使后人传为佳话。

却说上皇正与梅妃闲话，内侍奏言："皇帝有表章奏到。"上皇看时，却为处分从贼官员事。肃宗初回西京时，朝议便欲将此辈正

第九十九回

法,同平章事李岘奏道:"前者贼陷西京,上皇仓卒出狩,朝廷未知车驾何在,各自逃生,不及逃者,遂至失身于贼。此与守土之臣甘心降贼者不同,今一概以叛法处死,似乖仁恕之道。且河北未平,群臣陷于贼中者尚多,若尽诛西京之陷贼者,是坚彼附贼之心也。"肃宗准奏,诏诸从贼者,姑从宽典。后因法司屡请正叛臣之罪,以昭国法;上皇亦云,叛臣不可轻宥,肃宗乃命分六等议处。法司议得达奚珣等一十八人应斩,家口没入官;陈希烈等七人,应勒令自尽;其余或流或贬或杖,分别拟罪具表。肃宗俱依所议,只于斩犯中欲特赦二人,那二人即故相燕国公张说之子、原任刑部尚书张均,太常卿驸马都尉张垍。

你道肃宗为何欲赦此二人?只因昔日上皇为太子时,太平公主心怀忌嫉,朝夕伺察东宫过失纤微之事,俱上闻于睿宗。即宫中左右近习之人,亦都依附太平公主,阴为之耳目。其时肃宗尚未生,其母杨妃本是东宫良媛,偶被幸御,身遂怀孕,私心窃喜,告知上皇。那时上皇正在危疑之际,想道:"这件事,若使太平公主闻之,又要把来当做一桩话柄,说我内多嬖宠,在父皇面上谗潜,不如以药下其胎罢。只可惜此胎不知是男是女。"左思右想,无可与商者。时张说为侍讲官,得出入东宫,乃以此意密与计议。张说道:"龙种岂可轻动?"上皇道:"我年方少,不患子嗣不广,何苦因宫人一胎,滋忌者之谤言。吾意已决,急欲觅堕胎药,却不可使闻于左右,先生幸为我图之。"张说只得应诺,回家自思:"良媛怀胎,若还生子,非帝即王,今日轻易堕胎,岂不可惜?且日后定然追悔。但若不如此,谗谤固所不免。太子已决意欲堕,难与强争。他托我觅药,我今听之天数,取药二剂,一安胎,一堕胎,送与太子,只说都是

赦反侧君念臣恩　了前缘人同花谢

堕胎药，任他取用那一付。若到吃了那安胎药，即是天数不该绝，我便用好言劝止了。"至次日，密袖二药，入宫献上道："此皆下胎妙药，任凭取用一付。"上皇大喜，是夜尽屏左右，置药炉于寝室，随手取一剂来，亲自煎煮好了，手持与杨氏，谕以苦情，温言劝饮。杨氏好生不忍，却不敢违太子命，只得涕泣而饮之。上皇看了饮了，只道其胎即堕，不意腹中全无发动，竟沉沉稳稳的，直睡至天明，原来到吃了那剂安胎药了。上皇心甚疑怪，那日因侍睿宗内宴，未与张说相见。至夜回东宫，仍屏去左右，密置炉火，再亲自煎起那一剂药来，要与杨氏吃。正煎个九分，忽然神思困倦，坐在椅上打盹，恍惚之间，见屋角边红光闪闪，红光中现出一尊神道，怎生模样？

　　赤面美髯，蚕眉凤眼。身长约一丈，披一领锦绣绿罗袍；腰大可十围，束一条玲珑白玉带。神威凛凛，法貌堂堂。疑是大汉寿亭侯，宛如三界伏魔帝。

那神道绕着火炉走了一转，忽然不见。上皇惊醒，急起身看时，只见药铛已倾翻，炉中炭火已尽熄，大为骇异。次日张说入见，告以夜来之事，且命更为觅药。张说再拜称贺，因进言道："此乃神护龙种也！臣原说龙种不宜轻堕，只恐重违殿下之意，故欲决之于天命。前所进二药，其一实系安胎之药，即前宵所服者是也。臣意二者之中，任取其一，其间自有天命。今既欲堕而反安，再欲堕则神灵护之，天意可知矣！殿下虽忧谗畏讥，其如天意何？腹中所怀，必非寻常伦匹，还须调护为是。"上皇从其言，遂息了堕胎之念，且密谕杨氏，善自保爱。杨氏心中常想吃些酸物，上皇不欲索之于外，私与张说言之，张说常于进讲时密袖青梅、木瓜以献。且喜胎气平稳，未几睿宗禅位。至明年，太平公主以谋逆赐死，宫闱平静，恰好肃宗诞生，幼时便英异不凡，及长出见诸大臣，张说谓其貌类太宗，因此上皇属意，初封忠王；及太子瑛被废，遂立为太子。正是：

> 调元护本自胎中，欲堕还留最有功。
> 又道仪容浑类祖，暗教王子代东宫。

张说因此于开元年间，极被宠遇。肃宗即位时，杨妃已薨，追尊为元献皇后。他平日曾把怀胎时的事，说与肃宗知道，肃宗极感张说之恩。张家二子张均、张垍，肃宗自幼和他嬉游饮食，似同胞兄弟一般。张说亡后，二子俱为显官，张垍又赘公主为驸马，恩荣无比，不意以从逆得罪当斩。肃宗不忘旧恩，欲赦其罪，却因上皇曾有叛臣不可轻宥之谕，今欲特赦此二人，不敢不表奏上皇，只道上皇亦必念旧，免其一死。不道上皇览表，即批旨道：

> 张均、张垍世受国恩，乃丧心从贼，此朝廷之叛臣，即张说之逆子，罪不容逭。余老矣，不欲更闻朝政，但诛叛惩逆，国法所重，既来请命，难以徇情，宜照法司所拟行。

你道上皇因何不肯赦此二人？当日车驾西狩，行至咸阳地方，上皇顾问高力士道："朕今此行，朝臣尚多未知，从行者甚少。汝试猜这朝臣中谁先来，谁不来？"力士道："苟非怀二心者，必无不来之理。窃意侍郎房琯，外人俱以为可作宰相，却未蒙朝廷大用，他又常为安禄山所荐，今恐或不来。尚书张均、驸马张垍，受恩最深，且系国戚，是必先来。"上皇摇首微笑道："事未可知也。"及驾至普安，房琯奔赴行在见驾。上皇首问："张均、张垍可见否？"房琯道："臣欲约与俱来，彼迟疑不决。微窥其意，似有所蓄而不能言者。"上皇顾谓高力士道:"朕固知此二奴贪而无义也。"力士道:"偏是受恩者,偏怀二心,此诚人所不及料。"自此上皇常痛骂此二人,今日怎肯赦他!肃宗得旨,心甚不安,即亲至兴庆宫朝见上皇,面奏道:"臣非敢徇情坏法,但臣向非张说,安有今日?故不忍不曲宥其子。伏乞父皇法外推恩。"上皇犹未许,梅妃在旁进言道:"若张家二子俱伏法,燕国公几将不祀,甚为可伤。况张垍系驸马,或可邀议亲之典。"肃宗再三恳请,上皇道:"吾看汝面,姑宽赦张垍便了。张均这奴,我闻其引贼搜宫,破坏吾家,决不可活。"肃宗不敢再奏,谢恩而退。上皇即日乃下诰云:

> 张均、张垍本应俱斩,今从皇帝意,止将张均正法,张垍姑免死,长流岭南。达奚珣于逆贼安禄山奏请献马之时,曾有密表谏阻,今止斩其身,其家免没入官。余俱依所拟。

诰下,法司遵诰施行。张均遂与达奚珣等众犯同日俱斩于市。正是:

> 昔日死姚崇,曾算生张说;
>
> 今日死张说,难顾生张均。

当初张说建造住居的第宅,其时有个善观风水的僧人,名唤法泓,来看了这所第宅的规模,说道:"此宅甚佳,富贵连绵不绝,但切勿于西北隅上取土。"张说当时却不把他这句话放在意里,竟不曾分付家人。数日后,法泓复来,惊讶道:"宅中气候,何忽萧条?必有取土于西北隅者!"急往看时,果因众工人在此取土,掘成三四个大坑,俱深数尺。张说急命众工人以土填之。法泓道:"客土无气。"因嗟叹不已,私对人说道:"张公富贵止及身而已。二十年后,其郎君辈恐有不得令终者。"至是其言果验。后人有诗云:

第九十九回

非因取土便凶灾,数合凶灾故取土。

卜宅何须泥风水,宅心正直吾为主。

闲话少说。只说上皇自居兴庆宫,朝政都不管,惟有大征讨、大刑罚、大封拜,肃宗具表奏闻。那时肃宗已立张良娣为皇后。这张后甚不贤良,向从肃宗于军中,私与肃宗博戏打子,声闻于外,乃潜刻木耳为子,使博无声。其性狡而慧,最得上意。及立为后,颇能挟制天子,与权阉李辅国比附。辅国又引其同类鱼朝恩。时安、史二贼尚未殄灭,命郭子仪、李光弼等九节度各引本部兵往剿,乃以宦官鱼朝恩为观军容使,统摄诸军,于是人心不服。临战之时,又遇大风昼晦,诸军皆溃,郭子仪以朔方军断河阳桥守东京。肃宗听鱼朝恩之言,召子仪回朝,以李光弼代之。

子仪临发,百姓涕泣遮道请留,子仪轻骑竟行。上皇闻之,使人传语肃宗道:"李、郭二将,俱有大功,而郭尤称最,唐家再造,皆其力也。今日之败,乃不得专制之故,实非其罪。"肃宗领命。因此后来灭贼功成,行赏之典,李光弼加太尉中书令,郭子仪封汾阳王。子仪善处功名富贵,不使人疑,已虽握重兵在外,一纸诏书征之,即日就道,故谗谤不得行。其子郭暧尚代宗皇帝之女昇平公主,尝夫妇口角,郭暧道:"你恃父亲为天子么?我父薄天子而不为!"公主将言奏闻天子,子仪即囚其子待罪。天子知之,置之不问,又恐子仪心怀不安,乃谕之曰:"不痴不聋,做不得阿家翁。儿女子闺阁中语,不必挂怀。"其历朝恩遇如此。子仪晚年退休私第,声色自娱,旧属将佐,悉听出入卧内,以见坦白无私。八子七婿俱为显官,家中珍货山积。享年八十有五,直至德宗建中二年方薨逝。朝廷赐祭,赐葬,赐谥,真个福寿双全,生荣死哀。《唐史》上

说得好,道是:

> 天下以其身为安危者,殆三十年。功盖天下而主不疑,位极人臣而众不嫉,穷奢极欲而人不非之。自古功臣之富贵寿考,无出于其右者。

这些都是后话,不必再述。且说上皇常于宫中想起郭子仪的大功,因道:"子仪当初若不遇李白,性命且不可保,安能建功立业?李白甚有识英雄的眼力,莫道他是书生,止能作文字也。"此时李白正坐永王璘事,流于夜郎。上皇特旨赦归,方欲使朝廷用之,旋闻其已物故,不觉叹息。梅妃常闻上皇称赞李白之才,因想起前事,私语高力士道:"我昔年曾欲以千金买赋,效长门故事,汝以世间难得才子为辞。若李白者,宁遽逊于相如乎?"力士道:"彼时李白尚未入京,老奴无从访求;且彼时贵妃之宠方深,亦非语言文字所能夺。若不然,娘娘楼东一赋,岂不大妙?然竟不能移其宠。"梅妃点头道:"汝言亦良是。"

正说间,内侍来禀说,江南进梅花到。原来梅妃服侍上皇之后,四方依旧进贡梅花;但梅妃既得了那枝仙梅,把人间凡卉,都看得平常了。这仙梅果然四季常开,愈久愈香,花色亦愈鲜洁,梅妃随处携带把玩。忽一日早起,觉得那花的香气顿减,花色也憔悴了,把手去移动时,只见花瓣儿多飘飘零零的落将下来。梅妃惊骇道:"仙师云:我命当与此花同谢。今花已谢矣,我命可知!"自此心中恍惚不宁,遂染成一病,卧床不起。太医院官切脉进药,梅妃不肯服药道:"命数当终,岂药石所能挽回?"上皇亲来看视,坐于床头,遍体抚摩,执手劝慰道:"妃子偶病,遂尔瘦损,还须服药为是。"梅妃涕泣道:"臣妾自退处上阳,自分永弃,继遭危难,命已垂

第九十九回

绝。岂意复侍至尊,得此真万幸。今福缘已尽,仙师所云与花同谢,此其期矣。妾死之后,那枝仙梅留在人间,料难种植。若以殉葬,又恐亵渎,宜取佛炉火焚之。"上皇道:"妃子何遽言及此?"梅妃道:"人谁无死?妾今日之死,可称令终,较胜于他人矣。况妾死后,性灵不泯,当入佳境,谅无所苦。但圣恩如天,图报无地,为可叹恨耳!"上皇道:"以妃子之敏慧清洁,自是神仙中人。但何由自知身后的佳境?"梅妃道:"妾前宵梦寐之间,复见那韦氏仙姬于云端中手弄一只白鹦鹉,指谓妾道:'此鸟亦以宿缘善果,得从皇宫至佛国,今又从佛国来仙境。可以人而不如鸟乎?汝两世托生皇宫,须记本来面目,今不可久恋人世。蕊珠宫是你故居,何不早去?'据此看来,或不致堕落恶道。"上皇挥泪道:"妃子若竟舍朕而仙去,使朕暮年何以为情?"梅妃就枕上顿首道:"愿上圣寿无疆,切勿以妾故有伤圣怀。"言讫,忽转身起坐,举手向空道:"仙姬来了,我去也!"遂瞑目而逝。正是:

　　昔日纵教梅下死,胜他驿馆丧残躯。
　　于今幸与花同谢,还与芳魂到蕊珠。

上皇不意梅妃一病遽死,放声大哭。高力士极力劝慰,上皇道:"此妃与朕,几如再世姻缘。今复先我而逝,能无痛心?"遂命以贵妃之礼殓葬,又命其墓所多种梅树,特赐祭筵,自为文以诔之。其略云:

　　妃之容兮,如花斯新。妃之德兮,如玉斯温。余不忘妃而寄意于物兮,如珠斯珍。妃不负余而几丧其身兮,如石斯贞。妃今舍余而去兮,身似梅而飘零。余今舍妃而寂处兮,心如结以牵萦。

上皇记念梅妃的遗言，即命将这一枝仙梅，以佛炉中火焚化于其灵前。说也奇怪，那梅枝一入火中，香气扑鼻，火星万点，腾空而起，好似放烟火的一般。那些火星都作梅花之形，飞入云霄而没。正是：

仙种不留人世，琪花仍入瑶台。

昔人有以枯梅枝焚入炉中，戏作下火文。其文甚佳，附录于此：

寒勒铜瓶冻未开，南枝春断不归来。者番莫入梨花梦，却把芳心作死灰。恭惟炉中处士梅公之灵，生自罗浮，派分庾岭。形如槁木，棱棱山泽之癯；肤似凝脂，凛凛雪霜之操。春魁占百花头上，岁寒居三友图中。玉堂茅屋总无心，调鼎和羹期结果。不料道人见挽，遂离有色之根；夫何冰氏相凌，遽返华胥之国。瘦骨拥炉呼不醒，芳魂剪纸竟难招。纸帐夜长，犹作寻香之梦；筠窗月淡，尚疑弄影之时。虽宋广平铁石心肠，忘情未得；使华光老丹青手段，摸索难真。却愁零落一枝春，好与荼毗三昧火。惜花君子，你道这一点香魂，今在何处？咦！炯然不逐东风去，只在孤山水月中。

且说当日肃宗闻知梅妃薨逝，上皇悲悼，遂亲来问慰，即于梅妃灵前设祭。各宫嫔妃辈，也都吊祭如礼。只有皇后张氏托疾不至。上皇心甚不悦，因对高力士说道："皇后殊觉骄慢。"力士密启道："内监李辅国阿附皇后，凡皇后之骄慢，皆辅国导之使然。"上皇愕然曰："朕久闻此奴横甚，俟吾儿来，当与言之。"力士道："皇后侍上久，辅国握兵权，其势不得不为优容，所以皇帝亦多不与深较。太上即有所言，恐亦无益，不如且置勿论。"上皇沉吟不语。

第九十九回

正是：

  顽妻与恶奴，无药可救治。
  纵有苦口言，恐反为不利。

未知后事如何，且听下回分解。

第一百回

迁西内离间父子情　遣鸿都结证隋唐事

词曰：

最恨小人女子，每接踵比肩而起，搅乱天家父子意。远庭帏，移宫寝，尊养废。　　晚景添憔悴，追思旧宠常挥泪。魂魄还堪寻觅未。遇仙翁，说前因，明往事。

——右调《夜游宫》

百行莫先于孝，而天子之孝，又与常人之孝不同。《孟子》云："孝子之至，莫大乎尊亲，尊亲之至，莫大乎以天下养。"尊之至，养之至，方为孝之至。顽如瞽叟，而舜能尽事亲之道，故孔子称之为大孝。迨乎后世，偏是帝王之家，其于父子之间，偏易起嫌疑，易生衅隙。此不必皆因亲之不慈，子之不孝，大抵多因势阻于妻子，情间于小人。即如唐肃宗之奉事上皇，原未尝不孝；上皇之待肃宗，亦未尝不慈。只因媳妇骄悍，宦竖肆横，遂致为父的老景失欢，为子的孝道有缺。乃或者云：上皇当年听信谗言，一日杀三子，且纳寿王之妃杨氏为贵妃，有伤伦理，后来受那逆妇逆奴的气，正是天之报施，然后如此。上皇与杨妃，原因宿世有缘，所以今生会合。其他诸人，或承宠幸，或被诛戮，当亦各有宿因，事非偶然。此系仙

第 一 百 回

翁所言,见之逸史。今编述于演义之末,完结隋炀帝、唐明皇两朝天子的事,好教看官们明白这些前因后果。

话说上皇自梅妃死后,愈觉寂寥,又因肃宗的皇后张氏,骄蹇不恭,失事上之礼;上皇且闻宦官李辅国内外比附弄权,心上甚是不悦,要与肃宗说知,教他严加训饬。高力士再三谏阻,上皇只是忍耐不住。一日,肃宗来问安,上皇赐宴。饮宴之际,说了些朝务。上皇道:"从来治国平天下,必先齐其家。今闻阉奴李辅国附比中宫,怙势作威,汝知之否?"肃宗闻言,悚然起应道:"容即查治。"上皇道:"此时若不即为防禁,恐后将不可复制。"肃宗唯唯而退。原来那皇后恃宠骄悍,肃宗因爱而生畏,不敢少加以声色。李辅国掌握兵权,阿附张后,恃势弄权,肃宗虽亦心忌之,却急切奈何他不得,故虽承上皇严谕,且只隐忍不发。正是:

堪笑君王也怕婆,奴乘婆势莫如何。

小人女子真难养,一任严亲相诋诃。

肃宗便隐忍不发,那知上皇这几句言语,内侍们忽私相传说,早传入李辅国耳中。辅国密地启知张皇后,各怀怨怒,相与计议道:"上皇深居宫禁,久已不预朝政,今何忽有烦言,此必因高力士妄生议论,闻于上皇故也。力士为上皇耳目,当图去之。更须使官家莫要常与上皇相见,须迁上皇于西内为妙。"自此肃宗欲往朝上皇,都被张后寻些事故阻隔住了。

上皇所居南内兴庆宫,与民间闾阎相近。其西北隅有一高楼,名长庆楼,登楼而望,可见街市。上皇时常临幸此楼,街市过往的人遥望叩拜,上皇有时以御膳余剩之物,命高力士宣赐街市中父老,人都欢忻,共呼万岁。李辅国便乘机借端密奏肃宗道:"上皇居兴庆宫,而高力士日与外人交通,恐其不利于陛下。且兴庆宫与民居逼近,非至尊所宜居。西内深严,当奉迎太上居之,庶可杜绝小人,无有他虞。"肃宗道:"上皇爱兴庆宫,自蜀中归即退居于此。今无故迁徙,殊拂逆圣意,断乎不可。"辅国见肃宗不从其言,乃密启张后,使亦以此言上奏。肃宗恐惊动上皇,也不肯听。张后忿然道:"此妾为陛下计耳,今日不听良言,莫教后日追悔!"说罢,拂衣而起。

肃宗默默含怒,适又偶触风寒,身上不豫,暂罢设朝,只于宫中静养。辅国遂乘此机会,与张后定计,矫旨遣心腹内侍及羽林军士,整备车马,诣兴庆宫,奉迎上皇迁处西内,请即日发驾。上皇错愕不知所谓,内侍奏称:"皇爷以兴庆宫逼近民居,有亵至尊,故特奉请驾幸西内。皇爷现在西内,候太上驾到。"上皇心下惊疑,欲待不行,又恐有他变。高力士奏道:"既皇帝有旨来迎太上,可且一往。俟至彼处,与皇帝面言,或迁或否,再作计议。老奴当护驾前去。"上皇无奈,只得匆匆上辇。

高力士令军士前导,内侍拥护,銮舆缓缓行动。将至西内,只见李辅国戎服佩剑,率领军士数百人,各执戈矛,排列道旁。上皇在辇上望见,大惊失色。高力士见这光景,勃然怒起,厉声大喝道:"太上皇爷驾幸西内,李辅国戎服引众而来,意欲何为?"辅国蓦被这一喝,不觉丧气,忙俯伏奏道:"奴辈奉旨来迎护车驾。"力士喝道:"既来护驾,可便脱剑扶辇!"辅国只得解下腰间佩剑,与力士一同护辇而行。力士传呼军士们且退,不必随驾。既入西内,至甘露殿,上皇下辇,升殿坐定,问:"皇帝何在?"辅国奏道:"皇爷适间正欲至此迎驾,因触风寒,忽然疾作,不能前来,命奴辈转奏,俟即

第一百回

日稍痊,便来朝见。"上皇道:"皇帝既有恙,不必便来,待痊愈了来罢。"辅国领旨,叩辞而去。

上皇叹息,谓高力士道:"今日若非高将军有胆,朕几不免。"力士叩头道:"太上过于惊疑耳,五十年太平天子,谁敢不敬?"上皇摇首道:"此一时,彼一时。"力士道:"今日迁宫之举,还恐是辅国作祟,皇后主张,非皇帝圣意。"上皇道:"兴庆宫是朕所建,于此娱老,颇亦自适;不意忽又徙居此地,茕茕老身,几无宁处,真可为长太息!"上皇说罢,凄然欲泪。后人有诗叹云:

　　三子冤诛最惨凄,那堪又纳寿王妻?

　　今当逆妇欺翁日,懊悔从前志太迷。

李辅国既乘肃宗病中,矫旨迁上皇于西内,恐肃宗见责,乃托张后先为奏白。肃宗骇然道:"毋惊太上乎?"张后道:"上皇已安居甘露殿,并无他言。"肃宗方沉吟疑虑间,李辅国却率文武将校等,素服诣御前俯伏请罪。肃宗暗想:"事已如此,追咎亦无益。"且碍着张后,不便发挥;又见辅国挟众而来请罪,只得到用好言安慰,道:"汝等此举,原是防微杜渐,为社稷计。今太上既相安,汝等可勿疑惧。"辅国与将校都叩头呼万岁。后人亦有诗叹云:

　　父遭奴劫不加诛,好把甘言相响嚅。

　　为见当年杀子惯,也疑今日有他虞。

那时肃宗病体未痊,尚未往朝西内;及病小愈,即欲往朝,又被张后阻住。一日传召山人李唐入西殿见驾,肃宗适抚弄着一个小公主,因谓李唐道:"朕爱念此女,卿勿见怪。"李唐道:"臣想太上皇之爱陛下,当亦如陛下之爱公主也。"肃宗悚然而起,立即移驾往西内,朝见上皇。起居毕,上皇赐宴,没甚言语,惟有咨嗟叹息。

肃宗心中好生不安,逡巡告退。回至宫中,张后接见,又冷言冷语了几句,肃宗受了些闷气,旧病复发。

上皇闻肃宗不豫,遣高力士赴寝宫问安。肃宗闻上皇有使臣到,即命宣来。那知张后与李辅国正怨恨高力士,要处置他,便密令守宫门的阻住,不放入宫,遣小内侍假传口谕,教他回去罢。待力士转身回步后,方传旨宣召。力士连忙再到宫门时,李辅国早劾奏说:"高力士奉差问疾,不候旨见驾,辄便转回,大不敬,宜加罪斥。"张后立逼着肃宗降旨,流高力士于巫州,不得复入西内。一面别遣中官,奏闻上皇;一面着该司即日押送高力士赴巫州安置。可怜高力士凤膺宠眷,出入宫禁,官高爵显,荣贵了一生,不想今日为张后、李辅国所逐。他到巫州,屏居寂寞,还恐有不测之祸,慄慄危惧。后至上皇晏驾之时,他闻了凶信,追念君恩,日夜痛哭,呕血而死。后人有诗云:

唐季阉奴多跋扈,此奴恋主胜他人。

虽然不及张承业,忠谨还推迈群伦。

此是后话。且说上皇被李辅国逼迁于西内,已极不乐;又忽闻高力士被罪远窜,不得回来侍奉,一发惨然。自此左右使令者,都非旧人,只有旧女伶谢阿蛮及旧乐工张野狐、贺怀智、李謩等三四人,还时常承应。一日,谢阿蛮进一红粟玉臂支,说道:"此是昔日杨贵妃娘娘所赐。"上皇看了,凄然道:"昔日我祖太宗破高丽,获其二宝:一紫金带,一红玉支。朕以紫金带赐岐王,以红玉支赐妃子,即是物也。后来高丽上言:本国失此二宝,风雨不时,民物枯瘁,乞仍赐还,以为镇国之重器。朕乃还其紫金带,惟此未还。自遭丧乱,只道人与物俱亡,不意却在汝处。朕今再睹,益兴悲念

第 一 百 回

耳!"言罢不觉涕泣。

又一日,贺怀智进言道:"臣记昔年,时当炎夏,上皇爷与岐王于水殿围棋,令臣独自弹琵琶于座侧。其琵琶以石为槽,鹍鸡筋为弦,以铁拨弹之。贵妃娘娘手抱着康国所进的雪猧猫儿,立于上皇爷之后,耳听琵琶,目视弈棋。上皇爷数棋子将输,贵妃乃放手中雪猧跳上棋局,把棋子都踏乱,上皇爷大悦。那时臣一曲未完,忽有凉风来吹起贵妃领带,缠在臣巾帻上,良久方落。是晚归家,觉得满身香气,乃卸巾帻贮锦囊中,至今香气不散,甚为奇异。今敢将所贮巾帻,献上御前。"上皇道:"此名瑞龙脑香,外国所贡。朕曾以少许贮于暖池内玉莲朵中,至再幸时,香气犹馥馥如新,况巾帻乃丝缕润腻之物乎!"因嗟叹道:"余香犹在,人已无存矣!"遂凄怆不已。自此衷怀耿耿,口中常自吟云:

"刻木牵丝作老翁,鸡皮鹤发与真同。

须臾舞罢寂无事,还似人生一世中。"

其时有一方士姓杨,名通幽,自称鸿都道士,颇有道法。从蜀中云游至西京,闻知上皇追念故妃,因自言有李少君之术,能致亡灵来会。李謩、张野狐俱素知其人,遂奏荐于上皇,召入西内,要他作法,招引杨妃与梅妃魄魂来相见。通幽乃于宫中结坛,焚符发檄,步罡诵咒,竭其术以致之,竟无影响。上皇不怿,咨嗟道:"前者张山人访求梅妃之魂而不得,因其时梅妃实未死故也。今二妃已薨,而芳魂不可复致,岂真缘尽耶?"通幽奏道:"二妃必非凡品,当是仙子降生。仙灵杳远,既难招来,定须往访。臣请游神驭气,穷幽极渺,务要寻取仙踪回报。"于是俯伏坛中,运出元神,乘云御风,游行霄汉。只见云端里有一只白鹦鹉,展翅飞翔,口作人言道:

"寻人的这里来。"通幽想道:"此鸟能知人意,必是仙禽。"遂随其所飞之处而行,早望见缥缈之中,现出一所宫殿,那鹦鹉飞入宫殿中去了。看那宫殿时,但见:

> 瑶台如画,琼阁凌空。栋际云生,恍似香烟霭霭;帘前霞映,浑疑宝气腾腾。果然上出重霄,真乃下临无地。景象必非蜃楼海市,规模无异蓬岛瀛洲。

通幽来至宫门,见有金字玉匾,大书"蕊珠宫"三字。通幽不敢擅入,正徘徊间,忽见二仙女从内而出,一穿绣衣,手执如意,一穿素衣,手执拂子。那绣衣女子,把手中如意指着通幽道:"下界生魂,何由来此?"通幽稽首道:"下界道士,奉唐皇命,访求故妃魂魄。适逢灵禽引路,来至此间,幸得见二位仙娥。莫非二仙娥即杨太真、江采蘋乎?"绣衣仙女笑道:"非也。我本郭子仪之小女,河伯夫人也。"通幽道:"河伯夫人,如何却是郭公之女?又如何却在此间?"绣衣仙女道:"昔吾父出镇河中时,河流为患。吾父默祷于河伯,许于河治之后,以小女奉嫁。及河患既平,我即无疾而卒。我父葬我于河神庙后,我遂为河伯夫人。此事世人所未知。"指着那素衣仙女道:"此位乃内苑凌波池中龙女。昔日上皇曾于梦中见之,为鼓胡琴,作《凌波曲》,醒来犹能记忆,因立龙女庙于凌波池上,即此是也。龙女与河伯有亲,我常得与相会。后来龙女被选入蕊珠宫,我因是亦得常常至此。那梅妃江采蘋,宿世原是蕊珠宫仙女,两番谪落人间,今始仍归本处。他尘缘已尽,今虽在此,汝未可得见。那杨阿环宿孽未偿,幸生人世,以了尘缘;却又骄奢淫佚,多作恶孽。今孽报正未已,安得至此?汝欲访他,可往别处去。"通幽道:"梅妃既不可见,必须访得杨妃踪迹,才好复上皇之命,望

第 一 百 回

仙女指示则个。"素衣仙女道:"你只顾向东行去,少不得有人指示你。"说罢,拉着绣衣仙女,转步入宫去了。

通幽果然趁着云气望东而行,来到一座高山上,说不尽那山上的景致。遥见苍松翠柏之下,坐着三位仙翁,二仙对弈,一仙旁观。通幽上前鞠躬参谒,二位辍弈而笑。通幽叩问二位姓氏,那坐上首的仙翁道:"我即张果,此二人即叶法善、罗公远也。我等与上皇原有宿因,故尝周旋于其左右。奈他俗缘沉着,心志蛊惑,都忘却本来面目,故且舍之而去。他今已老矣,嬖宠已都丧亡,也该觉悟了,却又要你来访求魂魄,何其不洒脱至此?"通幽道:"梅妃在蕊珠宫中,弟子适已闻之矣。只不知杨妃魂魄在何处,伏乞仙师指引一见,以便复上皇之命。"张果道:"你可知上皇与贵妃的前因后果么?"通幽道:"弟子愚昧,多所未知,愿闻其详。"张果道:"上皇宿世,乃元始孔昇真人,与我辈原是同道。只因于太极宫中听讲,不合与蕊珠仙女相视而笑,犯了戒律,谪堕尘凡,罚作女身,为帝王嫔妃,即隋宫中朱贵儿是也。贵儿再世,便是大唐开元天子了。"通幽道:"朱贵儿何故便转生为天子?"张果道:"贵儿忠于其主,骂贼殉节而死,天庭最重忠义,应得福报,况系谪仙,本宜即复还原位。只因他与隋炀帝本有宿缘,又曾私相誓愿,来生再得配合,故使转生为天子,完此一段誓愿。"通幽道:"请问朱贵儿与隋炀帝有何宿缘?"张果道:"炀帝前生乃终南山一个怪鼠,因窃食了九华宫皇甫真君的丹药,被真君缚于石室中一千三百年。他在石室潜心静修,立志欲作人身,享人间富贵。那孔昇真人偶过九华宫,知怪鼠被缚多年,怜他静修已久,力劝皇甫真君暂放他往生人世,享些富贵,酬其夙志,亦可鼓励来生悔过修行之念。有此一劝,结下宿缘。此时适当隋运将终,独孤后妒悍,上帝不悦,皇甫真人因奏请将怪鼠托生为炀帝,以应劫运。恰好孔昇真人亦得罪降谪,为朱贵儿,遂以宿缘而得相聚。不意又与炀帝结下再世姻缘,因又转生为唐天子,未能即复仙班。"通幽道:"贵儿便转生为唐天子了,那炀帝却转生为何人?"张果笑道:"你道炀帝的后身是谁?即杨妃是也!炀帝既为帝王,怪性复发,骄淫暴虐,且有杀逆之罪。上帝震怒,止判与十三年皇位,酬其一千三百年静修之志;不许善终,敕以白练系颈而死;罚转女身,仍姓杨氏,与朱贵儿后身完结孽缘,仍以白练系死,然后还去阴司,候结那杀逆淫暴的罪案。况他为妃子时,又恃宠造孽,罪上加罪。如今他的魂魄,正好不得自在,你那里去寻他?"通幽道:"原来有这些因果!非仙师指示,弟子何由而知?但弟子奉上皇之命而来,如今怎好把这些话去回复?"张果沉吟未答,叶法善道:"上皇也不久于人世了,他身故后,自然明白前因。你今不妨姑饰辞以应之。"通幽道:"饰辞无据,恐不相信。"罗公远笑道:"你要有凭据,还去问适间所见的二仙女,不必在此闲谈,阻了我们的棋兴。"

正说间,遥见一簇彩云从空飞来。叶法善指着道:"你看二仙女早来也!"言未已,云头落处,二仙女向前与三仙翁讲礼罢,回顾通幽笑道:"你这觅魂道士,还在此听说因果么?"张果道:"我已将杨妃两世的因果与他说来,但他必欲亲见杨妃,以便复上皇之命。烦二仙女引他到彼处一见罢!"

二仙女领命,复引通幽驾云望北而行,须臾来至一处。但见:

愁云幂幂,日色无光;惨雾沉沉,风声甚厉。山幽谷暗,浑如欲夜之天;树朽木枯,疑是不毛之地。恍来到阴司冥界,顿

第 一 百 回

教人魄骇魂惊。

那边有一所宅院,门上横匾大书"北阴别宅",两扇铁门紧闭,有两个鬼卒把守。二仙女敕令鬼卒开门,引通幽入去。只见里面景象萧瑟,寒气逼人。走进了两重门,遥见里边一妇人,粗服乱头,愁容可掬,凭几而坐。仙女指向通幽道:"此即杨妃也,你可上前一见。我等却不该与他相会。"通幽遂趋步进谒,杨妃起身相接。通幽致上皇之命,杨妃悲泣不止。通幽问:"娘娘芳魂,何至幽滞此间?"杨妃涕泣道:"我有宿愆,又多近孽,当受恶报。只等这些冤对到齐,证结对公案,便要定罪。如今本合囚系地狱候审,幸我生前曾手书《般若心经》念诵,又承雪衣女白鹦鹉感我旧恩,常常诵经念佛,为我忏悔,因得暂时软禁于此。多蒙上皇垂念。你今去回奏,切勿说我在此处,恐增其悲思,只说我在好处便了。"通幽道:"回奏须有实据,方免见疑。"杨妃道:"我殉葬之物,有金钗二股,钿盒一具,是我平日所爱,前托雪衣女衔取在此。今分钗之一盒之半,以为信物可也。"言罢,即取出钗盒付与通幽收了。通幽沉吟道:"此二物亦人间所有,未足为据。必得一事,为他人所未知者,方可取信。"杨妃低头一想道:"有了。我记得天宝十载,从上皇避暑骊山宫,于七月乞巧之夕,并坐长生殿庭中纳凉。时已夜半,宫婢俱已寝息,我与上皇密相誓心,愿世世为夫妇。此事更无一人知道,你只以此回奏,自然相信。"

通幽再欲问时,只见二鬼卒跑来催促道:"快去,快去!"通幽不敢停留,疾趋出门,二仙女已不见了。一阵狂风,把通幽吹到一个所在,定睛看时,却原来就是适间那山上,见三仙依然在那里弈棋,方才收局哩。张果呼通幽近前说道:"你既见杨妃,讨了凭据,可回去罢!"通幽道:"还求仙师一发说明了梅妃江采蘋的前因,好一并回奏。"张果道:"梅妃即蕊珠仙女也,因与孔昇真人一笑,动了凡心,谪降人间两世,都入皇宫:在隋时为侯夫人,负才色而不遇主,以致自经;再转生为梅妃,方与孔昇真人了一笑之缘,却又遭妒夺宠。此皆上天示罚之意。后因临难矢节,忠义可嘉,故得仙灵救援,重返旧宫,复从旧主,正命考终,仍作仙女去了。"通幽问道:"朱贵儿与隋炀帝有私誓,遂得再合;今杨妃与上皇也有私誓,来生亦得再合否?"张果道:"贵儿以忠义相感,故能如愿;杨妃无贞节,而有过恶,其私誓不过痴情欲念,那里作得准?即如武后、韦后、太平、安乐、韩、秦、虢国等,都狂淫无度,当其与狎邪辈纵欲之时,岂无山盟海誓?总只算胡言乱语罢了。"通幽道:"如今武后、韦后等诸人,以及反贼安禄山等的魂魄,都归何处?"张果道:"武后乃李密后身,故杀戮唐家子孙,以报宿怨,还是劫数当然。独可恨他荒淫残暴,作孽太甚,今已与韦后、太平、安乐等,并当时那些佞臣酷吏,都堕入于阿鼻地狱,永不超身。至如反贼安、史辈,与那助逆的叛臣,致乱的奸相,以及本朝前代这些谗妒的不仁的后妃宦竖,都是一班凶妖恶怪,应劫运而出,生前造了大孽,死后进入地狱,万劫只在畜生道中轮回。此等事未可悉数。你今回奏,只说杨妃所言,竟说他也是仙女,不必说他受苦,更须劝上皇洗心忏悔,勿昧前因。若能觉悟,至临终时,我等还去接引他便了。"

言讫,把袖一挥,通幽却早于坛中惊醒。宁神定想了一回,摸衣袖内,果有钗盒二物;遂趋赴上皇御前启奏,将张果所说的前因都隐过不提,只说梅妃、杨妃俱是蕊珠宫仙女,梅妃未得一见,杨妃却曾见来,据云:"上皇系仙真降生,与我有缘,故得聚首;今虽相

第 一 百 回

别,后会有期,不须悲念。奉劝上皇及早明心养性,千秋万岁后,当仍复仙真之位。"因将钗盒献上为信。上皇看了,虽极嗟叹,却还半信半疑。通幽再把七夕誓言奏上,说道:"臣亦恐钗盒未足取信,便须一言。贵妃因言及此。但此系私语,并无人知,以此上奏,必不疑为新垣平之诈也。"上皇闻言,呜咽流涕,乃厚赏通幽而遣之。后来白乐天只据了通幽的假语,作《长恨歌》,竟道杨妃是仙女,居仙境,遂相传为美谈,那知其实不然。正是:

讹以传讹讹作诗,不如野史谈果报。
阿环若竟得成仙,祸善福淫岂天道!

上皇自此屏去纷华,辟谷服气,日夜念诵经典。至肃宗宝应元年,孟夏月明之后,偶弄一紫玉笛,略吹数声,忽见双鹤飞来,庭中徘徊,翔舞而去。时有侍婢宫媛在侧,上皇因对他说道:"我昨夜梦见张果、叶法善、罗公远三位仙师来说,我宿世是元始孔昇真人,谪在人间,已经两世。今命数已终,特来接我到修真院去修行,忏悔一甲子,然后复还原位。今双鹤来降,此其时矣!"遂命具香汤沐浴,安然就寝,谕令左右勿惊动我。至次早,宫媛及诸嫔御辈俱闻上皇睡中有嬉笑之声,骇而视之,已崩矣。正是:

两世繁华总成梦,今朝辞世梦初醒。

上皇既崩,肃宗正在病中,闻此凶信,又惊又悲,病势转重,不隔几时,亦即崩逝。张后意欲废太子,别立亲王。李辅国弑张后,立太子,是为代宗。于是辅国愈骄横。后来辅国被人刺死,这刺客实代宗所使也。那安、史辈余贼,至代宗广德年间方行殄灭。代宗之后,尚有十三传皇帝,其间美恶之事正多,当另具别编。看官不厌絮烦,容续刊呈教。今此一书,不过说明隋炀帝与唐明皇两朝天

子的前因后果,其余诸事,尚未及载。有一词为结证:

闲阅旧史细思量,似傀儡排场。古今账簿分明载,还看取野乘铺张。或演春秋,或编汉魏,我只纪隋唐。　　隋唐往事话来长,且莫遽求详。而今略说兴衰际,轮回转,男女猖狂。怪迹仙踪,前因后果,炀帝与明皇。

——右调《一丛花》